EDGAR WALLACE

Die gelbe Schlange
Der Engel des Schreckens
Bei den 3 Eichen

Buch

Die gelbe Schlange

Der Brite Clifford Lynne hat von seinem Vater ein wertvolles Amulett in Form einer goldenen Schlange geerbt. Doch das Schmuckstück bringt ihn in höchste Gefahr. Denn von der chinesischen Mafia wird es als Orakel hoch verehrt – und so tut sie alles, um in seinen Besitz zu gelangen …

Der Engel des Schreckens

Wenn Jim Meredith bis zu seinem 30. Geburtstag nicht verheiratet ist, geht sein Millionen schweres Erbe an seine geldgierige Kusine. In letzter Minute wird Jims Hochzeit mit der Journalistin Lydia Beale arrangiert. Doch kaum ist die Trauung vollzogen, da wird er von Unbekannten erschossen. Und nun schwebt auch seine junge Witwe in großer Gefahr …

Bei den 3 Eichen

Der reiche John Mandle ist an den Rollstuhl gefesselt. Als ihn nach Jahren sein alter Freund Soc Smith besucht, entdeckt dieser beunruhigt Alarmanlagen auf dem Landsitz. Am nächsten Morgen findet Smith den Hausherrn ermordet: Mandle wurde erschossen. »Bei den 3 Eichen« - Meilen von seinem Haus entfernt …

Autor

Geboren wurde Edgar Wallace 1875 als unehelicher Sohn eines Schauspielers. Er wuchs in armen Verhältnissen auf, blieb ohne Schulabschluss und hielt sich mit Gelegenheitsjobs wie Milchhändler, Maurergehilfe oder Zeitungsverkäufer über Wasser. Schließlich begann er kleine Artikel für die Zeitung zu schreiben. Mit Erfolg: Er arbeitete sich hoch bis zum Chefredakteur. Später lebte er als freier Schriftsteller und schrieb Sachbücher, Lyrik und Theaterstücke, 1904 schließlich seinen ersten Krimi (»Die vier Gerechten«) – das Debüt einer beispiellosen Karriere. Edgar Wallace verfasste 175 Romane, 24 Theaterstücke, eine große Anzahl von Kurzgeschichten, Essays, Zeitungs- und Zeitschriftenartikeln und Drehbüchern. Die Filme, die nach seinen Vorlagen gedreht wurden, sind kaum zu zählen. Edgar Wallace verstarb hoch verschuldet 1932 in Hollywood.

Von Edgar Wallace außerdem bei Goldmann lieferbar:

Der Hexer. Roman (5292) · Der Zinker. Roman (5372) · Der Frosch mit der Maske/Das Gasthaus an der Themse/Der grüne Bogenschütze. Drei Romane in einem Band (5538/55503) · Der Hexer/Die blaue Hand/Das Geheimnis der gelben Narzissen. Drei Romane in einem Band (55502) · Der schwarze Abt/Die seltsame Gräfin/Die toten Augen von London. Drei Romane in einem Band (55504) · Die Tür mit den sieben Schlössern/Die Bande des Schreckens/Der Doppelgänger. Drei Romane in einem Band (55506) · Das geheimnisvolle Haus/Der Safe mit dem Rätselschloß/Die Abenteuerin. Drei Romane in einem Band (55507) · Der unheimliche Mönch/Die gebogene Kerze/Die drei Gerechten. Drei Romane in einem Band (55508) · Die Gräfin von Ascot/Das Geheimnis der Stecknadel/Der viereckige Smaragd. Drei Romane in einem Band (55509) · Das indische Tuch/Geheimagent Nr. 6/Der Diamantenfluß. Drei Romane in einem Band (55510)

EDGAR
WALLACE

DIE GELBE SCHLANGE
DER ENGEL DES SCHRECKENS
BEI DEN 3 EICHEN

Drei Romane in einem Band

PORTOBELLO

Die Originalausgabe von »Die gelbe Schlange« erschien unter dem Titel »The yellow Snake«, die Originalausgabe von »Der Engel des Schreckens« erschien unter dem Titel »The Angel of Terror« und die Originalausgabe von »Bei den 3 Eichen« erschien unter dem Titel »The three Oaks Mystery«.

Umwelthinweis:
Alle bedruckten Materialien dieses Taschenbuchs
sind chlorfrei und umweltschonend.

Portobello Taschenbücher erscheinen im Goldmann Verlag,
einem Unternehmen der Verlagsgruppe Random House GmbH.

Einmalige Sonderausgabe Februar 2007

Umschlaggestaltung: Design Team München
Umschlagillustration: Corbis
Druck: GGP Media GmbH, Pößneck
KC · Herstellung: we
Printed in Germany
ISBN 978-3-442-55505-5
www.portobello-verlag.de

10 9 8 7 6 5 4 3 2 1

EDGAR
WALLACE

DIE GELBE SCHLANGE

Roman

Aus dem Englischen
von Mercedes Hilgenfeld

1

Joe Brays Haus in Siangtan war ein außergewöhnliches Bauwerk. Aber auch Joe Bray selbst war eine außergewöhnliche Persönlichkeit, sogar für China, wohin doch seit den Tagen Marco Polos schon so viele bedeutende Männer gekommen sind.

Entworfen hatte dieses steinerne Haus Pinto Huelló, ein trunksüchtiger portugiesischer Architekt, der sein Vaterland unter recht schimpflichen Umständen hatte verlassen müssen und schließlich über Kanton und Wuchau in diese riesige, unordentliche Stadt verschlagen worden war.

Nach allgemeiner Ansicht hatte Pinto die Baupläne nach einer wilden Nacht in einer Opiumhöhle entworfen, später packte ihn jedoch die Reue, und er änderte die Zeichnungen wieder ab. Zu diesem Zeitpunkt war das Haus jedoch schon halb fertiggestellt – und so verkörperte der Teil von ›Northward‹, der eine verblüffende Ähnlichkeit mit einer berühmten Porzellanpagode hatte, Pintos berauschte Träume, während die andere Hälfte des Gebäudes die steingewordene Ernüchterung des unberechenbaren Portugiesen darzustellen schien.

Joe Bray war groß und dick, ein wahrer Berg von einem Mann, und er liebte China, Gin und seine langen Tagträume. Joe träumte von wunderbaren Dingen, die meist jenseits jeder Realität lagen; einer seiner Lieblingsträume war, daß er von diesem vergessenen Weltwinkel aus mit einem Schlag das Schicksal der gesamten Menschheit grundlegend verändern könnte.

Joe träumte, daß er wie Harun al Raschid verkleidet unter den Notleidenden wandeln und Gold auf jene regnen lassen würde, die dessen wert waren. Nur konnte er niemals die richtige Sorte von Bedürftigen finden.

China ist ein Land, das zu Träumen verleitet. Von seinem Lieblingsplatz aus konnte Joe Bray die wogenden Wasser des Siang-Kiang erblicken, der Schein der untergehenden Sonne malte purpurne Streifen auf die Wellen, die vor der weitläufigen Silhouette Siangtans auftauchten und wieder verschwanden. Die rhombenförmigen Segel der Sampane, die langsam dem großen See zuglitten, glänzten bronzefarben und golden im Abendrot, und das summende Treiben dieses Bienenstocks von einer Stadt war aus solcher Entfernung weder zu sehen noch zu hören – auch nicht zu riechen.

Nicht, daß der alte Joe Bray etwas gegen diese Gerüche einzuwenden gehabt hätte, sie gehörten nun einmal zu China. Joe kannte dieses riesige Land von der Mandschurei bis nach Kwangsi, von Shantung bis zum Tal von Liao-Li.

Für Joe Bray war China der bedeutendste Teil der Welt, und die Greuel und den Gestank dieses Landes empfand er als ganz normal. Joe dachte wie ein Chinese, er fühlte sich fast schon als Chinese. Er hatte weite Strecken dieses Riesenreichs zu Fuß durchquert, und er hatte seinen Weg aus mehr verbotenen Orten freigekämpft als irgendein anderer Mann zu jener Zeit. Im Namen jenes verrufenen Fu Chi-Ling, der damals Gouverneur von Sukiang war, hatte Joe Bray halbnackt auf seine Hinrichtung gewartet – aber er war auch mit großen Ehren in der Sänfte eines Mandarins zum Palast der Tochter des Himmels getragen worden.

Joe Bray, der Opportunist. Von Geburt war er Engländer; als aber Amerika in China mehr in Gunst kam, wechselte Joe bedenkenlos seine Nationalität und wurde Amerikaner. Er war steinreich; sein Haus auf dem Hügel an der Flußbiegung war ein Palast. Joe besaß Kohlenbergwerke und Kupferminen und war an Unternehmen beteiligt, die sich bis zu den Goldfeldern am Amur erstreckten. In den letzten Jahren hatte er ein enormes Vermögen angehäuft.

Joe hatte es sich in einem Liegestuhl bequem gemacht und gab sich seiner Lieblingsbeschäftigung hin, aber selten kamen seine Träume einer Verwirklichung so nahe wie die Vision, die ihn gerade erfüllte. Neben ihm saß Fing Su, der für einen Chinesen ungewöhnlich groß war und auch nach europäischen Maßstäben blendend aussah. Außer den schräggeschnittenen schwarzen Augen war nichts typisch Chinesisches an seinem Gesicht. Fing Su hatte den empfindsamen Mund und die gerade, feine Nase seiner französischen Mutter; von seinem Vater, dem gerissenen Kaufmann und Abenteurer Shan Hu, stammte das pechschwarze Haar und die eigentümlich blasse Hautfarbe. Fing Su trug einen dick wattierten Seidenrock und formlose Beinkleider, die in die Filzschuhe gesteckt waren. Seine Hände verbarg er mit chinesischer Höflichkeit in den weiten Rockärmeln.

Joe Bray seufzte und nippte an seinem Glas.

»Es mußte ja alles so kommen, Fing Su. Ein Reich, das keinen Kopf und keine Füße hat, ist auch unfähig, sich zu regen. Überall jämmerlicher Stillstand, alles geht schief! Das ist China heute! Früher einmal gab es hier tüchtige Kerle – die Mings, und der alte Hart und Li Hung!«

Er seufzte wieder, mit seinen Kenntnissen über das alte China und seine Dynastien war es nicht weit her.

»Geld bedeutet gar nichts, wenn man nicht die richtige Verwendung dafür hat. Schauen Sie mich an, Fing Su! Ich bin zwar einige Millionen wert – aber ich habe weder Kind noch Kegel! Meine Familie ist beinahe ausgestorben!«

Er rieb sich sinnend die Nase.

»Beinahe ausgestorben«, wiederholte er gedankenvoll. »Wenn ›gewisse Leute‹ das täten, was ich will, würde sich das ändern, aber ob ›gewisse Leute‹ dazu bereit sind, ist eben die Frage!«

Fing Su musterte Joe mit seinen unergründlichen Augen.

»Man sollte meinen, daß Sie nur einen Wunsch auszusprechen brauchten, und schon wäre er erfüllt!«

Der junge Chinese sprach in jenem übertrieben gedehnten Tonfall, der an der Universität Oxford üblich ist, und nichts machte Joe Bray mehr Freude, als die Stimme seines Schützlings zu hören. Die Kultur, die daraus sprach, die fehlerlose Konstruktion jedes Satzes, die unbewußte Überlegenheit in Ton und Ausdrucksweise waren Musik in den Ohren des Träumers.

Fing Su hatte tatsächlich sein Examen in Oxford bestanden, war Bachelor of Arts – und Joe Bray hatte dieses Wunder bewirkt.

»Sie sind ein gebildeter Mann, Fing Su, und ich bin ein altes Rauhbein. Ich habe keine Ahnung von Geschichte, Geographie oder dergleichen, und Bücher interessieren mich nicht – haben es nie getan.«

Joe trank den letzten Schluck aus seinem Glas und holte tief Atem.

»Ich möchte noch über eine Sache mit Ihnen sprechen, mein Junge – über die Aktien, die Sie von mir bekommen haben ...«

Eine lange und peinliche Pause entstand. Der Sessel knarrte, als der dicke Mann sich bewegte.

»›Er‹ hat gesagt, ich hätte sie Ihnen keinesfalls geben dürfen. Im Grunde sind sie ja auch wertlos. Es war eine von seinen Ideen, daß diese Aktien nicht an der Börse gehandelt werden sollen. Die Dinger sind also keinen Cent wert.«

»Weiß ›er‹ denn, daß ich die Aktien habe?« fragte Fing Su.

Genau wie Joe nannte er Clifford Lynne nie beim Namen, sondern bezeichnete ihn immer nur mit ›er‹.

»Kann sein«, murmelte Joe unsicher. »Jedenfalls hat ›er‹ neulich abends davon gesprochen und bestand ausdrücklich darauf, daß ich niemandem Aktien abgeben dürfe, auch nicht eine einzige!«

»Mein verehrter und ehrenwerter Vater hat neun besessen«, erklärte Fing Su mit seidenweicher Stimme, »und ich habe jetzt vierundzwanzig.«

Joe rieb sein unrasiertes Doppelkinn; er war sehr beunruhigt.

»Sie sind immer ein guter Junge gewesen, Fing Su ... Sie können Latein und haben Philosophie und sonstwas studiert. Ich halte viel von Bildung, und ich werde immer etwas für Sie tun!« Er zögerte und nagte an seiner Unterlippe. »Ich bin keiner von denen, die erst etwas geben und es nachher zurück haben wollen. Aber von was für einer Sorte ›er‹ ist, wissen Sie ja, Fing Su.«

»Er haßt mich«, erklärte Fing Su leidenschaftslos. »Gestern nannte er mich eine gelbe Schlange.«

»So weit ist er gegangen?« fragte Joe trübselig. Aus dem Ton seiner Stimme war herauszuhören, daß er diese Differenzierung gern aus der Welt geschafft hätte, aber er sah noch keine Möglichkeit dazu.

»Früher oder später werde ich ihn schon herumkriegen!« Joe bemühte sich, zuversichtlich zu erscheinen. »Mir schwebt schon etwas vor ...«

Unwillkürlich lächelte er bei dem Gedanken an sein Vorhaben, aber gleich darauf wurde er wieder ernst.

»Noch einmal zu diesen Aktien: Ich werde Ihnen ein paar

tausend Pfund Sterling dafür zahlen. Die Dinger sind zwar keinen Penny wert, aber trotzdem sollen Sie ein paar Tausender dafür haben.«

Der Chinese bewegte sich lautlos in seinem Stuhl und sah seinen Gönner aus dunklen Augen voll an.

»Mr. Bray, was soll ich mit Geld anfangen?« fragte er fast demütig. »Mein ehrenwerter Vater hat mir ein großes Vermögen hinterlassen, und ich selbst habe nur wenig Bedürfnisse.«

Fing Su warf den Rest seiner Zigarette fort und rollte sich mit großer Geschicklichkeit eine andere.

»In Shanghai und Kanton wird davon gesprochen, daß die Yünnan-Gesellschaft mehr Geld besitzt, als die jetzige Regierung jemals zu sehen bekommen hat«, fuhr er dann langsam fort. »Man redet davon, daß die Lolo-Männer im Liao-Tal Gold gefunden haben –«

»Das haben *wir* gefunden«, unterbrach ihn Joe selbstzufrieden. »Diese Lolos konnten doch gar nichts finden –«

»Aber das ist doch totes Kapital für Sie«, erklärte Fing Su.

»Durchaus kein totes Kapital! Bringt viereinhalb Prozent«, brummte Joe vor sich hin.

Fing Su lächelte.

»Viereinhalb Prozent! Und Sie könnten hundert Prozent daraus machen. Oben in Shansi liegen Millionenwerte an Kohlen. Daß Sie selbst nichts unternehmen können, weiß ich. Dazu brauchte man einen starken Mann in der ›Verbotenen Stadt‹, der die notwendigen Befehle geben müßte – und der sich auch durchsetzen könnte. Aber auch der starke Mann kann ohne eine hervorragende Armee nichts tun. Hierfür sollten Sie Ihr Geld anlegen.«

»Ich weiß nicht recht!« Joe Bray sah sich unruhig um. Der dicke Mann verabscheute politische Intrigen und wußte, daß ›er‹ sie ausgesprochen haßte.

»Fing Su«, begann er verlegen, »der amerikanische Konsul mit dem langen Gesicht hat gestern bei mir gespeist. Er war sehr aufgebracht über Ihren Klub der ›Freudigen Hände‹, der sich anscheinend schon überall breitmacht. Die Zentralregierung hat bereits eine Untersuchung eingeleitet. Letzte Woche war Ho Sing bei mir und wollte wissen, wann Sie wieder nach London zurückkehren.«

Die dünnen Lippen des Chinesen verzogen sich zu einem schmalen Lächeln.

»Man legt meinem kleinen Klub zuviel Gewicht bei«, erklärte er kühl. »Wir betreiben keine Politik, die ›Freudigen Hände‹ sind eine rein gesellschaftliche Organisation... Aber noch einmal zu Ihrer Yünnan-Gesellschaft: Meinen Sie nicht, daß es eine ausgezeichnete Idee wäre, die Reserven dieser Gesellschaft zum Aufbau der Armee zu verwenden?«

Joe Bray winkte heftig ab. »Ganz und gar nicht. Die Reserven kann ich sowieso nicht angreifen. Aber was die Aktien betrifft, Fing Su...«

»Die liegen bei meinem Bankier in Shanghai, Sie sollen sie zurückbekommen«, versprach er geschmeidig. »Ich möchte nur, daß mir das Wohlwollen meines Freundes erhalten bleibt, für den ich nur Respekt und Bewunderung empfinde... ›Gelbe Schlange‹! Wie unfreundlich!«

Die Sänfte Fing Sus hatte gewartet, um ihn nach Hause zu tragen, und Joe Bray sah den trabenden Kulis so lange nach, bis eine Wegbiegung sie seinen Blicken entzog.

Vor der Tür von Fing Sus kleinem Haus hockten drei Männer. Der Chinese entließ seine Träger und winkte die Leute in den dunklen Raum, der ihm als Arbeitszimmer diente.

»Zwei Stunden nach Sonnenuntergang wird Clifford Lynne«, – jetzt nannte er ihn mit seinem wirklichen Namen – »durch das Tor des Wohltätigen Reises kommen. Tötet ihn und bringt mir alle Papiere, die er bei sich trägt.«

Clifford Lynne war pünktlich auf die Minute, doch er kam durch das Mandarin-Tor, und die Meuchelmörder verfehlten ihn. Sie berichteten es ihrem Herrn, doch der wußte bereits, daß Lynne zurückgekehrt war und auf welchem Weg.

»Es gibt viele Möglichkeiten, einen Plan durchzuführen«, murmelte Fing Su, Bachelor of Arts. »Und vielleicht ist es gut, daß es nicht jetzt geschehen ist, während ich in der Stadt war. Morgen reise ich nach England – aber ich komme zurück, mit großer Macht werde ich zurückkehren!«

2

Genau sechs Monate nach Fing Sus Abreise nach Europa tagten die Teilhaber der Firma Narth Brothers hinter verschlossenen Türen in ihrem Konferenzraum. Den Vorsitz hatte Stephen Narth; sein schwammiges, weißes Gesicht mit den tief eingegrabenen Falten ließ erkennen, daß er sehr beunruhigt war.

Zu seiner Rechten saß Major Gregory Spedwell, gelb und leichenhaft, mit schwarzem, krausem Haar und nikotingebräunten Fingern. Er hatte eine nicht rein militärische Vergangenheit.

Ihm gegenüber hatte Ferdinand Leggat Platz genommen, ein wahrer John-Bull-Typ mit gesundem, frischem Gesicht und einem Backenbart; in Wirklichkeit entsprach aber die Solidität seiner Erscheinung durchaus nicht seinem Charakter, denn ›John Bull Leggat‹ hatte Höhen und Tiefen des Lebens durchmessen, die ihm selbst fast unglaublich vorkamen – bevor er seinen Anker in dem verhältnismäßig respektablen Hafen der Firma Narth Brothers Ltd. festmachte.

Es hatte einmal eine Zeit gegeben, in der der Name der Firma Narth Brothers in der City von London so über allen Zweifel erhaben war, daß man bei ihm schwören konnte. Thomas Ammot Narth, der Vater des jetzigen Firmenchefs, hatte nur ganz einwandfreie, wenn auch begrenzte Geschäfte an der Börse gemacht, und die Firma galt für ihre Klienten als eines der vornehmsten Häuser Englands.

Sein Sohn hatte zwar den Geschäftssinn, nicht aber die Urteilskraft seines Vaters geerbt. Das führte dazu, daß er zwar den Kundenkreis vergrößerte, daß aber die Moral dieser neuen Kunden nicht den strengen Maßstäben seiner alten Geschäftsfreunde entsprach. Als Stephen Narth sich schließlich wiederholt vor Gericht für die Praktiken seiner neuen Kunden verantworten mußte, zogen sich die alten Freunde seines Hauses zurück und es kam so weit, daß er schließlich nur noch einen Angestellten und einen Börsenagenten beschäftigen konnte. So erzielte er zwar hin und wieder noch einträgliche Gewinne, aber das beständige, sichere Einkommen, die solide Grundlage des Geschäfts war dahin.

In schlechten Zeiten hatte Stephen Narth sich damit durchgeschlagen, daß er allerlei Gesellschaften gründete. Die meisten gerieten nach kurzer Zeit in Liquidation.

Diese Abenteuer hatten Stephen Narth mit Mr. Leggat, einem galizischen Ölspekulanten, zusammengebracht, der außerdem noch eine Theateragentur sowie ein Kreditinstitut betrieb und an mancherlei fragwürdigen Unternehmen beteiligt war.

Die Angelegenheit aber, die die drei Teilhaber der Firma um neun Uhr morgens in ihrem Büro im Manchester House zusammenführte, hatte nichts mit den gewöhnlichen Geschäften der Firma zu tun. Mr. Leggat polterte:

»Wir wollen doch die Sache beim richtigen Namen nennen. Unser Geschäft ist bankrott. Bei der Abwicklung des Konkursverfahrens werden Dinge zur Sprache kommen, die weder Spedwell noch mich, sondern lediglich Narth etwas angehen. Ich habe mit dem Geld der Firma nicht spekuliert, ebensowenig Spedwell.«

»Sie haben gewußt –« begann Narth erregt.

»Gar nichts habe ich gewußt«, brachte Leggat ihn zum Schweigen. »Die Bücherrevisoren stellten fest, daß für eine Summe von fünfzigtausend Pfund keine Belege vorhanden sind. Jemand hat eben an der Börse gespielt, aber das war weder ich noch Spedwell.«

»Aber Sie selbst hatten mir doch das geraten –«

Mr. Leggat hob schon wieder abwehrend die Hand.

»Wir wollen keine Zeit verschwenden mit Vorwürfen. Kurz und gut, es fehlen fünfzigtausend Pfund. Wo und wie können wir das Geld auftreiben?«

Er warf einen Blick zu Spedwell, der mit einem sarkastischen Zwinkern antwortete.

»Sie haben leicht reden«, ereiferte sich Narth. Er wischte sich mit dem Taschentuch über die Stirn. »Vergessen Sie nicht, daß Sie beide an der Petroleumspekulation beteiligt waren – Sie alle beide!«

Mr. Leggat verzog seinen Mund und zuckte mit den Schultern, zog es aber vor, zu schweigen.

»Fünfzigtausend Pfund sind eine Menge Geld.« Spedwell ergriff zum erstenmal das Wort.

»Sehr viel Geld«, stimmte sein Freund zu und wartete darauf, daß Mr. Narth etwas sagen sollte.

»Wir sind heute nicht zusammengekommen, um längst bekannte Tatsachen zu erörtern«, rief Narth ungeduldig, »sondern um einen Ausweg zu finden. Wie können wir die Sache in Ordnung bringen, das ist hier die Frage.«

»Die Antwort ist ganz einfach«, erklärte Mr. Leggat ruhig. »Ich für meine Person habe keine Lust, ins Gefängnis zu wandern, und man sagt, Wormwood Scrubbs ist ein miserabler Ort. Wir müssen – richtiger Sie, Narth, müssen das Geld auftreiben. Es bleibt nur eine Möglichkeit«, fuhr er langsam fort und sah Stephen Narth scharf an. »Sie wissen, an welche ich denke. Sie sind der Neffe oder Vetter von Joseph Bray, einem der reichsten Männer der Welt – und ganz sicher der reichste Mann in China. Soviel ich gehört habe, bekommen Sie und Ihre Familie eine jährliche Rente von diesem Gentleman –«

»Zweitausend im Jahr«, unterbrach Narth ihn barsch. »Aber das hat gar nichts mit unserem Geschäft zu tun!«

Mr. Leggat wechselte einen Blick mit dem Major und grinste.

»Der Mann, der Ihnen jährlich zweitausend Pfund gibt, muß doch für Sie erreichbar sein. Für Joseph Bray bedeuten fünfzigtausend Pfund nur so viel!« Dabei schnippte er mit den Fingern. »Mein lieber Narth, verkennen Sie Ihre Situation nicht: In vier Monaten oder schon eher wird man Ihnen in Old Bailey den Prozeß machen, wenn Sie das Geld nicht beschaffen können. Die Bluthunde werden bald auf Ihrer Spur sein.«

»Auf der Spur von uns allen dreien«, gab Narth boshaft zurück. »Vergessen Sie nicht, daß ich nicht allein verurteilt werde! Aber schlagen Sie sich nur den Gedanken aus dem Kopf, daß ich Joe Bray dazu überreden könnte, mir auch nur einen Cent mehr zu schicken. Er ist hart wie Eisen und sein Geschäftsführer ist noch härter.«

Wieder ging ein Blick geheimen Einverständnisses zwischen Mr. Leggat und Major Spedwell hin und her. Dann standen beide wie auf ein verabredetes Zeichen auf.

»Wir werden übermorgen wieder zusammenkommen«, erklärte Leggat. »Und Sie werden gut daran tun, in der Zwischenzeit nach China zu kabeln. Die einzige Möglichkeit, die dann noch bleibt, dürfte für Mr. Bray noch erheblich unangenehmer sein, als seinen Verwandten im Zuchthaus zu wissen.«

»Was wollen Sie damit sagen?« fuhr Narth ihn an.

»Ich meine damit«, sagte Mr. Leggat gedehnt und zündete sich umständlich eine Zigarre an, »ich meine damit die Hilfe eines gewissen Grahame St. Clay.«

»Und wer zum Teufel ist dieser Grahame St. Clay?« fragte Narth verblüfft.

Aber Mr. Leggat lächelte nur geheimnisvoll.

3

Gewöhnlich verließ Stephen Narth sein Büro in der Old Broad Street um vier Uhr nachmittags. Um diese Zeit wartete seine Limousine, um ihn zu seiner schönen Villa in Sunningsdale zu bringen. Aber heute zögerte er mit dem Aufbruch – nicht, weil er noch zu arbeiten gehabt hätte oder weil er Zeit brauchte, um mit seiner unglückseligen Lage ins reine zu kommen, nein – er wartete auf die Post. Heute war sein monatlicher Scheck aus China fällig.

Mit Joe Bray verband ihn eine etwas weitläufige Verwandtschaft, sie waren Vettern zweiten Grades. Für lange Zeit hatte überhaupt kein Kontakt zwischen ihnen bestanden, denn als die Brays bettelarm waren und die Narths noch zu den königlichen Kaufleuten zählten, nahmen sie kaum Notiz von Joes Unternehmungen. Erst als Mr. Narth vor zehn Jahren einen Brief seines Vetters erhielt, in dem dieser die verwandtschaftlichen Beziehungen aufleben lassen wollte, erfuhr er von der Existenz Joe Brays. Damals war Mr. Stephen Narth nahe daran, den gekritzelten Brief zu zerreißen und in den Papierkorb zu werfen. Er hatte gerade genug mit sich allein zu tun und konnte sich nicht um das Geschick entfernter Verwandter kümmern. Doch kurz bevor er zu Ende gelesen hatte, entdeckte er, daß der Absender der berühmte Bray war, dessen Name an allen Börsen der Welt Klang und Geltung hatte – der weltbekannte Joe Bray von der Yünnan-Gesellschaft. So wurde Joe Bray äußerst wichtig für ihn.

Sie hatten sich noch niemals gesehen; Stephen Narth besaß lediglich eine Fotografie des alten Mannes, auf der er aber so grimmig und hart dreinschaute, daß Stephen lieber gleich darauf verzichtet hatte, sich um weitere Hilfe an ihn zu wenden.

Kurz nach fünf Uhr betrat Perkins, sein Sekretär, das Büro und überbrachte Narth den erwarteten Brief.

»Miss Joan kam heute nachmittag hierher«, meldete er.

»So«, murmelte Stephen Narth gleichgültig.

Joan war eine Bray, eines der beiden Mitglieder des jüngeren Zweiges der Familie. Sie war eine entfernte Nichte und war in Stephens Haus aufgewachsen, wo man ihr die solide, aber keineswegs kostspielige Erziehung angedeihen ließ, wie sie armen Verwandten zukommt. Ihre Stellung in seinem Haushalt war schwer zu beschreiben. Joan war wirklich sehr brauchbar: Sie konnte dem Hauswesen vorstehen, wenn seine Töchter abwesend waren, sie konnte die Bücher führen und einen Hausverwalter ersetzen oder auch notfalls ein Dienstmädchen. Obwohl sie etwas jünger als Letty und sehr viel jünger als Mabel war, verstand sie es ausgezeichnet, für Stephens beide Töchter als Anstandsdame zu fungieren.

Manchmal begleitete sie die beiden Mädchen ins Theater, und gelegentlich durfte sie auch an einem Tanzvergnügen teilnehmen, wenn gerade eine Dame fehlte. Aber für gewöhnlich blieb Joan im Hintergrund. Manchmal hielt man es sogar für überflüssig, sie bei Einladungen mit an der Tafel sitzen zu lassen; dann mußte sie die Mahlzeit in ihrer Dachstube einnehmen – und in Wahrheit war sie gar nicht böse darüber.

»Was wollte sie denn?« fragte Mr. Narth und schnitt den Umschlag des sehnlichst erwarteten Briefes auf.

»Miss Joan wollte wissen, ob sie etwas nach Sunningdale mitnehmen sollte; sie war in die Stadt gekommen, um für Miss Letty einige Einkäufe zu machen«, berichtete der alte Schreiber und fuhr fort: »Außerdem fragte Miss Joan, ob schon eine der beiden jungen Damen wegen der Chinesen telefoniert habe.«

»Wegen welcher Chinesen?«

Perkins erklärte den Zusammenhang. Am Morgen waren in der Gegend von Sunny Lodge zwei gelbhäutige Burschen aufgetaucht, beide nur mangelhaft bekleidet. Sie hätten im hohen Gras der Wiese gelegen, als zufällig Miss Letty an ihnen vorbeigekommen war. Da seien sie aufgesprungen und davongerannt.

Letty, die an nervösen Anfällen litt, war dadurch erschreckt worden.

Perkins schloß: »Miss Joan glaubt, daß die Leute zu einer Zirkustruppe gehören, die heute morgen durch Sunningdale gezogen ist.«

Mr. Narth fand die Sache nicht so außergewöhnlich, daß man sie der Ortspolizei melden müßte, und vergaß sie gleich darauf.

Nervös zerrte er den Inhalt aus dem Briefumschlag. Es war der erwartete Scheck darin und außerdem ein ungewöhnlich langer Brief. Joe Bray beschränkte sich im allgemeinen darauf, nur einen Gruß beizufügen. Neugierig begann Stephen Narth zu lesen, er war erstaunt, daß sein Vetter plötzlich so mitteilsam geworden war. Die kritzelige Handschrift Joe Brays war nur schwer zu entziffern.

›Lieber Mr. Narth (Joe nannte ihn niemals anders), ich glaube, Sie werden sich wundern, wenn ich Ihnen einen so langen Brief schreibe. Nun, ich muß Ihnen mitteilen, daß ich einen bösen Anfall hatte und mich nur ganz langsam davon erhole. Der Arzt weiß nicht, wie lange ich noch zu leben habe. Deshalb entschloß ich mich, mein Testament zu machen; der Rechtsanwalt Mr. Albert van Rys hat es aufgesetzt. Lieber Mr. Narth, ich habe, wie Sie wohl wissen, schon immer für Ihre Familie große Bewunderung gehegt, und ich habe lange darüber nachgedacht, wie ich Ihnen helfen könnte. Ich bin zu folgendem Entschluß gekommen: ich möchte, daß mein Geschäftsführer, Clifford Lynne, jemand aus meiner Familie heiratet, um die Linie fortzuführen. Clifford Lynne lebt seit seiner frühesten Kindheit in meinem Hause und ist wirklich ein guter Junge. Zu meinem Geschäftsführer habe ich ihn gemacht, als ich diese Goldminen entdeckte. Soviel ich weiß, haben Sie drei Mädchen in Ihrer Familie, zwei Töchter und eine Nichte. Falls eines dieser Mädchen sich dazu entschließt, Clifford Lynne zu heiraten, werde ich Ihnen, Mr. Narth, zwei Drittel, und Clifford Lynne ein Drittel meines Anteils an der Goldmine vermachen. Andernfalls, das heißt, wenn keines der Mädchen mit der Heirat einverstanden ist, erhält Lynne mein gesamtes Vermögen und Sie gehen leer aus. Die Hochzeit muß aber vor dem 31. Dezember dieses Jahres stattgefunden haben. Clifford Lynne ist bereits unterwegs und wird in wenigen Tagen bei Ihnen sein. Bedenken Sie also, daß Sie im Falle meines Todes gar nichts erhalten werden, wenn Sie auf meinen Vorschlag nicht eingehen.‹

Stephen Narth sperrte vor Staunen den Mund auf und in seinem Kopf drehte sich alles. Das war die Rettung, und sie kam aus einer Richtung, aus der er sie nicht erwartet hatte! In großer Eile läutete er seinem Sekretär und gab ihm einige Instruktionen. Dann rannte er die Treppe hinunter, sprang in seinen Wagen und sauste nach Sunningdale. Den ganzen Heimweg grübelte er über den ungewöhnlichen Vorschlag nach.

Natürlich mußte Mabel diesen Clifford Lynne heiraten, schließlich war sie die Älteste! Oder auch Letty – jedenfalls hatte er das Geld schon so gut wie in der Tasche ...

Als sein Wagen die von blühenden Rhododendren gesäumte Einfahrt hinanfuhr, war Stephen bester Laune und sprang mit einem so strahlenden Lächeln aus dem Auto, daß Mabel, die auf ihn gewartet hatte, sofort erkannte, daß etwas Außergewöhnliches geschehen sein mußte. Sie lief auf ihn zu. und auch Letty trat in diesem Augenblick aus der Haustür. Es waren recht hübsche Mädchen, ihr Vater hätte sie sich nur ein wenig schlanker gewünscht. Außerdem war die älteste schon ein bißchen nörgelig in ihrer Lebensbetrachtung, und das war gelegentlich ziemlich unangenehm.

»Hast du schon von den scheußlichen Chinesen gehört?« Mabel überfiel ihn förmlich, als Stephen aus dem Wagen kletterte. »Die arme Letty hätte fast einen Anfall vor Schreck bekommen!«

An jedem anderen Tag hätte Narth ihr barsch befohlen, den Mund zu halten, denn er war ein Mann, der es haßte, mit alltäglichem Kleinkram belästigt zu werden. Es interessierte ihn überhaupt nicht, daß ein oder zwei gelbe Eindringlinge über seinen Rasen gegangen waren. Aber heute brachte er es fertig, nachsichtig zu lächeln.

»Meine Liebe, darüber braucht man sich doch nicht aufzuregen. Perkins hat es mir erzählt. Wahrscheinlich waren die armen Burschen genauso erschrocken wie Letty. Aber jetzt kommt mit in die Bibliothek; ich habe etwas sehr Wichtiges mit euch zu besprechen!«

Er nahm die beiden Mädchen mit in den elegant ausgestatteten Raum, schloß sorgfältig die Tür und berichtete dann die erstaunlichen Neuigkeiten. Zu seiner nicht geringen Verwunderung hüllten sich seine Töchter in Schweigen. Mabel steckte sich ihre unvermeidliche Zigarette an, tat ein paar lange Züge, klopfte die Asche auf den kostbaren Teppich, wechselte einen Blick mit ihrer Schwester und sagte gedehnt:

»Für dich, Vater, ist das alles ja sehr schön, aber was haben wir denn davon?«

»Was ihr davon habt?« rief ihr Vater verblüfft. »Das ist doch ganz klar. Dieser Mann bekommt doch den dritten Teil des Riesenvermögens ...«

»Aber wieviel von diesem Drittel springt für uns dabei heraus?« fragte Letty, die jüngere der beiden Schwestern. »Doch ganz abgesehen davon – wer ist denn dieser Mann? Mit all dem Geld könnten wir eine ganz andere Partie machen, als ausgerechnet den Geschäftsführer einer Mine heiraten.«

Stephen Narth fand keine Worte.

Das Schweigen wurde von Mabel unterbrochen.

»Natürlich müssen wir alles noch mit dir besprechen und zu einer Regelung kommen«, überlegte sie laut. »Aber dieser alte Herr scheint sich einzubilden, daß es für ein Mädchen nur darauf ankommt, daß ihr Mann Geld hat. Mir genügt das noch lange nicht!«

Stephen Narth lief es kalt den Rücken herunter. Er hätte sich nicht träumen lassen, hier so heftigen Widerstand zu finden.

»Aber begreift ihr denn nicht, daß wir nichts, aber auch gar nichts bekommen, wenn keine von euch diesen Mann heiratet? Natürlich sollt ihr euch die Sache überlegen – aber ihr könnt doch eine so glänzende Partie nicht ausschlagen!«

»Wieviel hinterläßt Joe Bray denn eigentlich?« fragte die praktische Mabel. »Das ist doch der springende Punkt. Ich gestehe ganz offen, ich denke nicht daran, die Katze im Sack zu kaufen; und außerdem – wie wird unsere gesellschaftliche Position sein? Wahrscheinlich müßten wir doch nach China gehen und in irgendeinem erbärmlichen Nest hausen.«

Sie saß auf der Tischkante, hatte die Beine übereinandergeschlagen und wippte mit den Fußspitzen. In dieser Haltung erinnerte sie Stephen Narth an eine Bardame, die er in seiner frühen Jugend gekannt hatte. Irgend etwas stimmte in Mabels Erscheinung nicht, und das würde auch nicht ausgeglichen durch ihre kurzen Röcke und ihren wirklich hübschen Kopf mit dem kurzgeschnittenen Haar.

»Ich habe genug mitgemacht mit Sparen und Knausern«, fuhr seine älteste Tochter fort. »Und ich will dir ganz ehrlich sagen, daß du bei dieser Angelegenheit nicht auf mich zählen kannst.«

»Auf mich ebensowenig«, schloß sich Letty an. »Mabel hat ganz recht. Als Frau dieses Menschen würden wir eine erbärmliche Rolle spielen.«

»Er würde euch sicher gut behandeln.« Stephen Narth versuchte noch einmal, sie umzustimmen. Aber er fand kein Entgegenkommen.

Plötzlich sprang Mabel vom Tisch. Ihre Augen funkelten.

»Ich weiß einen Ausweg! – Das Aschenbrödel!«

»Das Aschenbrödel?« fragte er mit gerunzelter Stirn.

»Aber ja! Joan natürlich!« rief sie aus. »Lies doch den Brief noch einmal!«

Alle drei durchflogen atemlos das Schreiben, und als sie fast zu Ende gekommen waren, jubelte Letty laut auf.

»Natürlich Joan! Warum sollte sie ihn denn nicht nehmen? Das ist doch eine großartige Sache – sonst hat sie überhaupt keine Heiratschancen. Und wenn du reich wirst, ist sie hier sowieso überflüssig. Weiß der Himmel, was wir mit ihr anfangen sollten.«

»Joan!« An sie hatte Narth überhaupt nicht gedacht. Zum viertenmal las er den Brief Wort für Wort. Die Mädchen hatten recht, Joan erfüllte alle Bedingungen Joe Brays. Sie war ein Mitglied der Familie und ihre Mutter war eine geborene Narth. Bevor er noch den Brief aus der Hand legte, hatte Letty schon nach dem Diener geläutet.

»Sagen Sie Miss Bray, daß sie herkommen möchte, Palmer«, befahl sie.

Drei Minuten später trat das Mädchen ein – das Opfer, mit dem die Familie Narth die Schicksalsgötter bestechen wollte.

4

Joan Bray war einundzwanzig Jahre, sah aber viel jünger aus. Sie war schlank – Letty fand sie mager, aber das war übertrieben. Die Narths waren eher rundlich und etwas phlegmatisch, Joan dagegen war graziös und lebhaft, und jede ihrer Bewegungen war bestimmt und bewußt. Wenn sie ruhig dasaß, hatte sie die Haltung einer Aristokratin (sie weiß immer, wo sie ihre Hände hintun soll, gab Letty widerwillig zu), und wenn sie sich bewegte, geschah das in der geschmeidigen Anmut eines Menschen, dem Bewegung elementares Bedürfnis ist. Joan war zehn Jahre lang vernachlässigt, unterdrückt und beiseite geschoben worden, aber sie hatte dabei weder ihren Lebensmut noch ihr Selbstvertrauen eingebüßt.

Diese Joan stand nun mit einem halben Lächeln in ihren grauen Augen vor ihnen, sah von einem zum andern und merkte, daß irgend etwas Außergewöhnliches vorgefallen war. Die Klarheit ihres Teints und der Liebreiz ihrer Züge konnten von der etwas herausfordernden Schönheit ihrer Kusinen nicht in den

Schatten gestellt werden. Sie glich einem Bild, dessen Feinheiten keiner Glanzlichter bedurften.

»Guten Abend, Mr. Narth.« Sie redete ihn immer formell an. »Ich habe die Vierteljahresabrechnung fertiggestellt – sie ist sehr unerfreulich!«

Zu jeder anderen Zeit hätte Stephen diese Nachricht schwer getroffen, aber die Aussicht, ein größeres Vermögen zu erben, hatte ihn völlig gleichgültig gegen die Frage gemacht, ob er hundert Pfund mehr oder weniger besaß.

»Nimm doch Platz, Joan«, forderte er sie auf. Verwundert setzte sie sich.

»Bitte, lies diesen Brief.« Er reichte ihr das Schreiben.

Schweigend überflog sie es, dann lächelte sie.

»Das ist wirklich eine wundervolle Nachricht! Ich freue mich sehr für Sie.« Dann blickte sie ein wenig spöttisch von einer Kusine zur anderen. »Wer wird denn die glückliche Braut sein?«

Ihre überlegene Heiterkeit war in Mabels Augen eine Beleidigung. Die Selbstverständlichkeit, mit der Joan annahm, daß eine von ihnen sich in eine obskure Chinesenstadt vergraben würde, trieb ihr die Zornesröte in die Wangen.

»Sei nicht töricht, Joan«, sagte sie scharf. »Diese Frage muß noch genau überlegt werden.«

Stephen Narth hatte das Gefühl, eingreifen zu müssen.

»Clifford Lynne ist ein prachtvoller Mensch, einer der besten, die es gibt«, pries er ihn begeistert, obwohl er Cliffords Charakter, Aussehen oder Verhältnisse nicht besser kannte als die irgendeines beliebigen Menschen, dem er heute nachmittag mit seinem Auto begegnet war. »Dies ist ein ganz großes Glück für uns. Übrigens ist dieser Brief hier«, er wandte sich direkt an Joan, »nicht der einzige, den ich von unserem Freund Joe erhalten habe. In einem anderen Schreiben hat er sich noch viel deutlicher geäußert.«

Joan blickte ihn an, als ob sie erwarte, daß er ihr diesen mysteriösen Brief zeigen würde. Aber er tat nichts dergleichen – aus dem einfachen Grund, weil dieser Brief nicht existierte.

»Um es kurz zu sagen, liebe Joan: Joe Bray wünscht, daß du diesen Mann heiratest.«

Langsam stand das Mädchen auf, ihre feingezeichneten Brauen schoben sich verblüfft in die Höhe.

»Er will, daß ich ihn heirate?« wiederholte sie. »Aber ich kenne den Mann doch gar nicht.«

»Wir ebensowenig«, erklärte Letty ruhig. »Darum geht es ja auch gar nicht, denn vor der Ehe kann man einen Mann ohnehin nicht wirklich kennenlernen. Seine wahre Natur kommt doch erst nach der Heirat zum Vorschein.«

Mr. Narth bedeutete Letty, zu schweigen.

»Joan«, begann er ernst, »ich bin immer gut zu dir gewesen. Ich habe dir ein Heim gegeben und habe noch mehr für dich getan, wie du wohl weißt.«

Er sah seine Töchter an und gab ihnen ein Zeichen, sich zu entfernen. Als die Tür sich hinter ihnen geschlossen hatte, fuhr er fort:

»Joan, ich muß einmal ganz offen mit dir sprechen.« Es war nicht das erstemal, daß er eine Unterredung so einleitete, und sie wußte, was jetzt kommen würde. Sie hatte einen Bruder gehabt, einen leichtsinnigen Jungen, der bei der Firma Narth angestellt und eines schlimmen Tages mit einigen hundert Pfund durchgebrannt war –, aber er hatte diese Tat mit dem Leben bezahlt. Auf der rasenden Fahrt zu einem Hafen war er mit dem Auto verunglückt – man hatte ihn auf einer Landstraße in Kent tot unter den Trümmern seines Wagens gefunden. Dann war da noch die alte kranke Mutter Joans, die in ihren letzten Lebensjahren von der Mildtätigkeit Stephen Narth's unterhalten worden war. (»Wir können sie unmöglich ins Armenhaus gehen lassen«, hatte Mabel damals gesagt. »Wenn das in die Zeitungen kommt, gibt es einen schauderhaften Skandal!« Mabel war eben Mabel, selbst im zarten Alter von sechzehn Jahren.)

»Ich möchte dich nicht an alles erinnern, was ich für deine Familie getan habe!« Er sah sie bedeutungsvoll an, und dann zählte er alles auf, was sie schon öfter von ihm gehört hatte. »Ich habe dich in mein Haus aufgenommen und habe dir eine gesellschaftliche Stellung gegeben, die du sonst nicht gehabt hättest. Jetzt hast du die Gelegenheit, dich dafür dankbar zu zeigen. Es ist mein ausdrücklicher Wunsch, daß du diesen Mann heiratest.«

Sie biß sich auf die Lippe, hob aber nicht den Blick.

»Hast du gehört, was ich sagte?«

Sie nickte und sah ihn nachdenklich an.

»Sie wollen also wirklich, daß ich ihn heirate?«

»Ich will, daß du eine reiche Frau wirst«, betonte er nachdrücklich. »Ich fordere kein Opfer von dir, sondern ich gebe dir die Gelegenheit, glücklich zu werden. Neun von zehn Mädchen würden sich keinen Augenblick besinnen.«

Es klopfte an die Tür. Der Diener kam herein und brachte auf einem Silbertablett ein Telegramm. Mr. Narth öffnete es, las und tat einen tiefen Atemzug.

»Er ist tot«, flüsterte er. »Der alte Joe Bray ist tot!«

Aber sogleich stellte er auch eine Berechnung an. Heute war der erste Juni. Wenn er Joan in einem Monat verheiratete, konnte er den Konkurs der Firma Narth vermeiden. Ihre Augen begegneten sich. Sein Blick war kalt, berechnend und gefühllos.

»Du wirst ihn heiraten?«

Sie nickte.

»Ja, ich denke schon«, erwiderte sie ruhig.

Erleichtert seufzte er auf. »Du bist ein sehr kluges Mädchen, und du wirst es nicht bereuen.« Er kam um den Tisch herum und nahm ihre kalten Hände in die seinen. »Ich versichere dir, Joan –«

Er wurde unterbrochen, es hatte wieder geklopft. Der Diener meldete: »Ein Herr wünscht Sie zu sprechen, Sir.«

Unmittelbar darauf trat der Besucher ins Zimmer. Er war ein großer Mann, der einen fleckigen, schlechtsitzenden Anzug aus rauhem Stoff trug. Seine Schuhe waren aus ungegerbtem Leder und sahen wie selbstgemacht aus. Ein verknittertes Hemd, das den Hals frei ließ, und ein verbeulter Hut in seiner Hand vervollständigten das Bild. Doch es war etwas in seinem Gesicht, das Joan aufmerksam machte.

Sie starrte ihn verblüfft an, solch einen Mann hatte sie noch nie zuvor gesehen. Sein Haar war lang, braun und gewellt, und er trug einen struppigen Bart, der bis auf die Brust herabreichte.

»Wer zum Teufel –«, begann Mr. Narth verdutzt.

»Mein Name ist Clifford Lynne«, sagte die Erscheinung. »Soviel ich weiß, soll ich hier jemand heiraten. Wo ist sie?«

Narth blickte noch immer fassungslos auf den seltsamen Gast. Da begann Letty, die ihm auf dem Fuß gefolgt war, nervös zu lachen.

»Mr. Lynne –«, stotterte Stephen Narth.

Bevor der Mann jedoch antworten konnte, gab es eine Unterbrechung. Draußen in der Halle hörte man jemand mit dem Diener sprechen, und Mr. Narth schaute nach, was es wohl gebe: Das Hausmädchen hielt einen Kasten in den Händen.

»Was ist das?« fragte Narth ungehalten.

Der Diener nahm dem Mädchen den Kasten ab und brachte ihn ins Zimmer. Der Behälter war ganz neu und maß etwa einen halben Meter im Quadrat. Ein Schiebedeckel hielt ihn verschlossen.

»Mr. Lynne?« fragte der Diener verlegen, wie jemand, der in einer völlig ungewohnten Situation ist.

»Ja?«

Der bärtige Mann fuhr herum. Alle seine Bewegungen waren blitzschnell und geschmeidig, wie Joan feststellte.

»Für mich?«

Er stellte den Kasten auf den Tisch und runzelte mißtrauisch die Stirn. Auf dem Deckel waren mit roter Farbe die Worte gepinselt:

CLIFFORD LYNNE ESQ.
Bei Ankunft zu übergeben.

Als Lynne die Hand ausstreckte, um den Deckel zu öffnen, lief Joan ein Schauer den Rücken herunter. Sie hatte das sichere Gefühl einer schrecklichen Gefahr.

»Was, zum Teufel, ist das?« stieß der Fremde hervor.

Der Kasten war jetzt offen, aber man konnte nichts sehen als eine dicke Schicht weicher Watte, die sich in unheimlichen Wellen bewegte.

Plötzlich wand sich aus dem weißen Lager ein flacher, dreieckiger Kopf, dessen perlförmige schwarze Augen bösartig funkelten.

Im Bruchteil einer Sekunde kam auch der lange, gewundene Körper der Schlange zum Vorschein, schwankte hin und her, zuckte zurück, und plötzlich schoß der häßliche Kopf vor.

Das Reptil hatte aber die Entfernung unterschätzt – und sein Ziel verfehlt. Für einen Augenblick lag die Schlange quer über den Tisch gestreckt, dann glitt sie geschmeidig auf den Fußboden. Wieder hob sich ihr Haupt, und während noch Narth und die Mädchen wie gebannt vor Entsetzen unbeweglich auf ihrem Platz verharrten, ging sie erneut zum Angriff vor ...

Die Explosion betäubte alle – durch einen Schleier von blauem Rauch sah Joan das kopflose Ding sich aufrollen und im Todeskampf sich wieder ineinander winden ...

»Verdammte Höllenbrut!« entfuhr es Clifford Lynne. »Wer hat die hierher gebracht?«

5

»Es war ein Chinese«, stammelte der Diener.

»Ein Chinese?«

Der Diener zeigte verschüchtert auf die geöffnete Glastür, die auf den Rasenplatz führte. Mit einem Sprung setzte Clifford Lynne hindurch und fegte wie ein Sturmwind über die Rasenfläche. Zwei Sekunden später war er hinter der hohen Buchenhecke verschwunden.

Damit war der Bann gebrochen. Letty bekam einen hysterischen Anfall, schrie und lachte und rang die Hände, so daß Joan alle Mühe hatte, sie zu beruhigen. Unter dem Tisch wand sich noch immer die getötete Schlange – und der Raum war von beißendem Qualm erfüllt.

Jetzt stürzte auch Mabel herein. Sie sah das Reptil auf dem Fußboden und starrte von ihrer Schwester zu Joan, und von Joan auf ihren aschfahlen Vater.

»Dieser fürchterliche Mensch – er hat Letty umbringen wollen!« kreischte sie.

»Ruhe jetzt!« schrie Stephen Narth und machte dem Tumult ein Ende. Er war wieder Herr im Hause.

»Haltet jetzt gefälligst den Mund! Verdammt noch mal! Die einzige, die hier Verstand hat, ist Joan. Reißt euch zusammen!«

Letty erhob sich taumelnd.

»Tatsächlich eine Schlange!« Narth starrte auf das Tier herunter, seine Würde hatte einen leichten Stoß erlitten. »Puh! Bringen Sie das Ding heraus, aber fassen Sie es mit der Feuerzange an«, befahl er dem Diener. »Hat Lynne geschossen, Joan? Ich habe gar nicht gesehen, daß er eine Pistole gezogen hat.«

Sie schüttelte den Kopf.

»Ich auch nicht – ich habe nur den Schuß gehört.«

Mr. Narth wies auf die Schlange; der Diener packte den noch zuckenden Schwanz mit der Zange.

»Er hat gesagt ›Verdammte Höllenbrut!‹«, bemerkte Joan in tiefem Nachdenken.

Die Mädchen sahen ihren Vater an.

»Wer war denn der Mann? Ein Landstreicher?« fragte Letty.

Mr. Narth schüttelte den Kopf.

»Das war Clifford Lynne«, antwortete er, und die Schwestern schnappten nach Luft. Diese Vogelscheuche!

»Was! Das ist der Mann, der mich . . .?«

Narth blickte bedeutungsvoll zu Joan hinüber. Sie stand am offenen Fenster und hatte ihre Augen mit der Hand gegen die tiefstehende Sonne geschützt. Clifford Lynne kam im gleichen Augenblick zurück, als der Diener das tote Reptil mit der Feuerzange über den Rasen schleifte. Als Lynne die Schlange erblickte, blieb er stehen.

»Soso, ein Gelbkopf!« sagte er nachdenklich. »Ein Gelbkopf – was für ein Bursche!«

Letty dämpfte ihre Stimme, als der merkwürdige Mann gemächlich in das Zimmer geschlendert kam, die Hände in den Hosentaschen.

»Hat jemand hier in der Nähe einen Chinesen gesehen?« erkundigte er sich.

Letty und Mabel antworteten gleichzeitig, obwohl Lynne sich an die einzige Person in der Bibliothek gewandt hatte, die während des Vorfalls weder vor Angst gezittert noch sonstige Anzeichen der Panik gezeigt hatte.

»Zwei Chinesen?« wiederholte er. »Das habe ich mir doch gleich gedacht!«

Der Fremde stellte sich an die geöffnete Glastür und starrte nachdenklich in den Garten. Dann kam er zum Tisch zurück und nahm behutsam die Watte aus dem Kasten, Lage für Lage.

»Es war nur eine Schlange! Aber was für eine Idee!«

Lynne spähte wieder hinaus.

»Ich hätte eher gedacht, daß sie ein Messer nehmen würden. Diese Burschen sind hervorragende Messerwerfer. Einer von ihnen hat vor einem Jahr einen meiner Vorarbeiter auf eine Entfernung von hundertzwanzig Yards erdolcht.«

Lynne sprach nur zu Joan, und seine Stimme klang liebenswürdig und zuvorkommend.

»Haben Sie den Täter erwischt?« fragte das Mädchen.

Der bärtige Mann nickte.

»Gefangen, verurteilt und aufgehängt. Eigentlich war er ein ganz netter Kerl – aber viel zu temperamentvoll!«

Cliffords Blick fiel auf Letty, die ihre rosigen Lippen verächtlich schürzte, aber es berührte ihn anscheinend nicht.

»Sind Sie es?« fragte er schroff.

Letty fuhr zusammen.

»Nein – ich, was meinen Sie überhaupt?«

Sie wußte ganz genau, was er meinte.

»Ich soll hier irgendein Mädchen heiraten.«

Nun schaute er Mabel an, die dunkelrot wurde, und deren himmelblaue Augen vor Wut sprühten.

»Weder meine Schwester noch ich sind die Glückliche«, erklärte sie schnippisch. »Sie müssen sich an Joan wenden.«

Jetzt endlich stellte Mr. Narth seine Nichte vor.

»Oh!«

Nur »Oh!«. Das konnte alles mögliche bedeuten – Enttäuschung oder Erleichterung oder einfach nur Überraschung.

»Nun gut, hier bin ich. Und ich bin bereit für das –« Er zögerte, als ob er das richtige Wort suchte. Joan hätte schwören können, daß er »Opfer« sagen wollte, aber er vollendete: »feierliche Ereignis«.

»Der alte Joe Bray ist tot«, sagte der Fremde. »Wahrscheinlich wissen Sie es schon. Armer alter Träumer! Für eine Menge Leute wäre es besser gewesen, wenn er schon vor sechs Wochen gestorben wäre. Eine gute alte Seele, ein großer alter Sportsmann, aber ein bißchen verrückt.« Lynne hatte wieder nur zu Joan gesprochen. Sie konnte ihn nun genauer betrachten. Er war etwa einsachtzig groß, und nicht einmal seine unbeschreibliche Kleidung konnte seinen tadellosen Wuchs verbergen. Das Gesicht war wettergebräunt, und braun waren auch sein Haar und sein wilder Bart sowie seine ziemlich struppigen Augenbrauen. Alles an diesem Mann strömte eine ungeheure Lebenskraft aus. Das war ihr erster Eindruck – diese überwältigende Vitalität. Verstohlen schaute sie auf seine unförmigen Schuhe; der eine war mit einem Riemen verschnürt, der andere mit Bindfaden zugebunden.

Mr. Narth hielt jetzt den Augenblick für gekommen, seine Autorität zu wahren. Die Umstände hatten ihn zur wichtigsten Person im Raum gemacht. Er war nicht nur der Herr des Hauses, sondern er war nach dem Testament auch der Hauptbegünstigte. Und dieser Mann hier war nur der Geschäftsführer des alten Joe Bray – lediglich ein Befehlsempfänger. In Zukunft würde er ihm, Stephen Narth, zu gehorchen haben, denn wenn er Joes Vermögen erbte, so ging doch damit auch zweifellos die Autorität auf ihn über, die damit verbunden war.

»Hm – Mr. Lynne, ich finde Ihre Äußerungen über den – hm – Geisteszustand meines armen Vetters sehr ungehörig, und ich kann diese Verleumdungen nicht dulden.«

Der Fremde warf ihm einen merkwürdigen Blick zu.

»Oh, Sie sind Narth, nicht wahr? Ich habe schon von Ihnen gehört. Sie sind doch der Gentleman, der mit anderer Leute Geld spekuliert!«

Stephen Narth wurde blaß und rot, es verschlug ihm die Sprache. Die Brutalität dieser Feststellung lähmte ihn für den Augenblick. Und wäre Mr. Narth weise gewesen, hätte er jede weitere Erörterung abgebrochen, entweder dadurch, daß er den Raum verließ oder indem er Lynne eine kräftige Rüge erteilte.

Lynne fügte noch kühl hinzu: »Darüber wird allgemein gesprochen, so etwas kommt ja immer ans Tageslicht.«

Jetzt hatte Stephen Narth seine Stimme wiedergefunden:

»Ich denke nicht daran, diese böswilligen Gerüchte mit Ihnen zu diskutieren«, sagte er wütend und warf ihm einen haßerfüllten Blick zu. »Jetzt haben wir andere Dinge zu erörtern, denn ich als der Haupterbe – und Eigentümer –«

»Der vermutliche Eigentümer«, murmelte Lynne, als Narth stockte. »Wahrscheinlich möchten Sie. daß ich auf meinem Posten bleibe? Ich bin nicht abgeneigt.« Dann starrte er Joan an: »Also, wollen Sie mich nehmen?«

Sein Gesichtsausdruck war völlig ausdruckslos, beinahe einfältig.

Joan verspürte eine heftige Neigung zu lachen.

»Denn wenn Sie mich haben wollen«, fuhr er fort, »so stehe ich zur Verfügung. Der Himmel weiß, daß ich keine Lust habe, mich einem Mädchen aufzudrängen, aber Joe hat zu mir gesagt, ›Willst du mir dein Wort geben?‹, und ich habe ›Ja‹ gesagt.«

Er starrte Joan noch immer gedankenversunken an. Erwartete er etwa eine Antwort von ihr? Offenbar nicht, denn er fuhr fort:

»Die letzten Vorfälle machen die Sache allerdings kompliziert. Ich hätte nicht gedacht, daß die ›Freudigen Hände‹ uns belästigen würden – aber ich habe nun einmal mein Wort gegeben und werde es auch halten.«

Mr. Narth hielt den Augenblick für geeignet, wieder an der Unterhaltung teilzunehmen, ohne seiner Würde zu schaden.

»Die ›Freudigen Hände‹? So sagten Sie doch? Was in aller Welt sind denn die ›Freudigen Hände‹?«

Der Fremde schien nicht nachtragend zu sein, und Stephen Narth hatte das Gefühl, daß die Bemerkung, die jener vor wenigen Sekunden gemacht hatte, nur eine Feststellung von Tatsachen, ohne beleidigende Nebenabsicht, sein sollte.

»Ich habe das kleine Haus hier in der Nähe – Slaters Cottage heißt es wohl – gekauft«, sagte Clifford in seiner sprunghaften Art. »Ein unheimliches Loch, aber für meine Zwecke geeignet. Oh, ich fürchte, ich habe Ihren Teppich verdorben!« Er blickte betreten auf die Spuren der Tragödie.

»Nun, immerhin haben Schlangen kein Recht, auf Teppichen herumzukriechen«, meinte er dann erleichtert, so als ob er froh wäre, eine Entschuldigung gefunden zu haben.

Mr. Narth machte ein langes Gesicht.

»Sie wollen sich hier niederlassen?« fragte er, und es lag ihm schon auf der Zunge, dem Fremden zu empfehlen, bei weiteren Besuchen den Hintereingang zu benutzen. Aber Narth hütete sich doch davor, eine so unhöfliche Bemerkung zu machen, denn gewiß durfte man einen Mann nicht ungestraft beleidigen, der einem Anschlag auf sein Leben so gelassen begegnete, und der todbringende Waffen so schnell gebrauchen und wieder verschwinden lassen konnte, daß kein menschliches Auge die Bewegung seiner Hand wahrnahm. Deshalb sagte er:

»Slaters Cottage ist wirklich nicht gerade hübsch. Es ist tatsächlich nicht viel mehr als eine Ruine. Das Anwesen wurde mir kürzlich für hundertzwanzig Pfund angeboten, aber ich habe natürlich abgelehnt –«

»Da haben Sie sich ein gutes Geschäft entgehen lassen«, meinte Clifford Lynne ruhig. »Im Haus steht ein Kamin aus der Tudorzeit, der mindestens das Doppelte wert ist.«

Während er sprach, blickte er fast geistesabwesend auf Joan.

»Ich hätte nicht übel Lust, mich dauernd in Slaters Cottage niederzulassen«, fügte er heiter hinzu. »Da gibt es eine hübsche Spülküche, die sehr praktisch für die Hausfrau ist, außerdem zwei ganz brauchbare Zimmer – natürlich müssen erst einmal die Rattenlöcher verstopft werden. Ich selbst habe allerdings nichts gegen Ratten.«

»Und ich habe sie direkt gern«, bemerkte Joan kühl, denn sie hatte sofort die Herausforderung bemerkt und gab sie schnell zurück.

Für eine Sekunde schien der Schimmer eines Lächelns in seinen Augen aufzublitzen.

»Nun, ich werde also hier bleiben. Aber Sie brauchen um Ihr Ansehen nichts zu fürchten, denn ich werde nicht oft hier vorsprechen.« Er spitzte seine Lippen und stieß einen leisen Pfiff aus. »Dieser Chinese! Der Kerl sah mich hereinkommen und lieferte gleich seine Sendung ab. Vorher konnte er es ja auch gar nicht tun, sonst hätten sie die Bewegung des Tieres im Kasten gehört. Oder die Schlange wäre verendet, denn der Deckel hatte keine Luftlöcher.«

Mr. Narth räusperte sich.

»Wollen Sie damit sagen, daß dieses Reptil in böser Absicht gegen Sie losgelassen wurde?«

Clifford Lynne betrachtete ihn belustigt.

»Eine lebendige Giftschlange ist meiner Meinung nach nicht gerade ein Geburtstagsgeschenk«, erklärte er höflich. »Und ich hasse Gelbköpfe – sie wirken tödlich!« Er schlug sich plötzlich heftig auf den Oberschenkel und lachte laut auf: »Natürlich! Der Gelbkopf als Antwort auf ›Gelbe Schlange‹! Ganz klar, daß er das nicht vergessen hat!«

Wieder suchten seine Blicke das junge Mädchen.

»Jetzt habe ich doch Ihren Namen wieder vergessen... Joan, nicht wahr? Ich habe mir immer eingebildet, daß alle Joans verheiratet seien, aber das trifft wahrscheinlich eher für die Dorothys zu! Sie sind einundzwanzig Jahre alt, nicht wahr? Nun, alle Joans sind um die einundzwanzig, alle Patricias um die siebzehn, und die meisten Mary Anns leben von ihrer Pension.«

»Und alle Cliffords spielen Theater«, gab sie schlagfertig zurück. Diesmal lachte Clifford wirklich. Es war ein leises, angenehmes und kultiviertes Lachen, das so gar nicht im Einklang mit seinem verbotenen Äußeren stand. Es hatte den Anschein, daß sich unter dem abstoßenden rauhen Gewand ein ganz anderer Mensch versteckte.

»Was sagen Sie da?« Er drohte scherzend mit dem Finger. »Aber ich habe es verdient.«

Plötzlich langte er tief in die Tasche seines unbeschreiblichen Rockes, angelte eine große Messinguhr heraus und sah nach der Zeit.

»Sie geht nicht!« stellte er entrüstet fest. Energisch schüttelte er das Museumsstück und hielt es dann ans Ohr. »Wie spät ist es jetzt?«

»Sechs Uhr«, antwortete Mr. Narth.

»Aha, ich habe mir doch gleich gedacht, daß es nicht halb eins sein könne!« Er drehte an den Zeigern. »Jetzt will ich mir erst eine Wohnung in London mieten. Aber morgen oder übermorgen werde ich wieder herkommen. Auf Wiedersehen, Dorothy!«

»Sie meinen Agnes!« Joan ging vergnügt auf seinen Scherz ein und reichte ihm die Hand, die Clifford kräftig schüttelte. Er würdigte keines der anderen Familienmitglieder eines solchen Grußes, sondern verabschiedete sich mit einem Nicken, das für alle galt. Dann ging er rasch aus der Tür in die Halle. Mr. Narth, der glaubte, daß er schon fort sei, wollte gerade seinen Gefühlen Luft machen, als der bärtige Mann wieder in der Tür erschien.

»Kennt einer von Ihnen einen Herrn namens Grahame St. Clay?« fragte er.

Blitzartig erinnerte sich Stephen Narth. »Ach ja, ich kenne Mr. St. Clay, das heißt, nicht persönlich, aber einer meiner Geschäftspartner ist mit ihm befreundet.«

Clifford Lynne zog die Augenbrauen hoch.

»Aha«, meinte er ruhig. »Aber gesehen haben Sie ihn noch nicht?«

Mr. Narth schüttelte den Kopf.

»Sie können mir morgen abend erzählen, was Sie von ihm halten.«

»Aber ich werde ihn wirklich nicht treffen«, wehrte Mr. Narth ab.

»O doch, Sie werden ihn bestimmt sehen«, behauptete Clifford, und ein Schein von Mißtrauen zeigte sich in seinen klaren, grauen Augen.

Im nächsten Augenblick war er fort und schlug die Haustür hinter sich zu. Er war wirklich ein Mann mit heftigen Gewohnheiten, stellte Mr. Narth fest.

»Gott sei Dank, daß ich ihn nicht heirate«, stieß Mabel hervor, und Letty, die sich noch kaum von ihrem Anfall erholt hatte, stimmte ihr zu.

Joan sagte nichts. Sie war ziemlich verwirrt, sehr interessiert und hatte nicht die geringste Furcht.

6

Am Ende der Auffahrt, die von der Straße zum Hause führte, stand Mr. Lynnes Wagen. ›Wagen‹ war vielleicht ein etwas zu ehrenvoller Ausdruck für das Gefährt, das er einige Tage vorher für fünfunddreißig Pfund gekauft hatte. Clifford ließ den Motor stets laufen, da er dahintergekommen war, daß er ohne diese Vorsichtsmaßnahme eine halbe Stunde brauchte, die Maschine wieder in Gang zu bringen. Unter Rattern und Stoßen, Quietschen und Knarren brachte er das Auto auf die Straße und fuhr unter großem Getöse etwa hundert Meter weit, dann bog er in einen Waldweg ein.

Am Ende dieses Weges stand das graue Steingebäude Slaters Cottage. Vor einigen Jahrzehnten hatte ein Besitzer, der höher hinaus wollte, einen kleinen Säulenvorbau errichten lassen, der sich jetzt in der Mitte stark gesenkt hatte. Mehrere Dutzend Ziegel fehlten auf dem Dach und alle Fensterscheiben waren zerbrochen. Das einstöckige Gebäude bot ein Bild der Vernachlässigung und Verwüstung.

Vor dem Haustor standen drei Männer. Clifford kam gerade in dem Augenblick an, als sie sich einig geworden waren. Einer der Leute ging auf ihn zu, als er aus dem Wagen sprang.

»Mit diesem Trümmerhaufen hier können Sie nichts anfangen«, erklärte er. Wie man aus dem Zollstock ersehen konnte, der aus seiner Hosentasche hervorguckte, gehörte er dem Baugewerbe an. »Die Fußböden sind verfault, das Haus braucht ein neues Dach, und außerdem muß eine neue Wasserleitung und Kanalisation gelegt werden.«

Ohne ein Wort zu verlieren, ging Lynne an ihm vorbei in das

Gebäude. Vom Mittelgang aus, den er jetzt betrat, gingen zwei Räume ab. Am Ende der Halle war eine kleine Küche, in der ein verrosteter Herd stand. Daran schloß sich eine Spülküche. Durch die zerbrochenen Fenster an der Rückseite sah man einen verwitterten Schuppen, der aber repariert war und dadurch das Glanzstück des ganzen Anwesens bildete.

Der Fußboden ächzte und krachte unter seinen Schritten. An einer Stelle war er ganz verfault und ein großes Loch gähnte Lynne entgegen. Die alten Tapeten hingen in zerrissenen, farblosen Fetzen von den Wänden, und die Decke konnte man vor Spinnweben kaum erkennen.

Clifford kam wieder zu der Gruppe vor der Haustür. Umständlich stopfte er seine Pfeife aus einem großen Tabaksbeutel, den er aus der Tasche hervorgeholt hatte.

»Sind Sie Baumeister oder Märchenerzähler?« fragte er den Mann mit dem Zollstock.

Der Baumeister grinste.

»Ich verstehe etwas vom Bauen«, meinte er, »aber ich bin kein Zauberer. Um dieses Haus in einer Woche herzurichten, brauchte ich Aladins Wunderlampe.«

Clifford steckte seine Pfeife in den Mund und zündete sie gemächlich an.

»Wenn wir nun von der Möglichkeit absehen, den Geist aus Aladins Lampe zu engagieren, wie viele Leute brauchten Sie dann, um die Reparaturen durchzuführen?«

»Die Frage ist nicht, wie viele Leute ich anstellen kann, die Frage ist, was es kosten wird«, antwortete der Baumeister. »Sicher kann in einer Woche alles fertig sein, aber das würde Sie beinahe tausend Pfund kosten. So viel ist ja das ganze Haus nicht wert.«

Clifford paffte eine Rauchwolke in die Luft und beobachtete aufmerksam, wie sie sich zerteilte.

»Stellen Sie so viele Leute ein, wie Sie wollen und lassen Sie sie in achtstündigen Schichten Tag und Nacht arbeiten. Noch heute abend können Sie den Fußboden aufreißen. Holen Sie so viele Lastwagen, wie Sie brauchen, und lassen Sie alles Material als Eilgut verladen. Ich will Eichenfußböden haben, dann einen

Baderaum – elektrisches Licht muß gelegt werden – ferner bauen Sie eine Warmwasserleitung ein – vor die Fenster kommen eiserne Läden. Außerdem will ich ein Schwimmbecken hinter dem Haus haben – und dieser Weg muß in eine gute Fahrstraße umgewandelt werden.«

»Das alles in sieben Tagen?« Der Baumeister war entsetzt.

»Besser noch in sechs«, antwortete Lynne. »Entweder Sie übernehmen die Arbeit, oder ich suche mir einen anderen.«

»Aber Mr. Lynne, für das Geld, das Sie diese Sache kostet, können Sie eines der schönsten Häuser in Sunningdale kaufen –«

»Aber mir gefällt gerade dieses Haus«, entschied Lynne. »Ja, und noch etwas: das Haus muß sicher vor Schlangen sein.«

Er ließ die Blicke über sein kleines Besitztum schweifen. Der Zaun, der die Grenzen bezeichnete, wurde vom Geäst der Bäume verdeckt.

»Alle diese Tannen müssen abgeholzt werden, ich brauche eine klar übersichtliche Feuerzone.«

»Was für eine Zone?« stotterte der Baumeister fassungslos.

»Die eisernen Fensterläden müssen Schießscharten haben – ich vergaß, Ihnen das zu sagen. Geben Sie mal Ihr Notizbuch her.«

Er nahm dem Architekten das Buch aus der Hand und begann zu skizzieren.

»Diese Form und ungefähr diese Maße«, erklärte er und gab das Buch zurück. »Nehmen Sie den Auftrag an?«

»Gut, ich übernehme ihn. Ich kann Ihnen versprechen, daß das Haus in einer Woche fertig ist«, sagte der Mann, »aber es wird Sie enorm viel kosten.«

»Ich weiß, was mich die Sache kostet, wenn das Haus nicht fertig ist«, unterbrach ihn Clifford Lynne.

Er zog eine Brieftasche hervor und entnahm ihr zehn Scheine, jeden zu hundert Pfund.

»Wir brauchen keinen schriftlichen Vertrag, ich verlasse mich auf Sie. Heute ist Mittwoch, die Möbel werden am nächsten Dienstag ankommen. Lassen Sie in jedem Raum Öfen aufstellen und tüchtig durchheizen. Es kann sein, daß ich Sie eine Woche lang nicht sehe, aber hier haben Sie meine Telefonnummer.«

Er wandte sich zum Gehen: »Hier in dieser Richtung ziehen

Sie einen Graben bis zur Hauptstraße. Natürlich brauche ich ein Telefon, denken Sie daran, daß das Zuführungskabel unterirdisch gelegt sein muß – und zwar recht tief. Schlangen können nämlich graben!« fügte er leise hinzu.

Ohne noch ein Wort zu verlieren, stieg er in sein Auto und ratterte damit unter vielem Stoßen und Schaukeln die Straße hinunter. Dann war er den Blicken der Männer entschwunden.

»Ich werde in der nächsten Zeit wohl nicht viel zum Schlafen kommen«, murmelte der Baumeister, und damit hatte er recht.

Am nächsten Morgen regnete es, und es hatte den Anschein, daß es auch den ganzen Tag dabei bleiben würde. Das war wenigstens die Meinung von Mr. Narths Chauffeur, der gewohnt war, resigniert das englische Wetter zu beobachten.

Mr. Stephen Narth dagegen rühmte sich, überhaupt keine Notiz von der jeweiligen Witterung zu nehmen. Doch heute lag irgend etwas in dem dunklen Himmel und der düsteren Landschaft, das mit seiner geistigen Verfassung übereinstimmte und seine Niedergeschlagenheit noch vergrößerte.

Auf dem Weg in sein Büro sagte Narth sich immer wieder, daß doch gar kein Grund vorliege, nicht guten Mutes zu sein. Sicher waren die Erlebnisse des gestrigen Tages nicht dazu angetan, ihn besonders aufzumuntern, aber schließlich hatte Joan sich bereit erklärt, seinen Wünschen nachzukommen – und damit war die Bedingung des alten Bray erfüllt. Er konnte sich wirklich gratulieren.

Clifford Lynne bedeutete allerdings eine Beunruhigung – er war ihm ein Dorn im Auge. Merkwürdigerweise hatte das Auftauchen der Giftschlange in der Bibliothek Mr. Narths nicht besonders aufgeregt. Sicher war es sehr ungewöhnlich – aber er wußte nicht, daß Gelbköpfe giftig sind, und er wußte auch nicht, in welchem Zusammenhang die Übersendung dieses mysteriösen Kastens geschehen war. So griff Narth zu seiner üblichen Ausflucht – er versuchte, ein Problem zu vergessen, das er doch nicht aufklären konnte. Es war ja auch viel einfacher so. Die Lösung ging andere Leute an.

Für ihn selbst hatte der Vorfall nur die Bedeutung, daß der Teppich zur Reinigung gebracht werden mußte, wo auch die beiden kleinen Löcher ausgebessert werden sollten. Clifford Lynne nahm doch wohl alles viel zu theatralisch. Das war ein Lieblingsausdruck Stephen Narths, mit dem er alle Ereignisse des Lebens abtat, die besonders aufregend waren. Immerhin konnte es nun nicht mehr lange dauern – und dieser Gedanke versetzte ihn in bessere Laune –, bis das große Vermögen Joe Brays in seinen Händen war. Die Wolken, die am Tage zuvor noch den Horizont verdunkelt hatten, zerteilten sich. Jetzt blieb ihm nur noch übrig, die Hochzeit möglichst zu beschleunigen, dann konnte er Joes Reichtümer in Besitz nehmen.

Narth war wieder heiterster Laune, als er durch den Privateingang in sein Büro kam, und zeigte den beiden Männern, die ihn dort erwarteten, ein zufriedenes Gesicht. Major Spedwell rekelte sich im Sessel, eine Zigarre zwischen den Zähnen, während Mr. Leggat am Fenster stand. Er blickte in den strömenden Regen hinaus, die Hände auf dem Rücken verschränkt.

»Hallo, Jungens!« rief Narth jovial. »Sie sehen so vergnügt aus wie Leichenträger bei einer Beerdigung.«

Leggat drehte sich um.

»Weshalb sind Sie denn so gut aufgelegt?« erkundigte er sich.

Stephen Narth überlegte noch, ob er seine Kollegen völlig ins Vertrauen ziehen sollte. Denn mit dem Geld von Bray konnte er seine fragwürdigen Bekanntschaften abschütteln und zum Teufel jagen. Mit Geld konnte er auch die Vergehen der Vergangenheit bereinigen und wieder von vorn anfangen.

»Joe Bray ist tot«, polterte er dann aber doch heraus, »und hat mir den größten Teil seines Vermögens vermacht.«

Bevor er aber den Satz noch ganz ausgesprochen hatte, bereute er schon seine eigene Dummheit. Doch wenn Stephen erwartet hatte, daß diese Nachricht für die anderen eine Sensation bedeutete, so war er enttäuscht.

»So, so«, meinte Leggat sarkastisch. »Und wann werden Sie das Geld in die Hand bekommen?«

»In ein oder zwei Monaten«, antwortete Narth optimistisch.

»Ein oder zwei Monate bedeuten einen oder zwei Monate zu spät«, erklärte Major Spedwell. Dabei überzog sein dunkles Gesicht ein boshaftes Grinsen. »Ich habe heute morgen mit den Revisoren gesprochen. Unter allen Umständen müssen die fünfzigtausend Pfund bis morgen beigebracht werden.«

»Tatsächlich«, unterbrach ihn Leggat, »wir sind fertig, Narth. Wir müssen das Geld in den nächsten vierundzwanzig Stunden aufbringen. Wenn das Testament kein Wenn und Aber enthält, können Sie die Summe doch auf Grund der Dokumente leicht leihen. Oder ist eine Bedingung im Testament vorgesehen?«

Narth runzelte die Stirn. Wußte der andere etwas? Leggat sah ihm unverwandt in die Augen.

»Ja, es gibt eine Bedingung«, gestand Narth. »Aber die ist praktisch schon erfüllt.«

Leggat schüttelte den Kopf.

»Damit können Sie gar nichts anfangen«, sagte er. »Ist das Testament so abgefaßt, daß Sie morgen fünfzigtausend Pfund darauf leihen können?«

»Nein«, antwortete Narth kurz. »Ich kenne den tatsächlichen Wert des Vermögens noch nicht, und außerdem ist eine Bedingung –«

»Das habe ich mir gedacht!« sagte Spedwell. »So also ist die Lage, und sie ist äußerst gefährlich. Sie können nicht einen Penny auf ein Testament bekommen, in dem eine Bedingung enthalten ist, die noch nicht erfüllt wurde, und schon gar nicht auf ein Vermögen, dessen Umfang Sie nicht kennen. Ich wette, Sie haben noch nicht einmal eine Kopie des Testaments.«

Stephen Narth kniff die Augen halb zusammen.

»Sie reden wie ein Buch, Major«, knurrte er, »irgend jemand hat Ihnen offenbar mehr erzählt als ich selbst weiß.«

Major Spedwell drehte sich heftig um.

»Niemand hat etwas erzählt. Das einzige, was Leggat und mich interessiert, ist, ob Sie bis morgen fünfzigtausend Pfund auftreiben können. Und da wir wissen, daß Sie dazu nicht imstande sind, haben wir einen Ausweg gesucht, der Ihnen viele Unannehmlichkeiten ersparen wird. Wir haben nämlich unseren Freund St. Clay gebeten, hierherzukommen und mit Ihnen zu sprechen.«

»Ihr Freund St. Clay? Ist das der Mann, von dem Sie gestern sprachen?«

Plötzlich erinnerte sich Stephen Narth der Worte Clifford Lynnes: »Sie werden ihn morgen sehen.«

»Hat denn St. Clay so viel Geld, daß er es wegwerfen kann?«

Spedwell nickte langsam.

»Ja, er hat so viel Geld, und wenn Sie meinen Tip befolgen, Narth, wird er es sogar an Sie wegwerfen.«

»Aber ich kenne ihn doch überhaupt nicht. Wo soll ich ihn denn treffen?«

Spedwell ging auf die Tür zum Hauptbüro zu.

»Er wartet draußen. Wir wollten erst mit Ihnen sprechen.«

Stephen Narth sah ihn verwirrt an. Ein Mann, der fünfzigtausend Pfund zu verleihen hatte, wartete auch noch darauf, daß er sie los würde?

»Er ist hier?« fragte er ungläubig.

Major Spedwell öffnete die Tür.

»Hier ist Mr. Grahame St. Clay«, stellte er vor, und in das Büro trat ein tadellos gekleideter Gentleman.

Stephen Narth starrte ihn mit offenem Munde an, denn ohne jeden Zweifel war Grahame St. Clay ein Chinese.

7

»Mr. Gahame St. Clay«, stellte Spedwell den Fremden noch einmal vor, und mechanisch streckte Narth seine Hand aus.

Bis zu diesem Augenblick hatten für Stephen Narth alle Chinesen gleich ausgesehen. Aber als er in die dunklen Augen dieses Mannes sah, wurde ihm klar, daß er sich von allen anderen unterschied. Seine Augen standen weit auseinander, seine Nase war dünn und lang, und die schmalen Lippen waren anders geschnitten als bei seinen Landsleuten.

Der Besucher lächelte höflich: »Sie sind Mr. Narth? Ich bin erfreut, Ihre Bekanntschaft zu machen. Ich bin sicher, daß sie mir sehr nützlich sein wird.«

Seine Sprache war die eines wohlerzogenen Mannes mit jenem übertrieben gedehnten Tonfall und außerordentlich korrekter

Aussprache, die bezeichnend ist für die Absolventen einer der berühmtesten englischen Universitäten.

»Darf ich Platz nehmen?«

Narth nickte schweigend, und der Besucher legte eine schöne Ledermappe vor sich auf den Tisch.

»Sie sind ein wenig bestürzt, weil ich Chinese bin?« Mr. St. Clay lachte leise. »›Gelbe Gefahr‹, das ist doch wohl der Ausdruck, den man gewöhnlich für uns braucht, nicht wahr? Doch ich muß nachdrücklich dagegen protestieren, daß man mich eine Gefahr nennt, denn ich bin der gutmütigste Mensch, der jemals von China hierhergekommen ist«, schloß er gutgelaunt.

Während er dies sagte, öffnete er seine Mappe und entnahm ihr ein flaches Paket, das mit einem roten Band verschnürt war. Äußerst sorgfältig packte er es aus und enthüllte vor den Augen Stephen Narths ein dickes Bündel Banknoten. Narth konnte erkennen, daß es Tausendpfundscheine waren.

»Sie brauchen, glaube ich, fünfzig«, vergewisserte sich Mr. St. Clay. Mit der Geschicklichkeit eines Bankkassierers zählte er die erforderliche Zahl ab und legte das kleine Bündel auf die Seite. Dann verpackte er behutsam den übrigen Stoß Banknoten und vestaute ihn wieder in der Mappe. »Wir sind doch alle Freunde hier, denke ich.« Mr. St. Clay sah von einem zum anderen. »Ich kann doch ganz offen sprechen?«

Narth nickte.

»Schön.« Der Chinese faltete die Banknoten zusammen und steckte sie in seine Westentasche. »Natürlich ist eine Bedingung an die Verleihung des Geldes geknüpft. Selbst ich, ein Chinese ohne banktechnische Berater, kenne mich doch so weit in den Geschäftsgebräuchen aus, daß ich diese große Summe nicht ohne eine Bedingung ausleihen kann. Frei herausgesagt, Mr. Narth, die Bedingung ist, daß Sie einer der Unseren werden.«

»Einer der Ihrigen?« fragte Narth erstaunt. »Ich verstehe nicht ganz, was Sie damit sagen wollen.«

Spedwell vervollständigte die Information.

»Mr. St. Clay hat in diesem Lande eine große Organisation geschaffen. Es ist eine Art von –« Er machte eine Pause.

»Geheimgesellschaft«, vollendete Mr. St. Clay höflich. »Das

klingt ein bißchen mysteriös und abschreckend, nicht wahr? Aber in Wirklichkeit hat das nichts zu bedeuten. Ich habe mir eine bestimmte Lebensaufgabe gestellt, und dazu brauche ich die Hilfe intelligenter Männer, denen ich vertrauen kann. In gewisser Hinsicht sind wir Chinesen wie die Kinder, wir lieben Gepränge und Geheimnistuerei. Am meisten lieben wir es, Theater zu spielen, und die ›Freudigen Hände‹ waren, offen gesagt, meine Erfindung. Eines unserer Ziele ist es, das chinesische Volk emporzuheben und Licht in seiner Finsternis zu verbreiten.« Er schwieg einige Sekunden und fügte dann hinzu: »Und außerdem noch ähnliche Dinge.«

Stephen Narth lächelte.

»Das scheint mir ein sehr lobenswertes Ziel zu sein. Ich werde mich Ihnen gern anschließen.«

Die dunklen Augen des Chinesen hatten hypnotische Eigenschaft. Sie durchbohrten ihn in diesem Augenblick förmlich, und Narth hatte das schreckliche Gefühl, als habe er eben seinen Willen einer stärkeren, dennoch aber wohlwollenden Macht unterworfen. Denn das war das Merkwürdige an diesem Chinesen: Er verbreitete eine Atmosphäre des Wohlwollens um sich.

»Es ist gut«, sagte St. Clay, zog das Geld aus seiner Tasche und legte es höflich auf den Tisch. »Nein, nein – ich brauche keine Quittung. Zwischen Gentlemen ist das unnötig. Sie waren nicht in Oxford oder Cambridge? Wie schade! Ich verkehre besonders gern mit Leuten, die durch dieses Band gewissermaßen mit mir verknüpft sind, aber es genügt mir, daß Sie ein Gentleman sind.«

Dann erhob er sich plötzlich.

»Ich denke, das ist alles. In drei Tagen werden Sie mehr von mir hören, und ich muß Sie bitten, sich in der nächsten Woche von allen anderen Verabredungen und Geschäften freizuhalten. Ich hoffe, diese Bedingung ist nicht zu schwer?« fragte er lächelnd.

»Durchaus nicht«, versicherte Stephen Narth und nahm mit zitternden Händen das Geld an sich. Er war völlig außerstande, den Grund dieser Erregung zu begreifen. »Mr. St. Clay, ich muß Ihnen aufrichtig danken. Sie haben mich aus einer sehr verzweifelten Lage befreit. Wie verzweifelt, können Sie gar nicht wissen.«

»O ja, ich weiß alles«, entgegnete der Chinese ruhig.

Und dann erinnerte sich Stephen an etwas:

»Warum hat er Sie ›Gelbe Schlange‹ genannt?«

Der Chinese starrte ihn ausdruckslos an. Stephen glaubte, er habe seine Frage nicht gehört und wiederholte sie.

»Mr. Clifford Lynne hat mich so bezeichnet«, flüsterte er langsam, und für einen kurzen Augenblick zeigte das unergründliche Gesicht des Chinesen, daß dieser Pfeil ihn tief getroffen hatte.

»Gelbe Schlange ... Wie vulgär! Das sieht Clifford Lynne ähnlich!«

Doch sofort nahm er sich wieder zusammen und griff mit einem tiefen, wohllautenden Lachen nach seiner Mappe.

»Sie werden von mir hören«, wiederholte er.

Doch Stephen Narth hielt ihn noch auf: »Mr. St. Clay, was ist denn das Endziel Ihres Bundes?«

Der Chinese sah ihn einen Augenblick gedankenvoll an.

»Die Herrschaft der Welt«, war die schlichte Antwort. Dann wandte er sich mit einem Kopfnicken um und entfernte sich.

Auf diese Weise trat Grahame St. Clay, Bachelor of Arts, in das Leben Stephen Narths, und von diesem Augenblick an war dessen Geschick an den Willen eines Mannes gebunden, der ihn zuerst beherrschte und dann zugrunde richtete.

8

Joan Bray war es gewöhnt, früh aufzustehen, und bei ihrer Stellung im Narthschen Haushalt war das auch notwendig. Mr. Narth hatte keinen Hausmeister angestellt, denn seiner Meinung nach war das eine unnötige Ausgabe, solange Joan die Arbeit versehen konnte. Nach und nach hatte sie alle Pflichten auf sich genommen, die einem Hausmeister zustanden, ohne aber auch nur das geringste Entgelt dafür zu erhalten. Sie vermittelte zwischen der Dienerschaft und der Familie, sie regelte die monatlichen Abrechnungen mit den Kaufleuten und hatte dafür die heftigsten Auseinandersetzungen mit Mr. Narth zu bestehen, der jede Ausgabe für den Haushalt als eine unnötige Geldverschwendung ansah.

Ihr Tag war ganz und gar ausgefüllt. Sie hatte sich angewöhnt, schon um sechs Uhr aufzustehen, um morgens eine Stunde in der frischen Luft zuzubringen, bevor die Pflichten des Haushaltes sie ganz in Anspruch nahmen. Der gestrige Regen hatte den Boden aufgeweicht und die Luft war kühl. Aber es war ein herrlicher Morgen, der zum Spazierengehen einlud. Der Himmel stand blau über der Landschaft und nur einige weiße Wolken segelten darüber hin.

Joans Morgenspaziergang hatte heute ein ganz besonderes Ziel. Gestern abend hatte sie von ihrem Fenster aus gesehen, wie hochbeladene Lastwagen heranfuhren und im Gehölz verschwanden, und in der Nacht erlebte sie ein seltsames und erregendes Schauspiel. Ihr Zimmer war nahe genug an Slaters Cottage, so daß sie den Klang der Hämmer und Spitzhacken hören konnte. Die schwarzen Schatten der Baumgruppen hoben sich phantastisch von dem unheimlichen rötlichen Licht der qualmenden Petroleumlampen ab.

Mr. Narth war über diese ungewöhnliche Geschäftigkeit in seiner unmittelbaren Nachbarschaft sehr ungehalten. Spätabends hatte er noch einen Gang nach Slaters Cottage unternommen, um nachzusehen, wie weit Clifford Lynne seine Verrücktheit treiben wollte. Bis jetzt wußte Joan nur vom Hörensagen, was dort vorging, aber nun hatte sie Gelegenheit, sich persönlich nach dem Stand der Dinge umzusehen. Sie bog in den Weg nach Slaters Cottage ein, aber weit kam sie nicht. Eine Gruppe von Arbeitern war damit beschäftigt, den frisch angelegten Weg zu teeren. Drei schwerbeladene Lastwagen sperrten den Zugang zum Wohnhaus, das von Leuten wimmelte und sie an einen aufgestörten Ameisenhaufen erinnerte. Der Baumeister des Ortes, den sie persönlich kannte, kam lächelnd auf sie zu.

»Was halten Sie davon, Miss Joan? Tausend Pfund Reparaturkosten für ein kleines Landhaus, das kaum hundert wert ist!«

Joan konnte nur schauen und staunen. Während der Nacht

war das Dach abgedeckt worden, und es stand nur noch das Skelett des Hauses.

»Die Fußböden sind bereits herausgenommen und die Rohrleitung ist heute früh um vier Uhr fertig geworden«, sagte der Baumeister stolz. »Im Umkreis von zwanzig Meilen habe ich jeden verfügbaren Arbeiter eingestellt.«

»Aber warum in aller Welt macht Mr. Lynne das?« verwunderte sie sich.

»Ach, Sie kennen ihn?« fragte der Mann erstaunt, und sie errötete. Sie konnte ihm doch unmöglich erklären, daß Slaters Cottage später einmal ihr Heim werden sollte (wie sie annahm), und daß dieser ungewöhliche Bauherr ihr späterer Gatte sei.

»Ja, ich kenne ihn«, meinte sie verlegen, »er ist ein – ein Freund von mir.«

»Oh!«

Sichtlich hemmte diese Entdeckung die Freimütigkeit des Baumeisters erheblich, aber Joan konnte sich schon denken, was er hatte sagen wollen.

Sie mußte lächeln, als sie auf die Straße zurückkam. Dieser entschlossene Wiederaufbau von Slaters Cottage in einer solchen Geschwindigkeit war gerade das, was sie von Clifford Lynne erwartet hatte. Warum, wußte sie freilich selbst nicht. Aber es schien, als ob er gerade ihr sein innerstes Wesen gezeigt hätte und sie die einzige in der Familie war, die ihn verstand.

Plötzlich hörte Joan das Trappeln von Pferdehufen hinter sich und bog seitlich aus.

»Bonjour – soviel ich weiß, ist das Französisch!«

Sie drehte sich verdutzt um. Der Mann, der soeben ihre Gedanken beschäftigt hatte, saß auf einem alten, zottigen Pony vor ihr. Das Pferd sah genauso zerzaust aus wie er selber.

»Wieviel Mühe müssen Sie gehabt haben, ein Pferd zu finden, das so gut zu Ihnen paßt.« Joan sah ihn herausfordernd an. »Ich habe auch Ihr Auto gesehen – eine perfekte Übereinstimmung!«

Clifford Lynnes Augen wurden schmal, als ob er lachen wollte, doch man hörte keinen Laut. Joan hätte allerdings darauf geschworen, daß er sich innerlich vor Lachen schüttelte.

»Sie sind nicht sehr liebenswürdig«, sagte er, als er vom Pferd sprang, »und obendrein noch aggressiv! Aber wir wollen keinen Streit anfangen, bevor wir verheiratet sind. Wo haben Sie eigentlich mein Auto gesehen?«

Statt einer Antwort fragte sie: »Warum bauen Sie eigentlich dieses schreckliche alte Haus wieder auf? Mr. Carter, der Baumeister, hat gesagt, es kostet Sie Tausende.«

Eine Weile sah er das Mädchen an, ohne zu sprechen. Schließlich begann er:

»Ich habe mir das eben in den Kopf gesetzt, ich bin eben ein bißchen exzentrisch. Ich habe so lange in einem heißen Klima gelebt, daß mein Verstand möglicherweise etwas gelitten hat. Es gibt eine Menge Burschen, denen es so gegangen ist. Übrigens finde ich das Häuschen ganz romantisch«, erklärte er. »Man müßte Kletterrosen und Geißblatt anpflanzen, vielleicht auch einen kleinen Gemüsegarten anlegen und Hühner züchten. Mögen Sie Hühner?« fragte er unschuldig. »Schwarze Dorkings oder weiße Wyandotten oder umgekehrt. Oder vielleicht Enten?«

Sie hatten das Ende der Straße erreicht, das zottige Pony war ihnen gehorsam gefolgt.

»War der alte Bray wirklich so darauf versessen, daß Sie ein Mädchen aus unserer Familie heiraten sollten?«, fragte Joan so plötzlich und unerwartet, daß Clifford für einen Augenblick ganz verdutzt war.

»Wieso? Ja, gewiß.«

»Und Sie hatten Mr. Bray sehr gern?«

Er nickte.

»Ja. Sehen Sie, wir haben lange zusammen gelebt, und er war ein liebenswerter alter Teufel. Er hat mich gepflegt, als ich die Cholera hatte, und wenn er nicht gewesen wäre, hätte es mich erwischt. Ich habe ihn wirklich sehr gern gehabt.«

»Und das ging so weit, daß Sie sich verpflichteten, nach England zu gehen und eine seiner Verwandten zu heiraten –?«

»Um die Wahrheit zu sagen, ich habe gedacht, er ist verrückt!«

»Aber Sie haben es ihm doch versprochen«, beharrte sie. »Sie haben ihm sogar noch mehr versprochen!«

Er schwieg.

»Sie haben sich doch dem armen Joe Bray gegenüber verpflichtet, daß Sie nichts äußern würden, was die junge Dame vor der Heirat zurückschrecken ließe!«

Für einen Augenblick war der Mann mit dem langen Bart vollständig verwirrt.

»Hellseherei habe ich nie ausstehen können, das hier aber ist beinahe schon Hexerei. Ich kenne eine alte Frau in der Nähe von Kung-Changfu, die –«

»Weichen Sie mir nicht aus, Mr. Lynne!«

Er fingerte an seinem Bart herum.

»Schon gut, es ist ja möglich, daß Sie recht haben«, gestand er. »Aber ich habe auch nichts gesagt«, fügte er schnell hinzu. »Habe ich etwa erwähnt, daß ich lieber Junggeselle bleiben würde, oder daß Joe Bray mir mit seiner Forderung das Leben verdorben hat? Habe ich Sie etwa auf den Knien angefleht, mir einen Korb zu geben? Heraus mit der Sprache, Joan Bray!«

Sie schüttelte belustigt den Kopf.

»Gesagt haben Sie zwar nichts, aber Sie haben sich zu einer Vogelscheuche herausstaffiert –«

»Und entsetzlich abstoßend gemacht?« fragte er hoffnungsvoll.

Wieder schüttelte sie den Kopf.

»Nicht genug. Ich werde Sie trotzdem heiraten. Ich nehme an, Sie haben mich verstanden?«

Sein Gesicht hatte sich so verdüstert, daß es ihr einen Stich versetzte.

»Ich würde Sie natürlich nicht heiraten wollen«, fügte sie herb hinzu, »wenn es nicht einen besonderen Grund dafür gäbe!«

»Der alte Narth hat Sie dazu gezwungen«, meinte er.

»Genauso, wie der alte Bray Sie dazu gezwungen hat!« antwortete sie schlagfertig. »Das ist eine verrückte Situation, und sie wäre beinahe tragisch, wenn sie nicht auch so lächerlich wäre. Ich weiß nicht, was noch geschehen wird, aber einen Wunsch könnten Sie mir erfüllen.«

»Und der wäre?«

»Gehen Sie zum Friseur und lassen Sie diesen schauderhaften Bart abrasieren. Ich möchte wissen, wie Sie wirklich aussehen!«

Er seufzte schwer.

»Dann sitze ich in der Falle. Denn wenn Sie erst einmal mein Gesicht gesehen haben, werden Sie mich nie wieder freigeben. Ich war der bestaussehende Mann Chinas.«

Er streckte ihr die Hand entgegen.

»Herzlichen Glückwunsch«, sagte sie einfach und brach in ein erlöstes Gelächter aus. Sie lachte noch immer, als sie den Weg zu ihrem Haus einbog und dem mißtrauisch dreinblickenden Mr. Narth begegnete.

9

»Was erheitert dich denn so?« fragte Stephen Narth mürrisch, der in diesem Augenblick Grund hatte, alles andere als heiter zu sein.

»Ich habe mich gerade unterhalten, mit meinem – Verlobten.« Stephens Gesicht klärte sich auf.

»Oh, der wilde Mann!« lächelte er breit.

Er hielt einen Brief in der Hand. Die Morgenpost wurde in Sunningdale sehr früh zugestellt.

»Joan, ich möchte, daß du heute in die Stadt kommst – zum Lunch.«

Diese Einladung kam überraschend; wenn sie sonst in die Stadt fuhr, mußte sie allein speisen.

»Ein kleiner Lunch in meinem Büro«, sagte er linkisch. »Du sollst einen meiner Freunde dabei kennenlernen, – ein brillanter Bursche, hat in Oxford Examen gemacht und so weiter.«

Stephen Narths Benehmen war noch ungewöhnlicher als seine Worte. Er sah so elend aus, daß sie gern gewußt hätte, warum er so verstört war.

»Wird Letty mitkommen?« wollte sie wissen.

»Nein, nein«, wehrte er ab. »Nur du und ich – hm – und mein Freund. Ich nehme an, daß du nicht diese dummen Vorurteile gegen Ausländer hast?«

»Ausländer? Warum? Nein! Wollen Sie sagen, daß er kein Europäer ist?«

»Ja.« Mr. Narth räusperte sich. »Er ist Asiate, genauer gesagt Chinese. Und er ist ein unerhört wichtiger Mann in seinem Land, meine Liebe, Mandarin oder Gouverneur oder so etwas, und ein vollkommener Gentleman. Sonst würde ich dich auch gar nicht bitten, ihn zu treffen.«

»Aber warum, Mr. Narth ...«

»Er heißt Grahame St. Clay und hat große Handelsinteressen sowohl in seinem Land als auch im Ausland.«

Grahame St. Clay? Wo hatte sie nur diesen Namen schon gehört? Joan konnte sich im Augenblick nicht daran erinnern. Sie fragte noch, wann sie zum Lunch erscheinen sollte, dann ging sie ins Haus. Seltsam, dachte Joan, daß ausgerechnet sie als Gast geladen und daß Narth so ängstlich bemüht war, sie mit seinem Bekannten zusammenzubringen. Sie hatte diesen Namen vorher doch schon gehört. Es fiel ihr aber nicht mehr ein.

Etwas erleichtert von seinen Sorgen, ging Mr. Narth in die Bibliothek zurück und las den Brief noch einmal. Dies war die erste Konsequenz seiner Anleihe, und er bedauerte schon, ein Geschäft gemacht zu haben, das einem Chinesen das Recht gab, ihn mit ›Mein lieber Narth‹ anzureden. Der Brief enthielt nur wenige Zeilen in einer makellosen Handschrift:

›Nach unserer heutigen Begegnung habe ich erfahren, daß Ihre Nichte, Miss Joan Bray, sich mit Clifford Lynne verlobt hat, den ich oberflächlich kenne. Ich wäre sehr erfreut, die Bekanntschaft dieser jungen Dame machen zu dürfen, und bitte Sie, einen gemeinsamen Lunch zu arrangieren. Wählen Sie selbst Zeit und Ort und geben Sie mir telefonisch Antwort, sobald Sie in Ihr Büro kommen.‹

Der Eilbrief war am Abend zuvor in London aufgegeben worden, und der überhebliche Ton, den St. Clay ihm gegenüber anschlug, war einem Mann von der Empfindlichkeit Stephen Narths überaus zuwider. Um Narths Charakter voll gerecht zu werden, muß man zugeben, daß es ihm keinerlei Gewissensbisse verursachte, Joan mit diesem Manne zusammenzubringen. In diesem Punkt war er großzügig. Hätte es sich um Letty oder Mabel gehandelt, wäre das anders. Aber es war ja nur Joan.

Obwohl Narth sich durchaus nicht scheute, in der Öffentlichkeit mit einem Chinesen zu speisen, hatte er sich doch dafür entschieden, den Lunch im Sitzungszimmer seiner Firma zu geben; hier hatte er schon manchmal seine Bekannten bewirtet.

Als er an diesem Morgen ins Büro kam, wartete Major Spedwell schon auf ihn, und zu seinem Erstaunen war dieser militärische Gentleman weniger mürrisch als sonst.

»Ich habe gerade St. Clay getroffen«, sagte er. »Haben Sie den Lunch für ihn arrangiert? Er scheint großen Wert darauf zu legen.«

»Warum eigentlich?«

Spedwell zuckte die Achseln. »Der Himmel weiß es. St. Clay ist ein sonderbarer Vogel. Er ist freigebig wie ein Prinz – vergessen Sie das nicht, Narth. Er kann Ihnen sehr nützlich sein.«

»Was treibt er eigentlich?« fragte Narth.

»Sie meinen, was er geschäftlich macht? Alles mögliche. Er hat eine Fabrik in Peckham und noch viele andere Geschäftshäuser und Firmen, aus denen er sein Einkommen bezieht. Sie haben wirklich Glück, Narth, daß Sie ihm sympathisch sind.«

»Oh!« grunzte der andere; er war gar nicht begeistert darüber.

Spedwell sah ihn mit einem seltsamen, trockenen Lächeln an. »Bisher haben Sie wohl ein ziemlich ruhiges Leben geführt, Narth – ich meine, das Leben eines durchschnittlichen Geschäftsmannes aus der City. Sie haben sich doch noch nie mit abenteuerlichen Unternehmungen befaßt, bei denen Blut floß oder Grausamkeiten verübt wurden?«

»Beim Himmel, nein«, wehrte Narth ab und starrte ihn an. »Warum?«

»Ich frage nur so«, meinte Spedwell gleichgültig. »Aber – Sie können nicht erwarten, Ihr ganzes Leben lang ein vornehmer Gauner zu bleiben.«

»›Gauner‹ ist ein Wort, das ich durchaus nicht liebe«, wies Stephen ihn scharf zurück.

»Das habe ich auch nicht angenommen«, versetzte der andere kühl. »Ich möchte nur feststellen, daß man seine Schwierigkeiten nicht dadurch überwinden kann, daß man sich in einen Polsterstuhl setzt und neue Gaunereien ausheckt. Kein Grund, gleich in die Luft zu gehen, Narth. Wir sind doch Männer von Welt, und wir wissen, daß die Firma Narth in den letzten zehn Jahren nur von Schwindel und Betrug gelebt hat. Entweder kommt so ein vornehmer Gauner wie Sie dabei zu Vermögen – oder ins Kittchen. Und Sie werden niemals zu Vermögen kommen!«

Stephen Narth sah ihm direkt ins Gesicht.

»Was steckt hinter diesem ganzen Gerede?«

Der Major zwirbelte nachdenklich seinen kleinen Schnurrbart.

»Ich will Sie nur warnen, das ist alles«, erwiderte er. »Für jeden Schieber kommt einmal ein Zeitpunkt, wo er etwas anderes versucht, aber er versucht es nur ein einziges Mal. Verstehen Sie, was ich damit sagen will?«

»Ihre Worte zeichnen sich nicht gerade durch Klarheit aus«, meinte Narth sarkastisch. »Sie haben mich einen Schieber und Gauner genannt. Vielleicht können Sie sich etwas deutlicher ausdrücken.«

Der Major zog einen Stuhl heran und setzte sich an die andere Seite des Schreibtisches.

»St. Clay stellt Sie auf die Probe«, erklärte er. »Und wenn er sieht, daß Sie sein Spiel mitspielen, bedeutet das eine Million Pfund.«

Narth sah ihn groß an.

»Eine Million Pfund ist leicht gesagt, aber eine schwere Menge Geld!«

»Es ist sogar noch mehr als eine Million drin«, behauptete Spedwell entschieden. »Das ist das größte Geschäft, in das Sie jemals eingestiegen sind, mein Freund.«

Narth war ganz durcheinander. Eine Million – wenn auch noch eine nebelhafte Million – war eine erschreckende Summe. Aber war er nicht schließlich der Erbe von Joe Brays Vermögen?

»Ich habe gar keinen Grund, mir Sorgen zu machen«, wies er Spedwell zurück, »Joe Bray war auch kein armer Mann!«

Ein Lächeln flog über das melancholische Gesicht des anderen.

»Was glauben Sie denn, wieviel Ihnen aus diesem Vermögen

zufallen wird?« fragte er zynisch, fügte dann aber schnell hinzu: »Es ist schon möglich, daß Sie einen dicken Packen bekommen werden – aber wenn Sie mit St. Clay das Spiel machen, springt viel mehr für Sie dabei heraus.«

Als der Major wegging, ließ er Stephen Narth unruhig und verwirrt zurück. Zum erstenmal, seit er die Nachricht von der Erbschaft erhalten hatte, fragte er sich, ob er auch wirklich Grund zum Jubeln hatte. Aber Joe Bray war tatsächlich ein reicher Mann gewesen, der Inhaber äußerst wertvoller Konzessionen, wenn alles stimmte, was in der City über ihn geredet wurde. Der alte Mann mußte ungeheuer reich gewesen sein – ein beglückender Gedanke!

Ein Viertel vor eins kam Grahame St. Clay, tadellos im grauen Cut und Zylinder. Narth hatte Zeit, ihn näher zu betrachten. Er war gerade ein bißchen zu elegant, die Diamantnadel in seiner Krawatte war gerade ein wenig zu groß. Er bevorzugte ein schweres Parfüm, und als er sein seidenes Taschentuch zog, wurde die Atmosphäre im Büro unerträglich für einen Mann, der gesunde Luft gewöhnt war.

»Sie haben meinen Brief erhalten?« Es war der Ton eines Vorgesetzten zu seinem Untergebenen.

Mr. Narth ärgerte sich. Das Benehmen dieses Mannes war aufreizend und beleidigend. St. Clay warf einen flüchtigen Blick auf den Schreibtisch, an dem Narth saß, las kühl den Brief, den dieser soeben geschrieben hatte, und setzte sich ohne Aufforderung in einen Sessel.

»Wird dieses Mädchen kommen?«

»Miss Bray wird mit uns lunchen«, entgegnete Narth ein wenig steif, und etwas in seiner Stimme mußte St. Clay gewarnt haben, denn er lachte.

»Mein lieber Mann, Sie mißtrauen mir. Aber nicht doch! Wir haben uns doch gerade erst kennengelernt! Sehen Sie, Narth, in meinem Vaterland bin ich eine große Persönlichkeit, und ich habe eben die Gewohnheiten eines großen Herrn! Sie müssen Nachsicht üben.«

Ein Klopfen war vernehmbar. Perkins, der Sekretär, kam herein und sah Stephen schweigend an.

Stephen fragte: »Wer ist es – Miss Bray?«

»Ja, Sir«, sagte Perkins. »Soll sie noch warten?«

»Nein, bitten Sie sie herein.«

Zum erstenmal in seinem Leben fiel es Stephen Narth auf, daß Joan ein sehr hübsches Mädchen war. Gewiß hatte sie auch noch nie so reizend ausgesehen wie heute, eine schlanke Erscheinung in einem blauen Kostüm und einem kleinen roten Hut. Diese Kleidung schien speziell entworfen, um ihren zarten Teint zur Geltung zu bringen und ihren blauen Augen eine besondere Tiefe zu verleihen.

Der Eindruck, den sie auf den Chinesen machte, war bemerkenswert. Er starrte sie an, bis sie errötete. Dann sagte Narth:

»Dies ist Mr. St. Clay.«

Gerade wollte Joan dem Fremden die Hand geben, als die Tür zum Privatbüro plötzlich aufflog und ein junger Mann hereinkam. Er war sehr gut gekleidet – das war der erste Eindruck, den Joan von ihm hatte. Sein Anzug konnte nur in der Sackville Street angefertigt worden sein. Er war jung, aber kein Jüngling mehr. Ein Hauch von Grau färbte seine Schläfen und dünne Linien zeigten sich an seinen Augen. In die Falten einer Toga gehüllt, hätte er mit seinem Adlerprofil und seinem entschlossenen Gesichtsausdruck ein Senator des alten Rom sein können.

Er blieb in der offenen Tür stehen und blickte von St. Clay zu Narth – für das junge Mädchen hatte er keinen Blick. Für einen Augenblick war Narth bei dem plötzlichen Einbruch in sein Privatbüro wie vom Donner gerührt.

»Was wünschen Sie?« fragte er. »Sie haben sich geirrt. Dies ist ein Privatbüro –«

»Ich habe mich durchaus nicht geirrt«, erklärte der Fremde. Beim Klang dieser Stimme drehte Joan sich zu ihm und starrte ihn an, außer sich vor Staunen. »Der Irrtum ist ganz auf Ihrer Seite, Narth, und noch nie haben Sie einen größeren Fehler begangen als den, meine zukünftige Frau an einen Tisch mit diesem verdammten, mörderischen Chinesen einzuladen! Fing Su!«

Mr. St. Clay, Bachelor of Arts, versteckte mechanisch seine Hände.

»Exzellenz!« antwortete er in der Mandarinsprache.

Joan seufzte verwirrt. Der bestaussehende Mann Chinas hatte seine Wirkung auf sie nicht verfehlt – denn der Fremde in der Tür war Clifford Lynne!

10

Fing Sus Bestürzung war nur von kürzester Dauer. Die zusammengelegten Arme sanken wieder herunter, die geneigte Gestalt richtete sich plötzlich gerade auf, und er wurde wieder zu Grahame St. Clay, dem Europäer. In seinen Augen funkelte ein bösartiges Feuer und ließ ihn wahrhaft schrecklich erscheinen. Doch nur für den Bruchteil einer Sekunde erhob das Ungeheuer in ihm das Haupt; das Feuer erstarb, er war wieder der Gentleman.

»Diese Zudringlichkeit ist wahrhaft unerhört«, stieß er in einem sonderbaren, abgerissenen Ton hervor, der unter anderen Umständen lächerlich gewirkt hätte.

Clifford Lynnes Augen wanderten über den weißgedeckten Tisch mit den Silberbestecken, Gläsern und Blumen, dann sah er das Mädchen an und lächelte. Und dieser fremde Mann hatte das schönste Lächeln, das Joan je gesehen hatte.

»Wenn Sie meine Gegenwart eine Mahlzeit lang ertragen können, wäre es mir eine Ehre, Sie dazu einzuladen«, sagte er.

Joan nickte. Sie war erschreckt und verwirrt, doch ungemein interessiert. Diese beiden Männer mußten unerbittliche, unbarmherzige Feinde sein – und jetzt erkannte Joan ganz plötzlich die Bewandtnis, die es mit der Schlange in Sunningdale gehabt hatte. Natürlich war St. Clay der Absender. Dieser aalglatte Chinese, den Clifford Lynne soeben Fing Su genannt hatte. Joan wurde blaß und rückte näher an Clifford heran.

»Mr. Narth!« Fing Su konnte nur mit Mühe sprechen. Seine Stimme war heiser vor Wut. »Sie haben mich eingeladen, mit dieser Dame den Lunch einzunehmen. Sie können unter keinen Umständen dulden ...« Er bekam keine Luft mehr.

Stephen Narth hatte das Gefühl, seine Autorität geltend machen zu müssen.

»Joan, du wirst hierbleiben!« befahl er.

Mit Joan glaubte er leicht fertig werden zu können, doch in welchem Ton sollte er zu dem Mann an der Tür sprechen? Es war schon nicht einfach gewesen, mit der Vogelscheuche in Sunningdale fertig zu werden, wieviel schwieriger aber mußte es sein, sich gegen diesen kühlen Gentleman durchzusetzen.

»Hm – Mr. Lynne –«, begann er liebenswürdig. »Es ist mir sehr peinlich – ich hatte Joan gebeten, mit unserem Freund zu lunchen –.«

»Vielleicht Ihr Freund«, unterbrach ihn Lynne, »aber nicht meiner. Wie können Sie es wagen, meine zukünftige Frau zusammen mit einem Verbrecher einzuladen, der Mord für ein erlaubtes Mittel hält, seine Schwierigkeiten aus dem Weg zu räumen!«

Lynne winkte Joan zu sich, und sie folgte ihm sofort bereitwillig.

Mr. Narth brachte nicht den Mut auf, seinen Ärger laut werden zu lassen, und Major Spedwell, der in diesem Augenblick den Raum betreten hatte, betrachtete ihn belustigt.

Clifford trat einen Schritt beiseite, um Joan in das Vorzimmer zu lassen, dann wandte er sich zurück.

»Sie drei spielen mit dem Feuer – und einer von Ihnen spielt mit dem Teufel!« Er blickte den Major an. »Spedwell, Sie waren einmal Offizier in der Britischen Armee und vermutlich sind in Ihnen noch verkümmerte Überbleibsel eines Gentlemans vorhanden. Aber ich will nicht daran appellieren, sondern an Ihren Selbsterhaltungstrieb. Sie marschieren geradewegs auf den Galgen zu; der Weg dauert nur fünfzig Sekunden – von der Todeszelle zur ewigen Verdammnis!«

Ohne Narth eines Blickes zu würdigen, streckte er dann seinen langen Finger aus und deutete auf den Chinesen.

»Fing Su, ich warne Sie jetzt zum drittenmal! Der Bund der ›Freudigen Hände‹ wird bald einen anderen Führer brauchen, und Ihre feine Fabrik wird sich in Rauch auflösen, und Sie mit ihr!«

Dann drehte er sich um, ging rasch hinaus und schlug die Tür hinter sich zu.

Joan wartete im Gang auf ihn. Sie war bestürzt und aufgeregt, aber sie vertraute diesem fremden Mann, der so unerwartet und gewaltsam in ihr Leben getreten war. Sie wandte sich ihm zu und erwiderte sein Lächeln.

»Gehen wir ins Ritz«, sagte er kurz. »Ich bin sehr hungrig, seit vier Uhr früh bin ich schon auf den Beinen.«

Er sagte kein Wort, als sie im Fahrstuhl nach unten fuhren, und auch Joan schwieg. Erst als sie im Taxi durch den dichten Straßenverkehr nach Mansion House fuhren, fragte sie:

»Wer ist eigentlich dieser Fing Su?«

Lynne schreckte zusammen, als hätte sie ihn aus einem Traum gerissen.

»Fing Su?« meinte er leichthin. »Ach, nur eben ein Chinese, der Sohn eines alten chinesischen Unternehmers, der kein schlechter Kerl war.«

»Er spricht wie ein gebildeter Europäer«, stellte Joan fest. Clifford nickte.

»Er hat den ›Bachelor of Arts‹ in Oxford gemacht, der alte Joe Bray hat ihn dahin geschickt.« Er lächelte über ihren erstaunten Ausruf. »Joe hat manche merkwürdigen, gutgemeinten und verrückten Sachen angestellt, und so ein Streich war auch, daß er Fing Su nach Oxford gehen ließ.«

Später konnte Joan sich nicht mehr genau erinnern, was alles beim Lunch geschehen war, sie wußte nur noch, daß er fast die ganze Zeit geredet, und daß sie gegen Ende der Mahlzeit ihre Befürchtungen über das weitere Verhalten von Mr. Narth geäußert hatte.

»Darüber brauchen Sie sich keine Sorgen zu machen – seine eigenen Schwierigkeiten werden ihm genug zu tun geben«, sagte Lynne grimmig.

Es gab aber noch etwas, worüber Joan unbedingt mit Clifford sprechen wollte. Er hatte einen Wagen bestellt, um sie nach Sunningdale zu begleiten, und das gab ihr die geeignete Möglichkeit für diese Unterhaltung.

»Mr. Lynne –« Sie zögerte. »Diese absurde Heirat –«

»Nicht absurder als andere Ehen«, meinte er gelassen, »und wirklich nicht so absurd, wie es den Anschein hatte, als mein Bart noch rauschte. Wollen Sie vielleicht aufgeben?«

Verständlicherweise ärgerte Joan sich über die Hoffnungsfreudigkeit, die aus seinem Ton klang.

»Natürlich gebe ich nicht auf, ich habe es doch versprochen!«

»Und warum?« forschte er.

Ihr stieg das Blut in die Wangen.

»Ich weiß nicht, was Sie meinen.«

»Warum haben Sie so bereitwillig Ihr Einverständnis erklärt? Das hat mich ziemlich erschüttert«, stellte Clifford fest. »Sie gehören doch nicht zu der Sorte von Mädchen, die den ersten Mann nehmen, der ihnen über den Weg läuft. Sie sind doch völlig anders als die dicke Mabel oder die überspannte Letty! Was für einen Druck übt also Narth auf Sie aus?«

Joan schwieg.

»Er erpreßt Sie doch, nicht wahr? Er hat zu Ihnen gesagt: ›Du wirst diesen sonderbaren Vogel heiraten oder ich werde‹ – also, was hat er gesagt?«

Sie schüttelte nur den Kopf, aber er blieb hartnäckig bei seiner Frage, und seine kühnen Augen forschten in ihrem Gesicht.

»Als ich hierher kam, war ich bereit, irgend jemand zu heiraten. Aber auf Sie war ich nicht gefaßt!«

»Und warum haben Sie sich bereit gefunden, irgend jemand zu heiraten?« forderte Joan ihn heraus. Ein kleines Lächeln zeigte sich in seinen Augen.

»Ihre Frage ist berechtigt«, gab er zu, »und ich werde sie Ihnen jetzt beantworten. Ich mochte den alten Joe sehr gern, er hat mir zweimal das Leben gerettet. Er war der netteste, phantastischste, romantischste alte Bursche, der je gelebt hat, und er war förmlich versessen darauf, daß ich jemand aus seiner Familie heiraten sollte. Ich hatte keine Ahnung davon, bis er mir sagte, daß er bald sterben werde – ich konnte es nicht glauben, aber dieser verrückte Doktor aus Kanton hat die Diagnose bestätigt. Joe beschwor mich, er könne nur dann ruhig sterben, wenn die Linie durch mich weitergeführt würde, wie er es nannte – obwohl, Gott weiß, niemand in der Familie ist, mit dem es wert wäre, die Linie fortzusetzen – mit Ausnahme von Ihnen natürlich!« fügte er schnell hinzu.

»Und Sie haben es ihm versprochen?« fragte Joan.

Er nickte.

»Ich war nicht etwa betrunken, als ich es versprach. Ich habe das scheußliche Gefühl, daß ich zu sentimental bin. Joe starb seltsamerweise in Kanton – von dort kam das Telegramm. Das sieht Joe ähnlich, in Kanton zu sterben!« erklärte er verbittert. »Nicht einmal normal von der Bühne abtreten konnte er – in Siang-Kiang!«

Joan war erschüttert über seine Kaltschnäuzigkeit.

»Und was erwarten Sie nun von mir, nachdem ich jetzt weiß, daß Sie lediglich heiraten, um ein Versprechen einzulösen?«

»Sie werden meinen Freimut nicht ausnutzen und sich davonmachen wollen«, knurrte er. »Ich habe Joes Testament erst gesehen, als ich in England angekommen bin, und da war es schon zu spät, es zu ändern. Narth bekommt eine Million Pfund, wenn wir noch vor Ende des Jahres heiraten!«

»So viel?« rief sie bestürzt aus.

Er war erstaunt.

»Ich dachte, Sie würden sagen ›Ist das alles?‹. In Wirklichkeit handelt es sich um mehr als nur eine Million. Die Firma ist enorm reich.«

Es folgte eine Pause, in der beide zu sehr mit ihren eigenen Gedanken beschäftigt waren, um zu sprechen. Schließlich begann Joan:

»Sie waren sein Geschäftsführer, nicht wahr, Mr. Lynne?«

»Meine Freunde nennen mich Cliff«, gab er ihr zu verstehen, »aber wenn Ihnen das peinlich ist, können Sie auch Clifford zu mir sagen. Ja, ich habe Joes Geschäfte geführt.«

Er äußerte sich nicht weiter, und das Schweigen wurde so drückend, daß Joan froh war, als der Wagen vor der Tür von Sunni Lodge anhielt. Letty, die auf dem Rasen Croquet gespielt hatte, kam mit dem Hammer in der Hand herbei und zog die Augenbrauen hoch.

»Ich dachte, du wolltest in der Stadt lunchen?« fragte sie mißbilligend. »Wirklich, es ist schrecklich unangenehm, daß du schon wiederkommst! Heute nachmittag wollen uns die Vaseys besuchen, und ich weiß, daß du sie nicht leiden kannst.«

Jetzt erst bemerkte sie den gutaussehenden fremden Herrn; sie senkte verwirrt den Blick und begann zu stottern – Lettys Bescheidenheit und Bestürzung in Gegenwart von Männern waren bekanntermaßen ein Teil ihres Charmes.

Joan machte keine Anstalten, ihren Begleiter vorzustellen. Sie verabschiedete sich nur und sah dem Wagen nach, der sogleich davongefahren war.

»Wirklich, Joan«, fuhr Letty sie ärgerlich an, »du hast unmögliche Manieren! Warum um alles in der Welt hast du ihn mir nicht vorgestellt!«

»Ich dachte, du legst keinen Wert darauf; als er das letzte Mal bei uns gewesen ist, warst du doch ziemlich unhöflich zu ihm«, antwortete Joan, nicht ohne Bosheit.

»Aber er ist doch niemals bei uns gewesen«, protestierte das Mädchen. »Und es ist wirklich ungezogen von dir, zu behaupten, daß ich je gegen irgend jemand unhöflich gewesen sei. Wer ist es denn?«

»Clifford Lynne«, antwortete Joan und fügte hinzu: »Mein Verlobter.«

Sie ließ Letty stehen, die wie vom Blitz getroffen schien, und ging in ihr Zimmer. Den Rest des Nachmittags machte Joan sich aber doch Sorgen, was Mr. Narth bei seiner Rückkehr sagen würde. Überraschenderweise zeigte er sich ganz liebenswürdig, ja beinahe väterlich. Dennoch nahm sie an ihm eine Nervosität wahr, die ganz ungewöhnlich schien, und Joan zerbrach sich den Kopf, ob die Ursache hierfür Clifford Lynne oder jener unheimliche Chinese war, von dem sie in dieser Nacht noch so scheußlich träumen sollte.

11

Mr. Clifford Lynne hatte ein kleines möbliertes Haus in Mayfair gemietet, das den, von seinem Standpunkt aus gesehen, unschätzbaren Vorteil hatte, auch an der Rückseite einen Eingang zu besitzen. Hinter dem Haus war eine kleine Garage mit einem Ausgang zu einer langen, sehr engen Gasse, an der andere Garagen standen, jede von ihnen mit einer kleinen Dachwohnung für den Chauffeur ausgebaut.

Etwas machte Clifford Lynne Kopfzerbrechen – und das war nicht Fing Su oder Joan oder Mr. Narth. Ein Zweifel in seinen Überlegungen hatte sich zu einem Verdacht entwickelt und war auf dem besten Wege, eine Überzeugung zu werden.

Clifford hatte den ganzen Nachmittag damit verbracht, die gerade mit der Post gekommenen chinesischen Zeitungen zu lesen. Es ging schon auf den Abend zu, als er einen Absatz im North China Herald entdeckte, der ihn mit einem Fluch aufspringen ließ. Um nähere Untersuchungen anzustellen, blieb keine Zeit mehr, da soeben ein Besucher angemeldet wurde.

Mr. Ferdinand Leggat, dieser joviale, rotgesichtige Mann, war in einem geschlossenen Wagen durch die Garage auf den Hof gefahren und vom Chauffeur Mr. Lynnes durch die Hintertür eingelassen worden. Diese Vorsicht hatte gute Gründe.

Als der Besucher das kleine Speisezimmer betrat, drehte er sich halb um, als ob er die Tür hinter sich fest zumachen wollte, aber der Diener hatte das schon besorgt. Auf Mr. Leggats rundem Gesicht lag ein Ausdruck, der nicht gerade Furcht, aber auch keineswegs Sorglosigkeit erkennen ließ. Er war bedrückt.

»Es wäre mir lieber gewesen, wenn ich hätte später kommen können«, brummte er, als Clifford ihm einen Platz anbot.

»Was bei Tage vor sich geht, sieht immer harmlos aus«, erwiderte Clifford. »Außerdem verdächtigt niemand ein Taxi.«

»Aber diese Chauffeure schwatzen«, befürchtete Leggat und spielte mit seinem Eßbesteck.

»Dieser Mann nicht, denn seit langem steht er in meinem Dienst. Bedienen Sie sich bitte selbst, alles, was Sie brauchen, steht auf der Anrichte.«

»Wird Ihr Diener auch nicht hereinkommen?« fragte der andere nervös.

»Wenn das der Fall wäre, würde ich Sie nicht bitten, sich selbst zu bedienen«, entgegnete Clifford. »Was hat sich heute ereignet?«

Lynne holte sich von der Anrichte ein Stück Huhn und Salat und kehrte mit seinem Teller zum Tisch zurück.

»Also was ist passiert?« fragte er noch einmal.

Mr. Leggat schien keinen Appetit zu haben, denn er versorgte sich nur mit Whisky und Soda.

»St. Clay rast vor Wut«, berichtete er. »Sie müssen sich vor diesem Burschen in acht nehmen, Lynne, das ist ein ganz gefährlicher Mensch.«

Clifford Lynne lächelte.

»Um das zu erfahren, brauchte ich Sie nicht den ganzen langen Weg von Ihrem Heim in Süd-Kensington hierherkommen zu lassen. Natürlich ist er gefährlich! Aber nun reden Sie endlich, was ist geschehen?«

»Genau weiß ich es auch nicht. Ich habe Spedwell nur ein paar Minuten gesehen, und er erzählte mir, daß St. Clay –«

»Nennen Sie ihn Fing Su – dieser St.-Clay-Unsinn macht mich nervös.«

»Spedwell sagte, daß Fing Su zuerst fuchsteufelswild war, dann aber darauf bestand, daß Narth die Sache lediglich als einen Scherz ansehen sollte. Wenn ich Sie wäre, würde ich mein Mädel sorgsam bewachen lassen.«

Clifford sah seinen Besucher scharf an.

»Sie meinen Miss Bray – Sie sollten die Dame besser Miss Bray nennen. ›Ihr Mädel‹ klingt sehr respektlos«, tadelte er ihn. »Finden Sie nicht auch?«

Leggat lächelte gezwungen.

»Ich wußte nicht, daß Sie so verdammt korrekt sind«, grunzte er.

»Ein wenig«, bestätigte Clifford. »Also Fing Su ist gefährlich, ich habe das nie bezweifelt. Aber ich möchte gern wissen, ob Sie selbst eine Ahnung davon haben, wie mörderisch er ist?«

»Ich?« fragte Leggat überrascht. »Warum?«

Clifford sah ihn seltsam an.

»Ich nehme an, daß Sie sich den ›Freudigen Händen‹ angeschlossen und so eine Art von Hokuspokus-Eid geschworen haben?«

Leggat rutschte unbehaglich auf seinem Stuhl hin und her.

»Ach, das! Nun ja, ich kümmere mich nur sehr wenig um diese Dinge«, meinte er verlegen. »Geheimgesellschaften sind doch nur eine Spielerei mit allerlei geheimnisvollem Tamtam. Und ganz abgesehen davon – schließlich hat Fing Su große Geschäftsbeziehungen in London, da kann er sich nicht auf faulen Zauber einlassen! Er behauptet, daß er im Laufe eines Jahres fast den gesamten Handel Südchinas in seiner Hand haben wird, und ich habe gehört, daß seine Niederlassungen bis zur tibetanischen Grenze reichen. Der Mann muß ungeheuer verdienen! Diese ganze Geheimgesellschaft ist nur ein geschäftlicher Trick, Logen dieser Art soll es in jeder größeren Stadt Chinas geben, sagte mir Spedwell. Das ist natürlich gut fürs Geschäft, und Fing Su ist so etwas wie ein kleiner Gott für seine Landsleute geworden. Schauen Sie sich mal die Büros an, die er am Tower Hill baute und die Fabrik draußen in Peckham!«

»Die Fabrik in Peckham werde ich mir heute abend einmal näher ansehen«, erklärte Clifford, und Leggat fuhr zusammen.

»Was soll das für einen Sinn haben?« rief er verstört. »Es wimmelt dort nur so von Chinesen, er hat da über zweihundertfünfzig Mann beschäftigt. Und die Peckham-Leute würden einen wahnsinnigen Lärm machen, wenn Sie sich dort sehen ließen! Die sind Tag und Nacht an Ort und Stelle, er läßt sie ja auf dem Gelände wohnen. Sie kommen da nicht für Geld und gute Worte hinein!«

Clifford Lynne lächelte.

»Ich werde es trotzdem versuchen – und alles, was ich von Ihnen will, ist der Hauptschlüssel für das Tor.«

Der bullige Mann wurde totenblaß, und die Hand, die das Whiskyglas an die Lippen führte, zitterte.

»Sie können das doch nicht im Ernst meinen?« krächzte er heiser. »Großer Gott, Mann, Sie werden doch nicht wirklich dorthin gehen wollen – ich kann Ihnen den Schlüssel nicht geben –, gibt es denn gar keinen anderen Weg? Können Sie nicht die Polizei oder das Foreign Office benachrichtigen?«

»Ohne Beweise würden die Polizei und das Foreign Office mich nur auslachen«, wehrte Clifford ab. »Nein, ich muß mit eigenen Augen sehen, was sich hinter den Mauern dieses drei Morgen großen Grundstücks abspielt. Ich muß feststellen, was Fing Su mit seinen Warenlagern, seinen Schiffen und Barkassen macht, aber ganz besonders begierig bin ich, die ›Halle der Weißen Ziege‹ zu sehen.«

Leggat zitterte wie Espenlaub. Er öffnete den Mund, um zu sprechen, brachte aber kein Wort hervor.

»Dort lauert der Tod!« ächzte er schließlich. Der stählerne Blick des anderen hielt ihn fest.

»Vielleicht auf Sie – aber nicht auf mich!« sagte Clifford Lynne.

12

Die Tätigkeit der Chinesischen Handelsgesellschaft wäre nicht besonders aufgefallen, wenn man diese Firma nicht für die Arbeiterunruhen verantwortlich gemacht hätte, die dadurch ausgelöst wurden, daß die Gesellschaft lediglich gelbe Stauer angestellt hatte. Die Gesellschaft wurde durch einen reichen Chinesen finanziert, und deshalb war es erklärlich, daß die Firma hauptsächlich Chinesen beschäftigte. Als die Beschwerden der weißen Arbeiterschaft beigelegt und die Beschäftigten der Chinesischen Handelsgesellschaft als Gewerkschaftsmitglieder anerkannt waren, verstummten die Anfeindungen. Doch sie lebten wieder auf, als die Bewohner der Umgebung durch ein Verbrechen in Schrecken versetzt worden waren, das in der Nähe der Fabrik begangen wurde. Es blieb glücklicherweise bei dem einen Fall, da die Gesellschaft energische Maßnahmen ergriff und den chinesischen Arbeitern Wohnungen im Fabrikgebäude zuwies. Platz dafür war genug vorhanden, denn viele der Häuser standen leer. Es war eine der vielen Fabrikanlagen, die während des Krieges aus dem Boden gewachsen waren und mit dem Waffenstillstand entbehrlich wurden.

Die Fabrik lag am Ufer des träge dahinfließenden Surrey-Kanals. Sie hatte eine eigene kleine Dockanlage und einen Uferkai, wo eine große Zahl von Flußkähnen jede Woche entladen und wieder beladen wurde. Nur diese Flußkähne waren mit weißen Arbeitern bemannt; auf den Schiffen, die die Waren der Gesellschaft an die afrikanische Küste brachten, bestand fast die gesamte Mannschaft nur aus Chinesen.

Die sogenannte ›Gelbe Flotte‹ bestand aus vier Schiffen, die man günstig zu einem Zeitpunkt erworben hatte, als die Schiffahrt ganz darniederlag. Offensichtlich handelte die Firma mit großem Gewinn mit Reis, Seide und den tausenderlei Produkten des Fernen Ostens. Diese Waren wurden gewöhnlich am Pool von London entladen und kamen auf dem gewöhnlichen Weg auf den Markt. Die Neubeladung der Schiffe geschah durch die Flußkähne, die vom Surrey-Kanal kamen, und es handelte sich um Produkte, die in China schnell umzusetzen waren.

Es regnete in Strömen, als Clifford Lynnes Taxi aus der Old Kent Road abbog und eilig den Weg nach Peckham nahm. Kurz vor der einsamen Kanalbrücke hielt der Wagen, und Lynne stieg aus. Mit leiser Stimme gab er dem Chauffeur einige kurze Anweisungen, dann ging er zum Kanalufer hinunter. Außer dem Sirenengeheul eines fernen Dampfers, der auf dem Weg zum Meer war, wurde die Stille durch kein Geräusch unterbrochen. Rasch ging Clifford die enge Uferstraße an der Wasserseite entlang. Einmal kam er an einem Kutter vorbei, der am Ufer festgemacht hatte, und er konnte die leisen Stimmen des Bootsmannes und seiner Frau hören, die miteinander sprachen.

Nach zehn Minuten verlangsamte er seine Schritte. Er hatte jetzt unmittelbar zu seiner Linken die dunklen Gebäude der chinesischen Fabrik vor sich. Lynne ging am Haupteingang vorbei, das kleine Fußgängertor war offen, und davor hockte ein gigantischer Kuli, wie im Aufglimmen der Zigarre, die der Mann rauchte, zu erkennen war. Der Wächter gurgelte ein ›Guten Abend‹, und Lynne erwiderte den Gruß.

Der Kanal machte um das Tor einen kleinen Bogen, und wenige Sekunden später war Clifford außer Sichtweite des Mannes. Jetzt bog die Mauer im rechten Winkel ab, und Lynne kam in einen engen dunklen Durchgang, der an der Mauer entlanglief. Mit Hilfe seiner Taschenlampe konnte er den tiefen Löchern auf diesem anscheinend selten benutzten Fußweg ausweichen.

Plötzlich fand er, wonach er gesucht hatte – eine schmale Tür, die tief in der Mauer zurücklag. Clifford stand still und lauschte ein paar Minuten, dann steckte er den Schlüssel in das Loch und drehte um. Leise öffnete er und schlüpfte hinein.

Soweit er erkennen konnte, hob sich zu seiner Linken die gerade Umrißlinie des Hauptgebäudes gegen den dunklen Himmel. Zu seiner Rechten stand ein Betonschuppen, der so niedrig war, daß die Dachrinne sich nicht über Augenhöhe erhob. Während des Krieges wurden hier die Bomben mit Sprengstoff gefüllt, und dieser Schuppen hatte offenbar zur Unterbringung des Sprengstoffes gedient.

Vorsichtig tastete Clifford sich weiter vor und vermied es, seine Taschenlampe zu gebrauchen. Von irgendwoher aus der Finsternis hörte er Chorgesang. Da liegen also die Arbeiterquartiere, dachte er, als er festgestellt hatte, aus welcher Richtung die Klänge kamen.

Eine schöne breite Steintreppe führte hinunter zum Tor des Schuppens. Wieder verharrte er einige Minuten und lauschte, dann öffnete er mit seinem Hauptschlüssel die Tür. Er ließ seine Lampe aufblitzen und entdeckte eine zweite Treppe, die tief in die Erde hinabführte. Hier waren zwei Tore, aber sie glichen keinem von denen, durch die er bisher gegangen war. Diese Tore waren reich mit Schnitzereien verziert und mit leuchtenden Lackfarben bemalt. Auch ein Laie hätte sie als chinesische Kunstwerke erkannt.

Es dauerte einige Zeit, bis Clifford das Schlüsselloch fand, aber schließlich hatte er eines der beiden Tore geöffnet. Als er es aufschwang, kam ihm schwerer Weihrauchduft und ein beißender Geruch entgegen, den er nur allzugut kannte. Trotz seines Mutes fühlte er sein Herz schneller schlagen.

Nachdem er das Tor sorgsam hinter sich geschlossen hatte,

leuchtete er mit seiner Blendlaterne die Wand entlang und fand bald darauf den elektrischen Schalter. Ohne Zögern drehte er das Licht an. Sofort leuchteten zwei elektrische Lampen auf, die von massiven Pfosten aus Bronze getragen wurden.

Der Raum war lang und schmal und hatte eine niedrige Decke. Die rauhen Betonwände, die einstmals die Sprengstoffe bewahrt hatten, waren jetzt mit roter Seide bespannt, in die chinesische Sprüche eingestickt waren. Die Wandbespannungen wechselten mit Pilastern ab, die anscheinend aus gehämmertem Gold bestanden. Der Steinboden war mit leuchtend farbigen Fliesen belegt, und an drei Seiten des Raumes zog sich der breite Streifen eines dunkelblauen Teppichs hin. Aber das beachtete Lynne im Augenblick kaum, seine Aufmerksamkeit richtete sich auf einen länglichen Marmoraltar, der am anderen Ende des Raumes stand. Dahinter, auf einem steinernen Unterbau, befand sich das Symbol der Geheimgesellschaft: zwei goldene Hände, die in Freundschaft ineinandergeschlungen waren. Sie waren an einem rotlackierten Pfosten befestigt, der mit goldenen Inschriften bedeckt war.

Clifford nahm sich Zeit, die Inschriften zu lesen. Sie waren von bewundernswertem Inhalt und ermahnten zur Tugend und Ahnenverehrung. Unter den Händen stand ein goldener Sessel auf einer kleinen Estrade, die mit einem purpurroten Teppich verkleidet war. Als Lynne näher kam, bemerkte er glitzernde Lichter, die vom Altar sprühten, und erstaunt erkannte er, daß die Ränder mit Diamanten besetzt waren.

Er streckte die Hand aus, um die glänzenden Edelsteine zu berühren, als plötzlich die Lichter im Raum erloschen. Clifford fuhr herum und zog blitzschnell seinen Revolver.

Mit schwirrendem Ton sauste etwas an seiner Wange vorbei. Er hörte den Aufprall eines Messers, das gegen die Wand fuhr und dann zu Boden fiel. Ein zweites Messer flog hinterher. Clifford feuerte zweimal in Richtung der Tür. Er hörte ein Stöhnen, das aber plötzlich verstummte, so, als ob kräftige Hände den Mund des Getroffenen geschlossen hätten.

Tiefes Schweigen herrschte. Nur das Gleiten bloßer Füße auf dem Boden ließ die Gegenwart seiner Angreifer erkennen.

Clifford rollte vornüber und setzte sich hin. Im Nu hatte er seine Schuhe ausgezogen, knotete die Schnürriemen zusammen und hängte sie um den Hals. Dann erhob er sich geräuschlos und tastete sich an dem Teppich entlang. Seine Ohren lauschten angestrengt, um auch den leisesten Ton aufzufangen.

»Klick!«

Da stieß Stahl gegen den plattenbelegten Fußboden. Sie suchten ihn mit ihren bloßen Schwertern. Wie viele waren es?

Weniger als ein Dutzend, überlegte er, denn sie hatten das Licht nicht wieder angemacht. Eine größere Streitmacht hätte sich seinem Revolver entgegengestellt. Clifford tastete die Sesselreihe entlang, die nach einigen Metern links abbog. Er bewegte sich jetzt mit größter Vorsicht auf die Tür zu.

Er verharrte und lauschte. Jemand atmete tief, ihm gerade gegenüber: wahrscheinlich der Torwächter. Da kam Clifford ein Gedanke. Die Chinesen haben eine besondere Art zu flüstern – ein tiefer, zischender Ton, nicht lauter als das Seufzen des Nachtwindes.

»Geht zu den Händen – alle!« flüsterte er. Er sprach im Dialekt von Yünnan, und er hatte Erfolg. Das tiefe Atmen vor ihm verschwand, und Clifford bewegte sich verstohlen auf die Tür zu, bei jedem Schritt verharrend und lauschend.

Der Teppich endete unversehens; seine Finger berührten die seidene Bespannung und dann die bloße Wand. Im nächsten Augenblick war er durch die offene Tür und eilte die Stufen hinauf. Da erkannte er gegen den Nachthimmel die Gestalt eines Mannes in vornübergeneigter, lauernder Haltung.

Clifford holte tief Atem, dann war er mit zwei Schritten oben.

»Keine Bewegung, sonst schieße ich!« raunte er und drückte die Mündung seiner Waffe gegen einen dickwattierten Rock.

Der Mann fuhr zurück, faßte sich aber sofort. Clifford hörte ein Lachen, das er kannte.

»Nicht schießen, Mr. Lynne! Sic itur ad astra! Aber ich ziehe einen anderen Weg zur Unsterblichkeit vor!«

Im Licht seiner Taschenlampe erkannte Clifford ihn. Er trug einen langen Rock, der bis zu den Füßen herabreichte und auf dem Kopf die runde Kappe des Mandarins.

13

Clifford hörte das Tappen nackter Füße auf den Treppenstufen und wandte sich sofort mit erhobenem Revolver um.

»Rufen Sie Ihre Hunde zurück, Fing Su!« befahl er.

Der andere zögerte einen Augenblick, dann zischte er etwas mit einem scharfen Unterton. Das Rascheln hörte auf, aber als Clifford nach unten blickte, sah er das stumpfe Schimmern eines nackten Schwertes. Er lächelte.

»Jetzt los, Freundchen!« rief er, umklammerte Fing Sus Arm, und führte ihn in Richtung des Tors in der Mauer.

»Mein lieber Mr. Lynne«, sagte der Chinese in vorwurfsvollem Ton, »warum in aller Welt haben Sie mir nicht geschrieben, daß Sie unseren kleinen Logenraum sehen wollten? Es wäre mir ein Vergnügen gewesen, Ihnen das ganze Anwesen zu zeigen. So aber haben die armen Burschen sich natürlich eingebildet, daß ein Einbrecher eingedrungen ist – und Sie konnten sich ja selbst überzeugen, daß eine ganze Menge Kostbarkeiten in der Halle der ›Freudigen Hände‹ sind. Ich hätte es mir niemals verzeihen können, wenn Ihnen etwas zugestoßen wäre.«

Der weiße Mann antwortete nicht; alle seine Sinne waren aufs äußerste angespannt. Seine Blicke wanderten von rechts nach links, denn er wußte genau, daß überall bewaffnete Männer verborgen waren. Er brauchte Fing Su nur einen Augenblick von seiner Seite zu lassen, und sein Leben war nichts mehr wert.

Anscheinend dachte Fing Su dasselbe.

»Ich hätte nicht vermutet, daß Sie so nervös wären, Lynne«, stichelte er.

»Mr. Lynne«, verbesserte ihn der andere mit Nachdruck, und sein Gefangener schluckte eine Bemerkung hinunter.

Als sie in die Nähe des Tores gekommen waren, zog Clifford seine Taschenlampe. Das Gelände fiel nach dem Ausgang zu ein wenig ab. Er drückte auf den Lichtknopf, ohne andere Absicht, als nur den Weg zu beleuchten. Der Schein fiel für eine Sekunde auf das Tor, dann wanderte er nach rechts. Ein langes Dach in Höhe der Mauer bildete einen Schuppen und hier entdeckte Clifford plötzlich, was er die ganze Zeit vermutet hatte. Eine lange Reihe von Fahrgestellen stand dicht gedrängt im Schutze dieses mit Schieferplatten gedeckten Schuppens. Nur für den Bruchteil einer Sekunde konnte er die dunkelgrauen Räder sehen, dann wurde ihm die Lampe aus der Hand geschlagen.

»Tut mir leid«, entschuldigte sich Fing Su. »Bitte, regen Sie sich nicht auf, es war wirklich nur ein Versehen.« Er bückte sich und hob die Lampe wieder auf.

»Es wäre besser gewesen, Sie hätten kein Licht gemacht. Tatsächlich wäre es mir lieber, wenn meine Leute nicht wüßten, daß ein Fremder die ›Halle des Geheimnisses‹ gesehen hat. Sie sind schnell gereizt und hassen alle Fremden, und ich muß Ihnen ganz offen sagen, daß ich sehr besorgt bin, ob Sie hier heil herauskommen werden. Wenn Sie Licht machen, bieten Sie sich ja förmlich als Zielscheibe an.«

Clifford Lynne antwortete nicht. Sie hatten das Tor erreicht, und Fing Su ging voraus, öffnete die Tür und ließ Lynne vorbei. Clifford entfernte sich rückwärtsgehend, mit erhobener Waffe.

»Ich warne Sie, Fing Su«, rief er dem Chinesen noch zu. »Meine Worte können Ihnen nur nützlich sein. Sie haben mehr Geld als irgendein anderer Mensch in Ihrem Land. Gehen Sie in Ihre Heimat zurück, entwickeln Sie dort die Wirtschaft und die Kultur, aber schlagen Sie sich den Gedanken an Weltherrschaft aus dem Kopf!«

Er hörte ein ruhiges, selbstbewußtes Lachen und wußte, daß seine Warnung in den Wind gesprochen war. Als das Tor leise hinter Lynne geschlossen und der Schlüssel umgedreht worden war, wandte er sich schnell dem Kanalufer zu. Still und verlassen lag der Platz da. Clifford eilte denselben Pfad am Ufer zurück, auf dem er gekommen war. Ihm war völlig klar, daß er sich den Weg zur Freiheit noch erkämpfen mußte. Er lief noch auf Strümpfen, und nach einigen Metern ließ er sich nieder, um seine Schuhe wieder anzuziehen – da hörte er das Knirschen von Türangeln. Das große Tor öffnete sich. Eine wahre Flut unheimlicher Gestalten strömte heraus.

Ohne zu zögern, steckte Clifford den Revolver in die Tasche und glitt geräuschlos in das Wasser hinab. Vorsichtig schwamm er zum jenseitigen Ufer in Richtung eines Flußkahns, der dort festgemacht hatte. Das Wasser war schmutzig und roch nach Öl, aber er achtete nicht darauf. Verglichen mit dem, was ihn erwartete, wenn er in die Hände der Chinesen fiel, war das noch die geringste Unbequemlichkeit.

Jetzt hatte er sein Ziel erreicht, hielt sich an einer Kette fest und schwang sich dann auf das staubige Deck des Kohlenkahns. Nur noch wenige Schritte, dann stand er auf festem Boden. Irgendwo in der Dunkelheit knurrte ein Hund, und vom jenseitigen Ufer hörte Clifford Geschnatter und aufgeregte Kommandos. Seine Verfolger hatten bemerkt, daß er ihnen entkommen war und stellten Vermutungen an, welchen Weg er wohl genommen habe.

Vorsichtig schlich er über den unordentlichen Werftplatz, bis er zu einem hohen Tor kam. Als er darüberklettern wollte, entdeckte er, daß es mit einem Kranz scharfer, rostiger Eisenspitzen geschützt war, die ein Übersteigen unmöglich machten. Hastig suchte er nach einer anderen Möglichkeit zu entkommen und fand schließlich eine kleine, offene Tür.

Doch die Gefahr war noch nicht vorüber, wie er erkannte, als er durch ein wahres Labyrinth von engen Gassen rannte und schließlich eine schmutzige Straße erreichte, die nur schwach von trüben Laternen beleuchtet wurde. Er war kaum ein paar Schritte gegangen, als am Ende der Straße die Scheinwerfer eines Autos auftauchten. Sofort versteckte Clifford sich hinter einem großen Holzstapel. Der Wagen fuhr langsam vorbei, und Clifford sah, daß der Beifahrer die Straße zu beiden Seiten mit einer starken Handlampe absuchte. Wenige Schritte hinter seinem Versteck hielt das Auto an, und er hörte das zischende Gewisper, das er so gut kannte. Clifford stand unbeweglich, die entsicherte Waffe in seiner Hand – aber der Wagen fuhr weiter. Da hastete er den Weg zurück, den er gekommen war, erreichte die Kanalbrücke ohne weiteren Zwischenfall und sah zu seiner großen Erleichterung zwei Polizeibeamte, die hier auf und ab gingen. Einer richtete seine Lampe auf ihn:

»Hallo, Freund, waren Sie im Wasser?«

»Ja, ich bin hineingefallen«, antwortete er nur kurz und ging ohne sonstige Erklärung weiter.

Am Ende der Glengall Road wartete sein Wagen, und eine halbe Stunde später gönnte er sich bereits ein heißes Bad.

In dieser Nacht mußte er über vieles nachdenken, ganz besonders aber über die lange Reihe der Fahrgestelle, die er unter dem Dach des Schuppens gesehen hatte. Er hatte erkannt, daß es Lafetten von Schnellfeuergeschützen waren, und zerbrach sich den Kopf darüber, wozu Mr. Fing Su sie verwenden wollte.

14

Mr. Stephen Narth war gewöhnlich nicht gerade der gemütlichste Teilnehmer am Frühstückstisch. Joan fürchtete sich fast vor dieser frühen Mahlzeit, wenn der Schinken zu salzig und der Kaffee zu stark war, und Mr. Narth über die hohen Haushaltskosten nörgelte.

Seit jenem Zwischenfall bei der Einladung zum Lunch hatte sich sein Verhalten aber auffallend geändert, und er war noch niemals so liebenswürdig zu dem jungen Mädchen gewesen, wie an diesem siebenten Morgen nach der Ankunft des sonderbaren Mannes aus China.

»Ich habe gehört, daß das Haus deines Freundes jetzt fertig und sogar schon möbliert ist«, begann er jovial. »Ich denke, wir werden jetzt das Aufgebot für dich bestellen, Joan. Wo willst du getraut werden?«

Sie sah ihn entgeistert an.

Joan hatte den Wiederaufbau von Slaters Cottage nicht in Beziehung zu ihrer eigenen Heirat gesehen. Tatsächlich hatte sie ja auch Cliff nicht wieder getroffen, seit er sie an jenem Nachmittag von London nach Hause gebracht hatte. Irgendwie fühlte sie sich unbehaglich und litt unter dem veränderten Verhalten ihres Verlobten. Die Leere, die dem plötzlichen Eingreifen in ihr Leben gefolgt war, verwirrte sie und machte sie ratlos.

»Ich habe Mr. Lynne nicht mehr wiedergesehen«, antwortete sie leise, »und ich bin auch gar nicht sicher, daß er es ernst meint mit unserer Heirat.«

Mr. Narths Benehmen änderte sich schlagartig.

»Nicht ernst? Unsinn!« brach er los. »Schließlich ist ja alles abgemacht. Ich werde mit ihm sprechen und den Tag festsetzen. Du wirst in der Kirche von Sunningdale getraut, und Letty und Mabel sind deine Brautjungfern. Übrigens ist es wohl an der Zeit, daß ihr in die Stadt fahrt und euch um eure Kleider kümmert. Wir werden nur eine kleine Hochzeitsfeier mit wenigen Gästen veranstalten. Du hattest doch mit ihm geplaudert, als du vom – hm – Büro zurückgefahren bist?«

Es war das erstemal, daß Narth die Einladung zum Lunch erwähnte.

»Hat er dir gesagt, wie hoch sein Monatsgehalt ist?«

»Nein«, erwiderte sie zurückhaltend.

»Hängt nicht die Höhe seines Gehaltes von dir ab, Vater?« meinte Mabel, die sich gerade Butter auf ihren Toast strich. »Natürlich müssen wir ihn behalten: es wäre ja auch ein schmutziger Trick, ihn erst Joan heiraten zu lassen und ihn dann hinauszuwerfen. Aber ich denke, du solltest ihn dir wirklich einmal vornehmen, seine Manieren sind sehr respektlos.«

»Und seine Ausdrücke sind geradezu schauderhaft«, mischte sich Letty ein. »Kannst du dich noch erinnern, was er gesagt hat, Vater?«

»Verdammte Höllenbrut!« Mr. Narth schmunzelte. »Ich könnte mir übrigens vorstellen, daß er mit dem armen Joe einen Vertrag hatte, so entfällt vorläufig die Frage nach seinem Gehalt. Joe war ein sehr großzügiger Mann, und gewiß hat er diesem Burschen so viel ausgesetzt, daß er genug zu leben hat. Mach dir also keine Sorgen darüber, meine Liebe.«

»Das tue ich auch nicht«, erwiderte Joan ruhig.

»Ich kann mir nicht denken, warum er Slaters Cottage mit so großem Aufwand wiederaufgebaut hat«, fuhr Stephen fort. »Er wird sich doch nicht einbilden, daß ich ihm erlaube, hier zu wohnen! Ein Geschäftsführer muß da sein, wo seine Geschäfte sind. Natürlich soll er ein paar Monate Urlaub haben, das ist wohl so üblich, aber er wird große Schwierigkeiten haben, das Haus für auch nur annähernd die Summe zu verkaufen, die er für Reparaturen hineingesteckt hat.«

Narth sah nach der Uhr, wischte heftig mit der Serviette über seinen Mund und stand auf. Nach seiner Abfahrt zur Stadt schien das Leben in Sunni Lodge seinen gewohnten Gang zu gehen, aber er war kaum zwei Stunden fort, als sein Wagen wieder die Auffahrt heraufkam. Der Chauffeur hatte eine Nachricht für Joan, die tief in ihren Haushaltsrechnungen steckte. Erstaunt öffnete sie den Brief:

›Liebe Joan, kannst du sofort zu mir kommen? Ich muß dich sprechen. Ich erwarte dich im Peking House.‹

»Wo ist Peking House, Jones?« fragte sie den Chauffeur.

Der Mann sah sie mit einem sonderbaren Blick an.

»In der Nähe des Tower, keine fünf Minuten von Mr. Narths Büro entfernt.«

Letty und Mabel waren in den Ort gegangen. Schnell entschlossen setzte Joan ihren Hut auf und stieg in den Wagen.

In Eastcheap, in Sicht des grimmigen alten Turmes, den Wilhelm der Eroberer auf sächsischen Grundmauern erbaut hatte, war ein neues, hübsches Steinhaus entstanden, das seine Nachbarschaft um sechs Stockwerke überragte. Breite Marmorstufen führten zu einem eleganten Säulenvorbau und der mit Marmor verkleideten Halle. Aber am meisten unterschied sich dieses Geschäftshaus von seinen Nachbarn durch die Nationalität seiner Bewohner. Ein kräftiger chinesischer Portier in tadelloser Uniform führte Joan zu einem Lift, der ebenfalls von einem Chinesen bedient wurde, und als sie hinauffuhr, sah sie die Marmorgänge angefüllt mit kleinen, gelben Männern, die geschäftig von Zimmer zu Zimmer eilten. Der Lift hielt, und Joan sah durch eine Glastür in einen großen Büroraum. Hinter dicht zusammengerückten Schreibtischen hantierten Reihen um Reihen von brillentragenden Chinesen eifrig mit Tusche, Pinsel und Papier.

»Komisch, nicht wahr?« Der junge Londoner Clerk, der mit ihr zusammen nach oben gefahren war, grinste, als sie ausstiegen. »Dies ist der einzige Platz in der City, wo nur Chinesen herumlaufen. ›Peking-Handelsgesellschaft‹ – haben Sie davon schon mal gehört?«

»Ich glaube nicht«, gestand Joan lächelnd.

»Es gibt nicht einen weißen Clerk im ganzen Haus«, bemerkte der junge Mann angewidert, »und die Schreibdamen – mein Gott! Sie sollten mal die Gesichter sehen!«

Der Liftboy wartete ungeduldig.

»Kommen Sie, Miss«, sagte er – reichlich bestimmt, wie sie fand. Sie folgte ihm bis ans Ende des Korridors, wo er eine Tür öffnete, über der ›Privat‹ stand. Ein gelbgesichtiges Mädchen erhob sich von ihrem Schreibstuhl.

»Sie sind Miss Bray?« fragte er mit fremdem Akzent. Als Joan nickte, öffnete das Mädchen eine zweite Tür.

»Hier hinein!« befahl sie in demselben anmaßenden Tonfall, den Joan schon bei dem Liftboy bemerkt hatte.

Ihr erster Eindruck war, daß sie aus Versehen in ein Operettentheater geraten sei. Der Luxus von Marmor und Seide, von geschliffenem Glas und üppigen Teppichen, das vulgäre Zurschaustellen von protzigem Reichtum in vergoldeten Möbeln und seidenen Tapeten, machte Joan sprachlos. Die Decke wurde von lackroten Balken durchzogen, in die goldene chinesische Schriftzeichen in Halbrelief eingelassen waren. Die Fülle der Farben blendete sie fast. An einem Tisch aus Ebenholz saß Fing Su. Als Joan eintrat, erhob er sich und kam in affektierter Haltung auf sie zu.

»Ihr Onkel wird in wenigen Minuten hier sein, meine liebe Miss Bray«, begrüßte er sie. »Bitte Platz zu nehmen.«

Er schob ihr ein Möbel hin, das weniger ein großer Sessel als eher ein Thron zu sein schien.

»Ich komme mir vor wie die Königin von Saba, die Salomon besucht«, lächelte sie amüsiert und vergaß für den Augenblick ihre Unruhe.

Der Chinese verneigte sich tief. Anscheinend nahm er ihre Worte für ein Kompliment.

»Sie sind wahrhaftig schöner als die Königin von Saba und würdig, Salomo, dem Sohne Davids, zu begegnen. Besäße ich die Reichtümer Sanheribs, des Königs von Askalon, so würde ich Ihnen die Schätze von Assur und Babylon zu Füßen legen.«

Joan war bestürzt über dies überspannte Geschwätz.

»Wann kommt Mr. Narth?« lenkte sie ab.

Fing Su blickte sie an und biß sich nachdenklich auf die dünne Unterlippe.

»Er kommt überhaupt nicht«, antwortete er. »Die Wahrheit ist, daß er es für ratsam hielt, wenn ich allein mit Ihnen über unseren Freund Lynne spräche. Als wir uns das letztemal begegneten, gab es eine peinliche Szene, wie Sie sich erinnern werden – nicht durch meine Schuld. Mr. Lynne hegt unfreundliche Gefühle gegen mich, aber er hat keinen Grund dazu. Mein hochverehrter Vater« – er beugte fast unmerklich die Knie – »hat viel für den Aufbau der Yünnan-Gesellschaft getan. Ohne seine Hilfe wären die Konzessionen wohl nie erteilt worden.«

Joan war nicht bereit, sich die Geschichte der Yünnan-Gesellschaft anzuhören. Tatsächlich war sie nahe daran, sich zu fürchten, und sie erhob sich aus ihrem riesigen Sessel.

»Ich kenne Mr. Lynne kaum genug, um über ihn zu sprechen«, begann sie.

»Und trotzdem wollen Sie ihn heiraten?«

Sie errötete mehr aus Ärger als aus Verwirrung.

»Das geht nur mich allein etwas an, Mr. Fing«, gab sie scharf zurück, und er lächelte.

»Fing Su? Gut, ich ziehe diesen Namen vor. St. Clay klingt schwerfällig und ein bißchen dumm.«

Er betrachtete sie zerstreut.

»Sie sind ein gescheites Mädchen. Aus Ihrem Gesicht spricht Intelligenz; Sie sind anpassungsfähig. Tatsächlich haben Sie alle Eigenschaften, die ich von einem Assistenten erwarte – und ich habe viele Assistenten, gelbe und weiße.«

»Ich verstehe Sie nicht«, sagte Joan.

»Lassen Sie mich es Ihnen erklären. Ich habe einen bestimmten Grund, die Freundschaft – oder mindestens die Neutralität – Clifford Lynnes zu wünschen. Sie könnten mir dabei ganz besonders behilflich sein. Verstehen Sie etwas von der Börse, Miss Bray?«

»Von der Börse?« fragte sie erstaunt. »Nein, fast gar nichts.«

»Von der Yünnan-Gesellschaft haben Sie aber doch schon gehört?«

Sie nickte.

»Ja, Mr. Narth erzählte mir gestern morgen, daß die Aktien mit 2,75 notiert würden.«

»Die gewöhnlichen Aktien«, verbesserte er sie höflich. »Die Gründeraktien sind niemals an der Börse gehandelt worden.«

Joan lächelte.

»Ich glaube nicht, daß ich sie unterscheiden könnte, wenn ich sie sähe«, erklärte sie offen.

»Es gibt im ganzen neunundvierzig Gründeraktien.« Der Chinese sprach mit großer Überlegung und betonte jedes Wort. »Und eine davon will ich kaufen.«

Sie starrte ihn erstaunt an.

»Eine?« wiederholte sie.

Er nickte.

»Nur eine. Sie haben keinen Marktwert. Ursprünglich kosteten sie ein Pfund, heute bin ich bereit, für diese eine Aktie eine Million Pfund zu bezahlen.«

Joan konnte nur ratlos den Kopf schütteln.

»Ich fürchte, ich kann Ihnen nicht helfen – es sei denn«, ihr schoß ein Gedanke durch den Kopf, »Sie würden eine von Mr. Narth kaufen.«

Der gelbe Mann lächelte belustigt.

»Meine liebe junge Dame, Joseph Bray hat Mr. Narth keine Gründeraktien vermacht; er hat ihm lediglich gewöhnliche Aktien hinterlassen. Die einzige Person, von der man Gründeraktien erwerben könnte, ist Ihr Verlobter, Clifford Lynne. Verschaffen Sie mir dieses eine Papier, und ich werde Ihnen eine Million Pfund dafür geben. Sie könnten dann auf die erzwungene Heirat verzichten. Eine Million Pfund! Denken Sie nur, Miss Bray – diese riesige Summe würde Sie frei und unabhängig machen, auch von Narth und Lynne! Überlegen Sie sich die Sache! Ich möchte nicht, daß Sie sich sofort entscheiden. Und bitte, denken Sie daran, daß Sie damit im Sinne meines liebsten väterlichen Freundes handeln würden, der nun – leider – nicht mehr lebt.«

Er ging zur Tür und öffnete sie mit Schwung. Offenbar war die Unterredung beendet.

»Sie denken darüber nach? Und wollen Sie so freundlich sein, alles, was ich Ihnen gesagt habe, vertraulich zu behandeln! Denken Sie daran, an dem Tag, an dem Sie mir die Gründeraktie aushändigen, bekommen Sie von mir einen Scheck auf die Bank von England über eine Million Pfund. Ich will jetzt nichts weiter sagen –«

Joan sah ihn ruhig an.

»Das ist auch völlig unnötig«, erklärte sie gelassen, »denn ich werde Ihnen diese Aktie niemals bringen. Wenn Sie Ihnen eine Million Pfund wert ist, hat sie denselben Wert auch für Clifford Lynne.«

Der Chinese hatte sein unergründliches Lächeln aufgesetzt.

»Der Scheck wird für Sie bereitliegen, Miss Bray«, versicherte er.

Joan eilte, so schnell sie konnte, zum Büro ihres Onkels, ihr Ärger wuchs mit jeder Umdrehung der Räder des Autos.

15

Mr. Stephen Narth war offensichtlich in gedrückter Stimmung.

»Hoffentlich hast du es mir nicht übelgenommen, Joan«, entschuldigte er sich, als er ihr gekränktes Gesicht sah. »Ich bin diesem Menschen tatsächlich sehr verpflichtet, und er hat so sehr darauf bestanden, dich wegen dieses Geschäftes persönlich zu sprechen, daß ich gar nicht anders handeln konnte. Warum er so darauf versessen ist, diese eine Gründeraktie zu kaufen, mag der Himmel wissen – die Dinger sind keinen Penny wert.«

Joan stutzte bei dieser Auskunft.

»Keinen Penny?« fragte sie.

»Nicht einen Penny«, bekräftigte Narth. »Na ja, vielleicht ist das eine Übertreibung, denn nominell bringen sie eine Dividende von zweieinhalb Prozent, das bedeutet, daß die Aktie einen Kaufwert von etwa acht Shilling hat. Diese Aktien sind niemals an der Börse gehandelt worden und werden auch niemals gehandelt werden. Ich glaube auch nicht, daß der alte Joe welche hatte, aber ich will mal nachsehen.«

Er läutete und befahl Perkins, sämtliche Unterlagen über die Yünnan-Gesellschaft hereinzubringen.

Nach einigen Minuten kam der Sekretär mit einem dicken Aktenstück zurück, das er auf den Schreibtisch legte. Mr. Narth öffnete den staubigen Deckel, begann zu lesen, und hielt mit einem erstaunten Ausruf plötzlich inne.

»Wie seltsam! Ich hatte keine Ahnung, daß Lynne Direktor der Gesellschaft ist.« Er runzelte die Stirn. »Na ja, vermutlich nur dem Titel nach«, murmelte er und blätterte Seite für Seite um.

Fünf Minuten herrschte tiefes Stillschweigen, das nur durch das Rascheln der Blätter unterbrochen wurde.

»Donnerwetter!« Narth schlug auf den Tisch. »Hör dir das an: ›Die Leitung der Gesellschaft und die Verfügungsgewalt über die Reservefonds liegt in den Händen des Aufsichtsrates, der in geheimer Abstimmung gewählt wird. Nur die Inhaber von Gründeraktien sind zur Teilnahme an dieser Abstimmung berechtigt. Ungeachtet nachträglich hinzugefügter Paragraphen ist einzig und allein der Aufsichtsrat der Bevollmächtigte der Majorität.‹«

Bestürzt blickte er auf.

»Weißt du, was das heißt? Das bedeutet, daß die gewöhnlichen Aktionäre bei der Leitung der Gesellschaft überhaupt nicht mitzureden haben. Und von den neunundvierzig Gründeraktien, die ausgegeben worden sind, hat Fing Su vierundzwanzig in seinem Besitz!«

Nachdenklich schaute er in das erstaunte Gesicht Joans.

»Ich habe zufällig erfahren, daß der Reservefonds der Yünnan-Gesellschaft sich auf acht Millionen Pfund beläuft. Diese Summe kam zusammen durch den Ertrag von Bergwerken und Goldminen, außerdem gehört auch das Geld dazu, das nach der russischen Revolution bei der Gesellschaft deponiert worden ist.«

Seine Gedanken wurden etwas sprunghaft.

»Und die Majorität der Gründeraktien befindet sich in den

Händen Clifford Lynnes«, stellte er fest. Zum erstenmal wurde Stephen Narth klar, welch unbarmherzig grausamer Kampf um die Kontrolle dieser riesigen Reserven im Gang war.

Mit zitternden Lippen sagte er heiser: »Bei Gott, ich wünschte, ich hätte mit der ganzen Geschichte nichts zu tun!«, und etwas von seiner Aufregung teilte sich auch dem jungen Mädchen mit. Als Joan in Mr. Narths Auto nach Sunningdale zurückfuhr, wurde ihr Wagen von einem Taxi überholt. Zufällig warf Joan einen Blick auf den Fahrgast. Sie erkannte Clifford Lynne, und auf sein Winken ließ sie ihren Wagen anhalten.

Lynne stieg aus, kam zu ihrem Auto, öffnete ohne zu fragen die Tür und stieg ein.

»Ich möchte lieber mit Ihnen fahren«, erklärte er, »in meinem Taxi sitzt es sich ziemlich unbequem, weil ich es mit allerlei Proviant so voll geladen habe. Ich will nämlich heute mein neues Reich in Besitz nehmen!«

Dann warf Clifford ihr einen scharfen Blick zu.

»Sie sind in der Stadt gewesen. Ich will nicht so anmaßend sein, die Rechte eines liebenden Gatten vorwegzunehmen und Sie fragen, warum Sie in so glänzender Aufmachung unterwegs sind – aber ich nehme an, daß Sie unseren Freund Narth besucht haben.« Und dann plötzlich: »Sie haben doch nicht etwa Fing Su getroffen?«

»Doch.« Joan nickte. »Ich habe ihn gesehen. Ich hatte heute morgen eine Unterredung mit ihm.«

»Zum Teufel, das haben Sie getan!«

Wenn er ärgerlich war, konnte er seine Gefühle nicht verbergen.

»Und was wollte dieses naive und geniale Naturkind von Ihnen?« fragte er spöttisch. »Ich wette, daß es eine ganz hübsche Unverschämtheit war!«

Sollte sie es ihm erzählen? Sie hatte Fing Su ja kein Versprechen gegeben, ihre Unterredung vertraulich zu behandeln.

Clifford beobachtete ihr Zögern, und mit unheimlichem Scharfsinn durchschaute er, was sich ereignet hatte.

»Er wollte wohl nicht eine Gründeraktie der Yünnan-Gesellschaft kaufen?«

Als er sah, daß sie errötete, schlug er sich aufs Knie und brach in ein schallendes Gelächter aus.

»Armer kleiner Machiavelli!« ächzte er schließlich und trocknete sich die Augen. »Na ja, ich habe sowieso nie geglaubt, daß er sich mit seinem Anteil zufriedengeben würde. Er besitzt ein Zehntel und Joe Bray verfügte über ein weiteres Zehntel.«

»Und in wessen Besitz sind die übrigen Anteile?« fragte Joan erstaunt.

»Im Besitz Ihres zukünftigen Gatten«, bemerkte er leichthin. »Unser chinesischer Freund ist mehr als Millionär, aber damit ist er nicht zufrieden. In einer Anwandlung von Verrücktheit hatte Joe Bray Fing Sus Vater einige Gründeraktien überlassen. Unbegreiflich, daß er späterhin sogar noch die meisten seiner eigenen Gründeraktien an Fing Su selber gegeben hat. Joe Brays Andenken in allen Ehren – aber er muß damals nicht bei Verstand gewesen sein! Das Unüberlegteste, was er jemals angestellt hat –« Er unterbrach sich nachdenklich. »Na, vielleicht hat er es auch gar nicht getan ... Jedenfalls werde ich es heute abend wohl erfahren!«

Joan stellte keine Fragen, was für einen Verdacht Clifford habe, und Lynne fuhr fort:

»Bevor ich mein Kapital mit dem von Joe zusammenwarf, gab es noch gar keine Yünnan-Gesellschaft. Damals hatte Joe gerade ein wenig Kohle aus einem Gebiet gekratzt, für das ihm Fing Sus seliger Vater die Konzession verschafft hatte. Für diese Gefälligkeit hatte der törichte alte Gentleman sich vertraglich verpflichtet, seinen chinesischen Mittelsmann mit einem Zehntel am Reingewinn zu beteiligen. Davon wußte ich aber nichts, als ich einen Landstrich mit sehr ergiebigen Kohlevorkommen in das Unternehmen einbrachte. Um Fing Sus Vater wieder herauszuwerfen, gab es so viele juristische Streitigkeiten, daß die Gesellschaft während der Prozesse praktisch nichts mehr wert war. Zum Schluß habe ich dann mit einem größeren Kapital die Yünnan-Gesellschaft neugegründet.«

Er blickte sie zweifelnd an: »Haben Sie alles begriffen?«

Joan schüttelte den Kopf.

»Nicht ganz, aber ich möchte es verstehen, unbedingt!«

Wieder fiel dieser forschende Blick auf sie.

»Damals setzte ich die Bestimmung hinsichtlich der Gründeraktien durch, um den guten alten Joe daran zu hindern, seine Uneigennützigkeit zu weit zu treiben. Er hatte das beste Herz, das je geschlagen hat, aber zu den Klügsten zählte er wahrlich nicht. Als er entdeckte, daß die Gründeraktien ihm keine Zinsen brachten, war er der Meinung, sie seien nicht viel wert. Von den neunundvierzig ausgegebenen Aktien gab er neun an Fing Sus Vater – darauf bestand er hartnäckig –, und Joe selbst und ich behielten jeder zwanzig.«

»Was hat es eigentlich mit dem Reservefonds auf sich?« wollte Joan wissen.

Clifford sah sie einen Augenblick argwöhnisch an. Schließlich erklärte er:

»Wir haben zwar ein sehr großes Reservekapital, doch ein großer Teil davon gehört uns gar nicht. Sehen Sie, wir hatten umfangreiche geschäftliche Interessen in der Mandschurei, dazu gehörten auch Bankgeschäfte. Nach Ausbruch der russischen Revolution wurden Riesensummen bei uns deponiert, die wir nach Shanghai in Sicherheit brachten. Viele unserer Kunden sind ums Leben gekommen – arme Seelen –, darunter auch die Besitzer der größten Depots. Bei den augenblicklichen chaotischen Verhältnissen ist es unmöglich, ihre Erben ausfindig zu machen. Dieses Geld bezeichnen wir als Reservefonds B; und hinter diesem Geld ist Fing Su her!«

Als er ihr Erstaunen sah, meinte Clifford:

»Das ist noch nicht alles. Vor einigen Monaten erfuhr ich, daß Joe drei Viertel seiner eigenen Gründeraktien diesem aalglatten Chinesenschuft geschenkt hatte. Fünf Aktien hatte er glücklicherweise verlegt. Gott sei Dank entdeckte ich sie und brachte sie an mich. Deshalb kann Fing Su nicht an den Reservefonds heran. Wenn er aber einmal in den Besitz nur noch einer einzigen Gründeraktie gelangt, hat er die Majorität und kann anderer Leute Geld verjubeln, ohne daß ihn ein Gericht in China belangen könnte. O Joe, du hast dich für eine Menge zu verantworten!«

Doch jetzt sagte Joan vorwurfsvoll:

»Mr. Lynne – Clifford, meine ich – wie können Sie nur so unfreundlich über Ihren verstorbenen Freund reden!«

Er antwortete nicht sofort, und als er wieder sprach, tat er so, als ob er ihren Vorwurf gar nicht gehört hätte.

»Es ist wunderschön, auf der Welt zu sein«, sagte er, »und ich hasse den Gedanken, von ihr zu scheiden – aber eines Tages werde ich Fing Su töten!«

16

Joan Bray bewohnte ein großes Mansardenzimmer, das nach und nach der gemütlichste Raum im ganzen Haus geworden war. Das war nicht vorgesehen gewesen, als man ihr diesen Zufluchtsort überließ; aber Joan war so beliebt bei der Dienerschaft von Sunni Lodge, daß auf geheimnisvollen Wegen seltene und hübsche Möbel in das Dachzimmer mit den großen Fenstern und der schönen Aussicht gekommen waren. Und jetzt war ihr dieses Zimmer besonders lieb, da sie von hier aus den viereckigen Schornstein von Slaters Cottage sehen konnte. Dies gab ihr ein gewisses Gefühl von Zusammengehörigkeit mit dem fremden Mann, der so plötzlich in ihr Leben eingetreten war.

Als Joan aus der Stadt zurückkam, waren die Mädchen ausgegangen. Joan verschloß die Tür und setzte sich auf das altmodische Sofa. Sie stützte den Kopf in die Hand und versuchte, ihre Gedanken zu ordnen. Daß Clifford Lynne kein bezahlter Angestellter ihres Verwandten war, hatte sie von Anfang an vermutet. Jetzt wußte sie, daß er sehr reich war, reicher noch als Joe Bray – wie würde sich das auf Stephen Narths Haltung auswirken, wenn er davon hörte? Joan war sich völlig klar darüber, was geschehen wäre, wenn Clifford Lynne an jenem schicksalhaften Nachmittag nicht als wilder Mann mit langem Bart und unordentlichen Kleidern nach Sunni Lodge gekommen wäre, sondern als vornehmer, gutaussehender Gentleman, und außerdem nicht in der Rolle eines Geschäftsführers, sondern als Teilhaber Joe Brays.

Trotzdem – sie wußte selbst nicht, warum – bedrückte sie das Wissen um Cliffords Reichtum. Damals hatte sie ihre Gefühle bezwungen und in die schreckliche Heirat mit einem unbekannten Mann eingewilligt, und was damals für sie ein Opfer war, hatte sich jetzt als großes Glück erwiesen. Doch dann schüttelte Joan den Kopf; sie wollte sich nicht selbst belügen. Es war ihr niemals als ein Opfer erschienen. Vom ersten Augenblick an hatte der Fremde etwas Anziehendes für sie gehabt. Er war eine so außergewöhnliche Persönlichkeit, daß alle ihre Bedenken sogleich schwanden.

Joan hatte begonnen, das Leben von einem ganz anderen Gesichtspunkt aus zu betrachten. Sie war sich klar, welch großen Wandel diese Heirat für sie bedeutete, und Letty (oder war es Mabel?) hatte ganz recht: Was wußte ein Mädchen über den geliebten Mann, in dessen Hände sie ihre Zukunft legte? Doch sie war zuversichtlich, sie wußte mehr vom Wesen Clifford Lynnes als viele andere Bräute vom Charakter der Männer wußten, die sie heiraten wollten.

Langsam ging sie zum Fenster und betrachtete den Teil von Slaters Cottage, der durch die Bäume sichtbar war. Jetzt stieg Rauch aus dem Kamin; Joan dachte daran, daß Clifford sein Taxi voller Lebensmittel geladen hatte und hätte gern gewußt, ob er als Koch wohl ebenso erfolgreich war wie auf anderen Gebieten.

Holzfäller waren damit beschäftigt, die Bäume um das Haus niederzulegen. Sie sah, wie eine hohe Tanne sich langsam neigte, und sie hörte die Äste krachen, als sie auf den Boden aufschlug. Morgen wird schon das ganze Haus zu sehen sein, überlegte sie und wandte sich um, da sie Schritte vor ihrer Tür hörte.

»Ich bin es, Letty«, sagte eine schrille Stimme. Sie schloß schnell auf, und Letty fragte erstaunt: »Warum in aller Welt schließt du dich denn ein?«

Sie hatte sie erst zweimal hier oben aufgesucht und sah sich jetzt ganz überrascht um.

»Oh, du hast es aber sehr gemütlich hier!« meinte sie, und wenn Joan mißtrauisch gewesen wäre, hätte sie aus dieser Äußerung einen Unterton von Mißbilligung heraushören können.

»Vater hat eben angerufen, daß er heute abend nicht nach Hause kommen wird. Er möchte, daß wir mit ihm in der Stadt essen. Macht es dir etwas aus, allein zu bleiben?«

Die Frage war überflüssig. Man hatte sie schon oft des Abends allein gelassen und sie war damit sehr zufrieden gewesen.

»Es ist möglich, daß wir sehr spät heimkommen, weil wir nach dem Theater noch ins Savoy zum Tanzen gehen wollen.«

Letty stand schon wieder in der Tür, als ihr noch etwas einfiel.

»Ich habe doch neulich diesen Clifford Lynne gesehen, als er dich nach Hause brachte. Er sieht ja wirklich ungewöhnlich gut aus. Aber kannst du mir erklären, warum er zuerst in diesem lächerlichen Aufzug hierher gekommen ist?«

Jetzt kam die unvermeidliche Auseinandersetzung, die Joan ja vorausgesehen hatte.

»Nicht, daß das für mich irgendeinen Unterschied machen würde«, behauptete Letty und hob selbstbewußt den Kopf höher. »Ein Mädchen kann nicht einfach auf gut Glück heiraten!«

In Joan steckte etwas von einem übermütigen Teufelchen, und obendrein war sie auch neugierig, was Letty sagen würde, wenn sie auch das andere hörte.

»Clifford Lynne ist übrigens kein armer Mann, im Gegenteil, er ist unendlich reich«, sagte sie lächelnd. »Joe Bray hat nur ein Zehntel der Yünnan-Aktien besessen, Clifford Lynne dagegen besitzt acht Zehntel.«

Letty sperrte den Mund auf, dann fragte sie scharf:

»Wer hat dir das gesagt?«

»Clifford Lynne selbst. Und ich weiß, daß er die Wahrheit spricht.«

Letty wollte noch etwas sagen, änderte aber ihre Absicht, schlug die Tür heftig hinter sich zu und stürmte die Treppe hinunter. Keine fünf Minuten später hörte Joan Stimmen vor der Tür, und ohne anzuklopfen eilte Mabel herein, gefolgt von ihrer Schwester.

»Was hat mir da Letty über Lynne erzählt?« rief sie aufgebracht. »Es ist doch merkwürdig, daß wir vorher nichts davon gehört haben.«

Joan war belustigt; fast hätte sie laut gelacht, aber sie beherrschte sich mühsam.

»Du meinst Mr. Lynnes großes Vermögen? Er ist ein sehr reicher Mann, das ist alles, was ich weiß.«

»Hat Vater davon eine Ahnung?« fragte Mabel weiter und versuchte, ihren Ärger zu verbergen.

Joan schüttelte den Kopf.

»Ich kann es mir nicht vorstellen.«

Die beiden Schwestern sahen einander an.

»Das ändert natürlich alles«, erklärte Mabel mit Nachdruck. »Es war ja ganz klar, daß erstens keine von uns eine Vogelscheuche heiraten wollte, und zweitens, daß es ausgesprochen lächerlich gewesen wäre, von uns Mädchen zu erwarten, daß wir uns für unser ganzes Leben an einen kümmerlichen Angestellten unseres Onkels binden würden!«

»Grotesk!« pflichtete Letty bei.

»Offensichtlich war es doch Mr. Brays Absicht, daß Lynne eine von uns Schwestern heiraten sollte«, fuhr Mabel fort. »Ich kann mir nicht vorstellen, daß er jemals etwas von deiner Existenz gehört hat, Joan.«

»Ich bin ziemlich sicher, daß das nicht der Fall war«, entgegnete Joan, und Mabel lächelte zufrieden, als sie sich in den bequemsten Sessel des Zimmers warf.

»Dann wollen wir die Angelegenheit doch mal vernünftig behandeln«, schlug sie in ihrem liebenswürdigsten Ton vor. »Wenn das, was du sagst, wahr ist –, dann muß der Wunsch unseres lieben Onkels Joe –«

»Erfüllt werden«, ergänzte Letty eifrig, als Mabel kurz nach einem passenden Wort suchte.

»Ja, das ist es, erfüllt. Das ist ein bißchen peinlich für dich, aber tatsächlich kennst du den Mann ja gar nicht, und ich habe das bestimmte Gefühl, daß der Gedanke an diese Heirat dich doch sehr bedrückt hat. Wie ich damals schon zu Letty gesagt habe: Wenn ein Opfer zu bringen ist, dann ist das unsere Sache! Ich habe jetzt das Gefühl, daß unser Spiel nicht fair gewesen ist. Gerade heute früh habe ich Vater erklärt, daß ich große Bedenken wegen dieser Hochzeit habe und daß wir alles noch einmal ganz genau überlegen müssen, bevor wir zugeben können, daß du womöglich einer schrecklichen Zukunft entgegengehst, mit einem Mann, den du gar nicht kennst –«

»Aber du kennst ihn doch ebensowenig«, fühlte sich Joan verpflichtet zu sagen.

»Wir haben eben mehr Erfahrung mit Männern«, meinte Mabel vorwurfsvoll. »Und du darfst keinen Augenblick denken, daß sein Reichtum auf uns irgendeinen Eindruck macht. Vater hat genug, mich anständig zu versorgen, ob ich nun Clifford Lynne heirate oder nicht.«

»Ob eine von uns beiden Clifford Lynne heiratet oder nicht«, korrigierte Letty mit einiger Schärfe. »Und –«

Es klopfte an die Tür. Letty, die am nächsten stand, öffnete und der Diener kam herein.

»Unten wartet ein Herr, der Miss Joan sprechen möchte«, meldete er.

Letty nahm ihm die Besuchskarte ab.

»Clifford Lynne«, las sie atemlos, und Joan lachte.

»Das ist eine ausgezeichnete Gelegenheit, die Sache in Ordnung zu bringen, Mabel«, bot sie ihr, nicht ohne eine Spur von Bosheit, an. »Er muß ja nach seiner Ansicht gefragt werden.«

Letty wurde rot und blaß.

»Untersteh dich ja nicht!«, rief sie heftig. »Ich würde es dir niemals verzeihen, wenn du ihm auch nur ein Wort von unserer Unterhaltung sagtest!«

Doch Joan war schon die Treppe hinuntergeeilt.

Sie trat ins Wohnzimmer und achtete nicht auf die scharfen Befehle, die im Flüsterton von oben her noch gegeben wurden. Joan verspürte eine fast unbezwingbare Lust, laut zu lachen, denn wenn man sie das Aschenbrödel nannte, konnten Letty und die dicke Mabel nur die beiden häßlichen Schwestern sein.

Clifford stand am Fenster und schaute über den Rasenplatz. Als er das Öffnen der Tür hörte, drehte er sich schnell um und fragte in seiner abrupten Art und ohne irgend eine Einleitung:

»Kann ich Sie heute abend sehen?«

»Warum – ja, sicher«, antwortete sie. »Ich werde allein sein, die Mädchen fahren in die Stadt.«

»Ach, wirklich?« Er rieb sein Kinn. »Nun das ist egal, ich möchte Sie im Landhaus sehen. Werden Sie kommen, wenn ich Sie anrufe?«

Die Anstandsregeln spielten für Joan keine große Rolle; sie war so selbstsicher und so überzeugt von der Korrektheit ihrer eigenen Verhaltensweise, daß sie sich wenig um die Meinung anderer Leute kümmerte. Aber dieser Vorschlag stimmte nicht ganz mit ihren eigenen Anschauungen über gutes Benehmen überein.

»Ist das notwendig?« fragte sie daher. »Aber ich weiß, Sie würden mich nicht auffordern, wenn Sie nicht einen bestimmten Grund dazu hätten. Ich werde also kommen.«

»Ich habe sogar einen ganz bestimmten Grund«, bestätigte er. »Ich möchte, daß Sie jemand bei mir treffen.«

Nervös fuhr Clifford sich durch das Haar.

»Meinen Freund – ich müßte sagen, unseren Freund.«

Joan wunderte sich über seine Erregung, es mußte schon etwas ganz Außergewöhnliches sein, das ihn so aus der Fassung bringen konnte.

»Ich werde Sie um zehn Uhr abholen«, bestimmte er. »Übrigens, Joan, – ich habe über alles nachgedacht, und ich bin ziemlich beunruhigt.«

Instinktiv wußte sie, daß sie selbst die Ursache seiner Sorgen war.

»Haben Sie es sich anders überlegt?« neckte sie ihn.

Er schüttelte den Kopf.

»Sie meinen unsere Heirat? Nein. Ich habe sowieso nicht an das Ende dieses närrischen Abenteuers gedacht. Wenn ich nicht ein so übertriebenes Pflichtgefühl hätte – aber das hat nichts mit dieser Sache zu tun. Wir müssen die Lage heute abend von einem völlig neuen Gesichtspunkt aus betrachten. Ich bin so weit gegangen und habe so viel gelitten –«

»Gelitten?«

Er nickte heftig.

»Ihnen ist es durch die Vorsehung der Natur erspart geblieben«, sagte er düster, »die Qualen durchzumachen, die es bedeutet, sich einen langen, kostbaren Bart wachsen zu lassen. Es war nicht so arg, als ich noch in meinem kleinen Haus in Siangtan lebte; schlimm wurde es aber, als ich in nähere Berührung mit der Zivilisation kam. Können Sie sich überhaupt eine Vorstellung davon machen, was es bedeutet, sich zum Dinner umzukleiden und dabei in den Hemdkragen ein langes, ziependes Büschel Haare mit einzuknöpfen? ... Na ja, das ist vorbei, und nun –« er zögerte etwas verlegen, – »tut es mir nicht mehr leid.«

»Daß Sie sich den Bart haben stehenlassen?« fragte sie unschuldig.

Clifford sah ihr in die Augen.

»Sie wissen doch ganz genau, daß ich nur von Ihnen spreche. Ich wünschte, ich hätte mehr Zeit, Sie genauer kennenzulernen. Möglicherweise sind Sie launisch –«

»Unberechenbar«, gab sie zu.

»Und vielleicht sind Sie eitel und hohlköpfig«, fuhr er mit großer Gemütsruhe fort. »Alle hübschen Mädchen sind eitel und hohlköpfig; das ist eine der Lektionen, die ich auf den Knien meiner altjüngferlichen Tante gelernt habe, als sie mich aufzog. Aber trotz dieser Schattenseiten mag ich Sie. Merkwürdig, nicht wahr?«

»Es wäre merkwürdig, wenn Sie es nicht täten?« paßte sie sich ihm an, und er lachte. »Haben Sie übrigens Ihren Mord begangen, Cliff?«

Er stutzte.

»Meinen Mord? Ach, Sie meinen an Fing Su? Nein, ich fürchte, ich bin heute abend zu beschäftigt. Aber ich werde ihn gewiß eines Tages umbringen«, versicherte er. Das klang zwar scherzhaft, aber Joan konnte sich eines Schauders nicht erwehren, da Clifford auf sie den Eindruck eines Mannes machte, der in tiefem Ernst sprach. »Ich muß ihn töten. Aber heute abend?« Er schüttelte den Kopf. »Vorher wird noch einiges geschehen. Wann können wir heiraten?«

Er war ganz ernst, und bei dieser direkten Frage fühlte sie selbst, daß sie rot wurde.

»Muß es denn so schnell sein?« fragte Joan ein wenig verstört. Einen Augenblick geriet sie außer Fassung. Seine Frage hätte sie überaus glücklich gemacht, wenn sie nicht so nüchtern geklungen hätte. Alles schien so geschäftsmäßig, war zu fern jener Atmosphäre von Zärtlichkeit, in der man gewöhnlich seine Werbung vorbringt, und Joan war wirklich verletzt. Das brachte den Antrag wieder zu seiner sachlichen Ausgangslage zurück und ließ den zarten Schimmer von Romantik, den die vergangenen Tage ihr geschenkt hatten, verfliegen.

»Ich nehme an, Sie werden das so einrichten, wie es Ihnen am bequemsten ist«, versetzte sie kühl. »Ihnen ist natürlich klar, daß ich Sie ebensowenig liebe wie Sie mich?«

»Darüber wollen wir nicht streiten«, erwiderte er ruhig. »Doch ich will Ihnen etwas sagen: Ich habe noch niemals wirklich geliebt; aber ich hatte meine Träume – und Sie kommen meinem Ideal weitaus am nächsten. Wenn ich sage, daß ich Sie gern habe, so meine ich das auch. Ich bin nicht so außer mir, daß ich den Boden küssen möchte, auf dem Sie gehen, aber das ist eine Form der Verrücktheit, die vielleicht später noch eintritt!«

Er sprach mit soviel Herzlichkeit, daß Joans Kälte dahinschmolz.

»Heute ist Montag«, überlegte er, »wir werden am Freitag mit Sonderlizenz heiraten. Freitag wird für jemand ein Unglückstag sein.«

»Sie meinen wirklich diesen Freitag?« rief Joan bestürzt aus.

»Es ist ziemlich plötzlich, ich weiß; aber die Dinge entwikkeln sich schneller, als ich erwartet habe«, erklärte er.

Er nahm seinen Hut: »Ich werde Sie um zehn Uhr erwarten. Ist es Ihnen recht?«

Joan war einverstanden.

»Und Sie haben keine Angst?« fragte er neckend, fügte aber schnell hinzu: »Es ist wirklich kein Grund vorhanden, sich zu fürchten – jedenfalls jetzt noch nicht.«

»Dann sagen Sie mir Bescheid, wann ich anfangen muß, mich zu ängstigen«, ersuchte sie ihn, als sie Clifford zur Tür begleitete.

»Vor mir brauchen Sie nie Angst zu haben«, sagte er ruhig, »ich habe an jemand anders gedacht.«

»An Fing Su?«

Er warf ihr einen raschen Blick zu.

»Gedankenleserin sind Sie auch, wie?« Clifford legte seine Hand auf ihren Arm und drückte ihn zärtlich. Das war eine so freundliche, beschützende Geste, daß ihr fast die Tränen kamen.

Kaum hatte sich die Tür hinter Clifford geschlossen, tauchten die beiden Schwestern auf und folgten Joan in das Wohnzimmer.

»Du hast ihm doch nichts gesagt?« fragte Mabel hastig. »So heimtückisch kannst du doch nicht sein, Joan!«

Joan schaute sie überrascht an.

»Was soll ich ihm nicht gesagt haben?« erkundigte sie sich, und ihr Erstaunen war nicht gespielt, denn sie hatte die Unterhaltung in ihrem Zimmer gänzlich vergessen und wußte nicht, was Mabel meinte.

»Letty hatte das schreckliche Gefühl, daß du ihm erzählt hast, was wir besprochen haben, aber ich sagte, ›Letty, Joan würde niemals so schändlich handeln!‹«

»Ach, ihr meint, über eure Heirat mit Clifford?« Joan hatte jetzt verstanden. »Aber nein, das hatte ich ganz vergessen – wir waren so damit beschäftigt, das Datum festzusetzen: Mr. Lynne und ich werden am Freitag heiraten.«

»Guter Gott!« hauchte Mabel.

Dieser Seufzer war begreiflich, denn in einem Augenblick großer Selbstlosigkeit hatte Mabel beschlossen, sich zu opfern und Mrs. Clifford Lynne zu werden.

17

Die Schwestern fuhren um sechs Uhr in die Stadt, und Joan war herzlich froh, als sie von ihrem Fenster aus die Limousine die Egham Road hinunterrollen sah. Sie aß allein zu Abend und wartete ungeduldig auf die Ankunft Clifford Lynnes. Sie war ihm gegenüber noch immer unsicher. Die Heirat hatte trotz allem den Anschein einer geschäftlichen Vereinbarung; mit Ausnahme der kleinen Liebkosung hatte er weder Zärtlichkeit noch jene Aufmerksamkeit für ihren Charme gezeigt, die man sogar von Männern mit großer Selbstbeherrschung erwarten kann. Und doch war er weder hart noch kalt, dessen war sie ganz sicher. Aber es gab eine Schranke zwischen ihnen, die niedergerissen werden mußte... Für einen Augenblick erschrak sie vor der Aussicht auf diese kaltblütig beschlossene Heirat.

Joan stand vor der halbgeöffneten Haustür, als sie Cliffords schnellen Schritt auf dem Kies hörte. Sie vergewisserte sich, daß die Schlüssel in ihrer Handtasche waren, schloß leise die Tür hinter sich und ging ihm entgegen.

Plötzlich stand sie geblendet in einem hellen Lichtkreis.

»Tut mir leid!« hörte sie Cliffords Stimme, »ich mußte mich überzeugen, daß Sie es wirklich sind.« Er machte seine Taschenlampe wieder aus.

»Wer hätte es denn sonst sein sollen?« fragte Joan verwundert, als sie mit ihm fortging.

»Wer weiß!«, war die unbefriedigende Antwort.

Ihr Arm schlüpfte wie selbstverständlich unter den seinen, und Clifford erklärte: »Ich bin von Natur aus vorsichtig, ja sogar mißtrauisch, und das Leben hier im ländlichen England scheint mir unheimlicher zu sein als in den verrufenen Gegenden Honans. Sehen Sie, drüben weiß man, woran man ist – entweder man hat Frieden oder Krieg mit seinen Nachbarn. Aber in England können Sie die ganze Zeit mit jemand im Krieg leben und haben keine Ahnung davon. Wir wollen lieber auf der Mitte der Straße gehen – Sie haben doch keine Angst, nicht wahr?« fragte er schnell, und Joan lachte.

»Ich habe unbegrenztes Vertrauen zur Polizei«, versicherte sie ernsthaft.

Sie hörte ihn kichern.

»Ja, die Polizei, die ist ganz in Ordnung, besonders wenn es sich um bekannte Verbrecher handelt. Aber Fing Su ist nicht als Krimineller bekannt, er ist eine höchst respektable Persönlichkeit. – Wir müssen hier rechts einbiegen.«

Das hätte er gar nicht zu sagen brauchen, denn Joans Augen hatten sich an die Dunkelheit gewöhnt, und sie konnte den Weg nach Slaters Cottage schon erkennen. Was früher eher eine holprige Wagenspur gewesen war, hatte sich nun in eine glatte Straße verwandelt. Ein paar Meter weiter erhob sich eine große Bogenlampe.

»Ja, wir haben alles modernisiert«, erklärte Clifford, als sie ihr Erstaunen über diese Erneuerung ausdrückte. »Nur der Böse liebt die Finsternis. Ich als tugendhafter Mensch sehe diese Tausendwattlampe als leuchtendes Zeichen meiner Redlichkeit an.«

Plötzlich blieb er stehen, und auch Joan mußte notgedrungen anhalten.

»Ich habe Ihnen neulich auf den Kopf zugesagt, daß Narth Sie erpreßt, und Sie konnten es nicht ableugnen. Vor ein paar Tagen habe ich entdeckt, womit er Sie in der Hand hat. Ihr Bruder hatte in Narths Firma Geld unterschlagen und wollte damit außer Landes flüchten. Dabei ist er ums Leben gekommen. Stimmt das?«

»Ja«, flüsterte Joan.

»Also, das war es«, seufzte Clifford erleichtert auf, und Joan fragte sich verwundert, was er denn sonst wohl vermutet habe.

Sie setzten ihren Weg fort, und Clifford begann wieder: »Hat er nicht auch zu Ihnen gesagt: ›Nach allem, was ich für dich getan habe?‹ Nun, ich bin froh darüber, denn sonst wäre ich glatt von Ihnen abgewiesen worden.«

Cliff sagte dies so einfach und aufrichtig, daß sie fühlte, wie ihr das Blut in die Wangen schoß. Nach einer kleinen Weile fragte Joan: »Ist Ihr Freund schon angekommen?«

»Ja«, meinte er kurz, »vor einer Stunde, er –« Clifford verschluckte einen Fluch.

»Man könnte glauben –«, fing sie an, aber er umklammerte plötzlich ihren Arm.

»Nicht sprechen!« befahl er flüsternd.

Joan sah, wie er den Weg zurückspähte, den sie eben gekommen waren. Angestrengt lauschend streckte er den Kopf vor, und ihr Herz begann heftig zu schlagen. Dann führte er sie ohne ein Wort auf die Seite der Straße und schob sie hinter den Stamm einer riesigen Tanne.

»Bleiben Sie hier stehen!« raunte er ihr zu.

Gleich darauf war Clifford verschwunden. Geräuschlos schlich er über den Nadelteppich von Baum zu Baum. Joan starrte hinter ihm her, sie konnte aber nur den blassen Abendhimmel erkennen, gegen den sich die Zweige der Tannen scharf abhoben. Der Reflex des Himmels in einer Wasserlache neben dem Fahrweg sah aus wie ein matter Spiegel. Im allgemeinen war Joan nicht nervös, aber jetzt fühlte sie doch ein Zittern in den Knien, und ihr Atem ging schneller. Nach kurzer Zeit tauchte Cliff wieder aus der Dunkelheit auf.

»Es war nichts«, berichtete er, aber er sprach immer noch ganz leise. »Ich hatte angenommen, daß uns jemand folgt. Morgen werde ich diese Bäume auch noch umlegen lassen, sie geben zu gute Deckung.«

In diesem Augenblick schwirrte etwas mit einem zischenden Ton an ihnen vorbei, dann gab es einen dumpfen Aufschlag – und Schweigen. Cliff stieß ein paar Worte in einer fremden Sprache hervor, ging zurück und riß etwas aus einem Baumstamm.

»Ein Wurfmesser«, flüsterte er. »Ich sage Ihnen, diese Yünnan-Mörder sind verdammt zielsicher, diese Teufel können im Dunkeln sehen! Wo ist die nächste Polizeistation?«

Joan versuchte, sich zusammenzunehmen: »Die Patrouille kommt erst in einer Stunde vorbei.«

»So so, nicht vor einer Stunde«, meinte er lebhaft. »Die Vorsehung ist auf meiner Seite!«

Er nahm einen Gegenstand aus seiner Tasche – bei dem schwachen Licht sah er aus wie ein dicker silberner Zylinder; Joan sah, wie er ihn auf den Lauf einer langen, schwarzen Pistole schob.

»Man muß nicht gerade die Nachbarn alarmieren«, murmelte er, schlüpfte von ihrer Seite und verschwand wieder in der Finsternis.

Joan wartete, ihr Herz schlug bis zum Hals. Dann plötzlich: ›Plopp!‹

Der Schrei, der darauf folgte, kam zu ihrer Bestürzung aus unmittelbarer Nähe. Dann hörte sie Schritte auf dem Kiesweg, die rasch leiser und leiser wurden. Als nichts mehr zu hören war, kam Clifford zurück und nahm den Schalldämpfer von der Pistole.

»Ich habe ihn erwischt, aber nicht schlimm«, sagte er. »Ein Glück, daß ich ihn nicht getötet habe, denn dann hätte ich ihn im Wald begraben müssen und damit einen Skandal riskiert. – Oder ich hätte die Polizei verständigen müssen, und das wäre natürlich eine Riesensensation für die Zeitungen geworden.«

»Aber verwundet haben Sie ihn?«

»O ja, ich habe ganz gut getroffen«, warf er leicht hin; »vermutlich war der Kerl allein.«

Wieder nahm Cliff ihren Arm, und sie gingen nun schnell den Fahrweg entlang nach Slaters Cottage. Das Haus schien ausgestorben, hinter den geschlossenen Fensterläden war kein Lebenszeichen zu erkennen, und selbst der Schall der gedämpften Explosion schien den Gast Clifford Lynnes nicht neugierig gemacht zu haben.

Lynne stand fast eine Minute wartend und lauschend vor der Haustür.

»Anscheinend war es tatsächlich nur ein einziger Mann«, meinte er dann mit einem kleinen Seufzer der Erleichterung, »vermutlich ein Spion, der im Dunkeln eine kleine Zielübung veranstaltet hat. Sie haben sich doch nicht gefürchtet?«

»Doch«, bekannte Joan, »ich habe schreckliche Angst gehabt.«

»Das sieht mir ähnlich! Ich könnte mich selbst dafür hassen, daß ich Sie in Gefahr gebracht habe, aber ich hatte nicht geglaubt, daß die Halunken jetzt schon kommen würden!«

Clifford schloß die Tür auf, und sie traten in einen engen Gang. Als er das Licht eingeschaltet hatte, sah sie, daß zwei Türen von hier abgingen, eine zur Rechten und eine zur Linken. Clifford drückte die Klinke der linken Tür nieder und öffnete.

Das Zimmer war groß und elegant möbliert. Vor dem lodernden Holzfeuer im Kamin saß ein stattlicher Mann. Sie schätzte sein Alter auf etwa sechzig Jahre. Über einem Paar sorgfältig gebügelter Beinkleider trug er einen weiten, roten Hausmantel, unter dem ein weißes Oberhemd hervorschaute. Als die Tür sich öffnete, drehte er sich um, nahm seine kurze Pfeife aus dem Mund und schaute auf den Besuch.

»Begrüße Miss Joan Bray«, sagte Clifford kurz.

Der korpulente Mann erhob sich schwerfällig, und Joan fand, daß auf seinem runden Gesicht der Ausdruck eines eingeschüchterten Schulbuben lag, der bei einem Streich erwischt wurde.

»Nun, Joan«, knurrte Clifford grimmig, »möchte ich Sie mit einem Ihrer Verwandten bekannt machen. Darf ich Ihnen den verstorbenen Joe Bray vorstellen, der in China tot war und in England wieder lebendig geworden ist!«

18

Joan konnte nur sprachlos auf ihn starren. Joe Bray! Sie wäre nicht bestürzter gewesen, wenn sie einen Geist gesehen hätte.

Joe schaute Clifford schuldbewußt an.

»Hab doch ein Herz, Cliff!« flehte er, »hab doch ein Herz!«

»Ich habe ein Herz und außerdem habe ich auch einen Kopf, und darum bin ich im Vorteil, du närrischer alter Verschwörer!«

Joe Bray blinzelte von Clifford zu Joan.

»Laß mich erklären –«, begann er laut.

»Setz dich hin!« Clifford wies auf den Sessel. »Ich habe deine Geschichte nun schon sechsmal gehört, das genügt mir.« Er wandte sich Joan zu: »Dies ist der leibhaftige Joe Bray von der Yünnan-Gesellschaft, Joan. Sollten Sie an irgendwelche Gedächtnisfeierlichkeiten gedacht haben, können sie diese getrost wieder absagen.«

»Laß mich doch erklären –«, fing Joe wieder an.

»Hier gibt es gar nichts zu erklären«, unterbrach ihn Clifford, und dabei war ein Funkeln in seinen Augen, wie Joan es schon einmal gesehen hatte.

»Dieser Joe Bray ist ein Romantiker!« Er zeigte anklagend mit dem Finger auf den demütigen Freund. »Sein Verstand reicht nur aus, zu träumen. Und einer seiner verrückten Träume war, daß ich in seine Familie einheiraten sollte. Um mich auch ja zu diesem verzweifelten Schritt zu überreden, erfand er die Lüge von seinem baldigen Ableben. Unterstützt wurde er dabei – wie er mir gestanden hat, durch einen trunksüchtigen Arzt in Kanton, der für zwei Gläser Whisky jeden für verrückt erklären würde.«

»Laß mich doch erklären –«, brüllte Joe dazwischen.

Ohne im mindesten darauf zu achten, fuhr Clifford fort: »In dem Augenblick, wo er mich auf dem Weg nach England wußte, schlich er sich mit seinem Spießgesellen, dem Doktor, nach Kanton und folgte mir mit dem nächsten Schiff hierher. Der Arzt hatte Anweisung, das Telegramm mit der Todesnachricht abzuschicken, sobald Joe in England angekommen war.«

Jetzt verteidigte Joe Bray sich leidenschaftlich.

»Du hättest doch niemals geheiratet, wenn ich das nicht eingefädelt hätte!« schrie er. »Du hast ja ein Herz von Stein, Cliff! Es blieb mir gar nichts anderes übrig, als zu sterben, damit du meinen Wunsch erfülltest. Ich habe gedacht, dann komme ich zur Hochzeit und überrasche euch alle –«

»Das gehört sich nicht!« wies Clifford ihn streng zurecht, »du bist ein Mann, der sich nicht benehmen kann!«

Als er sich zu Joan wandte, mußte er sich auf die Lippen beißen, um nicht zu lachen.

»Ich hatte schon Verdacht geschöpft, als ich keine Todesnachricht in den englischen Zeitungen fand. Schließlich hat Joe Bray einen bekannten Namen in der gesamten Geschäftswelt, ganz besonders natürlich in China. Da wäre doch das mindeste ein Nachruf unseres Spezialkorrespondenten in Kanton gewesen. Statt dessen fand ich im North China Herald eine Notiz, daß Mr. Bray eine Kabinenflucht auf der Kara Maru belegt hat –«

»Auf den Namen Miller«, murmelte Joe.

»Ich weiß nicht, welchen Namen du gebraucht hast, aber einer der Reporter hat gesehen, wie dein Gepäck an Bord gebracht wurde und hat dich auf der Straße erkannt. Deine Verkleidung war nicht so gut, wie du dir eingebildet hast.«

Joe Bray stieß einen tiefen Seufzer aus. Von Zeit zu Zeit hatte er das Mädchen verstohlen von der Seite her angesehen, dann aber riß er sich zusammen und blickte ihr gerade in die Augen.

»Ich muß sagen«, stieß er begeistert hervor, »ich muß sagen, Cliff, du hast dir das Beste vom Besten herausgesucht. Sie sieht aus wie meine Schwester Elizabeth, die nun schon seit achtundzwanzig Jahren tot ist – und sie hat dieselbe Nase wie mein Bruder George –«

»Versuche nicht, mich mit deinen Personalbeschreibungen abzulenken«, unterbrach ihn Clifford. »Du bist ein schlimmer alter Mann!«

»Schlau, nicht schlimm!« verteidigte Joe sich. »Laß mich doch erklären –«

Er schwieg und wartete anscheinend auf eine Unterbrechung, als diese aber nicht kam, hatte er den Faden verloren.

»Ich habe in meinem Leben eine Menge Enttäuschungen erlebt, junge Dame«, beklagte er sich. »Nehmen Sie zum Beispiel Fing Su! Was habe ich nicht alles für diesen Jungen getan! Als Cliff mir erzählte, was für ein übler Bursche er ist, hätten Sie mich mit einer Feder umwerfen können! Ich war immer nett und großzügig zu ihm –«

Während er weitschweifig dieses Thema weiter behandelte, arbeiteten Joans Gedanken unaufhörlich. Daß Joe Bray lebte, bedeutete das Ende aller Pläne, die Stephen Narth geschmiedet hatte. Sie überlegte, was für Konsequenzen für sie selbst daraus entstehen würden. Bestürzt erkannte sie, daß damit auch der Grund für ihre Heirat entfiel, und daß diese Tatsache sie sehr unglücklich machte. Sie sah Cliff an und senkte sogleich wieder den Blick, aber er hatte ihre Gedanken schon erraten.

»... Als mir klar wurde, was ich getan hatte, sagte ich zu ihm, ›Cliff, es tut mir leid‹. Habe ich das gesagt oder nicht, Cliff? Ich sagte: ›Wenn ich gewußt hätte, was ich jetzt weiß, hätte ich ihm niemals die Gründeraktien gegeben!‹ Habe ich das gesagt oder nicht, Cliff? Zu denken, daß dieser Hund – ich würde ihn noch ganz anders nennen, wenn Sie nicht hier wären, junge Dame –, daß dieser Hund so wahnsinnige Ideen in seinem Kopf hat!«

Joan begann zu verstehen.

»Romantisch und phantastisch«, hatte Clifford den alten Mann genannt, und sie durchschaute nun die ungeschickte Intrige, die die gegenwärtige verwickelte Situation geschaffen hatte. Joe hatte seinen eigenen Tod vorgetäuscht, um einen Mann, den er liebte, zu einer Heirat mit einem Mitglied seiner eigenen Familie zu zwingen, und es war beinahe tragisch, zu denken, daß ›die Familie‹ hauptsächlich nur in seiner Einbildung bestand. Er kannte Stephen Narth nur dem Namen nach und hatte ihm Wohltaten erwiesen. Er mußte auch von Stephens Töchtern gehört haben, aber die Existenz Joans war ihm gewiß völlig unbekannt.

»Weiß Mr. Narth, daß Sie« – sie brachte es nicht fertig, zu sagen ›am Leben sind‹, sondern fuhr statt dessen fort – »nach England gekommen sind?«

Joe schüttelte den Kopf, und statt seiner antwortete Clifford.

»Nein, Narth soll es noch nicht wissen. Joe bleibt einen oder zwei Tage hier bei mir, bis die Dinge sich weiterentwickelt haben. Und vor allen Dingen, Joan, darf es Fing Su nicht erfahren. Dieser leichtgläubige Chinese zweifelt nicht daran, daß Joe gestorben ist. Im Augenblick konzentriert er alle seine Anstrengungen darauf, die eine Gründeraktie in die Hand zu bekommen, die ihm die Kontrolle über die Gesellschaft geben würde.«

»Er würde tatsächlich damit die ganze Gesellschaft beherrschen?« fragte Joan überrascht.

Clifford nickte.

»Es klingt zwar absurd, ist aber leider eine Tatsache«, erklärte er ernst. »Wenn Fing Su diese Aktie bekäme, könnte er mich ausschalten. Er würde die Leitung der Gesellschaft an sich reißen – und obwohl er gesetzlich natürlich dazu verpflichtet wäre, den Gewinn ehrlich mit den gewöhnlichen Aktionären zu teilen, würde er in Wirklichkeit eine Summe von mehr als zehn Millionen Pfund für seine eigenen Zwecke verwenden.«

Sie machte eine hilflose Gebärde.

»Aber er hat doch sicher keine Möglichkeit, diese Aktie zu erwerben?«

Cliffords Gesicht war tiefernst.

»Es gibt nur eine Methode, womit Fing Su sein Ziel erreichen kann. Aber ich hoffe zuversichtlich, daß er sie nicht anwenden wird.«

Er gab keine weiteren Erklärungen und verschwand gleich darauf in der Küche, um Kaffee zu machen. Joan blieb mit Joe

Bray allein zurück, ein Zustand, der einige Peinlichkeit versprach, denn Joe schloß sorgfältig die Tür hinter seinem Partner.

»Wie gefällt er Ihnen?«, dämpfte er seine rauhe Stimme zu einem Flüstern, und setzte sich ihr gegenüber wieder in seinen Sessel.

Diese Frage war ihr nicht gerade angenehm, und sie antwortete – harmlos, wie sie dachte –: »Er ist sehr nett.«

»Ja-a.« Joe Bray kratzte sich am Kinn. »Cliff ist ein guter Kerl. Ein bißchen hart zu anderen Leuten, aber wirklich ein guter Junge.« Er sah sie strahlend an. »Jetzt gehören Sie also zu uns – das ist fein! Sie sind genau die Art von Mädchen, wie ich es gehofft habe. Wie sind denn die anderen?«

Joan wurde der peinlichen Antwort enthoben, da er gleich weitersprach:

»Ja, Cliff ist hart! Ich finde zum Beispiel, daß ein Tropfen Gin noch niemand geschadet hat, ganz im Gegenteil, er ist gut für die Gesundheit. Aber Cliff kann es einfach nicht leiden, wenn Flaschen auf dem Tisch herumstehen.«

Joan folgerte ganz richtig daraus, daß Joe Bray nichts gegen volle Flaschen einzuwenden hatte.

»Ja, junge Dame, ich bin sehr froh, daß er Sie genommen hat –«

»Um genau zu sein, Mr. Bray, ich habe ihn genommen«, lachte Joan, und Joe Bray sperrte seine Augen weit auf.

»Ach, so ist das? Nun, er ist wirklich kein schlechter Kerl. Ein bißchen zu schnell mit dem Schießeisen, aber er ist eben noch jung, und da ist man schnell bereit, jemand umzubringen. Sie werden eine Menge Kinder haben, daran zweifle ich nicht im mindesten.«

Glücklicherweise kam in diesem Augenblick Clifford Lynne zurück. Er trug ein funkelnagelneues Silbertablett mit einer ebenso neuen silbernen Kaffeekanne und silbernen Tassen. Er hatte eben alles auf den Tisch gestellt, als ein schwaches Knakken zu hören war. Der Laut folgte so unmittelbar dem Geräusch, das Clifford durch das Absetzen des Tabletts verursachte, daß

Joan gar nichts wahrgenommen hatte. Sie sah nur, wie Cliff nach den Fenstern blickte, vor denen die Läden fest geschlossen waren. Er hob die Hand zum Zeichen, daß sie schweigen sollten.

»Was ist los, Cliff?« Der alte Mann sah plötzlich ganz verstört aus.

Clifford zog den Vorhang zurück, und zum erstenmal sah Joan jetzt die mit eisernen Läden dicht verschlossenen Fenster. Jeder Fensterladen war in der Mitte mit einem ovalen Buckel verziert.

»Sprecht nicht!« flüsterte er und drehte das Licht aus.

Der Raum war jetzt vollständig finster, aber plötzlich konnte Joan eine kleine Öffnung im Ornament des eisernen Fensterladens erkennen. Clifford hatte die Klappe der Schießscharte hochgeschoben.

Der Mond war aufgegangen und tauchte den Platz vor dem Haus in helles Licht. Niemand war zu sehen. Doch Clifford wartete geduldig, die Augen an der Öffnung. Sehr bald wurde seine Ausdauer belohnt. Eine dunkle Gestalt bewegte sich im Schatten der Bäume und kam geduckt auf das Haus zu. Gleich darauf kam eine zweite – und eine dritte –, und plötzlich tauchte wenige Meter vor Lynne ein Kopf auf. Offensichtlich war der Mann unterhalb der Fenster herangekrochen. Im Licht des Mondes sah Clifford deutlich den runden, glattrasierten Kopf, die breite Nase und die hohen Backenknochen eines chinesischen Kulis. In der einen Hand trug der Mann ein Päckchen, in der anderen einen sichelförmigen Haken. Mit diesem langte er in die Höhe, faßte damit die Dachrinne und zog sich mit außerordentlicher Kraftanstrengung, die bei anderem Anlaß Cliffords höchste Bewunderung erregt hätte, auf das Dach. Clifford wartete, bis die hin und her pendelnden Füße nach oben verschwunden waren, dann ging er zur Rückseite des Hauses und trat ins Freie. Vorsichtig spähte er umher und erkannte im Mondlicht das Blitzen von Stahl in dem Baumgürtel, der das Haus umgab. Die Holzfäller waren hier zwar den ganzen Tag tätig gewesen, und die abgehauenen Stümpfe schimmerten weiß im fahlen Licht, aber fünfzig Meter weiter standen die Tannen noch sehr dicht.

Das Haus war umzingelt; dennoch zögerte Lynne nicht, sondern schlich geduckt im Schatten des Schuppens weiter, bis er einen Punkt erreichte, von wo aus der Dachfirst in seiner ganzen Länge zu überblicken war. Im gleichen Augenblick sah Clifford, wie sich ein Kopf über dem Giebel zeigte und – deutlich im Mondschein erkennbar – ein Chinese eilig auf den viereckigen Kamin zukroch.

Clifford hatte wieder den Schalldämpfer auf der Pistole.

Plopp!

Der Mann auf dem Dach schwankte ein wenig rückwärts, dann kam er ins Rutschen und schlitterte das steile Schieferdach herunter. Mit einem Stöhnen fiel er dicht vor Cliffords Füßen auf den Boden. Clifford hörte das aufgeregte Gezwitscher der unsichtbaren Beobachter in den Bäumen; er sah einen Mann aus der Deckung herausrennen und feuerte. Sofort hetzte der Chinese wieder zurück, Lynnes Kaltblütigkeit und Treffsicherheit war diesen Männern kein Geheimnis. Unbeweglich verharrte Cliff auf seinem Posten und erwartete den Angriff. Doch dann hörte er vom Ende der Zufahrtstraße das Anspringen eines Motors, das Zuschlagen der Türen und das Geräusch eines abfahrenden Autos sowie das schrille Geplapper eines hinterherrennenden Chinesen, der sich anscheinend verspätet hatte und nun noch im Fahren aufsprang. Clifford war froh, daß die Banditen sich entfernten. So konnte er seine Aufmerksamkeit der bewegungslosen Gestalt zuwenden, die vor ihm lag.

Er ging ins Haus, rief Joe herbei, und die beiden Männer trugen den Verletzten in die Küche.

»Fing Su ist mit der Bande in einem Lastauto hierhergekommen«, berichtete er. (Später entdeckte er, daß das Fahrzeug ein Autobus war, der zum Wagenpark der Fabrik in Peckham gehörte.)

»Ist der Kerl tot?« fragte Joe.

Clifford verneinte.

»Er ist nicht tot, nur verletzt. Die Kugel ist gerade über dem Knie eingedrungen«, erklärte er, als er die Wunde mit einem Handtuch umwickelte. »Durch den Sturz vom Dach hat er das Bewußtsein verloren.«

Bald darauf öffnete der Kuli die Augen und blickte verstört von einem zum anderen.

»Ich bin erledigt!« keuchte er, und sein Gesicht verzog sich in Todesangst, als er Lynne erkannte.

»Wer hat dich hierher geschickt?«

»Niemand! Ich bin ganz von alleine gekommen«, stöhnte der Chinese, und Clifford grinste unangenehm.

»Na schön.« Er musterte ihn vielversprechend, »ich werde dich nachher mit in den Wald nehmen und dir das Gesicht mit einem kleinen Feuerchen versengen, dann wirst du schon reden. Aber jetzt bleibst du erst mal hier bei Shi Su-Ling.«

Er nannte den hilflos dabeistehenden Joe Bray mit dem Namen, den die Chinesen ihm gegeben hatten – und der bedeutete keine große Schmeichelei.

Als Clifford zu Joan zurückkehrte, erwartete er, sie zu Tode erschrocken vorzufinden, und war von ihrer Gelassenheit angenehm überrascht. Natürlich hatte sie gemerkt, daß irgend etwas passiert war, und vermutete ganz richtig, daß dies im Zusammenhang mit dem heimtückischen Messerwurf stand.

Clifford bestätigte, daß es sich um einen Chinesen handelte. »Ja, der Bursche wollte mir eins auswischen. Übrigens glaube ich, daß es besser ist, wenn wir nicht mehr Kaffee trinken und ich Sie nach Hause bringe. Die Kerle sind jetzt weg«, fügte er unbedacht hinzu.

»Die Kerle? Wie viele waren es denn?« wollte sie wissen.

Lynne sah ein, daß nichts gewonnen war, wenn er ihr etwas verheimlichte. Besser, sie kannte den vollen Umfang der Gefahr.

»Möglicherweise mehr als ein Dutzend, aber was sie vorhatten, weiß ich nicht.«

»Die wollten Sie fangen!« behauptete Joan überzeugt.

»Das glaube ich auch«, meinte er. »Aber die Hauptsache ist, daß sie sich nun davongemacht haben und jetzt nichts mehr zu fürchten ist.«

Cliff sah sie aufmerksam an, und Joan hatte das Gefühl, daß er ihre Charakterstärke prüfen wollte, bevor er weitersprach.

»Ich muß Ihnen aber noch etwas sagen, das Sie beunruhigen

wird«, fuhr er fort. »Wenn ich auch die Bäume rundum fällen lasse, so wird damit doch kaum etwas erreicht werden. Fing Su wird sich durch nichts zurückhalten lassen. Und wenn sich einmal der Gedanke in seinem dicken Kopf festgesetzt hat, daß ich Sie liebe – und das tue ich –, so wird er seine Aufmerksamkeit auch Ihnen zuwenden. Haben Sie Angst davor?«

Joan schüttelte den Kopf.

»Vielleicht habe ich nicht genug Phantasie, mir auszumalen, was geschehen könnte, aber ich fürchte mich nicht.«

Cliff öffnete einen Stahlschrank, der in einer Ecke des Wohnzimmers stand, und nahm einen runden schwarzen Gegenstand heraus, der die Form einer großen Pflaume hatte.

»Bitte, bleiben Sie unter allen Umständen zu Hause, wenn es dunkel ist, Sie dürfen keinesfalls ausgehen«, schärfte er ihr ein. »Diese Kugel verwahren Sie so in Ihrem Schlafzimmer, daß sie sie sofort zur Hand haben. Wenn Gefahr droht, werfen Sie das Ding aus dem Fenster – es ist nicht sehr schwer.«

Joan lächelte.

»Ist es eine Bombe?«

»Im üblichen Sinn nicht. Aber sie würde Ihnen schon einigen Schaden zufügen, wenn sie dicht neben Ihnen explodierte. Sie legen sie auch besser nicht unter Ihr Kopfkissen! Tagsüber schließen Sie das Ding am besten in eine Schublade ein. Aber nachts müssen Sie es so aufheben, daß Sie es sofort mit der Hand erreichen können. – Nun sind Sie doch erschrocken«, sagte er vorwurfsvoll.

»Nein, das bin ich nicht«, protestierte sie unwillig. »Aber Sie müssen zugeben, daß Sie sich alle Mühe geben, mir Angst einzujagen!«

Er klopfte ihr beruhigend auf die Schulter.

»Wird heute Nacht noch etwas passieren?« fragte Joan, als sie das schwarze Ding äußerst sorgfältig in ihrer Handtasche unterbrachte.

Cliff zögerte.

»Ich glaube nicht. Fing Su ist weder ein schneller noch ein gründlicher Arbeiter.«

Joan schaute sich nach Joe Bray um, als sie zur Tür gingen.

»Ich wollte ihm noch gute Nacht sagen –«

»Sie werden den alten Teufel noch oft genug zu sehen bekommen – viel zu oft! Ich muß Ihnen übrigens sagen, daß Joe keine Furcht kennt. Moralisch ist er manchmal ein Drückeberger, und er ist ziemlich verdreht, aber ich habe mit eigenen Augen gesehen, wie er fünfhundert heulende Fanatiker mit einem zerbrochenen Gewehr und einem Klappmesser in Schach hielt.«

Sie gingen eilig den Fahrweg hinunter. Clifford leuchtete den Kies mit seiner Taschenlampe ab und bemerkte sofort die tiefen Radspuren des Lastautos, die zur Hauptstraße führten und in Richtung London abbogen. Als sie Sunni Lodge erblickten, blieb er stehen.

»Zeigen Sie mir jetzt den Raum, wo Sie schlafen. Kann man ihn von hier aus sehen?«

Joan zeigte es ihm.

»Also im Dachgeschoß!« stellte er erleichtert fest. »Was ist das für ein Raum daneben – der mit den weißen Gardinen?«

»Da schläft das Küchenmädchen – das heißt, wenn wir eins haben. Augenblicklich steht es leer.«

Clifford orientierte sich kurz über die Bauart des Hauses und war wenig befriedigt. Wie er sah, war es leicht, das Dachgeschoß zu erklettern, denn Sunni Lodge war mit so vielen Türmchen und steinernen Fassaden verziert, daß es einem gewandten Mann keine Schwierigkeiten bot.

Nachdem das Tor sich hinter dem Mädchen geschlossen hatte, eilte Cliff nach Slaters Cottage zurück. Joe saß in der Küche, rauchte seine Pfeife und schimpfte auf chinesisch mit dem verwundeten Kuli.

»Du wirst diesen Vogel auch nicht zum Singen bringen«, knurrte Joe ärgerlich, »aber ich weiß, wer er ist. Er heißt Ku Chan und war Arbeiter im Laden von Fu Weng. Ich habe ihn sofort erkannt. Es ist wirklich merkwürdig mit mir, Cliff«, grinste er selbstgefällig, »ich vergesse doch niemals ein Gesicht. Im selben Augenblick, als ich ihn sah, sagte ich zu ihm: ›Ich kenne dich, Bursche, du bist Ku Chan‹, und er hat es nicht abgestritten. Aber er gibt überhaupt keine Antwort, der Kerl ist stumm wie ein Fisch.«

»Joe, du kannst dir wieder dein Buch vornehmen.« Cliff schickte seinen Partner ins Wohnzimmer zurück. Dann setzte er sich nieder.

»Nun, Ku Chan, oder wie du sonst heißen magst, jetzt pack mal aus! Aber beeil dich, denn in vier Stunden ist es heller Tag, und ich will nicht dabei beobachtet werden, wie ich einen Chinesen im Wald verscharre. Und du wirst verscharrt werden, wenn du nicht schleunigst alles sagst, was du weißt!«

»Aber Master«, stammelte der erschrockene Kuli, »warum willst du mich töten?«

Clifford erklärte seelenruhig: »Wenn ich dich leben ließe und du würdest der Polizei erzählen, daß ich dein Gesicht mit einem kleinen Feuer angesengt habe, würde mir das zur Schande gereichen.«

In weniger als einer Viertelstunde hatte Ku Chan alles gesagt, was er wußte – das war zwar nicht allzuviel, aber es war genug, um Clifford Lynne zu beunruhigen.

Er gab dem Kuli eine Decke für die Nacht, vergewisserte sich, daß der Chinese nicht flüchten konnte, und ging zu Joe hinein. Der dicke Mann schaute auf:

»Du gehst weg?« fragte er gekränkt. »Warum? Ich habe noch so viel mit dir zu besprechen.«

»Laß den Kuli nicht aus den Augen! Es ist aber unwahrscheinlich, daß er dir Ärger macht«, rief Clifford hastig. »Ich kann dir nicht sagen, wann ich zurück sein werde, wahrscheinlich aber vor Tagesanbruch. Du weißt ja, wie du diesen Sessel in ein Bett verwandeln kannst, nicht wahr?«

»Die Sache ist doch die –«, begann Joe jetzt wirklich aufgebracht.

Bevor er diese Sache aber näher erläutern konnte, war Clifford schon fort.

19

Stephen Narth und seine Töchter wollten nicht vor drei Uhr früh zurückkommen, und Joan hatte zuerst die Absicht, auf ihre Rückkehr zu warten. Doch dann überlegte sie sich, daß sie am nächsten Tag wieder frisch sein mußte, denn schließlich war sie für die reibungslose Abwicklung des Narthschen Haushaltes verantwortlich, ganz gleich, was für romantische oder schreckliche Dinge die Nacht noch bringen mochte. Obgleich Joan nicht erwartete, Schlaf zu finden, ging sie doch hinauf in ihr Zimmer.

Die rückwärtigen Räume des Hauses waren für das Personal bestimmt. Über der Garage hauste der Diener in einem Zimmer, das zur Chauffeurwohnung gehörte. Damit war er praktisch vom Herrenhaus abgeschnitten. Er war ein Mann in mittleren Jahren und ziemlich phlegmatisch, aber Joan war ganz froh, ihn bei der Hand zu haben, denn ungeachtet ihres Protestes fühlte sie sich doch ein wenig ängstlich.

Sie ließ das Licht in der Eingangshalle und auf den beiden Treppenabsätzen brennen. Die Fenstervorhänge in ihrem Schlafzimmer waren zugezogen, und das Bett war aufgedeckt. Trotz ihrer Müdigkeit saß Joan noch ein Weilchen auf dem Rand ihres Bettes, ohne sich auszukleiden. Doch dann raffte sie sich auf, legte langsam die Kleider ab und schlüpfte unter die Decke. Entschlossen schaltete sie das Licht aus, lag aber noch lange wach und bemühte sich vergeblich, zur Ruhe zu kommen. Das ganze Haus schien ihr voll von eigenartigen Geräuschen zu sein, und in ihrer Einbildung glaubte sie, ein aufgeregtes Flüstern auf dem oberen Treppenabsatz zu hören. Plötzlich krachte ein Dielenbrett, und Joan fuhr erschrocken auf.

Dabei fiel ihr die schwarze Kugel ein, die sie von Clifford bekommen hatte. Joan stand wieder auf, machte Licht und nahm sie aus ihrer Handtasche. Vorsichtig legte sie das Ding auf ihren Nachttisch. Die Überzeugung, daß Clifford, dieser starke, ruhige Mann, auf sie aufpaßte, brachte Ruhe in ihr aufgeregtes Gemüt, und Joan fiel in einen tiefen Schlaf ...

Jemand mußte im Nebenzimmer sein. Als Joan zu sich kam, saß sie aufrecht im Bett, Angstschweiß auf der Stirn. Jetzt hörte sie es wieder, dieses leise Anstreifen eines menschlichen Körpers an die dünne Wand und ein leises Scharren, als ob der Eindringling einen Tisch fortgeschoben hätte. Sie erinnerte sich an diesen Tisch, er stand in der Nähe des Bettes. Dieses schäbige Möbelstück mit einer Bambusplatte bildete zusammen mit einem ärmlichen Bettgestell die ganze Einrichtung des Mädchenzimmers.

Leise stahl Joan sich aus dem Bett, knipste die Lampe an und schlich auf Fußspitzen zur Tür, um zu lauschen. Es war totenstill – ihre überreizte Phantasie mußte sie getäuscht haben.

In dieser Lage konnte sie nur eines tun: sie mußte sich davon überzeugen, daß das Nebenzimmer leer war. Kurzerhand drehte sie den Schlüssel um und öffnete die Tür. Aber mit einem gellenden Schrei fuhr das Mädchen zurück.

Mitten in der Türöffnung stand eine große, ungeschlachte Gestalt mit langen, herabhängenden Armen, nackt bis zum Gürtel. Einen Augenblick starrte sie in schwarze, geschlitzte Augen, dann sprang der Chinese auf sie zu – ein brauner Arm umklammerte sie, eine schwere Hand schloß ihr den Mund. Joan wehrte sich rasend, aber sie mußte erkennen, daß ihr Angreifer nicht allein gekommen war. Hinter ihm sah sie einen zweiten, dann tauchte noch ein dritter auf. Plötzlich erinnerte sich Joan – zu spät – der Bombe. Aber sie konnte sich nicht aus dem eisernen Griff befreien. Einer der Banditen zog das Laken aus ihrem Bett und breitete es auf dem Boden aus. Der Mann, der sie gepackt hatte, befahl etwas, und der dritte Chinese band ihr mit einem Seidenschal den Mund zu. Doch unversehens lösten sich die Arme, die sie umklammert hielten.

Joan schaute in die Teufelsfratze und sah, wie sich der Mund zu einer grauenhaften Grimasse verzog. Die großen Hände des Kerls stießen in die Luft, als ob sie eine schreckliche Vision abwehren wollten. Joan drehte den Kopf in die Richtung, in die der Chinese entsetzt starrte.

In der Türöffnung stand Clifford Lynne, die Hände an den Hüften, und in jeder Hand hielt er den Tod.

20

Joan Bray kam es vor, als ob sie in furchtbarem Schrecken aus dieser Welt geflohen sei und nun mühsam wieder zurückkehrte. Sie lag in ihrem Bett, entdeckte sie dann ...

Vielleicht war alles nur ein Alptraum gewesen. Aber das Licht brannte, und ein Mann stand am Fußende ihres Bettes, der sie ernst ansah. Sie stützte sich auf den Ellenbogen, ihr Kopf schwindelte noch und ihre Gedanken schwammen davon. Sie runzelte die Stirn.

»Guten Morgen«, sagte Clifford Lynne gelassen. »Ihre tanzfreudigen Kusinen kommen aber spät zurück!«

Durch die Fenster drang das blasse Morgengrauen und erhellte den Himmel. Joans Gesicht war feucht, ein halbgefülltes Wasserglas stand auf ihrem Nachttisch.

»Mr. Lynne!« Sie versuchte, ihre Gedanken zusammenzunehmen. »Wo – wo –« Joan blickte sich furchtsam um.

»Ich fürchte, ich habe Sie aufgeweckt«, bedauerte Lynne und ging über ihre Frage hinweg. »Ich bin kein geübter Einbrecher, obwohl es ausgesprochen leicht war, in den Raum nebenan einzudringen. Hatten Sie mich gehört?«

Joan nickte langsam.

»Sie waren das also?« fragte sie zitternd.

Er biß sich nachdenklich auf die Lippen und sah sie noch immer an.

»Ich bin hoffnungslos kompromittiert«, erklärte er. »Das werden Sie doch wohl einsehen. Ich bin in dunkler Nacht in Ihr Haus geklettert, habe Sie zu Bett gebracht, und hier sind wir beide nun – Sie und ich – im fahlen Morgengrauen! Ich schaudere bei dem Gedanken, was Stephen Narth sagen wird oder was die dumme Mabel sich wohl einbildet. Na und Letty erst!« Er zuckte die Achseln. »Kaum auszudenken!«

Mühsam setzte Joan sich aufrecht hin, die hämmernden Schläfen mit ihren Händen umfassend.

»Machen Sie eigentlich über alles Ihre Witze?« Sie schauderte in der Erinnerung an die vergangene Nacht. »Wo sind diese furchtbaren Geschöpfe geblieben?«

»So furchtbar, wie sie aussehen, sind sie gar nicht«, sagte er leichthin. »Die Kerle sind ausgerissen, sie sind durch das Fenster entwischt, und keiner von ihnen ist schwer verletzt. Ich bin ganz froh darüber, denn einen angeschossenen Kuli habe ich schon zu Hause, und ich habe keine Lust, aus Slaters Cottage ein Krankenhaus für kriminelle Chinesen zu machen.«

Clifford beugte lauschend den Kopf vor, seine scharfen Ohren hatten in weiter Entfernung das Geräusch eines Autos gehört.

»Es klingt so, als ob Stephen mit seinen beiden Grazien zurückkommt.«

Joan sah ihn bestürzt an.

»Was werden Sie tun? Sie können nicht hierbleiben!«

Cliff lachte leise.

»Echt weiblich, sich in einem solchen Augenblick um Anstandsfragen zu sorgen!«

Dann neigte er sich ganz plötzlich zu ihr und streichelte sanft ihren schmerzenden Kopf.

»Verlassen Sie sich nur auf mich!« Er nickte ihr zu und war im nächsten Augenblick gegangen.

Joan hörte, wie das Auto näherkam. Sie stand mühsam auf, ging zum Fenster und bemerkte, daß die Gardine beiseite geschoben war. Jetzt wurden die großen Scheinwerfer sichtbar und bogen in die Auffahrt ein. Die Gartentür klappte zu, und Joan sah Clifford Lynne quer über den Weg auf die Rhododendronbüsche zueilen. Noch bevor er ganz außer Sicht war, hielt der Wagen vor dem Haus, und Stephen Narth schaltete das Licht an.

Von ihrem Standort aus konnte Joan die kleine Gruppe gut sehen. Stephen in seinem weißen Frackhemd schien ungewöhnlich bleich zu sein. Neben ihm standen seine Töchter in ihren überreichen Abendroben. Stephen benahm sich sehr seltsam, in seinen Bewegungen lag etwas nervös Zauderndes. Er hatte es nicht eilig, ins Haus einzutreten. Zweimal ging er um den Wagen herum, dann sprach er zu dem Chauffeur, und erst, als Joan schon die Schritte der Mädchen auf der Treppe hörte, folgte er ihnen zögernd.

Die Schlafzimmer der beiden Schwestern lagen im ersten

Stock. Joan hörte Lettys hohe Stimme und die tiefere Mabels, dann mischte sich auch Mr. Narth in das Gespräch.

»... Warum soll es ihr nicht gut gehen?« rief Letty unmutig. »Ich verstehe dich nicht, Vater!«

Joan ging durch ihr Zimmer und öffnete leise die Tür.

»Warum sollte ihr denn etwas fehlen?« mischte sich Mabel ein. »Das ist doch wirklich Unsinn, Papa. Du wirst sie nur aufwecken ... wie töricht!«

Stephens schwere Tritte waren jetzt auf der Treppe zu hören, und Joan zog sich schnell zurück. Gleich darauf klopfte es, und Stephen Narth stand vor ihr.

»Hallo!«, begrüßte er sie heiser. »Alles in Ordnung?«

Sein Gesicht war aschfahl, seine Lippen bebten. Die Hände hatte er in die Taschen gesteckt, damit sie nicht sehen sollte, wie sie zitterten.

»Nichts passiert?« krächzte er, schob seinen Kopf nach vorn und stierte sie an. Wie er so dastand, glich er einem seltsamen Vogel. »Wirklich alles in Ordnung, Joan?«

Seine Stimme war so belegt und sein Benehmen so sonderbar, daß Joan es sich nur damit erklären konnte, daß er zu viel getrunken hatte.

»Hat dich wirklich niemand beunruhigt? Na, das ist gut ... Die Mädchen haben dich wohl aufgeweckt. Gute Nacht, Joan.«

Mit unsicheren Schritten stolperte er die Treppe hinunter, und Joan schloß verwundert die Tür hinter ihm.

Am nächsten Morgen hatte sie noch mehr Grund, sich zu wundern, denn als sie ihr einsames Frühstück einnahm, erfuhr sie, daß der Diener am vergangenen Abend nach dem Dinner das Haus verlassen hatte. Mr. Narth hatte ihn telefonisch angewiesen, ihm ein Buch in die Stadt zu bringen. Aus welchem Grunde brauchte Narth so spät in der Nacht ein Buch? Der Abend war doch vollständig damit ausgefüllt, daß Stephen Narth sich seinen Töchtern widmen mußte. Nur Narth hätte es erklären können, aber diese Erklärung hätte wohl niemand zufriedengestellt.

Erst um elf Uhr kam der Hausherr zum Frühstück herunter, nervös und gereizt, so, als ob er keinen Schlaf gefunden hätte.

»Die Mädchen noch nicht aufgestanden, wie?« Bei solchen Gelegenheiten sprach er hastig und abgerissen, und gewöhnlich war die Folge einer durchwachten Nacht, daß er sich am nächsten Morgen unleidlich aufführte. Aber obgleich Joan einen Ausbruch seiner schlechten Laune befürchtete, war er ungewohnt friedlich.

»Wir müssen jetzt an deine Hochzeit denken, Joan«, begann er, als er mit einer angewiderten Grimasse den reichgedeckten Tisch überblickte und sich niederließ. Offenbar hatte er keinen Appetit. »Dieser Clifford ist ein guter Bursche. Mir ist bloß peinlich, daß ich nicht wußte, daß er Seniorpartner ist, und ich bin wirklich froh, daß ich ihm nicht noch mehr Unangenehmes gesagt habe.«

»Wir werden am nächsten Freitag heiraten«, erklärte Joan ruhig, und Stephen starrte sie mit einem Ausdruck äußerster Bestürzung an.

»Am Freitag?« stieß er mit überschnappender Stimme hervor. »Unmöglich – unmöglich! Diese Eile ist unfein! Warum denn so schnell, du kennst den Mann doch noch gar nicht!«

In ohnmächtiger Wut sprang er von seinem Stuhl auf.

»Ich dulde das nicht! Du hast dich nach mir zu richten! Weiß Mabel schon davon?«

Erstaunlich, daß Mabel ihm nichts davon erzählt hatte, dachte Joan. Später erfuhr sie, daß Mr. Narths älteste Tochter diese Sensation für einen privaten Familienrat aufbewahrt hatte.

»Wo bleibt hier Anstand und Sitte?« stieß Narth mit zitteriger Stimme hervor. Sein Benehmen war so erstaunlich, daß Joan ihn nur anstarren konnte. »Da ist noch eine Menge vorher zu erledigen – bevor du heiratest. Du bist mir einiges schuldig, Joan. Du wirst deinen Bruder nicht vergessen haben –«

»Dazu haben Sie mir nicht viel Möglichkeit gegeben, Mr. Narth«, entgegnete sie erzürnt. »Nur, weil ich an meinen Bruder dachte, gab ich meine Einwilligung zu dieser Heirat. Clifford Lynne wünscht, daß die Hochzeit am Freitag stattfindet, und ich bin damit einverstanden.«

»Habe ich denn überhaupt nichts mehr zu sagen?« brach er stürmisch los. »Werde ich überhaupt nicht mehr gefragt?«

»Besprechen Sie das mit meinem Verlobten«, antwortete das Mädchen kühl.

»Warte doch, warte!« rief Narth hinter Joan her, als sie das Zimmer verließ. »Wir wollen uns doch nicht aufregen. Ich habe einen ganz bestimmten Grund, warum ich dich bitten muß, die Hochzeit auf später zu verschieben – Was gibt's denn?« fragte er nervös den eben zurückgekehrten Diener, der – noch im Straßenanzug – in der Tür erschien.

»Wünschen Sie Mr. Lynne zu empfangen, Sir?« fragte der Mann.

»Will er denn mich sprechen? Sind Sie sicher, daß er nicht Miss Joan meint?«

»Er fragte ausdrücklich nach Ihnen, Sir.«

Narth setzte mit zitternder Hand die Tasse nieder.

»Führen Sie ihn in die Bibliothek«, befahl er unwirsch und wappnete sich für eine Unterredung, von der er ahnte, daß sie recht unangenehm werden würde; und in diesem Fall hatte ihn seine Ahnung auch nicht betrogen, denn Clifford Lynne war gekommen, um ihm einige sehr unangenehme Fragen zu stellen.

21

Clifford Lynne ging in der Bibliothek auf und ab, als Mr. Narth eintrat (als ob es seine eigene wäre, beklagte sich Stephen später bitterlich seiner Tochter gegenüber). Er drehte sich abrupt um und faßte den Chef von ›Narth Brothers‹ scharf ins Auge.

»Bitte, schließen Sie die Tür!«

Dies war eher ein Befehl als eine Bitte, und es war erstaunlich, wie schnell Stephen gehorchte.

»Sie sind heute früh um vier Uhr nach Hause gekommen«, begann Clifford. »Sie haben bei Ciro zu Abend gespeist, Ciro schließt um ein Uhr. Was haben Sie und Ihre Töchter zwischen eins und vier getan?«

Narth wollte seinen Ohren nicht trauen.

»Darf ich fragen –«

»Falls Sie fragen wollen, mit welchem Recht ich diese Auskunft von Ihnen wünsche, können Sie sich die Mühe sparen«, versetzte Clifford kurz. »Ich möchte von Ihnen hören, was Sie zwischen eins und vier gemacht haben.«

»Ich lehne es ganz entschieden ab, Ihre Neugier zu befriedigen«, fauchte der andere wütend. »Das geht zu weit –«

»Um drei Uhr heute morgen«, unterbrach ihn der Mann aus China brüsk, »wurde der Versuch unternommen, Joan Bray aus diesem Haus zu entführen. Ist das eine Neuigkeit für Sie?«

Narth nickte stumm.

»Sie glaubten wahrscheinlich, daß der Anschlag noch nicht durchgeführt worden sei, aber Sie haben ihn erwartet. Ich stand hinter den Büschen und konnte hören, was Sie zu Ihrem Chauffeur sagten. Sie befahlen ihm, ins Haus zu kommen, nachdem er den Wagen in die Garage gebracht habe. Sie erklärten ihm, daß Sie nervös seien, weil kürzlich in der Nachbarschaft eingebrochen worden sei. Und sie waren verblüfft, als Sie Joan Bray unversehrt in ihrem Zimmer fanden.«

Bleich bis in die Lippen, war Stephen Narth unfähig zu antworten.

»Ich verlange Rechenschaft von Ihnen – wie haben Sie die Stunden zwischen eins und vier verbracht?« Cliffords Blicke durchbohrten ihn. »Sie wollten nicht zu Fing Su gehen, weil Sie nicht wollten, daß Ihre Töchter mit diesem Mann in Berührung kamen. Soll ich Ihnen sagen, was Sie getan haben?«

Narth schwieg noch immer.

»Sie sind während des Tanzes herausgegangen und haben Ihr Auto verschlossen. Sie behaupteten dann, den Schlüssel verlegt zu haben und benützten das als Vorwand, um mit den Mädchen in einen dieser Nachtklubs am Fitzroy Square zu gehen. Im rechten Augenblick haben Sie dann den Autoschlüssel in Ihrer Tasche wiedergefunden.«

Jetzt konnte Mr. Narth seine Stimme wieder gebrauchen:

»Sie sind ja beinahe ein Detektiv, Lynne. Und merkwürdigerweise haben Sie bis auf den einen Umstand recht, daß nämlich nicht ich, sondern mein Chauffeur den Wagen abschloß und den

Schlüssel verlor. Glücklicherweise hatte ich den Zweitschlüssel in meiner Tasche.«

»Sie wollten nicht eher nach Hause fahren, bis die schmutzige Arbeit getan war, wie?« Cliffords Augen loderten wie Feuer. »Sie elender Wicht!« Er stieß diese Worte fast flüsternd hervor. »Ich will Ihnen etwas sagen, Narth. Wenn diesem Mädchen etwas angetan wird, solange es sich noch in Ihrem Haus und unter Ihrer Obhut befindet, werden Sie keine Gelegenheit mehr finden, sich der Erbschaft Joe Brays zu erfreuen, auf die Sie hoffen. Ich werde Ihren gelben Freund töten – das weiß er, nicht wahr? Und wenn er es noch nicht weiß, so können Sie es ihm sagen. Hören Sie gut zu, Narth – ich bin zu allem entschlossen: Todesdrohungen werden oft von Schwächlingen ausgestoßen, die nicht mit ansehen können, wenn einem Huhn der Hals umgedreht wird. Aber ich habe Männer getötet, gelbe und weiße, und ich werde nicht mit der Wimper zucken, wenn ich auch Sie zur Hölle schicken werde. Lassen Sie sich das durch den Kopf gehen! Joan wird nicht mehr lange bei Ihnen sein, aber in dieser Zeit sorgen Sie dafür, daß sie in Sicherheit ist!«

Jetzt hatte Stephen Narth seine Stimme wiedergefunden.

»Das ist eine Lüge, eine infame Lüge!« schrie er. »Warum hat Joan mir denn nichts davon erzählt? Ich weiß von nichts. Denken Sie denn, ich würde Fing Su erlauben, Joan wegzuschleppen –«

»Ich habe doch gar nicht gesagt, daß es Fing Su war«, unterbrach ihn Clifford blitzschnell. »Woher wissen Sie, daß Fing Su dahintersteckt?«

»Na schön, also Chinesen –«

»Ich habe nicht einmal gesagt, daß es Chinesen waren. Sie haben sich selbst überführt, Mr. Stephen Narth! Ich habe Sie vorhin gewarnt, und ich warne Sie noch einmal! Fing Su hat Sie mit fünfzigtausend Pfund gekauft – aber Sie hätten sich da wieder herausdrehen können, denn Sie sind ja von Natur aus ein Rechtsverdreher. Doch er wird Sie mit noch viel festeren Ketten an sich binden als nur mit Geldverpflichtungen. Beinahe wäre es ihm schon letzte Nacht geglückt. Nun wird er es noch vor Ende der Woche tun – wie, wann und wo, das weiß ich noch nicht.« Lynne schwieg einige Sekunden, dann schloß er: »Das ist alles, was ich Ihnen zu sagen habe«, und ging an dem erstarrten Narth vorbei in die Halle.

Er war schon die Auffahrt hinunter, als er hörte, wie Stephen ihm nachrannte. Clifford drehte sich um und sah Narth wild gestikulieren. Er tobte vor Wut und stieß unzusammenhängende Sätze heraus:

»... Niemals werden Sie Joan heiraten ... Haben Sie gehört? Ich schere mich den Teufel darum, ob Sie Joe Brays Vermögen bekommen. Eher soll das Mädchen sterben ...«

Cliff ließ ihn rasen, bis er keine Luft mehr hatte.

»Also haben Sie in der letzten Nacht Fing Su doch gesehen? Was für ein Angebot hat er Ihnen gemacht?«

Stephen glotzte ihn an, dann rannte er wie ein Besessener ins Haus zurück, als ob er fürchtete, daß diese durchbohrenden Augen seine geheimsten Gedanken enträtseln könnten.

»Es wird noch eine Menge Scherereien geben, Joe, und da du die ganze Geschichte angerührt hast, hoffe ich, daß auch du deinen Teil davon abbekommst!«

Joe Bray schlummerte vor einem unnötigen Kaminfeuer, denn der Tag war warm. Seine Hände ruhten gefaltet auf dem Bauch, und bei den heftigen Worten Cliffords schreckte er auf.

»He? ... Ich wünschte, du würdest nicht immer 'reinplatzen wie ein – ein – Was hast du da eben gesagt, Cliff?«

»Scherereien – hab ich gesagt!« antwortete der andere lakonisch. »Dein hochgepäppelter Chinesenliebling und dein schändlicher Verwandter haben zusammen einen Plan ausgeheckt!«

Joe grunzte, wählte eine Zigarre aus dem vor ihm stehenden Kistchen und biß gemächlich das Ende ab.

»Ich wünschte, ich wäre niemals in dieses Land gekommen«, seufzte er vorwurfsvoll. »Wäre ich doch nie aus Siangtan weggegangen! Du bist ein guter Junge, Cliff, aber zu heftig, viel zu heftig! Wenn Fing Su doch nur vernünftig wäre – bei der erstklassigen Erziehung! Wirklich ein Elend, stimmt's? Und dann sieh mich an, mit gerade so viel Erziehung, daß es zum Schreiben und Lesen reicht, dabei reich wie Krösus –«

Cliff rümpfte die Nase.

»Krösus würde dein Einkommen allein für Zigaretten gebraucht haben«, meinte er verächtlich.

»Gewissermaßen, meinte ich«, widersprach Joe vorwurfsvoll. »Also, sieh mich an: reich wie Krösus, und weiß außerdem, und dann nimm ihn, ein armer, geduldeter Chinese, der Latein kann und Algebra und Französisch und der alle diese ausländischen Sprachen so leicht spricht, leichter als ich Mandarin kann!«

Joe seufzte und schüttelte den Kopf.

»Das Leben ist komisch«, brummte er unklar.

Clifford wechselte seine Schuhe und grollte:

»Wenn du der einzige Mensch wärst, den ich je auf dieser Welt getroffen hätte, dann würde ich sagen, das Leben sei komisch. Aber so ist es verdammt ernst! Hast du die Zeitungen gelesen?«

Joe nickte und langte lässig nach einem Stoß Zeitungen, die auf dem Tisch lagen.

»Ja, ich habe von der Ermordung der Missionare in Honan gelesen, aber da gibt es ja immer Scherereien. Zu viele hungernde Soldaten streifen da herum. Wenn keine Soldaten da wären, würde es auch keine Räuber geben.«

»Dies ist der neunte Missionar, der in diesem Monat ermordet wurde«, sagte Clifford kurz, »und diese Soldaten sind die bestdisziplinierten in China – was natürlich auch nicht viel besagt, gebe ich zu. Aber die Soldaten waren an der Sache beteiligt, sie trugen Fahnen mit der Inschrift: ›Wir grüßen den Sohn des Himmels‹. Weißt du, was das bedeutet? Das bedeutet, daß in China ein neuer Anwärter auf den Kaiserthron aufgetreten ist.«

Joe machte eine abwehrende Handbewegung:

»Ich habe niemals viel von Chinesen gehalten, die mit Gewehren ausgerüstet waren«, erklärte er. »Das demoralisiert sie, Cliff. Glaubst du, daß es Unruhen in Siangtan geben wird? Dann muß ich sofort zurück!«

»Du wirst hierbleiben«, befahl Clifford. »Ich denke nicht, daß es in diesem Teil Chinas zu Unruhen kommen wird. Wir zahlen dem Gouverneur zu viel, als daß er so etwas riskieren würde. Aber an siebzehn verschiedenen Stellen in China herrscht offene Revolution.« Er nahm aus einem Schreibtischfach eine Landkarte und entfaltete sie. Joe konnte sehen, daß an manchen Stellen rote Kreuze eingezeichnet waren. »In den Zeitungen nennen sie es ›Unruhen‹ und sie geben die Schuld daran der schlechten Reisernte und einem Erdbeben, das allerdings Hunderte von Meilen entfernt stattgefunden hat.«

Der alte Joe wälzte sich hoch.

»Was hat das alles zu bedeuten?« forschte er und musterte Lynne mit zusammengekniffenen Augen. »Das ist das erste Mal, daß du dich für chinesische Krawalle interessierst. Was steckt denn wirklich dahinter? Kann uns das berühren?«

Lynne faltete die Karte zusammen.

»Ein Regierungssturz würde uns schon beträchtlich schaden«, sagte er. »Honan kümmert mich wenig, das ist von jeher eine Räuberprovinz gewesen. Aber auch in Yünnan waren Unruhen, und wenn es schon in Yünnan losgeht, scheinen die Dinge ziemlich weit fortgeschritten zu sein. Von irgendeiner Seite aus wird heftig für eine neue Dynastie gearbeitet – und die Fahnen der Aufrührer tragen alle das Symbol der ›Freudigen Hände‹!«

Der alte Joe saß mit offenem Munde da.

»Aber das ist doch bloß eine kleine verrückte Gesellschaft –«

»Acht Provinzen stehen geschlossen hinter den ›Freudigen Händen‹«, unterbrach Clifford ihn. »Und in jeder Provinz hat Fing Su ein Hauptquartier. Übrigens hat er uns schamlos hinters Licht geführt – das Geld, das er aus unserer Gesellschaft gezogen hat, benützte er dazu, eine Konkurrenzfirma aufzubauen.«

»Das kann er nicht getan haben!« ächzte Joe.

»Geh zum Tower und wirf einen Blick auf Peking House – das ist das Londoner Büro dieser Handelsgesellschaft, und die Befehlszentrale des ›Kaisers‹ Fing Su!«

Der alte Joe Bray konnte nur den Kopf schütteln.

»Kaiser – mein Gott! Wie Napoleon!«

»In drei Monaten wird er Geld brauchen – viel Geld! Augenblicklich finanziert er nur einige Generale, aber lange kann das nicht so weitergehen. Sein Plan ist, eine große Nationalarmee unter Spedwell zu bilden, der China ja zur Genüge kennt. Wenn

Fing Su das geschafft hat, will er sich selbst auf den Thron setzen. Weiß der Himmel, wer ihn auf diese Idee gebracht hat!«

Mr. Bray schien peinlich berührt zu sein, und irgend etwas in seiner Haltung zog die Aufmerksamkeit seines Teilhabers auf sich.

»Du warst es! Oh, du verrückter alter Kerl, du hast ihn auf diese Idee gebracht!« brauste Clifford auf.

»Gewiß habe ich ihm Ideen eingegeben«, gestand Joe, der sich sehr unbehaglich fühlte, »ich habe ihm abenteuerliche Geschichten erzählt, um seinen Ehrgeiz anzuspornen. Du weißt, daß ich eine wunderbare Einbildungskraft besitze, und ich hätte bestimmt schon Romane verfaßt, wenn ich nur richtig schreiben könnte!«

»Und ich vermute, du hast ihm ausgemalt, was China leisten könnte, wenn es unter einem Kaiser vereint wäre?«

»Ja, so etwas Ähnliches.« Joe Bray wagte nicht, seinem Partner in die Augen zu sehen. »Aber es war doch nur, um seinen Ehrgeiz zu wecken, um ihn anzuspornen.«

Clifford lachte kurz auf.

»Meiner Meinung nach brauchte er keinen Ansporn«, versicherte er, »Fing Su ist ein Charakter, wie es ihn nur einmal unter Millionen von Menschen gibt und wie er nur dann und wann in der Geschichte auftaucht. Napoleon war so einer, Rhodes – es gibt nur wenige.«

»Und was ist mit George Washington?« fragte Mr. Bray, der bemüht war, die Unterhaltung in historische Bahnen zu lenken.

»Wer auch immer dafür verantwortlich sein mag, das Unglück ist geschehen.« Clifford sah auf seine Uhr. »Hast du schon einmal Vogelnester ausgehoben, Joe?«

»Als Junge schon«, brüstete sich Joe, »und nur wenige waren mir darin über.«

»Nun, wir werden heute nacht losgehen und ein schwimmendes Nest des Gelbvogels inspizieren«, schloß Clifford die Unterhaltung.

22

Mr. Narth fuhr mit der Eisenbahn in die Stadt, da er sein Auto gerade in Reparatur gegeben hatte. Auf dem Bahnsteig kaufte er eine Zeitung, obwohl ihn die Überschrift nicht besonders interessierte. »Der ›Bund der Freudigen Hände‹ steht hinter den chinesischen Unruhen.« Mr. Narth konnte sich nicht mehr daran erinnern, von diesen ›Freudigen Händen‹ gehört zu haben, und so dachte er auch nicht darüber nach. Der Name schien ihm etwas seltsam zu sein.

Narth hatte überhaupt keine Ahnung von China, ausgenommen, daß dort jemand ein fabelhaftes Vermögen gemacht hatte, gestorben war und diesen Reichtum Mr. Narth zukommen ließ. Er rühmte sich, nur ein Geschäftsmann zu sein, und er war sogar noch stolz auf seine Unwissenheit in bezug auf alle anderen Dinge, die nicht mit dem Geschäft zusammenhingen. Narth hatte überhaupt kaum andere Interessen, außer, daß er mittelmäßig Golf spielte – aus diesem Grund war er nach Sunningdale gezogen –, und daß er in der romantischen Zeit seines Lebens eine heimliche Wohnung in Bloomsbury unterhalten hatte.

Gerade herausgesagt, er war labil, er gab es sich selbst auch zu. Er hatte ein leidenschaftliches Verlangen, auf bequeme Weise Geld zu machen, und als er das Geschäft seines Vaters erbte, schien es zunächst, daß er auf anständige Art reich werden könnte. Dann entdeckte er, daß Geld nur dann zufloß, wenn man – selbst mit den ältesten und besten Geschäftsverbindungen – die Kanäle und Schleusen rein von Schmutz hielt. Man mußte entweder durch ständige Reklame nachhelfen oder sich mit eisernem Fleiß in die Arbeit stürzen. Wenn man sich aber damit begnügte, in seinem bequemen Bürostuhl zu sitzen und auf das Geld zu warten, dann strömte das Kapital nicht mehr in die eigenen Geldschränke, sondern in diejenigen der Konkurrenz. Narth hatte sich schon so weit mit dem Geschäftsleben vertraut gemacht, daß er einige kürzere Wege entdeckt hatte, schnell zu Geld zu kommen. Die Erkenntnis aber, daß die meisten dieser verführerischen Nebenstraßen in den Sumpf führten, kam leider zu spät. Dennoch stand er mit den Chefs der großen Finanzhäuser in guten Beziehungen, da seine Beurteilung der Geschäftslage – abgesehen von seinen eigenen Transaktionen – fast immer richtig war.

Von Waterloo Station fuhr Stephen Narth zu dem Hotel, in dem er gewöhnlich abstieg, wenn er in London blieb. Der Hoteldiener nahm ihm den Anzug ab, den er zu der Zeremonie am Abend tragen wollte. Stephen hatte sich heimlich über Fing Su lustig gemacht, als der auf dieser Kleidung bestand.

»Frack und weiße Binde, also großer Abendanzug«, hatte Fing Su angeordnet. »Die Aufnahmefeierlichkeit wird Sie interessieren – sie vereinigt modernes Zeremoniell mit uralten Gebräuchen.«

Narth bestellte Tee auf sein Zimmer, und kaum hatte der Diener serviert, als Major Spedwell erschien. Sein neuer Bundesbruder begrüßte ihn mit der Frage:

»Was war letzte Nacht los?«

Stephen Narth schüttelte nervös den Kopf.

»Ich weiß es nicht. Es war ein ungeheuerlicher Plan von Fing Su. Ich – ich hätte ihm beinahe die ganze Sache vor die Füße geworfen.«

»So, hätten Sie?« Der Major ließ sich in den einzigen Lehnstuhl fallen, der im Zimmer stand. »Nun, ich würde an Ihrer Stelle das alles nicht zu ernst nehmen. Dem Mädchen sollte ja nichts passieren. Fing Su hatte alles bestens vorbereitet. Er wollte sie an einen Ort bringen lassen, wo sie von weißen Frauen betreut worden wäre und wo es ihr an nichts fehlen sollte.«

»Aber warum in aller Welt –«, begann Narth.

Spedwell machte eine ungeduldige Bewegung.

»Er hat schon seinen Grund, er will einen Hebel bei Clifford Lynne ansetzen.«

Der Major stand auf, ging zum Kamin und schnippte die Asche seiner Zigarre ab.

»In dem Geschäft ist Geld für Sie drin, Narth, und es wird nur eins von Ihnen verlangt – daß Sie treu zur Sache stehen. Fing Su denkt, daß Sie ihm noch recht nützlich sein können.« Spedwell sah den anderen hintergründig an. »Möglicherweise können Sie sogar Leggats Stelle einnehmen.«

Stephen Narth blickte rasch auf.

»Leggat? Ich dachte, er sei ein guter Freund von Ihnen.«

»Er ist es und ist es auch nicht«, meinte Spedwell vorsichtig. »Fing Su argwöhnt – nun, es ist in letzter Zeit einiges durchgesickert und an die falsche Adresse gekommen.« Und dann abrupt: »Lynne ist in London. Ich vermute, Sie wissen das?«

»Ich kümmere mich nicht darum, wo er sich aufhält«, gab Mr. Narth mit einer gewissen Schärfe zurück.

»Ich dachte, Sie täten es«, meinte der andere gelassen.

Der Major hätte noch hinzufügen können, daß er selbst weit mehr an Clifford Lynnes Absichten interessiert war, als dieser unberechenbare Mann hätte ahnen können. Und es gab einen bestimmten Grund für dieses Interesse: Fing Su hatte einen neuen Plan ausgeheckt – einen so genialen Plan, daß nur ein einziger Mann Joan Bray retten konnte, und dieser Mann war der Schnellschütze aus Siangtan.

23

Clifford kam in seine Wohnung in Mayfair, um schnell zu lunchen, und er kam allein. Er hatte Joe Bray streng befohlen, sich verborgen zu halten, eine sehr notwendige Vorsichtsmaßnahme, da Joe gern an der frischen Luft war und sich ärgerte, wenn er sich nicht frei bewegen konnte. Gleich nach seiner Ankunft rief Clifford eine Mayfair-Nummer an.

»Mr. Leggat ist nicht hier«, war die Antwort, und Clifford verfluchte diesen Verräter, der ihm versprochen hatte, von ein Uhr an zu seiner Verfügung zu stehen.

Cliff sollte noch mehr Grund haben, sich zu ärgern, als Mr. Leggat um zwei Uhr ganz offen an seiner Haustür läutete. Leggat war ein Liebhaber geistiger Getränke, aber gewöhnlich reservierte er sich die Stunden nach dem Abendessen für seine Zechereien. Cliff musterte ihn, als er das Eßzimmer betrat, und zog ganz richtige Schlüsse aus dem roten Gesicht und dem albernen Lächeln, das der Besucher zur Schau trug.

»Sie sind ein Wahnsinniger, Leggat«, sagte Lynne ruhig, als er zur Tür ging und sie schloß. »Warum kommen Sie am hellen Tag hierher?«

Leggat hatte einen solchen Höhepunkt der Heiterkeit erreicht, daß er sich nicht mehr um diese trübe Welt kümmerte.

»Weil ich das Tageslicht vorziehe«, erwiderte er und kicherte heiser. »Warum sollte ein Mann von meinem Stand im Dunkeln herumschleichen? Das ist was für Fing Su und seine Helfershelfer!« Er schnippte verächtlich mit den Fingern und brach in Gelächter aus, aber Clifford teilte seine Heiterkeit nicht.

»Sie sind ein Narr«, fuhr er ihn an. »Ich hatte Sie ausdrücklich ersucht, in Ihrem Büro zu bleiben, damit ich Sie anrufen könne. Unterschätzen Sie ja Fing Su nicht, mein Freund!«

»Pah!« stieß der andere hervor und ging uneingeladen an die Anrichte, wo er sich reichlich bediente. »Ich habe mich noch nie von einem Asiaten in eine Panik treiben lassen! Sie scheinen zu vergessen, daß ich lange in China gelebt habe, Lynne. Und was diese Geheimgesellschaft angeht –«, Leggat warf den Kopf zurück und lachte wieder. »Mein guter alter Junge«, er kam unsicher mit einem Glas voll Whisky zum Tisch zurück, »wenn hier einer ein Narr ist, dann sind Sie es! Ich habe Ihnen genug Hinweise gegeben, um Fing Su an den Galgen zu bringen. Sie sind doch ein reicher Mann, Sie können die ganze Sache der Polizei übergeben und gemütlich zu Hause abwarten, wie sich alles weiterentwickelt.«

Clifford erklärte ihm nicht, daß er sich schon mit dem Kolonialministerium und dem Auswärtigen Amt in Verbindung gesetzt hatte, aber dort war man ihm nur mit höflicher Skepsis begegnet. So hatte Lynne sich ärgerlich in Schweigen gehüllt. Das Auswärtige Amt wußte bereits, daß in der Peckhamer Fabrik ein Waffenlager war. Die Geschütze waren am offenen Markt gekauft worden, und es gab kein Geheimnis darum, erklärte man Cliff mild. Exportiert werden durften sie nicht ohne Lizenz, und es gab keinen Grund, warum eine chinesische Handelsgesellschaft nicht dieselben Rechte haben sollte wie eine britische. Das alles hatte Clifford sich mit wachsender Ungeduld anhören müssen.

»Ich bin fertig mit Fing Su«, behauptete Leggat. »Der Kerl ist nicht nur ein hinterhältiger Chinese, er ist sogar ein ganz gemeiner Chinese! Was habe ich nur alles für ihn getan! – Haben Sie übrigens veranlaßt, daß die ›Umgeni‹ durchsucht wird, wie ich Ihnen geraten habe?«

Clifford bejahte. Er hatte erreicht, daß das Londoner Hafenamt sich in dieser Richtung bemüht, und den Dampfer ›Umgeni‹ gründlich unter die Lupe genommen hatte, aber die Ladung bestand nur aus den üblichen Handelsartikeln, wie Kisten voller Spaten, Sensen, Kochtöpfen und so weiter.

Leggat war überrascht: »Nanu! Ich weiß genau, daß sie –«

»Die ›Umgeni‹ läuft heute nacht aus«, unterbrach ihn Clifford, »und nicht einmal Fing Su ist imstande, die Ladung noch auszutauschen.«

Sein Gast kippte den Whisky hinunter und tat einen tiefen Atemzug.

»Na, ich bin fertig mit dem Chinesen«, wiederholte er. »Ich hatte mir eingebildet, daß er die Wunderente ist, die unentwegt goldene Eier legt!«

»Mit anderen Worten, Sie haben aus ihm herausgeholt, was nur möglich war?« fragte Clifford mit feinem Lächeln. »Und nun sind Sie soweit, den Rest zu verkaufen? Welche Rolle spielt eigentlich Spedwell dabei?«

Leggat zuckte seine breiten Schultern.

»Ich habe den Major nie besonders leiden mögen«, brummte er. »Diese Militär-Johnnies fallen mir auf die Nerven. Spedwell ist Fing Sus Stabschef – er verbringt die meiste Zeit über Karten und Plänen und Dienstvorschriften. Er und Fing Su haben gerade ein chinesisches Handbuch fertiggestellt.«

»Wohl eine Schießvorschrift für die Infanterie?« vermutete Clifford.

»So etwas Ähnliches wird es wohl sein«, erklärte Leggat.

Clifford hob warnend die Hand, als es leise an die Tür klopfte und sein Diener eintrat.

»Verzeihen Sie, Sir, ich vergaß, Ihnen zu sagen, daß die Postarbeiter heute früh da waren, um Ihren neuen Telefonapparat anzubringen.«

»Ich verstehe nicht – der alte war doch in Ordnung?« Lynne zog die Stirn in Falten.

»Die Männer hatten gesagt, daß der Apparat zu Klagen Anlaß gegeben habe – die Zentrale habe Sie nicht mehr deutlich verstehen können.«

Lynne schwieg gedankenversunken einige Sekunden.

»Waren Sie dabei, als die Arbeiten ausgeführt wurden?«

»Gewiß, Sir«, erklärte der Diener. »Die Leute hatten zwar ihren Postausweis vorgezeigt, aber ich habe zuviel erlebt, um irgendein Risiko einzugehen. Die ganze Zeit habe ich dabeigestanden, als die Männer den Tonverstärker angebracht haben.«

»Was!« rief Clifford bestürzt. »Wo ist dieser ›Tonverstärker‹?«

Eine Wand des Speisezimmers war durch einen großen Schrank verdeckt, und hinter diesen führte das Telefonkabel. Der Diener bückte sich und zeigte auf den freien Raum unter dem letzten Fach. Dort sahen sie einen schwarzen, hölzernen Kasten, etwa fünfundzwanzig Zentimeter lang und zehn Zentimeter hoch. Auf dem Deckel hatte er zwei runde Öffnungen, und ein dünner Draht lief von hier bis zum Ende der Wand und führte dann durch ein neugebohrtes Loch im Fensterrahmen ins Freie.

»Was ist denn das?« fragte Leggat, plötzlich völlig nüchtern.

»Ein Mikrofon«, antwortete Clifford kurz. »Irgend jemand hat unsere ganze Unterhaltung belauscht!«

24

Clifford öffnete das Fenster und schaute hinaus. Der Draht war an der Wand entlanggeführt, lief über die Mauer, die das Anwesen vom Nachbargrundstück trennte, und verschwand über dem Garagendach in Richtung der rückwärtigen Gasse.

»All right, Simmons.« Er entließ den Diener und ging, ohne ein Wort zu verlieren aus dem Zimmer über den Hof in die Garage. Zuerst konnte Lynne den dünnen Draht nicht finden, aber nach einigem Suchen entdeckte er ihn entlang der Rückwand und konnte nun seine Spur bis zum Ende des Gäßchens verfolgen, wo er in ein offenes Fenster einmündete, das anscheinend zu einer Chauffeurwohnung gehörte.

Ein Blick auf das Äußere dieses Hauses ließ erkennen, daß die Räume nicht bewohnt waren. Die Fensterscheiben waren verschmutzt, eine war zerbrochen, und Clifford erinnerte sich, daß weiter unten in der Straße ein leeres Wohnhaus stand. Anscheinend gehörte diese Garage dazu.

Neben dem Garagentor befand sich eine schmale Tür zu der oberhalb gelegenen Wohnung. Sie war nur angelehnt, und ohne Zögern trat Clifford ein und stieg die enge Treppe hinauf. Oben waren zwei leere Räume, in denen nur allerlei unbrauchbarer Kram der vorigen Bewohner herumstand. In der hinteren Kammer war noch eine alte eiserne Bettstelle zurückgeblieben, und hier fand Clifford auch, was er erwartet hatte: einen zweiten schwarzen Kasten, das Gegenstück zu dem unter seinem Bücherschrank, und außerdem noch ein betriebsfertiges Telefon, wie Cliff durch Rückruf beim Amt feststellte.

Natürlich war der Vogel längst ausgeflogen, denn der Horcher, der die ganze Unterhaltung durch das Mikrofon abgehört und an Fing Su weitergegeben hatte, war ja rechtzeitig gewarnt gewesen. Er hatte die Hintergasse im gleichen Augenblick verlassen, als Clifford sie betreten hatte.

Ein Chauffeur, der ihn gesehen hatte, beschrieb ihn als einen dunklen, soldatischen Typ mit bösem Gesichtsausdruck, und diese Beschreibung identifizierte ihn als Major Spedwell.

Clifford Lynne kehrte in sein Eßzimmer zurück und fand Leggat in gedrückter Stimmung. Er goß sich gerade mit unsicherer Hand noch einen Whisky ein.

»Was ist denn los? Was hat das alles zu bedeuten?« erkundigte sich der starke Mann unruhig.

Obwohl es beinahe Zeitverschwendung war, diesem Prahlhans die Gefahr, in der er schwebte, klarzumachen, erzählte ihm Lynne dennoch, was er entdeckt hatte.

»Sie müssen jetzt sehr vorsichtig sein, Leggat«, empfahl er ihm. »Wenn Fing Su herausbekommen hat, daß Sie ein Verräter sind, ist Ihr Leben keinen Penny wert. Sie können nur hoffen, daß der Lauscher Ihre Stimme nicht erkannt hat!«

Als Leggat aber erfuhr, daß Spedwell der Horcher gewesen war, schien es ihm ausgeschlossen, daß dieser seine Stimme nicht erkannt haben könnte.

»Fing Su – pah!« Leggat prustete verächtlich.

Trotzdem lag ein unbehaglicher Ausdruck auf seinem roten Gesicht. Zwar war er schon oftmals in gefährlichen Situationen gewesen und von Leuten bedroht worden, die nach seinem Blut schrien – aber der Chinese war doch noch anders einzuschätzen.

»Mein lieber guter Freund, werden Sie nicht dramatisch! Von mir aus soll Fing Su unternehmen, was er will! – Was spielt das für eine Rolle!«

»Wann treffen Sie ihn denn wieder?« wollte Lynne wissen.

»Morgen abend, dann ist wieder Logensitzung. Blödsinniger Humbug! Aber man muß ja mitmachen, wenn auch nur, um diesem verrückten Teufel seinen Willen zu lassen!«

Clifford schaute seinen Besucher mit ungewöhnlichem Ernst an. Er allein begriff die Mentalität des Chinesen und ahnte, was für verbrecherische Möglichkeiten diesem sein ungeheurer Reichtum gab.

»Wenn Sie meinen Rat befolgen, so nehmen Sie morgen an der Logensitzung nicht teil!« empfahl er. »Verlassen Sie England so lange, bis ich mit dieser Bande abgerechnet habe. Fahren Sie nach Kanada, morgen geht ein Schiff dorthin. Wenn Sie sich beeilen, können Sie noch einen Platz buchen.«

Leggat stellte heftig sein Glas ab.

»Hier bin ich und hier bleibe ich!« erklärte er selbstbewußt. »Es gibt keinen Kuli, der mich aus England vertreiben könnte! Vergessen Sie nicht, Lynne, ich kann mit diesem Gelben umgehen.«

Clifford Lynne hörte ihm schon nicht mehr zu. Sein Geist beschäftigte sich zu sehr mit den Folgen, die das Bekanntwerden dieser Unterredung haben konnte, als daß er auf das Geschwätz des anderen geachtet hätte. Er warnte Leggat noch einmal, bevor dieser fortging, und ließ ihn in seinem eigenen Wagen durch die hintere Garage nach Hause bringen. Dann ging Lynne abermals in die Hintergasse und stellte weitere Nachforschungen an. Als er sicher sein konnte, daß der Horcher niemand anderer als Major Spedwell gewesen war, bemühte er sich intensiv, mit Leggat telefonisch in Verbindung zu kommen. Aber der meldete sich nicht.

Leggat schwebte wirklich in großer Gefahr. Wie weit würde Fing Su gehen? Sicherlich konnte man auf alles gefaßt sein, nach dem zu urteilen, was bereits vorgefallen war. Clifford zog jedenfalls ganz andere Schlußfolgerungen aus der Tätigkeit der ›Freudigen Hände‹ als Leggat. Diese Logenversammlungen mochten vom europäischen Standpunkt aus als Spielerei angesehen werden, sie konnten tatsächlich aber Verbrechen und Tod bedeuten, wenn die Loge es für nützlich hielt.

An diesem Nachmittag hatte Clifford eine Unterredung mit einem hohen Beamten von Scotland Yard, zu dem ihm ein Empfehlungsschreiben des Auswärtigen Amtes den Weg geöffnet hatte. Die Unterredung dauerte bedeutend länger, als Cliff angenommen hatte, und ihr Ergebnis befreite ihn von einer seiner schwersten Sorgen. Von Scotland Yard fuhr Clifford direkt nach Sunningdale, und wenn ihn jetzt noch etwas beunruhigte, so war es die Sorge um das Ergehen Ferdinand Leggats.

Die Tür zu Slaters Cottage war verschlossen, und Clifford fand Joe zusammengerollt auf dem Sofa schlafen. Mr. Bray erwachte in aufsässiger Stimmung. Als er lautstark dagegen protestierte, wie ein Gefangener eingesperrt leben zu müssen, durchschaute Clifford gleich, daß dies wahrscheinlich eine Rechtfertigung im voraus dafür sein sollte, da er sich nicht an Cliffs Anweisungen gehalten hatte.

»Das schadet meiner Gesundheit und schlägt mir aufs Gemüt!« Aber Joe blickte dabei doch schuldbewußt seinen Partner an, vor dem er großen Respekt hatte.

»Du bist draußen gewesen!« warf Clifford ihm vor.

Damit konnte Joe aber nicht viel Schaden angerichtet haben, denn niemand in Sunningdale kannte ihn – und es war zweifelhaft, ob außer Fing Su überhaupt irgend jemand in ganz England ihn erkannt hätte.

»Ich wollte ein paar Blumen pflücken«, erklärte Joe. »Blumen haben so etwas an sich, das mich ganz weich stimmt. Du bist natürlich hartgesotten, du gehst lieber spionieren! Aber wenn man so diese Glockenblumen ansieht –«

»Für Glockenblumen ist es schon zu spät im Jahr, die blühen jetzt nicht mehr. Wahrscheinlich meinst du Löwenzahn oder Steckrüben!« entgegnete Clifford kühl.

»Glockenblumen!« behauptete Bray mit heftigem Kopfnikken. »Da war ein ganzes Nest davon unter den Bäumen. Und, Cliff« – er hustete – »ich habe die schönste junge Dame getroffen, die ich je gesehen habe!«

Clifford sah ihn entgeistert an. Mr. Bray errötete heftig. War das der eisenharte Mann, der kühne Abenteurer – der Mann, der sich aus bitterer Armut zu sagenhaftem Reichtum hochgekämpft hatte durch eine beispiellose Verachtung aller Gesetze und Gebräuche, die China beherrschten! Clifford konnte sich nur wundern und war sprachlos.

»Es gibt keinen Grund, warum ich nicht ihre Bekanntschaft hätte machen sollen«, sagte Joe herausfordernd. »Ich bin schließlich kein alter Mann – kaum über fünfzig. Und es gibt eine Menge Leute, die nicht glauben, daß ich schon fünfzig bin.«

»An deinen Sünden gemessen, bist du hundert – und nach deinem Verstand zehn Jahre alt!« Clifford lachte gutgelaunt. »Wer ist sie denn, Joe?«

»Ich habe keine Ahnung. Jedenfalls ein bildschönes Mädchen mit wundervoller Figur. Etwas rothaarig, aber das zeigt, daß sie Geist hat. Welch ein Mädchen!« Er schüttelte verzückt den Kopf.

»Du sagst ›wundervolle Figur‹. Ist sie etwa dick?« fragte Cliff brutal.

»Nein, wohlproportioniert!« wich Joe aus. »Und so jung! Sie kann höchstens fünfundzwanzig sein. Und eine wundervolle Gesichtsfarbe, Cliff – wie Rosen!«

»Ziemlich rotbackig, wie?« fragte der unromantische Freund und kicherte. »Hast du sie nach ihrem Namen gefragt?«

»Natürlich nicht«, ereiferte sich Joe Bray. »Das wären ja ziemlich schlechte Manieren!«

»Wenn du sie gefragt hättest, hätte sie dir nämlich gesagt, daß sie Mabel Narth heißt!«

Joe fiel der Unterkiefer herunter!

»Mabel Narth?« krächzte er. »Was – meine eigene Nichte!«

»Sie ist ebensowenig deine Nichte wie ich dein Onkel bin«, stellte Clifford die Sache richtig. »Der Stammbaum stimmt nicht ganz. Sie ist deine Kusine Nummer dreiundzwanzig im neunzehnten Grad. Die Verwandtschaft ist so weit entfernt, daß man Mühe hat, sie durch ein Fernglas zu erkennen. Aber Joe, bei deinem Alter!«

»Fünfzig!« murmelte Joe. »Männer meines Alters sind beständiger als junge Männer.«

»Ich nehme an, du hast ihr nicht gesagt, wer du bist?«

»Nein, ich habe ihr nur angedeutet, daß ich nicht ganz unbemittelt bin.«

»Aha, du hast ihr also gesagt, daß du reich bist. Haben ihre Augen nicht aufgeleuchtet?«

»Warum?«

»Du bist ein ganz verrückter Teufel!« stellte Clifford fest. »Wie geht es unserem Kuli?«

»Ganz gut. Er hat die ganze Zeit gebettelt, ich solle ihn fortlassen, aber ich wollte ihn nicht gehen lassen, bevor du zurück warst.«

»Er kann heute abend verschwinden. Wenn ich an ihn denke, fühle ich direkt Sehnsucht nach einem ordentlichen Bambusrohr! Ich nehme an, du weißt, daß er den Befehl hatte, uns zu erstikken! Heute früh fand ich den Beutel mit Schwefel, den er in den Schornstein werfen wollte.«

Clifford schlenderte in die abgeschlossene Spülküche, um seinen Gefangenen aufzusuchen. Der Chinese sah nicht mehr kampfesmutig aus, wie er dort saß, ein altes Bettuch um die Schultern geschlungen. Lynne untersuchte die Wunde. Überraschenderweise hatte sich der Zustand des Verletzten bedeutend gebessert.

»Lassen Sie mich gehen, bevor die Sonne sinkt!« bat der Mann, »denn ich bin ein Fremder in diesem Land, und für einen Mann wie mich ist es nicht leicht, den Weg in die Stadt zu finden.«

Irgend etwas im Verhalten des Chinesen erregte Cliffords Argwohn.

»Mann, du hast Angst, in meinem Haus zu bleiben«, sagte er. »Gib mir den Grund dafür an!«

Der Kuli senkte finster den Blick.

»Du hast Angst!«

Der Chinese blickte nicht auf.

»Du hast Angst, weil heute nacht der Tod in dieses Haus kommt!«

Diesmal saß der Hieb. Der gelbe Mann fuhr zusammen und schaute Lynne furchtsam an.

»Man sagt von dir, daß du ein Teufel bist und in den Herzen der Menschen lesen kannst. Was du jetzt sagst« – man konnte die Verzweiflung aus seinen Worten hören – »ist wirklich wahr, denn ich bin dem Tod verfallen, wenn ich diese Nacht hierbleiben muß.«

Clifford stieß einen leisen Pfiff aus.

»Um welche Stunde müßtest du sterben, Mann?«

»Zwei Stunden nach Mondaufgang«, antwortete der Kuli ohne Zögern, und Clifford nickte.

»Ich denke, du kannst gehen.« Er ließ ihn frei und zeigte ihm den Weg nach London.

Als Cliff zu Joe zurückkam, wiederholte er ihm den wesentlichsten Inhalt der Unterhaltung.

»Der große Angriff findet vermutlich heute nacht statt. Was sollen wir tun? Wir könnten mit Aldershot telefonieren, daß man uns ein halbes Bataillon zu Hilfe schickt; wir könnten uns auch blamieren und die Ortspolizei benachrichtigen, dann wären wir aber für den Tod dieser ehrbaren, älteren Männer verantwortlich. Wir könnten aber dem Angriff auch allein entgegentreten und einen netten, ruhigen Kampf ausfechten.«

Slaters Cottage und Sunni Lodge waren eine Meile von Sunningdale entfernt und standen auffallend isoliert, obwohl sie nur wenige hundert Meter von der Straße nach Portsmouth entfernt waren, auf der immer Verkehr herrschte. Der nächste Nachbar von Mr. Narth war Lord Knowesley, der sich aber kaum einen Monat jedes Jahr auf seinem Besitz aufhielt, denn er stammte aus dem Norden, liebte Lancashire und fühlte sich nur unter seinen engeren Landsleuten wohl.

Auf der anderen Seite, hinter Slaters Cottage, dehnte sich das unerschlossene Gelände einer Terraingesellschaft aus.

Clifford überlegte: »Vermutlich hat das Gesindel es auf ein Dokument abgesehen, das in meiner Innentasche eingenäht ist, Joe. Wenn Spedwell die Leitung übernommen hat, er ist ja Fing Sus Stabschef, wird es ein Feuergefecht mit Schalldämpfern geben.«

Gegen Abend bezog sich der Himmel, und es war drückend schwül. Die Sonne war hinter großen Wolkenbergen verschwunden. Clifford Lynne nützte die letzten hellen Stunden aus, um Sunni Lodge einen Besuch abzustatten. Er ging aber nicht ins Haus, da er Stephen Narth nicht begegnen wollte. Statt dessen machte er einen Rundgang durch den Park und sah Joan über den Tennisplatz gehen.

Kurz berichtete er ihr von den Vorkehrungen, die er zu ihrem Schutz getroffen hatte.

»Die Gefahr wird wohl in einer Woche vorüber sein, denke ich. Ich habe das Auswärtige Amt bis zu einem gewissen Grade interessieren können, und auch Scotland Yard wird nicht untätig sein.«

Joan schüttelte hilflos den Kopf.

»Ich begreife nicht, was der Grund für diese Gewalttaten ist. Es geht um diese Gründeraktie, die Fing Su haben will, nicht wahr?«

Clifford nickte zustimmend.

»Ich habe immer noch nicht verstanden, warum das so furchtbar wichtig ist.«

Sie gingen durch ein dünnes Föhrengehölz, das die westliche Grenze des Narthschen Landbesitzes einfaßte. Vom Haus aus konnte man sie hier nicht beobachten. In wenigen Worten versuchte Clifford, ihr noch einmal alles zu erklären.

»Ich habe immer mit der Möglichkeit gerechnet, daß Joe irgend etwas ganz Verrücktes mit seinem Geld anfangen würde. Die Gründeraktien, wie wir sie nennen – in Wirklichkeit würden sie besser Verwaltungsanteile heißen –, wurden ausgegeben, um die Kontrolle über die Gesellschaft auf jeden Fall fest in der Hand zu behalten. Ursprünglich sollte ich fünfundzwanzig und Joe vierundzwanzig Stücke erhalten. In Ergänzung dazu trafen wir eine gegenseitige Vereinbarung, daß im Fall einer von uns stirbt, der andere die gesamten Anteile erben sollte. Eines Tages, als ich auf einer Geschäftsreise in Peking war, erhielt ich ein Telegramm von Joe, in dem er anfragte, ob ich einverstanden sei, wenn er dem Vater Fing Sus einige der Gründeraktien überließe. Bevor ich Siangtan verließ, hatte ich unglücklicherweise Joe Generalvollmacht erteilt. Bei meiner Rückkehr mußte ich feststellen, daß der verrückte alte Kerl diesem Chinesen nicht nur neun Gründeraktien geschenkt, sondern auch die übrigen vierzig zwischen mir und sich gleichmäßig geteilt hatte.«

»Aber warum ist dann diese eine einzige Aktie für Fing Su so wichtig? Damit kann er doch nicht die Majorität erlangen?«

Clifford räusperte sich: »Fing Su besitzt außer den neun Gründeraktien aus seines Vaters Besitz noch fünfzehn weitere, die ihm unser alter Freund Joe vor einiger Zeit großzügig überlassen hat. Und wenn Joe nicht die restlichen fünf Aktien glücklicherweise verlegt hätte, so wäre Fing Su jetzt im Besitz von neunundzwanzig Aktien und hätte damit die Gesellschaft in der Hand. So aber hat er vierundzwanzig Aktien, und ich besitze fünfundzwanzig; die verlegten fünf Aktien haben sich wieder eingefunden, und Joe hat sie mir übertragen. Jetzt werden Sie begreifen, was der Besitz einer einzigen Aktie mehr für den Chinesen bedeutet, und daß er alle Mittel einsetzen wird, sie zu bekommen.«

Jetzt verstand Joan alles. »Was wird er tun?«

Clifford lächelte bitter.

»Fing Su hat zwei Möglichkeiten, zu seinem Ziel zu kommen. Entweder wird er mich durch eine bestimmte Maßnahme dazu zwingen, ihm diese Aktie zu übergeben, oder –« Er vollendete den Satz nicht.

»Oder er wird Sie umbringen«, schloß Joan. Clifford nickte.

»Er ist jetzt an dem Punkt angekommen, wo alles für ihn auf dem Spiel steht. Wenn er mich in dieser Nacht tötet, würde er natürlich sofort verhaftet werden. Noch wälzt Fing Su große

Pläne in seinem Kopf und hält sich für unfehlbar. Er rechnet einfach nicht damit, einen Mißerfolg zu haben.«

Schweigend gingen sie eine Weile nebeneinander her.

Dann fragte Joan:

»Und wenn er mich in seine Gewalt brächte – das klingt schrecklich pathetisch! –, was würde das an den Tatsachen ändern?«

»Ich würde natürlich zahlen«, stellte er ruhig fest, »und Fing Su weiß das.«

Joan fühlte, daß ihr das Blut in die Wangen schoß, und versuchte, gleichgültig zu erscheinen.

»Sie sind mir gegenüber durchaus nicht verpflichtet, Mr. Lynne«, erklärte sie leise. »Ich wollte es Ihnen schon lange sagen ... jetzt, da Mr. Bray am Leben ist ..., daß ich Sie nicht heiraten möchte. Ich hatte es Mr. Narth versprochen, weil – nun, weil es für ihn notwendig war.«

Joan hatte ihre ganze Energie aufbieten müssen, um ihm dies zu sagen. Es war doch viel schwieriger, als sie sich jemals hatte träumen lassen. Diese Entdeckung versetzte sie in nicht geringe Bestürzung. Diese Worte in der Ruhe ihres Zimmers probeweise herzusagen, war sehr einfach gewesen, aber als sie sie nun in Wirklichkeit aussprach, war es ihr, als ob mit jedem Satz ein Teil ihres Lebensglücks entschwand. Sie blickte zu ihm auf, und auch Clifford suchte ihren Blick.

»Und Sie haben jetzt ja auch keinen Grund mehr«, flüsterte sie und schüttelte den Kopf, als wollte sie seine Antwort vorwegnehmen.

»Um die Linie der berühmten Familie fortzusetzen – nein«, gab er zu. Ihr Mut sank. »Um die seltsamen Ideen Joe Brays zu erfüllen – nein. Alle diese Gründe gibt es nicht mehr, die mich zu dieser verrückten Reise nach England brachten und die mich veranlaßten, ein langbärtiger Stromer zu werden. Da haben Sie vollkommen recht, Joan. Aber es gibt einen anderen, wichtigen Grund, warum ich Sie heiraten möchte –«

Clifford legte zärtlich seinen Arm um sie und zog sie an sich, aber noch küßte er sie nicht. Seine ernsten Augen hielten die ihren fest, und Joan konnte die Worte darin lesen, die er nicht aussprach. Joan bebte am ganzen Körper. Plötzlich tönte ein tiefes Donnergrollen von ferne und zerriß die Stimmung. Erschreckt fuhren sie auf. Mit einem Seufzer trat Cliff zurück und legte seine Hände auf ihre Schultern.

»Nächsten Freitag wird eine Hochzeit in dieser Familie gefeiert werden«, versicherte er kurz. Dann neigte er sich zu ihr und küßte sie.

Die ersten Blitze leuchteten gespenstisch auf und hüllten die Spitzen der Föhren in ein fahles Licht, als Clifford den Fahrweg nach Slaters Cottage zurückging.

»Es wird eine stürmische Nacht geben, Joe«, rief er heiter, als er das Wohnzimmer betrat.

Joe verbarg hastig ein Schriftstück, mit dem er beschäftigt war.

»Machst du ein neues Testament?«

Mr. Bray hustete verlegen, und seinem Partner kam ein fürchterlicher Verdacht, der schnell zur Gewißheit wurde.

Vor vielen Jahren einmal hatte Joe ihm mit vielem Räuspern und Stocken eine liebenswürdige Schwäche eingestanden und hatte ihm zur kritischen Begutachtung ein Schreibheft voller eigener poetischer Ergüsse überreicht.

»Joe, du schreibst doch nicht etwa wieder Gedichte?« rief Clifford entsetzt.

»Nein, das tue ich nicht!« protestierte Joe laut. »Unsinn! Was du dir einbildest!«

Ein Donnerschlag in unmittelbarer Nähe ließ das kleine Haus erzittern, und flackernde blaue Blitze fuhren über die schwarzen Bäume.

»Der ganze Himmel steht in Flammen«, sagte Joe poetisch.

»Heute bist du an der Reihe, die Würste zu braten«, erwiderte sein praktisch veranlagter Freund, und sie gingen gemeinsam in die kleine Küche, um das Abendessen zu bereiten.

Der Sturm tobte eine Stunde lang, aber er war nur der Vorläufer des schweren Unwetters, das sich später entlud. Um neun Uhr war es so dunkel wie in einer Winternacht. Clifford hatte die eisernen Fensterläden verriegelt, und vier Gewehre lagen schußbereit auf dem Sofa.

»Das erinnert mich an die Stürme, die du oben auf dem großen See mitgemacht hast – und an das furchtbare Unwetter, das ich einmal in Charbin erlebt habe, aber da warst du noch ein Grünschnabel!« sinnierte Joe vor sich hin.

Dann blickte er zum Schreibtisch hinüber, wo er sich literarisch betätigt hatte, und seufzte tief auf.

»Soweit ich feststellen kann, ist sie eine Kusine dritten Grades von mir. Die Schwester ihres Vaters hat den Sohn meiner Tante geheiratet.«

»Wovon, zum Teufel, redest du denn?« staunte Clifford.

»Von ihr!« antwortete Joe kurz.

Offensichtlich hatte Mabel einen sehr tiefen Eindruck auf dieses empfindsame Herz gemacht.

»Ich hoffe, daß der Sturm sie nicht zu sehr erschrecken wird! Mädchen haben immer Angst bei Gewitter ...«

»Ich habe das Unwetter lieber heute als morgen«, stellte Clifford fest. »Wenn wir schon ersäuft werden sollen, so wäre es mir lieber bei Mondlicht.«

Joe fragte nervös: »Was ist das wieder für ein Gerede vom Ersäuftwerden? Wo gehen wir denn hin?«

»In einem Schiff auf die weite See hinaus!« war die rätselhafte Antwort.

25

Miss Mabel gehörte nicht zu den Mädchen, die sich vor Gewittern fürchten. Während ihre sensiblere Schwester sich im Kohlenkeller versteckt hatte, saß Mabel eifrig strickend im Wohnzimmer und erzählte Joan ihr Abenteuer von heute morgen.

»Mancher würde vielleicht sagen, er sei alt – aber ich finde, daß er eine männlich markante Erscheinung ist. Außerdem ist er sagenhaft reich, liebe Joan.«

Mabel war jetzt fünfundzwanzig Jahre alt. Sie hatte eine gedrungene Gestalt und war nicht gerade sehr beliebt bei den jungen Leuten, die zwar mit ihr tanzten, Tennis spielten und manchmal zu Abend speisten, aber ängstlich vermieden, die eine, so wichtige Frage zu stellen. In ihrem Leben hatte sie bisher nur zwei Heiratsanträge bekommen: den einen von einem unmöglichen jungen Gentleman, der ihr auf einem Ball vorgestellt worden war und von dem es sich später ergab, daß er nur ein kleiner Provinzschauspieler war; und den anderen Antrag erhielt sie von einem Geschäftsfreund ihres Vaters, der noch Trauer um seine verstorbene zweite Frau trug, als er schon schüchtern bei ihr anfragte, ob sie wohl die dritte werden wollte.

»Ich mag Männer, die sich schon die Hörner abgestoßen haben, Joan«, behauptete Mabel und kniff die Augen zusammen, weil ein greller Blitz sie blendete. »Zieh doch bitte die Vorhänge vor, Liebes!«

Joan hatte sie noch nie so zugänglich erlebt, und sie war neugierig, wer wohl der Fremde sein mochte, der einen so tiefen Eindruck auf das Mädchen gemacht hatte.

»Jungen Männern kannst du niemals trauen, sie sind so oberflächlich. Aber ein reifer Mann ... und er ist wahnsinnig reich. Er hat mir erzählt, daß er versuchen will, Lord Knowesleys Besitz zu kaufen. Außerdem verhandelt er wegen eines Hauses in Park Lane. Und er hat drei Rolls-Royces, meine Liebe – stell dir vor, gleich drei!«

»Aber wer ist es denn, Mabel?«

Hier war Mabel in Verlegenheit, denn in ihrer mädchenhaften Bescheidenheit hatte sie nicht gewagt, die Identität ihrer liebenswürdigen Bekanntschaft herauszubringen.

»Er wohnt irgendwo hier in der Nähe, ich glaube, daß er in Sunningdale ein Haus gemietet hat.«

»Und wie alt ist er wohl?«

Mabel überlegte.

»Um die fünfzig herum«, sagte sie dann und unterstützte damit unbewußt Mr. Brays falsche Altersangabe. »Was für ein Sturm! Schau doch bitte mal im Kohlenkeller nach, wie es dem dummen Kind da unten geht!«

Joan fand das ›dumme Kind‹ in einen Korbsessel gekauert, mit einer Zeitung über dem Kopf. Letty lehnte es ab, vernünftig zu sein und hinaufzugehen.

Als Joan in das Wohnzimmer zurückkehrte, empfing Mabel sie mit einer merkwürdigen Frage:

»Hat dein schrecklicher Junge Besuch bekommen?«

Im ersten Augenblick verstand Joan nicht, was Mabel meinte, diese Bezeichnung konnte sie mit Clifford Lynne nicht in Verbindung bringen.

»›Junge‹!? Meinst du etwa Mr. Lynne?« Und dann begriff sie plötzlich: Mabels neue Bekanntschaft war Joe Bray! Joan war zu verblüfft, um zu lachen, und konnte nur fassungslos die dicke Mabel anstarren. Glücklicherweise bemerkte Stephen Narths älteste Tochter bei ihrer eifrigen Strickarbeit nicht, welche Sensation sie hervorgerufen hatte.

»Ich wunderte mich, daß er in Richtung Slaters Cottage fortging, und dann kam mir der Gedanke, daß er möglicherweise bei Mr. Lynne wohnt. Der ist doch selbst so reich und hat wahrscheinlich auch eine Menge reicher Freunde.«

Joan wagte keine Antwort. Sie durfte Mabel ja nicht sagen, wer der Mann war, für den sie sich so interessierte, ohne ihr Clifford gegebenes Versprechen zu brechen. Aber sie war gespannt darauf, was Mabel für ein Gesicht machen würde, wenn sie die Wahrheit erfuhr.

Es war schon zehn Uhr, und Mr. Narth war noch nicht aus der Stadt zurückgekommen, als die beiden Schritte vor der Tür hörten. Der Sturm hatte nachgelassen, aber der Donner grollte noch immer. Joan ging hinaus und fand einen regendurchnäßten Umschlag im Briefkasten. Er war ›An Miss Mabel‹ adressiert, und Joan überbrachte ihn dem Mädchen. Mabel riß den Umschlag auf und zog ein Schreiben heraus, in dem viel herumgestrichen war. Sie las, und ihre Augen glänzten.

»Es ist ein Gedicht, Joan!«

›Wie seltsam das Leben! Wir kommen und gehen,
Die schönsten Frauen wir manchmal nicht sehen,
Bis sie strahlend wie Sonnenlicht vor uns stehen!
Diese Wahrheit muß jeder erfahren,
Sogar ein Mann von einundfünfzig Jahren.‹

Die Zeilen trugen keine Unterschrift, aber Mabel strahlte vor Begeisterung.

»Wie schrecklich romantisch!« rief sie aus.

Plötzlich sprang sie von ihrem Stuhl auf, lief in die Halle und öffnete die Haustür. Es war stockdunkel, aber sie glaubte, eine Gestalt auf der Straße zu sehen. Der Regen hatte aufgehört. Mabel überlegte einen Augenblick. Sollte sie ihm hinterherlaufen? Durfte eine junge Dame so etwas tun, und wäre das nicht buchstäblich eine ›Männerjagd‹? Aber Mabel hatte schon eine Entschuldigung für einen kleinen Abstecher auf die Straße bereit. Um diese Zeit ging nämlich Joan gewöhnlich zum Postkasten, der draußen unweit des Tores angebracht war. Mabel eilte ohne Zögern den Weg entlang, ihr Herz klopfte erwartungsvoll. An der Straßenbiegung blieb sie stehen; niemand war zu sehen. Hatte sie sich also doch geirrt?

Plötzlich überkam sie ein unheimliches Gefühl, das sie schaudern machte. Sie drehte sich um und wollte zurückrennen, aber kaum hatte sie einige Schritte getan, als ihr eine muffige Decke über den Kopf geworfen wurde und eine große Hand ihren Schrei erstickte. Mabel verlor die Besinnung ...

Joan hatte im Wohnzimmer auf Mabels Rückkehr gewartet, bis der Knall des vom Wind zugeschlagenen Haustores sie aufschreckte. Beunruhigt eilte sie durch die Halle und öffnete es wieder, aber vergeblich spähte sie in die Dunkelheit hinaus. Der Schein zweier aufeinander folgender Blitze erhellte den Fahrweg – niemand war zu sehen.

»Mabel!«

Joan rief, so laut sie konnte, aber es kam keine Antwort.

Sie ging ins Wohnzimmer zurück und klingelte dem Diener. Er war ein langsamer Mensch, und während sie ungeduldig auf ihn wartete, fiel ihr die schwarze Kugel ein, die Clifford ihr gegeben hatte. So hatte sie wenigstens eine Waffe. Sie eilte die Treppe hinauf und war schon wieder zurück, als endlich der Diener erschien.

»Sie sagen, Miss Mabel ist weg? Sie wird schon wiederkommen«, brummte er und blickte verstört durch die offene Tür. Es blitzte unaufhörlich.

»Tut mir leid, Miss – ich kann Blitze nicht vertragen.«

»Kommen Sie mit!« befahl Joan und rannte aus dem Haus. Aber sie mußte allein gehen. Der Diener machte an der Tür wieder kehrt. Er war der Meinung, daß es nicht zu seinen Pflichten gehörte, bei solchem Unwetter das Haus zu verlassen.

26

Clifford Lynne saß im Gang des Landhauses, ein Gewehr quer über den Knien, als Joe zurückkam. Die Strahlen seiner Taschenlampe kündigten ihn schon an, bevor er selbst in Sicht kam.

»Wo, zum Kuckuck, bist du denn gewesen?« wunderte sich Clifford. »Ich dachte, du schläfst.«

»Ich habe nur mal einen kleinen Spaziergang gemacht«, antwortete Joe leichtfertig. »Ich schlüpfte durch die Hintertür hinaus . . . weit und breit kein Mensch zu sehen.«

»Gut, dann schlüpfe durch die Vordertür wieder herein!« befahl Clifford streng. »Aller Wahrscheinlichkeit nach wimmelt der Wald von chinesischen Halsabschneidern.«

»Lächerlich!« murmelte Joe im Vorbeigehen.

»Es mag lächerlich sein«, rief Clifford ihm nach, »aber du wirst es kaum lächerlich finden, wenn du im Wald liegst und man deine gute alte Kehle durchgeschnitten hat!«

»Alte Kehle! Ich bin erst einundfünfzig!« explodierte Joe. »Jeder weiß das.«

Clifford Lynne fühlte, daß jetzt nicht der Zeitpunkt war, die Frage von Mr. Brays Alter zu diskutieren. Im Verlauf des Abends war Cliff verschiedentlich in den Wald gegangen, hatte aber nichts Verdächtiges bemerkt. Von Süden her war das Haus auf einer neuangelegten Straße zu erreichen, die durch das Besitztum der Terraingesellschaft führte. Um von dieser Seite keine Überraschungen zu erleben, hatte Clifford einen geschwärzten Faden quer über den Weg gespannt und daran eine Anzahl kleiner Glöckchen aufgehängt, die er am Nachmittag in London gekauft hatte. Aber das endlose Krachen und Rollen des Donners ließ es ihm sehr zweifelhaft erscheinen, ob er ihre Warnung auch hören könnte. Die Blitze rasten immer noch über den Himmel, als er wachsam seinen Warteposten auf den Treppenstufen bezog. Einmal fing Joe zu singen an, aber mit einem ärgerlichen Knurren gebot er ihm zu schweigen.

Es schlug elf Uhr, als er feste Schritte hörte, die von der Straße her kamen. Clifford stand auf. Es lag nichts Heimliches im Näherkommen des Fremden. Er ging kühn mitten auf der Straße, und Clifford hörte das Tappen eines Stockes. Wer auch immer der Ankömmling sein mochte, er brauchte kein Licht, um den Weg zu finden. Nach einer Weile konnte Clifford die Gestalt erkennen. Der Mann verließ die Straße, kam schnurstracks auf das Haus zu und rief:

»Haben Sie keine Angst! Ich bin allein!«

Es war Fing Su.

»Bleiben Sie, wo Sie sind!« wies Clifford ihn scharf zurück. »Seit wann habe ich denn Angst vor chinesischen Händlern?«

Der Mann stand still, und Clifford hörte ihn lachen. Ein durchdringender, scharfer, aber nicht unangenehmer Duft stieg ihm in die Nase.

»Verzeihen Sie«, sagte Fing Su höflich. »Ich fürchte, ich habe mich ungeschickt ausgedrückt. Ich wollte Sie nur um ein freundschaftliches Gespräch bitten. Ich habe erfahren, daß einige meiner hitzköpfigen jungen Leute Ihnen letzte Nacht ihre Aufmerksamkeit geschenkt haben. Ich habe die Burschen streng bestraft. Doch niemand weiß besser als Sie, Mr. Lynne, daß sie die reinsten Kinder sind. Sie hatten gedacht, ich sei beleidigt worden –«

»Wer ist denn das?« dröhnte Joes Stimme aus dem Wohnzimmer.

Clifford drehte sich wild um und gebot ihm Schweigen. Hatte Fing Su ihn gehört? Und hatte er die Stimme erkannt? Anscheinend nicht.

»Sie haben einen Freund bei sich? Ich finde das sehr klug«, fuhr der Chinese in demselben höflichen Ton fort. »Wie ich bemerkte –«

»Schluß jetzt! Ich verschwende meine Zeit nicht damit, daß ich mir Ihr albernes Gerede anhöre. Ihr Spiel ist aus, Fing Su!«

»Sie täuschen sich!« sagte der Chinese verbindlich. »Mein Spiel geht weiter, und mein Spielfeld ist so groß, wie Sie es sich kaum vorstellen können. Sie sind ein Narr, Lynne, daß Sie Ihr Vermögen nicht mit meinem zusammenwerfen. In fünf Jahren werde ich der mächtigste Mann Chinas sein.«

»Sie wollen China erobern, nicht wahr?« fragte Clifford sarkastisch. »Und Europa vielleicht auch noch dazu?«

»Vielleicht! Ihnen fehlt der Weitblick, mein Freund. Sehen Sie denn nicht, daß meine Rasse in Zukunft alle Kriege siegreich für sich entscheiden wird, allein schon durch die erdrückende Überzahl unserer Truppen? Ein gelbes Berufsheer wird das Schicksal Europas bestimmen. Ein großes Söldnerheer – stellen Sie sich das mal richtig vor, Lynne! –, das sich an den Höchstbietenden verkauft. Ein Heer, das dauernd an der Schwelle Europas steht!«

»Kommen Sie zur Sache! Was wollen Sie von mir?« fragte Clifford schroff.

Fing Su gab sich den Anschein, als habe ihn Cliffords Ton gekränkt, und sagte in vorwurfsvollem Ton:

»Ist es denn notwendig, daß wir Feinde sind, Mr. Lynne? Ich habe nichts gegen Sie, ich will nur zu einem angemessenen Preis eine Gründeraktie von Ihnen erwerben –«

Die Kaltschnäuzigkeit dieser Forderung verschlug Clifford für einen Augenblick die Sprache. In ihm erwachte ein plötzliches Gefühl von Besorgnis. Fing Su würde nicht wagen, diese unverschämte Forderung mit einer solchen Frechheit vorzubringen, wenn er nicht über das Mittel verfügte, sie auch durchzusetzen.

»Und was haben Sie mir dafür zu bieten?« fragte er, und hörte, wie Fing Su scharf die Luft einzog.

»Etwas, das sehr kostbar für Sie ist, Mr. Lynne! Aber Sie haben einen Freund in Ihrem Haus, und ich wünsche nicht, in Gegenwart von Zeugen meinen Vorschlag zu unterbreiten. Wollen Sie nicht ein paar Schritte mit mir die Straße heruntergehen?«

»Gehen Sie voraus«, forderte Clifford. Fing Su wandte sich um und ging vor ihm her.

»Es handelt sich um eine Dame –«, begann er.

Lynnes Hand schoß vor und packte ihn am Kragen. Etwas Hartes preßte sich gegen die Rippen des Chinesen.

»Sie haben Joan Bray entführt, nicht wahr?« stieß Clifford hervor. »Das wollten Sie mir doch wohl sagen!«

»Kein Grund, dramatisch zu werden«, wehrte Fing Su ab.

»Wo ist Miss Bray? Heraus mit der Sprache!«

»Ich bedauere Ihr Verhalten«, meinte Fing Su ölig, »aber wenn Sie mich bedrohen, habe ich keine Veranlassung, die Angelegenheit weiter zu verfolgen, außer –«

Er nahm den Hut ab, als wolle er seine heiße Stirn kühlen, und blickte nachdenklich hinein. Im gleichen Augenblick spritzte aus dem Kopf des Hutes eine dicke Sprühlösung mit heftigem Zischen mitten in Cliffords Gesicht.

Pures Ammoniak, erstickend und ätzend.

In rasendem Schmerz ließ Clifford die Pistole fallen, und der Chinese streckte den Geblendeten mit einem schnellen Faustschlag gegen die Schläfe zu Boden. Hastig kniete er neben ihm nieder und durchsuchte seine Kleidung. Ein Rascheln verriet ihm, daß hier ein Papier eingenäht war.

Doch plötzlich wurde Fing Su abgelenkt. Von der Straße her kam der Klang eilig sich nähernder Schritte, und mit seinen scharfen Augen, die das schwärzeste Dunkel der Nacht durchdringen konnten, erkannte Fing Su die Gestalt einer Frau. Ein Instinkt rettete Joan Bray. Beim Einbiegen in den Fahrweg bemerkte sie die beiden Körper am Boden und blieb entsetzt stehen.

»Wer ist da?« rief sie ängstlich.

Beim Klang ihrer Stimme sprang Fing Su auf: »Miss Bray!«

Joan erkannte den Chinesen und war einen Augenblick wie gelähmt vor Schreck. Als er aber Miene machte, auf sie zuzuspringen, erhob sie mit der Kraft der Verzweiflung die Hand und schleuderte ihm die schwarze Kugel entgegen. Unmittelbar vor Fing Sus Füßen fiel der Ball zu Boden.

Es gab eine gewaltige Explosion, und sofort waren die Straße, der Wald und ganz Slaters Cottage von dem Schein der Magnesiumbombe grell erleuchtet. In panischem Schrecken wandte sich der Chinese um, sprang in den Wald und war einen Augenblick später außer Sichtweite. Obgleich er vom Magnesiumlicht vollständig geblendet war, gelang es ihm doch, bis zu der niedrigen Hecke zu kommen, die ihn von der Straße trennte. In der Nähe sprang irgendwo der Motor eines Autos an, das mit abgeblendeten Lichtern auf der Straße gehalten hatte. Ein ohnmächtiges Mädchen wurde aus dem Wagen gehoben und in den Straßengraben gerollt. Dann raste das Auto mit höchster Geschwindigkeit in Richtung Egham davon.

Eine Viertelstunde später suchte eine Streife die ganze Umgebung nach Mabel Narth ab. Joe Bray hatte das Glück, sie zu finden und zu trösten.

27

Fing Su saß mit untergeschlagenen Beinen auf einem Diwan in seinem starkparfümierten und überelegant eingerichteten Büro. Es war vier Uhr, und die Dächer und Türme von East London hoben sich schwarz gegen die Morgendämmerung ab.

Dies war die Stunde, in der die Großen Chinas ihre Audienzen gaben, und Fing Su in seiner blumengestickten Seidenrobe, seinen seidenen Beinkleidern und weißen Filzstiefeln, trug auf dem Kopf die Insignien eines Ranges, auf den er keinen Rechtsanspruch besaß.

Zwischen den Lippen hielt er eine lange Pfeife mit dickem Rohr und winzig kleinem Kopf, aber er rauchte kein Opium, sondern Tabak.

Ein schwermütig blickendes, kleines Chinesenmädchen hockte auf ihren Fersen in einer Ecke des Raumes, seines leisesten Winkes gewärtig, ihn zu bedienen. Zu Füßen Fing Sus kauerte ein ungesund aussehender Chinese in europäischer Kleidung, einen steifen Hut neben sich.

Fing Su nahm die henkellose Teetasse von dem niedrigen Tischchen an seiner Seite und schlürfte geräuschvoll.

»Von allen Leuten in diesem üblen Land habe ich dich ausgewählt, Li Fu«, begann er und setzte seine Tasse nieder. »Ich werde dich gut bezahlen, und wenn du gut arbeitest, wirst du noch eine große Belohnung erhalten. Dein Name wurde mir genannt wegen deiner Kühnheit, und weil du diese Stadt so viel besser kennst als ich, der die ganze Zeit auf der Universität verbracht hat.«

Das pockennarbige, unergründliche Gesicht Li Fus ließ nicht erkennen, ob er sich unbehaglich fühlte. Er sagte:

»Es gibt ein Gesetz in diesem Lande, das sehr hart mit Ausländern verfährt. Nach diesem Gesetz kann man mich gefangennehmen, auf ein Schiff setzen und nach China zurückschicken. Ich war schon drei Monate in einem Gefängnis, wo niemand mit einem anderen sprechen darf. Und bedenke, Fing Su, in China bin ich ein toter Mann, denn du weißt, daß der Tuchun von Lan-Chou geschworen hat, meinen Kopf in einem Korb über dem Stadttor aufzuhängen.«

Fing Su paffte dicke Rauchwolken gegen die Zimmerdecke.

»Lan-Chou ist nicht ganz China«, überredete er den Mann, »und es wird sich vieles ändern. Wer weiß, vielleicht wirst du eines Tages selbst ein Tuchun sein! Meine Freunde sollen reich belohnt werden. Du wirst viele Geldstücke bekommen, aber keine Kupfermünzen, sondern Gold, reines Gold. Ich kenne einen Ort, wo ein Standbild aus purem Gold steht ...«

Er sprach von Urga, dem mongolischen Mekka, wo es Schreine aus purem Gold und eine große goldene Buddhastatue gab, und wo in den Kellern des lebenden Buddha ein Schatz gehütet wurde, der so ungeheuer wertvoll war, daß ihn niemand schätzen konnte.

Li Fu hörte anscheinend unbewegt zu, aber er war schwankend geworden. Einerseits drohten zwar die dunklen Tore des Gefängnisses von Pentonville, andererseits aber lockte die reiche Belohnung, die ihm in Aussicht gestellt wurde. Er war kein armer Mann, wie es die meisten Chinesen in London sind, aber sein Landsmann hatte ihm den sofortigen Erwerb eines großen Vermögens in Aussicht gestellt.

»Du hast das Glück, eine weiße Frau zu haben«, fuhr Fing Su mit seiner dünnen Stimme fort. »Dadurch wird dies alles höchst einfach, und niemand wird je dahinterkommen.«

Li Fu blickte auf.

»Warum bist du zu mir gekommen? Ich gehöre nicht zu deiner Sippe, und du hast Hunderte von Männern, die dir wie Sklaven gehorchen.«

Fing Su klopfte die Asche aus seiner Pfeife. Durch eine Handbewegung gab er zu erkennen, daß er sie nicht wieder gefüllt haben wollte. Dann lehnte er sich in die seidenen Kissen zurück.

»Der Weise hat gesagt: ›Der Herr befiehlt, der Sklave gehorcht!‹, zitierte er. Aber ich kann nicht hinter jedem meiner Leute stehen und befehlen: ›Tu dies‹ oder ›Tu das‹. Sie gehorchen, ohne zu überlegen, und wenn ich sagen würde: ›Li Fu hat mich beleidigt, tötet ihn!‹, dann würdest du sterben, weil es leicht ist, jemandem das Leben zu nehmen. Aber diesmal muß derjenige, der meine Befehle ausführen soll, selber denken, er muß klug und schlau sein, sonst verliere ich mein Gesicht.«

Li Fu überlegte, sein flinker Geist war beschäftigt. Hier bot sich ihm ein Gewinn, der ihm mehr versprach als sein Kokainschmuggel. Auf diesem Wege konnte er schneller reich werden als durch das Zusammenraffen von Kupfermünzen bei einem verbotenen Glücksspiel. Seine Frau, die nicht ganz weiß war, aber weiß genug, um die Rolle zu spielen, die Fing Su ihr zugedacht hatte, hatte in der Tat schon die Zimmer gemietet, die ein schlimmeres Geschäft tarnen sollten als einen Putzladen. Fing Su wußte, daß Li Fu einen solchen Ausstellungsraum am Fitzroy Square einrichten wollte. Er kannte auch Li Fus Verbindungen, denn die Geheimnisse und das verborgene Treiben der chinesischen Unterwelt waren ihm durch seine Mittelsmänner schon zugetragen worden.

»Zuerst mußt du zahlen!« entschied Li Fu, und dann folgte ein höfliches aber zähes Feilschen, denn niemals schließen zwei Chinesen ein Geschäft ohne zu handeln ab.

Endlich konnte Li Fu gehen.

Der Mann, der nun aus dem kleinen Vorzimmer hereinkam, war daran gewöhnt, daß sein Auftraggeber ihn warten ließ, aber diesmal hatte es länger gedauert als gewöhnlich. Major Spedwell war abgespannt und schlechter Laune.

»Nun, haben Sie die Sache arrangiert?« fragte er kurz.

Fing Su betrachtete ihn aus halbgeschlossenen Augen.

»Ja, es war unvermeidlich!«

»Sie denken, daß Sie das Mädchen ohne viel Aufhebens schnappen können? Ich bin da anderer Meinung.« Spedwell ließ sich in einen Sessel sinken und zündete sich eine Zigarre an. »Sie spielen mit dem Feuer, und ich bin nicht sicher, ob wir nicht in den nächsten zwölf Stunden einen Riesenskandal erleben werden«, fuhr er fort. »Lynne war in Scotland Yard –«

»Scotland Yard –«, murmelte der andere mit einem spöttischen Lächeln.

»Da gibt es nichts zu grinsen!« schnappte Spedwell. »Diese Hunde beißen schnell, wenn sie erst einmal auf der Spur sind. Und ich bin schon seit Tagen beschattet worden.«

Fing Su richtete sich abrupt auf.

»Sie?«

Spedwell nickte.

»Ich habe mir gedacht, daß Sie das interessieren wird. Und ich will Ihnen noch etwas sagen. Miss Bray wird bewacht. Leggat hat mehr Schaden angerichtet, als wir wissen – was wollen Sie übrigens mit ihm anfangen?« fragte er plötzlich und sah Fing Su dabei scharf an.

Fing Su zuckte seine seidenen Schultern.

»Laufenlassen!« meinte er gleichgültig.

Spedwell kaute an seiner Zigarre und blickte auf die weißlackierten Fensterrahmen.

»Der Yard ist alarmiert und bereits in Aktion«, erklärte er mit Nachdruck. »Wenn wir Lynne einsperren – glauben Sie nicht, daß er nachher reden wird?«

»Möglich!« Aus Fing Sus Stimme klangen Ungeduld und Ermüdung. »Auf jeden Fall habe ich entschieden, daß in der geplanten Weise mit ihm verfahren werden soll. Dieses Land erstickt mich!« Er stand auf und ging im Zimmer auf und ab. »So viele Dinge würden ganz einfach sein – in China! Was würde Lynne sein? Ein kopfloser Körper in der Wüste Gobi – oder eine Leiche in irgendeinem Festungsgraben! – Diese Frau interessiert mich.«

Der Chinese blieb stehen und biß sich auf die dünne Lippe.

»Miss Bray?« Spedwell bekam schmale Augen.

»Ja... Sie ist hübsch, sogar sehr hübsch, nicht wahr?« Er nickte. »Ich würde sie gern einmal in der Kleidung unserer Frauen sehen. Und das wäre schrecklich für Lynne. Zu wissen, daß irgendwo im weiten China – an einem unzugänglichen Ort – und mit meinen Truppen zwischen ihr und ihm –«

Spedwell erhob sich langsam, er hatte plötzlich einen gefährlichen Ausdruck im Gesicht.

»Diesen kleinen Traum begraben Sie lieber ganz schnell«, sagte er eisig. »Dem Mädchen darf nichts geschehen – nichts in dieser Art!«

Fing Su lächelte.

»Mein lieber Spedwell, wie amüsant! Was für einen eigenartigen Wert legt ihr Engländer doch euren Frauen bei – ihr seid imstande, dafür große Vermögen aufs Spiel zu setzen! Aber ich habe ja nur gescherzt. Sie ist mir völlig gleichgültig. Ich würde eher alle Frauen der ganzen Welt aufgeben, als Ihre Hilfe und Freundschaft zu verlieren.«

Doch Spedwells Mißtrauen war nicht so leicht beseitigt. Er wußte genau, wann und aus welchem Grunde seine Dienste überflüssig werden würden, denn der Zeitpunkt war nahe, wo Fing Su sich durch einen rücksichtslosen Schritt von allen hindernden Einflüssen befreien würde. Und da er es wußte, war er darauf vorbereitet.

»Wie entwickeln sich die Dinge in China?« erkundigte er sich.

»Die Stunde der Entscheidung ist nahe«, erklärte der Chinese pathetisch. »Die beiden Armeen haben eine Verständigung erzielt. Wei Pa-Fu wird von Harbin abmarschieren, und Chi Sa-Lo hat seine Kräfte in unmittelbarer Nähe von Peking konzentriert. Jetzt ist es nur noch eine Geldfrage. Die Geschütze sind gelandet worden – aber ich hätte sie nicht zu schicken brauchen, denn Wei Pa-Fu hat nur Munition und Ausrüstungsgegenstände angefordert. Nun, wenn ich erst die Verfügungsgewalt über die Yünnanreserven habe, läßt sich alles leicht arrangieren. Die Generale wollen natürlich ihre Belohnung haben –

vier Millionen reichen, um mich zum Kaiser von China zu machen.«

Spedwell drehte nachdenklich an seinem Schnurrbart.

»Und wieviel kostet es, daß Sie Kaiser bleiben?«

Aber Fing Su ließ sich durch diese Frage nicht beirren.

»Wenn ich erst einmal zur Macht gekommen bin, wird es schwierig sein, mich wieder abzusetzen. Ich werde den europäischen Mächten Konzessionen garantieren, dann werden sie schon für meine Herrschaft eintreten.«

Spedwell hörte mit Verwunderung, wie zuversichtlich dieser Kaufmannssohn damit rechnete, sich den Platz auf einem Thron erkaufen zu können, den die Dynastien der Ming und Mandschu sich erkämpfen mußten. Und während Fing Su redete, wurde draußen die Welt immer lichter. Der Tag brach an.

28

Mr. Stephen Narth war die Nacht über in London geblieben, und ausnahmsweise zeigte sich seine Tochter Mabel einmal rücksichtsvoll.

»Es hat keinen Sinn, Vater zu beunruhigen«, erklärte sie ihrer hysterischen Schwester. »Mr. Joseph hat gesagt, daß die Kerle mir gar nichts tun wollten – sie haben mich mit Joan verwechselt.«

Zufällig sah Clifford Mabel weder gleich nach ihrer Rettung noch am nächsten Morgen. Er wußte nur zu gut, daß Mabel mit ihrer Kusine Joan verwechselt worden war, und seine Unruhe stieg. Lynnes erster Weg nach seiner Ankunft in London galt Scotland Yard, und hier erhielt er die befriedigende Auskunft, daß bereits eine Anzahl von Beamten zur Bewachung von Sunni Lodge abgestellt worden war.

»Sie selbst brauchten auch einen Aufpasser«, lächelte der Offizier, als ihm Lynne von dem Ammoniaküberfall berichtete. »Die Ammoniakspritze im Hut ist übrigens ein alter Trick!«

Clifford nickte.

»Ich bin nicht gerade stolz auf mich«, bekannte er.

»Was Miss Bray betrifft, so habe ich bereits einen Mann nach Sunningdale geschickt, der den Befehl hat, sie nicht aus den Augen zu lassen«, bemerkte der Inspektor. »Er hat gerade angerufen, daß das Auto Mr. Narths in Reparatur ist, das erleichtert ihm seinen Auftrag natürlich.«

»Gott sei Dank!« rief Clifford erleichtert und ging in seine Wohnung zurück, um alles für den Streifzug vorzubereiten, den er für die nächste Nacht geplant hatte.

Um fünf Uhr nachmittags rief er Slaters Cottage an, und Joe meldete sich.

»Ich habe gerade mit Joan telefoniert«, erzählte er. »Das Mädchen hat Verstand! Ich habe sie gefragt, für wie alt sie mich hält, und was meinst du wohl, was sie gesagt hat –«

»Sag es mir nicht!« rief Clifford. »Ich hasse den Gedanken, daß sie eine Heuchlerin ist! Aber nun hör zu: Du mußt um elf Uhr hier bei mir sein. Ungefähr um neun Uhr werden zwei Herren zu dir kommen, es sind Kriminalbeamte von Scotland Yard, die Sunni Lodge beobachten sollen. Sobald sie eingetroffen sind, fährst du los. Hast du mich verstanden?«

»Und sie hat gesagt«, fuhr Joe unbeirrt fort, »daß Mabel mich sehr gern hat.«

»Sie wird keine Rivalin haben«, meinte Clifford unhöflich. »Ich will wissen, ob du mich verstanden hast, du verrückter alter Gockel!«

»Ja, ich habe dich verstanden. Aber denk nur, Cliff, Joan sagte, daß Mabel –«

»Vergiß nicht, ich erwarte dich um elf Uhr hier. Und ruf Joan nicht wieder an. Narth oder eine der beiden Töchter könnte entdecken, wer du bist«, warnte Clifford. »Das würde bedeuten, daß du Mabel nicht wieder zu sehen bekommst!«

»Ich kann sie ja gar nicht mehr anrufen, sie ist in die Stadt gefahren.«

»In die Stadt gefahren?« Clifford war betroffen, aber bevor er eine Frage an Joe stellen konnte, fuhr dieser fort: »Sie ist in die Stadt gefahren, um sich Kleider zu kaufen. Dieser Narth kann doch nicht so übel sein, Cliff. Er sagte ihr, sie brauche sich dabei nicht einzuschränken. Gar kein so schlechter Bursche, der alte Stephen!«

Nachdenklich hängte Clifford den Hörer ein. Freigebigkeit und Stephen Narth paßten so wenig zusammen, daß sein Argwohn in hohem Maße geweckt wurde.

Als Joan Bray das Privatbüro ihres Onkels betrat, war sie neugierig, warum Stephen Narth sich plötzlich so großzügig zeigte. Natürlich hatte sie den Wunsch, eine Ausstattung mit in die Ehe zu bringen, und ganz besonders fehlte es ihr an Garderobe. Mr. Narth war nicht gerade verschwenderisch, Joan hatte in den letzten drei Jahren nur zwei Kleider bekommen.

Mr. Stephen Narth saß an seinem Schreibtisch und hatte den Kopf in den Händen vergraben. Als Joan den Raum betrat, fuhr er auf und starrte sie verwirrt an. In dieser Woche war eine außerordentliche Wandlung mit ihm vorgegangen. Er sah verstört aus, war nervös und schrak bei dem leisesten Geräusch zusammen. Selbst in seiner besten Zeit war Stephen leicht gereizt, aber als jetzt das Knacken der Türklinke ihre Ankunft anzeigte, hatte Joan den Eindruck, daß er nur mit Mühe einen Angstschrei unterdrückte.

»Oh! Du! Du bist es, Joan!« keuchte er atemlos. »Nimm Platz, ja?«

Narth versuchte, ein Fach seines Schreibtisches aufzuschließen, aber seine Hände zitterten so, daß er den Schlüssel erst nach mehreren vergeblichen Versuchen in das Schlüsselloch brachte. Endlich gelang es ihm, und er nahm eine Geldkassette heraus.

»Wir wollen alles so machen, wie es sich gehört, Joan.« Seine Stimme klang schrill, und sie sah, daß er kurz vor dem Zusammenbruch stand. »Wenn du dich verheiratest, muß alles so sein, wie der alte Joe es gewollt hätte. Du hast doch den Mädchen nicht erzählt, weshalb du in die Stadt gefahren bist?«

Joan schüttelte den Kopf.

»Das ist gut. Sonst wären sie mitgekommen und hätten auch allerlei kaufen wollen, und das kann ich jetzt nicht bezahlen.«

Narth zog ein Paket Banknoten aus der Kassette und legte es vor Joan hin, ohne zu zählen.

»Kauf alles, was du willst, meine Liebe – aber nur das Beste. Ich möchte dich nur um eins bitten.« Er starrte krampfhaft aus dem Fenster und vermied es, ihren Augen zu begegnen. »Du weißt, Joan, ich habe alle möglichen geschäftlichen Beziehungen, und ich habe meine Hände in mehr Dingen, als die Leute ahnen.« Nervös fuhr er sich über das Gesicht, sein Blick war noch immer zum Fenster gerichtet. Joan wartete gespannt, was jetzt kommen würde. »Ich habe eine Menge Geld in einem Modesalon investiert – bei Madame Ferroni, 704 Fitzroy Square.« Seine Stimme wurde plötzlich heiser. »Es ist nicht gerade ein vornehmes Haus, sie hat mehrere Räume im dritten Stock. Aber es wäre mir sehr angenehm, wenn du einige deiner Kleider bei Madame Ferroni kaufen würdest.«

»Warum nicht, gern, Mr. Narth«, antwortete sie ein wenig belustigt.

»Geh zuerst zu ihr«, sagte er, noch immer an Joan vorbeisehend. »Wenn sie nichts hat, was dir gefällt, brauchst du natürlich auch nicht bei ihr zu kaufen. Aber ich habe ihr versprochen, daß ich dich zu ihr schicke, und es wäre natürlich auch für mich vorteilhaft, wenn sie einen guten Umsatz hat.«

Narth schrieb die Adresse auf eine Karte und reichte sie Joan über den Tisch.

»Noch eins, Joan, laß bitte die Wagen nicht warten. Taxen kosten eine Menge Geld, und in den Modesalons wirst du doch längere Zeit verbringen. Zahle den Chauffeur jedesmal, wenn du in ein Geschäft gehst, Joan. Du bekommst ja leicht wieder ein anderes Taxi. – Nein, zähle das Geld nicht, das spielt gar keine Rolle. Wenn du mehr brauchst, mußt du es mir nur sagen, ich gebe es dir dann. Also auf Wiedersehen!«

Stephens Gesicht war totenblaß und in seinen Augen lag ein Ausdruck, der Joan erschreckte. Sie nahm seine kalte, feuchte Hand und drückte sie, aber er lehnte ihren Dank schroff ab.

»Gehe zuerst zu Madame Ferroni, ja? Ich habe es ihr versprochen.«

Die Tür schloß sich hinter ihr, und Narth wartete, bis Joan das Haus verlassen hatte, dann schob er den Riegel vor. Kaum hatte er das getan, öffnete sich die zweite Tür, und aus dem Sitzungssaal trat Fing Su ein. Narth drehte sich um und sah ihn haßerfüllt an.

»Ich habe es getan!« stieß er hervor. »Wenn aber dem Mädchen irgend etwas passiert, Fing Su –«

Der Chinese lächelte breit und schnippte ein unsichtbares Stäubchen von seinem gutgeschnittenen Anzug.

»Gar nichts wird ihr passieren, mein lieber Freund«, beruhigte er ihn in seiner sanften Art. »Das ist nur ein Zug im großen Spiel. Eine taktische Maßnahme, damit der strategische Plan zum vollen Erfolg führt!«

Narth fingerte am Telefon.

»Am liebsten würde ich sie anhalten«, krächzte er heiser. »Ich könnte Lynne anrufen, und er würde noch vor ihr dort sein –«

Fing Su lächelte wieder, aber er ließ das Telefon und die nervösen Hände nicht aus den Augen.

»Das wäre eine Katastrophe für Sie, Mr. Narth«, sagte er. »Sie schulden uns fünfzigtausend Pfund, die Sie uns nie zurückzahlen können.«

»Nie zurückzahlen?« knurrte der andere. »Sie scheinen vergessen zu haben, daß ich der Erbe Joe Brays bin!«

Der Chinese bleckte grinsend die weißen Zähne.

»Eine Erbschaft ist erst dann etwas wert, wenn der Erblasser gestorben ist!«

»Aber Joe Bray ist tot!« rief Narth beunruhigt.

»Joe Bray« – Fing Su nahm eine Zigarette aus seiner goldenen Dose und zündete sie an –, »Joe Bray ist sehr lebendig. Gestern abend habe ich mit meinen eigenen Ohren seine Stimme gehört!«

29

Noch etwas verwirrt durch das ungewöhnliche Verhalten Stephen Narths, machte sich Joan auf den Weg. Bald aber dachte sie nur noch an ihre Besorgungen, die jeder Frau Freude gemacht hätten, und die ihr unter den gegebenen Verhältnissen besonders angenehm waren. Sie zählte das Geld, als sie im Taxi saß: Es waren dreihundertzwanzig Pfund – eine ungeheure Summe für Joan, die nie mehr als zehn Pfund besessen hatte.

Joan hatte die Karte mit Madame Ferronis Adresse dem Chauffeur gegeben, und in den nächsten zehn Minuten beobachtete sie mit Interesse, mit welcher Gewandtheit er seinen Weg durch den dicken Verkehr nahm.

Am Fitzroy Square standen keine Wohnhäuser, sondern hauptsächlich Geschäftsbauten, wie ein großes Restaurant, ein oder zwei Tanzklubs und zahlreiche Büros. Die Tür des Hauses Nr. 704 war ganz mit Messingschildern bedeckt, die die verschiedensten Gewerbe- und Handelsbetriebe anzeigten, welche in diesem Haus ansässig waren. Ganz oben waren die Worte aufgemalt: ›Madame Ferroni, Modistin, 3. Stock, Rückseite.‹ Joan konnte sehen, daß die Farbe noch feucht war.

Sie entließ den Chauffeur, um Mr. Narths Wunsch nachzukommen, und stieg die Treppe hinauf. Schließlich kam sie, etwas außer Atem, an eine Tür, die in frischer, noch feuchter Schrift den Namen der Modistin trug. Joan klopfte an und wurde sofort eingelassen. Die Frau, die ihr öffnete, hatte ein dunkles, abstoßendes Gesicht. Sie war in Schwarz gekleidet, was ihre gelbe Hautfarbe noch unterstrich. Unter ihren schräggeschnittenen Augen lagen blaue Schatten, ihre Lippen waren dick und ihre Nase breitgedrückt.

Es hätte sie nichts beunruhigt, wenn nicht der Raum, in den sie eintrat, fast leer gewesen und die Tür nicht sofort hinter ihr abgeschlossen worden wäre.

Joan sah sich um, im Zimmer standen außer einem großen Kleiderschrank nur noch ein Sessel und ein gedeckter Teetisch. Der Teekessel dampfte. Aber es waren keine Kleider zu sehen, vielleicht hingen sie in dem großen Schrank.

»Bitte, erschrecken Sie nicht, Miss Bray«, sagte die gelbe Frau und bemühte sich, liebenswürdig zu erscheinen, was ihr flaches Gesicht nur noch unangenehmer machte. »Hier habe ich keine Kleider. Ich empfange hier nur meine Kunden.«

»Warum haben Sie denn die Tür zugeschlossen?« fragte das Mädchen. Obwohl sie ihren ganzen Mut zusammennahm, fühlte sie doch, wie das Blut aus ihren Wangen wich.

Madame Ferroni verneigte sich zweimal in dem ängstlichen Bemühen, das Vertrauen ihres Besuches nicht zu erschüttern.

»Ich möchte nicht gestört werden, wenn ich eine wichtige Kundin hier habe, Miss Bray«, erklärte sie. »Sie wissen, daß Ihr Onkel, Mr. Narth, sehr viel Geld in dieses Geschäft gesteckt hat, und ich möchte ihn zufriedenstellen. Das ist doch verständlich. Die Kleider sind in meinem Geschäft in der Savoy Street, und wir werden sofort hingehen. Dann können Sie sich alles aussuchen, was Sie wünschen. Aber erst würde ich mich gern mit Ihnen unterhalten, um zu erfahren, was Sie brauchen.«

Sie sprach, als ob sie Sätze rezitierte, die sie auswendig gelernt hatte.

»Sie müssen eine Tasse Tee mit mir trinken«, fuhr sie fort. »Das ist eine Gewohnheit, die mir lieb geworden ist, seitdem ich in diesem Land lebe.«

Joan war nicht besonders interessiert an Gewohnheiten, ausgenommen an der Gewohnheit, bei Kundenbesuch Türen abzuschließen.

»Madame Ferroni, ich kann leider nicht länger hierbleiben. Ich werde später noch einmal kommen.«

Joan zog den grünen Vorhang auf, aber sie konnte die Tür nicht öffnen, der Schlüssel war abgezogen.

»Gewiß, wie Sie wollen!« Madame Ferroni zuckte die Achseln. »Aber ich werde meine Stellung verlieren, wenn ich Sie nicht bedienen kann.«

Madame Ferroni trat an den Teetisch, goß die starke, dunkelbraune Flüssigkeit in eine Tasse und gab viel Milch dazu. Dann überreichte sie Joan das Getränk. Joan brauchte eine Erfrischung, ihr Mund war trocken, und das Sprechen fiel ihr schwer.

Joan gab sich alle Mühe, die Frau nicht merken zu lassen, daß sie sich fürchtete, und daß die ungewöhnliche Art, in der diese Modistin ihre Kunden empfing, sie mißtrauisch gemacht hatte. Sie rührte den Tee um und trank ihn hastig, als die Frau den Schlüssel vom Tisch nahm, zur Tür ging und aufschloß. Madame Ferroni drehte den Schlüssel aber zweimal herum, einmal schloß sie auf und ein zweites Mal wieder zu. Doch das bemerkte Joan nicht.

»Jetzt setze ich meinen Hut auf, und dann können wir gehen«, lächelte Madame Ferroni süßlich. »Fitzroy Square gefällt mir nicht, es ist hier so langweilig. Ich sagte Mr. Narth gleich, daß die Kundinnen nicht gern drei Treppen hoch steigen, um Kleider anzuprobieren . . .«

Die Tasse fiel aus Joans Hand und brach in Scherben. Mit der Behendigkeit einer Tigerin sprang Madame Ferroni quer durch das Zimmer, fing das bewußtlose Mädchen auf und legte es sanft auf den Boden.

Kaum hatte sie das getan, als ein lautes Pochen an der äußeren Tür polterte. Madame Ferronis Gesicht wurde grün.

»Ist jemand da?«

Es war eine befehlsgewohnte Stimme, und die Frau zitterte. Ihre Hand faßte den Schlüssel.

Wieder klopfte es.

»Öffnen Sie! Ich kann den Schlüssel innen stecken sehen!«

Madame Ferroni eilte schnell zum Kleiderschrank und hob den losen Boden heraus. Zwischen Fußboden und Schrankboden war ein Zwischenraum von mehr als einem halben Meter. Sie hob Joan auf, legte sie in den staubigen Hohlraum, deckte das Brett über sie und schloß die Schranktür ab. Dann warf sie hastig die Scherben der Teetasse und den Teller durch das Fenster auf den kleinen Hinterhof. Sie schaute sich noch rasch im Zimmer um, ob alles in Ordnung sei, und öffnete schließlich die Tür.

Auf dem Treppenabsatz stand ein Mann. Madame Ferroni kannte die Polizei nicht nur theoretisch, und sie wußte sofort, daß dies ein Mann von Scotland Yard war. Sie hatte einen gelben Ehemann, der ihr schon einmal von einem Mann wie diesem weggeschnappt worden war. Jetzt erkannte sie den Beamten auch wieder, aber sie konnte sich nicht auf seinen Namen besinnen.

»Hallo«, grüßte er. »Wo ist Miss Bray?«

»Miss – ?« Die Frau zog die Stirn kraus, als ob sie den Namen nicht verstanden hätte.

»Miss Bray. Sie ist vor fünf Minuten hierhergekommen.«

Madame Ferroni lächelte und schüttelte bedauernd den Kopf.

»Sie irren sich, außer mir ist niemand hier.«

Der Kriminalbeamte trat in das Zimmer und sah sich um. Er betrachtete den Tisch und die einzelne Teetasse.

»Was ist in dem Schrank?«

»Nichts. Wollen Sie hineinschauen?« forderte Madame Ferroni ihn auf und fügte noch hinzu: »Darf ich wissen, wer Sie sind?«

»Ich bin Sergeant Long von Scotland Yard«, antwortete der Kriminalbeamte. »Sie wissen doch ganz genau, wer ich bin. Vor zwei Jahren habe ich bei Ihnen Haussuchung gehalten und den Chinesen, mit dem Sie verheiratet sind, wegen Rauschgifthandels verhaftet. Öffnen Sie den Schrank!«

Madame Ferroni öffnete achselzuckend weit die Schranktür. Das Bodenbrett lag an seiner alten Stelle, und dem Kriminalbeamten kam nicht der Gedanke, einmal nachzusehen, was zwischen Schrank- und Zimmerboden sein könnte.

»Ist Miss Bray wieder weggegangen? Wollten Sie mir das sagen?« fragte er barsch.

»Ich weiß wirklich nicht, von wem Sie sprechen!«

Der Beamte zog die kleine Karte aus der Tasche, auf die Mr. Narth die Adresse Madame Ferronis geschrieben hatte. Er hatte das Taxi nach Fitzroy Square verfolgt, den Chauffeur angehalten und sich die Karte von ihm geben lassen.

»Sie nennen sich jetzt also Madame Ferroni?«

Die Frau nickte. Plötzlich kam ihr ein Einfall.

»Hier wohnt noch eine andere Madame Ferroni im obersten Stockwerk«, erklärte sie. »Es ist sehr unangenehm, wenn zwei Leute mit gleichem Namen im selben Haus wohnen. Deswegen will ich auch wieder ausziehen.«

Der Kriminalbeamte sah sie scharf an und zögerte.

»Ich will das obere Stockwerk untersuchen. Sie warten hier, und wenn ich oben nichts finde, werden Sie einen kleinen Spaziergang mit mir machen.«

Die Frau schloß die Tür hinter ihm. In einer Zimmerecke war ein kleines Haustelefon. Sie nahm den Hörer ab, drückte auf den Knopf und begann leise und eindringlich zu sprechen.

In der Zwischenzeit hatte der Beamte das obere Ende der

Treppe erreicht. Er sah eine Tür, die gerade vor ihm lag. Er trat näher und klopfte. Eine schrille Männerstimme rief: »Herein!«

Ohne Verdacht zu schöpfen, stieß der Sergeant die Tür auf und trat in den Raum.

Sein dicker Filzhut rettete ihm das Leben, denn der schwere Knüppel, der auf seinen Kopf niedersauste, hätte ihn sonst getötet. Er wankte unter dem Schlag, dann schlug ihm noch jemand mit einer Flasche gegen die Schläfe, und Long fiel zu Boden wie ein Klotz.

30

Joan Bray kam mit dem Gefühl wieder zu sich, daß irgend etwas in regelmäßigen Abständen auf ihren Kopf hämmerte, und bei jedem Schlag zuckte sie zusammen. Es dauerte lange, bevor sie erkannte, daß sie allein war, und daß das Hämmern in ihrem Kopf selbst stattfand ... Sie öffnete die Augen, und ihr Blick fiel auf häßliche, kahle Wände. Keine Fenster, aber im Dach ein Oberlicht, durch das sie den trüben Schein eines regnerischen Tages sah. In einer Ecke war ein steinerner Ausguß. Der tropfende Messinghahn, von dem unaufhörlich ein dünner Wasserstrahl in den schmutzigen Spülstein herabrieselte, zog Joan unwiderstehlich an.

Mühsam kam sie auf die Füße, sie schwankte und mußte sich gegen die Wand stützen, um das Gleichgewicht nicht zu verlieren. Bei jedem Schritt, den sie tat, pochte es in ihrem Kopf, und mit größter Kraftanstrengung tastete Joan sich schließlich bis zum Wasserhahn hin. Sie drehte ihn auf, fing mit den zusammengelegten Händen das Wasser auf und löschte erst mal ihren brennenden Durst. Dann tat sie etwas, wozu die meisten Frauen sich nur schwer entschließen können: Sie hielt ihren Kopf unter den kalten Wasserstrahl und war froh, daß sie kurze Haare hatte. Ihre Kopfschmerzen hatten etwas nachgelassen, und Joan blickte sich nach einem Handtuch um. Sie fand ein ganz neues, sauberes, das über einer Rolle hing, und es hatte ganz den Anschein, als ob es ausdrücklich für ihren Gebrauch bestimmt war. Während Joan sich trockenrieb, begann sie wieder klarer zu denken. Jetzt war sie davon überzeugt, daß dieser Raum für sie eingerichtet worden war. Neben dem Feldbett stand ein Stuhl mit einem Tablett mit Kaffee und Brötchen.

Wie spät mochte es sein? Joans Armbanduhr zeigte halb fünf. Um drei Uhr hatte sie Madame Ferronis verhängnisvolles Zimmer betreten. Seitdem waren eine und eine halbe Stunde vergangen – wohin war sie in dieser Zeit verschleppt worden?

Joan setzte sich auf die Bettkante und versuchte, ihre konfusen Gedanken zu ordnen und einigermaßen Klarheit über ihre Lage zu gewinnen. Unter dem Bett schaute ein Zipfel schmutziger, grüner Sackleinwand hervor, und Joan konnte drei Buchstaben lesen: ›Maj.‹ Entschlossen zog sie den Sack hervor und las die verblaßte Inschrift: ›Major Spedwell, S. & M. Puna.‹ Wer war doch Major Spedwell? Sie versuchte, sich zu erinnern. Irgendwo hatte sie ihn getroffen ... Natürlich, er war bei jenem Lunch in Mr. Narths Büro erschienen, den Clifford Lynne so plötzlich unterbrochen hatte. War sie wohl noch am Fitzroy Square? Und wenn sie nicht mehr dort war, wo befand sie sich jetzt, und wie war sie hierhergekommen ...? Das Oberlicht war aus undurchsichtigem Glas, aber Joan konnte sehen, wie der Regen in kleinen Bächen daran niederfloß, und sie konnte das Sausen des Windes hören.

Joan machte sich keine Illusionen darüber, in wessen Gewalt sie gefallen war. Unwillkürlich brachte sie das dunkle Gesicht Madame Ferronis mit dem gelben Mann in Verbindung, dessen entsetztes Gesicht sie im grellen Licht der Magnesiumflamme gesehen hatte. Sie war in den Krallen Fing Sus! Ihr Herz krampfte sich bei diesem Gedanken zusammen. Und Stephen hatte sie an diesen schrecklichen Ort geschickt ... Diese Erkenntnis tat ihr weh, denn obgleich sie ihn nicht liebte, hatte sie ihn doch niemals einer solchen Niedertracht für fähig gehalten.

Joan sprang auf, als sich die Tür öffnete, und sofort erkannte sie den Mann wieder, der jetzt hereinkam.

»Sie sind Major Spedwell!«, stellte sie fest und war selbst überrascht, wie heiser ihre Stimme klang.

Er war einen Augenblick verblüfft.

»Stimmt, ich bin Major Spedwell. Sie haben ein ausgezeichnetes Gedächtnis, mein Fräulein!«

»Wo bin ich hier?« fragte sie.

»An einem sicheren Ort. Und Sie brauchen keine Angst zu haben, es wird Ihnen nichts geschehen. Ich habe zwar eine Menge auf dem Gewissen« – er zögerte einen Augenblick – »vom Betrug bis zum Totschlag – aber ich bin doch nicht so heruntergekommen, daß ich zulassen würde, daß Fing Su Ihnen etwas antut. Sie sind hier als Gast.«

»Und warum?«

»Das war unvermeidlich!« meinte er mit einem freudlosen Lächeln. »Sie wissen ja Bescheid – Fing Su braucht diese Aktie von Clifford Lynne, und ich glaubte, daß er schon mit Ihnen darüber gesprochen hat. Dieses Papier bedeutet eben ungeheuer viel für uns.«

»Und Sie bilden sich ein, daß Mr. Lynne Ihnen diese Aktie als Lösegeld für mich geben wird?«

»Das ist der Sinn dieser Aktion«, erklärte Spedwell und warf einen verwunderten Blick auf ihr nasses Haar.

Ihre Lippen kräuselten sich.

»Ihr Freund hat anscheinend eine hohe Meinung von der Ritterlichkeit Mr. Lynnes.«

»Oder von seiner Liebe«, antwortete Spedwell ruhig. »Fing Su glaubt, daß Clifford Lynne alles für Sie tut, und daß er ohne Zögern sofort die Aktie herausgeben wird.«

»Nun, dann kann ich mit Vergnügen feststellen, daß Fing Su einen schweren Schock erleiden wird«, sagte Joan. »Mr. Lynne und ich lieben uns nicht – wir werden auch nicht heiraten, denn die Hochzeit ist nicht mehr nötig, weil –«

Sie hielt erschrocken inne, beinahe hätte sie die Rückkehr Joe Brays erwähnt.

»Keine Hochzeit, weil Joe Bray lebt, nicht wahr? Ich bin völlig im Bilde«, lächelte Spedwell sarkastisch. Sein Lächeln kam und ging mit unglaublicher Schnelligkeit. »Tatsächlich sind wir über alles bestens informiert, und gerade deshalb behaupte ich, daß Clifford Lynne sehr in Sie verliebt ist. Hierin bin ich derselben Meinung wie Fing Su.«

Es war nutzlos, dieses Thema noch weiter zu verfolgen, und Joan fragte noch einmal, wo sie jetzt sei.

»In Peckham. Kein Grund, warum Sie es nicht erfahren sollten. Falls es Ihnen gelingt, hier wegzukommen, wird Ihnen das jeder Polizist sagen. Dies hier ist einer der Umkleideräume der Arbeiterinnen, die während des Krieges die Granaten füllten. Er ist nicht sehr komfortabel, aber wir konnten im Augenblick nichts Besseres für Sie finden. Ich allein habe den Schlüssel zu diesem Gebäude, und Sie sind hier genauso sicher wie in Ihrem Zimmer in Sunni Lodge. Also keine Angst!«

»Aber Sie werden mich doch nicht hierlassen, Major?« Joan nannte ihn absichtlich mit seinem Titel, und er war nicht unangenehm berührt durch die Erinnerung an seine ehrenvolle Vergangenheit. Aber er erriet ihre Absicht.

»Ich hoffe, Sie sind vernünftig, mein Fräulein. Es ist umsonst, an meine Ritterlichkeit zu appellieren und mich daran zu erinnern, daß ich im Dienst des Königs stand. Ich habe ein dikkes Fell. Die Armee hat mich wegen Betruges ausgestoßen, und jetzt bin ich soweit, daß ich mich nicht einmal vor mir selbst schäme.«

»Das ist ein langer Weg, Major«, meinte Joan ruhig.

»Ja, ein langer Weg –«, gab er zu. »Das einzige, was ich Ihnen versprechen kann, ist, daß Ihnen kein Leid geschehen wird – solange ich lebe.« Trotz allem glaubte Joan ihm.

Spedwell schloß die Tür hinter sich und verließ das Gebäude auf der Rückseite, wo sein Wagen wartete.

Fing Su war in seinem Büro in Peking House, als Spedwell ankam. Unruhig ging der Chinese auf und ab, die Ungewißheit quälte ihn. Er hatte noch keine Nachricht bekommen, ob es geglückt war, Joan Bray ohne Zwischenfall nach Peckham zu bringen. Es war doch ein ziemlich gewagtes Unternehmen am hellichten Tag.

»Jawohl«, antwortete Spedwell verdrießlich auf seine hastigen Fragen, »sie ist da ganz gut untergebracht.« Er nahm eine

Zigarre, biß das Ende ab und steckte sie in Brand. »Und wie lange wollen Sie das Mädchen da festhalten?«

Fing Su spreizte seine langen, schmalen Finger.

»Wie lange wird Clifford Lynne mich warten lassen?« fragte er zurück. Und dann: »Was macht der Kriminalbeamte?«

»Nahezu tot«, war die lakonische Antwort. »Aber möglicherweise erholt er sich auch wieder. Allein wegen dieser Sache hängt es an einem seidenen Faden, daß man uns beide aufknüpft, Fing Su.«

Das Gesicht des Chinesen wurde aschfahl.

»Tot?« stotterte er unsicher. »Ich habe den Männern doch befohlen, daß –«

»Sie haben befohlen, daß man ihn niederschlagen soll. Und das hat man so gründlich besorgt, daß er um ein Haar gestorben wäre«, entgegnete der andere in seiner kurzen, direkten Art. »Ein Sergeant ist keine besonders wichtige Persönlichkeit, aber wenn er totgeschlagen wird, so ist das einer jener kleinen Irrtümer, die große Folgen nach sich ziehen. Sobald der Mann als vermißt gemeldet wird, ist die Hölle los, und natürlich wird man uns beide in die Zange nehmen.«

»Was war denn sein Auftrag?« forschte der Chinese.

»Er sollte Miss Bray beschatten – ich habe Sie ja gewarnt. Das einzige, was wir noch tun können, ist, ihn auf das Schiff zu bringen. Unglücklicherweise können wir um diese Tageszeit nicht wagen, ihn fortzuschaffen, aber vielleicht ist es später möglich. Sie könnten ihn in ein sicheres Versteck bringen, bis die ganze Sache vorbei ist.«

Spedwell nahm einen Briefbeschwerer vom Tisch, und seine ganze Aufmerksamkeit schien dem geschliffenen Kristall zugewendet zu sein.

»Werden Sie noch andere Passagiere haben?« fragte er.

»Vielleicht fahre ich selbst mit«, überlegte Fing Su laut. »Und in diesem Fall Sie auch!«

»Müssen Sie denn nicht auf Lynnes Aktie warten?«

Der Chinese zuckte die Achseln.

»Die wird schon morgen in den Händen meines Agenten sein«, behauptete er zuversichtlich. »Ich werde bei der Sache natürlich nicht in Erscheinung treten. Wenn ich erst auf hoher See bin, kann man mich nicht mehr damit in Verbindung bringen.«

Major Spedwell lachte rauh.

»Wird Miss. Bray Sie nicht belasten? Oder Stephen Narth?«

Fing Su schüttelte den Kopf.

»Nicht mehr nach heute abend«, erklärte er leise, und Spedwell biß sich gedankenvoll auf die Lippe.

›Nach heute abend‹! Wie würde seine eigene Situation sein – nach heute abend? Er kannte den Mann, mit dem er Geschäfte machte, genau. Fing Su zahlte gut, das war aber auch alles. In der letzten Zeit hatte er an gewissen Anzeichen bemerkt, daß er nicht mehr in Gunst bei seinem Chef stand. Es gab da gewisse Untertöne in der Stimme, einen zufällig aufgefangenen Blick zwischen Fing Su und seinem gelben Assistenten – Major Spedwell war ein gerissener, scharfsichtiger Mann, der ein feines Gefühl für unausgesprochene Dinge hatte.

»Und Leggat?« fragte er.

»Leggat kann zum Teufel gehen – ich bin fertig mit ihm. Ich hatte immer geahnt, daß er unzuverlässig ist, aber endlich wissen wir es.«

»Haben Sie ihn aufgefordert, heute abend an der Loge teilzunehmen?« erkundigte sich Spedwell.

»Nein«, war Fing Sus kurze Antwort.

Dann aber, als ob ihm bewußt geworden wäre, daß seine brüske Art den Verdacht des anderen hervorrufen könnte, fuhr er fort:

»Leggat ist nicht länger tragbar. Er ist ein Trinker und darum gefährlich. Aber Sie, mein lieber Major, sind mir unentbehrlich. Ich wüßte gar nicht, was ich ohne Sie anfangen sollte. Sind Sie mit der Konstruktion der kleinen Landmine fertig?«

Das war nichts weiter als ein Versuch, ihn abzulenken, und der Major war auf der Hut.

»Ah! Was für eine Idee!« rief Fing Su überschwenglich und rollte bewundernd die schwarzen Augen. »Sie sind ein Genie! Einen solchen Offizier könnte ich niemals entbehren!«

Spedwell wußte nur zu genau, daß nichts Geniales an seiner Landmine war – es war eine einfache Zeitbombe. Sie kam zur

Explosion, wenn eine Säure sich zur Bleikammer durchfraß und sich dort mit einer anderen vermischte. Jeder Pionier kannte das! Und Fing Sus Schmeichelei ließ ihn nachdenklich werden.

Major Spedwell hatte eine kleine Wohnung in Bloomsbury. Nach einem technischen Studium war er zur Artillerie gegangen, aber alle seine vorhandenen Fähigkeiten wurden noch übertroffen von dem ihm innewohnenden unfehlbaren Instinkt. Und der zeigte ihm jetzt rotes Licht: Gefahr im Verzug! Spedwell wußte, daß eine gefährliche Schicksalswendung bevorstand, und er hatte sich damit abgefunden, daß diese Wendung nicht zum Guten war.

In den wenigen Stunden, die dem Major noch in seiner Wohnung blieben, bevor er sich mit Stephen Narth traf, nahm er Bleistift und Papier und schrieb systematisch alle Möglichkeiten auf, die sich aus dieser Lage entwickeln konnten. Dann suchte er eine Lösung. Allmählich sah er klarer und fand einen Ausweg, der zwar nicht alles wiedergutmachen konnte, aber doch die Möglichkeit bot, wenigstens eine Person zu retten, vielleicht auch zwei – ihn natürlich eingeschlossen.

Spedwell verbrannte sofort das Papier im Kamin und ging dann in den kleinen Nebenraum, der ihm als Werkstatt diente. Dort arbeitete er eine Stunde lang fieberhaft. Um halb sieben trug er eine Kiste und einen schweren Rucksack auf die Straße, setzte beides mit größter Vorsicht in seinen Wagen und fuhr zum Ratcliff Highway. Durch die engen, verwinkelten Gassen lenkte er sein Auto zum Flußufer. Glücklicherweise fand er sofort einen Bootsmann, der ihn gegen eine angemessene Entschädigung zu einem der schwarzen Schiffe brachte, die im Pool vor Anker lagen. Ein Chinese mit undurchdringlichem Gesicht grüßte ihn vom Fallreep und bot sich an, das Gepäck an Bord zu tragen, doch der Major lehnte ab.

Kapitän und Zahlmeister des Schiffes waren Schwarze; der Zahlmeister war ein gutmütiger Mensch, dem Spedwell einmal das Leben gerettet hatte. Damals hatte der Major Fing Su daran gehindert, seine Wut an dem schwarzen Offizier auszulassen, und dadurch wurde viel Blutvergießen vermieden. Sofort, als Spedwell an Bord kam, ließ er den Zahlmeister rufen.

»Fing Su braucht nicht zu wissen, daß ich hiergewesen bin«, sagte er. »Ich habe hier erwas, das ich mitnehmen will.«

»Kommen Sie denn auch mit, Herr Major?« erkundigte sich der Zahlmeister.

»Vielleicht, ich weiß es noch nicht genau. Die Hauptsache ist, daß niemand erfährt, daß ich diese Sachen an Bord gebracht habe.«

Der Zahlmeister führte ihn in eine große Kabine auf dem Vorschiff.

»Seit wann wird denn dieser Raum wieder für Passagiere benutzt?« runzelte Spedwell die Stirn.

»Er ist noch nie dazu benutzt worden«, antwortete der schwarze Offizier, »aber Fing Su hat befohlen, daß alles für einen Passagier hergerichtet werden soll.«

»Doch nicht für ihn, er hat ja die Kapitänskabine beansprucht. Wer soll die Fahrt denn noch mitmachen?«

Das wußte der Zahlmeister auch nicht. Er zeigte Spedwell einen Behälter, in dem er sein Gepäck unterbringen konnte. Es war eine ziemlich kleine schwarze Truhe mit zwei Krampen für Vorhängeschlösser, die an der Wand befestigt war. Spedwell setzte die Gepäckstücke vorsichtig an der Erde nieder.

»Ich hole die Vorhängeschlösser für Sie«, versprach der Offizier und verschwand.

Seine Abwesenheit war Spedwell sehr erwünscht, denn er mußte noch gewisse heikle Verrichtungen vornehmen, bei denen der Zahlmeister nicht zusehen sollte. Als das erledigt war, füllte er die Truhe mit quadratischen braunen Kuchen auf, die er aus seinem Rucksack nahm. Sie waren in dem zur Verfügung stehenden Raum kaum alle unterzubringen. Gerade hatte er seine Arbeit vollendet und die Truhe geschlossen, als der Offizier zurückkehrte.

Spedwell richtete sich auf und klopfte den Staub von seinen Knien.

»Hören Sie jetzt gut zu, Haki. Wer bedient die Funkstation?«

»Entweder ich selbst oder einer meiner Chinesenboys. Die Anlage befindet sich in meiner Kabine. Weshalb fragen Sie?«

Spedwell überreichte ihm den Schlüssel für die Truhe.

»Stecken Sie ihn ein und lassen Sie ihn niemals herumliegen! Wenn Sie einen Funkspruch von mir bekommen, der besagt: ›Alles in Ordnung!‹, nehmen Sie den ganzen Inhalt aus der Truhe und werfen ihn über Bord. Sie werden meine Botschaft wahrscheinlich erhalten, noch ehe Sie den Kanal verlassen. Haben Sie alles richtig verstanden?«

Haki nickte verblüfft.

»Ich verstehe zwar den Zusammenhang nicht, aber ich werde das tun, was Sie mir gesagt haben, Herr Major. Wollen Sie etwas herausschmuggeln?«

Aber Spedwell gab keine weiteren Erklärungen. Er sagte Haki auch nicht, daß er unter gewissen Umständen einen ganz anderen Funkspruch erhalten würde. Dazu war noch Zeit genug, wenn es wirklich zur Krise kam.

»Aber angenommen, Sie reisen mit uns?« forschte Haki.

»In dem Fall«, erklärte Spedwell mit verzerrtem Lächeln, »kann ich Ihnen die Botschaft ins Ohr flüstern – wenn ich lebend reise!«

31

Joe Bray traf kurz nach zehn Uhr in Mayfair ein. Die Regenwolken hatten den Himmel verdüstert, und so hatte Joe die Dunkelheit ausnutzen können, um früher von Sunningdale wegzufahren. Joe war aufs äußerste gespannt und erregt, denn diese Nacht versprach ein Abenteuer, und Abenteuer liebte Joe mehr als alles andere.

»Gute Idee von dir, Cliff, mich von der Rückseite her ins Haus kommen zu lassen, so konnte mich niemand sehen«, meinte er anerkennend.

»Die Mühe hätte ich dir ersparen können«, brummte Clifford, »Fing Su weiß, daß du am Leben bist.«

Joe machte ein langes Gesicht. Diese Neuigkeit ließ ein Geheimnis platzen!

»Ich habe mir einen Mann in Narths Büro verpflichtet, Perkins heißt er«, berichtete Clifford. »Und es hat mich mehr Zeit als Geld gekostet, ihn auf meine Seite zu bringen – er gehört noch zu der loyalen Sorte von Menschen. – Sind eigentlich die Kriminalbeamten angekommen?«

Joe nickte.

»Ich war ein bißchen enttäuscht, ganz gewöhnliche Leute – sie sehen aus wie du und ich! Kein Mensch würde sie für Kriminalbeamte halten!«

»Das ist doch nur ein Vorteil«, fand Clifford. Und nach einem Augenblick des Nachdenkens fragte er: »Hast du dich noch einmal mit Joan in Verbindung gesetzt?«

»Nein, du hattest es mir doch verboten!«

»Weißt du wenigstens, ob sie zurückgekommen ist?« Cliff seufzte. »Na, jetzt brauche ich mir wenigstens keine großen Sorgen mehr um sie zu machen. Scotland Yard hat einen Mann ganz allein für ihre Bewachung abgestellt. Wahrscheinlich wird er später seinen Bericht durchgeben.«

»Wie hast du es eigentlich fertiggebracht, Cliff, daß Scotland Yard mitmacht?« fragte Joe neugierig. »Und warum haben sie Fing Su dann noch nicht verhaftet?«

»Weil sie noch nicht genügend Beweismaterial in Händen haben, um überhaupt jemand in dieser Angelegenheit festzunehmen«, entgegnete Clifford kurz.

Ihm war jetzt zum Bewußtsein gekommen, wie heftig der Kampf mit den unsichtbaren Streitkräften des Chinesen sein würde.

»Du wirst übrigens bald imstande sein, deine Neugierde in bezug auf Scotland Yard zu befriedigen. Heute abend kommt Inspektor Willing zu mir und wird mit uns den Strom hinunterfahren. Kannst du eigentlich schwimmen, Joe?«

»Ich kann alles, was von einem richtigen Mann erwartet wird«, rief Joe nachdrücklich. »Schlag dir bloß den Gedanken aus dem Kopf, daß ich schon zum alten Eisen gehöre! Ein Mann von fünfzig steht auf der Höhe seines Lebens, das habe ich dir oft genug erklärt!«

Gleich darauf kam Inspektor Willing – ein dünner, ausgemergelter Mann mit beißendem Humor und einer sehr geringen Meinung von den Menschen. Er glich schon eher der Vorstellung, die sich Joe von einem Kriminalbeamten gemacht hatte. Vor allem imponierte ihm, daß der Inspektor äußerst wortkarg war. Das machte auf Joe den Eindruck, daß dieser Beamte unfehlbar sei und sich niemals irren könnte.

»Sie wissen, daß wir die ›Umgeni‹ heute morgen durchsucht haben? Sie wird diese Nacht auslaufen«, sagte Willing.

Clifford nickte.

»Wir haben nichts gefunden, das nach Konterbande aussieht. Vielleicht schicken sie das Zeug später mit der ›Umveli‹ – das ist das Schwesterschiff. Sie liegen Seite an Seite im Pool vor Anker. Aber die ›Umveli‹ läuft erst in einem Monat aus und geht dann nach Newcastle. Haben Sie übrigens irgend etwas von meinem Mann zu sehen bekommen – von Long, das ist der Bursche, den ich auf die Spur von Miss Bray gesetzt habe.« Und als Clifford den Kopf schüttelte, fuhr der Inspektor fort: »Ich war der Meinung, daß er direkt an Sie berichtet hat. Nun, wahrscheinlich ist er mit Miss Bray nach Sunningdale zurückgekehrt. – Sagen Sie, Mr. Lynne, was hat dieser Chinese denn tatsächlich vor?«

»Fing Su will offenbar eine neue Dynastie in China gründen. Dazu müßte er aber erst die Söldnergenerale niederkämpfen, die das ganze Land unter sich aufgeteilt haben. Doch ich glaube, er hat einen leichteren Weg im Sinn – er wird sie kaufen wollen. Jeder General in China hat seinen Preis.«

»Aber was ist mit Narth?« fragte Willing. »Ich kann mir nicht vorstellen, welchen Wert er für Fing Su haben sollte. Der Mann ist kein Genie und auch kein Haudegen!«

»Narth ist für diese Leute in geschäftlicher Hinsicht sehr brauchbar. Er hat die besten Beziehungen zur City und besitzt die Kenntnisse zur Durchführung größerer finanzieller Transaktionen, die Fing Su fehlen. Falls der Chinese Erfolg hat, werden verschiedene, sehr wertvolle Konzessionen zu vergeben sein, und Narth wird Fing Sus Agent werden. Er muß Narth aber noch mehr an sich binden, als das durch sein Darlehen der Fall war, und das wird er dadurch erreichen, daß Narth Logenmitglied der ›Freudigen Hände‹ wird. Dann hält er ihn mit eisernen Ketten.«

Clifford sah auf die Uhr.

»Wir müssen aufbrechen. Ich habe ein Boot mit Elektromotor bestellt, das uns in Wapping erwartet. Haben Sie eine Schußwaffe bei sich?«

»Die brauche ich nicht«, versicherte der Inspektor heiter. »Ich habe einen Spazierstock, der hat es buchstäblich in sich – und er macht auch keinen Lärm. Aber soviel ich sehe, wird es ein verlorener Abend sein. Wir haben die ›Umgeni‹ ja durchsucht –«

»Ich will nicht die ›Umgeni‹ sehen«, unterbrach Clifford ihn. »Das Schwesterschiff an ihrer Seite –«

»Aber das läuft doch nicht vor einem Monat aus?«

»Ganz im Gegenteil!« behauptete Clifford, »es wird noch heute nacht London verlassen.«

Der Inspektor lachte.

»Sie wissen ziemlich wenig über die Schiffahrt. Jedes auslaufende Schiff wird an der Themsemündung angehalten und die Papiere werden genau überprüft. Wenn die nicht in Ordnung sind, darf es gar nicht auslaufen.«

»Sie werden in Ordnung sein«, bemerkte Clifford dunkel.

32

Der Sommerabend war düster und regnerisch. Ein ungleichmäßiger scharfer Nordwind, der bis auf die Knochen durchging, fegte über das Wasser. So war es erklärlich, daß das Hafenbekken heute keine Besucher anlockte. Clifford fand rasch das große elektrische Motorboot am Fuße einer Steintreppe. Schnell stiegen sie ein, das Boot stieß ab und schlüpfte unter dem Heck eines norwegischen Holzdampfers hindurch zur Mitte des Stromes. Ein Polizeiboot rief sie an, war mit der Antwort zufrieden und folgte ihrer Spur. Es war günstig für ihr Vorhaben, daß die Flut vom Meer hereinkam, so konnten sie mit halber Kraft fahren.

Cliffords Plan war, an Bord des Schiffes ein Versteck zu suchen und heimlich bis Gravesend mitzufahren, wo der Lotse an Bord ging, und die Schiffspapiere geprüft wurden. Falls sie entdeckt würden, hatte Willings die notwendige Autorität, um ihre Gegenwart zu rechtfertigen und in elfter Stunde noch eine Durchsuchung nach verbotenen Exportgütern durchzusetzen.

Rechts und links von ihnen lagen Schiffe. Manche waren in Schweigen und Dunkel gehüllt, nur die Signallampen brannten; andere dagegen waren hellerleuchtet. Betäubender Lärm und das Rattern der Winden und Krane tönte zu ihnen herüber. Große Scheinwerfer waren an Deck befestigt und erleuchteten die schwarze Wasserfläche. Ein verspäteter Vergnügungsdampfer fuhr vorüber, Tanzmusik klang auf, er sah aus wie ein schwimmender Palast.

Die vier Männer an Bord des Motorbootes trugen Ölzeug und Südwester. Diese Vorsichtsmaßnahme war berechtigt, denn bevor sie die Mitte des Stromes erreicht hatten, verdichtete sich der Nebel zu Regen.

»Ich wünschte, ich wäre in China, wo das ganze Jahr die Sonne scheint!« murmelte Joe Bray, der zusammengekauert auf dem Boden hockte. Aber niemand antwortete ihm.

Nach einer Viertelstunde flüsterte Inspektor Willing: »Rechts vor uns liegen die Schiffe an der Surrey Side.«

Die ›Umgeni‹ und die ›Umveli‹ waren Schwesterschiffe, man hätte sagen können, Zwillingsschiffe. Ihre schwarzen Rümpfe und Schornsteine kannte jeder, der in dieser Gegend zu tun hatte. Beide hatten dieselbe merkwürdige, überhängende Kommandobrücke und denselben langen Oberbau, der weit nach vorn lief. Auf beiden Schiffen erhob sich nur ein Mast, und beide hatten dieselbe Gallionsfigur, einen vergoldeten Neptun. Man brauchte nicht lange zu fragen, welches von beiden Schiffen die ›Umgeni‹ war, denn ihre Decks waren hell erleuchtet. Als sie in Sichtweite kamen, zog gerade ein kleiner Schlepper drei leere Flußkähne fort. Etwas mehr als eine Schiffslänge von ihr entfernt lag die ›Umveli‹ an Stahltrossen vertäut, eine dunkle, leblose Masse.

»Die ›Umveli‹ haben Sie nicht durchsucht?«

»Nein, das schien kaum erforderlich. Sie liegt erst seit acht oder neun Tagen im Strom und ist die ganze Zeit am Entladen.«

»Tagsüber«, bemerkte Clifford mit Nachdruck. »Aber bei Nacht kann sie durchaus wieder Ladung aufnehmen!«

Die hellen Lichter der ›Umgeni‹ beleuchteten auch die Steuerbordseite des Schwesterschiffs, und Lynne nahm einen Kurs, der ihn in den Schatten des Dampfers brachte.

»Für ein leeres Schiff liegt sie reichlich tief im Wasser, nicht wahr?« fragte er, und der Inspektor gab ihm recht.

»Die ›Umveli‹ soll mit Ballast nach Newcastle ins Dock gehen, sie muß repariert werden«, entgegnete er. »So bin ich jedenfalls unterrichtet worden.«

Man konnte die beiden Schiffe nicht gut verwechseln, in meterhohen Buchstaben stand ›Umgeni‹ am Rumpf. Als sie auf die dunkle Seite der ›Umveli‹ kamen, blickte Lynne auf. Sie fuhren unter dem Heck durch, und er entdeckte etwas, das ihn außerordentlich interessierte.

»Sehen Sie einmal dorthin«, murmelte er und zeigte in eine bestimmte Richtung.

»Die Buchstaben ›vel‹ sind am Heck entfernt worden.«

»Zu welchem Zweck?«

»Sie tauschen ihre Namen aus – das ist alles!« sagte Clifford lakonisch. »In zwei Stunden fährt die ›Umveli‹ mit den Schiffspapieren der ›Umgeni‹ die Themse hinunter, und morgen schaukelt die umgetaufte ›Umgeni‹ hinaus nach Newcastle.«

Sie fuhren in tiefem Schweigen; das dunkel gestrichene Motorboot war für das gewöhnliche Auge nicht sichtbar. Trotzdem wurden sie von einer schrillen Stimme angerufen, als sie in der Höhe einer herabgelassenen Strickleiter vorbeifuhren.

»Was ist das für ein Boot?«

»Wir fahren vorbei«, schrie Lynne barsch.

Er stellte sein Nachtfernglas auf das Schiff ein und erkannte bald darauf einen zweiten Wachtposten auf dem Vorderdeck; und, was noch wichtiger war – auf der Kommandobrücke standen drei schattenhafte Gestalten, und aus dem großen Schornstein stieg Rauch auf.

»Für ein leeres Schiff ziemlich viel Bewachung«, stellte er fest.

Er erwartete, daß auch der Posten auf dem Vorderdeck ihn anrufen würde, aber anscheinend war dieser Mann nicht so wachsam wie sein Kamerad. Als Clifford bemerkte, daß der Posten sich abwandte und langsam auf die andere Seite hinüberging, ließ er das Motorboot so beidrehen, daß es unter das Bugspriet zu liegen kam.

Dann faßte er mit einem gummiüberzogenen Bootshaken die Ankerkette und brachte das Fahrzeug zum Stehen. Im nächsten Augenblick hatte Cliff sich aus dem Boot geschwungen und klomm Hand über Hand in die Höhe, bis er den Arm um das Bugspriet legen konnte. Als er vorsichtig über das Vorderdeck spähte, hörte er eine entfernte Stimme einen Namen rufen. Der Wächter ging fort und kam außer Sichtweite. Sofort winkte Clifford nach unten, und als erster kam Willing herauf; ihm folgte Joe Bray, der eine ganz besondere Behendigkeit bewies, und beide folgten Clifford durch das leere Schiff. Verabredungsgemäß drehte der Führer des Motorbootes ab, nachdem er sich überzeugt hatte, daß alle drei sicher an Bord waren, und das kleine Fahrzeug verschwand in der Nacht.

»Wir wollen hinuntergehen«, flüsterte Lynne, eilte voraus und stieg vorsichtig den Niedergang hinunter, jeden Augenblick darauf gefaßt, daß man ihn anrufen würde.

Aber auch unten war alles menschenleer. Aus einer offenen Tür im Vorschiff hörte man den Klang einer Mundharmonika, von oben kam das Klopfen eines Hammers gegen einen Eisenkeil, wo noch verspätet eine Ladeluke geschlossen wurde. Ein enger Gang führte von hier bis unter das Hauptdeck. Wenn sie dieses erreichten, ohne die Aufmerksamkeit der Männer auf der Kommandobrücke zu erregen, bestand die Möglichkeit, ein Versteck ausfindig zu machen. Im Schatten der Reling kriechend, gelangten sie schließlich ohne Zwischenfall an ihr Ziel und entdeckten auch einen Platz, an dem sie sich verbergen konnten. Unmittelbar unter der Brücke und genau zwei Decks tiefer lag eine große Kabine. Nach den Schrammen und der Verfärbung der Wände zu schließen, hatte man früher Stückgut darin verstaut. Jetzt ließen zwei trübe brennende Wandlichter erkennen, daß dieser Raum als Passagierkabine dienen sollte. Ein Tisch und einige Stühle standen darin, ein großes Paket mit der Aufschrift einer bekannten Londoner Buchhandlung lag auf dem Tisch, und ein nagelneuer Teppich bedeckte den Fußboden. Er mußte erst vor ganz kurzer Zeit dorthin gelegt worden sein, denn er rollte sich noch an den Kanten. Obwohl der Raum die ganze Breite des Schiffes einnahm, war er doch nicht mehr als drei Meter tief. In der hinteren Eisenwand befanden sich zwei schmale Türen. Die eine war mit einem Vorhängeschloß versehen und mit Bolzen befestigt, die andere war nur angelehnt. Clifford stieß sie auf und ging in die Kammer, die er mit seiner Taschenlampe absuchte, ohne jedoch etwas Besonderes zu entdecken.

Es war nur eine winzige Kabine ohne Fenster. Frische Luft wurde durch einen Deckenventilator zugeführt. Die Atmosphäre war rein, und es herrschte ein angenehmer Luftzug. In einer Ecke war ein schmales Messingbett an der Wand verklammert, in der Ecke gegenüber ein kleines Duschbad eingerichtet. Ein mit Schnitzereien überladener Kleiderschrank, der viel zu groß für einen so kleinen Raum war, vervollständigte die Einrichtung.

Als Clifford hörte, daß sich Schritte näherten, winkte er seine beiden Gefährten in die Kammer hinein. Er spähte durch die nicht ganz geschlossene Türöffnung und sah einen chinesischen Matrosen in die größere Kabine eintreten. Der Mann schaute sich um, ging sogleich zur Tür zurück und rief etwas. Ein anderer Matrose kam zu ihm, und sie sprachen miteinander in einer Mundart, die weder Joe Bray noch Clifford verstanden. Die Männer waren offenbar Südchinesen, und der Inhalt ihres Gesprächs schien sie sehr zu belustigen, denn sie unterbrachen ihre Unterhaltung oft durch rauhes Gelächter.

Plötzlich streckte einer der Männer seine Hand aus, faßte die Tür der inneren Kabine und schlug sie zu. Bevor Clifford noch recht wußte, was geschah, hörte er schon den Riegel einschnappen und auch noch die Tür der größeren Kabine zuklappen. Sie waren in der Falle!

Es war ein Tag ununterbrochenen Elends für Mr. Stephen Narth gewesen. Der Rest von Gewissen, den sein hartgesottener Egoismus noch übriggelassen hatte, war überraschend empfindsam im Bewußtsein des Bösen, das er einem unschuldigen jungen Mädchen angetan hatte. Wieder und wieder rief Stephen sich Fing Sus Versprechen ins Gedächtnis zurück, daß dem Mädchen gewiß kein Leid geschehen werde – und wieder und wieder sagte ihm seine Vernunft, daß er sich selbst belüge. Und um das Maß seines Elends voll zu machen, traf ihn wie ein Blitz aus heiterem Himmel die Nachricht, daß Joe Bray am Leben war, und daß der Reichtum, den er fast schon greifen konnte, sich in Schaumgold verwandelt hatte.

Joe Bray lebte!

Er hatte sich einen großartigen Scherz mit seinem Erben erlaubt. Jetzt gab es für Stephen überhaupt keinen Ausweg mehr, nur noch die Hoffnung auf die Redlichkeit Fing Sus.

Stephen Narth war ein zu intelligenter Mann, um daran zu glauben, daß der Chinese alle seine Versprechungen einhalten würde. Und noch standen fünfzigtausend Pfund auf dem Spiel. Selbst der wirklichkeitsfremdeste aller Chinesen würde den Anspruch auf dieses Geld nicht aufgeben, wenn Stephen Narth plötzlich die Beziehungen zu ihm abbrechen wollte. Dann wäre Stephen bankrott; aber was war ein Bankrott schließlich? Ein unglückseliger Zwischenfall, der jedem zustoßen konnte, und der schon manchen getroffen hatte, der besser und höher gestellt war als Stephen Narth. Wenn Narth seinen Bankrott erklärte, konnte der ehrgeizige Chinese hinter seinem Geld herpfeifen!

Dies war der einzige tröstliche Gedanke, den er an diesem Nachmittag hatte. Aber er fühlte jetzt schon eine leichte Übelkeit bei der Aussicht, die Aufnahmezeremonie bei den ›Freudigen Händen‹ über sich ergehen lassen zu müssen und damit auf einer Stufe mit diesem spitzbübischen Gelben zu stehen.

Stephen war Mitglied zweier Logen, die als ›geheim‹ gelten wollten, und seine Kenntnis der dort üblichen Bräuche ließ ihm auch die meisten Aufnahmeformalitäten nicht absonderlich erscheinen. Er betrachtete den bevorstehenden Abend als eine ermüdende und unangenehme Zeitverschwendung. Ein Abstecher nach South London war zu jeder Tages- und Jahreszeit ein erbärmliches Unternehmen, aber die Aussicht, um Mitternacht dorthin fahren und sich zwei Stunden lang in Gesellschaft chinesischer Kulis aufhalten zu müssen, widerte ihn an.

Spedwell speiste mit Stephen Narth in seinem Hotel und tat sein Bestes, ihm die kommende Feier zu erläutern. Der Major mit dem mageren Gesicht und den ruhelosen, stechenden dunklen Augen war zwar äußerst zungenfertig, es gelang ihm aber doch nicht ganz, Stephen Narth von seinem Abscheu gegen die Zeremonie abzubringen. Narth war auch nicht gerade wählerisch in seinen Mitteln, aber hinter ihm stand eine Ahnenreihe mit großer Tradition; und je mehr er über seine Situation nachdachte – wenn er es sich überhaupt erlaubte, darüber nachzudenken –, um so mehr haßte er den Gedanken an die Ereignisse dieses Tages und der kommenden Nacht.

»Es ist nichts Widerwärtiges dabei«, sagte Spedwell schließlich und zündete sich eine lange schwarze Zigarre an. »Wenn überhaupt jemand eine Ahnung davon hat, bin ich es. Sie scheinen vergessen zu haben, Narth, daß ich alle möglichen Eingeborenenkompanien befehligt habe, Inder und andere. Das waren Leute von hoher Kaste mit hervorragender Bildung, die sich durchaus mit Europäern messen können. Sie dürfen sich nicht einbilden, daß ich mich mit dem Abschaum Asiens gemein machen würde!«

»Das ist doch ganz etwas anderes«, fuhr Stephen ihn an. »Sie sind ein Glücksritter und können sich allem anpassen. Was ist mit Joan passiert?«

»Es geht ihr gut, und Sie brauchen sich ihretwegen keine Sorgen zu machen«, versicherte Spedwell. »Ich werde nicht zulassen, daß dem Mädchen irgend etwas geschieht, darauf können Sie sich verlassen.«

Für Stephen gingen die Stunden viel zu schnell vorüber, und es war kurz vor Mitternacht, als sie sich zusammen nach Piccadilly auf den Weg machten. Spedwells Wagen wartete dort, und widerwillig stieg Stephen ein. Den ganzen Weg über quälte er Spedwell mit Fragen über Fing Sus Pläne. Warum wollte der Chinese unbedingt, daß Stephen in den Geheimbund eintrat? Welche Rolle war ihm zugedacht ...?

Spedwell antwortete geduldig, aber er war sichtlich erleichtert, als der Wagen durch eine Seitenstraße nahe der Kanalbrücke in die Old Kent Road einbog.

»Wir sind da«, erklärte er, und sie stiegen aus.

Sie mußten noch fünf Minuten gehen, bevor sie zu einer engen Gasse kamen, die neben einer hohen Ziegelmauer entlanglief. Die einzige Beleuchtung kam von einer Straßenlaterne am Eingang der Gasse, die offenbar einem doppelten Zweck diente: den Durchfahrtsverkehr zu verhindern und der schmutzigen Straße ein recht trübes Licht zu spenden. Der Regen prasselte herunter, und Stephen Narth zog seufzend den Mantelkragen hoch.

»Was ist das hier?« fragte er mürrisch.

»Unsere Fabrik – oder unser Lagerhaus«, antwortete Spedwell.

Er blieb vor einer Tür stehen, bückte sich, schloß auf und öffnete.

Stephen Narth war voller Widerstreben.

»War es denn notwendig, daß ich im Frack kommen mußte?« nörgelte er.

»Unbedingt notwendig«, versicherte Spedwell. »Geben Sie mir Ihren Arm, ich werde Sie führen.«

Soweith Narth bei dem Licht der Taschenlampe seines Begleiters erkennen konnte, wurde er zu einem kleinen Schuppen gebracht, der gegen die Mauer gebaut war. In dem Raum standen nur zwei alte Windsor-Stühle.

»Na, jedenfalls ist es hier trocken«, bemerkte Spedwell und leuchtete ringsherum alles ab. »Sie bleiben einstweilen hier, ich muß Fing Su Ihre Ankunft melden.«

Als Narth allein war, ging er unruhig in dem kleinen Raum hin und her. Er war gespannt, ob Leggat auch anwesend sein würde. Hoffentlich war die Aufnahmezeremonie nicht zu grotesk! Plötzlich hörte er, wie sich der Schlüssel im Schloß drehte, und Spedwell kam herein.

»Sie können Ihren Mantel hierlassen, wir haben nur ein kleines Stück zu gehen.«

Wie befohlen, hatte Mr. Narth Frack und weiße Binde angelegt, und jetzt zog er ein Paar weißer Glacéhandschuhe aus der Tasche und streifte sie über.

»Gehen wir!« erklärte Spedwell, drehte das Licht aus und führte ihn hinaus.

Sie gingen einen kiesbedeckten Weg entlang, der an einer Treppe endete. Diese schien tief in die Erde hinabzuführen. Oben am Eingang zu den Stufen standen zwei regungslose, unheimliche Gestalten. Als die beiden näher kamen, wurden sie angerufen. Narth verstand die Sprache nicht.

Spedwell senkte seine Stimme und zischte etwas. Dann faßte er Narth am Oberarm und stieg mit ihm die Treppe hinunter. Vor einer zweiten Tür wurden sie wieder aufgehalten, und wieder antwortete Spedwell. Dann wurden sie eingelassen. Mit festem Griff führte Spedwell ihn in eine lange, phantastisch geschmückte Halle. Aber jetzt, bildete Narth es sich nur ein – oder zitterte Spedwells Hand wirklich?

Vor ihnen lag ein langer Gang, und bei dem, was er nun sah, hätte Stephen fast einen hysterischen Lachanfall bekommen. Auf jeder Seite des Ganges waren Reihen und Reihen von Chinesen, und jeder dieser Chinesen war in einen schäbigen, schlechtsitzenden Frack gekleidet. Die Frackhemden waren nur vorgetäuscht – statt dessen trugen sie nur Einsatzstücke. Stephen sah, daß bei einem Mann das Ende des Chemisetts herausguckte und seitlich den braunen Körper des Mannes freiließ. In jedem der Vorhemdchen funkelten zwei blitzende Steine als Hemdknöpfe, und man brauchte nicht vom Theater zu sein, um sie als Imitationen zu erkennen. Feierlich und furchterregend stierten sie ihn an, diese seltsamen Gespenster in ihrer lumpigen Gesellschaftskleidung.

Mit halboffenem Munde starrte Narth von einer Seite auf die andere. Alle diese Chinesen trugen weiße Halsbinden, die auf merkwürdige Weise zusammengeknüpft waren, jeder hatte die Hände in weißen Baumwollhandschuhen auf die Knie gelegt. Dunkel kam ihm die Erinnerung, daß er etwas Ähnliches schon einmal gesehen hatte ... Damals war es eine schwarze Sängertruppe, die in der gleichen Haltung dagesessen hatte ... ebenfalls die weißbehandschuhten Hände auf den Knien ...

In vier großen blauen Vasen brannte chinesisches Räucherwerk, und der süßliche Dunst erfüllte den ganzen Raum.

Jetzt blickte Stephen geradeaus. Hinter einem weißen Altar saß auf einem Thron Fing Su selbst. Über dem Frack – seine Diamantenknöpfe waren allerdings echt – trug er ein rotseidenes Gewand. Auf seinem Haupt erhob sich eine riesige goldene Krone, die mit kostbaren, funkelnden Steinen besetzt war. Seine Rechte hielt einen goldenen Stab, die Linke eine glitzernde Kugel, die im Licht der opalfarbenen Lampen aufleuchtete. Plötzlich brach Fing Sus Stimme das Schweigen.

»Wer ist es, der kommt, mit den ›Freudigen Händen‹ zu sprechen?«

Narth sah das Symbol der Gesellschaft, die vergoldeten Hände, über Fing Sus Haupt schweben.

Aber bevor er dieses Bild noch richtig betrachtet hatte, kam Spedwells Antwort:

»O Sohn des Himmels, der du ewig leben mögest! Dieser, dein geringster Sklave, kommt, um deinen Thron anzubeten!«

Unmittelbar nach diesen Worten, wie von einem unsichtbaren Dirigenten geleitet, begannen die gelben Männer einen Chorgesang.

Sie hörten ebenso abrupt auf wie sie begonnen hatten.

»Laß ihn näher kommen!« befahl Fing Su.

Spedwell war verschwunden; vielleicht stand er jetzt hinter ihm, vermutete Narth, wagte aber nicht, sich umzudrehen. Zwei dieser gelben Männer im Frack führten Narth jetzt langsam durch die Halle. Flüchtig bemerkte er, daß das Beinkleid des Mannes zu seiner Rechten um eine Handbreit zu kurz war. Aber für Narth war die Sache jetzt nicht mehr komisch. Ein Gefühl panischer Angst bedrückte ihn, und ihn quälte die Vorahnung eines schrecklichen Ereignisses, das seine Phantasie sich nicht auszumalen vermochte. Die Lust zu lachen war ihm längst vergangen, obwohl seine Augen zu beiden Seiten des Ganges die absurdesten Dinge wahrnahmen.

Und dann sah Stephen den Altar mit dem Diamantenrahmen, und die verhüllte Gestalt eines Mannes lag darauf hingestreckt, von einem weißen Tuch völlig verdeckt. Narth starrte wie betäubt – ein großes rotes Herz war auf dem Tuch befestigt. Er versuchte, seine Gedanken zusammenzunehmen, aber er war wie gebannt von der regungslosen Gestalt unter dem roten Herzen ... Am Saum der Decke war ein chinesisches Schriftzeichen in roter Farbe.

»Es ist nur ein Symbol – nur eine Wachsfigur«, flüsterte ihm eine Stimme ins Ohr.

Spedwell stand also doch hinter ihm. Diese Gewißheit ließ Stephen wieder Mut fassen.

»Sprich mir nach« – Fing Sus tiefe, feierliche Stimme füllte den ganzen Raum – »Ich will den ›Freudigen Händen‹ treu ergeben sein ...«

Wie im Traum wiederholte Narth die Worte.

»Ich will das Herz aller ihrer Feinde durchbohren.«

Auch diese Worte wiederholte er. Seine Gedanken schweiften ab. Wo war Leggat? Er hatte erwartet, Leggat hier zu sehen. In seinem Gesichtskreis konnte er nichts von dem dicken, jovialen Mann entdecken.

»Durch dieses Zeichen« – Fing Su sprach weiter – »gebe ich den Beweis meiner Treue, meiner Wahrhaftigkeit und meiner Bruderschaft ...«

Jemand schob ihm etwas in die Hand. Es war ein langer gerader Dolch, scharf wie ein Rasiermesser.

»Halten Sie ihn über die Gestalt«, sagte ihm eine Stimme ins Ohr, und mechanisch gehorchte Stephen. Dabei wiederholte er, ohne den Sinn der Worte zu erfassen, den Eid, den ihm der Mann auf dem Thron vorsprach.

»So sollen alle Feinde des Kaisers sterben!« endete Fing Su.

»Stechen Sie ins Herz!« flüsterte Spedwells Stimme. Stephen stieß mit aller Kraft zu.

Unter dem Messer gab etwas nach, Narth spürte ein Zittern. Und dann färbte das weiße Tuch sich plötzlich rot. Mit einem Schrei packte Stephen die Hülle und schlug sie zurück ...

»O mein Gott!« schrie er.

Er blickte in das tote Gesicht Ferdinand Leggats.

Er hatte Leggat getötet! Mit seinen eigenen Händen hatte er ihn umgebracht! Er, der nicht einmal ein Kaninchen erschlagen konnte, hatte diesen Mann erdolcht. Der rote Fleck auf dem weißen Laken wurde größer und größer. Stephens Hände färbten sich mit diesem schrecklichen Blut, und er wandte sich mit einem irren Schrei um und wollte mit dem Teufel kämpfen, der ihm den Befehl ins Ohr geflüstert hatte.

Auf Spedwells Zügen zeigte sich Entsetzen. Er streckte den Arm aus, um sich zu schützen, aber die blutigen Hände griffen nach seiner Kehle und warfen ihn zu Boden. Doch dann erhielt Narth irgendwoher einen furchtbaren Schlag, und er taumelte vornüber, sank auf seine Knie und stürzte auf die Fliesen, kreischend und tobend. Stephen Narth hatte den Verstand verloren.

Die langen Reihen der gelben Männer saßen bewegungslos und beobachteten den Vorgang. Die falschen Diamanten glitzerten in ihren Vorhemden, und ihre weißen Hände ruhten auf ihren Knien.

Eine Stunde später kam Major Spedwell in das Zimmer, das für Fing Su bei seinen häufigen Besuchen in der Fabrik reserviert war. Der Chinese blickte von seinem Buch auf und schnippte die Asche seiner Zigarette in eine Silberschale.

»Nun, was macht unser empfindsamer Freund?« fragte er.

Spedwell schüttelte den Kopf, er schien um zehn Jahre gealtert zu sein. Noch trug er den Abdruck einer blutigen Hand auf seinem weißen Hemd.

»Völlig wahnsinnig!« sagte er kurz. »Ich glaube, er hat tatsächlich den Verstand verloren!«

Fing Su lehnte sich mit einer ungeduldigen Geste in seinen Polstersessel zurück.

»Das hatte ich nicht erwartet«, erklärte er leicht verärgert; »wer hätte sich auch vorstellen können, daß ein erwachsener Mann sich so aufführen würde? Der Bursche ist eben ein Feigling und ein Außenseiter!«

Spedwell gab keine Antwort. Vielleicht dachte er darüber

nach, ob bald der Tag kommen würde, an dem man ihn selbst aus Gründen der Zweckmäßigkeit auf den Marmoraltar legen und einen Novizen den Dolch in sein Herz stoßen lassen würde.

»Die Idee war genial und hätte einen besseren Abschluß verdient!« behauptete Fing Su. »Leggat war ein Verräter, er hatte den Tod verdient. Möglicherweise wird unser Freund Narth später anders darüber denken – wenn er wieder zu sich kommt und erkennt, daß er jetzt nicht mehr zurück kann!«

Spedwell ließ den anderen nicht aus den Augen.

»Mir hatten Sie aber gesagt, daß das Opfer der Yünnan-Mann sein sollte – der Bursche, der in Lynnes Hände gefallen war. Ich verabscheute diesen Plan, und trotzdem habe ich zugestimmt! Gott! Als ich Leggats Gesicht sah!«

Spedwell trocknete seine schweißnasse Stirn, sein Atem ging schneller.

Fing Su schwieg und wartete.

»Wie haben Sie Leggat in Ihre Gewalt bekommen?« fragte Spedwell endlich.

»Er kam von selbst. Wir gaben ihm etwas zu trinken – er hat nichts gemerkt«, meinte Fing Su beiläufig. »Leggat war ein Verräter, das wissen Sie. Jetzt ist er tot, und es ist vorbei mit ihm. Und was Narth angeht – auch sein Leben ist in unserer Hand.«

Fing Su entfernte sorgfältig seine abgebrannte Zigarette aus der Ebenholzspitze, steckte eine andere hinein und zündete sie an, bevor er fragte:

»Wo haben Sie Narth hingebracht?«

»In den Steinschuppen. Er wird nicht mehr schreien, ich habe ihm Morphium gegeben. Es bleibt nur noch eins zu tun, Fing Su, und das ist, den Mann so schnell wie möglich außer Landes zu schaffen. Die ›Umveli‹ läuft heute aus; nehmen Sie ihn an Bord –«

»Auch das Mädchen!«

Spedwells Augen verengten sich.

»Was meinen Sie damit? Sie halten Joan Bray hier in London doch nur so lange fest, bis Sie von Lynne die bewußte Aktie bekommen.«

Der Chinese paffte gedankenversunken, auf seiner niedrigen Stirn zeigten sich Falten.

»Das war meine ursprüngliche Absicht«, gab er zu. »Aber in den letzten Stunden hat sich viel ereignet... Ich bin geneigt, meinen Plan zu ändern. Wir könnten sie zur chinesischen Küste und auf einem der Ströme ins Innere bringen, ohne Aufsehen zu erregen.« Er blies eine Rauchwolke zur Zimmerdecke und beobachtete, wie sie sich auflöste. »Sie ist sehr schön!« murmelte er.

Major Spedwell erhob sich, ging langsam auf Fing Su zu und stützte seine Hände auf die Tischplatte:

»Sie wird in England bleiben, Fing Su!« erklärte er langsam und nachdrücklich. Eine Sekunde sahen sie sich gespannt in die Augen, dann lächelte der Chinese.

»Mein lieber Major Spedwell«, machte er ihm klar, »in einer solchen Organisation kann es nur einen Chef geben, und dieser Chef – ich möchte das nachdrücklich betonen –, dieser Chef bin ich. Wenn ich wünsche, daß sie in England bleibt, wird sie hierbleiben. Und wenn es mein Wunsch ist, daß sie mit nach China kommt, wird sie mitkommen. Ist das deutlich genug?«

Spedwells Hand bewegte sich so schnell, daß Fing Su nur eine verschwommene Wahrnehmung hatte. Im Bruchteil einer Sekunde zeigte eine schwarze Mündung auf Fing Sus weiße Weste.

»Sie bleibt hier!« befahl Spedwell.

Einen Augenblick lang verzerrte sich das Gesicht des Chinesen. Seine Züge verrieten solche Furcht, wie der Major sie vorher noch nie gesehen hatte. Dann aber hatte Fing Su sich wieder in der Gewalt und zwang sich zu einem Lächeln.

»Wenn Sie es wünschen, mag sie hierbleiben. Es hat keinen Sinn, zu streiten. Wo ist sie jetzt? In der Fabrik? Gehen Sie und bringen Sie Miss Bray hierher.«

Spedwell war über diese unerwartete Aufforderung erstaunt. »Ich dachte, Sie wollten sie nicht wissen lassen, daß Sie Ihre Hand im Spiel haben?«

»Das hat jetzt keine Bedeutung mehr«, wehrte der Chinese ab, »holen Sie sie nur.«

Spedwell war gerade an der Tür, als er hörte, wie leise eine Schublade aufgezogen wurde. Blitzschnell drehte er sich um. Ein Geschoß streifte an seinem Gesicht vorbei und zersplitterte die Holzverkleidung der Tür. Er hob seine Pistole, und Fing Su warf sich zu Boden. Einen Augenblick zögerte Spedwell noch, dann stürzte er davon, in den großen Raum, der vor dem Zimmer des ›Kaisers‹ lag.

Es war ein Lagerraum, der völlig mit Stückgut angefüllt war. Drei schmale Wege führten zu den großen Toren am anderen Ende. Spedwell hatte nur eine einzige Möglichkeit zu entkommen. Am rückwärtigen Ende der Lagerhalle sah er das Schaltbrett, das die Lichtversorgung in diesem Flügel der Fabrik regelte. Der Schuß war gehört worden, und durch die aufgerissenen Tore strömte eine Schar Chinesen herein. Der Major hob seine Pistole und feuerte zweimal rasch hintereinander auf das Schaltbrett. Sofort ging das Licht aus, und Marmor- und Glassplitter flogen umher.

Schnell schwang der Major sich auf einen Ballen, sprang von Kiste zu Kiste über die aufgestapelten Waren und war endlich in der Nähe der offenen Tür. Einige unentschlossene Kulis standen davor. Mit einem gewaltigen Satz war Spedwell mitten unter ihnen, der Lauf seiner Pistole blitzte. Sie hatten sich noch nicht von ihrem Erstaunen erholt, als er schon über den dunklen Hof rannte, das Dach des Schuppens erkletterte und so den Rand der Mauer erreichte. Es war derselbe Schuppen, den Clifford Lynne in jener Nacht sah, als er seinen unangemeldeten Besuch in Peckham gemacht hatte. Bevor die Verfolger ihn einholen konnten, war Spedwell über die Mauer auf den schlammigen Weg gesprungen und entfloh zum Kanalufer.

35

»Hier ist noch eine Tür«, rief Inspektor Willing plötzlich aus. Er untersuchte die Wand der inneren Kabine mit Hilfe seiner Taschenlampe und zeigte auf eine viereckige Öffnung, die von der anderen Seite aus geschlossen war.

»Das nützt uns nichts«, entschied Clifford Lynne nach kurzer Besichtigung. »Wir müssen warten, bis jemand hereinkommt, um das Bett zu richten. Wenn meine Vermutung stimmt, wird die ›Umveli‹ in einer oder zwei Stunden auslaufen. Ich habe vorhin noch festgestellt, daß alle Lichter auf dem anderen Schiff gelöscht sind. Sie werden wohl gerade dabei sein, die Buchstaben zu ändern.«

»Worauf warten die denn noch?« knurrte Joe. »Ich dachte immer, die brauchen hohen Wasserstand, um auszulaufen, und die Flut ist doch jetzt auf ihrem höchsten Punkt. Bei diesem Regen ist es wahrhaftig dunkel genug, um selbst ein Schlachtschiff zu verstecken!«

Die Tür, hinter der sie gefangensaßen, hatte eine Anzahl von Luftlöchern, und das gab Lynne die Möglichkeit, die größere Kabine zu beobachten. Die Matrosen hatten die Beleuchtung angelassen, und Clifford sah durch eine gegenüberliegende Türöffnung ein schwaches Licht, das sich hin und her bewegte und schließlich mittschiffs verschwand. Aus dem Maschinenraum unter ihren Füßen drang das Summen und Schwirren des Dynamos an ihre Ohren, und während sie noch lauschten, hörten sie ein schwaches Brausen.

»Sie stehen unter Dampf«, rief Willing. »Es hat ganz den Anschein, daß Ihre Theorie richtig war, Lynne. Wir werden noch einiges erleben!«

Es gab auch noch andere Anzeichen reger Tätigkeit. Über ihren Köpfen hörten sie Fußgetrappel und den Singsang der Matrosen, die ein Boot einholten und innenbords schwangen.

Um viertel vor drei klirrte die Ankerwinde, und fast gleichzeitig hörte Clifford eine wohlbekannte Stimme. Die Tür der äußeren Kabine flog auf, und Fing Su im langen, pelzgefütterten Mantel stolzierte majestätisch herein.

»Hier in diesem Zimmer werden Sie wohnen, mein Fräulein. Aber wenn Sie nicht ruhig sind und mir Ärger machen oder schreien, werde ich eine zweckmäßiger ausgestattete Kabine für Sie finden!«

Clifford Lynne mußte einen Schrei unterdrücken, als er das blasse junge Mädchen sah, das Fing Su in die Kabine folgte. Es war ohne Hut und vom Regen durchweicht, aber es hielt den Kopf hocherhoben, und in seinen Augen war keine Furcht zu lesen. Das Herz tat ihm weh, als er Joan Bray erkannte.

36

Eine Stunde zuvor hatte das Krachen ihrer aufsplitternden Tür Joan aus einem unruhigen Schlaf gerissen, und Fing Su, der unbemerkt im Hintergrund stand, fand keine Erklärung für die Ruhe und Gelassenheit, mit der sie sich darein fügte, zum wartenden Wagen getragen zu werden. Die Nacht war dem Unternehmen günstig. Die Straßen waren leer, und die beiden geschlossenen Autos fuhren mit Höchstgeschwindigkeit nach Rotherhithe. Erst als Joan auf der trostlos verlassenen Werft ausstieg, bemerkte sie, daß sie einen Leidensgefährten hatte, einen Mann, um dessen Kopf ein weißes Tuch gehüllt war, unter dem sein Ächzen und Wimmern hervordrang. Joan stieg wackelige Stufen hinunter zum Wasser und wurde von kräftigen Armen in ein Boot gehoben. Auf die Fahrt zum Schiff konnte sie sich nicht mehr recht besinnen. Sie hatte nur noch eine undeutliche Vorstellung, daß jemand sie eine steile Leiter in die Höhe trug, dann wurde sie auf ein nasses und schlüpfriges Deck niedergesetzt. Joan nahm alle Kraft zusammen und stand auf. Und dann sah sie durch den strömenden Regen die beobachtenden Augen Fing Sus, der sie in eine ärmlich möblierte Kabine bringen ließ.

Fing Su ging zur Tür und rief einen Namen, der ihrer Meinung nach wie ›Mammy‹ klang. Sogleich watschelte eine fette Chinesin herein und wischte ihre Hände an einer schmutzigen Schürze ab.

»Das ist Ihr Schlafzimmer, Fräulein«, sagte der Chinese und drückte auf die Klinke. Die Tür öffnete sich handbreit.

»Hör zu, Amah!« Er sprach die alte Frau im Honan-Dialekt an. »Du wirst bei diesem Mädchen bleiben und es nicht aus den Augen lassen. Wenn sie schreit, sorgst du dafür, daß sie ruhig ist, und wenn du das nicht tust –« Er hob drohend die Hand, und die Chinesin wich erschrocken zurück.

Das Schiff hatte jetzt Fahrt aufgenommen. Das Tuten der Schiffssirenen durchbrach die finstere Nacht. Joan stand am Tisch und lauschte auf das Rasseln des Maschinentelegraphen und das plötzlich einsetzende Pochen der sich langsam drehenden Schiffsschraube. Es war ein Alptraum; es konnte nicht wahr sein! Und doch war es die Wirklichkeit. Sie war an Bord eines Schiffes, das die Themse zum Meer hinabfuhr. Joan zitterte.

Was lag am Ende dieser Reise?

Dann rief sie sich die Worte des Majors ins Gedächtnis zurück, und sie wußte, daß er Wort gehalten hatte. Die Tatsache, daß die Chinesen die Tür einschlagen mußten, bewies deutlich, daß Spedwell keinen Anteil an diesem Verbrechen hatte. Wo mag er sein, fragte sie sich, und dann kam ihr blitzartig der Gedanke an den wimmernden Mann mit dem verhüllten Kopf. Aber das konnte nicht der Major sein, dieser Mann mit dem harten Gesicht würde wohl niemals um Gnade flehen.

»Sie hier wohnen, Missie«, lispelte die fette Amah, die durch Fing Sus Drohungen ganz aus der Fassung gebracht war. »Ich machen Bett von Missie –«

Sie ging in die innere Kabine, und Joan glaubte einen Augenblick, ein merkwürdiges Geräusch wie von scharrenden Füßen zu vernehmen, aber sie achtete nicht darauf, bis sie plötzlich hörte: »Kannst du das Licht ausmachen?«

Joan fiel beinahe in Ohnmacht. Es war die Stimme Clifford Lynnes!

Es dauerte fast eine Minute, bis sie endlich den Lichtschalter fand, und mit zitternden Fingern drehte sie den kleinen Knopf. Im gleichen Augenblick, als das Licht erlosch, war Cliff an ihrer Seite, umfaßte ihre Schulter und zog sie an sich. Joans Spannung löste sich in einem krampfhaften Schluchzen, und sie barg den

Kopf an seiner Brust. Ein langes, tiefes Schweigen folgte, das nur durch ihr leiser werdendes Weinen unterbrochen wurde. Dann sagte eine ängstliche Stimme in der Dunkelheit:

»Ich bin ihr einziger Verwandter, Cliff. Es ist wirklich unpassend für ein junges Paar –«

»Halt den Mund!« zischte Lynne, aber die Komik, die darin lag, daß der alte Joe in dieser ungemütlichen Situation als Tugendwächter auftreten wollte, wurde in diesem Augenblick niemand bewußt.

Schritte näherten sich dem Fenster.

»Warum brennt kein Licht?« hörten sie Fing Su fragen.

»Junge Frau zieht sich aus«, lispelte Cliff und ahmte den Honan-Dialekt der dicken Chinesin genau nach.

Fing Su brummte:

»Warum tut sie das nicht in ihrem Schlafzimmer?«

Aber anscheinend hatte er keinen Verdacht geschöpft und ging wieder fort.

Clifford konnte durch das Fenster beobachten, daß das Schiff in der Mitte der Fahrrinne stromab fuhr. Die Maschinen arbeiteten nur mit halber Kraft. Er war erstaunt, daß Fing Su das Mädchen in einem so freiliegenden Teil des Schiffes untergebracht hatte. In Gravesend mußten auf jeden Fall die Beamten der Londoner Hafenpolizei an der Kabine vorbeigehen, ebenso der Lotse, der das Schiff in See bringen sollte. In einer Stunde würde die Morgendämmerung einsetzen, und damit wuchs die Gefahr einer Entdeckung doch noch mehr. Draußen hörte man die Kulis eifrig arbeiten, und nach einiger Zeit verdunkelte sich eine Fensterluke. Clifford konnte sehen, daß draußen vor der Kabinenwand Warenballen aufgestapelt wurden.

Ihre Lage begann gefährlich zu werden.

»Wir hätten Fing Su sofort hier packen sollen, als er die Tür öffnete«, meinte Inspektor Willing. Clifford schüttelte den Kopf.

»Das klingt sehr einfach, war aber nicht durchführbar. Übrigens glaube ich nicht, daß er die Kabine noch einmal betreten wird, bevor das Schiff auf hoher See ist«, sagte Clifford ernst. »Es wird noch ziemlich ungemütlich werden. Besteht eine Möglichkeit, die Tür aufzubrechen?«

Willing preßte sich mit aller Gewalt dagegen, schüttelte dann aber den Kopf.

»Man könnte aber die Fensterluken eindrücken«, schlug er vor.

Trotz der ernsten Situation mußte Clifford lächeln.

»Nicht einmal Sie könnten durch eine so kleine Luke ins Freie kommen, Inspektor«, erklärte er trocken.

»Wir könnten die Hafenpolizei auf uns aufmerksam machen.«

»Zwei unbewaffnete Beamte würden uns nur wenig nützen. Bevor sie Hilfe herbeirufen könnten, wären wir längst erledigt – dabei noch immer vorausgesetzt, daß Fing Su die Beamten überhaupt wieder von Bord gehen ließe. Nun, früher oder später muß Fing Su doch die Tür öffnen, und in dem Augenblick, in dem er diese Kabine betritt, wird es keinen Ärger mehr geben – ausgenommen für ihn selbst.«

Die Morgendämmerung brach herein, aber die Eingeschlossenen sahen nur wenig vom Tageslicht, denn Ballen auf Ballen türmte sich vor dem Deckhaus, bis die kleinen Luken vollständig verdunkelt waren. Dadurch wurde auch die Zufuhr frischer Luft abgeschnitten, die Atmosphäre wurde dumpf und das Atmen beschwerlich. Offenbar hatte Fing Su diese Möglichkeit ganz außer Betracht gelassen. Die vier waren gezwungen, sich in den hinteren Raum zurückzuziehen, wo die Luft frisch war. Hier saßen sie nun Stunde um Stunde und lauschten. Die Schiffsschraube stand still, und die ›Umveli‹ verharrte fast eine Stunde mitten im Strom. Der Mut der Eingeschlossenen sank mehr und mehr, als wieder das dumpfe Pochen begann. Nach einiger Zeit fing das Schiff leicht zu rollen an – sie waren auf dem offenen Meer.

Augenscheinlich waren die Ballen nur vor die Fenster und die Tür der äußeren Kabine gestapelt worden, um sie fremden Blicken zu entziehen, denn kaum war das Schiff auf freier See, als das Tageslicht wieder hereinströmte und die Ventilatoren wunderbare frische Luft in die Kabine wirbelten.

Es war Zeit für das Frühstück, und alle warteten gespannt, daß die Tür sich öffnen würde. Die alte Amah hatte aufgehört zu weinen und zu lamentieren. Mürrisch hockte sie in einer Ecke der engen Kabine. Sie schien sich nicht in ihre Gefangenschaft finden zu wollen, und ihre Zähne klapperten. Die Eingeschlossenen hätten besser auf sie aufgepaßt, wenn sie geahnt hätten, daß diese fette Chinesin imstande war, ihren Plan zu Fall zu bringen. Erst später erfuhr Clifford Lynne, daß sie die Mutter des Kochs war, der das Frühstück hereinbringen sollte. Aus Angst um sein Leben stieß die Amah einen gellenden Schrei aus, als die Tür aufging. Der alte Joe Bray hatte die Frau zwar sofort gepackt und hielt ihr den Mund zu, aber es war schon zu spät. Jemand lugte durch eines der kleinen Fenster – es war Fing Su. Clifford merkte, daß der Chinese ihn erkannt hatte, zog kurz entschlossen seine Pistole und feuerte zweimal. Das Glas der Luke splitterte durch den Raum.

»Jetzt ist es passiert!« brummte der Inspektor.

Sie hörten einen schrillen Pfiff, und durch die Fensterluken sah Clifford einen Schwarm bewaffneter Kulis vom Vorderdeck heraneilen. Einige schnallten noch im Laufen ihre Patronengürtel an. Cliff hatte gerade noch Zeit, vom Fenster zurückzutreten, als ein Schuß das zweite Fenster zerschmetterte. Ein umherfliegender Glassplitter traf seine Wange. Gleich darauf ging auch die dritte Fensterluke in Trümmer, und drei Gewehrläufe schoben sich durch die leeren Öffnungen. Die Männer in der Kabine warfen sich zu Boden und suchten Deckung an der Stahlwand. Clifford hatte Joan an sich gerissen, als die Schüsse krachten. Jetzt erfaßte er mit raschen Griff einen Gewehrlauf und zerrte die Waffe herein.

In diesem Augenblick entwich die alte Amah, und alle waren erfreut darüber. Gleich darauf erschien ein dunkler Gegenstand in Cliffords Blickfeld, und er hatte schon die Finger am Abzug, als er merkte, daß es nur ein Besen war.

»Nicht schießen«, warnte Joe Bray. Er hielt in jeder Hand eine Pistole, hatte aber bis jetzt noch keine Patrone vergeudet. »Die wollen uns 'reinlegen. Wir müssen Munition sparen!«

Von draußen hörte man Fing Sus plappernde Befehle und eine tiefere Kommandostimme. Clifford vermutete ganz richtig, daß es der Kapitän des Schiffes sei, und ein vorsichtiger

Blick durch das Fenster zeigte ihm, daß er Neger war – wie Clifford später erfuhr, neben dem Zahlmeister der einzige Nicht-Chinese der Besatzung.

Plötzlich wurden die Gewehrläufe aus den zerbrochenen Fenstern zurückgezogen, und die Eingeschlossenen hörten, wie etwas an Deck entlanggeschleift wurde. Die Zugangstür wurde verrammelt und verkeilt.

»Sofort nach hinten!« schrie Willing. Clifford schob Joan in die Innenkabine, und im gleichen Augenblick erschien die Messingöffnung eines großen Wasserschlauches in einem der zerbrochenen Fenster. Das Wasser rauschte herein und stieg schnell an, ein zweiter Schlauch wurde hereingeleitet, und das Wasser floß jetzt bereits über die erhöhte Bordschwelle der Innenkabine. Offenbar ging die Sache Fing Su nicht schnell genug, denn er ließ noch zwei weitere Schläuche in Tätigkeit setzen. Clifford stellte eine kurze Berechnung an und grinste. Lange, bevor das Wasser die Höhe der Fenster erreicht hatte, mußte sich etwas ereignen, das Fing Su offensichtlich nicht bedacht hatte. So viel hatte Cliff noch von seiner Schulmathematik behalten, daß er wußte, welch verheerende Wirkung diese Wassermassen auf das Gleichgewicht des Schiffes haben mußten.

Höher und höher stieg das Wasser, und nur wenig lief durch die Ventilationsöffnungen und die Türspalten ab. Jetzt war es nur noch eine Frage kurzer Zeit, daß Fing Su um sein eigenes Leben bangen mußte!

»Lynne!« kreischte Fing Su. »Übergeben Sie Ihre Waffen, und Sie sollen anständig behandelt werden.«

Clifford gab keine Antwort. Er hätte zu gern das Gesicht dieses Halunken gesehen, nur den Bruchteil einer Sekunde lang. Plötzlich überholte die ›Umveli‹ stark nach Steuerbord, und das Wasser spritzte und gurgelte Joe Bray, der am Steuerbordfenster stand, bis zum Hals. Lange blieb das Schiff in dieser Stellung, und erst allmählich richtete es sich wieder auf. Das Übergewicht von sechzig Tonnen machte sich bemerkbar!

Draußen hörte man erregte Stimmen. Die Schläuche wurden zurückgezogen und die Tür aufgerissen. Das Wasser ergoß sich in reißendem Strom über die Decksplanken.

Wieder machte Fing Su sich bemerkbar:

»Mr. Bray soll herauskommen, ich will mit ihm sprechen. Aber ohne Waffen!«

Nach kurzer Beratung gab Joe die Pistolen seinem Freund und ging auf das nasse Deck hinaus. Fing Su stand im Schutz eines großen Ballens mit Manchesterware, einen Revolver in der Hand.

»Legen Sie sofort den Revolver weg, Sie Penny-Chinese!« fuhr Joe ihn an. »Und hören Sie endlich einmal auf, Theater zu spielen, Sie Heide!«

Fing Su steckte den Revolver weg.

»Mr. Bray«, fing er an, »wir wollen uns nicht gegenseitig beschuldigen –«

»Lassen Sie diese College-Sprache, Sie verdammter, diebischer Kuli!« schnauzte Joe. »Ihr dürrer Hals wird am Galgen zappeln, wenn Sie nicht sofort das Schiff wenden lassen!«

Fing Su lächelte.

»Unglücklicherweise ist das nicht möglich«, erwiderte er. »Wir haben den Lotsen bereits abgesetzt, bildlich und wörtlich gesprochen –«

»Hören Sie auf, wie ein Oxford-Mann zu reden!« brüllte Joe wütend. Und dann fing er an, chinesisch zu schimpfen, und diese Sprache ist so recht dazu geschaffen, einem anderen die schlimmsten Gemeinheiten an den Kopf zu werfen.

Fing Su hörte zu, ohne im geringsten aus der Fassung zu geraten, und als Joe endlich Luft schöpfen mußte, warf er ein:

»Wir vergeuden nur Zeit, Mr. Bray. Überreden Sie Ihre Freunde, die Waffen zu strecken, dann wird ihnen nichts geschehen. Andernfalls werde ich sie aushungern. Ich habe nicht die Absicht, Joan etwas anzutun –«

»Sie meinen: Miss Bray!« wütete Joe. Sein Gesicht war rot vor Zorn. Immer mehr Kulis kamen herzugelaufen und gruppierten sich um Fing Su. Joes Chinesisch klang außerordentlich echt, schließlich hatte er die meiste Zeit seines Lebens in diesem Land verbracht – und schaudernd hörten die Kulis die ausgesuchten Schmeicheleien, die er ihrem Herrn an den Kopf warf.

Fing Su trug eine Art von Marineuniform: weiße Leinenhosen, eine blaue Jacke mit unzähligen goldenen Streifen um die Ärmelaufschläge und eine große Offiziersmütze mit breitem goldenem Band.

»Sie sind ein verrückter und ungebildeter Mann«, erklärte er ruhig. »Aber es ist nicht meine Aufgabe, Ihnen Ihre niedrige Herkunft vorzuwerfen. Gehen Sie jetzt zu Ihren Freunden und bringen Sie ihnen meine Botschaft.«

Für einen Augenblick sah es so aus, als ob Joe Bray seinerseits dem Chinesen eine persönliche Botschaft mit eigener Hand ins Gesicht schreiben wollte, aber Fing Sus Revolver war auf ihn gerichtet, und so zog Joe sich mit einem letzten Schwall gröblicher Beschimpfungen zu seinen Unglücksgefährten zurück.

»Er hat etwa ein Dutzend bewaffneter Leute bei sich«, berichtete Joe, »und er will uns aushungern. Cliff, wenn ich daran denke, wie leicht dieser Bursche als Baby zu behandeln war –«

»Hat Fing Su das Kommando über das Schiff?«

»Es gibt zwar einen Kapitän, einen Neger. Aber er ist ein Niemand – das große Wort führt Fing Su.«

»Mr. Bray, wissen Sie, wer der andere Mann ist, der mit mir zusammen auf das Schiff gebracht wurde?« fragte Joan. Und dadurch hörten sie zum ersten Male davon, daß es noch einen anderen Gefangenen auf der ›Umveli‹ gab.

Auch Clifford war wie Joan der Meinung, daß es nicht Spedwell sein konnte – er hatte einen bestimmten Verdacht. Aber der war unbegründet, denn Ferdinand Leggat lag zu dieser Zeit in einer tiefen Grube, die in der Nacht bei flackerndem Laternenlicht unterhalb der Fabrikmauer ausgehoben worden war.

37

Während die Freunde noch Kriegsrat hielten, ging Fing Su in seine Kabine; auf seinen Befehl brachte man ihm das erbarmungswürdige Wrack eines Mannes aus dem dunklen Loch, in das man ihn geworfen hatte. Stephen Narth, schmutzig, hohläugig, im zerfetzten Abendanzug, wäre wohl von seinen besten Freunden nicht wiedererkannt worden. Die grauenvolle Nacht hatte ihn gezeichnet. Er war wieder bei Verstand, aber der Chinese erkannte, daß Narth dicht vor dem Zusammenbruch stand.

»Warum haben Sie mich auf dieses Schiff gebracht?« krächzte Narth. »Das ist kein faires Spiel, Fing Su. Wo ist dieser Schurke Spedwell?«

Fing Su hätte darauf eine Menge antworten können.

Spedwell war entkommen, aber in seinem eigenen Interesse würde er schon den Mund halten. Fing Su hatte Spedwell schon immer gehaßt – sein herrenmäßiges Benehmen und sein überlegenes Lächeln; er hatte ihn mehr gehaßt als den Säufer Leggat. Spedwell war für ihn ein nützlicher Lehrer gewesen, der Chinese hatte sich durch ihn gewisse, lebenswichtige Grundkenntnisse aneignen können. Fing Su war äußerst begabt und hatte eine leichte Auffassungsgabe. Während seiner Universitätsstudien war er nie mit militärischen Dingen in Berührung gekommen, aber in dem einen Jahr seiner Bekanntschaft mit Spedwell hatte er eine Menge dazugelernt.

Fing Su wandte sich wieder zu Narth:

»Ich habe nicht die leiseste Ahnung, wo Spedwell steckt, und ich werde ihm den Tod des armen Leggat niemals verzeihen.«

Narth starrte ihn an.

»Dann war das Spedwells Plan?«

»Ganz und gar«, behauptete Fing Su nachdrücklich. Er war ein aalglatter Lügner, der seine Behauptungen immer glaubwürdig vorbringen konnte. Und Narth war in einer Verfassung, jede Erklärung begierig für bare Münze zu nehmen, die ihn von seiner Schuld befreite.

Mit wenigen Sätzen gab ihm Fing Su eine Darstellung der gestrigen Zeremonie, die den Mann mit dem schwachen Gewissen besänftigte. Dann brachte der Chinese ihm die wichtigste Neuigkeit bei.

»Was? Joan ist hier an Bord?« keuchte Narth. »Aber wer hat sie hierher gebracht, und was macht Lynne an Bord dieses Schiffes?«

»Das möchte ich auch wissen«, entgegnete Fing Su rasch. »Gehen Sie hinunter und sprechen Sie mit ihm. Erklären Sie ihm, daß es völlig sinnlos ist, Widerstand zu leisten. Geben Sie ihm mein Wort, daß ihnen allen nichts geschehen wird, und daß sie alle Bequemlichkeiten haben sollen, bis ich sie in Bordeaux an Land setze. Aber sie müssen sich natürlich verpflichten, mir keine weiteren Schwierigkeiten zu machen.«

Er erklärte Narth noch ausführlich die einzelnen Punkte seines Auftrages, und wenige Minuten später konnte Clifford Lynne von seinem Beobachtungsposten aus eine zusammengesunkene Gestalt auf seine Kabine zuwanken sehen. Dann erkannte er ihn. Jetzt wußte er, wer mit Joan an Bord gekommen war. Aber was war mit Leggat geschehen?

Schweigend hörte er Stephens Vorschlag an. Dann schüttelte Cliff den Kopf.

»Eher würde ich mit einem hungrigen Haifisch einen Vertrag machen«, erklärte er. »Gehen Sie zu Fing Su zurück, und sagen Sie ihm, daß es ihm nicht gelingen wird, uns zu ertränken oder auszuhungern. Sagen Sie, ich verspreche ihm, daß er an dem Tag, an dem wir wieder frei sind, unter Mordanklage verhaftet werden wird.«

»Es ist doch sinnlos, sich gegen ihn aufzulehnen«, jammerte Narth.

Seine Nerven ließen ihn im Stich. Er war niemals ein starker Mann gewesen, aber jetzt war er nur noch der erbärmliche Schatten jenes Stephen Narth, den Clifford damals kennengelernt hatte.

»Ist Leggat an Bord?« wollte Lynne wissen.

Narth schüttelte den gesenkten Kopf und flüsterte etwas, das nur ein ungewöhnlich scharfes Ohr vernehmen konnte.

»Tot?« fragte Clifford ungläubig. »Hat Fing Su ihn ermordet?«

Aber noch während er fragte, taumelte Stephen Narth wieder hinaus.

Die Lage der Eingeschlossenen war gefährlich. Die Küste entschwand den Blicken mehr und mehr, und wenn nicht ein Wunder geschah, gab es keine andere Wahl als Hungertod oder Übergabe. Und was Übergabe für Joan bedeutete, konnte Clifford sich vorstellen. Unmittelbar nachdem Narth sich entfernt hatte, verbarrikadierten die Freunde die Tür der Außenkabine. Auf Inspektor Willings Rat ließen sie die schweren Eisenblenden, die die Luken bedeckten, herunter und schraubten sie fest. Nun war es allerdings nicht mehr möglich, das Vorschiff zu überschauen, auch die frische Luft war ausgesperrt. Aber es ließ sich in der Kabine aushalten, zumal die gelbe Amah sie nicht mehr störte.

Clifford konnte sich nicht genug über Joans Ruhe und Gelassenheit in diesen Augenblicken höchster Gefahr wundern. Anscheinend war sie die Zuversichtlichste von allen, und obgleich auch sie der Hunger schon zu quälen begann, hörte man keine Klage von ihr.

Die Aussicht, noch länger in diesem winzigen Raum ausharren zu müssen, war fast unerträglich. Glücklicherweise war kein Mangel an Trinkwasser, denn der Behälter für Badewasser war gefüllt. Das schmeckte zwar abgestanden, war aber doch genießbar. Clifford versuchte, die Tür an der Rückwand der inneren Kabine aufzudrücken, aber sie gab nicht nach.

»Wahrscheinlich führt sie zu den Offizierskabinen«, vermutete Willing.

»Wir können nicht heraus, aber die Banditen können herein!« stellte Joe Bray fest. »Wir sollten diese Tür lieber auch verbarrikadieren, sonst fallen die Schufte uns in den Rücken. Wenn ich an das arme Mädchen denke –« Er schluckte.

Clifford hatte Mabels Existenz fast ganz vergessen.

Die Männer überließen Joan das kleine Schlafzimmer und setzten sich um den Tisch in der großen Kabine. Ihre verzweifelte Suche nach irgendwelchem Proviant war umsonst geblieben, nicht einmal Schiffszwieback hatten sie gefunden. Inspektor Willing vermutete allerdings, daß die schwarze Truhe in Joans Schlafzimmer eiserne Rationen für den Notfall enthielt. Aber sie konnten den Kasten weder öffnen noch fortbewegen.

Schließlich entdeckte Joe in seiner Rocktasche eine Tafel Schokolade und gab die Hälfte an Joan.

»Gewöhnlich habe ich ein paar Tafeln bei mir, weil ich gern Süßigkeiten esse, aber jetzt hätte ich Appetit auf Brathuhn –«

»Seien Sie bloß still«, knurrte Willing.

Sie versuchten, mit Ratespielen die Zeit totzuschlagen, aber es hatte keinen Sinn, sich etwas vorzunehmen.

Die Zeit verging – es wurde sechs, es wurde sieben Uhr. Joan war eingeschlafen, und Clifford hatte die Verbindungstür geschlossen, damit die Unterhaltung der Männer sie nicht störte. Plötzlich tauchte Joan mit schreckensbleichem Gesicht auf.

»Was ist los?« rief Clifford und sprang zu ihr.

»Jemand klopft an die kleine Tür«, flüsterte sie verstört. Und jetzt hörten es alle.

Tap, tap, tap!

Dann wurde der Riegel zurückgeschoben. Sprungbereit standen die Männer da, die Pistolen gezogen.

»Keine Sorge!«, flüsterte eine Stimme. »Machen Sie keinen Lärm, sonst hört man Sie!«

Die Tür öffnete sich ganz langsam, und das Gesicht eines Schwarzen unter einer verschossenen Decksoffiziersmütze wurde sichtbar.

»Ich bin Haki, der Zahlmeister«, wisperte er. Seine Hand reichte einen kleinen Leinwandbeutel herein. »Wenn Fing Su das erfährt, bringt er mich um«, fügte er noch hinzu. Dann schloß sich die Tür wieder hinter ihm, und der Riegel wurde vorgeschoben.

Clifford hatte in diesem kurzen Augenblick erkennen können, daß die Vermutung des Inspektors richtig war. Er hatte einen schmutzigen Korridor gesehen, von dem Türen abgingen, sowie einen Raum, der nach dem Gang zu offenstand. Jetzt trug Cliff den Beutel in die große Kabine und schüttete den Inhalt auf den Tisch. Ein Dutzend Brötchen, ein Stück Käse und etwas Salzfleisch fielen heraus. Clifford war mißtrauisch, brach ein Brötchen durch und hielt es dicht ans Licht.

»Wir müssen es darauf ankommen lassen«, meinte er. »Ich werde zuerst davon essen, und wenn mir in einer halben Stunde nichts passiert ist, werden wir eine Mahlzeit halten, die uns besser schmecken wird als ein Dinner bei Ritz!«

Er schnitt eine Scheibe Fleisch ab und versuchte auch den Käse und ein Brötchen. Cliff überstand die halbe Stunde ohne

Vergiftungserscheinungen, und jetzt fielen alle hungrig über das Essen her.

»Das eine steht jedenfalls fest – wir haben einen Freund an Bord«, erklärte Willing.

Sie hoben einen Teil des Proviants für den nächsten Morgen auf, und Clifford veranlaßte Joan, sich wieder schlafen zu legen. Sie hörte das leise Klopfen an der Hintertür nicht, aber Clifford wurde aufmerksam. Leise ließ er den schwarzen Offizier herein.

»Die Mannschaft ist betrunken«, erzählte der Zahlmeister. »Und der Kapitän fürchtet, daß man versuchen wird, einen Überfall auf Sie zu machen. Sie müssen jedenfalls darauf vorbereitet sein. Wenn alles ruhig bleibt, werde ich um vier Uhr hier sein, und Sie müssen sich dann bereithalten, sofort das Schiff zu verlassen.«

»Warum?« forschte Clifford.

Der Mann sah vorsichtig den Gang entlang, bevor er antwortete. »Gewehrfeuer ist nicht so schlimm, aber ermordet zu werden ist entsetzlich. Der Kapitän denkt ebenso wie ich.«

»Wer ist ermordet worden?«

Der Mann antwortete nicht sogleich, sondern entfernte sich hastig und kam erst nach einer halben Stunde wieder.

»Ich habe gehört, wie der wachhabende Offizier herunterkam. Er sagte, daß der Verrückte umgebracht worden ist, der gestern mit der jungen Dame an Bord kam.«

»Narth?« flüsterte Clifford erschrocken.

Der Mann nickte.

»Ja. Er hatte Streit mit Fing Su, und der Chinese hat ihm mit einer Flasche den Schädel eingeschlagen. Die Kulis haben ihn über Bord geworfen – gerade nachdem ich Ihnen das Essen gebracht hatte.«

Er spähte wieder umher, und dann raunte er:

»Der Kapitän und zwei Mann der Besatzung werden ein Rettungsboot aussetzen – etwa um vier Uhr. Sie müssen an einem Tau ins Boot hinunterklettern. Wird die junge Dame dazu imstande sein?«

»Ja, ganz sicher«, nickte Clifford, und die Tür schloß sich.

Lynne konnte sich vorstellen, was vorging. Seit Fing Su seine verrückten Kaiserträume hatte, war er immer von erfahrenen Ratgebern unterstützt worden. Leggat war auf seine Weise nicht dumm, und Spedwell war in Dingen, die sein Fach betrafen, unübertrefflich. Beide waren vorsichtige Männer, vor deren Urteil der chinesische Millionär großen Respekt hatte. Aber jetzt ließ Fing Su seiner Phantasie die Zügel schießen und richtete sich nur noch nach seinen eigenen wirren Ideen.

Die Wartezeit dehnte sich ins Endlose. Die Eingeschlossenen wagten nicht zu sprechen aus Furcht, das Signal zu überhören oder von dem Überfall überrascht zu werden, vor dem der Zahlmeister sie gewarnt hatte. Die Zeiger der Uhr rückten so langsam vorwärts, daß Clifford schon dachte, sie sei stehengeblieben.

Drei Uhr war vorbei – da klopfte es leise an die Tür, und sie drehte sich in ihren Angeln. Der Zahlmeister in schweren Wasserstiefeln und mit umgeschnalltem Revolver winkte ihnen zu kommen. Clifford folgte und nahm Joan bei der Hand, Joe Bray und Willing bildeten die Nachhut.

Sie mußten an der erleuchteten Küche vorbei, und ihr Führer legte den Finger an die Lippen. Joan konnte den breiten Rükken des chinesischen Kochs sehen, der sich über einen dampfenden Topf beugte. Aber sie kamen sicher durch.

Zwei eiserne Türen an der Reling waren geöffnet. Über den Rand des Decks spannte sich ein straffes Tau, das unten an einem großen gedeckten Boot von drei vermummten Männern festgehalten wurde. Clifford flüsterte Joan ins Ohr:

»Laß dich langsam herunter!«

Der Zahlmeister legte eine dünne Leine um Joans Taille, band sie fest und wisperte: »Verlieren Sie keine Zeit ... Ich habe vorhin einen Funkspruch bekommen.« Aber er erklärte nicht weiter, was diese Nachricht mit ihrer Flucht zu tun hatte.

Langsam glitt Joan an dem rauhen Tau, das ihre Finger wundrieb, hinab. Das Boot schien mit einer unglaublichen Geschwindigkeit dahinzurasen, obwohl es sich nicht schneller vorwärtsbewegte als der Dampfer. Einer der Männer zog sie in das Boot, dann folgten die anderen, Joe Bray mit jugendlicher Beweglichkeit. Der Zahlmeister war der letzte, der von Bord ging und hastig in das Boot kletterte.

»Macht klar!« befahl eine grobe Stimme.

Der Zahlmeister nahm eine Axt vom Boden und kappte mit einem Hieb das Tau. Gleich darauf wurden sie im Kielwasser des Schiffes hin und her geworfen. Es fehlte nicht viel, daß das Boot umschlug, denn die eisernen Wände der ›Umveli‹ streiften die Rudergabeln. Als sie endlich vom Schiff abgekommen waren, hörten sie einen wütenden Schrei. Ein Scheinwerfer leuchtete von der Brücke auf. Trotz des gurgelnden Wassers und des Geräusches der Schiffsschraube hörten sie deutlich einen schrillen Pfiff – die ›Umveli‹ beschrieb einen großen Kreis.

»Sie haben uns entdeckt!« stieß Clifford hervor.

Der Zahlmeister grinste vor Angst, starrte zurück auf das wendende Schiff und grunzte etwas. Dann sprang er zur Bootsmitte und half einem der Matrosen, den Mast aufzurichten. Der Kapitän zog verzweifelt das Segel hoch. Ein frischer Nordwest blies scharf, und im nächsten Augenblick lag das Boot in voller Fahrt vor dem Wind. Aber wie konnten sie hoffen, einem Dampfer zu entrinnen, der fünfzehn Knoten in der Stunde machte? Die Schiffssirenen heulten, der Dampfer hatte die Verfolgung aufgenommen. Von der Kommandobrücke kam das Aufblitzen einer Signallampe, und der Kapitän erklärte ihnen die Zeichen.

Das Boot lavierte. Offenbar war der Kapitän zuversichtlicher als alle anderen. Clifford ließ sich an der Seite Joans nieder, die, in eine wasserdichte Plane gehüllt, auf dem Boden des Bootes lag.

»Keine Angst, Liebste«, beruhigte er sie.

Sie schaute mit einem Lächeln zu ihm auf, und diese Antwort genügte ihm.

Der Kapitän sprach ein rauhes Küstenenglisch, das ausdrucksvoll und bildreich war.

»Elefant nicht fangen Fliege«, brummte er. »Große Schiff nicht fangen kleine Boote! Wenn Chinamann Kutter auf Wasser bringen, Kutter nicht fangen Segelboot!«

»Aber die Gefahr ist groß genug, Kapitän!«

Der Neger mußte es zugeben.

»Jetzt bringen sie Tak-Tak-Gewehr«, sagte er, »aber bald sehen anderes Schiff.«

Mit dieser Hoffnung mußten sie sich trösten. Noch waren sie in einem Gebiet, in dem der Schiffsverkehr außerordentlich lebhaft war. Doch im Augenblick war keine Rauchfahne und kein Segel zu entdecken.

Clifford wandte sich an den Zahlmeister.

»Ob wir durchkommen oder nicht, in jedem Fall sind wir Ihnen zu größtem Dank verpflichtet, mein Freund.« Hakis Gesicht strahlte.

»Wir hätten früher von Bord gehen sollen, aber der Kapitän wollte noch nicht«, erklärte er. »Schließlich hat er sich nach dem Funkspruch doch entschlossen.«

»Nach welchem Funkspruch?«

Der Zahlmeister reichte ihm einen schmutzigen Zettel, und Clifford hatte Mühe, die gekritzelten Worte zu entziffern.

›Verlassen Sie das Schiff vor vier Uhr. Alle mitnehmen, die leben bleiben sollen. Falls Miss Bray an Bord, mitnehmen. Admiralität sendet Zerstörer ›Sunbright‹, Sie einzuholen. Soldat.‹

»Das ist der Major«, erklärte der Zahlmeister. »Wir nannten ihn Soldat.«

Tak-tak-tak-tak-tak-tak!

Die Chinesen hatten ein Maschinengewehr auf der oberen Reling in Stellung gebracht, und die Geschosse ließen das Wasser hoch aufspritzen. Noch lagen die Schüsse in einiger Entfernung vom Boot. Der Kapitän gab dem Steuer einen Ruck und das Boot nahm einen anderen Kurs. Sie waren kaum fünfhundert Meter vom Dampfer entfernt. Clifford begriff, daß es mit aufkommender Helligkeit verhältnismäßig einfach sein würde, das Boot zu durchlöchern. Fing Su würde alles daran setzen, sie nicht entkommen zu lassen – schließlich hing sein Leben davon ab.

Tak-tak-tak-tak-tak-tak!

Sie hatten sich schon besser eingeschossen, aber die Treffer lagen zu hoch. Ein großer Holzsplitter flog vom Mast.

»Hinlegen!« befahl der Zahlmeister mit schriller Stimme und gestikulierte wie wahnsinnig.

Schon zum drittenmal seit ihrer Flucht schaute er auf seine dicke silberne Uhr.

Die ›Umveli‹ hatte wieder volle Fahrt aufgenommen und hielt genau auf das Boot zu. Wieder änderte der Kapitän den Kurs und schwenkte in einem großen Bogen in entgegengesetzter Richtung. Einzelne Schützen feuerten von Bord – die Treffer lagen unheimlich nahe. In das Klack-Klack der aufschlagenden Gewehrkugeln mischte sich nun auch das Dröhnen einer schweren Waffe.

»Ein Siebenpfünder«, rief Joe, und im gleichen Augenblick gab es einen ohrenbetäubenden Krach. Der Mast mit dem Segel sank auf die Seite.

»Jetzt sind wir am Ende«, knurrte der Zahlmeister. Mit großer Kaltblütigkeit nahm er den Revolver aus der Tasche und entsicherte.

Von der ›Umveli‹ wurden drei Boote heruntergelassen, die nacheinander auf das Wasser kamen. Die ›Umveli‹ fuhr nur noch ganz langsam. Aber der Kapitän ließ sich durch nichts aus der Fassung bringen. Mit Hilfe der beiden Matrosen kappte er Mast und Segel und warf sie über Bord. Im Nu waren die Riemen in die Dollen gelegt.

»Alle Mann an die Riemen!« befahl er laut, und alle folgten sofort.

Das Boot war groß und viel weniger handlich als die leichten Kutter, die sie verfolgten.

»Jetzt kann uns nur noch ein Wunder retten!« sagte Clifford – und das Wunder geschah.

Zwei Boote hatten bereits vom Dampfer abgelegt, als vom unteren Deck eine grelle Stichflamme emporschlug und ein ohrenbetäubender Knall ertönte. Gleich darauf folgte eine zweite, noch heftigere Explosion.

Sekundenlang trat Stille ein, dann hörte man wirre Kommandorufe und die schrillen Pfeifen der Offiziere. Die beiden Boote, die schon abgelegt hatten, kehrten wieder um. Dichter, schwarzer Rauch verbreitete sich über die Decks und verbarg den Schornstein und den größten Teil des Schiffes.

»Was mag an Bord explodiert sein?« fragte der Zahlmeister heiser, aber der Kapitän rief:

»Rudert alle Mann!«

In scharfem Takt hoben und senkten sich die Riemen.

»Das Schiff sinkt!« schrie Joe entsetzt. Er sprach die Wahrheit.

Ein halber Zentner Dynamit hatte nicht nur ein riesiges Loch durch die Decks geschlagen, sondern auch die großen Munitionsvorräte explodieren lassen, die der Dampfer als Fracht führte. Major Spedwell hatte das Uhrwerk des Zeitzünders so eingestellt, daß die Sprengladung sechsundzwanzig Stunden nach Auslaufen des Schiffes in die Luft gehen mußte. Die ›Umveli‹ hing stark nach der einen Seite über, es sah aus, als wollte sie todmüde umsinken. Dichter Rauch qualmte aus allen Luken, und Flammen züngelten aus dem Schiffsrumpf. Plötzlich ein wildes Durcheinander von Menschen nach den Booten.

In ihrer Bestürzung hatten die Geretteten zu rudern aufgehört und stützten sich auf die Riemen. Ihre Augen hafteten wie gebannt auf dem grausigen Schauspiel.

Doch der Zahlmeister schrie eine Warnung: »Nur weg von dem Schiff, so weit wie möglich!«

Gleich darauf kam eine dritte Explosion. Die ›Umveli‹ brach in sich zusammen. Ihr zackig aufgerissener Rumpf versank in einem wildaufschäumenden ungeheuren Wasserwirbel.

Nur vier Boote waren auf der Wasserfläche zu sehen, die Kurs auf die Flüchtenden nahmen.

»Rudern!« schrie der Kapitän, und wieder griffen sie in die Riemen und ihre Anstrengungen führten zum Erfolg. Als Clifford sich umsah, erblickte er steuerbords eine schwarze Rauchfahne und konnte im Morgengrauen ein langes graues Schiff erkennen.

Die Flüchtenden erreichten den britischen Zerstörer ›Sunbright‹ fünfundzwanzig Minuten eher, bevor der Rest einer vor Entsetzen fast wahnsinnigen Besatzung am Fallreep anlegte. Die übriggebliebenen Männer der ›Umveli‹ warfen ihre Gewehre ins Wasser und ergaben sich auf Gnade und Ungnade.

Fing Su war nicht unter ihnen, und als Clifford einen der zitternden Offiziere nach ihm fragte, erfuhr er das Schicksal des ›Kaisers‹ in wenigen, abgerissenen Worten.

»Fing Su ... Ich sah seinen Kopf ... dann seinen Körper ... in Stücke gerissen ...«

38

Acht Monate später führte Mr. Joe Bray seine junge Frau in den Palast auf dem Hügel oberhalb Siangtans. Im Heiratsregister stand ›Joseph Henry Bray, Junggeselle, 51 Jahre‹.

»Ich möchte darauf hinweisen«, hatte Clifford anzüglich gesagt, »daß falsche Angaben im Heiratsregister mit Zuchthaus bestraft werden.«

Clifford blieb in Europa, und Joe Bray erklärte Mabel den Grund hierfür.

»Meine jugendliche Erscheinung läßt ihn älter aussehen.« Mabel befand sich in völligem Einklang mit ihrem Mann, denn während ihrer Flitterwochen in Paris hatte sie die meiste Zeit damit verbracht, in der Rue de la Paix wundervolle Kleider und so kostbaren Schmuck zu kaufen, wie ihn nur ein vielfacher Millionär der geliebten Frau zu Füßen legen kann.

»Der Unterschied zwischen den beiden und uns«, Joe schmunzelte selbstgefällig und nahm einen kräftigen Schluck Whisky, »der Unterschied ist eben, daß wir aus Liebe geheiratet haben, Mabel. Aber Cliff, na, ich weiß nicht recht, wie ich es ausdrükken soll ...«

»Lynne hätte Joan niemals geheiratet, wenn du nicht ausdrücklich darauf bestanden hättest«, meinte Mabel ein wenig von oben herab. »Ich hoffe nur, Joan wird glücklich werden. Ich habe zwar meine Bedenken, aber ich hoffe es wenigstens.«

Mabel kam also nach Siangtan und wurde von der europäischen Kolonie dieser schönen Stadt mit all dem Pomp empfangen, wie er jemand zukam, der in so engen Beziehungen zur Yünnan-Gesellschaft stand. Und seltsamerweise gefiel es Mabel in Siangtan ausgezeichnet, denn gewiß war es besser, eine bedeutende Persönlichkeit in dieser chinesischen Stadt, als ein Niemand in Sunningdale zu sein.

Eines Tages kam ein Brief von Joan, aus dem hervorging, daß sie über alle Maßen glücklich war. Mabel krauste ein wenig die Nase.

»Die Linie wird fortgeführt? Was kann sie damit meinen?« fragte sie, aber sie ahnte schon etwas.

Joe hustete verlegen und gab ihr Auskunft.

»Das war gleichfalls meine Idee«, fügte er bescheiden hinzu.

EDGAR
WALLACE

DER ENGEL DES SCHRECKENS

Roman

Aus dem Englischen
von Friedrich Pütsch

Kapitel 1

Im Gerichtssaal herrschte völlige Stille. Die Geschworenen waren zurückgekehrt, und der Richter warf dem hochgewachsenen Angeklagten einen schnellen Blick zu. Dann legte er Akten und Papiere auf die linke Seite seines Tisches, ergriff einen Federhalter und schrieb einige Worte auf ein vor ihm liegendes Formular.

Eine atemlose Pause — jetzt nahm er die Kappe aus schwarzer Seide und setzte sie auf seine weiße Perücke.

»James Meredith, nach langer, sorgfältiger Untersuchung sind Sie des schwersten Verbrechens, des vorsätzlichen Mordes, für schuldig befunden worden. Ich stimme mit dem Urteil der Geschworenen völlig überein. Nach der Zeugenaussage der bedauernswerten Dame, mit der Sie verlobt waren, einer Aussage, die Sie hartnäckig als unwahr hinzustellen versuchten, besteht nicht der geringste Zweifel, daß Sie Ferdinand Bulford aus Eifersucht erschossen haben. Die Aussage Miss Briggerlands, Sie hätten den jungen Mann bedroht und sie selbst in einem Zustand maßloser Erregung verlassen, war nicht zu erschüttern. Ein unglücklicher Zufall wollte es, daß Sie mit Mr. Bulford vor der Tür Ihrer Verlobten zusammentrafen. In Ihrer wahnsinnigen Eifersucht schossen Sie ihn nieder.

Sie selbst haben behauptet, Ihr Besuch bei Miss Briggerland habe nur stattgefunden, um Ihre Verlobung mit der jungen Dame zu lösen. Sie haben weiterhin behauptet, diese Unterredung sei in jeder Beziehung ruhig verlaufen. Sie haben damit sagen wollen, Miss Briggerland habe bewußt einen Meineid geleistet, bewußt Ihre Verurteilung zum Tode herbeiführen wollen — eine ungeheuerliche Behauptung, die Sie durch die Verwandtschaft zwischen Ihnen und Miss Briggerland zu erklären versuchen: Miss Briggerland ist Ihre Kusine und würde durch Ihren Tod in den Besitz eines bedeutenden Vermögens gelangen! Diese abscheulichen Verdächtigungen Ihrer Braut reihen sich würdig an das schwere Verbrechen an, dessen Sie für schuldig befunden wurden, und ich muß sagen, daß ich selten in einen solchen Abgrund von Ehrlosigkeit und Niedertracht geblickt habe. Niemand, der das junge Mädchen auf der Zeugenbank gesehen hat, eine mitleiderregende und in ihrem Kummer so überzeugende Erscheinung, wird auch nur einen Augenblick Ihren phantastischen Erzählungen Glauben schenken.

Wer sollte Ferdinand Bulford denn getötet haben? Einen Mann, der in der ganzen Welt auch nicht einen Feind besaß? Alle Ihre Behauptungen geben keine Erklärung für den Tod dieses Mannes.

Ich habe Ihnen jetzt die Strafe zu verkünden, mit der das Gesetz Ihre Untat sühnt. Das von den Geschworenen vorgeschlagene Gnadengesuch wird der zuständigen Stelle zugeleitet werden . . .«

Dann verkündete er das Todesurteil, und der hochgewachsene Mann auf der Anklagebank lauschte, ohne daß sich ein Muskel seines Gesichtes bewegte.

Der Mord in der Berkley Street hatte seinen Abschluß gefunden, und als wenige Tage später mitgeteilt wurde, daß die Todesstrafe in lebenslängliches Zuchthaus umgewandelt worden war, gab es Zeitungen und Menschen, die von unangebrachter Milde sprachen. Würde James Meredith nicht vielleicht doch dem Henker überliefert worden sein, fragten sie, wenn er nicht der reiche, mächtige Mann, sondern nur ein armer Teufel gewesen wäre?

»Das ist also das Ende«, sagte Jack Glover, als er in Begleitung des hervorragenden Anwaltes, der seinen Freund verteidigt hatte, den Gerichtshof verließ. »Die kleine Dame hat gewonnen.«

Der Anwalt blickte ihn lächelnd von der Seite an.

»Seien Sie mal ehrlich, Glover. Glauben Sie denn wirklich, das arme Ding könnte so gemein lügen, wenn es um das Leben des Mannes geht, den sie liebt?«

»Liebt?« wiederholte Jack Glover spöttisch.

»Ich glaube, Sie sind voreingenommen.« Der Rechtsanwalt schüttelte den Kopf. »Ich persönlich halte Meredith für nicht normal und glaube, daß die angebliche Unterredung mit dem jungen Mädchen nur in seiner Einbildung stattgefunden hat. Jean Briggerland hat einen sehr tiefen Eindruck auf mich gemacht. Sie ist — aber sehen Sie, da kommt sie ja gerade!«

Sie hatten das Portal des Justizpalastes erreicht. Ein großer Wagen stand am Bürgersteig, und einer der Gerichtsdiener öffnete einem jungen Mädchen in tiefem Schwarz den Schlag. Einen kurzen Augenblick sah man ein blasses, trauriges Gesicht von auffallender Schönheit, dann setzte sich das Auto in Bewegung.

Der Anwalt atmete tief auf.

»Wahnsinnig!« sagte er heiser. »Der Mann muß wahnsinnig sein. Wenn ich jemals Unschuld und Reinheit in dem Gesicht einer Frau gesehen habe, dann in diesem hier.«

»Sie sind zuviel in der Sonne gewesen, Sir John — fangen an, elegisch zu werden«, erwiderte Jack Glover grob, und der Anwalt hustete entrüstet.

Jack Glover hatte eine eigene Art, seinen Freunden Liebenswürdigkeiten zu sagen, selbst wenn diese Freunde zwanzig Jahre älter waren und allen Anspruch auf respektvolle Behandlung hatten.

»Wissen Sie, Glover«, sagte Sir John beleidigt, »manchmal sind Sie wirklich unmöglich.«

Aber Jack Glover war schon seiner Wege gegangen, die Hände in den Taschen und den Hut in den Nacken geschoben.

Der grauhaarige Mitinhaber der Firma Rennett, Glover & Simpson — einen Simpson gab es schon seit zehn Jahren nicht mehr — war im Begriff, das Büro zu verlassen, setzte sich aber wieder, als sein jüngerer Teilhaber erschien.

»Ich habe das Resultat schon durchs Telefon erfahren«, begann er. »Ellbery sagt, Berufung werde unmöglich sein. Das Gnadengesuch wird ja höchstwahrscheinlich bewilligt werden — es ist ja doch schließlich eine crime passionelle —, und wegen mörderischer Eifersucht wird man noch nicht gehängt. Die Aussage des Mädels hat ihm den Rest gegeben?«

Jack nickte.

»Und sie sah aus wie ein Engel — frisch aus dem Eisschrank«, rief er verzweifelt. »Ellbery hat ja alles Mögliche getan, um sie in Widersprüche zu verwickeln, aber der alte Narr ist ja auch schon in sie verliebt — als ich ihn verließ, schwärmte er von ihrer reinen Seele und ihren anderen, himmlischen Eigenschaften.«

»Sie hat eben gewonnen«, sagte Mr. Rennett. Aber Glover fuhr wütend auf.

»Noch nicht. Ehe nicht Jim Meredith tot oder —«

»Oder —«, wiederholte der alte Herr bedeutungsvoll. »Von dem ›Oder‹ wollen wir lieber nicht sprechen, Jack. Er bekommt so sicher lebenslänglich, wie zwei mal zwei vier ist. Aber ich würde, weiß Gott, viel tun, um Jimmy zu helfen — ich würde sogar Geschäft und Ansehen aufs Spiel setzen!«

Jack Glover sah ihn verblüfft an.

»Großartig!« sagte er bewundernd. »Ich hätte gar nicht gedacht, daß Sie soviel für Jimmy übrighaben.«

Mr. Rennett stand auf und zog sich die Handschuhe an. Das Erstaunen, das er hervorgerufen hatte, schien ihm nicht sehr angenehm zu sein.

»Sein Vater war mein erster Klient«, es klang beinahe entschuldigend. »Einer der besten Menschen, die je gelebt haben. Hatte erst spät geheiratet. Man kann ruhig sagen, daß der alte Meredith unsere Firma gerettet hat. Sehen Sie, Simpson und ich waren beinahe erledigt, als Meredith uns seine Vertretung übertrug. Das war dann der Wendepunkt. Ihr Vater, Jack, konnte wieder und immer wieder vom alten Meredith erzählen. Ich wundere mich eigentlich, daß er darüber nie zu Ihnen gesprochen hat.«

»Ich glaube, ich kann mich noch daran erinnern«, sagte Jack nachdenklich. »Und Sie würden wirklich alles tun, um Jimmy zu helfen?«

»Alles!« sagte der alte Rennett kurz.

Jack Glover pfiff laut und unmelodisch vor sich hin.

»Ich sehe ihn morgen. Haben Sie übrigens gelesen, Rennett, daß kürzlich ein Mann aus dem Gefängnis in ein Privatkrankenhaus entlassen wurde, um sich einer kleinen Operation zu unterziehen? Im Parlament ist sogar deswegen interpelliert worden. Ist das eigentlich gebräuchlich?«

»Das läßt sich natürlich machen«, antwortete der alte Herr. »Warum?«

»Halten Sie es für möglich, daß wir Jim Meredith in einigen Monaten in ein Krankenhaus bringen können zu einer — sagen wir: Blinddarmoperation?«

»Leidet er denn an Blinddarmentzündung?« fragte Rennett überrascht.

»Weiß ich nicht — aber er kann doch so tun«, versetzte Jack ruhig.

Rennett blickte unter seinen buschigen Augenbrauen hervor auf den jungen Mann.

»Ach so — Sie dachten an das ›Oder‹?«

Jack nickte.

»Es läßt sich machen — wenn er am Leben ist«, sagte nach kurzem Schweigen Rennett.

»Er wird leben«, prophezeite sein Teilhaber. »Aber die Hauptsache — wo soll ich das Mädel finden?«

Kapitel 2

Lydia Beale nahm die Papiere auf, die ihren Schreibtisch bedeckten, ballte sie zusammen und warf sie in das Kaminfeuer.

Es klopfte, und sie wandte sich lächelnd ihrer rundlichen Wirtin zu, die auf einem Tablett eine große Tasse Tee, zwei dicke Scheiben Brot, Butter und Marmelade hereinbrachte.

»Fertig, Miss Beale?« frage die Wirtin besorgt.

»Für heute, ja.« Das junge Mädchen stand auf und reckte die steifgewordenen Glieder.

Sie war beinahe einen Kopf größer als Mrs. Morgan. Die tiefblauen Augen und das feine, geistvolle Gesicht kamen von ihren keltischen Vorfahren, aber auch die Grazie ihrer Bewegungen und die schlanken, weißen Hände ließen die gute Rasse erkennen, der sie entstammte.

»Ich möchte es so gern mal sehen, wenn ich darf, Miss Lydia«, sagte Mrs. Morgan und wischte ihre Hände an der Schürze ab.

Lydia zog eine der Schubladen des Schreibtischs auf und nahm einen großen Bogen Papier heraus. Es war eine Bleistiftzeichnung. Bewundernd betrachtete Mrs. Morgan das Bild eines maskierten Mannes, der eine Horde Angreifer mit seiner Pistole im Schach hält.

»Das ist ja wunderschön, Miss«, sagte sie begeistert. »Ob so was heute noch verkommt?«

Das junge Mädchen lachte und schloß die Zeichnung weg.

»Nur in den Geschichten, die ich illustrieren muß, Mrs. Morgan«, sagte sie trocken. »Heutzutage sehen die Räuber meistens aus wie Gerichtsbeamte und kommen mit Klagen und Zahlungsbefehlen. Aber die Zeichnung war tatsächlich eine Erholung für mich. Endlich einmal keine Modezeichnung, wie sonst immer. Wissen Sie, ich werde beinahe schon krank, wenn ich nur ein Damenmodengeschäft sehe.«

Mrs. Morgan schüttelte mitleidig den Kopf, und Lydia wechselte das Thema.

»Ist jemand hiergewesen?«

»Nur der junge Mann von Spadd & Newton«, erwiderte die dicke Frau seufzend. »Ich habe gesagt, Sie wären nicht da, aber ich kann so schlecht lügen.«

Das junge Mädchen stöhnte.

»Ob ich jemals mit all den Schulden zu Ende komme?« fragte sie verzweifelt. »Ich habe genug Klagen und Zahlungsbefehle und Rechnungen, um das ganze Haus damit zu tapezieren, Mrs. Morgan.«

Vor drei Jahren war Lydias Vater gestorben, der wie ihr bester Freund gewesen war. Sie wußte, er war verschuldet, hatte aber keine Ahnung, wie groß seine Verpflichtungen waren. Einer der Gläubiger hatte sie am Tag nach der Beerdigung aufgesucht und anzügliche Bemerkungen über die Annehmlichkeiten eines Todes gemacht, der die Schulden George Beales mit einem Schlage wegwischte. Und diese rohe Bemerkung hatte genügt, um das junge Mädchen zu einem Schritt zu veranlassen, der ebenso töricht wie großmütig war. Sie hatte allen Gläubigern geschrieben, daß sie selbstverständlich für die Schulden ihres Vaters einstehen werde.

Das keltische Blut in ihr hatte sie getrieben, sich eine Last aufzubürden, die sie kaum tragen konnte, aber niemals hatte sie ihre verschnelle Handlung bereut.

Einige Gläubiger hatten die schwierige Lage des jungen Mädchens erkannt und ließen sie in Ruhe, aber andere . . .

Als Mitarbeiterin der Moderedaktion des ›Daily Megaphone‹ bezog Lydia ein ziemlich gutes Einkommen, aber sie hätte ein Ministergehalt haben müssen, um alle die Forderungen zu befriedigen, die einen Monat später an sie herantraten.

»Gehen Sie heute abend aus, Miss?«

Lydia fuhr aus ihren unangenehmen Träumen auf.

»Ja, ich muß ein paar Zeichnungen von Carfews neuen Kostümen machen. Ich bin gegen zwölf zurück.«

Mrs. Morgan war schon in der Tür, als sie sich noch einmal umdrehte.

»Passen Sie auf, Miss Lydia. Eines schönen Tages werden Sie aus allen Sorgen heraus sein. Sie werden sehen, daß ich recht behalte. Ich wette, Sie heiraten einen sehr reichen jungen Mann.«

»Die Wette würden Sie verlieren, Mrs. Morgan«, antwortete Lydia. »Reiche junge Herren und arme junge Mädchen heiraten einander nur in den Geschichten, für die ich die Zeichnungen machen muß. Sollte ich wirklich einmal heiraten, dann vielleicht einen armen Menschen, der bald unheilbar krank wird und den ich dann bis an sein Ende pflegen muß. Und dann hasse ich ihn sicher so sehr, daß ich mit ihm nicht glücklich sein kann, aber er wird mir doch so leid tun, daß ich nicht weglaufen kann.«

Als Zeichen ihrer Mißbilligung schnaufte Mrs. Morgan hörbar.

»Übrigens möchte ich auch gar nicht verheiratet sein«, fuhr Lydia lächelnd fort. »Erst muß ich mal alle meine Rechnungen bezahlen, und bis das soweit ist, bin ich eine alte, grauhaarige Frau mit einer Schute auf dem Kopf.«

Lydia hatte ihren Tee getrunken und stand — ziemlich spärlich bekleidet — in der Mitte des Zimmers, als Mrs. Morgan zurückkam.

»Ich habe das ganz vergessen, Miss. Ein Herr und eine Dame haben nach Ihnen gefragt.«

»Ein Herr und eine Dame? Wer denn?«

»Ich weiß nicht, Miss. Ich hatte mich gerade ein bißchen hingelegt, und das Mädchen hat geöffnet. Ich hatte ihr doch eingebleut, jedem Menschen zu sagen, Sie seien nicht zu Hause!«

»Haben sie keinen Namen genannt?«

»Nein, Miss. Sie haben nur gefragt, ob Miss Beale hier wohne und zu sprechen sei.«

»Hm«, Lydia zog die Brauen zusammen. »Ich möchte wissen, wieviel ich denen wieder schuldig bin.«

Sie dachte nicht weiter daran, bis sie auf dem Weg ins Theater in der Redaktion anrief und von dem Schriftleiter ihrer Abteilung erfuhr, daß nach ihr gefragt worden sei.

»Alte Freunde von Ihnen, wie es scheint. Ich war nicht da, und Brand sagte ihnen, Sie seien heute abend im Erving-Theater. Wahrscheinlich werden Sie sie dort finden.«

»Aber wer war es denn?« — fragte sie.

»Keine blasse Ahnung«, war die Antwort.

Im Theater sah sie keinen Bekannten, wie neugierig sie auch um sich blickte. In den Pausen wurde sie auch von niemand angesprochen.

In der Reihe vor ihr, etwas nach rechts, saßen zwei Personen, die Lydia genau beobachteten, als sie hereinkam. Der Mann war Mitte Fünfzig, kahlköpfig und sehr dunkel — sein Gesicht hatte beinahe Kupferfarbe, obwohl er sicherlich Europäer war. Blaue Augen blickten wohlwollend durch starke Brillengläser, aber das Blau war so hell, daß der Kontrast zum Rot des glattrasierten Gesichtes es beinahe weiß erscheinen ließ.

Das junge Mädchen an seiner Seite war — auch für die kritischen Augen Lydias — von auffallender Schönheit. Ihr volles Haar schimmerte wie gesponnenes Gold. Es war nicht gefärbt, wie Lydia sofort feststellte. Ihre Gesichtszüge waren von seltener Ebenmäßigkeit. Die junge Zeichnerin glaubte niemals so wundervoll geschwungene Lippen gesehen zu haben. Auf der ganzen Erscheinung lag eine solche Frische und natürliche Unschuld, daß Lydias Herz sich sogleich der schönen Unbekannten zuwandte und sie den Vorgängen auf der Bühne kaum folgen konnte. Das junge Mädchen schien übrigens ein ähnliches Interesse für sie selbst zu empfinden, denn Lydia überraschte sie, wie sie sich zweimal nach ihr umwandte. Wer konnte sie wohl sein? Sie war mit erlesenem Geschmack gekleidet und trug eine kostbare Platinkette mit Smaragden.

Es bedurfte einer wirklichen Anstrengung, um Lydias Gedanken zur Bühne zurück und an ihre Arbeit zu bringen. Mit wenigen, geschickten Strichen skizzierte sie die Kostüme und vergaß im Augenblick die bezaubernde Fremde.

Nach Schluß der Vorstellung betrat sie das Vestibül und zog den abgetragenen Mantel dichter über ihre zarten Schultern. Die Nacht war rauh, und ein scharfer Westwind trieb die dicken, weißen Schneeflocken bis in die große Halle. Die glücklicheren Theaterbesucher schritten über die schmutzige Straße und stiegen in die wartenden Wagen; dann fuhren die Taxis in endloser Reihe vor — ein Türenzuschlagen, ein Stimmendurcheinander, bis sich die Menge schließlich zerstreut hatte.

»Taxi, Miss?«

Lydia schüttelte den Kopf. Der Bus war gut genug für Sie, aber schon zwei waren vollbesetzt an ihr vorbeigefahren, und sie begann ungeduldig zu werden. Jetzt fuhr ein besonders elegantes Taxi an den Bürgersteig heran.

Der Chauffeur beugte sich aus dem Wagen und rief: »Ist Miss Beale hier?«

Das junge Mädchen fuhr überrascht zusammen und ging auf

den Wagen zu.

»Ich bin Miss Beale.«

»Ich komme von Ihrem Verlag.«

Der Leiter des ›Megaphone‹ hatte sich schon verschiedene Extravaganzen geleistet. Er hatte über ihre Zeichnungen Ansichten zum besten gegeben, bei deren Erinnerung sie heute noch schauderte. Mitten in der Nacht hatte er sie wecken lassen, um sie als Zeichnerin auf einen Maskenball zu beordern. Aber noch niemals hatte er sich so aufmerksam gezeigt, ihr ein Taxi zu schicken. Trotzdem überlegte sie nicht lange, sondern stieg ein.

Die Scheiben waren mit halbgeschmolzenem Schnee bedeckt, der schon seit Stunden fiel. Undeutlich sah sie die Straßenlichter an sich vorbeihuschen — der Wagen mußte sehr schnell fahren. Sie rieb mit ihrem Handschuh die Scheibe, versuchte hinauszublicken und wollte das Fenster herunterlassen. Es ließ sich nicht bewegen. Jetzt sprang sie auf und klopfte zornig an die vordere Scheibe, um die Aufmerksamkeit des Chauffeurs auf sich zu lenken. Sie hatte sich nicht geirrt, als sie glaubte, über eine Brücke zu fahren, aber — nach der Fleet Street kam man über keine Brücke.

Wenn der Chauffeur auch ihr Klopfen hörte, so beachtete er es doch nicht. Wütend klopfte sie von neuem gegen die Scheibe, sie war nicht ängstlich, aber über alle Maßen empört. Und auf einmal kam die Angst. Sie kam, als sie den Wagenschlag zu öffnen versuchte und feststellte, daß er von der Außenseite verschlossen war. Sie steckte ein Streichholz an und sah, daß die Fensterrahmen festgeschraubt waren — das Loch, in dem die Schraube saß, war frisch und der Schraubenkopf neu und glänzend.

Lydia hatte keinen Schirm — sie nahm nie einen ins Theater mit — und als Waffe nichts anderes als einen Füllfederhalter. Vielleicht ließ sich das Fenster mit dem Fuß zertrümmern. Als sie sich aber zurücklehnte, fand sie, daß das nicht so einfach war, wie sie glaubte. Sie gab ihr Vorhaben auf. Und jetzt wich auf einmal die sinnlose Furcht von ihr, sie wurde kühl und ruhig. Eine Entführung? Das war ja lächerlich. Aber was sollte das alles bedeuten? Der Chauffeur hatte ihren Namen genannt. Vielleicht wollte der Schriftleiter sie in seiner Wohnung sprechen, die irgendwo im Süden Londons war, wie sie sich erinnerte. Das würde ja alles erklären. Und doch sagte ihr eine innere Stimme, daß etwas Ungewöhnliches vor sich ging, daß ihr eine unangenehme Erfahrung bevorstand. Sie versuchte gegen diesen Gedanken anzukämpfen, aber er ließ sich nicht verdrängen.

Von neuem rüttelte sie an der Türklinke, dann fiel ihr ein leichter Lichtschein auf, der in den Wagen drang, und sie blickte durch das kleine hintere Fenster. Nur wenige Meter hinter dem Taxi sah sie zwei Scheinwerfer. Ein großer Wagen folgte, dessen Umrisse sie beim Schein einer Straßenlampe sehen konnte.

Sie mußten sich auf einer der Straßen nach den Vororten befinden. Auf der linken Seite sah sie Bäume vorbeifliegen, dann einen langen, grauen Zaun. Jetzt schoß der große Wagen an ihnen vorbei, und bald sah sie verzweifelt sein Schlußlicht in der Dunkelheit verschwinden. Bevor sie sich aber klarwerden konnte, was eigentlich vorging, hatte er gestoppt und sich quer über den Weg gestellt. Das Taxi mußte plötzlich halten, und sie flog gegen die vordere Scheibe. Undeutlich bemerkte sie zwei Gestalten, hörte sprechen, und dann wurde die Tür aufgerissen.

»Wollen Sie bitte aussteigen, Miss Beale«, sagte eine angenehme Stimme; sie gehorchte mit schwankenden Knien. Zwei Männer standen an der Seite des Taxichauffeurs. Der eine trug einen langen Regenmantel, der bis ans Kinn zugeknöpft war.

»Sie können zu Ihren Freunden zurückkehren und ihnen erzählen, daß sich Miss Beale in guter Hut befindet«, sagte er zu dem Fahrer. »Und dann können Sie Ihrem Schutzpatron ein oder zwei Kerzen spenden, als Dank, daß Sie selbst noch am Leben sind.«

»Ich habe wirklich keine Ahnung, was Sie eigentlich wollen«, erwiderte der Mann verdrossen. »Ich soll die Dame hier zu ihrem Büro bringen.«

»Seit wann wird denn das ›Daily Megaphone‹ in diesem schönen Vorort gedruckt?« fragte der andere höflich.

Dann wandte er sich dem jungen Mädchen zu und zog den Hut.

»Kommen Sie bitte, Miss Beale. Ich kann Ihnen eine angenehmere Fahrt versprechen, wenn ich auch keine Garantie übernehmen kann, daß ihr Abschluß weniger überraschend sein wird.«

Kapitel 3

Der Mann, der die Wagentür aufgerissen hatte, stand schon in vorgerücktem Alter und war untersetzt. Freundlich ergriff er den Arm des jungen Mädchens, und ohne ein weiteres Wort folgte sie ihm zum vorderen Wagen.

»Fein, Rennett!« sagte der Mann im Regenmantel. »Alle Achtung, die Leute sind gerissen.«

»Niedertracht hat mir noch nie Bewunderung eingeflößt«, erwiderte der andere ablehnend, und der junge Mann, der Lydia gegenübersaß, lachte laut auf.

»Sie sollten das von einem objektiven Standpunkt aus betrachten, alter Freund. Ich kann mir nicht helfen, ich muß die Leute bewundern. Ich gebe zu, daß ich einen Schreck bekam, als mir klar wurde, daß Miss Beale das Taxi nicht gerufen, sondern daß man es ihr so bequem vor die Tür gestellt hatte, aber — ich kann die Leute nur bewundern.«

»Was soll das alles bedeuten?« fragte das junge Mädchen verständnislos. »Ich bin vollkommen verwirrt — wo fahren wir jetzt hin? Zum Büro?«

»Ich fürchte, Sie werden heute nacht nicht mehr in Ihr Büro kommen«, versetzte der junge Mann ruhig, »und es ist mir gleichfalls unmöglich, Ihnen zu erklären, warum Sie eigentlich entführt wurden.«

»Entführt?« wiederholte das junge Mädchen ungläubig. »Wollen Sie damit sagen, daß der Mann —«

»Er fuhr mit Ihnen nach außerhalb und würde Sie wahrscheinlich an irgendeinem einsamen, gottverlassenen Platz abgesetzt haben. Ich glaube kaum, daß er etwas gegen Sie selbst im Schilde führte — die Leute laufen kein unnötiges Risiko, es kam ihnen vielmehr in erster Linie darauf an, Sie, Miss Beale, für diese Nacht aus dem Weg zu schaffen. Wie die eigentlich darauf gekommen sind, daß unsere Wahl gerade auf Sie gefallen ist, begreife ich nicht. Was sagen Sie dazu, Rennett?«

»Ihre Wahl ist auf mich gefallen?« wiederholte das junge Mädchen verblüfft. »Wirklich, meine Herren, glauben Sie nicht auch, daß ich berechtigt bin, eine Erklärung zu verlangen? Wenn es Ihnen recht ist, wäre es mir lieber, Sie brächten mich zu meinem Büro. Ich muß nämlich an meine Stellung denken«, fügte sie bitter hinzu.

»Sechs Pfund zehn Schilling pro Woche, und dann noch ein paar Extrapfund für Illustrationen«, sagte der Mann im Regenmantel. »Glauben Sie mir, Miss Beale, bei dem Gehalt werden Sie niemals Ihre Schulden bezahlen, und wenn Sie hundert Jahre alt werden.«

Sie starrte ihn sprachlos an.

»Sie scheinen meine Privatangelegenheiten recht genau zu kennen«, sagte sie kühl.

»Genauer, als Sie denken.«

Sie glaubte, ihn in der Dunkelheit lächeln zu sehen, aber seine Stimme klang so freundlich und um Entschuldigung bittend, daß sie sich nicht beleidigt fühlen konnte.

»Im letzten Jahr lagen neununddreißig vollstreckbare Urteile gegen Sie vor, und in dem davor siebenundzwanzig. Sie leben von genau dreißig Schilling pro Woche, und der Rest geht an die Gläubiger Ihres Vaters.«

»Sie sind — Sie sind —«, begann sie hitzig.

»Bitte, Miss Beale, bleiben Sie ruhig. Darf ich mich übrigens vorstellen? Mein Name ist Glover — Jack Glover in Firma Rennett, Glover & Simpson. Der Herr an Ihrer Seite ist Mr. Charles Rennett, der Seniorteilhaber der Firma. Wir sind, wenn ich so sagen darf, eine ganz bekannte Anwaltsfirma, aber wie lange das nun noch der Fall sein wird, das hängt einzig und allein von Ihnen ab.«

»Von mir?« Das junge Mädchen war ehrlich überrascht. »Offen gestanden habe ich eigentlich nicht besonders viel für Rechtsanwälte übrig, und —«

»Kann ich sehr gut begreifen«, murmelte Mr. Glover.

»Selbstverständlich liegt mir nicht daran, Sie mit Ihren Kompagnons auseinanderzubringen.«

»Die Angelegenheit ist doch bedeutend ernster«, warf Mr. Rennett, der an ihrer Seite saß, ein. »Die Sache verhält sich folgendermaßen. Wir handeln, ich sage Ihnen das ohne weiteres, in jeder Beziehung wider Recht und Gesetz. Berichten Sie Einzelheiten über das, was wir vorhaben, der Polizei, so bedeutet das sicheren Ruin für uns. Sie werden jetzt schon sehen, daß das ganze Abenteuer für uns, wenigstens in diesem Augenblick, bedeutend wichtiger ist als für Sie. So, da wären wir!« schnitt er weitere Fragen des jungen Mädchens ab.

Der Wagen bog in eine schmale Auffahrt ein, fuhr durch eine lange Allee hoher Bäume und hielt dann vor dem Portal eines großen Hauses, das sich im gleichen Augenblick öffnete.

Rennett war ihr beim Aussteigen behilflich und führte sie in eine große, getäfelte Diele.

»Bitte hier entlang. Darf ich vorausgehen?«

Er öffnete eine Tür, und sie fand sich in einem großen, wundervoll ausgestatteten Salon, den zwei prachtvolle silberne Kronleuchter erhellten.

Zu ihrer Erleichterung kam ihr eine ältere Dame entgegen.

»Meine Frau, Miss Beale«, sagte Rennett. »Muß ich hinzufügen, daß Sie sich in meinem Haus befinden?«

»Ihr habt also die junge Dame wirklich gefunden«, sagte Mrs. Rennett freundlich lächelnd. »Und was sagt nun Miss Beale zu eurem Vorschlag?«

In diesem Augenblick kam der junge Glover herein. Er hatte seinen Mantel abgelegt und erwies sich als typisches Beispiel der sportlichen englischen Jugend. Aber er sah gut aus, wie Lydia mit weiblicher Inkonsequenz bemerkte, und in seinen Augen lag ein Ausdruck, der Vertrauen einflößte. Er nickte lächelnd zu Mrs. Rennett hinüber und wandte sich dann an Lydia.

»Ich weiß nicht, Miss Beale, ob ich Ihnen die nötigen Aufklärungen zu geben habe oder ob mein Kollege es vorzieht, mir diese Unannehmlichkeit zu ersparen.«

»Ich nicht — auf keinen Fall«, rief der ältere Mann hastig. »Ich halte es für das beste«, wandte er sich seiner Frau zu, »wir lassen Jack Glover mit der jungen Dame allein; er kann dann in Ruhe mit ihr sprechen.«

»Ja, aber habt ihr denn Miss Beale noch gar nichts gesagt?« fragte Mrs. Rennett überrascht, und Lydia mußte unwillkürlich lachen, obwohl sie nicht dazu aufgelegt war.

Die möglichen Unannehmlichkeiten im Büro, diese abenteuerliche Entführung und jetzt noch dies neue Geheimnis, das alles zusammen genügte, um auch die ruhigsten Nerven aufzuwühlen.

Glover wartete, bis sich die Tür hinter den beiden geschlossen hatte. Er stand eine Zeitlang vor dem Feuer, biß sich unruhig auf die Lippen und blickte überlegend auf den Teppich.

»Ich weiß wirklich nicht, wie ich beginnen soll, Miss Beale«, sagte er. »Und jetzt, da ich Ihre Bekanntschaft gemacht habe, rührt sich mein Gewissen doppelt und dreifach. Das beste ist, ich fange von vorne an Sie haben doch von dem Bulford-Mord gehört?«

Das junge Mädchen starrte ihn an.

»Bulford-Mord?« wiederholte sie ungläubig, und er nickte. »Ja, natürlich, den Fall kennt doch jeder.«

»Dann habe ich es, Gott sei Dank, nicht nötig, Ihnen die einzelnen Umstände auseinanderzusetzen«, sagte Jack Glover.

»Ich weiß nur«, unterbrach das junge Mädchen, »daß Mr. Bulford von einem Mr. Meredith erschossen wurde, der eifersüchtig auf Bulford war, und daß Mr. Meredith sich seiner Braut gegenüber abscheulich benommen hat.«

»Ganz richtig«, nickte Glover, in dessen Augen es belustigt aufflackerte. »Mit anderen Worten — Meredith wehrte sich energisch gegen die Behauptung, eifersüchtig gewesen zu sein, und schwor, daß er die Verlobung mit Miss Briggerland bereits aufgehoben und nicht die geringste Ahnung von den Beziehungen zwischen Bulford und Miss Briggerland gehabt habe.«

»Das sagte er ja nur, um sein Leben zu retten«, entgegnete Lydia ruhig. »Miss Briggerland hat doch beschworen, daß eine derartige Entlobung nie stattgefunden hat.«

Glover nickte.

»Was Sie aber nicht wissen, Miss Beale«, begann er mit tiefem Ernst, »ist folgendes: Jean Briggerland ist die Kusine Merediths und wird, falls sich nicht ganz bestimmte Dinge ereignen, ungefähr sechshunderttausend Pfund von Meredith erben. Ich muß Ihnen gleich sagen, daß Meredith einer meiner besten Freunde ist. Man hat ihn zu lebenslänglichem Zuchthaus begnadigt, aber deshalb bleibt er doch mein Freund. So genau, wie ich weiß, daß Sie mir hier gegenübersitzen, so genau weiß ich im übrigen, daß Meredith den armen Bulford nicht getötet hat. Meiner Meinung nach war alles eine abgekartete Geschichte, um den Tod oder die Gefängnisstrafe meines Freundes herbeizuführen — und Mr. Rennett denkt wie ich. Es ist Tatsache, daß Meredith mit dem Mädchen verlobt war, er erfuhr aber verschiedene Dinge über sie und ihren Vater, die nicht zu ihren Gunsten sprachen. So schön sie ist, wirklich geliebt hat er sie nie — er ist, ich kann das ruhig sagen, eingefangen worden. Als er sah, wie sich die Dinge zuspitzten, ging er an jenem Abend zu ihr, um die Verlobung aufzuheben.«

Lydia hatte einigermaßen verdutzt diese ausführliche Erzählung angehört.

»Ich sehe aber immer noch nicht ein, was das alles mit mir zu tun hat.«

»Kann ich mir denken«, nickte Glover, »ich werde Ihnen jetzt aber einen anderen Teil dieser Geschichte erzählen, einen Teil, der der großen Masse unbekannt geblieben ist. Merediths Vater war ein etwas exzentrischer alter Herr, der viel von dem Sprichwort ›Jung gefreit . . .‹ und so weiter hielt. Sein Testament enthielt die Bestimmung, daß sein ganzes Vermögen an seine Schwester oder deren Erben gehen solle, falls Meredith nicht bis zu seinem dreißigsten Geburtstag verheiratet wäre. Seine Schwester war die schon seit längerer Zeit verstorbene Mrs. Briggerland. Ihre Erben sind ihr Mann und ihre Tochter — Miss Briggerland.«

Er schwieg, und das junge Mädchen blickte nachdenklich ins Kaminfeuer.

»Wie alt ist Mr. Meredith?«

»Morgen, Montag, wird er dreißig«, erwiderte Glover ruhig, »und er müßte sich bis dahin verheiraten.«

»Im Gefängnis?«

Er schüttelte den Kopf.

»Wäre das möglich gewesen, so hätten wir schon die nötigen Schritte unternommen, aber der Justizminister hat eine dahingehende Anfrage unberücksichtigt gelassen und sich geweigert, die Erlaubnis zu einer derartigen Trauung zu geben. Ich muß seinen Gründen übrigens zum Teil beipflichten — vergessen Sie nicht: Meredith verschwindet für zwanzig Jahre hinter Gefängnismauern.«

»Ja — aber dann —«, begann Lydia.

»Lassen Sie mich Ihnen die Sachlage etwas verständlicher machen«, sagte Glover mit dem ihm eigenen kleinen Lächeln. »Glauben Sie mir, Miss Beale, unser Plan erscheint mir jetzt, wo ich vor Ihnen stehe, längst nicht mehr so gut wie vorher. Gesetzt den Fall —«, er sprach kühl, beinahe geschäftsmäßig, »es wäre uns möglich, James Meredith morgen früh hierherzubringen . . . würden Sie ihn heiraten?«

»Ich?« fuhr Lydia hoch. »Einen Mann heiraten, den ich nie gesehen habe, und noch dazu einen Mörder?«

»Meredith ist kein Mörder«, versetzte er ruhig.

»Aber das ist . . . das ist unmöglich«, rief sie. »Warum denn gerade ich?«

Er schwieg einen Augenblick.

»Als wir uns zu diesem Plan entschlossen hatten, suchten wir jemand, dem eine solche Heirat Vorteil bringen würde. Rennett kam auf den Gedanken, die Akten der Londoner Gerichtshöfe zu durchstöbern, um auf diese Weise ein junges Mädchen zu finden, das in großen Geldnöten wäre. Es gibt kein sichereres Mittel, finanzielle Schwierigkeiten aufzudecken, als die Terminregister und Akten der Gerichtshöfe zu studieren. Wir fanden vier junge Damen, aber nur eine kam für unseren Zweck in Frage — und diese eine waren Sie. Bitte, hören Sie mir noch einen Augenblick zu«, bat er, als sie widersprechen wollte. »Wir haben genaue Erkundigungen über Sie eingezogen, leider zu genaue, denn die Briggerlands rochen Lunte und sitzen uns schon seit einer Woche auf der Fährte. Wir wissen, daß Sie nicht verlobt sind, daß Sie die für Sie große Schuldenlast Ihres Vaters auf sich genommen haben und daß Sie weder Verwandte noch Freunde besitzen — von den Kollegen in Ihrem Büro abgesehen. Hier ist der Vorschlag, den wir Ihnen machen, und glauben Sie mir bitte, Miss Beale, ich komme mir recht erbärmlich vor, daß gerade ich es sein muß, der Ihnen dieses Angebot macht: Sie erhalten bis an Ihr Lebensende eine jährliche Rente von fünftausend Pfund, außerdem sofort die Summe von zwanzigtausend Pfund und die feste Zusicherung, daß Sie vom Augenblick der Heirat an niemals — ich sage noch einmal: niemals — von Ihrem Gatten belästigt werden.«

Lydia hörte dies alles wie in einem Traum — es war zu unwahrscheinlich. Gleich würde sie aufwachen und Mrs. Morgan mit einer Tasse Tee und einem Teller ihrer unverdaulichen Kuchen neben ihrem Bett stehen sehen. So etwas gibt es doch gar nicht, sagte sie sich, und doch — da stand ein junger Mann, mit dem Rücken zum Feuer, der ihr im alltäglichen Ton einen Vorschlag machte, der in das Reich der Romantik — und einer recht unwahrscheinlichen dazu — gehörte.

»In meinem Kopf wirbelt alles durcheinander«, sagte sie schließlich. »Das muß doch erst überlegt werden, und wenn Mr. Meredith im Gefängnis ist —«

»Mr. Merdedith ist nicht mehr im Gefängnis«, unterbrach sie Glover. »Vor zwei Tagen wurde er in ein Krankenhaus eingeliefert, um sich dort einer leichten Operation zu unterziehen und — er ist jetzt hier im Haus.«

Sie konnte ihn nur mit offenem Mund anstarren, und Jack fuhr fort: »Die Briggerlands wissen, daß er entflohen ist; sie nahmen wahrscheinlich an, daß er hier sei, denn wir hatten die Polizei heute nachmittag hier, die das ganze Grundstück sorgfältig durchsuchte. Scotland Yard weiß natürlich, daß Rennett und ich die juristischen Berater Merediths waren, aber wir waren auf den Besuch der hohen Obrigkeit vorbereitet. Wie es möglich war, daß er nicht entdeckt wurde, gehört ja nicht hierher. Und nun, Miss Beale, wie ist Ihre Antwort? Entscheiden Sie sich bitte möglichst rasch!«

»Ich weiß wirklich nicht, was ich sagen soll«, versetzte Lydia hilflos. »Ich muß träumen, und wenn ich genug Mut hätte, um mich tüchtig zu kneifen, würde ich aufwachen. Und doch möchte ich gar nicht aufwachen. Die ganze Sache ist so verlokkend phantastisch, so unmöglich.«

Er lächelte.

»Kann ich Mr. Meredith sehen?«

»Nicht vor morgen früh. Ich möchte noch hinzufügen, daß alle Vorbereitungen für eine Trauung getroffen sind. Die Erlaubnis zu einer Eiltrauung ist in unseren Händen, und morgen früh acht Uhr — nebenbei bemerkt, sind Trauungen vor acht und nach drei Uhr in England nicht gültig — wird ein Pastor hiersein, um die Zeremonie vorzunehmen.«

Ein langes Schweigen folgte. Lydia hatte die Ellbogen auf die Knie und den Kopf in die Hände gestützt. Glover blickte ernst und mitleidig auf sie hinunter und verwünschte sich selbst, daß er es sein mußte, der diesem jungen Mädchen einen so unerhörten Plan vorzuschlagen hatte. Endlich sah sie auf.

»Ich nehme an«, sagte sie leise, »aber — in der Zahl der Urteile gegen mich haben Sie sich geirrt. In den letzten zwei Jahren waren es dreiundsiebzig — und ich möchte keinen Anwalt mehr hören und sehen.«

»Ich danke Ihnen«, war Jack Glovers höfliche Antwort.

Kapitel
4

Die ganze Nacht hindurch saß Lydia in dem kleinen Schlafzimmer, das ihr Mrs. Rennett zur Verfügung gestellt hatte, und dachte — grübelte — überlegte. Vergeblich hatte sie versucht zu schlafen und war dann im Zimmer auf und ab gelaufen, vom Fenster zur Tür, von der Tür zum Fenster. Ihre Gedanken hatten sich noch nie ernsthaft mit einer Heirat befaßt, und eine solche wie die ihr vorgeschlagene würde keine besonderen Schrekken für sie gehabt haben, wenn das Vorspiel dazu weniger aufregend gewesen wäre. Die Aussicht, nur dem Namen nach Frau zu sein, der Gedanke, daß ihr Gatte die nächsten zwanzig Jahre im Kerker verleben würde, beunruhigte sie jedoch nicht. Warum — wußte sie nicht, aber sie glaubte Jack Glover, daß Meredith unschuldig sei.

Sie fragte sich, was Mrs. Morgan wohl sagen werde und welche Erklärung sie im Büro geben könne. Die Arbeit dort war ihr nicht sehr ans Herz gewachsen, sie würde sie mit Vergnügen aufgeben und sich ernsthaft dem Kunststudium widmen. Fünftausend Pfund im Jahr! Sie könnte in Italien leben, bei den berühmtesten Malern studieren, ein eigenes Auto haben — die Möglichkeiten waren ja beinahe unbeschränkt. Aber was waren die Nachteile?

Sie zuckte die Achseln, als sie sich diese Frage zum hundertsten Male vorlegte. Ja, welche Nachteile könnte es da geben? Eine andere Heirat war allerdings ausgeschlossen, aber sie wollte ja gar nicht heiraten. Sie gehörte nicht zu denen, die sich leicht verlieben, war viel zu unabhängig und nüchtern dazu, kannte die Männer und ihre Schwächen nur zu gut.

»Der liebe Gott hat mich zur alten Jungfer bestimmt«, sagte sie halblaut.

Um sieben Uhr morgens — welch ein trüber und trauriger Morgen, dachte Lydia, als sie zum Fenster hinausblickte — brachte ihr Mrs. Rennett eine Tasse Tee.

»Ich glaube, Sie haben überhaupt nicht geschlafen, arme Kleine«, sagte die alte Dame mit einem Blick auf das unberührte Bett. »Ich kann Ihnen das nachfühlen.«

Sie legte ihre Hand auf den Arm des jungen Mädchens und drückte ihn mitleidig.

»Es ist nicht leicht für Sie und für uns auch nicht.« Sie lächelte ein wenig. »Ich befürchte, wir alle werden die größten Unannehmlichkeiten haben.«

Den gleichen Gedanken hatte auch Lydia, als ihr die düstere Schilderung Glovers einfiel.

»Wird es nicht sehr ernsthafte Folgen für Sie haben, wenn die Polizei herausbekommt, daß Sie bei einer Flucht mitgeholfen haben?«

»Flucht, mein liebes Kind?« Mrs. Rennetts Gesicht war eine Maske. »Ich habe nichts von einer Flucht gehört. Wir wissen nur, daß der arme Mr. Meredith in Erwartung der Erlaubnis des Justizministers alle nötigen Vorbereitungen für eine Trauung in unserem Haus getroffen hat. Wie Mr. Meredith hierhergekommen ist, entzieht sich vollkommen unserer Kenntnis«, sagte die diplomatische alte Dame, und Lydia mußte unwillkürlich lachen.

Langsam beendete sie ihre Toilette, und Punkt acht klopfte Mrs. Rennett zum zweitenmal an die Tür.

»Man wartet auf Sie«, sagte sie leise mit zitternden Lippen; ihr Gesicht war sehr bleich.

Aber Lydia war jetzt die Ruhe selbst; ihr Entschluß war gefaßt.

Im Salon warteten vier Herren; zwei waren ihr bekannt: Glover und Rennett. Den dritten erkannte Lydia an seiner geistlichen Kleidung. Ihre ganze Aufmerksamkeit richtete sich jetzt auf den vierten, einen hochgewachsenen Mann, unrasiert, mit kurzgeschnittenem Haar, Gesicht und Körper so abgemagert, daß sein Anzug an ihm zu hängen schien. Ihre erste Empfindung war Widerwillen, Abscheu, aber dann kam ein tiefes Mitleid über sie — James Meredith schien schwer krank zu sein. Er wandte sich ihr zu, als sie hereinkam, blickte sie forschend an und kam ihr mit ausgestreckter Hand entgegen.

»Miss Beale? Es tut mir leid, unter derartig peinlichen Verhältnissen Ihre Bekanntschaft zu machen. Glover hat Ihnen die Sachlage auseinandergesetzt?«

Sie nickte.

Seine tiefliegenden Augen hielten sie wie in einem magnetischen Bann.

»Die Einzelheiten und Bedingungen sind Ihnen klar? Glover hat Ihnen mitgeteilt, warum diese Heirat stattfinden muß? Glauben Sie mir bitte«, fügte er leiser hinzu, »ich bin Ihnen unendlich dankbar, daß Sie auf meine Wünsche eingegangen sind.«

Ohne ein weiteres Wort an sie wandte er sich dem Geistlichen zu.

»Wir können beginnen«, sagte er einfach.

Die Zeremonie erschien dem jungen Mädchen so unwahrscheinlich, daß ihr deren Bedeutung nicht einmal zum Bewußtsein kam, als sich ein Ring — er war viel zu groß, denn Glover hatte ihn nach Gutdünken gewählt — über ihren Finger schob. Sie kniete nieder, um den feierlichen Segen zu empfangen. Dann stand sie mühsam auf und blickte ihren Gatten mit starren Augen an.

»Ich glaube . . . ich werde ohnmächtig?«

Jack Glover fing sie gerade noch auf und trug sie zum Sofa. Als sie wieder zu sich kam, hatte sie die verworrene Idee, daß jemand versucht habe, sie zu hypnotisieren; sie öffnete die Augen und blickte in das ernste Gesicht Merediths, der sich über sie beugte.

»Fühlen Sie sich jetzt besser?« fragte er ängstlich. »Ich befürchte, die letzten vierundzwanzig Stunden waren zu aufregend für Sie, und geschlafen haben Sie ja auch nicht, wie Mrs. Rennett uns erzählte. — Auf jeden Fall werden Sie heute nacht sicherlich besser schlafen als ich«, fügte er lächelnd hinzu. Dann wandte er sich an Rennett, der unruhig seinen Bart strich und ihn ernsthaft und ängstlich beobachtete. »Mr. Rennett, in Gegenwart der hier anwesenden Zeugen muß ich Ihnen mitteilen, daß ich aus dem Krankenhaus entflohen bin, in dem ich durch die Milde des Justizministers Aufnahme gefunden hatte. Als ich Ihnen mitteilte, daß ich gleichfalls die Erlaubnis erhalten hätte, heute morgen hierherzukommen, um mich in Ihrem Hause trauen zu lassen, sprach ich die Unwahrheit.«

»Ich bedaure, das hören zu müssen«, erwiderte Rennett höflich. »Es ist selbstverständlich meine Pflicht, Mr. Meredith, Sie der Polizei zu übergeben.«

Das gehörte alles zum Spiel. Lydia beobachtete mit gespanntem Interesse den Vorgang; sie wußte, jedes Wort, jede Handlung war sorgfältig überlegt, um Rennett und Glover die Anklage der Beihilfe zu ersparen.

Rennett hatte kaum zu Ende gesprochen, als laut und ungestüm an die Haustür geklopft wurde. Jack Glover eilte in die Halle, um zu öffnen. Es war nicht die Polizei, die er erwartet hatte. Eine junge Dame, bis zu den Augen in einen Pelzmantel gehüllt, stand vor ihm. Sie stieß Jack beiseite, flog durch die Halle und betrat den Salon.

Lydia stand zitternd neben Mrs. Rennett, als die unerwartete Besucherin hereinkam und langsam die Knöpfe ihres Pelzes öffnete. Überrascht fuhr Lydia zusammen. Es war das schöne junge Mädchen, das sie am letzten Abend im Theater gesehen hatte.

»Was verschafft uns das Vergnügen?« fragte Glovers Stimme spöttisch.

»Ich verlange meinen Verlobten — Meredith«, sagte sie kurz.

Glover lachte leise.

»Verlangt haben Sie ihn schon seit recht langer Zeit, Miss Briggerland — das kann ich begreifen. Sie kommen leider etwas zu spät.«

Ihre Augen blickten auf den Geistlichen.

»Zu spät?« sagte sie langsam. »Er ist also schon verheiratet?«

Sie biß sich auf die Lippen und nickte, dann blickte sie Lydia an. Ihre blauen Augen waren ausdruckslos.

Meredith war verschwunden. Verzweifelt blickte Lydia um sich. War er der Polizei entgangen, um sich selbst zu stellen? Plötzlich fiel ein Schuß. Der Knall mußte aus dem Garten kommen.

Glover rannte hastig durch die große Halle zur Tür. Es schneite, kein Mensch war zu sehen. Er lief den Weg hinunter, der parallel mit dem Haus lief, dann um die Ecke ging und in vielen Windungen durch das dichte Gehölz zu einem kleinen Schuppen führte. Plötzlich blieb Jack entsetzt stehen. Dicht vor ihm lag ein Mann mit ausgestreckten Armen in einer Blutlache, seine Hand umklammerte eine Pistole.

Mit einem unterdrückten Aufschrei beugte sich Jack über den Liegenden.

Es war James Meredith — tot!

Kapitel 5

Jack Glover hörte Fußtritte und sah einen Mann auf sich zukommen, der den Detektiv deutlich erkennen ließ. Er wandte sich ab und sah schweigend auf den Leichnam zu seinen Füßen, als der Mann neben ihn trat.

»Wer ist das?« fragte der Beamte scharf.

»James Meredith«, antwortete Jack einfach.

»Tot?« rief der andere. »Hat er Selbstmord begangen?«

Jack antwortete nicht und beobachtete den Inspektor, der eine kurze und schnelle Untersuchung der Leiche vornahm. Die Kugel war durch die linke Schläfe eingedrungen, die Pulverspuren waren deutlich auf dem stillen Gesicht zu sehen.

»Sehr unangenehme Sache, Mr. Glover«, begann der Beamte ernst. »Können Sie eine Erklärung für die Anwesenheit des Mannes hier geben?«

»Er kam hierher, um sich zu verheiraten. Das überrascht Sie, wie es scheint, aber es verhält sich tatsächlich so. Er ist vor noch nicht zehn Minuten getraut worden. Wenn Sie mit mir ins Haus kommen wollen, werde ich Ihnen alles Nähere erklären können.«

Der Detektiv zögerte, aber in diesem Augenblick erschien einer seiner Kollegen am Schauplatz, und Jack führte ihn durch einen Nebeneingang in Mr. Rennetts Arbeitszimmer.

Der Anwalt schien sie dort erwartet zu haben; er war allein.

»Wenn ich mich nicht irre, sind Sie Inspektor Colhead von Scotland Yard«, sagte Glover.

»Ganz richtig«, nickte der Beamte. »Aber, unter uns gesagt, Mr. Glover, würde ich an Ihrer Stelle keine Aussagen machen, die Sie nicht später öffentlich wiederholen können.«

Mit einem leisen Lächeln erkannte Jack die Bedeutung dieser Warnung und begann, die Vorgänge zu beschreiben.

»Ich kann Ihnen nur sagen«, war seine Antwort auf eine weitere Frage, »daß Mr. Meredith heute morgen um drei Viertel acht das Haus betreten und sich Mr. Rennett zur Verfügung gestellt hat. Um acht Uhr, wie Sie selber wissen, teilte Mr. Rennett Scotland Yard telefonisch mit, daß sich Mr. Meredith in seinem Hause befinde. In der Zwischenzeit ließ er sich trauen.«

»War denn gerade ein Pfarrer da?« fragte ihn der Beamte

sarkastisch.

»Ja, ein Pfarrer war gerade da«, erwiderte Jack ruhig, »weil ich es veranlaßt hatte. Ich wußte, Mr. Meredith würde hierherkommen, falls dies im Bereich der Möglichkeit läge, und kannte seinen Wunsch zu heiraten. Die Gründe wird Ihnen mein Kompagnon auseinandersetzen.«

»Haben Sie ihm bei der Flucht geholfen? — Eine derartige Frage sollte ich eigentlich nicht stellen«, sagte der Detektiv lächelnd.

Jack schüttelte den Kopf.

»Ich kann Ihnen in völliger Aufrichtigkeit die Antwort geben, daß ich damit ebensowenig zu tun hatte wie der Justizminister, als er Meredith die Erlaubnis gab, ein Krankenhaus aufzusuchen.«

Bald darauf ging der Beamte zum Schuppen im Garten zurück, und die beiden Herren waren allein.

»Nun«, sagte Rennett mit schwankender Stimme. »Was ist eigentlich passiert?«

»Er ist tot!«

»Selbstmord?«

Jack sah ihn bedeutungsvoll an.

»Hat damals Bulford Selbstmord begangen?«

»Und wo steckt der — Engel?«

»Mit Mrs. Rennett und Miss Beale im Salon.«

»Mrs. Meredith«, verbesserte Jack ruhig.

»Das bedeutet natürlich noch mehr Schwierigkeiten«, sagte Rennett, »aber ich glaube, wir werden uns so einigermaßen herauswickeln können, wenn auch die Geschichte recht schwarz aussieht.«

Sie fanden die drei Damen im Salon. Lydia, sehr blaß, kam ihnen entgegen.

»Was ist vorgefallen?« Sie glaubte die Antwort in seinem Gesicht zu lesen. »Er ist doch nicht tot?« fragte sie stockend.

Jack nickte, aber seine Augen lagen die ganze Zeit auf dem anderen jungen Mädchen. Die Winkel ihrer wundervollen Lippen hatten sich schmerzvoll gesenkt, und in ihren Augen lag ein Ausdruck von tiefem Kummer, der ihm den Atem raubte.

»Hat er sich erschossen?« fragte sie leise.

Jack sah sie kühl an.

»Das einzige, was ich genau weiß, Miss Briggerland«, Lydia

fuhr bei dem grausamen Ton seiner Stimme zusammen, »ist, daß — Sie ihn nicht erschossen haben.«

»Wie können Sie es wagen?« fuhr Jean Briggerland auf. Die leichte Röte auf ihren Wagen war das einzige Zeichen ihrer Erregung.

»Wagen? — Ich kann noch mehr wagen«, erwiderte Jack kurz. »Sie fragten mich, ob es sich um Selbstmord handelt, und ich antworte Ihnen, daß dies nicht der Fall ist — es ist Mord! James Meredith wurde tot aufgefunden, seine rechte Hand umklammerte eine Pistole. Die Kugel drang in die linke Schläfe ein, und wenn Sie mir erklären können, wie irgendein Mann, der eine Schußwaffe in normaler Weise hält, dies fertigbringen kann, will ich Ihrer Selbstmordtheorie beipflichten.«

Ein langes, tödliches Schweigen.

»Und außerdem«, fuhr Jack mit einem leichten Achselzucken fort, »hatte der arme Meredith keine Pistole.«

Jean Briggerland stand mit gesenkten Augen und zusammengepreßten Lippen da. Dann blickte sie auf.

»Ich kann Ihre Gefühle begreifen, Mr. Glover«, sagte sie sanft. »Kann sehr gut verstehen, daß Sie mich hassen müssen, wenn Sie so schreckliche Dinge von mir glauben.«

Ihre Lippen zitterten, ihre Stimme klang heiser vor tiefem Kummer. »Ich habe James Meredith geliebt«, sagte sie leise, »und er liebte mich.«

»Er liebte Sie so sehr, daß er eine andere heiratete.« Jacks Stimme klang eisig. Lydia war empört.

»Mr. Glover«, begann sie vorwurfsvoll, »halten Sie es für angebracht, derartige Dinge zu sagen, wenn der arme Mr. Meredith dort draußen liegt — tot?«

Langsam drehte sich Jack ihr zu, und in seinen Augen lag eine Härte, die sie für unmöglich gehalten hätte.

»Miss Briggerland hat Ihnen soeben mitgeteilt, daß ich sie hasse«, sagte er bedächtig, »sie hat die reine Wahrheit gesprochen: Ich hasse sie derartig — Sie können das gar nicht verstehen, Mrs. Meredith.« Er legte besonderen Nachdruck auf die letzten beiden Worte, und Lydia zuckte zusammen. »Und eines Tages, falls die . . . hm . . . Umstände mich verschonen —«

». . . Umstände . . . verschonen«, warf Jean Briggerland ein. »Ich verstehe Sie nicht, Mr. Glover — was wollen Sie damit sagen?«

Glover lachte, aber es war kein angenehmes Lachen.

»Vielleicht doch«, versetzte er kurz. »Und was den armen Jim betrifft, der Sie — so sehr liebte . . . nun, das werden Sie ja selbst am besten wissen. Ich bemühe mich, Ihnen gegenüber möglichst höflich zu sein und nicht zu sehr meine Befriedigung sehen zu lassen, daß Sie zu spät kamen, um diese Heirat zu verhindern! Soll ich Ihnen sagen, warum Sie zu spät kamen?« Seine Augen blitzten auf. »Weil ich mit dem Geistlichen von St. Peter heute morgen neun Uhr vereinbart hatte. Ich wußte genau, Sie und Ihre kleine Armee von Spionen würden dies herausfinden und Sorge tragen, vor diesem Zeitpunkt hierzusein. Aber ich, Miss Briggerland, wandte mich an einen guten Freund in Oxford, und heute morgen, Punkt acht Uhr, war er an Ort und Stelle; er war nämlich schon gestern abend hier eingetroffen.«

Sie sah ihn schweigend an, ohne etwas von der Entrüstung merken zu lassen, die nach Lydias Meinung sehr berechtigt gewesen wäre.

»Ich hatte nicht den Wunsch, diese Heirat zu verhindern«, sagte das junge Mädchen leise. »Wenn Jim es vorzog, sich in dieser Weise mit jemand zu verheiraten, der ihn nicht kannte, so kann ich nichts anderes tun, als seine Wahl anerkennen Es tut mir so sehr leid, Mrs. Meredith, daß diese Tragödie in Ihr Leben kommen mußte. Darf ich Ihnen ein größeres Glück wünschen als das, das Sie bisher fanden?«

Gerührt von der unverkennbaren Aufrichtigkeit und zu gleicher Zeit durch Glovers Rauhheit etwas verletzt, ergriff Lydia die warme, kleine Hand, die sich ihr entgegenstreckte. Sie war froh, einen mitfühlenden Menschen gefunden zu haben.

»Auch mir tut es leid«, sagte sie mit schwankender Stimme. »Vielleicht mehr, als Sie ahnen.«

Jean Briggerland senkte die Augen, und wieder zuckten ihre Lippen. Dann wandte sie sich ab, zog den Mantel um sich und verließ ohne ein weiteres Wort den Salon.

Es war schon Mittag, als Rennetts Wagen Mrs. Lydia Meredith vor der Tür ihrer Wohnung absetzte.

Mrs. Morgan hatte die Sorge um ihre junge Mieterin beinahe von Sinnen gebracht, und sie vergoß Freudentränen, als sie Lydia vor sich sah.

»Oh, Miss, Sie können sich ja nicht denken, was ich mir für

Sorgen gemacht habe«, stieß sie hervor, »und vom Büro hat man geschickt, wo Sie stecken. Ich dachte schon, Sie wären überfahren worden, und das ›Daily Megaphone‹ hat in allen Krankenhäusern angefragt und —«

»Ich glaube, ich bin wirklich überfahren worden«, sagte Lydia erschöpft. »Mein armer Verstand hat unter den Rädern von wenigstens einem Dutzend Bussen gelegen, und meine Seele mußte hundert Zusammenstöße durchmachen.«

Mrs. Morgan starrte sie verständnislos an. Der Sinn für Vergleiche ging ihr ab.

»Es ist alles in Ordnung, Mrs. Morgan«, rief Lydia über ihre Schulter zurück, als sie die Treppe zu ihrem Zimmer hinaufging. »Ich meinte das nur so — ich habe ein paar recht aufregende Stunden hinter mir und — was ich noch sagen wollte, ich heiße Meredith.«

Mrs. Morgan fiel auf einen Stuhl in der kleinen Halle.

»Meredith?« sagte sie ungläubig. »Aber ich kannte Ihren Vater und —«

»Ich habe mich verheiratet, das ist alles«, sagte Lydia bitter. »Sie haben mir erst gestern erzählt, daß ich eine sehr romantische Heirat haben würde, aber in Ihren wildesten Träumen würden Sie sich niemals die tolle, verzweifelte Heirat vorstellen können, die ich heute eingegangen bin. Ich lege mich jetzt hin.« Sie blieb auf dem Treppenabsatz stehen und sah auf die behäbige Frau, die sprachlos zu ihr hinaufstarrte. »Wenn jemand nach mir fragt, ich bin nicht zu Hause. Aber halt — dem ›Megaphone‹ können Sie mitteilen, daß ich sehr spät nach Hause gekommen und zu Bett gegangen bin. Ich würde morgen ins Büro kommen und alles erklären.«

»Aber Miss«, stammelte die Frau, »Ihr Mann —«

»Mein Mann ist tot«, versetzte das junge Mädchen ruhig. Sie fühlte, ihre Worte klangen herzlos, aber sie konnte beim besten Willen nicht Kummer zeigen, wenn sie keinen fühlte. »Und wenn der Mensch von dem Rechtsanwalt wiederkommt, sagen Sie ihm bitte, daß ich morgen früh zwanzigtausend Pfund in meinen Händen habe.« Mit diesen Worten schloß sie die Tür hinter sich und ließ die arme Mrs. Morgan sprachlos auf ihrem Stuhl in der Diele sitzen.

Kapitel 6

Die polizeiliche Durchsuchung des Hauses und Gartens von Dulwich Grange, Mr. Rennetts Besitzung, nahm den ganzen Vormittag in Anspruch. Weder Mr. Rennetts noch Jacks Unterstützung wurde verlangt oder angeboten.

Kurz vor dem Lunch kam Inspektor Colhaed zu ihnen in das Arbeitszimmer.

»Wir haben Ihr Grundstück genau durchsucht, und ich glaube, wir wissen jetzt, wo sich Meredith verborgen hielt.«

»Wirklich?« fragte Mr. Rennett höflich.

»In der Hütte da hinten im Garten bewahren Sie, wie ich annehme, gewöhnlich Geräte und Werkzeuge auf. Jetzt ist sie ja leer, aber einer meiner Leute entdeckte, daß sich der ganze Boden aufheben läßt. Er bewegt sich in Scharnieren und wird durch Gegengewichte geöffnet und geschlossen.«

Mr. Rennett nickte.

»Das stimmt — jetzt erinnere ich mich«, sagte er kühl. »Der frühere Besitzer hatte dort seinen Wein untergebracht. Im Hause haben wir ja keine Keller, wie Sie wissen. Ich trinke keinen Wein und hatte niemals Gelegenheit, den Keller zu benutzen.«

»Und dort hat er sich versteckt. Wir fanden Decken und Kissen. Es muß ganz sicher ein Weinkeller gewesen sein, denn ein Luftschacht führt nach oben in die Büsche. Wir hätten das Versteck nie gefunden, wenn nicht einer meiner Leute gefühlt hätte, wie sich eine Ecke des Bodens unter seinen Füßen bewegte.«

Ein kurzes Schweigen.

»Noch etwas«, sagte der Detektiv langsam. »Ich komme nach und nach zu der Überzeugung, daß Meredith nicht Selbstmord begangen hat. Wir fanden ganz frische Fußspuren, die an der Rückseite des Schuppens entlangliefen.«

»Großer oder kleiner Fuß?« fragte Jack hastig.

»Ein ziemlich großer Fuß«, versetzte der Detektiv. »Ein Schuh mit Gummiabsätzen. Wir konnten die Spuren bis zu einem Gitter am Ende des Grundstückes verfolgen, und das Gitter ist erst kürzlich geöffnet worden — wahrscheinlich von Mr. Meredith, als er hierherkam. Ein sehr merkwürdiger Fall, Mr. Rennett.«

»Und was für eine Pistole ist es?«

»Die ist auch neu«, antwortete Colhead. »Belgische Marke, und wie ich annehme, ist es ausgeschlossen, den Käufer aufzuspüren. Man kann ja die belgischen Feuerwaffen in jedem Laden, in jeder Stadt, in Ostende und Brüssel kaufen, und ich glaube, die Verkäufer sind nicht einmal angewiesen, die Nummern aufzuschreiben.«

»Es ist also dieselbe Art Waffe wie die, mit der Bulford getötet wurde«, sagte Jack ruhig.

Colhead zog die Brauen in die Höhe.

»Ganz richtig, aber wurde nicht nachgewiesen, daß es Mr. Merediths eigene Waffe war?«

Jack schüttelte den Kopf.

»Das einzige, was nachgewiesen wurde, war, daß er jemanden auf der Straße liegen sah und die Pistole aufgehoben hatte, die neben dem Toten lag. Der Schuß fiel, als Meredith die Tür von Mr. Briggerlands Haus öffnete. Dann sah er den Mann auf der Straße liegen und hob die Waffe auf. In dieser Stellung befand er sich, als Miss Briggerland, deren Aussage Meredith so schwer belastete, aus der Tür trat und ihn erblickte.«

Der Detektiv nickte.

»Ich hatte mit dem Fall nichts zu tun, erinnere mich aber, die Waffe gesehen zu haben, die mit der Pistole von heute morgen tatsächlich völlig übereinstimmt. Ich werde mal mit dem Chef sprechen und Sie wissen lassen, wie er über die ganze Sache denkt. Sie werden natürlich bei der Leichenschau als Zeuge zu erscheinen haben.«

Als er gegangen war, blickten sich die beiden an.

»Na, Rennett, was denken Sie? Werden wir in die Tinte geraten, oder können wir uns mit einem kleinen Meineid retten?«

»Zu einem Meineid, wenigstens zu einem ernsthaften, liegt kaum Veranlassung vor«, erwiderte der andere bedächtig. »Da fällt mir übrigens ein — wo steckte denn Briggerland in der Nacht, als Bulford ermordet wurde?«

»Als sich Miss Briggerland von ihrem Schrecken erholt hatte, ging sich nach oben und weckte ihren Vater, der trotz der frühen Stunde schon im Bett lag und fest schlief. Als die Polizei auf der Bildfläche erschien, oder vielmehr, als der Detektiv, dem die Angelegenheit übergeben wurde, ankam — und seit dem Zeitpunkt des Mordes mußte schon eine beträchtliche Anzahl Minuten verstrichen sein —, fand man Mr. Briggerland in einem malerischen Schlafrock und einem nicht weniger malerischen Pyjama.«

»Und sicher furchtbar entsetzt?« sagte Rennett trocken.

Jack schwieg eine Zeitlang.

»Wissen Sie, Rennett, daß ich mir um das junge Mädchen viel mehr Sorgen mache als um die Folgen, die die Sache für uns haben kann?«

»Von welchem jungen Mädchen sprechen Sie denn?«

»Von Mrs. Meredith. Solange der arme Jim noch lebte, war sie verhältnismäßig sicher. Aber sind Sie sich schon darüber klargeworden, daß die Vorteile, die für uns ins Gewicht fielen, nämlich, daß sie keinerlei Verwandte hatte, die bedauernswerte junge Dame heute in recht schwere Gefahr bringen?«

»Das hatte ich vergessen«, versetzte Rennett nachdenklich. »Und das Testament, das Meredith heute morgen aufsetzte, bevor er sich verheiratete, macht die Sache noch viel schwieriger.«

Jack pfiff.

»Ein Testamant?« wiederholte er überrascht.

Sein Kompagnon nickte.

»Sie erinnern sich doch, daß wir hier eine halbe Stunde zusammen gesessen haben. Er bestand darauf, ein Testament zu machen. Zeugen waren meine Frau und Bolton.«

»Und wem hat er sein Geld vermacht?«

»Alles, ohne Ausnahme, seiner Frau. Der arme Kerl war so versessen darauf, daß nicht ein Penny in die Hände der Briggerlands käme. Lieber wollte er sein ganzes Vermögen einem Mädchen anvertrauen, das er noch nie gesehen hatte.«

Jack blickte sehr ernsthaft.

»Und die Briggerlands sind die nächsten Erben! Haben Sie sich klargemacht, was das bedeutet? — Das wird verteufelt gefährlich!«

Mr. Rennett nickte.

»Das habe ich mir auch schon gesagt.«

Jack ließ sich in einen Sessel fallen, und sein Gesicht verzog sich zu einer Grimasse. Der Ältere störte seinen Gedankengang nicht. Plötzlich heiterte sich Jacks Gesicht auf.

»Jaggs!« sagte er leise.

»Jaggs?« wiederholte der andere verblüfft.

»Jaggs«, nickte Jack. »Der ist der richtige Mann. Wir müssen uns auf den Standpunkt unserer gerissenen Gegner stellen, und Jaggs ist der geeignetste Mann für so etwas.«

Mr. Rennett blickte ihn verständnislos an.

»Glauben Sie, daß Jaggs uns auch von unseren Unannehmlichkeiten befreien könnte?« fragte er ironisch.

»Auch das bekommt er fertig«, antwortete Jack.

»Dann lassen Sie ihn möglichst bald kommen. Ich habe so eine Ahnung, als ob ihm eine recht lebhafte Zeit bevorstünde.«

Kapitel 7

Kurz nach neun Uhr betrat Jean Briggerland ihr Haus in der Berkeley Street. Sie klingelte nicht, sondern öffnete selbst mit ihrem Schlüssel und ging direkt in das Speisezimmer, wo sie ihren Vater mit einer Zeitung vor sich beim Frühstück fand.

Es war der dunkelhäutige Mann, den Lydia im Theater gesehen hatte. Er blickte über seine goldene Brille hinweg, als Jean hereinkam.

»Du warst schon zeitig unterwegs!«

Sie antwortete nicht, legte bedächtig ihren Pelzmantel über eine Stuhllehne, nahm das kleine Hütchen ab und warf es auf den Tisch. Dann setzte sie sich, stützte das Kinn in die Hand und sah nachdenklich ihren Vater an.

»Nun, Kleine?« Mr. Briggerland strahlte sie durch die Brillengläser an. »Der arme Meredith hat also Selbstmord verübt?«

Sie antwortete nicht, aber ihre Augen blickten unbeweglich auf das Gesicht ihres Vaters.

»Sehr bedauerlich, äußerst bedauerlich«, Mr. Briggerland schüttelte traurig den Kopf.

»Wie hat sich die Sache eigentlich abgespielt?« fragte sie plötzlich.

Mr. Briggerland zog die Schultern hoch.

»Ich weiß nichts, kann ja auch nur vermuten. Vielleicht floh er bei deinem Anblick in sein Versteck, das in der Nacht von Leuten, die sich dafür ... hm ... interessieren, gefunden worden war, und beging dort diese übereilte, folgenschwere Tat. Ich hatte irgendwie die feste Überzeugung, daß er zum Schuppen laufen würde.«

»Und wartetest dort auf ihn?«

Er lächelte.

»Ein ganz einwandfreier Selbstmord, meine Liebe.«

»So? — Schuß in die linke Schläfe, und die Pistole hielt er in der rechten Hand!«

Mr. Briggerland erschrak.

»Verdammt! Wer hat das bemerkt?«

»Der nette junge Rechtsanwalt — Glover heißt er.«

»Hat die Polizei es auch gesehen?«

»Das kann man wohl annehmen, denn er hat sie darauf aufmerksam gemacht.«

Mr. Briggerland nahm die Brille ab und putzte sorgfältig die Gläser.

»Es ging alles so schnell — ich mußte doch durch die Gartentür laufen, um noch rechtzeitig mit der Polizei an der Vordertür zu sein. Aber sie hatten den Schuß gehört und waren schon in das Haus eingedrungen. Das läßt sich nun nicht ändern, und niemand weiß, daß ich überhaupt im Garten war. Daß ich mit dem Ergreifen eines entflohenen Sträflings etwas zu tun hatte, kommt ja sowieso nicht in die Zeitungen.«

»Aber über den Selbstmord wird geschrieben werden«, sagte Jean. »Nein, ich kann auch nicht annehmen, daß die Polizei den Namen des Mannes erwähnen wird, der ihr mitteilte, daß James Meredith in Dulwich Grange sein werde.«

Mr. Briggerland lehnte sich in den Stuhl zurück und sah finster drein.

»Man kann doch auch nicht an alles denken«, brummte er.

Dann stand er auf, ging zur Tür, verschloß sie und nahm aus einem Fach seines Schreibtisches eine kleine Pistole. Er überzeugte sich sorgfältig, daß sie keine Patrone enthielt, stellte sich vor den Spiegel und versuchte, die Mündung mit der rechten Hand auf die linke Schläfe zu setzen. Als er fand, daß dies unmöglich war, brummte er ärgerlich vor sich hin. Dann legte er den Daumen auf den Abzug, während der Kolben sich gegen die Handfläche stützte. Hier hatte er mehr Erfolg.

»So geht's«, sagte er zufrieden. »Es kann auf diese Weise ausgeführt worden sein.«

Jean schauderte nicht vor dem Schauspiel zurück, das ihr Vater darbot. Den Kopf in die Hand gestützt, beobachtete sie jede seiner Bewegungen mit regstem Interesse. Wie sie ihm zusah und zuhörte, hätte er ihr ebensogut einen neuen Rückschlag beim Tennis erklären können.

Mr. Briggerland setzte sich wieder an den Tisch und strich sich bedächtig ein Brötchen.

»Alle Welt geht dies Jahr nach Cannes«, begann er, »aber ich denke, wir bleiben bei Monte Carlo. Wir können dort auch ganz ruhig leben, namentlich, wenn wir eine Villa in den Bergen, nicht zu dicht bei der Bahnlinie, finden können. Ich habe Mordon schon gestern gesagt, daß er mit dem neuen Wagen vorausfahren und uns in Boulogne erwarten soll. Mordon ist von dem Wagen ganz begeistert. Eine nette telefonische Verbindung mit dem Fahrer, elektrische Heizung und —«

»Meredith war verheiratet!«

Wenn sie eine Bombe auf ihn geworfen hätte, würde das kaum einen so ungeheuren Eindruck gemacht haben wie diese drei Worte. Er starrte sie an und stieß sich vom Tisch zurück.

»Verheiratet?« Seine Stimme überschlug sich.

Sie nickte.

»Das ist eine Lüge«, brüllte er, »eine verdammte Lüge.« All seine süßliche Zuvorkommenheit war verschwunden, sein Gesicht verzerrte sich vor Wut und färbte sich noch dunkler. »Verheiratet — du verlogene kleine Bestie! Er konnte nicht verheiratet sein! Es war ja kaum acht Uhr vorbei, und der Geistliche wurde um neun erwartet. Ich drehe dir den Hals um, wenn du versuchst, mir einen Schreck einzujagen. Ich hab' dir das schon mal gesagt . . .«

Er tobte und brüllte wie ein Besessener. Jean hörte schweigend und unbewegt zu.

»Er wurde Punkt acht von einem Geistlichen getraut, den sie aus Oxford hatten kommen lassen und der die Nacht im Hause zugebracht hat«, unterbrach sie ihn mit größter Ruhe. »Es hat gar keinen Wert, dich in eine solche Aufregung hineinzusteigern. Ich habe den Pfarrer gesehen und auch die junge Frau gesprochen.«

Jetzt wandelte sich der Rasende in einen jammernden, erbärmlichen Greis. Seine Augen standen voller Tränen, sein Kinn zitterte, und die fleischigen Hände auf dem weißen Tischtuch flogen wie im Fieber.

»Was sollen wir denn nun machen?« jammerte er. »Mein Gott, Jean, was soll aus uns werden?«

Sie stand auf, ging zu dem Buffet an der Wand, goß ein Weinglas halb voll Whisky und brachte es ihm — alles, ohne ein Wort zu sagen. Sie war an diese Anfälle gewöhnt und auch an ihren Abschluß. Jean war weder gekränkt noch überrascht oder abgestoßen. Dieses blasse, zarte Wesen war stärker als er. Sie glich einem großen Chirurgen, dem Mitleid, wenigstens im Operationszimmer, fremd ist.

»Du wirst deine Reise nach Monte Carlo aufgeben müssen«, sagte sie, als er begierig den Whisky schlürfte.

»Wir haben jetzt alles verloren«, stammelte er. »Alles!«

»Das junge Mädchen, oder vielmehr die junge Frau, hat nicht einen Verwandten«, sagte Jean bedeutungsvoll. »Ihre nächsten Erben sind — wir!«

Er setzte das Glas nieder, blickte sie scharf an und war sofort wieder der freundliche, zuvorkommende ältere Herr.

»Kleine«, rief er begeistert, »du bist wirklich ein Wunder. Es tut mir leid, daß ich mich so kindisch betragen habe. Was schlägst du also vor?«

»Schließ erst mal die Tür auf. Ich möchte das Mädchen rufen.«

Während er zur Tür ging, drückte sie auf den Klingelknopf, und bald erschien eine ältere Frau, die Jean Kammerzofendienste leistete.

»Suchen Sie mir bitte den kleinen Smaragdring, die Perlenkette und die Brillantnadel heraus und packen Sie alles mit Watte in eine kleine Schachtel.«

»Ja, Madame«, sagte die Frau und ging hinaus.

»Was willst du denn machen, Jean?« fragte ihr Vater.

»Ich will die Schmucksachen an Mrs. Meredith schicken«, erwiderte das junge Mädchen kühl. »Geschenke, die ich von ihrem Gatten erhalten hatte. Nach dem tragischen Ende meines Traumes fühle ich, daß ich den Anblick dieser Schmuckstücke nicht länger ertragen kann.«

»Aber du hast doch die Sachen gar nicht von ihm. Meredith schenkte dir doch nur die Kette. Warum gutes Geld wegwerfen?«

»Ich weiß ganz genau, daß die Schmucksachen nicht von ihm stammen, und habe gar nicht die Absicht, gutes Geld wegzuwerfen«, sagte sie geduldig. »Erstens wird Mrs. Meredith alles wieder zurücksenden, und dann werde ich Gelegenheit haben, ein paar — freundliche Worte über Jack Glover zu äußern . . . und darauf warte ich nur.«

Bald darauf ging sie in ihren hübschen, kleinen Salon im ersten Stock und schrieb einen Brief.

Liebe Mrs. Meredith!
Ich sende Ihnen die wenigen Kleinigkeiten, die ich in glücklicheren Tagen von James erhalten habe. Es ist alles, was ich von ihm habe, und Sie als Frau werden verstehen, wieviel die Schmuckstücke für mich bedeuten, wenn auch ihr Besitz viele schmerzliche Erinnerungen in mir wachrief. Ich wünschte, ich könnte mich von den Erinnerungen ebenso schnell frei machen wie von den Andenken, die ich Ihnen übersende (ich habe die Empfindung, daß sie nicht mehr mein, sondern Ihr Eigentum sind), aber ich wünschte noch mehr, daß ich die Veranlassung, die Mr. Glover zu meinem bitteren Feind gemacht hat, ungeschehen machen könnte.

Wenn ich daran zurückdenke, sehe ich ein, daß auch ich schuld hatte, aber ich bin überzeugt, Sie werden mir Ihr Mitgefühl nicht versagen, wenn Ihnen die Wahrheit bekannt ist. Ich war ein junges Ding, sehr unerfahren — namentlich in dem Verkehr mit Herren — und habe den Aufmerksamkeiten, die mir Mr. Glover erwies, vielleicht zuviel Bedeutung beigelegt und sie zu scharf zurückgewiesen. Damals hielt ich es noch für unverzeihlich, wenn ein junger Mann, der sich als James' besten Freund ausgab, dessen Braut mit Liebesanträgen verfolgte. Heute weiß ich, daß so etwas sehr häufig vorkommt und daß unsere modernen jungen Mädchen nichts dabei finden. Aber ein Mann wird schwerlich einer Frau vergeben, die ihm seine närrische Torheit vorgehalten hat — das ist der eine unverzeihliche Fehler, den sich ein junges Mädchen nie zuschulden kommen lassen darf. Aus diesem Grund kränkte mich Mr. Glovers Feindschaft nicht so sehr, wie Sie vielleicht annehmen könnten.

Glauben Sie mir, bitte, daß ich in diesen schweren Tagen mit Ihnen fühle. Ich möchte Ihnen noch einmal sagen, daß ich von ganzem Herzen eine glückliche Zukunft für Sie erhoffe.

Ihre Jean Briggerland

Sie steckte den Brief in einen Umschlag, schrieb die Adresse und nahm sich dann ein Buch aus einem reichlich gefüllten Bücherregal.

Als ihr Vater eine Stunde später hereinkam, saß sie vor dem

Kaminfeuer und las eifrig. Er blickte über ihre Schulter und brummte unwillig, als er den Titel des Buches zu Gesicht bekam.

»Ich begreife nicht, wie du dich mit solchen Büchern abgeben kannst.«

Es war der zweite Band des bekannten Werkes ›Berühmte Verbrecher‹. Jean blickte lächelnd auf.

»Das begreifst du nicht? Und die Erklärung liegt doch auf der Hand. Es ist eines der — lehrreichsten Werke meiner Sammlung.«

»Lebensläufe ganz gemeiner Verbrecher«, knurrte er. »Ihre ekelhaften letzten Worte, wie sie hingerichtet wurden — puh!«

Sie blickte lächelnd auf das Buch in ihrem Schoß. Der weiße Rand der Seiten war mit Anmerkungen in ihrer Handschrift bedeckt.

»Ganz hervorragende Denkaufgaben«, sagte sie. »Jeden einzelnen Fall habe ich durchstudiert und danebengeschrieben, wie der Verbrecher Entdeckung oder Verhaftung hätte vermeiden können. Aber die Leute waren ja alle so phantasielos und so erschreckend dumm. Die Polizei jener Zeit brauchte sich wirklich nichts darauf einzubilden, so dumme Verbrecher gefaßt zu haben. Und mit unseren modernen Verbrechern ist es genau dasselbe . . .«

Von einem anderen Regal nahm sie zwei starke Bände herunter, die Zeitungsausschnitte enthielten.

»Gott, wie dumm — jeder von ihnen«, wiederholte sie, als sie die Seiten überflog.

»Auch die Klugen werden manchmal gefaßt«, bemerkte Briggerland düster.

»Niemals.« Jean klappte das Buch energisch zu. »In England, Frankreich, Amerika, beinahe in jedem zivilisierten Lande laufen heutzutage Mörder herum; Mörder, denen der größte Respekt erwiesen wird; Mörder, deren Verbrechen der Polizei unbekannt geblieben sind. Aber nun hör mal zu!« Sie schlug das Buch wieder auf. »Hier ist der Fall Rell; der Mann brachte einen unbequemen Gläubiger mit Rattengift um. Die ganze Stadt wußte, daß er Rattengift gekauft hatte, jedermann wußte, daß er verschuldet war. Welche Chance hatte Rell, unbestraft zu bleiben? Und hier Jewelville — er tötete seine Frau, vergräbt sie im Keller und lenkt die Aufmerksamkeit auf sich, indem er ausreißt. So unglaublich dumm! Was haben wir hier? — Gordon, der seine

Schwägerin umbringt — sie war hoch versichert; am hellichten Tage kauft er Gift, und dann findet man noch das Fläschchen in seiner Tasche. Solche Leute verdienen doch nichts anderes, als gehängt zu werden.«

»Wenn du doch, um Himmels willen, nur nicht vom Hängen reden wolltest«, sagte Briggerland kläglich. »Du bist unmenschlich — wirklich, Jean, du bist ...«

»... ein Engel«, lachte sie, »und ich kann es dir beweisen. Ich habe genug Zeitungsausschnitte, die das behaupten! Der ›Daily Recorder‹ brachte eine ganze Spalte über mich, mein Äußeres, mein Auftreten als Zeugin — bei der Verhandlung gegen James Meredith, weißt du!«

Er sah den Brief auf dem Schreibtisch liegen und nahm ihn auf.

»Du hast also doch an die Dame geschrieben! Schickst du ihr die Schmucksachen?«

Sie nickte.

»Du hast doch wohl keine Dummheiten vor?« fragte er argwöhnisch.

»Mein lieber Vater.« Jean zog die Worte in die Länge. »Nach der Vorlesung, die ich dir über die mangelnde Intelligenz des Durchschnittsverbrechers gehalten habe, glaubst du da wirklich, daß ich mir irgendeine — Dummheit zuschulden kommen lasse?«

Kapitel 8

»Und was gedenken Sie nun anzufangen, Mrs. Meredith?« fragte Jack Glover.

Er hatte den größten Teil des Vormittags mit der neuen Erbin verhandelt, und Lydia hatte sprachlos zugehört, als er ihr eine lange Liste von Aktien, Grundstücken, Mietverträgen, Bankabrechnungen und ähnlichen Dingen vorlas, deren Besitzerin sie jetzt geworden war.

»Was ich anfangen werde?« Lydia schüttelte unschlüssig den Kopf. »Ich weiß es nicht, habe nicht die geringste Ahnung, Mr. Glover. Mein Kopf kann das nicht fassen. Soll mir wirklich alles gehören, was Sie da vorgelesen haben?«

»Noch nicht ganz.« Jack lächelte. »Aber es gehört Ihnen schon so weit, daß wir allein auf das Testament hin bereit sind, Ihnen jede nur gewünschte Summe zur Verfügung zu stellen. Das Testament muß erst anerkannt und bestätigt werden. Sind aber diese gesetzlichen Formalitäten erfüllt und die sehr hohen Erbschaftssteuern bezahlt, können Sie über Ihr Vermögen ganz nach Gutdünken verfügen — könnten das übrigens jetzt schon«, fügte er hinzu.

»Auf jeden Fall ist ein weiterer Aufenthalt hier in der Brinksome Street für Sie gänzlich ausgeschlossen, und ich habe mir gestattet, eine möblierte Wohnung für Sie zu mieten. Einer unserer Klienten ist nach dem Kontinent verzogen und hat mir die Weitervermietung seiner Wohnung übertragen. Die Miete ist sehr niedrig, ungefähr zwanzig Pfund pro Woche.«

»Zwanzig Pfund«, stammelte das junge Mädchen entsetzt, »um Gottes willen, das kann ich ja niemals —«

Aber dann wurde ihr klar, das sie ›konnte‹.

Zwanzig Pfund in der Woche bedeuteten ja gar nichts für sie. Dieser kleine Vorfall brachte ihr mehr als alles andere den Umfang ihres Vermögens zum Bewußtsein.

»Ich glaube auch, ich muß hier ausziehen. Mrs. Morgan will das Haus aufgeben und hat mich schon gefragt, was ich für Absichten habe. Ich glaube, sie würde ganz gern als Haushälterin zu mir kommen.«

»Das paßt ja ausgezeichnet«, nickte Jack. »Ein Kammermädchen brauchen Sie auch, und dann müssen Sie natürlich für die Nacht Jaggs in Ihrer Wohnung haben.«

»Jaggs? Wer ist denn das?«

»Jaggs«, wiederholte Jack Glover feierlich, »Jaggs ist — Sehen Sie, Miss ... ich bitte um Verzeihung, Mrs. Meredith ... sehen Sie, ich mache mir große Sorgen um Ihre Sicherheit und hätte gerne, daß Sie in der Nacht einen Wächter in Ihrer Wohnung haben, auf den Sie sich verlassen können. Sie halten mich für eine überängstliche alte Frau«, fügte er hinzu, als er Lydia lächeln sah, »und meine Besorgnisse für grundlos, aber nach Ihren eigenen Erfahren in der letzten Woche werden Sie mir wohl zugeben, daß auch in London alles möglich ist.«

»Aber ich bitte Sie, Mr. Glover — Sie glauben doch nicht wirklich, daß ich mich in Gefahr befinde? Ja, vor wem, vor was denn?«

»Vor einer ganzen Menge Menschen«, sagte er diplomatisch.

»Vielleicht vor der armen Miss Briggerland?« sagte sie herausfordernd, und ihre Augen zogen sich zusammen.

»Die arme Miss Briggerland«, antwortete er bedächtig. »Sie ist sicher viel ärmer, als sie erwartete.«

»Unsinn«, rief das junge Mädchen gereizt. »Mein lieber Mr. Glover, warum verfolgen Sie eigentlich das arme Ding mit Ihrer Rache? Glauben Sie wirklich, ihr gegenüber fair zu handeln? Seien Sie ehrlich, Mr. Glover — spricht da nicht Ihrerseits verwundete Eitelkeit mit?«

Er starrte sie verblüfft an.

»Verwundete Eitelkeit? Sie meinen, ich wäre gekränkt, beleidigt?«

Sie nickte.

»Und warum sollte ich denn gekränkt oder beleidigt sein?« frage er langsam.

»Das müssen Sie selbst am besten wissen!«

Jetzt ging ihm langsam ein Licht auf.

»Habe ich vielleicht Miss Briggerland — unglücklich geliebt?«

»Das müssen Sie wissen«, wiederholte sie.

»Allmächtiger!« rief er und brach dann in schallendes Gelächter aus, das gar nicht aufhören wollte.

»Ich nehme an, ich habe sie mit meinen Anträgen verfolgt, und sie war entrüstet, daß ich meinen Freund so hintergehen konnte, und dann gab sie mir den Laufpaß — und darum bin ich so wütend auf sie?«

»Sie haben ein vorzügliches Gedächtnis«, sagte Lydia spitz.

»Mein Gedächtnis ist leider nicht so gut wie Miss Briggerlands Erfindungsgabe«, sagte Jack. »Fällt Ihnen denn nicht auf, Mrs. Meredith, daß ich heute gar nicht hiersein könnte, wenn es wirklich so gewesen wäre, wie Sie annehmen?«

»Was wollen Sie damit sagen?«

»Ich meine«, erwiderte Jack Glover eindringlich, »daß ich es in diesem Fall gewesen wäre, den man durch eine telefonische Mitteilung aus dem Klub gelockt und veranlaßt hätte, vor Miss Briggerlands Tür in der Berkeley Street zu warten — ich, und nicht Bulford. Ich wäre es gewesen, den Miss Briggerlands Vater vom Fenster des Salons aus niedergeschossen hätte.«

Lydia blickte ihn sprachlos an.

»Wie können Sie eine so unerhörte Verdächtigung aussprechen!« rief sie empört. »Wollen Sie vielleicht behaupten, daß das junge Mädchen Beihilfe bei einem Mord geleistet hat?«

»Ich behaupte nicht nur, daß sie Beihilfe geleistet hat, sondern ich setze auch mein Leben zum Pfand, daß sie es war, die den ganzen Plan entworfen hat.«

»Aber die Pistole wurde doch neben Bulfords Leiche gefunden«, rief sie triumphierend. »Das können Sie doch nicht abstreiten.«

Jack nickte.

»Die Entfernung von Bulfords Leichnam zum Salonfenster betrug genau neun Fuß. Es war möglich, die Waffe so zu werfen, daß sie in seine Nähe fiel. Auf Anweisung Miss Briggerlands wartete Bulford vor der Tür. Wir haben den Telefonanruf in Bulfords Klub feststellen können — er kam aus Briggerlands Haus in der Berkeley Street, und der Klubangestellte kann beschwören, eine Frauenstimme erkannt zu haben. Das haben wir leider erst nach der Verhandlung herausgefunden. Der arme Meredith befand sich in Briggerlands Diele, als der Schuß fiel — das Signal zum Feuern wurde in dem Augenblick gegeben, als Meredith die Hand auf die Türklinke legte. Er hörte den Schuß, stürzte hinaus und sah den Mann auf der Straße liegen. Ob er die Pistole aufnahm oder nicht, weiß ich nicht. Jean Briggerland sagte unter Eid aus, Meredith habe sie in der Hand gehalten, aber Miss Briggerland ist eine ganz hoffnungslose Lügnerin.«

»Ich glaube, Sie wissen selbst nicht, was Sie da sagen«, versetzte Lydia leise. »Das ist ja eine furchtbare Anklage, die Sie da aussprechen — und gegen ein junges Mädchen, dessen Gesicht allein Ihre unsinnigen Behauptungen Lügen straft.«

»Ihr Gesicht ist ja ihr Haupttrumpf«, sagte Jack bissig, nahm sich aber sofort bedauernd zusammen. »Verzeihen Sie bitte, wenn ich ausfallend wurde, aber schon allein die Erwähnung des Namens Jean Briggerland bringt mich in Aufruhr. Aber Jaggs? — Sie werden doch meine Bitte erfüllen?«

»Was ist er denn?«

»Ein alter, pensionierter Soldat. Ein merkwürdiger Kerl, aber trotz seines Alters sehr kräftig.«

»Ach so, alt ist er?« fragte sie mit einer gewissen Erleichterung.

»Alt und in gewisser Beziehung arbeitsunfähig. Er kann seinen rechten Arm nicht gebrauchen und ist auf einem Fuß nicht ganz sicher. Die Folgen einer Kriegsverletzung.«

Lydia mußte lachen.

»Kein besonders anziehender Schutzengel«, fuhr Jack fort. »Er ist ein alter, aber jedenfalls sauberer Vogel, obwohl ich zugeben muß, daß er nicht so aussieht, Ihnen und Ihrem Personal wird er überhaupt nicht lästig fallen. Geben Sie ihm irgendein Zimmer, wo er sich aufhalten kann, und wenn er dann noch ein Stück Brot und Käse und ein Glas Bier bekommt, ist er zufrieden. Sie werden ihn kaum zu Gesicht bekommen.«

Lydia hörte belustigt zu. Daß Jack Glover sich einbildete, sie habe einen Wächter nötig, war ja lächerlich, aber wenn er wirklich soviel Wert darauf legte, war der harmlose alte Jaggs jedem anderen vorzuziehen.

»Wann soll er denn kommen?«

»Jeden Abend gegen zehn Uhr, und er zieht morgens um sieben wieder ab. Wenn Sie es nicht wünschen, werden Sie ihn überhaupt nicht sehen.«

»Wie haben Sie ihn denn kennengelernt?«

»Ich kenne jeden Menschen«, antwortete der junge Mann großartig. »Vergessen Sie nicht, daß ich Anwalt bin und manchmal mit sehr merkwürdigen Leuten zusammenkomme.«

Er suchte die Papiere zusammen und legte sie in eine Mappe.

»Was haben Sie heute vor, wenn ich fragen darf?«

Seine selbstübernommene Vormundschaft mißfiel ihr etwas, aber sie durfte ja nicht vergessen, was sie ihm zu verdanken hatte.

In unerklärlicher Weise hatte er es fertiggebracht, daß ihr Name im Meredith-Prozeß nicht erwähnt wurde, daß sie nicht einmal als Zeugin bei der Leichenschau vorgeladen wurde. Ebenso war es ihm möglich gewesen, seinen Kompagnon und sich reinzuwaschen, und wenn der Ehrenrat der Rechtsanwälte eine Untersuchung eingeleitet hatte — davon war aber Lydia nichts bekannt —, so war es doch mehr als wahrscheinlich, daß keine nennenswerten Folgen für Rennett, Glover & Simpson entstehen würden.

»Heute nachmittag bin ich bei Mrs. Cole-Mortimer zum Tee.«

»Mrs. Cole-Mortimer?« sagte er schnell. »Woher kennen Sie denn die Dame?«

»Wirklich, Mr. Glover, Sie sind un ... gezogen«, sagte sie,

mußte aber trotz ihrer Verstimmung lächeln. »Zwei oder drei Tage nach jenem tragischen Morgen machte sie mir einen Besuch. Sie kannte ja Mr. Meredith sehr gut und war eine langjährige Freundin der Familie.«

»In Wahrheit hat sie mit Meredith kaum auf Grußfuß gestanden«, sagte Jack eisig, »und sie war ganz bestimmt keine Freundin der Familie. Dagegen ist sie sehr gut mit Miss Jean Briggerland bekannt.«

»Jean Briggerland!« rief Lydia außer sich. »Müssen Sie denn immer an sie denken! Wissen Sie, ich hätte es nie für möglich gehalten, daß ein so bekannter und angesehener Anwalt so voller Vorurteile sein könnte. Ich weiß genau, daß sie sehr gut mit Mr. Meredith bekannt war. Sie brachte mir sogar eine Fotografie von ihm mit — eine Aufnahme aus Eton.«

»Geliefert von Jean Briggerland«, versetzte Jack ungerührt. »Und wenn sie ein Paar Babysöckchen von ihm mitgebracht hätte, wären Ihnen wohl vor Rührung die Tränen in die Augen gekommen?«

»Sie sind abscheulich«, rief sie, »und ich habe noch viel zu tun.«

Jack wandte sich an der Tür noch einmal um.

»Vergessen Sie nicht, daß Sie schon von morgen ab nach Cavendish Mansions umziehen können. Ich werde Ihnen die Schlüssel schicken, und am Abend Ihres Einzugs wird der alte Jaggs frisch und vergnügt seinen Posten beziehen. Er spricht nicht viel und —«

»Ich glaube kaum, daß ich dem armen Menschen je die Möglichkeit dazu geben werde«, sagte sie schnippisch.

Kapitel 9

Mrs. Cole-Mortimer besaß ein kleines Haus. Sie gab große Gesellschaften, aber niemand wußte, aus welchen Mitteln diese Oberstenwitwe ihren Aufwand bestritt. Ihr Haushalt war kostspielig, das ließ sich nicht leugnen. Sie hielt sich ein Auto, gab in der Saison große Diners und Tanzabende und verschwand aus London, sobald es korrekt war, nicht mehr in der Hauptstadt gesehen zu werden.

Lydia war überrascht, einen Besuch dieser eleganten Dame zu erhalten, und hatte sie bereitwillig als alte Freundin James Merediths aufgenommen. Warum hätte sie auch daran zweifeln sollen? Die Einladung Mrs. Cole-Mortimers hatte sie gern angenommen. Sie sehnte sich nach Abwechslung, hatte eine Ablenkung von all den Gedanken, die sie immer noch bestürmten, so sehr nötig.

Mr. Rennett hatte ihr am Tage nach der Trauung tausend Pfund geschickt, und als sie sich erst von dem Schreck erholt hatte, eine solche Riesensumme in ihrem Besitz zu haben, hatte sie ein Taxi genommen und sich eine wahre Orgie von Einkäufen geleistet.

Als Mr. Rennett ihr mitteilte, er werde ihre Angelegenheiten regeln, werde die Schulden bezahlen, die sie drei Jahre hindurch so gedrückt hatten, hatte sie das Gefühl, als ob eine Zentnerlast von ihrem Herzen genommen wäre.

In einem ihrer neuen Kleider, die ihr ein ganz besonderes Selbstbewußtsein verliehen, erschien sie bei Mrs. Cole-Mortimer. Sie hatte erwartet, eine größere Gesellschaft in dem Haus in Hyde Park Crescent zu finden, und war überrascht, im Salon nur vier Personen zu sehen.

Mrs. Cole-Mortimer war eine blasse, kleine Dame in den Vierzigern. Sie kam Lydia mit ausgestreckten Händen entgegen.

»Meine Liebe«, begann sie mit übertriebener Freude. »Ich bin wirklich froh, daß Sie kommen konnten. Sie kennen doch Miss Briggerland und Mr. Briggerland?«

Lydia blickte zu dem großen Mann empor und erkannte in ihm sofort den Herrn, den sie am Abend vor der Hochzeit im Theater gesehen hatte.

»Mr. Marcus Stepney haben Sie wohl noch nicht kennengelernt?«

Vor Lydia verbeugte sich ein tadellos gekleideter junger Mann. Er war ungefähr dreißig Jahre alt und hatte ein hübsches Gesicht, sah aber für Lydias Geschmack ein wenig zu »neu« aus. Sie konnte Modegecken nicht ausstehen, und wenn der Kritiker auch nicht einen einzigen Fehler in Mr. Stepneys Kleidung gefunden hätte, so machte er auf sie doch den Eindruck übertriebener Eleganz.

Lydia hatte nicht erwartet, mit Miss Briggerland und Vater zusammenzutreffen, obwohl sie sich undeutlich erinnerte, daß

Mrs. Cole-Mortimer ihren Namen erwähnt hatte. Und jetzt mußte sie plötzlich an Jacks Warnungen denken, die sie verlacht hatte. Sie war etwas befangen, und Jean Briggerland, deren Feinfühligkeit in solchen Dingen beinahe unheimlich war, mußte ihre Gedanken gelesen haben.

»Mrs. Meredith wußte doch, daß wir hiersein würden, Margaret?« wandte sie sich der Dame des Hauses zu. »Du hast ihr doch sicher erzählt, wie gute Freunde wir sind?«

»Aber natürlich, Liebste. Wenn ich deinen Vetter und seinen Vater kannte, wäre es doch merkwürdig, wenn ich den Rest der Familie nicht kennen sollte«, und sie bedachte jeden der Anwesenden mit einem faden Lächeln.

Natürlich, so war es. Lydia kam sich lächerlich vor. Sie hatte gar nicht mehr daran gedacht, und Jack Glover wahrscheinlich auch nicht, daß die Briggerlands und Merediths miteinander verwandt waren.

Sie saß mit dem jungen Mädchen in einer Ecke des Salons und studierte Jeans Gesicht von neuem. Die Prüfung bekräftigte nur ihr erstes Urteil, und sie mußte innerlich lachen, wenn sie an Jack Glovers lächerliche Warnungen dachte. Soviel Haß und Bitterkeit gegen dies zerbrechliche Stückchen feinen Porzellans erschien ihr wie der Versuch, einen Schmetterling mit einem Dampfhammer zu töten.

»Und wie fühlen Sie sich jetzt in Ihrem Überfluß?« fragte Jean freundlich.

»Ich habe mich noch gar nicht daran gewöhnt«, lächelte Lydia.

Jean nickte.

»Sie haben wohl noch viel Schwierigkeiten mit den Anwälten? Welche Firma ist es denn? Ach ja, jetzt erinnere ich mich. Mr. Glover war ja Jims Rechtsanwalt.« Sie seufzte. »Ich kann Anwälte nicht ausstehen; sie sind so schrecklich väterlich, bilden sich ein, daß sie und nur sie allein befähigt sind, Leben und Taten ihrer Mitmenschen zu leiten. Ich glaube, das ist den Herren Juristen schon zur zweiten Natur geworden. Und dann verdienen sie auch eine schreckliche Menge Geld mit ihren Honoraten, Kommissionen und Gebühren, obgleich ich überzeugt bin, daß Jack Glover daran am wenigsten denkt. Er ist wirklich ein netter Mensch«, sagte sie nachdrücklich, »und ich bin sicher, Sie können keinen besseren Freund finden.«

Lydia war von der Großmut des jungen Mädchens entzückt, das von diesem Mann in so abscheulicher Weise verleumdet worden war.

»Er war sehr gut zu mir, obgleich er etwas zu — ängstlich ist.«

Jeans Lippen verzogen sich zu einem belustigten Lächeln.

»Hat er Sie vor mir gewarnt?« fragte sie feierlich. »Hat er Ihnen erzählt, welch ein Menschenfresser ich bin? Manchmal denke ich wirklich, der arme Jack ist ein bißchen — verrückt möchte ich nicht sagen — merkwürdig. Seine Abneigungen gegen diesen oder jenen Menschen sind oft ebenso heftig wie unberechtigt. Können Sie sich denken, daß er Margaret direkt verabscheut, obwohl ich niemals den Grund hierfür finden konnte?«

»Mich haßt er nicht«, lachte Lydia, und Jean sah sie eigenartig an.

»Das glaube ich gern. Ich kann mir überhaupt nicht denken, daß irgend jemand Sie haßt, Lydia. Darf ich Lydia zu Ihnen sagen?«

»Das würde mich freuen«, sagte Lydia warmherzig.

»Ich kann mir nicht denken, daß jemand Sie hassen könnte«, wiederholte Jean nachdenklich. »Und Jack natürlich niemals — Sie sind doch seine Klientin, und noch dazu eine sehr reiche und anziehende Klientin, Liebste.« Sie tätschelte Lydia leicht auf die Wange, und Lydia fühlte sich, ohne zu wissen warum, etwas unbehaglich.

Aber Jean schien die leichte Verlegenheit ihres Gastes nicht zu bemerken und fuhr fort:

»Ich kann Jack nicht einmal besonders tadeln, denn ich habe das Gefühl, daß all seine Warnungen vor mir und anderen möglichen Feinden ihm nur vorzügliche Gründe liefern, Sie täglich zu sehen und als eine Art Leibwächter für Sie aufzutreten. Seine Rolle wird ihm sicher gefallen.«

Lydia schüttelte den Kopf.

»Auf den Leibwächterposten hat er schon verzichtet«, bemerkte sie etwas ironisch. »Mr. Jaggs besorgt das schon.«

»Mr. Jaggs?« Der Ton klang gleichgültig, verriet kein besonderes Interesse.

»Ein alter ehemaliger Soldat, dem Mr. Glover hier und da kleine Extraeinnahmen verschafft. Abgesehen davon, daß er den rechten Arm nicht gebrauchen kann und auf dem linken Bein hinkt, eine Vorliebe für Bier und Käse hat, scheint er ein vortrefflicher Wachhund zu sein.«

»Jaggs?« wiederholte Jean. »Wo habe ich den Namen doch schon gehört? Ist er Detektiv?«

»Keine Rede davon. Aber Mr. Glover war der Ansicht, daß irgendein männlicher Schutz in meiner neuen Wohnung sein müsse, und so wurde Jaggs engagiert.«

Bald darauf nahm Mr. Marcus Stepney neben Lydia Platz, aber das junge Mädchen fand seine Unterhaltung wenig anziehend. Interessanter war für sie Mr. Briggerland, der einen unerschöpflichen Schatz von Anekdoten und spannenden kleinen Geschichten besaß, die er mit seiner weichen, angenehmen Stimme zum besten gab.

Es war schon dunkel, als sie in Begleitung von Mr. und Miss Briggerland vor die Tür trat. Lydia fühlte, daß sie den Nachmittag nicht verloren hatte.

Sie hatte sich jetzt ein klares Urteil über den Charakter des jungen Mädchens gebildet, glaubte auch das entgegenkommende Interesse Jack Glovers im richtigen Lichte zu sehen. Das Berechnende hierbei stieß sie ab. So manches Unerklärliche und Häßliche verriet sich in seinen Anschauungen, und seine Sorge für sie konnte sehr leicht egoistische Gründe haben.

Sie stand auf den Stufen vor dem Hause und sprach mit Jean, während Mr. Briggerland sich eine Zigarette ansteckte. Hyde Park Crescent war völlig verlassen — mit Ausnahme eines Mannes, der in der Nähe vor dem Gitter stand, das Mrs. Cole-Mortimers Haus umschloß. Er war augenscheinlich damit beschäftigt, seinen Schnürsenkel zuzubinden.

Sie traten auf den Bürgersteig, und Mr. Briggerland sah sich nach seinem Auto um.

»Ich möchte Sie gern nach Hause bringen. Mein Chauffeur sollte schon um vier Uhr hiersein, aber man kann sich auf die Leute gar nicht verlassen.«

Am Ende der Straße tauchten die Lichter eines Wagens auf. Zuerst glaubte Lydia, es sei Mr. Briggerlands Auto, und dachte über eine Entschuldigung nach; sie wäre gern allein nach Hause gegangen. Das Auto kam in wahnsinnigem Tempo die Straße heruntergefahren. Sie beobachtete es und bemerkte nicht, daß Mr. Briggerland und seine Tochter einige Schritte zurückgetreten waren. Sie stand allein am Rande des Bürgersteigs.

Plötzlich machte der Wagen eine scharfe Schwenkung, fuhr auf den Bürgersteig und brauste auf sie zu. Nichts schien sie retten zu können, und gelähmt vor Schreck starrte sie dem Tode entgegen.

Da griff ein kräftiger Arm um ihre Hüfte, hob sie hoch und schleuderte sie gegen das Gitter. Der Wagen flog vorüber, die Kotflügel streiften beinahe ihre Kleidung. Das Auto schleuderte auf den Fahrdamm zurück und kam mit kreischenden Bremsen einige Schritt weiter zum Halten. Mr. Briggerland und Jean liefen auf das leichenblasse junge Mädchen zu.

»Ich hätte es mir nie verzeihen können, wenn Ihnen etwas zugestoßen wäre. Mein Chauffeur muß betrunken sein«, rief Mr. Briggerland aufgeregt.

Lydia konnte kein Wort hervorbringen, konnte nur nicken. Jetzt erst dachte sie an ihren Lebensretter. Sie wandte sich um und sah in die ruhigen Augen eines gebeugten alten Mannes, dessen weißer Spitzbart und buschige Augenbrauen an einen Falken erinnerten. Seine rechte Hand steckte in der Tasche, mit der anderen zog er einen verbeulten alten Hut vom Kopf.

»Entschuldigung, Miss«, sagte er. »Heiße Jaggs! Melde mich zur Stelle!«

Kapitel 10

Ernsthaft hörte Jack Glover die Erzählung des jungen Mädchens an. Er hatte sie am folgenden Morgen aufgesucht, um verschiedene Dokumente unterzeichnen zu lassen. Atemlos und ein wenig beschämt berichtete sie ihm den Vorfall.

»Es war ein unglücklicher Zufall«, rief sie. »Mr. und Miss Briggerland wären auch beinahe von dem Wagen umgerissen worden. Aber Sie können sich nicht denken, wie dankbar ich bin, daß Ihr Mr. Jaggs gerade zur Stelle war.«

»Wo ist er jetzt?«

»Ich habe keine Ahnung. Gestern hinkte er ohne ein weiteres Wort seiner Wege, und ich habe ihn nicht mehr zu Gesicht bekommen, bis ich nach Hause kam — und da sah ich auch nur seinen Schatten. Wie kam es, daß er gerade vor Mrs. Cole-Mortimers Haus sein mußte?« fragte sie neugierig.

»Das läßt sich leicht erklären. Ich habe den Alten beauftragt, Sie zwischen Sonnenuntergang und -aufgang nicht aus den Augen zu lassen.«

»Sie glauben also, daß ich am Tage sicher bin?« sagte sie spottend.

Er nickte.

»Ich weiß nicht, soll ich über Sie lachen oder ärgerlich sein.« Lydia schüttelte vorwurfsvoll den Kopf. »Es war selbstverständlich ein bedauerlicher Zufall.«

»Ich bin nicht ganz Ihrer Meinung«, versetzte Jack. »Konnten Sie das Gesicht des Chauffeurs erkennen?«

»Nein«, erwiderte sie überrascht. »Dazu hatte ich gar keine Zeit, dachte auch nicht daran.«

Er nickte.

»Wenn Sie ihn angesehen hätten, würden Sie wahrscheinlich einen alten Freund erkannt haben, nämlich den liebenswürdigen Herrn, der Sie vom Erving-Theater abholte.«

Es war schwierig für Lydia, Klarheit in ihre Anschauungen zu bringen. Sie wußte, daß Jack Glovers Meinung falsch war, unglaublich falsch. Sie war völlig überzeugt, daß seine phantastischen Annahmen grundlos waren; und doch konnte sie an seiner Aufrichtigkeit nicht zweifeln. Er sei etwas merkwürdig, hatte Jean gesagt, und sie versuchte, Glover in diesem Licht zu beurteilen, aber sie mußte sofort zugeben, daß er sich ihr gegenüber vollkommen natürlich gezeigt hatte. War er berechnend? Galten seine Aufmerksamkeiten wirklich nur der reichen Erbin? Dieser Gedanke kam für Lydia nicht mehr in Frage.

»Aber Ihr Mr. Jaggs gefällt mir«, sagte sie.

»Besser als ich, nach Ihrem Ton zu schließen«, lächelte Jack. »Er ist wirklich ein netter alter Kerl.«

»Und sehr stark dazu«, ergänzte Lydia. »Er hob mich hoch, ab ob ich eine Feder wäre. Wie ich mit heiler Haut davongekommen bin, ist mir unklar. Die Steuerung hat versagt«, fügte sie erklärend hinzu.

»Du liebe Güte« sagte Jack höflich. »Und war gleich wieder in Ordnung, um Mr. Briggerland und seinem Engel von Tochter keinen Schaden zuzufügen!«

Mit verzweifelter Geste breitete sie die Hände aus.

»Sie sind wirklich hoffnungslos«, erwiderte sie, und Jack machte keinen Versuch weiter, sie zu überzeugen.

Am folgenden Donnerstag bezog Lydia die elegant möblierte Wohnung am Cavendish Place; Mrs. Morgan hatte versprochen, eine Woche später nachzukommen, sobald sie ihre eigenen Angelegenheiten geregelt hätte.

Lydia hatte durch eine Agentur zwei Mädchen gefunden, von denen eines in der Wohnung schlief. Die Räume waren nicht zu zahlreich, und sie bedauerte fast, dem bejahrten Mr. Jaggs ein Zimmer versprochen zu haben. Wenn er, wie sie annahm, die Nacht hindurch wachte und am Tage schlief, konnte er doch auch ganz gut in der Küche untergebracht werden. Lydia machte Jack einen dahingehenden Vorschlag. Zu ihrer Überraschung wollte er davon nichts hören.

»Es kann Ihnen doch nichts daran liegen, daß Ihr Personal erfährt, daß Sie einen Wächter haben?«

»Was glauben Sie denn, wofür man ihn halten wird?« fragte sie zornig. »Wie kann ich einen alten Mann in meiner Wohnung dulden, ohne zu erklären, warum er dort ist?«

»Könnten Sie nicht sagen, er putzt die Stiefel? Oder sonst etwas.«

»Dazu braucht er doch nicht die ganze Nacht! Und übrigens bin ich ihm viel zu sehr zu Dank verpflichtet, als daß ich ihn noch extra arbeiten lassen würde.«

Pünktlich erschien Mr. Jaggs auf seinem Posten. Er kam, ein schäbig aussehender alter Mann, gegen halb zehn, und Lydia, die sich noch nicht ganz an ihre neue Würde gewöhnt hatte, ging in die Vorhalle, um ihn zu begrüßen.

Sein Äußeres war wirklich nicht sehr anziehend. Lydia bemerkte, daß er, abgesehen von seinen anderen Gebrechen, auch noch leicht schielte.

»Ich hatte bis jetzt noch keine Gelegenheit, Ihnen zu danken, Mr. Jaggs. Sie haben mit das Leben gerettet.«

»Is schon jut, Miss«, krächzte er. »Pflicht is Pflicht!«

Sie glaubte, er blicke an ihr vorbei, bis sie sich klarmachte, daß sein Augenfehler diesen Eindruck erweckte.

»Ich will Ihnen Ihr Zimmer zeigen«, sagte sie hastig.

Sie führte ihn in einen kleinen Raum, der für ihn hergerichtet war, und schaltete das Licht ein.

»Viel zu hell für mich, Miss!« Der Alte schüttelte den Kopf. »Ick sitze jern im Dustern und spanne — det mach' ick jern, im Dustern sitzen und uffpassen.«

»Aber Sie können doch nicht im Dunkeln bleiben, Sie wollen doch lesen, sich die Zeit vertreiben?«

»Kann nich lesen, Miss«, sagte Jaggs vergnügt. »Schreiben ooch nich.«

Widerstrebend schaltete sie die Lampe aus.

»Aber Sie können so ja nicht einmal sehen, was Sie essen oder trinken.«

»Det kann ick fühlen, Miss.« Er kicherte heiser. »Machen Se sich man darum keene Sorgen! Ick sitze hier und denke feste nach.«

Wenn Lydia sich schon vorher unbehaglich gefühlt hatte, so war sie jetzt wirklich verlegen, wußte nicht, was tun. Schon allein der Anblick der Tür, hinter der der alte Jaggs saß und ›feste nachdachte‹, regte sie auf. Sie konnte nicht einschlafen, mußte an den alten Mann denken, der dort in der Dunkelheit saß und ›spannte‹, wie er sagte. Als sie endlich einschlief, war sie fest entschlossen, diesen ihr so peinlichen Zustand zu ändern.

Sie wachte auf, als das Mädchen ihr den Tee brachte, und erfuhr, daß Jaggs schon weggegangen war.

Auch das Mädchen hatte ihre besonderen Ansichten über den »alten Herrn«. Auch sie hätte die ganze Nacht nicht schlafen können, beklagte sie sich bei Lydia, hätte immer an ihn denken müssen — aber das war jedenfalls sehr übertrieben.

Das muß aufhören, dachte Lydia, und fuhr am Nachmittag zu Jack Glover, um ihm ihren Entschluß mitzuteilen. Jack hörte aufmerksam zu, bis sie mit ihren Klagen zu Ende war.

»Es tut mir leid, daß der Gedanke an den Alten Sie gestört hat, aber Sie werden sich schon im Laufe der Zeit an ihn gewöhnen. Ich wäre Ihnen sehr verbunden, wenn Sie ihn bis zum Ende des Monats behalten wollten. Sie würden mir viel unnötige Angst ersparen.«

Zuerst war sie fest entschlossen, ihren Willen durchzusetzen, aber er redete ihr so beharrlich zu, daß sie schließlich nachgab.

Lucy, die neue Zofe, war aber nicht so leicht zu überzeugen.

»Das gefällt mir nicht, Miss. Er ist weiter nichts als ein alter Strolch, und ich bin sicher, wir werden noch mal in unseren Betten ermordet.«

»Reden Sie doch keinen Unsinn«, lachte Lydia. »Vor Mr. Jaggs brauchen Sie keine Angst zu haben; mir zum Beispiel hat er schon einen großen Dienst erwiesen.«

Das Mädchen brummte und fügte sich verdrossen. Lydia hatte die Ahnung, daß sie einen guten Dienstboten verlieren werde, und sollte sich darin nicht getäuscht haben.

Um halb zehn erschien der alte Jaggs, die Zofe hatte ihm geöffnet.

»Das ist Ihr Zimmer«, fuhr sie ihn an, »und das Zimmer ist mir, weiß Gott, lieber als Sie.«

»Ach nee, Miss«, grinste der Alte, und Lydia, durch die Stimmen im Vorsaal angelockt, lauschte belustigt.

»Und det Zimmer is doch jar nich so schlecht. Machen Se das Licht aus, Kleene; ick kann det Licht nich vertragen. Ich hab's jern duster, wissen Se, wie in die kleenen Zellen im Hollowaykittchen, wo Se vor zwee Jahren jesessen haben, weil Se jeklaut haben.«

Lydias Lächeln verschwand; sie hörte, wie die Zofe aufgeregt atmente.

»Sie alter Lügner, Sie«, zischte sie ihn an.

»Lucy Jones heeßen Se jetzt — damals war es Mary Welch«, kicherte der alte Jaggs.

»Glauben Sie, ich lasse mich hier beleidigen?« Lucy schrie beinahe, obwohl ein Ton von Angst in ihrer schrillen Stimme mitschwang. »Ich gehe noch heute abend!«

»Nee, mein Kind, det werden Se nich«, versetzte der Alte gemütlich. »Heute werden Se hier schlafen, morjen früh können Se türmen. Und wenn Se versuchen, aus de Tür da rauszujehn, bevor ick Se rauslasse, werden Se jeschnappt.«

»Es liegt gar nichts gegen mich vor«, verriet sich das Mädchen.

»Falsche Namensanjabe, Kleene! Sagen, Se kommen von de Agentur, wo det jar nich stimmt! Is det nischt? Glooben Se man, ick kann Ihnen jenuch nachweisen, det Se fors neechste Jahr festsitzen.«

Lydia kam langsam auf die beiden zu.

»Was haben Sie da von meinem Mädchen gesagt?«

»'n Abend«, sagte er und hob die Hand an den Kopf.

»Sie behaupten, sie wäre eine Diebin?«

»Aber natürlich, Miss«, sagte er heiser. »Fragen Se se doch selber!«

Aber Lucy war in ihrem Zimmer verschwunden, hatte die Tür zugeknallt und abgeschlossen.

Als Lydia am nächsten Morgen erwachte, war außer ihr niemand mehr in der Wohnung. Aber kaum war sie mit Ankleiden fertig, als an die Tür geklopft wurde. Ein sauberes, frisches Mädel vom Lande stand vor ihr. Mit einem zutraulichen Lächeln blickte sie zu Lydia auf, deren Herz sich sofort für dies junge Ding erwärmte.

»Sie sind doch die Dame, die ein Mädchen sucht?«

»Ja«, antwortete Lydia überrascht. »Aber wer schickt Sie denn?«

»Man hat mich gestern telegrafisch bestellt, Madame. Ich komme vom Lande.«

»Kommen Sie bitte herein«, sagt Lydia hilflos.

»Ist das nicht richtig?« fragte das Mädchen enttäuscht. »Man hat mir doch gleich das Fahrgeld mitgeschickt, und ich habe den ersten Zug genommen.«

»Es stimmt schon«, sagte Lydia, »nur möchte ich gern wissen, wer eigentlich in meiner Wohnung mehr zu sagen hat — ich oder Mr. Jaggs?«

Kapitel 11

Jean Briggerland hatte einen sehr lebhaften Nachmittag hinter sich. Eine ganze Reihe Besucher hatten in dem hübschen Haus an der Berkeley Street vorgesprochen.

Mr. Briggerland hatte eine philanthropische Ader und einen Verein im East End von London gegründet, der den Zweck haben sollte, die Moral der Bewohner von Limehouse, Poplar, Wapping und umliegender Viertel zu heben. Leiter dieser wohltätigen Vereinigung war ein Mann namens Faire, der in seinem Leben schon mehrere heftige Zusammenstöße mit der Polizei gehabt hatte, die alle zu seinem Nachteil ausgegangen waren. Und in seiner Rolle als ›gebesserter Mensch‹ übernahm er die Leitung dieses Klubs.

Gutmeinende Polizeibeamte hatten Mr. Briggerland vor dem schlechten Leumund Faires gewarnt. Mr. Briggerland hatte aufmerksam und dankbar zugehört, aber den Warnern auseinandergesetzt, daß Faire unter dem Einfluß der erhebenden Gedanken seiner Vereinigung bereits ein neuer Mensch geworden sei und von nun an das Musterbeispiel eines guten Bürgers sein werde. Später wurde die Warnung wiederholt, war aber etwas ausgedehnter. Der Klub werde von bekannten Verbrechern aufgesucht, die schon im Gefängnis gesessen und alle Aussicht hätten, wieder dorthin zurückzukehren.

Wiederum wies Mr. Briggerland darauf hin, daß es ja der Zweck des Vereins sei, schlechte Charaktere mit guten Männern und Frauen zusammenzubringen und so in ihnen den Wunsch nach einem besseren Leben zu erwecken. Er zitierte mit großem Eifer einen berühmten Text, aber die Polizei ließ sich nicht überzeugen.

Es war Miss Briggerlands Aufgabe, ausgewählte Mitglieder des Klubs einmal wöchentlich in ihrem Hause an der Berkeley Street zum Tee einzuladen. Ihre Freunde und Bekannten fanden das ›süß‹, fragten sich aber im stillen, ob Jean denn nicht befürchtete, von einer der in jenen Vierteln herrschenden Krankheiten angesteckt zu werden. Aber Jean schien sich darüber keine Sorgen zu machen. Als der letzte ihrer persönlichen Besucher Abschied genommen hatte, ging sie ins Frühstückszimmer, in dem die Mitglieder des Vereins bewirtet wurden, und fand dort zwei Männer, die sich bei ihrem Eintritt linkisch erhoben.

Der veredelnde Einfluß der Vereinigung ließ sich in ihrem Äußeren noch nicht feststellen. ›Galgenvogel‹ stand deutlich in beider Gesicht geschrieben.

»Es freut mich, daß Sie gekommen sind«, begann Jean freundlich. »Mr. Hoggins —«

»Det bin ick, Miss«, grinste der eine.

»Und Mr. Talmot.«

Der zweite zeigte die Zähne.

»Ich freue mich immer, wenn Mitglieder des Vereins zu mir kommen«, Jean war mit der Teekanne beschäftigt, »namentlich Männer, die so viel durchgemacht haben wie Sie beide. Sie sind gerade aus dem Gefängnis entlassen worden, Mr. Hoggins?« frage sie unschuldig.

Hoggins wurde rot und hustete.

»Ja, Miss«, sagte er leise und fügte zusammenhanglos hinzu: »Aber ick bin's nich jewesen.«

»Ich bin überzeugt, daß Sie unschuldig sind.« Jean lächelte mitleidig. »Und wären Sie wirklich schuldig gewesen, so glaube ich nicht einmal, daß man Ihnen große Vorwürfe machen dürfte.

Überlegen Sie doch selbst, was Sie durchzumachen haben! Wie Sie zu leiden haben, während hier im West End Menschen das Geld zum Fenster hinauswerfen, das eigentlich Ihren Frauen und Kindern zugute kommen müßte.«

»Det stimmt«, sagte Mr. Hoggins.

»Da gibt es zum Beispiel eine junge Dame, die wirklich unerlaubt reich ist«, schwatzte Jean weiter. »Sie wohnt im obersten Stock des Hauses Cavendish Mansions Nr. 84, und denken Sie, wie unvorsichtig sie ist: Sie schläft immer bei offenem Fenster. Und vom Dach aus kann man so leicht bei ihr einsteigen — die Feuerleiter ist auch ganz in der Nähe. Alle Schmucksachen hat sie in der Wohnung, versteckt sie nachts unter ihrem Kopfkissen, und im Schlafzimmer liegen immer Hunderte von Pfund herum — halten Sie so etwas für möglich? Das nenne ich die Schwachen in Versuchung führen.«

Sie hob ihre unschuldsvollen blauen Augen, bemerkte das erregte Flimmern in den Blicken der beiden Männer und fuhr fort:

»Hunderte von Malen habe ich ihr schon gesagt, wie gefährlich das für sie ist, aber sie lacht mich nur aus. Es schläft ja ein alter Mann in der Wohnung — ein schwacher alter Mann, der nur einen Arm gebrauchen kann. Natürlich würde er ihr zu Hilfe kommen, wenn sie schreit; aber ein richtiger Einbrecher würde ihr doch gar nicht Zeit zum Schreien lassen. Habe ich nicht recht?«

Die beiden Männer sahen sich an.

»Ja«, sagte der eine mit einem tiefen Seufzer.

»Zumal ein Einbrecher, wenn er wirklich so geschickt ist, wie man es oft in den Zeitungen liest, sie doch sicher nicht mit solcher Schonung behandelt, daß sie ihn später verraten kann.«

Mr. Hoggins räusperte sich. »Det kann man kaum annehmen, Miss.«

Jean zuckte mit den Schultern.

»Frauen begehen oft solche Torheiten, und dann tadeln sie die armen Menschen, für die tausend Pfund ein Vermögen sind, das sie beinahe nur aufzuheben brauchen. Ich nenne das Verleitung zum Bösen. Um keinen Preis möchte ich in dem Haus Cavendish Mansions 84 wohnen.«

»Cavendish Mansions 84«, murmelte Mr. Hoggins in Gedanken.

Seine letzte Strafe war zehn Jahre Gefängnis gewesen, die

nächste würde lebenslänglich sein. Niemand wußte das besser als Jean Briggerland, die nun fortfuhr, über den Klub und die wundervolle Arbeit zu sprechen, die dort geleistet wurde.

Sie verabschiedete endlich ihre Besucher und ging in ihren Salon hinauf. Auf der Treppe traf sie die ältliche Zofe, die ihr leise sagte: »Mary ist in Ihrem Zimmer, Miss.«

Jean runzelte die Brauen, antwortete aber nicht.

Das Mädchen, das verlegen in der Mitte des Zimmers stand, grüßte sie mit einem um Entschuldigung bittenden Lächeln.

»Es tut mir leid, Miss, aber ich habe heute morgen meine Stellung aufgeben müssen. Der alte Mann hat mich erkannt. Er ist 'n Schnüffler — ein Detektiv.«

Jean sah sie mit regungslosem Gesicht an, nur die Winkel ihres schönen Mundes senkten sich schmerzvoll — eine winzig kleine Bewegung, die schon das tiefste Mitleid so mancher Richter und unzähliger Anwälte erweckt hatte.

»Wann war das?«

»Gestern abend, Miss. Als er kam, wurde ich ein bißchen ausfallend, und dann fiel er über mich her, der gemeine Kerl, erzählte mir meinen richtigen Namen und daß ich die Stellung mit gefälschten Zeugnissen erhalten hätte.«

Jean setzte sich langsam in die Kissen des venezianischen Sessels, der vor ihrem Schreibtisch stand.

»Jaggs?« fragte sie.

»Ja, Miss.«

»Und warum sind Sie nicht sofort hierhergekommen?«

»Ich hatte Angst, daß man mir nachgehen würde, Miss.«

Jean biß sich nachdenklich auf die Lippen und nickte.

»Das war sehr richtig.« Nach kurzer Überlegung fügte sie hinzu: »In der nächsten Woche sind wir in Paris. Das beste ist, Sie nehmen den Nachtzug und warten dort in der Wohnung auf uns.«

Dann gab sie dem Mädchen einige Banknoten und schickte es fort. Beinahe eine Stunde saß Jean regungslos vor dem Feuer und blickte auf die glühenden Kohlen. Endlich stand sie auf und zog die schweren seidenen Vorhänge zu. Ein Lächeln lag auf ihrem Gesicht. Dieses Nachdenken hatte sich gelohnt.

Sie ging ins Arbeitszimmer und setzte ihrem Vater den teuflischen Plan auseinander, den ihr erfinderischer Kopf entworfen hatte. Bleich und entsetzt lauschte Mr. Briggerland.

Kapitel 12

Mr. Briggerland legte die Zeitung nieder und blickte zu seiner Tochter hinüber, die auf der anderen Seite des Frühstückstisches saß. Der Leiter seines East-End-Klubs hatte ihm am Morgen einen etwas ungünstigen Bericht über einige Mitglieder telefoniert.

»Erinnerst du dich an den Mann Talmot?«

Sie nickte und sah von ihren Briefen auf.

»Ha, was ist mit ihm?«

»Er liegt im Krankenhaus«, sagte Mr. Briggerland. »Ich befürchte, er und Hoggins befanden sich auf unrechten Wegen — sie versuchten, in ein Haus am Cavendish Place einzudringen, wozu sie natürlich kein Recht hatten, und der arme Talmot glitt aus und stürzte vom Fensterbrett des vierten Stockes herunter. Er brach sich ein Bein, und Hoggins mußte ihn ins Krankenhaus schleppen.«

Das junge Mädchen griff nach dem gebratenen Schinken.

»Er hätte sich den Hals brechen sollen«, versetzte sie ruhig. »Ich nehme an, die Polizei nimmt eingehende Untersuchungen vor?«

»Nein, nein«, beeilte sich Mr. Briggerland, sie zu beruhigen. »Niemand hat von diesem Vorfall etwas erfahren, nicht einmal der ... hm ... glückliche Besitzer der Wohnung, in die die beiden Leute augenscheinlich einbrechen wollten. Ich habe es nur erfahren, weil Mr. Faire — möchte wissen, von wem er solche Dinge immer erfährt — glaubte, die Angelegenheit würde mich interessieren.«

»Auf jeden Fall bin ich froh, daß sie keinen Erfolg gehabt haben«, sagte Jean nach einer kurzen Pause. »Die Möglichkeit, daß die beiden so etwas versuchen könnten, hat mich beunruhigt. Leute vom Schlage Hoggins sind derartig ungeschickt, daß man von vornherein mit Sicherheit auf ein Fehlschlagen ihres Planes rechnen konnte.«

Es war eine merkwürdige Tatsache, daß Mr. Briggerland über ihre gemeinsamen Unternehmungen nur in vorsichtigster Form und verschönenden Beiworten sprach, während Jean ein solches Versteckspielen verschmähte. Ein Psychologe würde vielleicht in Mr. Briggerlands Zurückhaltung die Spur einer früher vorhandenen Ehrlichkeit gefunden haben, während die Moralanschauungen seiner Tochter einen derartigen Begriff überhaupt nicht kannten.

»Ich habe versucht dahinterzukommen, wer Jaggs eigentlich ist«, fuhr sie fort. »Der Mann ist mir ein Rätsel. Jeden Abend kommt er im Taxi an — mal von St. Pancras, dann wieder von Euston oder dem Londonbridge-Bahnhof.«

»Hältst du ihn für einen Detektiv?«

»Ich weiß nicht — wenn er einer ist, muß er aus der Provinz gekommen sein. Auf jeden Fall ist er kein Beamter von Scotland Yard. Er könnte ja auch ein pensionierter Polizeibeamter sein, und ich habe versucht, von der Seite aus hinter seine Person zu kommen.«

»Es sollte doch nicht so schwierig sein, über einen Menschen etwas herauszubekommen, der schon durch seine verschiedenen Gebrechen auffällt!«

Er sah nach der Uhr.

»Um elf Uhr muß ich in Norwood sein«, sagte er und verzog unmutig das Gesicht.

»Wäre es dir lieber, wenn ich dort hinführe?« fragte sie.

Nur allzugern hätte Mr. Briggerland seine Tochter nach Norwood fahren lassen, aber er wagte nicht, dies einzugestehen.

»Du, mein Kind? Gänzlich ausgeschlossen. Ich würde niemals gestatten, daß du so etwas unternimmst. Mir macht das gar nichts aus.«

Aber trotzdem stärkte er sich mit zwei großen Whiskys, bevor er sich auf den Weg machte.

Sein Wagen brachte ihn bis an das Eisengitter eines viereckigen, häßlichen Gebäudes, das von hohen Mauern umgeben war. Der uniformierte Torhüter prüfte sorgfältig Mr. Briggerlands Einführungsschreiben und ließ ihn dann herein.

Mr. Briggerland mußte sich einige Augenblicke gedulden, bis ihn ein anderer Beamter zum Chefarzt führte, der über den Besuch Mr. Briggerlands aber keineswegs übermäßig erfreut zu sein schien.

»Ich bedaure, daß ich nicht in der Lage bin, Sie selbst zu führen, Mr. Briggerland«, begann er. »Ich habe eine wichtige Verabredung in der Stadt, aber mein Assistent, Dr. Carew, wird sich ein Vergnügen daraus machen, Ihnen die Anstalt zu zeigen. Wie Sie wissen, ist unsere Anstalt ein privates Unternehmen. Meiner

Meinung nach hätten Sie mehr Material für Ihr Buch in einer der großen allgemeinen Irrenanstalten gefunden. Die Patienten, die zu uns geschickt werden, sind im allgemeinen schon schwerere Fälle, und Sie werden einige ziemlich ... hm ... peinliche Schauspiele zu sehen bekommen. Darauf müssen Sie natürlich gefaßt sein!«

Mr. Briggerland nickte. Nach zwei großen Whiskys war er auf alles gefaßt.

Mr. Carew war ein junger, begeisterter Nervenarzt, der in seinem Beruf aufging.

»Hoffentlich können Ihre Nerven das vertragen; wir haben verschiedene sehr traurige Fälle hier«, sagte er, als er mit Mr. Briggerland durch einen langen, steinernen Korridor ging.

Mr. Carew schloß ein Eisengitter auf, dessen Stäbe mit einer dicken Lage Gummi bekleidet waren, führte ihn über eine Grasfläche — in Norwood gibt es keine gepflasterten Wege — und in eines der drei Gebäude, die die Patienten beherbergten.

Eine schreckliche Erfahrung für Mr. Briggerland, die ihn aber in bestimmter Hinsicht enttäuschte und auch sein Herz keineswegs brach — das Material war zu solide.

Nach Verlauf von zwei Stunden kamen sie auf einen der großen Spielplätze und beobachteten die weniger gefährlichen Patienten, die dort auf und ab schlenderten. Wächter waren nicht zu sehen, nur ein einziger Mann wurde von zwei kräftigen uniformierten Beamten begleitet.

»Wer ist das?« frage Mr. Briggerland.

»Ein ziemlich trauriger Fall«, erwiderte der Arzt vergnügt — er hatte so manchen ›traurigen‹ Fall in der gleichen Weise auseinandergesetzt. »Es ist ein Arzt namens Dr. Thun, ein unheilbarer Lustmörder. Glücklicherweise fand man das heraus, bevor er nennenswertes Unheil anrichtete.«

»Fürchten Sie nicht, daß einer Ihrer Patienten entwischen könnte?«

»Sie fragten das schon einmal.« Der Arzt war etwas überrascht. »Nein, Sir. Eine Irrenanstalt ist doch kein Gefängnis. Wenn man von dort entfliehen will, hat man unbedingt Hilfe von außen nötig. Aber wer sollte einem Wahnsinnigen zur Flucht verhelfen wollen? Sonst ist es ja leichter, von hier zu entfliehen als aus einem Gefängnis, da wir keine Wächter außerhalb der Gebäude haben und die einzelnen Säle und Zimmer von außen ohne Schlüssel geöffnet werden können. Nachts kontrolliert der Aufseher die Räume alle Stunden, so daß er für andere Dinge keine Zeit hat. Möchten Sie vielleicht mal mit Dr. Thun sprechen?«

Mr. Briggerland zögerte einen Augenblick.

»Ja«, sagte er heiser.

Nichts in dem Äußeren des Patienten verriet, daß er in irgendeiner Weise gefährlich sein könnte. Der bärtige Mann mit den merkwürdig blaßblauen Augen streckte dem Besucher die Hand entgegen, die Mr. Briggerlands Rechte mit einem stählernen Griff umschloß. Die beiden Wächter wechselten einen Blick mit dem Arzt und zogen sich dann etwas zurück.

»Sie können ohne Besorgnis mit ihm plaudern«, sagte Dr. Carew halblaut, aber doch nicht leise genug, daß der Patient ihn nicht hören konnte. Er lachte.

»Ohne Furcht, Begünstigung und Voreingenommenheit, nicht wahr? So schwuren die Offiziere beim Kriegsgericht.«

»Der Doktor war der General, der für die Verluste bei Caporetto verantwortlich war«, erklärte Dr. Carew. »Das war doch dort, wo die Italiener so schwere Verluste hatten?«

Thun nickte.

»Mich konnte hierbei kein Vorwurf treffen«, erklärte er Mr. Briggerland, nahm dessen Arm und schlenderte mit ihm über die Rasenfläche. In kurzem Abstand folgten Dr. Carew und die beiden Wächter. Mr. Briggerland atmete hastig, als er den muskulösen Arm des Patienten in dem seinen fühlte.

»Schuld an meiner Verurteilung hatte allein die Frau, die sich unter den Richtern befand — entgegen allen gesetzlichen Bestimmungen natürlich.«

»Sie haben recht«, murmelte Mr. Briggerland.

»Daß ich hier festgehalten werde, habe ich nur der italienischen Regierung zu verdanken, die natürlich nicht will, daß ich gegen meine Feinde vorgehe. Ich bin überzeugt, die halten sich jetzt in London auf.«

Mr. Briggerland atmete tief auf.

»Sie sind in London«, sagte er etwas heiser. »Zufällig weiß ich genau, wo sie sich aufhalten.«

»Wirklich?« stieß der andere hervor, und dann verfinsterte sich sein Gesicht, und er schüttelte den Kopf.

»Die — sind vor meiner Rache sicher. Solange man mich hier

eingeschlossen hält — mit der lächerlichen Begründung, ich sei wahnsinnig —, kann ich nichts unternehmen.«

Der Besucher blickte vorsichtig um sich. Die drei Männer hinter ihnen waren nicht in Hörweite.

»Wenn ich nun morgen wiederkommen und Ihnen helfen würde«, fragte er leise. »Wie wäre das? In welchem Raum liegen Sie?«

»Nr. 6«, versetzte der andere gedämpft, seine Augen flammten.

»Werden Sie es bis morgen nicht vergessen haben?«

Thun schüttelte den Kopf.

»Nr. 6, die erste Zelle links«, flüsterte er. »Sie werden mich nicht im Stich lassen? Wenn ich dächte, daß Sie mich zum Narren halten —« Er funkelte ihn an.

»Verlassen Sie sich darauf«, versetzte Mr. Briggerland hastig. »Punkt zwölf Uhr können Sie mich erwarten.«

»Sie sind sicherlich Marschall Foch«, wechselte Thun plötzlich mit der unheimlichen Verschlagenheit des Wahnsinnigen das Thema, als der Arzt und die beiden Wächter sich näherten — sie hatten die wachsende Erregung des Patienten bemerkt. »Glauben Sie mir, Mr. Briggerland, die Alliierten wurden schlecht geführt; erst als ich das Kommando übernahm . . .«

Zehn Minuten später war Mr. Briggerland auf der Rückfahrt nach London, immer noch etwas erregt über die Aufgabe, die hinter ihm lag, und zu gleicher Zeit triumphierend, daß sie ihm so überraschend schnell geglückt war.

Jean hatte ihm bedeutet, daß er vielleicht ein Dutzend Irrenanstalten zu besichtigen habe, bevor er Gelegenheit und den richtigen Mann finde — und schon der erste Besuch war erfolgreich gewesen. Und doch — er schauderte bei dem Gedanken an die steile Mauer, über die er zu klettern hatte, und an die mitternächtliche Zusammenkunft mit dem Wahnsinnigen.

Er stürzte in Jeans Zimmer.

»Schon bei dem ersten Versuch, Kleine! Was sagst du dazu?« In beinahe kindlichem Stolz glühte sein dunkles Gesicht, und Jean sah ihn mit halbem Lächeln an.

»Ich konnte es mir denken«, sagte sie ruhig. »Die Vorarbeit ist wenigstens gemacht worden.«

»Vorarbeit?« wiederholte er gekränkt.

Sie nickte.

»Es ist keine Kleinigkeit, deinen Besuch in der Anstalt zu vertuschen, denn der Mann wird sicherlich deinen Namen nennen — und das würde man nicht als Einbildung eines Geisteskranken betrachten. Und jetzt werde ich Mrs. Meredith meinen lange versprochenen Besuch machen.«

Kapitel 13

Eine Prophezeiung Jean Briggerlands war nicht in Erfüllung gegangen, und das wunderte und kränkte Lydia Meredith. Jean hatte halb im Scherz behauptet, daß Jack Glover ein häufiger Besucher in ihrer Wohnung sein werde, aber in Wirklichkeit ließ er sich überhaupt nicht sehen. Selbst wenn Lydia die Büros von Rennett, Glover & Simpson besuchte, verhandelte sie immer mit dem alten Mr. Rennett; Jack blieb unsichtbar. Manchmal erzählte ihr Mr. Rennett, daß Jack auf den Gerichten zu tun habe; Terminverhandlungen seien nämlich seine Hauptarbeit.

Einmal sah sie ihn mit einem Herrn in Perücke und Talar vor dem Gerichtsgebäude stehen, als sie durch die Straße fuhr; also hatte Mr. Rennett nur die Wahrheit gesprochen, daß die Zeit des jungen Mannes hauptsächlich durch die verschiedenen Prozesse in Anspruch genommen werde.

Sie war neugierig genug, im Telefonbuch nachzuschlagen, wo er wohnte. Es gab aber ungefähr fünfzig Glovers, darunter zehn Jack Glovers. Bei sechs von ihnen rief sie an, nur um zu entdekken, daß sich ihr Mr. Glover nicht unter ihnen befand. Sie erfuhr erst später, daß sein voller Name Bertram Jack Glover war, unter dem sie seine volle Adresse mit Leichtigkeit hätte finden können.

Zu Lydias großer Erleichterung war Mrs. Morgan endlich nach Cavendish Mansions gekommen und hatte die Führung des Haushalts übernommen. Das neue Mädchen war so gut, wie eben ein neues Mädchen sein konnte, und mit Ausnahme der allnächtlichen Anwesenheit des schweigsamen Mr. Jaggs — aus unbekannten Gründen konnte Mrs. Morgan den Alten gut leiden — lief der Haushalt wie am Schnürchen.

An ihren Reichtum hatte Lydia sich schnell gewöhnt, und sie führte die Verhandlungen über den Kauf eines kleinen Hauses in der Curzon Street und einer größeren Besitzung in Somerset mit einer kaltblütigen Selbstverständlichkeit, die sie selbst wundernahm.

Der Kauf ihres ersten Autos und die Verpflichtung eines Chauffeurs waren aufregende Erlebnisse. Es war ihr so unbegreiflich, daß sie auf der Bank ohne jedes Zögern Riesensummen ausgezahlt erhielt, wenn sie nur ihren Namen unter einen schmalen Streifen Papier setzte.

Auch das Angstgefühl hatte sie überwunden, das sie bei den ersten Besuchen auf der Bank befallen hatte. Bei diesen Gelegenheiten hatte sie das Gefühl gehabt, ein ungeschickter Fälscher zu sein, der versuchte, Geld unter falschen Vorwänden zu erhalten, und sie war jedesmal erleichtert und zu gleicher Zeit verwundert, wenn der Kassierer ihr gleichmütig dicke Stöße Banknoten zuschob, statt nach der Polizei zu schreien.

»Eine wunderhübsche Wohnung«, sagte Jean Briggerland und sah sich beifällig in dem rosa Salon um, »aber Sie haben sie ja natürlich möbliert übernommen. Ich bin neugierig, was Sie aus Ihrem eigenen Heim machen werden, wenn Sie sich einmal festgesetzt haben.«

Jean hatte am Morgen bei Lydia angefragt, ob ihr Besuch angenehm sei, und die beiden jungen Mädchen waren allein.

»Es gefällt mir sehr gut hier, und es wird mir leid tun, wenn ich einmal ausziehen muß. Die Wohnung liegt so außerordentlich ruhig; ich schlafe wie ein Murmeltier. Nur neulich morgens muß irgend etwas vorgefallen sein — ich denke nicht gern daran.«

»Was denn?« fragte Jean und rührte in ihrer Teetasse.

»Was eigentlich passiert ist, weiß ich nicht«, antwortete Lydia. »In der Frühe — es dämmerte kaum — hörte ich ein entsetzliches Stöhnen, stand auf und sah zum Fenster hinaus. Unten im Hof waren zwei Männer, der eine schien schwer verletzt zu sein. Ich habe niemals herausbekommen können, was geschehen war.«

»Vielleicht waren es Arbeiter«, sagte Jean, »oder auch Betrunkene. Wissen Sie, ich persönlich halte nicht viel von möblierten Wohnungen«, fuhr sie fort. »Man zerbricht immer etwas, und dann hat man am Schluß eine große Rechnung zu bezahlen. Und die Schlüssel! Ich verliere sie immer. Gewöhnlich hat man ja zwei oder drei. Mit den Schlüsseln müssen Sie sehr vorsichtig sein, Liebste — für verlorene Schlüssel wird entsetzlich viel berechnet«, schwatzte sie weiter.

»Ich glaube, der Makler hat mir drei Stück gegeben«, sagte Lydia, ging zu ihrem Schreibtisch und zog eines der Schubfächer auf. »Ja, es stimmt. Hier ist einer, ich und Mrs. Morgan haben die beiden anderen.«

»Sind Sie kürzlich mit Jack Glover zusammengetroffen?« frage Jean nebenbei. Sie war viel zu vorsichtig, um ihre Erkundigung auch nur durch ein einziges unbedachtes Wort als wichtig erscheinen zu lassen.

»Nein, ich habe ihn schon lange nicht mehr gesehen«, lächelte Lydia. »Sie waren kein guter Prophet.«

»Er wird zu tun haben«, antwortete das junge Mädchen gleichmütig. »Ich glaube, ich könnte Jack sehr gern haben, wenn er nur nicht die Angewohnheit hätte, die Menschen herumkommandieren zu wollen. Wie kann man nur so unachtsam sein!« Sie hatte die Teetasse umgestoßen, und der Inhalt lief über den kleinen Tisch. Schnell nahm sie ihr Taschentuch auf und versuchte es aufzuwischen.

»Aber ich bitte Sie; Sie verderben sich ja Ihr wunderhübsches Taschentuch«, sagte Lydia und sprang hastig auf. »Ich hole ein Tuch.«

Sie eilte aus dem Zimmer, kam beinahe sofort wieder zurück und fand Jean, wie sie, mit dem Rücken zum Schreibtisch, lächelnd ihr verdorbenes Taschentuch betrachtete.

»Wenn wir es gleich in Wasser stecken, bekommt es keine Flecken«, sagte Lydia und streckte die Hand aus.

»Das mache ich lieber selbst«, lachte Jean Briggerland und steckte das Tuch in ihre Handtasche.

Es gab verschiedene Gründe, warum das feuchte Taschentuch nicht in die Hände Lydias kommen sollte, aber der Hauptgrund war, daß es den dritten Schlüssel enthielt, den Jean während der kurzen Abwesenheit Lydias aus dem Schreibtisch genommen hatte.

Wenige Tage später suchte Jack Glover einen der höheren Beamten von Scotland Yard auf. Der Besuch war für den Anwalt wenig befriedigend. Das Resultat wäre vielleicht noch schlechter gewesen, wenn der Beamte nicht zu den persönlichen Freunden des alten Rennett gezählt hätte.

Geduldig lauschte er der Erzählung, die der Anwalt mit beruflicher Kürze und Genauigkeit vortrug, und den Verdachtsgründen, die für Jack Glover zu Überzeugungen geworden waren.

»Ich sitze nun schon fünfundzwanzig Jahre auf diesem Stuhl«, begann der Chef der Kriminalabteilung, »und habe Geschichten gehört, die alle Detektivromane weit übertreffen. Ich habe Narren, Amateurdetektive, Hochstapler, Geistliche und wundervolle Lügner anhören müssen, aber noch niemals eine so unmögliche Theorie gehört wie die Ihre. Zufällig kenne ich Mr. Briggerland und Tochter, und ich glaube nicht, daß ich je das Vergnügen gehabt habe, ein reizenderes junges Mädchen kennenzulernen.«

Jack stöhnte.

»Ist Ihnen nicht wohl?« frage der Chef gereizt.

»O danke, es geht mir vorzüglich, Sir«, versetzte Jack, »nur macht es mich beinahe toll, wenn ich wieder und immer wieder Miss Jean Briggerlands Schönheit vorgesetzt bekomme. Ihre Schönheit scheint mir eine recht geringe Entkräftung der Tatsachen —«

»Tatsachen?« sagte der andere verächtlich. »Was für Tatsachen haben Sie denn gebracht?«

»Schon allein Briggerlands Leben«, sagte Jack verzweifelt. »Er war ruiniert, als er Miss Meredith in der Meinung heiratete, zugleich mit seiner Frau ein Vermögen zu erhalten. Sein ganzes Leben hindurch hat er nur von seiner Gerissenheit gelebt. Bis seine Tochter fünfzehn Jahre alt war, befanden sie sich immer in ärmlichsten Verhältnissen, wohnten in einem kleinen Haus in Ealing, mit dessen Miete sie ständig im Rückstand waren. Dann lernte Briggerland einen reichen Australier kennen, der sich toll in seine Tochter verliebte. Der Australier starb plötzlich.«

»An einer zu großen Dosis Veronal«, warf der Polizeichef ein. »Bei der Leichenschau wurde festgestellt — nach Erhalt Ihres Schreibens habe ich mir sämtliche Akten kommen lassen —, daß er die Gewohnheit hatte, Veronal zu nehmen. Sie behaupten, er wurde ermordet. Ja, aus welchem Grunde denn, wenn Sie tatsächlich recht haben sollten? Er hinterließ dem Mädchen ungefähr sechstausend Pfund.«

»Briggerland war der Meinung, sie würde Universalerbin werden.«

»Annahme, lieber Freund — na, und weiter?«

»Briggerland zog in ein besseres Viertel«, fuhr Jack fort, »und machte die Bekanntschaft eines gewissen Gunnesbury — das Mädchen war damals siebzehn Jahre alt, und der Mann liebte sie rasend. Gunnesbury war Kaufmann und hatte Frau und Kinder, verlor aber seinen Verstand derartig, daß er all seine Außenstände einzog und nach dem Kontinent durchging. Das Mädchen sollte vorausfahren und ihn in Calais erwarten. Er kam niemals bis dorthin. Man behauptet, er sei über Bord gesprungen. Seine Leiche wurde aufgefischt und nach Dover gebracht, aber nicht ein Penny der Summe, die ihm die Midland-Bank ausgezahlt hatte, wurde bei ihm gefunden.«

»Alles nur Annahmen«, der Polizeigewaltige schüttelte den Kopf. »Es ist nie bewiesen worden, daß Miss Briggerland mit dem erwähnten Mädchen identisch war. Daß Gunnesbury die Familie Briggerland kannte, war allgemein bekannt, aber es konnte nachgewiesen werden, daß sie in der Nacht seines Todes in London war. Es war ein ganz klarer Fall von Selbstmord.«

»Ein Jahr später erzwang sie ein Zusammentreffen mit ihrem Vetter Meredith, der nach dem Tode seines Vaters aus Zentralafrika zurückgekehrt war, um die Hinterlassenschaft zu übernehmen. Meredith war kein Damenfreund, wenn ich so sagen darf, er war ein ernsthafter, zurückhaltender Mann, der nur eine Leidenschaft hatte: die Jagd. Merediths Geschichte ist Ihnen ja bekannt.«

»Und das wäre alles?« fragte der Beamte höflich.

»All die Einzelheiten, die ich zusammenfinden konnte. Ich bin überzeugt, es gibt noch andere Beweise für meine Behauptungen, aber die lassen sich in der Eile eben unmöglich beibringen.«

»Und was soll ich nun tun? Was erwarten Sie von mir?«

Jack lächelte.

»Ich erwarte gar nichts«, sagte er offen heraus. »Sie bringen meinen Anschauungen keinen großen Enthusiasmus entgegen.«

Der Chef stand auf; ein Zeichen, daß die Unterredung beendet war.

»Ich wäre Ihnen gern behilflich, wenn es nötig wäre. Aber wenn Sie hierherkommen und mir erzählen, daß Miss Briggerland, deren Unschuld auf ihrem Gesicht geschrieben steht, eine herzlose Verbrecherin, eine Mörderin, Verschwörerin und ich weiß nicht, was sonst noch, ist — ja, Mr. Glover, was für eine Antwort erwarten Sie da von mir?«

»Ich erwarte von Ihnen genügenden Schutz für Mrs. Meredith«, sagte Jack Glover scharf. »Sie werden sich, Sir, noch an meine Warnung erinnern, sollte Mrs. Meredith eines Tages durch einen der — Zufälle das Leben verlieren, die die Spezialität von Mr. Briggerland und Tochter sind. Ich werde meine Warnung schriftlich niederlegen, und es wird, falls Mrs. Meredith etwas zustoßen sollte, allerhand Unannehmlichkeiten in Scotland Yard geben.«

Der Beamte drückte auf einen Klingelknopf; ein Schutzmann trat herein.

»Begleiten Sie Mr. Glover an die Tür«, sagte er steif.

Jack war beträchtlich ruhiger geworden, als er das Themse-Embankment entlangging. Er verwünschte sich selbst, seine Ruhe verloren zu haben.

Er kaufte sich ein Abendblatt, winkte ein Taxi herbei und fuhr zum Büro.

Außer Sportnachrichten war wenig in der frühen Ausgabe zu finden, aber ein kurzer Artikel auf der ersten Seite fesselte bald seine Aufmerksamkeit.

GEFÄHRLICHER GEISTESKRANKER ENTSPRUNGEN

Der Oberarzt des Norwood-Irrenhauses berichtet, daß einer seiner Patienten, Dr. Algernon John Thun, in der letzten Nacht entflohen ist und sich, wie angenommen wird, in der Umgegend aufhält. Die sofort eingesetzten Streifen haben bis jetzt keine Spur des Entflohenen gefunden. Es handelt sich um einen Lustmörder, dessen umgehende Ergreifung im Interesse der öffentlichen Sicherheit unbedingt wünschenswert ist.

Dann folgte die genaue Beschreibung des Entsprungenen. Jack wandte sich den Sportnachrichten zu und dachte nicht weiter an den Artikel.

Aber sein Teilhaber erwähnte den Fall beim Lunch. Die Irrenanstalt lag in der Nähe von Dulwich, und Mr. Rennett war begreiflicherweise beunruhigt.

»Die Frauen zu Hause sind in Todesangst«, sagte er. »Abends gehen sie nicht mehr aus, und alle Türen sind verschlossen und verriegelt. Wie ist denn Ihre Besprechung mit dem Polizeichef verlaufen?«

»Wir trennten uns als die schlechtesten aller Freunde«, antwortete Jack, »und der nächste Mensch, der mir noch einmal von Jean Briggerlands schönem Gesicht vorschwärmt, hat sein Leben verwirkt, selbst wenn ich nach berühmtem Muster den gräßlichen Jaggs damit beauftragen muß.«

Kapitel 14

An diesem Abend erschien der ›gräßliche Jaggs‹ später als gewöhnlich. Lydia hörte ihn den Gang entlangschlurfen; dann schloß sich seine Tür mit einem scharfen Schnappen. Sie saß vor dem Klavier, hatte aber ihr Spiel unterbrochen, als sie ein Klopfen hörte. Mrs. Morgan kam herein, und Lydia drehte sich auf dem Klaviersessel herum. Ein fester Entschluß lag auf ihrem feinen Gesicht.

»Jaggs ist gekommen, Miss.«

»Und zum letztenmal«, sagte Lydia nachdrücklich. »Mrs. Morgan, ich kann den unheimlichen alten Mann nicht mehr aushalten. Er fällt mir so auf die Nerven, daß ich schon bei dem Gedanken an ihn schreien möchte.«

»Er ist doch ein ganz netter alter Mensch«, verteidigte ihn Mrs. Morgan.

»Über seine moralischen Eigenschaften mache ich mir auch keine Sorgen; die sind einwandfrei, davon bin ich überzeugt«, sagte Lydia bestimmt, »aber ich habe ein paar Zeilen an Mr. Glover geschrieben, daß ich auf Mr. Jaggs Dienste verzichten muß.«

»Warum kommt er denn eigentlich jeden Abend?« fragte Mrs. Morgan. Neugierig war sie schon seit geraumer Zeit, aber es war das erstemal, daß sie davon sprach.

»Er kommt hierher, weil —« Lydia suchte nach Worten — »weil Mr. Glover der Meinung ist, ich müßte einen Mann als Schutz für mich in der Wohnung haben.«

»Ja, warum denn nur?« fragte Mrs. Morgan überrascht.

»Danach fragen Sie besser Mr. Glover«, versetzte Lydia gereizt.

Dieser ständige Zwang bedrückte sie. Sie kam sich wie ein Schulmädchen vor, das den bevormundenden Schutz des älteren Bruders oder der Erzieherin verabscheut.

Der alte Jaggs war das äußere Zeichen von Mr. Jack Glovers

selbstgeschaffener Autorität, und langsam wuchs der Verdacht in ihr, daß Jean Briggerland doch nicht so ganz unrecht hatte, wenn sie von Jacks Vorliebe, andere Leute ›herumzukommandieren‹, sprach.

Der Horizont ihres Lebens war weiter gerückt. Sie hatte die Gitter niedergerissen, die sie zu dem eintönigen Spaziergange zwischen Büro und Wohnung gezwungen hatten. Die Stunden, die sonst eifriger Arbeit gewidmet waren, standen frei zu ihrer Verfügung; sie konnte jetzt zeichnen oder malen, wann sie Lust dazu verspürte — was übrigens nicht oft der Fall war, obgleich sie sich fest vorgenommen hatte, sich ernsthaft mit dem Studium der Kunst zu beschäftigen.

Ihr Standpunkt dem gutaussehenden jungen Anwalt gegenüber hatte sich geändert. Sie wußte selbst nicht recht, in welchem Lichte sie ihn betrachten sollte. Er ärgerte sie, und doch gefiel er ihr wieder — warum, konnte sie sich selbst nicht erklären. Und seine Aufrichtigkeit? Die bezweifelte sie nicht einen Augenblick, ja sie mußte sich sogar eingestehen, daß sie wünschte, er besuchte sie etwas häufiger. Er hätte ihr zureden, beweisen sollen, daß Jaggs ein notwendiges Übel war, aber nahm sich ja nicht einmal diese Mühe. Und darum — doch das gestand sie sich nicht ein — mußte Jaggs gehen.

»Ich glaube, der alte Mann ist manchmal nicht ganz richtig im Kopf«, sagte Mrs. Morgan.

»Wieso?« fragte das junge Mädchen verwundert.

»Wenn ich an seiner Tür vorbeikomme, höre ich ihn oft mit sich selbst reden. Er bleibt doch die ganze Nacht in seinem Zimmer, Miss?«

»Das tut er eben nicht«, rief Lydia, »und darum muß er weg. Heute morgen habe ich ihn um zwei Uhr im Korridor gehört. Ich bin schon so nervös geworden, daß das leiseste Geräusch mich aufweckt. Er hatte die Schuhe ausgezogen und schlich in Strümpfen herum. Als ich hinausblickte und das Licht einschaltete, verschwand er mit einem Satz in seinem Zimmer. Ich kann das nicht mehr ertragen, und ich will es auch nicht mehr! Das alles ist mir zu unheimlich.«

Mrs. Morgan stimmte ihr bei.

Als Lydia sich auskleidete, dachte sie daran, daß sie schon drei oder vier Abende nicht mehr ausgegangen war. Das Wetter war sehr unbehaglich, und der Aufenthalt in ihrer hübschen, gemütlichen Wohnung bedeutete immer Freude und Ruhe für sie. Und wäre sie wirklich ausgegangen, hätte sie ja doch den unvermeidlichen Jaggs auf ihrer Fährte gehabt, sagte sie sich ironisch.

Und doch schlug ihr das Gewissen. Sie mußte an jenen Nachmittag denken, an dem der alte Jaggs sie aus Todesgefahr gerettet hatte.

Zum hundertsten Male dachte sie über den alten Jaggs nach und wo Jack ihn aufgetrieben haben mochte. Einmal hatte sie den Versuch gemacht, Jaggs selbst zu fragen, aber der alte Mann war der Antwort aus dem Weg gegangen, hatte ganz unbestimmt von Arbeit auf dem Lande gesprochen, und Lydia war ebenso schlau wie vorher.

Aber sie mußte den Alten loswerden. Das war ihr letzter Gedanke, als sie das Licht ausschaltete und die unzähligen Wärmflaschen aus dem Bett warf, die Mrs. Morgan in übertriebener Fürsorge hineingelegt hatte. Der alte Jaggs mußte gehen . . . er fiel einem auf die Nerven . . .

Erschrocken fuhr sie hoch. Die Uhr in der Diele schlug drei; Lydia zählte unbewußt die Schläge, ihre Augen waren starr auf das offene Fenster gerichtet. Mrs. Morgan hatte es angelehnt, jetzt stand es weit offen! Ihr Herz klopfte rasend schnell. Jaggs!

Das war ihr erster Gedanke. Sie hätte es niemals für möglich gehalten, daß sie mit einem so warmen Gefühl von Dankbarkeit an den alten Mann denken konnte.

Nichts war zu sehen. Das Unwetter des Abends war vorübergegangen, und ein schwacher Mondschein drang in das Zimmer. Und dann sah sie, wie sich die Vorhänge bewegten. Sie wollte schreien, aber kein Ton drang aus ihrem Munde; wie gelähmt lag sie da und starrte auf den Vorhang. Langsam bewegte er sich wieder, und deutlich zeichnete sich auf dem dunklen Hintergrund der Umriß einer Gestalt ab.

Der Bann war endlich gebrochen. Sie sprang auf der anderen Seite aus dem Bett, aber der Mann war schneller als sie. Bevor sie noch einen Schrei ausstoßen konnte, hatte eine große Hand sie an der Kehle gepackt und gegen das Fußende des Bettes geschleudert.

Entsetzt starrte sie in das grausame Gesicht, das sich über sie beugte, fühlte, wie sich die Finger um ihre Kehle zusammenzogen. Aber plötzlich änderte sich der Ausdruck des Gesichts über ihr, wurde zur Grimasse, und Schrecken sprach aus seinen Augen. Die schwere Hand glitt von ihrer Kehle, er murmelte etwas mit erstickter Stimme und fiel seitwärts zu Boden. Und jetzt sah sie: Ein Mann war durch die Tür hereingekommen, ein hochgewachsener, bärtiger Mann, dessen blaßblaue Augen in wahnsinniger Lust tanzten.

Langsam kam er auf sie zu, wischte an seinem Ärmel das lange Dolchmesser ab, das ihren Angreifer gefällt hatte, und immer näher kam er ihr ...

Er war wahnsinnig; sie fühlte das instinktiv, erinnerte sich undeutlich, einen Artikel über einen entsprungenen Geisteskranken gelesen zu haben. Sie versuchte, an ihm vorbeizuschlüpfen, nach der offenen Tür zu kommen, aber er packte sie mit dem linken Arm und preßte sie an sich. Sie war machtlos, konnte sich nicht bewegen, kaum atmen.

»Sie hatten kein Recht, in einem Kriegsgericht zu sitzen, Madame«, sagte er mit unheimlicher Höflichkeit — aber in diesem Augenblick flammten die Lampen auf. Der alte Jaggs stand auf der Schwelle; ein häßliches Grinsen spielte um seine bärtigen Lippen, und die Linke hielt eine schwere Pistole. »Das Messer weg oder ...«

Der wahnsinnige Arzt wandte langsam seinen Kopf dem Eindringling zu und hob die Brauen.

»Guten Morgen, General«, sagte er ruhig. »Sie sind gerade noch zur rechten Zeit gekommen.« Er ließ das Messer fallen. »Wir wollen sie ordnungsgemäß nach den Bestimmungen des Kriegsgerichts verurteilen.«

Kapitel 15

DRAMATISCHER VORFALL IM WESTEND

Wahnsinniger Arzt verwundet Einbrecher im Schlafzimmer einer Dame der Gesellschaft

Die Flucht Dr. Thuns aus der Irrenanstalt von Norwood, die wir in unserer gestrigen Ausgabe erwähnten, hat außergewöhnliche und tragische Folgen gehabt. Auf einen Telefonanruf hin begab sich heute morgen vier Uhr Detektivsergeant Miller in Begleitung eines zweiten Beamten in die Wohnung von Mrs. Meredith, Cavendish Mansions Nr. 84, und fand dort Dr. Algernon Thun, der aus der Irrenanstalt von Norwood entflohen war. Dr. Thun wurde in Gewahrsam genommen. In dem Zimmer wurde gleichzeitig ein Mann namens Hoggins gefunden, der ein guter Bekannter der Polizei ist. Es scheint, daß Hoggins vom Dach aus mit Hilfe eines Seils in das Schlafzimmer von Mrs. Meredith eingedrungen ist. Mrs. Meredith wäre zweifellos ermordet worden, wenn nicht Dr. Thun dazwischengekommen wäre, der in bisher noch nicht aufgeklärter Weise Zugang zu der Wohnung gefunden hatte. In dem heftigen Kampf verwundete der Arzt, der selbst an Verfolgungswahn leidet, den Einbrecher so schwer, daß an dessen Aufkommen gezweifelt wird. Dann richtete der Irre seine Aufmerksamkeit auf die Dame. Glücklicherweise hörte ein alter Mann, der in der Wohnung Hausarbeiten verrichtet und nachts dort schläft, das Geräusch des Kampfes, und es gelang ihm, die Dame aus den Händen des Wahnsinnigen zu befreien. Der verwundete Einbrecher wurde ins Krankenhaus geschafft, der wahnsinnige Arzt erst aufs Polizeibüro und von dort unter starker Bewachung in die Anstalt, aus der er entsprungen war. Er gab eine zusammenhang- und sinnlose Erklärung ab, daß General Foch ihm bei der Flucht behilflich gewesen sei und ihn in das Haus seiner Feinde gebracht habe.

Jean Briggerland legte die Zeitung beiseite und lachte.

»Ich weiß nicht, was es da zu lachen gibt«, brummte Briggerland wütend.

»Wenn ich nicht lachte, würde ich vielleicht etwas ganz anderes machen«, sagte das junge Mädchen kühl. »Wenn man überlegt, daß dieser Narr den Versuch noch einmal und allein unternimmt. Wer hätte das denken können!«

»Wie Faire mir mitgeteilt hat, rechnet man nicht damit, daß er durchkommen wird«, sagte Mr. Briggerland und rieb sich gereizt die Hände. »Ob der Wahnsinnige schwatzen wird?«

»Laß ihn doch — das macht nichts«, sagte Jean ungeduldig.

»Aber du sagtest neulich —«

»Das war neulich, mein lieber Vater — da wäre es mir nicht sehr angenehm gewesen, aber heute kommt das gar nicht mehr in Betracht. Ich glaube, wir sind noch sehr gut dabei weggekommen. Ich hatte all die schönen Lehren, die meine Bücher mir geben, vernachlässigt, als ich so wichtige Arbeit anderen überließ. Jaggs!« fügte sie leise hinzu.

»Wie meinst du?«

»Ich habe nur einen geliebten Namen wiederholt.« Sie lächelte, faltete ihre Serviette zusammen und stand auf. »Ich mache eine große Autotour ins Freie. Willst du nicht mitkommen? Mordon ist über den neuen Wagen geradezu entzückt — übrigens ist die Rechnung heute morgen gekommen. Haben wir noch Geld?«

»Ein paar tausend Pfund«, erwiderte Briggerland und streichelte sein Kinn. »Jean, wir müssen irgend etwas verkaufen, wenn die Aussichten nicht besser werden.«

Es zuckte um Jeans Lippen, aber sie antwortete nicht.

Auf ihrem Wege nach außerhalb sprach sie bei Lydia vor und war nicht überrascht, Jack Glover dort zu finden.

»Arme Kleine«, sagte sie und umschloß die Hand des jungen Mädchens mit ihren beiden. »Ich war so entsetzt, als ich das heute morgen las! Sie müssen ja schreckliche Augenblicke durchgemacht haben.«

Lydia war blaß, und tiefe Schatten lagen unter ihren Augen, aber sie bemühte sich, möglichst heiter über die Ereignisse zu sprechen.

»Ich habe gerade versucht, Mr. Glover zu erklären, was eigentlich vorgefallen ist. Leider ist der Hauptheld, Jaggs, nicht da. Er weiß mehr als ich, denn ich bin natürlich im entscheidenden Augenblick ohnmächtig geworden.«

»Wie ist er denn hereingekommen — ich meine, der Wahnsinnige?« fragte Jean.

»Durch die Wohnungstür.«

»Der letzte Weg, den ein Geisteskranker nehmen würde, um heimlich in eine Wohnung einzudringen«, warf Jack Glover ein. »Er muß einen Schlüssel gehabt haben und von jemandem hergebracht worden sein, der sich wahrscheinlich beim Schein eines Streichholzes vergewissert hat, vor der richtigen Wohnung zu sein.«

»Der Wahnsinnige kann ja auch selbst das Streichholz angesteckt haben«, sagte Jean, »aber Sie sind ja so klug, daß Sie sicherlich so etwas nicht behaupten würden, wenn Sie es nicht beweisen könnten.«

»Wir fanden zwei Streichhölzer vor der Tür; Dr. Thun hatte keine bei sich, wie sich bei seiner Durchsuchung herausstellte, und außerdem habe ich mir erzählen lassen, daß er, wie fast alle

Geisteskranken, vor Feuer in jeder Form zurückschreckt. Der Arzt, mit dem ich sprach, ist überzeugt, daß Thun niemals ein Streichholz angezündet haben würde. Da fällt mir übrigens ein, Miss Briggerland, Ihr Vater ist ja mit dem Bedauernswerten zusammengetroffen. Ich habe erfahren, daß er vor ein paar Tagen die Anstalt besucht hat.«

»Ja, denken Sie, welch ein Zufall!« rief sie ohne jedes Zögern. »Vater und ich sprachen schon heute morgen davon. Er hatte die Erlaubnis erhalten, die großen Anstalten zu besichtigen, um Studien für das Buch zu machen, an dem er jetzt arbeitet. Er war ganz entsetzt, als er las, daß gerade dieser Mann entsprungen war, den der Anstaltsarzt als besonders gefährlich bezeichnet hatte.« Ihre großen, traurigen Augen lagen auf Jack, als sie verwundert den Kopf schüttelte. »Wenn ein Roman so etwas brächte, würde man es nie glauben.«

»Und dieser Hoggins?« fuhr Jack fort, der ihre Verwunderung gar nicht teilte. »Das war doch auch ein Bekannter von Ihnen, ein Mitglied des Vereins, den Ihr Vater gegründet hat?«

Sie zog nachdenklich die Brauen zusammen.

»Ich kann mich an den Namen nicht erinnern, aber wenn er einen sehr schlechten Leumund hat« — sie lächelte — »bin ich sicher, daß er in Vaters Klub ist. Mein Vater tut mir wirklich leid! Ich glaube nicht, daß es ihm gelingen wird, East End auf eine höhere moralische Stufe zu bringen.«

»Ganz meine Meinung«, stimmte Jack bei. »Die Frage ist nur: Wird East End bei Ihrem Vater mehr Erfolg haben?«

Ein Lächeln erschien auf ihrem schönen Gesicht.

»Das ist aber nicht nett von Ihnen! Ich möchte wissen, warum Sie meinen Vater nicht leiden können. Er ist doch wirklich so — harmlos. Liebste Lydia«, sie wandte sich verzweifelt dem jungen Mädchen zu, »ich fürchte, daß Mr. Glover sogar hinter diesem Vorfall meinen — bösen Einfluß vermutet.«

»Sie sind die am wenigsten böse Person, die ich je kennengelernt habe, Jean«, lachte Lydia, »und in Wirklichkeit glaubt ja Mr. Glover diese abscheulichen Sachen auch nicht.«

»Meinen Sie?« fragte Jean sanft, und Jack sah, daß sie sich innerlich vor Lachen schüttelte.

Es lag ein gewisser tödlicher Humor in der Situation, und auch der junge Anwalt empfand ihn. Er grinste.

»Ich wünschte wirklich, Sie heirateten, Miss Briggerland, und würden vernünftig«, sagte er unvorsichtig.

Das war ihre Chance. Sie schüttelte langsam den Kopf, die Mundwinkel senkten sich traurig, und ihre Augen feuchteten sich vor Mitleid.

»Ich wünschte, ich könnte es.« Sie flüsterte beinahe. »Aber, Jack, ich kann Sie nie, nie heiraten!«

Und sie ließ Jack sprachlos zurück — er war nicht einmal imstande zu stöhnen.

Lydia, die ihren Besuch an die Tür begleitet hatte, bemerkte seine Verlegenheit und schnitt seine lebhaften Erklärungen kühl ab.

»Ich — ich hatte Ihnen geglaubt, Mr. Glover, als Sie mir versicherten, es sei nicht wahr.« Und in ihrem Ton lag ein Vorwurf, über den sie sich später ärgerte.

Kapitel 16

Lydia hatte versprochen, Mrs. Cole-Mortimer am Abend ins Theater zu begleiten, und war froh, aus der tragischen Atmosphäre ihres Heims herauszukommen.

Mrs. Cole-Mortimer, die sonst von kostspieligen Unterhaltungen wenig hielt, hatte eine Loge, und während des letzten Aktes machte sie Lydia einen Vorschlag, auf den diese freudig einging.

»Ich habe eine kleine Villa in Cap Martin, wirklich nur ein kleines Häuschen, aber ich glaube, es würde Ihnen gefallen. Ich gehe so ungern allein an die Riviera und würde mich sehr freuen, wenn Sie als mein Gast mitkommen würden und wenn ich Sie dort bemuttern dürfte. Ich lasse meine Jacht nach Monaco bringen und bin überzeugt, wir werden eine nette Zeit miteinander verbringen.«

Lydia nahm Jacht und Villa genauso auf wie die Einladung — ohne sich Gedanken darüber zu machen. Daß die Jacht erst am selben Morgen und die Villa am vorhergehenden Tage telegrafisch gemietet worden waren, konnte sie begreiflicherweise nicht ahnen. Soweit sie wußte, war Mrs. Cole-Mortimer sehr vermögend; daß Jean Briggerland die Mittel für den Rivieraaufenthalt lieferte, hätte sie sich nie träumen lassen.

Erst viel später erfuhr Lydia, daß Mrs. Cole-Mortimer nur von geborgtem Geld lebte, das sie weder zurückzahlen konnte noch wollte.

Jean hatte Mrs. Cole-Mortimer angedeutet, daß sie an der Riviera ohne Wissen ihres Vaters mit jemand zusammentreffen wollte, und sehr deutlich zu verstehen gegeben, daß sie für alle Unkosten aufkommen werde. Das genügte völlig, um Mrs. Cole-Mortimer für diesen Plan zu begeistern, wie es auch seinerzeit genügt hatte, sie als Freundin Merediths auftreten zu lassen. Sie gehörte zu jenen Menschen, die die Fähigkeit haben, an ihre eigenen Erfindungen zu glauben, die ein Lüge so oft wiederholen, bis sie selbst von ihrer Wahrheit überzeugt sind. Mrs. Cole-Mortimer war jetzt schon davon überzeugt, daß die Villa im Süden und die Jacht aus ihrer Tasche bezahlt würden.

Schwieriger aber war es für sie, das unfehlbare System zu erklären, das in Monte Carlo ihr und ihren Freunden ein Vermögen gewinnen sollte.

Lydia hatte für Glücksspiele wenig übrig und zeigte so geringes Interesse, daß Mrs. Cole-Mortimer beinahe verzweifelte; sie wußte ja nicht, daß man von ihr nur erwartete, den Boden zu beackern, auf dem Jean Briggerland säen und ernten wollte.

Die beiden Damen speisten nach dem Theater in einem der Klubs, und Lydia dachte belustigt an den alten Jaggs, der seine Pflichten so ernst nahm. Ihre Meinung über den alten Mann hatte sich wieder geändert; Respekt und Dankbarkeit waren an Stelle des Verdrusses getreten, den seine wenig anziehende Gegenwart ihr verursacht hatte.

Vor dem Portal des Klubs blickte sie um sich, erwartete halb, Jaggs irgendwo zu sehen, aber der strömende Regen trieb sie schnell in das Haus hinein.

Mrs. Cole-Mortimer hatte erwähnt, daß sie vielleicht auch Jean treffen würden, und sie fanden sie bald im Kreise eines halben Dutzends vergnügter junger Leute. Lydia nahm neben Jean Platz, die sie mit den anderen bekannt machte. Aber Lydia verstand ihre Namen nicht und konnte sich auch später nie an diese erinnern.

Mr. Marcus Stepney, der sich tief über ihre Hand beugte, hatte sie schon früher kennengelernt, aber der Eindruck, den dieser überelegante Mann auf sie machte, war heute noch ungünstiger als bei der ersten Begegnung.

»Tanzen Sie?« fragte Jean.

Die Kapelle spielte einen verlockenden Tango. Lydia bejahte, und Jean winkte einem hübschen, hochgewachsenen jungen Mann zu, der während des folgenden Tanzes ausschließlich von Jean Briggerlands Vorzügen schwärmte.

Lydia hörte belustigt zu.

»O ja, sie ist schön«, beantwortete sie die ständige Wiederholung der gleichen Frage. »Ich finde sie entzückend.«

»Das sage ich auch«, versetzte der junge Mann — Lord Stoker, wie sie später herausfand. »Ich halte sie für die schönste Frau auf der ganzen Welt. Sie sind natürlich auch hübsch«, fügte er hastig hinzu, und Lydia lachte laut auf.

»Aber sie hat so viele Feinde«, fuhr der junge Mann grimmig fort, »und wenn mir jemals dieser Glover in die Hände kommt, dann kann er was erleben.«

Lydia wurde ernst.

»Mr. Glover ist ein sehr guter Bekannter von mir.«

»Entschuldigen Sie, bitte«, brummte er, »aber—«

»Hat sich denn Miss Briggerland über ihn beklagt?«

»Aber selbstverständlich nicht. Sie hat niemals etwas gegen ihn gesagt«, beeilte sich der junge Lord sein Ideal zu verteidigen. »Sie erwähnte nur einmal, daß sie seine Belästigungen nicht länger ertragen könne. Es bricht einem beinahe das Herz, wenn man sieht, wie sie unter diesem . . . hm . . . Freund zu leiden hat.«

Für den Rest des Abends war Lydia recht nachdenklich; undeutlich begann sie dies und jenes zu sehen, was sie vorher nie bemerkt hatte. ›Selbstverständlich‹ hatte Jean nie ein Wort gegen Jack Glover geäußert, und doch war es ihr gelungen, den jungen Mann gegen den Anwalt aufzubringen. Mit einem gewissen Erstaunen machte sie sich klar, daß sie ähnlich über Jack gedacht hatte — und Jean war die Veranlassung dazu gewesen. Aber sie hatte doch nur nett und gut von ihm gesprochen!

Als sie nach Hause kam, hörte sie, daß Jaggs nicht gekommen sei, aber er erschien wenige Minuten nach ihr. Sein triefender Soldatenmantel verriet ihr, daß er den ganzen Abend im Regen zugebracht haben mußte.

»Aber Jaggs«, rief sie mitleidig, »wo haben Sie nur gesteckt?«

»'n bißchen 'rumjeloofen, Miss«, krächzte er. »Hab' mir de kleenen Enten im Park anjesehn.«

»Sie haben erst vor dem Theater und dann vor dem Klub gewartet«, sagte sie vorwurfsvoll.

»Davon weeß ick nischt. Een Theater is jenau wie det andere für mich.«

»Sie müssen sich sofort ausziehen und Ihre Sachen trocknen lassen«, befahl sie, aber das einzige, wozu er sich verstand, war, seinen durchnäßten Mantel abzulegen.

Dann verschwand er in seinem Zimmer, um dort über Dinge nachzudenken, die für ihn von Interesse zu sein schienen. Ein Bett war für ihn aufgestellt worden, aber er hatte es nur einmal benutzt.

Als jedes Geräusch in der Wohnung erstorben und das letzte Licht verlöscht war, öffnete er leise die Tür, setzte einen Stuhl mit dem Rücken gegen die Wohnungstür und verbrachte so die Nacht.

Am Morgen — Lydia schlief noch — war er, wie gewöhnlich, verschwunden.

Kapitel 17

Lydia war die nächsten Tage sehr beschäftigt. Sie hatte das Haus in der Curzon Street gekauft und verbrachte ihre Zeit mit Möbellieferanten, Tapezierern und Dekorateuren.

Die Reise an die Riviera kam gerade in einem günstigen Augenblick. Mrs. Morgan würde die Arbeiten überwachen, so daß ihr neues Heim nach ihrer Rückkehr in zwei Monaten bereit sein würde, die junge Herrin zu empfangen. Zugleich mit anderen Dingen würde dadurch auch die ständige Frage ›Jaggs‹ ein für allemal erledigt sein.

Als er am nächsten Abend kam, sprach sie mit ihm.

»Übrigens, Mr. Jaggs — in der nächsten Woche reise ich nach dem Süden.«

»Nach allem, wat man hört, muß es da sehr fein sein«, brummte Jaggs.

»Wundervoll — nach allem, was man hört«, wiederholte Lydia lächelnd. »Und Sie werden Ferien bekommen, Mr. Jaggs. Was bin ich Ihnen eigentlich schuldig?«

»Der Herr bezahlt mir. Der Rechtsanwalt, wissen Se.«

»Gut, dann muß er Sie auch bezahlen, wenn ich verreist bin.

Ich bin Ihnen so sehr dankbar und möchte Ihnen eine Kleinigkeit schenken; gibt es nichts, was Sie gern haben möchten, Mr. Jaggs?«

Mr. Jaggs fuhr sich durch den Bart, kratzte den Kopf und meinte, daß er ganz gut eine Pfeife gebrauchen könne.

»Sie sollen die schönste Pfeife haben, die ich auftreiben kann«, sagte das junge Mädchen. »Aber ein so unbedeutendes Souvenir!«

Am Abend bezog er pünktlich seinen Posten, war aber am Morgen ihrer Abreise schon verschwunden, obgleich sie sehr zeitig aufgestanden war. Lydia war etwas enttäuscht, denn sie wollte ihm die hübschen Pfeifen, die sie gekauft hatte, selbst geben und hätte ihm gern noch gedankt. Sie hatte das Gefühl, sich dem Mann zuwenig erkenntlich gezeigt zu haben, der ihr zweimal das Leben gerettet hatte.

»Haben Sie ihn denn nicht weggehen sehen?« fragte sie Mrs. Morgan.

»Nein, Miss«, antwortete die rundliche Frau und schüttelte den Kopf. »Ich bin um sechs aufgestanden, aber der Alte war nicht mehr da, nur sein Stuhl stand im Gang — ich glaube, er hat immer auf dem Stuhl geschlafen, wenn er überhaupt zum Schlafen gekommen ist.«

»Der alte Mann tut mir leid. Ich fürchte, ich bin nicht sehr freundlich zu ihm gewesen und verdanke ihm doch so viel.«

»Vielleicht läßt er sich mal wieder sehen«, antwortete Mrs. Morgan hoffnungsvoll. Sie besaß das mütterliche Gefühl dem Alter gegenüber, das einer der Vorzüge ihrer Klasse ist.

Mrs. Morgan bedauerte Lydias Abwesenheit, weil sie dadurch nicht nur ihre junge Herrin, sondern auch den alten Jaggs vorlor. Der Alte ließ sich nicht mehr blicken. Auch auf dem Bahnhof konnte Lydia ihn nicht entdecken.

Sie und Mrs. Cole-Mortimer reisten mit dem Elf-Uhr-Zug. Die ältere Dame hatte vorgeschlagen, eine Nacht in Paris zu bleiben, und Lydia war froh, nach der rauhen Überfahrt nicht noch eine Nacht im Zug verbringen zu müssen.

Der Süden Frankreichs war eine Offenbarung für Lydia. Von einem nassen, kalten Paris kam sie in ein Wunderland von Sonnenschein und sanften Lüften, von den öden Feldern der Champagne in ein halbtropisches Land voller Blumenduft, sah weiße Buchten an der tiefblauen See und einen wolkenlosen Himmel über sich.

Die unvergleichliche Schönheit der Landschaft, der lachende Sonnenschein, die warme, weiche Luft ließen sie kaum zu Atem kommen. Alles war für sie ein Wunder: die Zitronenbäume, deren Äste sich unter der Last der gelben Früchte senkten, die Kletterrosen auf den Mauern, der blendendweiße Staub der Landstraßen, die Pracht der goldenen Mimosen, deren Duft ihre Wangen umfächelte.

Von Nizza fuhren sie im Auto über die Grande Corniche; Mrs. Cole-Mortimer wollte Monte Carlo einen Besuch abstatten. Lydia hatte sich in die Polster des Wagens zurückgelehnt und trank die Schönheit dieser einzigartigen Gegend in sich hinein.

Monte Carlo! Das Städtchen sah so sauber, so frisch aus, als ob es sorgfältig unter Glas gehalten würde. Aber das Kasino enttäuschte sie — ein protziges Gebäude aus Gips und Stuck, das den Eindruck machte, wie eine Ausstellungshalle nur für kurze Zeit errichtet zu sein.

Dann fuhren sie einen Teil des Weges wieder zurück und kamen auf die Halbinsel Cap Martin. Lydia sah wundervolle Villen hinter Pinien und Zypressen versteckt, kleine, schmale Wege, die in geheimnisvolle Schluchten führten. Endlich hielten sie vor einem eleganten Hause, bei dessen Anblick sogar Mrs. Cole-Mortimer einen Ausruf zufriedener Überraschung nicht unterdrükken konnte.

Lydia war im Glauben, es sei Eigentum ihrer Begleiterin.

»Sie sind wirklich zu beneiden, Mrs. Cole-Mortimer«, rief sie entzückt. »Es muß himmlisch sein, hier leben zu können.« Lydia hatte nicht erwartet, Mr. Briggerland und Jean zu finden, die in bequemen Korbsesseln auf der Veranda saßen und auf die See blickten. Mrs. Cole-Mortimer hatte es sorgfältig vermieden, Jean zu erwähnen.

»Hatte ich Ihnen denn nicht erzählt, daß Briggerlands hier sein würden?« rief sie in gemachtem Erstaunen. »Aber natürlich. Jean ist doch zwei Tage vor uns abgereist, und wir sind doch eine so nette, kleine Gesellschaft. Spielen Sie Bridge?«

Lydia spielte nicht Bridge. Sie erklärte sich aber gern bereit, es zu lernen.

Die letzten Tagesstunden verbrachte sie in dem großen Garten, der bis zum Fahrweg am Meeresufer hinabging.

Mrs. Cole-Mortimer war nervös und in gedrückter Stimmung. Sie hatte unangenehme Nachrichten erhalten und wußte nicht, ob sie diese mitteilen sollte. Endlich konnte sie sich nicht mehr zurückhalten und ließ die Bombe platzen.

»Celeste hat mir erzählt, der kleine Junge des Gärtners hat die schwarzen Blattern«, sagte sie kläglich.

Jean war gerade mitten in einer lustigen Geschichte, die sie Lydia erzählte, und unterbrach sich nicht einen Augenblick. Aber der Eindruck auf Mr. Briggerland war, wenigstens für Mrs. Cole-Mortimer, völlig genügend. Er stieß den Stuhl zurück und blinzelte die ›Herrin des Hauses‹ an.

»Blattern?« rief er entsetzt. »Hier — auf Cap Martin? Allmächtiger! Hast du gehört, Jean?«

»Gehört . . . was?« frage sie nachlässig. »Ach, von dem Gärtnerjungen? Aber ja. Die Blattern grassieren an der ganzen italienischen Riviera, und in der vergangenen Woche war sogar die Grenze gesperrt.«

»Aber — aber hier!« stotterte Briggerland.

Lydia sah ihn sprachlos an. Die Angst dieses großen Mannes war deutlich sichtbar. Sein rotbraunes Gesicht hatte sich schmutziggrau gefärbt, und seine Unterlippe zitterte wie die eines erschrockenen Kindes.

»Und warum nicht hier?« fragte Jean kühl. »Das ist doch kein Grund, sich aufzuregen. Sind Sie kürzlich geimpft worden, Lydia?«

»Das letztemal als Baby — und auch da ohne großen Erfolg, wie man mir gesagt hat.«

»Auf jeden Fall liegt das Kind ganz allein in dem kleinen Häuschen und soll heute nacht nach Nizza gebracht werden«, sagte Jean. »Armer kleiner Kerl! Sogar seine Mutter hat ihn im Stich gelassen. Gehen Sie heute abend ins Kasino?«

»Ich weiß nicht recht«, antwortete Lydia. »Ich bin sehr müde, würde aber doch ganz gern hingehen.«

»Dann begleitest du Lydia«, wandte sie sich an ihren Vater, »und du auch, Margaret. Wenn ihr zurückkommt, ist der kleine Patient schon auf dem Weg nach Nizza.«

»Wollen Sie denn nicht mitkommen?« fragte Lydia.

»Nein, ich möchte zu Hause bleiben. Ich habe mir heute morgen den Fuß verstaucht, und er ist noch etwas steif, Vater!«

Ihre Stimme klang scharf, beinahe drohend, wie es Lydia vorkam, und Mr. Briggerland machte eine heroische Anstrengung, seine Fassung wiederzufinden.

»Aber selbstverständlich, Kleine — mit dem größten ... hm ... Vergnügen.«

Während Lydia sich in dem großen Schlafzimmer, dessen Fenster auf die See gingen, umkleidete, sprach Briggerland mit seiner Tochter.

»Warum hast du mir nicht gesagt, daß es Blattern auf Cap Martin gibt?«

»Weil ich es selbst erst erfuhr, als Margaret uns in ihrer rücksichtsvollen Weise die Neuigkeit beibrachte«, antwortete sie kühl. »Allerdings hatte ich eines der Mädchen erzählen hören, daß der Gärtnerjunge krank sei und daß seine Mutter ihn verlassen habe. Das war aber auch alles.«

»Schon der Gedanke an solch eine Krankheit jagt mir Grauen ein«, brummte er. »Warum begleitest du uns nicht — die Sache mit deinem Knöchel stimmt doch nicht?«

»Warum? — Weil ich es vorziehe hierzubleiben.«

»Jean«, sagte er, »ist es nicht besser, wir lassen das Mädel in Ruhe — wenigstens bis die Affäre mit dem wahnsinnigen Arzt etwas vergessen ist?«

Bevor sie antwortete, zog sie die goldene Zigarettendose aus seiner Westentasche, nahm sich eine Zigarette und steckte das Etui wieder zurück.

»Wir können es uns nicht leisten, sie ›in Ruhe zu lassen‹, wie du dich ausdrückst — auch nicht für eine einzige Stunde. Denkst du denn nicht daran, daß ihr Anwalt sie jeden Tag veranlassen kann, ein Testament zu machen, in dem sie ihr Vermögen einem ... Katzenasyl oder Hundeheim vermacht? Wenn es keinen Jack Glover gäbe, könnten wir ruhig noch ein paar Monate warten. Und Glover macht mir noch weniger Sorgen als dieser Jaggs. Es wird dich freuen, wenn ich zugeben muß, daß ich vor dem Alten beinahe Angst habe.«

»Es ist aber doch keiner von beiden hier ...«, begann er.

»Ganz richtig«, sagte Jean. »Keiner von beiden ist hier ... Aber Lydia erhielt kurz vor dem Essen ein Telegramm von Glover, der anfragt, ob er sie nächste Woche aufsuchen kann.«

In diesem Augenblick erschien Lydia in der Tür, und Jean Briggerland musterte sie kritisch.

»Sie sehen entzückend aus, Liebste«, sagte sie und küßte Lydia auf die Wange.

Mr. Briggerland rümpfte ein wenig die Nase — er tat das immer, wenn Jeans Verhalten ihn empörte.

Kapitel 18

Jean Briggerland wartete, bis das Summen des Autos in der Ferne verschwunden war. Dann ging sie auf ihr Zimmer und nahm aus dem Wandschrank einen langen, dichtschließenden Staubmantel. In Mrs. Cole-Mortimers Zimmer hatte sie eine große Flasche Wasserstoffsuperoxyd gesehen, das jedenfalls die Verantwortung für das wundervolle Haar dieser Dame trug, aber zu gleicher Zeit ein starkes Desinfektionsmittel war. Sie goß den halben Inhalt in eine Waschschüssel, gab etwas Wasser hinzu und tauchte ein großes seidenes Tuch in diese Mischung; dann drückte sie es aus und knüpfte das noch feuchte Tuch lose um den Hals. Nun zog sie sich eine Gummibadekappe über den Kopf und lächelte dem merkwürdigen Bild zu, das ihr Spiegel zurückwarf. Ein paar lange Lederhandschuhe vervollständigten ihre Ausrüstung.

Leise schlich sie die teppichbelegte Treppe hinunter. Die Dienstboten waren beim Essen. Jean öffnete die Haustür und ging über den Rasenplatz auf ein Gehölz zu, hinter dem das Häuschen des Gärtners lag.

Ein matter Lichtschein kam aus dem vorhanglosen Fenster des einen der beiden Räume. Jean konnte das Bett und den kleinen Patienten sehen; sonst war das Zimmer leer. Das Mädchen hatte erzählt, die Mutter habe ihr Kind im Stich gelassen, aber das stimmte nicht ganz. Der Arzt hatte die Mutter in eine Isolierbaracke bringen lassen und an ihre Stelle eine Pflegerin geschickt, die in diesem Augenblick unten an der Straße stand und auf die Ankunft des Krankenwagens von Nizza wartete.

Jean öffnete die Tür und zog sich das feuchte Tuch über Mund und Nase. Ohne einen Augenblick zu zögern, hob sie das Kind hoch, wickelte es in sein Laken und trug es ins Herrschaftshaus. Geräuschlos stieg sie die Treppe hinauf und ging direkt in Lydias Zimmer. Es war noch hell genug, um das Bett unterscheiden zu können. Sie schlug die Decken zurück, wickelte das Kind aus und legte es in das Bett. Der kleine Kranke war bewußtlos und hatte keinen Laut von sich gegeben. Die häßlichen Anzeichen der Krankheit waren deutlich sichtbar.

Sie setzte sich und wartete. Ihre beinahe übermenschliche Ruhe wurde auch nicht durch den Gedanken an eine mögliche Entdeckung gestört. Sie hatte alles genau überdacht und auf jede Frage eine Erklärung und Antwort bereit.

Eine halbe Stunde verging. Dann stand sie auf, schlug das Laken um das Kind und trug es wieder ins Gärtnerhäuschen. Als sie durch die Bäume zurückhuschte, hörte die das Surren eines Motors und eilig sich nähernde Schritte. Sie hätte sich keine Minute länger aufhalten dürfen.

Sie ging in Lydias Schlafzimmer, brachte das Bett in Ordnung und zerstäubte etwas von dem zarten Parfüm, das sie auf dem Toilettentisch fand. Dann huschte sie noch einmal in den Garten, streifte Mantel, Kappe und Tuch ab und rollte alles in ein Bündel, das sie durch das Gitter eines offenen Kellerfensters schob. Zuletzt zog sie die Handschuhe ab und warf sie hinterher.

Die Stimmen der Pflegerin und eines Wärters, die den Patienten zum Krankenauto trugen, drangen bis zu ihr.

»Armes Kerlchen«, murmelte sie. »Hoffentlich wird er wieder gesund.«

Und merkwürdigerweise meinte sie es wirklich so.

Es war ein aufregender Abend im Kasino gewesen, und Lydia kam müde, aber glücklich nach Cap Martin zurück. Sie hatte einen Blick in eine ganz neue Welt geworfen und raffte sich auf, obgleich sie im Auto beinahe eingeschlafen wäre, all die neuen Erlebnisse mit der verständnisvollen Jean zu besprechen.

Mrs. Cole-Mortimer zog sich bald zurück. Mr. Briggerland war sofort in sein Schlafzimmer gegangen, und Lydia konnte sich kaum noch aufrecht halten, aber Jean fand kein Ende, bis —

»Seien Sie nicht böse, Jean, aber wenn ich jetzt nicht zu Bett gehe, schlafe ich am Tisch ein.«

»Sie Ärmste!« sagte Jean mitleidig.

Sie legte den Arm um Lydias Hüfte, begleitete sie nach oben und wünschte ihr vor ihrem Ankleidezimmer gute Nacht.

Ein Mädchen hatte das Nachtzeug zu Lydias Überraschung auf eine große, geschnitzte Bank gelegt, und Lydia zog sich schnell aus.

Als sie die Tür zum Schlafzimmer öffnete, ihre Hand lag schon auf dem Lichtschalter, kam ihr ein scharfer, nicht unangenehmer Geruch entgegen. ›Desinfektionsmittel‹, sagte ihr Gehirn mechanisch. Sie schaltete das Licht ein und blieb überrascht stehen. Ihr Bett triefte. Wasser tropfte von der überhängenden Decke auf den Fußboden, auf dem sich schon große Lachen gebildet hatten. Nicht eine einzige trockene Stelle vom Kopf- bis zum Fußende des Bettes. Wer auch der Täter gewesen sein mochte, er hatte seine Arbeit gründlich verrichtet. Decken, Laken, Kopfkissen waren durch und durch naß, und über allem schwebte der scharfe Geruch, den sie schon erkannt hatte, bevor sie noch die leere Flasche mit der Aufschrift ›Wasserstoffsuperoxyd‹ auf dem Boden liegen sah

Sie starrte sprachlos die Verwüstung an. Es war schon zu spät, um noch nach einem Mädchen zu klingeln. Da fiel ihr die große Bank im Ankleidezimmer mit ihren Decken und Kissen ein.

Wenige Minuten später war sie fest eingeschlafen. Nicht so Miss Briggerland. Eine Zigarette zwischen den Lippen und ein dickes Buch auf den Knien, saß sie in ihrem Bett und las: ›Derartige Krankheitsfälle sind beinahe ohne Ausnahme tödlich. Manchmal kann der Tod so schnell eintreten, daß die Anzeichen der eigentlichen Krankheit kaum sichtbar sind.‹

Sie warf das Buch auf den Boden, drückte sorgfältig ihre Zigarette in der Alabasterschale aus und legte sich in die Kissen.

Kapitel 19

»Oh, Miss«, sagte das Mädchen, als es am nächsten Morgen ein Tischchen mit einer Tasse Schokolade neben Jeans Bett stellte, »haben Sie schon von Mrs. Meredith gehört?«

Jean blinzelte, schlüpfte in den Morgenrock und richtete sich auf.

»Ob ich von Mrs. Meredith gehört habe? Oft genug schon!« sagte sie gähnend.

»Aber was man in der Nacht mit Mrs. Merediths Zimmer gemacht hat?«

Jean war jetzt völlig wach.

»Was ist denn Mrs. Meredith zugestoßen?«

»Jemand hat ihr einen Streich gespielt. Ihr ganzes Bett trieft.«

»Trieft?« wiederholte Jean stirnrunzelnd.

»Ja, Miss«, nickte das Mädchen. »Man muß das Wasser eimerweise auf das Bett geschüttet haben, und das ganze Wasserstoffsuperoxyd von Mrs. Cole-Mortimer ist verbraucht worden, das sie immer zum Händewaschen benutzt.«

Jean setzte sich auf den Rand des Bettes und blickte gedankenvoll auf ihre kleinen, weißen Füße hinunter.

»Wo hat denn Mrs. Meredith geschlafen? Warum hat sie uns nicht geweckt?«

»In ihrem Ankleidezimmer, Miss. Ich glaube, Mrs. Meredith wollte niemand stören.«

»Wer hat sich denn den — Spaß geleistet?«

»Ich habe keine Ahnung, Miss. So ein dummer Streich — ich bin sicher, keines der Mädchen hätte das fertigbekommen, wenigstens die französischen nicht.«

Jean fuhr in die kleinen Pantöffelchen, zog sich einen wärmeren Morgenrock über und ging in Lydias Zimmer.

Das junge Mädchen war beim Ankleiden, und ihre frische, junge Stimme — sie trällerte ein Liedchen vor sich hin — klang Jean schon auf dem Gang entgegen.

Ein Blick auf das Bett genügte. Es war noch feucht, und die leere Wasserstoffsuperoxyd-Flasche sprach für sich selber.

»Was ist denn nun eigentlich passiert, Lydia?«

Beim Klang ihrer Stimme drehte sich Lydia herum.

»Ach, das Bett meinen Sie?« Sie schnitt eine kleine Grimasse. »Das mag der Himmel wissen. Heute morgen kam mir der Gedanke, daß vielleicht jemand mein Zimmer desinfizieren wollte — der kleine Junge, der so schwer krank ist, fiel mir ein — und die Sache etwas übertrieben hat.«

»Und ob das übertrieben ist«, sagte Jean scharf. »Ich bin neugierig, was Mrs. Cole-Mortimer sagen wird. Haben Sie denn keine Idee, wer —«

»Nicht die geringste«, beantwortete Lydia die unvollendete Frage.

»Ich werde zu Mrs. Cole-Mortimer gehen und veranlassen, daß Sie ein anderes Bett bekommen — Sie können auch ein anderes Zimmer haben, wenn Sie wollen«, schlug Jean vor.

Jean ließ Lydia allein, badete und kleidete sich gemächlich an.

Dann suchte sie ihren Vater auf, der im Schatten eines Gebüsches den ›Niçois‹ las.

»Ich habe meinen Plan geändert«, begann sie ohne weitere Vorrede.

Er blickte über seine Brille zu ihr empor.

»Ich wußte gar nicht, daß du überhaupt einen hattest«, erwiderte er sarkastisch.

»Ich hatte die Absicht, mit dir nach London zurückzufahren.«

»Zurück nach London?« wiederholte er überrascht. »Ich dachte, du wolltest noch einen Monat hierbleiben.«

»Wahrscheinlich werde ich das jetzt auch tun.« Sie zog einen Korbsessel heran und setzte sich an seine Seite. »Gib mir eine Zigarette, bitte.«

»Du rauchst in letzter Zeit sehr stark«, sagte er, als er ihr das Etui hinhielt.

»Das weiß ich.«

»Deine Nerven überanstrengt?«

Jean blickte ihn von der Seite an; ihre Lippen kräuselten sich.

»Wäre es so merkwürdig, wenn ich etwas von deiner Zaghaftigkeit geerbt hätte?« fragte sie kühl. Er brummte in seinen Bart hinein. »Nein, meine Nerven machen mir keinen Kummer, aber eine Zigarette hilft mir beim Nachdenken.«

»Zaghaftigkeit — Angst wolltest du sagen!« Mr. Briggerland war sichtlich gekränkt. »Und seit fünf Uhr morgens bin ich schon auf und —« Er brach ab.

»Und?« fragte sie neugierig.

»Ach . . . nichts!«

So saßen die beiden geraume Zeit, jeder mit seinen Gedanken beschäftigt.

»Jean.«

»Ja?« sagte sie, ohne den Kopf zu wenden.

»Hältst du es nicht wirklich für besser, wir geben das — das hier auf und fahren nach London zurück? Lord Stoker wartet ja nur auf dich.«

»Aber ich nicht auf ihn«, versetzte sie entschieden. »Er hat sein Offiziersgehalt, fünfhundert Pfund Zinsen, zwei über und über verschuldete Besitzungen, einen Titel und keinen Verstand. Was nützt mir der Titel? Gar nichts!«

Er kicherte.

»Glaubst du, daß der Anwalt in das Mädel verschossen ist?«

»Jack Glover?«

Mr. Briggerland nickte.

»Ich glaube — ja«, sagte Jean überlegend. »Weißt du, ich habe Jack gern — er ist ein kluger Mensch. Er besitzt all die moralischen Vorzüge, die man so sehr — bei den anderen bewundert. Ich könnte mich sogar in ihn verlieben.«

»Und er?«

»Niemals«, antwortete sie kurz. »Jack wäre glücklich, wenn er mich an derselben Stelle in Old Bailey sehen würde, wo Jim Meredith verurteilt wurde. Nein, über Jacks Gefühle mir gegenüber mache ich mir gar keine Illusionen.«

»Ich nehme an, er ist hinter Lydias Geld her.«

»Mach dich doch nicht lächerlich«, war die ruhige Antwort. »Männer wie Jack machen sich keine Gedanken um das Geld des Mädchens, das sie lieben. Ich wünschte, Lydia wäre tot«, fügte sie ohne jeden Groll hinzu. »Das würde alles so sehr vereinfachen.«

Mr. Briggerland schien etwas hinunterzuschlucken.

»Manchmal kannst du einem einen Schreck einjagen, Jean.«

Das junge Mädchen lachte leise auf.

»Du bist auch nur — halb und halb.« Eine verächtliche Note schwang im Ton ihrer Worte mit. »Du warst völlig bereit, Jim Meredith zu ermorden, wie du auch den armen kleinen Bulford ermordet hast, und doch wimmerst und heulst du, wenn man dir die Dinge beim richtigen Namen nennt. Was macht es aus, ob Lydia jetzt oder in fünfzig Jahren stirbt? — Die Heiligkeit, die Unverletzlichkeit des menschlichen Lebens sind lächerliche Begriffe — erfunden von Feiglingen, die den Tod fürchten — wie du.«

»Und du — fürchtest du ihn nicht?« fragte ihr Vater leise.

»Ich — ich fürchte ein Leben ohne Geld, ich fürchte die endlose Arbeit für einen anspruchsvollen Vorgesetzten, die Fahrten in den überfüllten Bahnen, die ständige Sorge um das tägliche Brot. Bei Nacht und Nebel aufstehen, mein Bett machen, Taschentücher und Blusen selbst waschen, den vorjährigen Hut umgarnieren, daß er aussieht wie ein diesjähriger — das sind die Dinge, die ich fürchte!«

Sie stäubte Asche von ihrem Kleid und stand auf.

»Unser Leben in Ealing habe ich noch nicht vergessen«, sagte sie bedeutungsvoll.

Sie blickte über die Bucht von Monte Carlo, das im Morgensonnenschein herüberschimmerte, nach der smaragdgrünen Spitze von Cap d'Ail, nach Beaulieu, dem in graue Felsen gebetteten Juwel der Côte d'Azur.

»Es stehet geschrieben«, sagte sie schwermütig und ließ ihn mitten in einer Frage stehen, die er an sie richten wollte. Sie schlenderte ins Haus zu Lydia zurück, die in einem neuen, silbergrauen Kleid entzückend aussah.

Kapitel 20

»Haben Sie schon das Rätsel des triefenden Bettes gelöst?« fragte Jean.

Lydia lachte.

»Ich habe mich nicht weiter darum gekümmert«, sagte sie. »Die arme Mrs. Cole-Mortimer war außer sich.«

»Kann ich mir denken — ihr eigenes Daunenbett!«

Dies war auch für Lydia der erste Hinweis, daß die Villa möbliert gemietet worden war.

Kurze Zeit später fuhr sie nach Nizza. Lydia fiel die Bemerkung Jack Glovers über den Chauffeur ein, und sie war überrascht, eine Ähnlichkeit zwischen ihm und dem Taxifahrer zu finden, der sie an jenem Abend vom Theater abgeholt hatte. Allerdings hatte jener einen Schnurrbart, und Jeans Chauffeur war glattrasiert und trug einen kleinen Backenbart — aber eine Ähnlichkeit war unbestreitbar vorhanden.

»Haben Sie Ihren Chauffeur schon lange?« fragte sie, als sie auf der prachtvollen Straße am Meer entlangfuhren.

»Mordon? Oh, ja, sechs oder sieben Jahre«, erwiderte Jean gleichgültig. »Aber nur für unsere Reisen auf dem Kontinent. Er spricht vorzüglich Französisch und ist ein ausgezeichneter Fahrer. Vater hat schon verschiedene Male versucht, ihn zu bewegen, nach England zu kommen, aber Mordon kann London nicht ausstehen — er hat mir erst kürzlich erzählt, daß er in den letzten zehn Jahren nicht mehr in England war.«

Damit war der Fall eigentlich erledigt. Aber Lydia erinnerte sich genau an die Stimme des Taxichauffeurs, und als sie auf der ›Promenade des Anglais‹ ausstiegen, sprach sie Mordon an. Er antwortete französisch; es ist sehr schwierig, wenn nicht unmöglich, Ähnlichkeiten in einer Stimme zu finden, die einmal diese und dann jene Sprache spricht.

Auf der Promenade drängten sich die Spaziergänger, eine Kapelle spielte, und obgleich der Wind etwas kälter als auf Cap Martin war, war die Sonne warm genug, um die vielen Sonnenschirme zu erklären.

Die beiden jungen Mädchen speisten bei ›Negrito‹. Plötzlich kam ein Herr auf ihren Tisch zu, in dem Lydia Mr. Marcus Stepney erkannte. Dieser dunkelhäutige, verbindliche Mann war ihr nicht sympathisch, obgleich sie keinen Grund dafür angeben konnte. Sein Benehmen war einwandfrei und ihr gegenüber immer sehr ehrerbietig.

Wie gewöhnlich war er genau nach den Vorschriften der Mode gekleidet. Mr. Marcus Stepney gehörte zu jenen Männern, die täglich sehr viel Zeit mit der Wahl von Krawatten, Socken und Oberhemden verbringen. Seine Eleganz und eine gewisse Geschicklichkeit beim Kartenspiel waren sein — Betriebskapital, obgleich Lydia dies natürlich nicht ahnen konnte. Bis jetzt hatte er Glück gehabt; auch nicht der Schatten eines Skandals hatte ihn getroffen, er verkehrte in bester Gesellschaft und wurde immer zum richtigen Zeitpunkt am richtigen Platz gesehen.

Wenn in Aix Hochsaison war, konnte man mit Sicherheit Mr. Stepney im Palace-Hotel finden, und in der Deauville-Woche sah man ihn im Kasino am Bakkarat-Tisch. Nach Schließung der Säle, wenn selbst der Sport-Klub in Monte Carlo seine Tore geschlossen hatte, konnte der unersättliche Spieler immer noch ein kleines Spielchen in Marcus Stepneys Privatsalon im Hotel machen.

Es kann nicht bestritten werden, daß Mr. Stepney Glück, viel Glück hatte. In diesen kleinen Privatsitzungen gewann er zumeist genügend, um die wechselnden Prüfungen der öffentlichen Spieltische aushalten zu können.

»Gehen Sie zum Rennen?« fragte er. Es war Rennwoche in Nizza. »Das trifft sich gut! Darf ich mich Ihnen anschließen? Ich habe drei ganz sichere Tips.«

»Wetten kann ich mir nicht leisten«, antwortete Jean, »ich bin ein armes Mädel. Wenden Sie sich an Lydia, Marcus — sie schwimmt ja im Geld.«

Marcus blickte Lydia prüfend an.

»Machen Sie sich keine Sorgen, wenn Sie kein Geld bei sich haben. Ich habe genug, und Sie können es mir ja später zurückgeben. Ich kann eine Million Franken für Sie gewinnen.«

»Besten Dank«, versetzte Jean kühl, »aber ich glaube nicht, daß Lydia so hoch wetten möchte.«

Ihr Ton sagte dem Mann deutlich, daß er sich auf verbotenen Jagdgründen bewegte, und Marcus grinste verständnisvoll. Trotzdem war es ein ertragreicher Nachmittag für Lydia. Sie kam beträchtlich reicher nach Cap Martin zurück, als sie es verlassen hatte.

»Lydia hat Glück gehabt, wie sie mir erzählte«, sagte Mr. Briggerland zu seiner Tochter.

»Ja. Sie hat ungefähr fünfhundert Pfund gewonnen. Marcus hat nur einen Köder gelegt. Sie hatte keine Ahnung, auf welche Pferde er gesetzt hatte. Nach jedem Rennen erschien er mit ein paar Tausendfrankennoten, und ihre Freude war direkt rührend. Sie hat natürlich keinen Penny gewonnen. Die fünfhundert Pfund waren nichts als ein Lockfischchen — morgen kommt er, um zu sehen, wie fest sie angebissen hat.«

Mr. Marcus Stepney erschien pünktlich, und zwar zu Mr. Briggerlands Verdruß in feierlichem Schwarz. Der ältere Mann war zu einem eiligen Rückzug gezwungen und erschien bald darauf im gebräuchlichen Gesellschaftsanzug.

Marcus Stepneys Benehmen bei Tisch war, wie man es bei einem so vorsichtigen Mann nicht anders erwarten konnte, tadellos. Er widmete sich hauptsächlich Mrs. Cole-Mortimer, aber Jean, die, ohne nach ihm zu blicken, doch jede seiner Bewegungen beobachtete, wußte, daß er nur auf eine günstige Gelegenheit wartete.

Sie bot sich, als die kleine Gesellschaft nach der Mahlzeit auf der Veranda Platz nahm. Der Abend war etwas kühl, aber Mr. Stepney fand Tücher und Pelze für die Damen, und er arrangierte die Stühle so geschickt, daß Lydia etwas abseits saß. Ein leiseres Gespräch mit ihr mußte auch den schärfsten Ohren unverständlich sein.

Jean unterhielt sich mit Mrs. Cole-Mortimer und ihrem Vater und rührte sich nicht, bis sie bei dem gedämpften Schein der Lampe über ihnen bemerkte, daß sich Marcus' Kopf vertraulicher seiner Nachbarin näherte. Jetzt stand sie auf und schlenderte zu ihnen hinüber.

Marcus verfluchte sie nicht; er hielt es für besser, seine Gedanken für sich zu behalten.

Höflich bot er Jean seinen Stuhl an und zog sich einen anderen heran.

»Weiß Miss Briggerland das schon?« fragte Lydia.

»Nein — ich hatte noch keine Gelegenheit, mit ihr darüber zu sprechen«, war seine freundliche Antwort.

»Darf ich es erzählen?«

»Aber selbstverständlich.«

»Mr. Stepney erzählte mir gerade von einer wundervollen Wette, die man morgen machen könnte Direkt aufregend, Jean! Mr. Stepney ist sicher, daß ich ohne jedes Risiko fünf Millionen Franken gewinnen könnte.«

»Ausgenommen das Risiko einer Million, die Sie wahrscheinlich setzen müssen«, sagte Jean lächelnd. »Nun, werden Sie es wagen?«

Lydia schüttelte den Kopf.

»Erstens habe ich nicht soviel hier in Frankreich, und zweitens würde ich es auch nicht tun, wenn ich das Geld bei mir hätte.«

Jean lächelte über die Enttäuschung, die Mr. Marcus Stepney mannhaft zu verbergen suchte.

Später ging sie mit ihm im Garten auf und ab.

»Marcus«, begann sie, als sie sich außer Hörweite befanden, »Sie sind ein größerer Narr, als ich für möglich gehalten hätte.«

»Wieso?« fragte Marcus, der nicht in bester Laune war.

»So roh und gewöhnlich«, sagte sie verächtlich, »so offensichtlich — Hochstapelei. Für erbärmliche zwanzigtausend Pfund! Abgesehen davon, daß Sie ein junges Mädchen betrogen hätten —«

»Von Betrug kann keine Rede sein«, unterbrach er sie hitzig. »Ich sage Ihnen, Valdau macht unbedingt den Grand Prix.«

»Aber nicht, wenn Lydia auf ihn setzt«, erwiderte Jean trokken, »dann würde er unbedingt — ich weiß ja, wie es gemacht wird — zweiter werden. Sie würden untröstlich und Lydia um eine Million ärmer sein. Nein, Marcus, das ist ordinär.«

»Ich kann bald nicht weiter — wo soll ich das Geld hernehmen?« sagte er kurz, ohne auch nur den Versuch zu machen, seinen Beruf als Glücksritter oder seinen niederträchtigen Plan zu verleugnen.

»Ich habe über Sie nachgedacht, als Sie sich mit Lydia unterhielten — sagen Sie, Marcus, warum heiraten Sie sie nicht?«

Er blieb stehen und blickte betroffen auf sie hinunter.

»Lydia heiraten, Jean — sind Sie wahnsinnig geworden? Sie würde mich niemals heiraten.«

»Und warum denn nicht? Sie müssen es nur richtig anfangen!«

Er schwieg.

»Lydia hat sechshunderttausend Pfund, und zufällig weiß ich, daß sie zweihunderttausend in bar auf der Bank liegen hat.«

»Warum wollen Sie denn, daß ich sie heirate?« fragte er bedeutsam. »Was kommt denn für Sie dabei heraus?«

»Für mich? — An die zweihunderttausend auf der Bank kann man leicht heran, und sie würde Ihnen noch mehr geben —«

»Warum?«

»Um in die Scheidung einzuwilligen«, sagte sie kühl. »Ich kenne Sie sehr genau. Keine Frau könnte es lange mit Ihnen aushalten, ohne ihren Verstand zu verlieren.«

Er kicherte.

»Und dann soll ich Ihnen alles einhändigen?«

»Nein, nein«, verbesserte sie, »ich bin nicht gierig. Nach meiner Erfahrung haben die zu gierigen Menschen meistens Unannehmlichkeiten. Wer ›alles‹ haben will, erhält gewöhnlich die Schachtel, in der ›alles‹ einmal aufbewahrt wurde! Nein, ich bin mit der Hälfte zufrieden.«

Er setzte sich auf eine der Gartenbänke, und Jean folgte seinem Beispiel.

»Wie sollen wir das machen?« fragte er. »Ein Vertrag zwischen Ihnen und mir? Schön sorgfältig ausgearbeitet, schwarz auf weiß, unterzeichnet und gestempelt?«

Ihre melancholischen Augen blickten in die seinen.

»Ich vertraue Ihnen, Marcus«, sagte sie sanft. »Wenn ich Ihnen behilflich bin — und ich verspreche Ihnen, alles zu tun, was in meinen Kräften steht —, habe ich Vertrauen genug zu Ihnen, meinen Anteil zu erhalten.«

Mr. Marcus Stepney fingerte wichtig an Kragen und Krawatte herum.

»Ich habe noch niemals einen Freund hintergangen.« Er hustete leicht. »Menschen, die ehrlich mit mir spielen, werden auch ehrlich bedient.«

»Und das ist sehr verständig, wenigstens soweit mich das angeht«, sagte Jeans seidenweiche Stimme. »Denn falls Sie mir einen — Streich spielen wollen, würde ich der Polizei Namen und Adresse Ihrer Frau übermitteln, die ja noch lebt.«

Er schnappte wie ein Fisch nach Luft.

»Was — was?« stotterte er.

»Wollen wir nicht die Damen wieder aufsuchen?« fragte Jean spöttisch, stand auf und legte ihren Arm in den seinen.

Es gefiel ihr, wie dieser große, starke Mann an ihrer Seite zitterte.

Kapitel 21

Lydia hatte die Empfindung, schon jahrelang in dieser wundervollen Gegend zu leben — in Wirklichkeit waren erst drei Tage seit ihrem Eintreffen auf Cap Martin vergangen —, als Mr. Marcus Stepney ein regelmäßiger Besucher der Villa wurde.

Selbst nicht ganz einwandfreie Menschen gewinnen manchmal bei näherer Bekanntschaft und strafen den ersten Eindruck Lügen.

Mr. Stepney langweilte Lydia niemals. Er hatte einen unerschöpflichen Schatz von Anekdoten und Erinnerungen — nicht eine von ihnen im geringsten Grade anstößig oder fade; er war aber auch Sportsmann, soweit dies die Mode verlangte, und erschien an einem der nächsten Morgen, um Lydia bei ihrem ersten Bade im Mittelmeer Gesellschaft zu leisten.

Die öffentlichen Badeanstalten sind in Monte Carlo nicht vor Mai geöffnet, und Lydia fand das Wasser viel kälter, als sie angenommen hatte. Sie schwammen zu einem verankerten Floß hinaus, als Mr. Briggerland und Jean am Strande erschienen. Jean war direkt vom Haus im Badeanzug gekommen, und Lydia sah ihr bewundernd zu. Das junge Mädchen war eine ausgezeichnete Schwimmerin, sprang aus beinahe jeder Höhe in das Wasser und konnte es beunruhigend lange Zeit unter der Oberfläche aushalten.

»Ich hätte niemals geglaubt, daß Ihr kleiner Körper soviel Kraft und Energie besitzt«, sagte Lydia, als sich Jean mit einem freudigen Aufschrei neben sie auf das Floß zog und sich das Wasser aus den Augen wischte.

»Da oben sitzt jemand in den Büschen, der uns durch sein Glas beobachtet«, sagte Briggerland plötzlich. »Die Sonne spiegelt sich in den Linsen.« Er wies auf einen der Felsen, aber die beiden Mädchen konnten nichts entdecken.

Plötzlich sah Lydia einen Lichtstrahl in dem Grün der Blätter aufblitzen.

»Ich dachte, so etwas kommt nur in den humoristischen Zeitschriften vor«, sagte sie lächelnd und deutete mit dem Finger auf den versteckten Beobachter, aber Jean blieb ernst und durchforschte das helle Grün mit ihren Blicken.

»Vielleicht ein Besucher von Monte Carlo. Die Bewohner von Cap Martin sind viel zu gut erzogen, um sich etwas Derartiges zuschulden kommen zu lassen.«

Auf einen Blick seiner Tochter hin sprang Briggerland wieder ins Wasser und schwamm mit langen, kräftigen Stößen dem Ufer zu.

»Vater will sich die Sache genauer betrachten«, sagte Jean, »und — im Wasser ist es wirklich noch am wärmsten.« Wie ein Seehund ließ sie sich seitwärts in die blauen Fluten gleiten, tauchte bis zum Grund, und Lydia sah sie über den weißen Boden hinweggleiten. Jetzt schoß sie wieder herauf, schüttelte das Wasser vom Kopf, blickte um sich und tauchte von neuem.

In der Zwischenzeit — Lydias Aufmerksamkeit war durch Jeans Schwimmkünste gefesselt — hatte Briggerland das Ufer erreicht; er zog ein Paar Gummischuhe und den Bademantel an und begann, langsam durch die Büsche nach der Höhe zu steigen, von wo das Funkeln der Gläser gekommen war. Als Lydia sich umblickte, war er verschwunden.

»Wo ist Ihr Vater?« fragte sie Jean.

»Dort oben in den Büschen«, fiel Mr. Stepney ein. »Er wird sich wohl auf die Suche nach dem Neugierigen gemacht haben.«

Mr. Stepney war ungewöhnlich still. Das unerwartete Auftauchen von Mr. Briggerland und Tochter hatte ihm einen Teil seiner guten Laune geraubt.

»Kommen Sie ins Wasser, Marcus«, rief Jean und stieß sich mit dem Fuß ab. »Ich möchte einmal sehen, wie Mrs. Meredith taucht.«

»Ich?« rief Lydia überrascht. »Um keinen Preis! Nach Ihrer wunderbaren Leistung würde ich mich nur lächerlich machen.«

»Dann müssen Sie es lernen«, rief Jean. »Stellen Sie sich dicht an den Rand.« Lydia gehorchte.

»Ganz gerade stehen«, kommandierte Jean. »Beide Arme hoch über den Kopf — jetzt —«

Ein scharfer Knall, wie ein Peitschenknall, ließ sich vom Ufer hören, pfeifend sauste etwas an Lydias Kopf vorbei, traf einen der aufrechten Pfosten, zersplitterte eine Ecke und schlug wenige Meter weiter in die See ein.

Lydias Gesicht wurde leichenblaß.

»Was — was war denn das?« stammelte sie. Im gleichen Augenblick fiel ein zweiter Schuß, aber die Kugel mußte hoch über sie hinweggegangen sein. Dann drang ein Schmerzensschrei bis zu ihnen.

Jean wartete nicht länger. Mit hastigen Stößen schwamm sie dem Lande zu. Weniger der Schuß als der Schrei hatte sie beunruhigt, und ohne sich Zeit zu nehmen, Sandalen oder Mantel anzulegen, flog sie den schmalen Pfad empor, auf dem ihr Vater verschwunden war. Jetzt erreichte sie eine kleine Grasfläche, in deren Mitte zwei hohe Pinien wuchsen. Mit dem Rücken gegen einen der Bäume gelehnt, lag die zusammengesunkene Gestalt Mr. Briggerlands. Er atmete stoßweise, war aber bewußtlos. Eine häßliche Wunde zeigte sich an seinem Hinterkopf, und Badeanzug und Mantel waren mit Blut bedeckt.

Jean blickte sich nach dem Angreifer um. Keine Menschenseele war zu entdecken. Nur zwei glänzende Patronenhülsen im Grase sprachen von der Anwesenheit einer dritten Person.

Kapitel 22

Lydia erinnerte sich, nur zweimal in ihrem Leben ohnmächtig geworden zu sein, und beide Male im Lauf der letzten Wochen.

Niemals glaubte sie, die Strecke zwischen Floß und Ufer bezwingen zu können, als sie langsam mit Marcus zurückschwamm. Sie wagte gar nicht daran zu denken, mit welch knapper Not sie dem Tod entgangen war. Wer auch immer gefeuert haben mochte, der Schuß war auf sie gerichtet gewesen, hätte sie töten sollen. Sie glaubte immer noch den Luftzug der Kugel in ihrem Gesicht zu spüren.

»Wer, glauben Sie, kann das gewesen sein?« fragte Stepney,

als er ihr den Strand hinaufhalf. »Vielleicht Militärschießübungen?«

Sie schüttelte langsam den Kopf.

»So, so«, sagte Mr. Stepney sehr nachdenklich, und dann: »Wenn es Ihnen nichts ausmacht, laufe ich schnell hinauf und sehe nach, was vorgefallen ist.«

Er warf sich schnell seinen Mantel um und erreichte den Grasplatz, als Mr. Briggerland gerade die Augen öffnete und verwirrt um sich blickte.

»Helfen Sie mir, Marcus — schnell!« rief Jean.

»Warten Sie einen Augenblick!« Er zog ein seidenes Tuch aus der Tasche. »Erst verbinden!«

»Er hat viel Blut verloren«, sagte sie ruhig, »aber ich glaube nicht, daß der Schädel selbst verletzt ist. Ich habe ganz vorsichtig nachgefühlt.«

Mr. Stepney schauderte.

»Hallo!« sagte Briggerland mühsam. »Der hat mir aber eins versetzt!«

»Wer war es denn?« fragte das junge Mädchen.

»Weiß nicht«, stöhnte er. »Helfen Sie mir auf die Beine, Stepney.«

»Wei ist denn das passiert?«

»Lassen Sie ihn jetzt mit Ihren Fragen in Ruhe«, sagte Jean scharf. »Helfen Sie mir, ihn ins Haus zu bringen.«

Ein Arzt wurde gerufen und nähte die Wunde. Die Verletzung war nicht schwer und der Arzt auch nicht zu neugierig, wie sie entstanden war. In der Nähe Monte Carlos stoßen Ausländern manchmal merkwürdige Dinge zu, und Diskretion in jeder Beziehung kann den medizinischen Beratern nur zum Vorteil gereichen.

Erst am Nachmittag konnte Mr. Briggerland, bequem in Kissen gelehnt, einer mitleidigen Gesellschaft sein Abenteuer berichten.

»Ich hatte das Gefühl, irgend etwas stimmte da nicht«, begann er, »und kletterte vorsichtig nach oben. Plötzlich fiel ein Schuß, ganz dicht bei mir. Ich sprang durch die Büsche und sah, wie der Kerl noch einmal anlegte. Im selben Augenblick war ich schon auf ihm. Sie erinnern sich, der zweite Schuß ging sehr hoch.«

»Was für ein Mensch war es denn?« frage Stepney.

»Ich glaube, ein Italiener. Auf jeden Fall versetzte er mir mit dem Gewehrkolben einen furchtbaren Schlag — und dann weiß ich nichts mehr, bis Jean mich fand.«

»Glauben Sie, er hat auf mich geschossen?« fragte Lydia schaudernd.

»Ganz zweifellos«, antwortete Briggerland. »Ich sah doch, wie er auf Sie zielte.«

»Wie kann ich Ihnen nur danken«, rief das junge Mädchen. »Wie wundervoll von Ihnen, einen bewaffneten Menschen mit den Fäusten anzugreifen.«

Mr. Briggerland schloß die Augen und seufzte.

»Es ist nicht der Rede wert«, sagte er bescheiden.

Kurz vor dem Essen waren er und seine Tochter zum ersten Male nach dem Vorfall allein.

»Was ist vorgefallen?« fragte sie kurz.

»Ich hatte eine kleine Überraschung für dich vorbereitet, Kleine. Ein Plan von mir! Du behauptest doch immer, ich hätte Angst, und da wollte ich dir beweisen —«

»Was ist vorgefallen?« unterbrach sie schroff.

»Also gut — gestern morgen habe ich die ganze Sache vorbereitet. Das Gewehr, ein altes englisches, hatte ich schon vor längerer Zeit in Amiens einem Bauern abgekauft. Ich dachte, eines Tages könnte man es vielleicht gebrauchen, zumal der Mann noch ein Paket Patronen zugab. Und dann habe ich mir gestern morgen — ich konnte nicht mehr schlafen — alles überlegt. Ich kletterte auf den Hügel — das Land gehört übrigens zu dem leerstehenden Haus hier in der Nähe —, fand einen geeigneten Platz, versteckte das Gewehr, wo ich es leicht und schnell wiederfinden konnte, und band eine Brille so an einen Zweig, daß die Gläser von der Sonne getroffen werden mußten.«

»Und dann—?«

»Ich dachte, wir würden gestern schon baden, aber auch heute dauerte es geraume Zeit, bis jemand die Brillengläser entdeckt hatte. Aber sobald ich erst einmal einen Grund hatte, an Land zu gehen und nachzusehen, wer sich da versteckt haben mochte, war der Rest sehr einfach.«

Sie nickte.

»Darum sollte ich sie also auf dem Floß zurückhalten und sich aufrecht hinstellen lassen?«

Jetzt nickte Mr. Briggerland.

»Na, und —?«

»Ich lief auf die kleine Lichtung, nahm das Gewehr und zielte.

Ich bin immer ein guter Schütze gewesen —«

»Heute hast du davon wenig sehen lassen«, unterbrach sie ihn spöttisch. »Und dann erhieltest du, wie ich annehme, einen Schlag auf den Kopf.«

Er nickte und verzog das Gesicht; jede Bewegung seines Kopfes bereitete ihm große Schmerzen.

»Und wer war es?« fragte sie.

Er zuckte die Achseln.

»Frag doch nicht so dumm«, sagte er gereizt. »Ich weiß es nicht, fühlte nicht einmal den Schlag. Ich weiß nur noch, daß ich zielte, und auf einmal wurde alles dunkel um mich herum.«

»Und welche Erklärung würdest du gegeben haben, wenn alles so abgelaufen wäre, wie du es dir ausgemalt hattest?«

»Sehr einfach. Ich war doch auf der Suche nach dem Mann, dessen Gläser wir alle gesehen hatten — dann hätte ich eben einen Schuß gehört, mich durch das Gebüsch gearbeitet und nichts gefunden — nur das Gewehr!«

Jean biß sich nachdenklich auf die Lippen.

»Und du setztest dich der Gefahr aus, von einem Fremden oder einem Bauern gesehen zu werden, setztest dich der Gefahr aus, daß die Polizei da oben herumsucht und eine fahrlässige Tötung, so hätte es ja vielleicht aussehen können, in einen wohlüberlegten Mord umwandelt? Das nennst du Strategie?«

»Ich habe mir die größte Mühe gegeben«, brummte er.

»Tu das bitte nicht wieder, Vater, deine unüberlegte Tollkühnheit macht mir angst, und weiß der Himmel, ich hätte es nie für möglich gehalten, daß ich dich einmal tollkühn nennen würde.«

Mit diesen Worten verließ sie ihn. Die Heldenverehrung Mrs. Cole-Mortimers würde die kleine Wunde schon heilen, die sie seinem Selbstbewußtsein zugefügt hatte.

Der ›Unglücksfall‹ hielt sie alle an diesem Abend zu Hause, und Lydia war nicht traurig darüber. Eine geschnitzte Bank ist keine zu bequeme Schlafgelegenheit, und Lydia freute sich auf ein richtiges, behagliches Bett. Mit Mühe unterdrückte sie ihr Gähnen, bis sich schließlich Mr. Stepney gekränkt empfahl.

Die Nacht war wärmer geworden, der Föhn blies von den Bergen herunter, und die Luft in ihrem Zimmer war beklemmend. Lydia öffnete die große Fenstertür und trat auf den Balkon. Der Mond stand in seinem letzten Viertel, und sein gedämpftes Licht warf unheimliche Schatten in den großen Garten zu ihren Füßen.

Sie lehnte ihre Arme auf die Brüstung und blickte über die See hinweg auf die Lichter von Monte Carlo. Dann glitten ihre Augen über den Park — sie fuhr zusammen. Sie hätte darauf geschworen, im Schatten der Bäume eine Gestalt gesehen zu haben, und hatte sich auch nicht getäuscht.

Die Gestalt trat aus dem Gebüsch heraus, blickte nach rechts und links und schritt vorsichtig über den Rasenplatz. Erst glaubte sie, Marcus Stepney sei zurückgekommen, aber dann kam ihr der Gang des Mannes da unten so bekannt vor. Endlich blieb er unter dem Balkon stehen und blickte zu ihr empor. Lydia schrie leise auf. In dem ungewissen Mondlicht erkannte sie das eisgraue Haar und die buschigen Augenbrauen des Eindringlings.

»Alles in Ordnung, Miss«, flüsterte er heiser. »'s is bloß der alte Jaggs.«

»Ja, was machen Sie denn hier?« flüsterte sie zurück.

»'n bißchen uffpassen, Miss — nur ein bißchen rumsehen!« Und er hinkte in den Schatten zurück.

Kapitel 23

Der alte Jaggs war also in Monte Carlo! Was wollte er hier, und wie konnte er sich mit den Leuten verständigen, die nur französisch sprachen? Ihre Gedanken waren vollauf beschäftigt, bevor sie zu Bett ging.

Die Dämmerung lag noch über der grauen See, als Lydia erwachte. Sie blickte nach der Uhr. Viertel nach fünf. Warum sie plötzlich wach war, konnte sie sich nicht erklären, aber sie dachte mit einem kleinen Schauder an jenen trüben Morgen zurück, als sie sich einem entsetzlichen Tod gegenüber gesehen hatte.

Schlafen war unmöglich; sie schlüpfte in einen warmen Mantel und öffnete die Türen, die auf den Balkon führten. Der Morgen war viel kühler, als sie gedacht hatte, und schnell trat sie in das Zimmer zurück.

Die frischen, reinen Morgenstunden — wenn die ganze Welt

noch im Schlummer liegt und kein Geräusch, keine Bewegung die Gedanken ablenkt — sind für ein ruhiges Überlegen die günstigste Zeit.

Lydia dachte über die letzten Wochen ihres Lebens nach, und zum erstenmal wurde ihr so recht klar, welch ein Wunder sich ereignet hatte. Wie eine Legende aus alten Zeiten — der Sklave war frei geworden, die ringende Künstlerin eine reiche, große Dame. Gedankenlos spielte sie mit dem einfachen Goldreif an ihrer Hand — sie war verheiratet ... und Witwe! Und doch hatte sie das quälende Gefühl, trotz all ihres Reichtums noch nicht den Platz gefunden zu haben, der auf sie wartete. Die Cole-Mortimers und Briggerlands gehörten nicht zu der Idealwelt, die sie sich ausgemalt hatte, und sie selbst fühlte sich nirgends heimisch.

Unmutig zuckte sie die Achseln. Jetzt wanderten ihre Gedanken zu Jack Glover, versuchten dessen feindseliges Auftreten gegen die Briggerlands zu ergründen. Es erschien ihr unnatürlich, daß ein normaler junger Mensch eine so erbitterte Fehde gegen ein junges Mädchen führen sollte, dessen Schönheit ungeteilte Bewunderung einflößte — nur weil sie ihn zurückgewiesen hatte.

Der Gedanke, daß Jack Glover, ein Mann von so starkem Ehrgefühl, sich eine niedrige Handlung zuschulden kommen lassen könnte, war ihr unmöglich. Männer wie er greifen nicht ohne Veranlassung ein junges Mädchen an. Werden sie abgewiesen, so fügen sie sich stillschweigend. Es war beinahe undenkbar, daß Jack Glover keinen anderen Grund für seinen Haß auf Miss Briggerland haben sollte. Und doch war es ihr ebenso unmöglich, die Gründe, die er für sein Verhalten gegeben hatte, anzuerkennen. Wieder war sie auf dem toten Punkt angelangt. Bis zu einer bestimmten Grenze konnte sie an Jacks Urteil glauben — aber nicht darüber hinaus.

Sie badete, kleidete sich an und war schon im Garten, als die aufsteigende Sonne den östlichen Horizont vergoldete. Kein Mensch war zu erblicken, auch die eifrigsten der Dienstboten waren noch nicht aufgestanden, und langsam schlenderte sie die weite Auffahrt zur Straße hinunter. Als sie dort stehenblieb, erschien ein Mann aus dem Wäldchen jenseits der Straße und begann eilig in der Richtung nach Monte Carlo auszuschreiten.

»Mr. Jaggs!« rief sie.

Er beachtete ihren Ruf nicht, schien aber noch eiliger davonzuhinken. Lydia zögerte einen Augenblick und lief dann hinter ihm her. Bei dem Geräusch ihrer eiligen Tritte drehte er sich herum und blieb im Schatten eines Busches stehen. Er sah noch schmutziger als sonst aus; ein weicher Hut, der schon bessere Tage gesehen hatte, saß auf seinem Kopf, und seine Hände steckten in einem Paar ungleicher Handschuhe.

»Juten Morjen, Miss«, grunzte er.

»Warum laufen Sie weg, Mr. Jaggs?« fragte sie atemlos.

»Bin nich wegjeloofen, Miss.« Er blickte sie unter seinen dichten weißen Augenbrauen scharf an. »Nur so'n bißchen rumsehn!«

»Verbringen Sie all Ihre Nächte mit ›ein bißchen umsehen‹?« lächelte sie ihn an.

»Ja, Miss.«

In diesem Augenblick kam ein radfahrender Gendarm in Sicht. Bei ihnen angekommen, sprang er vom Rad.

»Guten Morgen, Madame«, begann er höflich, blickte dann auf ihren Begleiter. »Ist der Mann bei Ihnen angestellt? Ich habe ihn jetzt beinahe jeden Morgen aus Ihrem Grundstück herauskommen sehen.«

»O ja«, sagte sie hastig. »Er ist mein —«

Sie wußte nicht, was sie sagen sollte, aber der alte Jaggs half ihr aus der Verlegenheit.

»Ich mache die Besorgungen für Madame«, erklärte er zu Lydias Verwunderung in tadellosem Französisch, »und bin der Nachtwächter vom Hause.«

»Ja, ja«, brachte das junge Mädchen hervor, das sich kaum von seiner Überraschung erholen konnte. »Monsieur ist unser Nachtwächter.«

»Bien, Madame«, erwiderte der Gendarm. »Verzeihen Sie die Frage, aber es gibt jetzt sehr viel fremde Menschen hier in der Gegend.«

Sie sahen den Beamten davonfahren. Jaggs kicherte.

»Janz jutes Französisch, Miss. Nich wahr?« Und ohne ein weiteres Wort drehte er sich um und hinkte davon.

Sie blickte verblüfft hinter ihm her. Er verbrachte also jede Nacht im Garten oder irgendwo in der Nähe des Hauses! Es gab ihr ein eigenartiges Gefühl von Sicherheit und Ruhe, das zu wissen.

Als sie zurückkam, fand sie die Dienstboten schon auf und bei der Arbeit. Jean war nicht vor dem Frühstück sichtbar, und Lydia hatte so Gelegenheit, mit der französischen Haushälterin zu sprechen, die Mrs. Cole-Mortimer beim Mieten der Villa engagiert hatte. Sie erfuhr verschiedenes, was sie sofort weitererzählte, als Jean am Frühstückstisch erschien.

»Dem Gärtnerjungen geht es bedeutend besser, Jean.«

»Das weiß ich. Ich habe gestern im Krankenhaus angerufen und mich erkundigt.«

Lydia sah sie erstaunt an; das paßte nach ihrer Meinung so gar nicht zu dem jungen Mädchen.

»Die Mutter ist auch in der Isolierbaracke«, fuhr Lydia fort, »und Madame Souviet sagte mir, daß die arme Frau weder Geld noch Freunde habe. Vielleicht fahre ich heute mal hinaus und sehe zu, ob man irgend etwas für sie tun kann.«

»Lassen Sie das lieber, Lydia«, sagte Mrs. Cole-Mortimer nervös. »Wir können froh sein, daß der Kleine endlich weggeschafft worden ist, bevor wir vielleicht noch angesteckt wurden. Man geht doch solchen Dingen möglichst aus dem Wege. Fahren Sie lieber nicht zum Krankenhaus.«

»Ach Unsinn!« fiel Jean ein. »Wenn Lydia gern hinfahren möchte, sehe ich keinen Grund, warum sie das nicht sollte. Die Patienten auf den Isolierstationen kommen nie mit ihren Besuchern in Berührung. Ansteckungsgefahr ist da nicht zu befürchten.«

»Ich stimme mit Mrs. Cole-Mortimer überein«, brummte Briggerland. »Meiner Ansicht nach ist es töricht, sich unnötigen Gefahren auszusetzen. Lassen Sie sich raten, Lydia, und fahren Sie nicht.«

»Ich sprach heute morgen einen Gendarm«, wechselte Lydia das Thema. »Als er von seinem Fahrrad sprang, dachte ich schon, er wollte über die Schießaffäre mit mir reden. Sie haben sich doch mit der Polizei in Verbindung gesetzt?«

». . . hm . . .ja.« Mr. Briggerland blickte nicht von seinem Teller auf. »Selbstverständlich! Waren Sie in Monte Carlo?«

Lydia schüttelte den Kopf.

»Nein, ich konnte nicht schlafen und machte gerade einen Spaziergang, als er vorbeigefahren kam.« Sie erwähnte Mr. Jaggs nicht. »Die Polizei aus Monte Carlo scheint sehr entgegenkommend zu sein.«

»Sehr!« versetzte Briggerland trocken.

»Hat man denn einen Verdacht, wer der Täter sein könnte?« fragte Lydia, die in ihrer Harmlosigkeit bei einem Thema blieb, das Mr. Briggerland äußerst unangenehm war.

»Ja, die Polizei hat verschiedene Personen im Auge, aber ich möchte Ihnen doch raten, über den Vorfall nicht mit den Behörden zu sprechen. Ich habe ihnen nämlich erzählt«, Mr. Briggerland war auf einen guten Gedanken gekommen, »Sie wüßten gar nicht, daß man auf Sie geschossen hat. Wenn Sie nun darüber sprechen, machen Sie mich etwas lächerlich.«

Als Lydia und Mrs. Cole-Mortimer das Frühstückszimmer verlassen hatten, wandte sich Jean ihrem Vater zu.

»Hoffentlich siehst du jetzt langsam ein, wie unsinnig dein ganzer Plan war, der jetzt eine Lüge nach der anderen erfordert. Es ist gar nicht ausgeschlossen, daß Marcus in seiner Dummheit von der Geschichte in Monte Carlo gesprochen hat, und eines Tages werden wir Kriminalbeamte hier haben, die uns fragen, warum wir die Schießerei nicht angezeigt haben.«

»Ja, wenn ich so schlau wäre wie —«

»Aber das bist du nicht«, unterbrach Jean und legte sorgfältig ihre Serviette zusammen. »Du bist der — am wenigsten schlaue Mensch, den ich kenne.«

Kapitel 24

Lydia fand in ihrem Zimmer eines der Mädchen beim Aufräumen.

»Oh, Madame, ich habe ganz vergessen, Ihnen etwas zu sagen — hoffentlich werden Sie mir nicht böse sein.«

»Es ist kaum anzunehmen, daß ich an einem so wunderbaren Morgen böse sein kann«, antwortete Lydia freundlich.

»Es handelt sich nämlich um das hier« — das Mädchen griff in die Schürzentasche und zog einen kleinen, glänzenden Gegenstand heraus, den es Lydia hinreichte.

›Das hier‹ war ein kleines silbernes Kreuz, so klein, daß es mit einem Fünffrankstück bedeckt werden konnte, und durch langes Tragen abgegriffen.

»Als wir gestern morgen das Bettzeug — ich möchte nur wissen, wer diesen Streich ausgeführt hat — herausnahmen, haben wir das hier in den Laken gefunden. Niemand glaubte, daß das armselige Kreuz Ihr Eigentum sein könnte, bis mir heute morgen der Gedanke kam, es wäre vielleicht ein Andenken.«

»Das haben Sie in den Laken gefunden?« fragte Lydia überrascht.

»Ja, Madame.«

»Es gehört mir nicht, aber möglicherweise Mrs. Cole-Mortimer. Ich werde sie nacher fragen.«

Mrs. Cole-Mortimer war fromme Katholikin. Das kleine Kreuzchen konnte eines ihrer geweihten Andenken sein. Lydia steckte es in ihre Handtasche, vergaß aber, mit Mrs. Cole-Mortimer darüber zu sprechen.

Sie fuhr allein nach Nizza. Jean hatte es vorgezogen, zu Hause zu bleiben, und Lydia war über ein so seltenes Alleinsein nicht ungehalten.

Das Krankenhaus lag auf dem Gipfel eines Hügels, und Lydia hatte verschiedene Schwierigkeiten zu überwinden, um außerhalb der Besuchsstunden Einlaß zu erhalten. Nach dem Bericht des Oberarztes befand sich das Kind auf dem Wege der Besserung; die Mutter war noch immer in der Isolierbaracke.

»Darf man sie sehen?«

»Ja, Madame«, entgegnete der zuvorkommende Franzose. »Aber Sie dürfen natürlich nicht in ihre Nähe kommen. Es wird Ihnen fast wie ein Besuch im Gefängnis vorkommen, denn die Patientin steht hinter einem Gitter und Sie hinter einem anderen.«

Lydia wurde in einen Raum geführt, der wirklich an das Sprechzimmer eines Gefängnisses erinnerte. Er war zwar nicht durch zwei Eisengitter abgeteilt, aber zwei hohe Drahtnetze trennten den Besucher vom Patienten. Nach kurzer Zeit brachte eine Nonne die Gärtnersfrau herein, eine große, hagere Frau aus Marseille, die den verwirrenden Dialekt dieser Stadt sprach. Es verging einige Zeit, bis Lydia sich an die hastige, schwerverständliche Sprache gewöhnt hatte.

Ihrem Jungen gehe es ja, die heilige Jungfrau sei gepriesen, besser, aber sie selbst habe so schreckliche Sorgen. Kein Geld für die besondere Nahrung, die ihr verordnet sei, ihr Mann in Paris und schon seit Wochen keine Nachricht, und sie mit all den anderen Kranken zusammen; lebend werde sie hier nicht herauskommen, das wisse sie genau.

Lydia steckte durch das Drahtnetz der Nonne eine Fünfhundertfrankennote zu.

»Und Madame«, jammerte die Frau, »mein armer Kleiner hat das Geschnek der Hochehrwürdigen Mutter von San Supplice verloren! Das kleine Kreuz, das von Seiner Heiligkeit dem Papst selbst geweiht worden ist! Ich hatte meinem Jungen das Kreuzchen gelassen, damit er schneller geheilt würde, und jetzt ist es weg. Ich bin sicher, die Ärzte, die Diebe, haben es ihm weggenommen.«

»Ein Kreuz?« frage Lydia. »Was für ein Kreuz?«

»Ein silbernes, Madame; es war ja nichts wert — an Geld, und doch ist es unschätzbar. Der kleine Xavier —«

»Xavier?« fragte Lydia, die sich erinnerte, ein ›X‹ auf dem kleinen Schmuckstück gesehen zu haben, das man in ihrem Bett gefunden hatte. »Warten Sie einen Augenblick.« Sie öffnete ihre Handtasche und nahm das kleine Kreuzchen heraus, bei dessen Anblick die Frau in Freudentränen ausbrach.

»Das ist es, Madame! Das ist das Kreuz! Wie kann ich Ihnen danken, Madame! Mein Herz ist so voll —«

Der Arzt begleitete Lydia bis an den Wagen, aber sie hörte kaum auf seine Worte — ihre Gedanken waren mit dem Geheimnis beschäftigt, das den unscheinbaren Schmuck umgab.

Das Kreuz gehörte dem kleinen Xavier, war ihm von seiner Mutter in das Bett gelegt worden, als sie glaubte, er liege im Sterben — und war dann in ihrem, Lydias, Bett gefunden worden! Der Kleine mußte also in ihrem Bett gelegen haben! Ihr Fuß stand auf dem Trittbrett des Autos, als ihr ganz plötzlich die Bedeutung des nassen Bettes, der leeren Wasserstoffsuperoxyd-Flasche klar wurde. Xavier war in ihr Bett gelegt worden! Jemand mußte gewußt haben, daß ihr Bett infiziert worden war, hatte Wasser darauf gegossen, um zu verhindern, daß sie sich in das Bett legte. Aber wer? Der alte Jaggs!

Lydia stieg ein und fuhr die Grande Corniche entlang nach Cap Martin zurück.

Wer hatte das Kind in ihr Bett gelegt? Allein hätte es nicht von dem Häuschen im Garten bis in die Villa laufen können — das war ausgeschlossen.

Sie war schon beinahe in Cap Martin, als sie auf dem Boden des Autos ein Paket liegen sah. Sie ließ das Vorderfenster herunter und fragte den Chauffeur. Es war nicht Mordon, sondern ein Mann, den sie zusammen mit dem Wagen gemietet hatte.

»Das Paket ist vom Hospital, Madame«, antwortete er. »Der Portier fragte mich, ob ich von der Villa Casa käme. Es sei von dort etwas zum Desinfizieren geschickt worden; die Rechnung macht sieben Franken, und die habe ich bezahlt.«

Lydia nahm das Paket auf — die Adresse lautete ›Mademoiselle Jean Briggerland‹, und als Absender war das Krankenhaus angegeben.

Sie legte sich in die Kissen des Wagens zurück und schloß die Augen. Es war zu schwierig für sie, im Augenblick eine Lösung des Rätsels zu finden, aber sie war fest entschlossen, der Sache auf den Grund zu gehen.

Jean war nicht zu Hause, als sie zurückkam, und Lydia nahm das Paket mit auf ihr Zimmer. Sie versuchte, sich des Gedankens zu erwehren, daß wirklich ein so abscheuliches Verbrechen gegen sie versucht worden sein könne — und doch sprachen alle Anzeichen dafür. Es mußte irgendeine Erklärung für das Auffinden des kleinen Kreuzes in ihrem Bett gefunden werden. Möglicherweise hatte man es überhaupt erst gesehen, als die durchnäßten Laken schon entfernt worden waren.

Sie läutete nach dem Mädchen.

»Sagen Sie mal«, sprach Lydia sie an, »wo haben Sie das kleine Kreuz eigentlich gefunden?«

»In Ihrem Bett, Madame.«

»Bevor das Bettzeug weggebracht wurde oder nacher?«

»Vorher, Madame«, war die Antwort. »Als wir die Bettdecke zurückschlugen, lag es genau in der Mitte des Lakens.«

Lydia fühlte ihr Herz pochen.

»Danke bestens. Ich habe den Eigentümer des Kreuzes gefunden und es zurückgegeben.«

Sollte sie mit Jean darüber sprechen? Ihr erster Gedanke war, sich dem jungen Mädchen anzuvertrauen. Ihr zweiter ging zu dem alten Jaggs, aber wo konnte sie ihn finden? Er wohnte offenbar in der Nähe Monte Carlos, aber es war kaum anzunehmen, daß sein Name auf der Fremdenliste des kleinen Fürstentums zu finden war.

Sie war noch zu keinem Entschluß gekommen, als Marcus Stepney in der Villa erschien, um sie zum Lunch im ›Café de Paris‹ abzuholen.

Die ganze Angelegenheit war doch so gänzlich unwahrscheinlich, gehörte zu einer unwirklichen Welt — aber lebte sie selbst nicht schon die ganzen letzten Wochen in einer solchen unwahrscheinlichen Welt?

Kapitel 25

Mr. Stepney war ihr etwas nähergerückt. Noch vor einer Woche hätte sie den Gedanken von sich gewiesen, mit ihm zusammen den Lunch einzunehmen, aber jetzt lag die Sache ein wenig anders. Seine Ansichten über Dinge und Menschen waren vernünftiger, als sie erwartet hatte. Lydia glaubte, eine zynische Einstellung bei Stepney zu finden, mußte aber zu ihrer Überraschung feststellen, daß er im großen und ganzen harmlos freundlich dachte. Hätte sie Mr. Marcus Stepney so gut gekannt wie Jean, so hätte sie gewußt, daß er sein Verhalten völlig seiner Umgebung anpaßte. Er war ein Mann, dessen Kapital hauptsächlich in guter Kenntnis der menschlichen Natur und in seiner Geschicklichkeit bestand, allen zu gefallen. Er hätte nie versucht, sie zu verletzen oder zu erschrecken, und glich darin einem tüchtigen Verkäufer, der seine Kunden mit größter Zuvorkommenheit und Umsicht behandelt.

Und er hatte Waren zu verkaufen — an ihm lag es, daß sie dem Käufer gefielen. Und es war beinahe ebenso wichtig, daß der Kauf möglichst bald zum Abschluß kam. Mr. Stepney lebte von einer Woche zur anderen — was sich im nächsten Jahre ereignen konnte, interessierte ihn heute nicht ... Aber er mußte Lydia zu einem schnellen Entschluß treiben.

Beim Lunch erzählte er ihr seine Lebensgeschichte. Daß diese Lebensgeschichte ebenso wechselte wie seine Zuhörer, war selbstverständlich. In diesem Fall war es die Geschichte eines Mannes, der schwer zu kämpfen hatte, dessen Vater unter Hinterlassung großer Schulden gestorben war, eines Mannes, der die Bitterkeit des Daseins ausgekostet hatte. Jean hatte ihm den Lebensweg Lydias sehr genau geschildert, und Mr. Marcus Stepney hatte diese Mitteilungen für seinen eigenen Gebrauch verwendet.

»Wie eigenartig«, rief Lydia, »Ihr Leben ist beinahe so gewesen wie das meine.«

»Und ist das nicht bedeutungsvoll?« fragte Mr. Stepney, in dessen Ton eine leise traurige Note mitschwang. »Ich bin ein sehr einsamer Mensch — habe keine Freunde, mit Ausnahme der Bekanntschaften, die man in den Nachtklubs macht und auf den Plätzen, wo sich die sogenannten guten Kreise treffen; aber derartige Freunde bewegen sich gewöhnlich in einer gekünstelten Atmosphäre, die mich wirklich oft entmutigt.«

»Die Empfindung habe ich auch schon gehabt«, versetzte Lydia mitleidig.

»Wenn ich nur irgendwo Wurzeln schlagen könnte!« Er schüttelte langsam den Kopf. »Ein kleines Häuschen auf dem Lande, ein paar gute Pferde, etwas Landwirtschaft und — eine Frau, die mich versteht . . .«

Ein falscher Schachzug.

»Und ein paar Lieblingshühner, die überall hinter Ihnen herlaufen?« lachte Sie. »Nein, Mr. Stepney, in dieser Rolle kann ich Sie mir nicht vorstellen.«

Er senkte den Blick.

»Es tut mir leid, daß Sie eine solche Meinung von mir haben. Alle Welt hält mich für oberflächlich, für einen Müßiggänger, der an nichts anderem Interesse hat als an den Vergnügungen, die er dem Leben abgewinnen kann.«

»Und einem sehr annehmbaren Leben dazu«, versetzte Lydia kurz. Sie hatte bemerkt, daß eine sentimentale Note in die Unterhaltung kam, und hatte sie mit der besten Waffe vertrieben, die einer Frau zur Verfügung steht.

»Und jetzt erzählen Sie mir alles, was Sie über den marokkanischen Präsidenten wissen, der in Ihrem Hotel abgestiegen ist. Ich habe ihn neulich auf der Promenade bemerkt, und die Zeitungen schreiben ja jeden Tag über ihn.«

Mr. Stepney seufzte tief und teilte ihr auf dem Weg zu den Spielsälen mit, was ihm von dem gefürchteten Muley Hafiz bekannt war. Muley Hafiz war gerade zu dieser Zeit der Löwe der französischen Gesellschaft — sehr zum Ärger der spanischen Regierung, die auf seinen Kopf einen ansehnlichen Preis gesetzt hatte.

Mr. Marcus Stepney war nicht in bester Stimmung, als er Lydia wieder in die Villa Casa zurückbrachte, und Jean bemerkte sofort — Lydia war auf ihr Zimmer gegangen, um sich umzukleiden —, daß seine erste Bemühung um das junge Mädchen recht erfolglos gewesen war.

»Keine Aussicht auf Hochzeitsglocken, Jean«, sagte er.

»Sie lassen sich aber leicht entmutigen«, antwortete Jean, aber Mr. Stepney schüttelte den Kopf.

»Meine liebe Jean, ich kenne die Frauen genausogut wie meine eigene Hand, und ich kann Ihnen nur sagen, daß mit dem jungen Mädchen überhaupt nichts zu wollen ist. Ich bin doch kein Narr.«

Sie sah ihn überlegend an.

»Nein, Sie sind kein Narr und werden wohl kaum in einer solchen Angelegenheit einen Fehler begehen. Ich befürchte, Sie werden zu einem romantischeren Mittel greifen müssen.«

»Was wollen Sie damit sagen?«

»Sie müssen sie entführen, genau wie die Ritter des Mittelalters ihre Herzensdame entführten.«

»Die Ritter des Mittelalters hatten nicht vor Richtern und Geschworenen zu erscheinen und dann sieben Jahre für ihre Sünden in Dartmoor zu sitzen«, sagte er trocken.

Jean saß auf einem niedrigen Korbsessel und schnitzte mit einem kleinen silbernen Taschenmesser an einem Zweig herum — eine Lieblingsbeschäftigung Jeans, wenn sie ihre Gedanken konzentrieren wollte.

»Aber nicht all die schönen Damen des Mittelalters gingen zur Polizei«, sagte sie. »Einige von ihnen fühlten sich ganz glücklich mit ihrem Herrn und Gebieter — besonders diejenigen, die vor dem Gedanken zurückschreckten, daß ihr Unglück in den Sonntagszeitungen veröffentlicht werden könnte. Ich glaube, die meisten Frauen lieben es, beherrscht zu werden.«

»Denken Sie auch so, Jean?«

Seine Stimme klang anders, und hätte sie ihn angeblickt, würde sie ein eigenartiges Licht in seinen Augen gesehen haben.

»Nur eine Theorie«, antwortete sie, »die übrigens durch alle Jahrhunderte hindurch gültig geblieben ist.«

»Ich würde sie und ihr Geld fahrenlassen.« Er sprach schnell, beinahe zusammenhanglos. »Es gibt nur eine Frau für mich, Jean, und ich habe Ihnen das schon einmal gesagt.«

Er beugte sich zu ihr herab und ergriff ihren Arm.

Sie versuchte nicht, ihren Arm zu befreien.

»Nehmen Sie bitte Ihre Hand weg, Marcus.«

»Würde Ihnen das gefallen, Jean? Mein Gott, meine Seligkeit für Sie, Sie — kleine Teufelin!«

»Seien Sie vernünftig«, versetzte sie, aber es waren nicht ihre Worte, die ihn gehorchen ließen.

Zweimal fuhr sie bedächtig mit der scharfen Klinge des kleinen Messerchens über seinen Handrücken. Marcus sprang mit einem Schmerzensschrei zurück.

»Sie — Sie Bestie«, stammelte er.

Jean sah ihn lächelnd an.

»Geben Sie mir bitte Ihr Taschentuch; ich möchte . . . mein Messerchen saubermachen.«

Sein Gesicht war grau, und er starrte sie sprachlos an.

Er rührte sich nicht, als sie das Tuch aus seiner Tasche zog, das Messer sorgfältig abwischte und in die Handtasche steckte und dann das Taschentuch in seine Seitentasche schob. Regungslos stand er und starrte sie an, während das Blut von seiner Hand herabtropfte. Erst als sie seinen Blicken schon entschwunden war, riß er das Taschentuch wieder heraus und band es sich um die Hand.

»Ein Teufelsweib«, flüsterte er heiser, beinahe in Tränen, »ein Teufelsweib!«

Kapitel 26

Als Jean Briggerland nach Hause kam, fand sie einen neuen Besucher in der Villa.

Jack Glover war, wie Lydia ihr erzählte, ganz unerwartet von London herübergekommen, und Jack begrüßte Jean mit außergewöhnlicher Liebenswürdigkeit.

»Sie können glücklich sein, in einem solchen Paradies zu leben«, sagte er. »Es regnet ständig in London; ich kann Ihnen gar nicht sagen, wie ungemütlich man sich fühlt. Und Sie sind braungebrannt und hübscher als je, Miss Briggerland.«

»Der Geist des sonnigen Südens ist in Ihr Blut gedrungen, Mr. Glover«, sagte sie sarkastisch. »Ein längerer Aufenthalt an der Riviera würde Sie beinahe menschlich machen.«

»Und was könnte Sie menschlich machen?« war Jacks schnelle Gegenfrage.

»Hoffentlich fangt ihr beide nicht wieder an zu streiten, sobald ihr euch seht«, rief Lydia.

Jean war überrascht durch die Veränderung, die mit Lydia vorgegangen war. Ihre Wangen zeigten frische Farbe, und ihre Stimme klang freudig erregt.

»Ich streite niemals mit Jack«, sagte mit jenem vertraulichen Ton, über den sich Lydia unweigerlich ärgerte. »Jack zieht alle Streitigkeiten an den Haaren herbei und läßt sie dann wieder fallen. Wie lange bleiben Sie hier?«

»Leider nur zwei Tage«, antwortete Jack, »dann muß ich wieder nach London zurück.«

»Haben Sie Mr. Jaggs nicht mitgebracht?« fragte Jean unschuldig.

»Ist er denn nicht hier?« rief Jack überrascht. »Ich habe ihn doch vor einer Woche herübergeschickt.«

»Also hier«, wiederholte Jean bedächtig. »Also hier ist er! Aber natürlich.« Sie nickte. Jetzt wurden ihr verschiedene Vorfälle klar. Der Unbekannte, der das Bett so sorgfältig mit Wasser übergossen hatte, der Unbekannte, der so plötzlich aufgetaucht war und ihren Vater zu Boden geschlagen hatte — das Rätsel war für sie gelöst.

»Oh, Jean«, rief Lydia. »Das hätte ich beinahe vergessen. Das Krankenhaus hatte mir doch ein Paket für Sie mitgegeben.«

»Das Krankenhaus?« wiederholte Jean. »Was für ein Paket?«

»Sachen, die Sie zum Desinfizieren geschickt hatten. Ich will es gleich holen.«

In wenigen Minuten war Lydia mit dem Paket zurück, das sie im Auto gefunden hatte.

»Ach ja«, sagte Jean gleichgültig, »jetzt erinnere ich mich. Es ist eine Decke, die ich der Gärtnersfrau geliehen hatte, als ihr Kind krank wurde.«

Sie gab das Paket einem der Mädchen.

»Bringen Sie es bitte auf mein Zimmer.«

Wenige Augenblicke später ging Jean gleichfalls nach oben. Das Paket lag auf ihrem Bett. Sie riß das Papier auf — und vor ihr lagen weiß und sauber der Staubmantel, den sie in jener Nacht getragen hatte, die Handschuhe, das seidene Halstuch und die Badekappe, die durch die Reinigung die Farbe etwas verloren hatte. Gedankenvoll blickte sie auf diese Dinge.

Dann ging sie langsam über eine Hintertreppe nach unten und

in den Keller, der durch zwei kleine vergitterte Fenster sein Licht empfing. Durch das eine hatte sie in jener Nacht das Bündel geworfen; sie konnte jeden Winkel des Kellers überblicken. Er war leer — wie sie auch erwartet hatte. Alles, was sie hinabgeworfen hatte, war von einem geheimnisvollen Unbekannten aufgelesen und in ihrem Namen zum Desinfizieren geschickt worden.

Sehr langsam und nachdenklich schritt sie die Kellerstufen wieder hinauf und trat in den Garten.

»Jaggs!« sagte sie halblaut. Ihre Stimme klang sanft. »Ich glaube, mein lieber Mr. Jaggs, der Himmel ist der geeignetste Aufenthalt für dich!«

Kapitel 27

»Wer waren denn diese wichtigen Herrschaften, mit denen Jean im Salon verhandelte?« fragte Jack Glover, als Lydias Wagen langsam die steile Straße noch La Turbie hinaufkletterte.

Lydia war bedrückt, und er hatte ihre Verstimmung bemerkt.

»Die arme Jean hat Sorgen«, sagte sie. »Wie es scheint, hat sie vor drei oder vier Jahren eine kleine, unbedeutende Affäre gehabt, und jetzt fängt der Mann an, sie mit Drohbriefen zu belästigen.«

»Arme Seele«, versetzte Jack trocken, »ich hätte angenommen, daß sie die Angelegenheit viel besser ohne Polizei regeln könnte. Es waren wohl Geheimpolizisten. Hat sie kürzlich wieder einen Brief erhalten?«

»Ja, heute morgen — gestern abend in Monte Carlo abgesandt.«

»Da fällt mir übrigens ein: Ist Jean gestern abend nicht auch in Monte Carlo gewesen?« fragte Jack Glover.

Sie sah ihn vorwurfsvoll an.

»Wir alle sind in Monte Carlo gewesen. Seien Sie doch nicht so abscheulich, Mr. Glover. Sie wollen doch wohl nicht behaupten, Daß Jean diesen niederträchtigen Brief selbst geschrieben hätte?«

»War er denn so niederträchtig?«

»Ein schrecklicher Brief — man drohte ihr, sie zu töten. Mr. Briggerland glaubt jetzt, daß die Person, die mich neulich beinahe getötet hätte, in Wirklichkeit auf Jean schießen wollte.«

»Was Sie nicht sagen«, sagte Jack etwas ironisch. »Ich habe überhaupt nichts davon gehört, daß man auf Sie geschossen hat — das klingt ziemlich beunruhigend.«

Lydia erzählte ihm den Vorfall. Aber Jack äußerte sich nicht dazu.

»So, nun erzählen Sie mal die spannende Geschichte von Jeans Todfeind weiter. Wer ist es denn?«

»Sie kennt seinen Namen nicht, war nur einmal in Ägypten mit ihm zusammengetroffen — ein älterer Herr, der ihr ständig überallhin folgte und sie nicht in Ruhe ließ.«

»Kennt seinen Namen nicht, was?« wiederholte Jack kurz. »Sehr bequem!«

»Sie sind direkt gehässig«, sagte Lydia hitzig. »Das arme Mädel, sie war heute morgen so verzweifelt; ich habe sie noch nie in einer solchen Verfassung gesehen.«

»Und wird die Polizei sie nun auf Schritt und Tritt bewachen? Und hat dieser unmögliche Mr. Marcus Stepney auch damit zu tun? Ich habe ihn heute morgen wie einen verwundeten Helden, den Arm in einer Schlinge, spazierengehen sehen.«

»Er hat sich seine Hand verletzt; Mr. Stepney wollte mir ein paar wild wachsende Blumen auf dem Gipfel des —«

Jacks schallendes Gelächter unterbrach sie, und Lydia blickte ihn entrüstet an.

»Sie sind — Sie sind — impertinent«, fuhr sie ihn wütend an. »Ich bedaure es außerordentlich, daß ich Ihre Begleitung überhaupt angenommen habe.«

»Und ich bedaure, mich so kindisch benommen zu haben«, entschuldigte sich der junge Anwalt, »aber der Gedanke erschien mir zu lächerlich, diesen tadellosen Mr. Stepney in Zylinder und Cut wilde Blumen für Sie pflücken zu sehen.«

»Er trägt keinen Zylinder und Cut in Monte Carlo«, widersprach ihm Lydia heftig. »Wir wollen uns ein anderes Gesprächsthema wählen als meine Freunde.«

»Ich habe ja überhaupt noch nicht begonnen, über Ihre Freunde zu sprechen — und, bitte, versuchen Sie nicht, Ihrem Chauffeur zu sagen, daß er wenden soll — die Straße ist viel zu schmal, und er würde mit dem Wagen schon über den Abhang hinweg sein, bevor Sie überhaupt wüßten, was eigentlich los ist . . . Es tut mir leid, wirklich sehr leid, Mrs. Meredith, aber ich glaube beinahe, Jean hat recht, wenn sie behauptet, daß mir der sonnige Süden in den Kopf gestiegen ist. Ich bin wirklich ein bißchen hysterisch — ja, das muß es sein. Das liegt bei uns in der Familie«, schwatzte er weiter; »ich habe 'ne Tante, die in Ohnmacht fällt, wenn sie Erdbeeren sieht, und einen Onkel, dem es genauso geht, wenn eine Katze in sein Zimmer kommt.«

»Hoffentlich besuchen Sie den nicht zu oft«, sagte sie bedeutungsvoll.

»Das haben Sie mir gut gegeben. Aber ich muß wirklich den alten Jaggs warnen, daß man ihn nicht irrtümlicherweise für Jeans älteren Lotario hält. Augenscheinlich hat Jean es darauf abgesehen, dem armen alten Jaggs ein ungemütliches Ende zu bereiten.«

»Warum denken Sie eigentlich so schlecht über Jean?« fragte sie, als sie in La Turbie einfuhren.

»Weil ich eine verbrecherische Veranlagung habe«, antwortete er schnell. »Dieselbe Veranlagung wie Jean Briggerland; nur habe ich einen heiligen Respekt vor Gesetz und Ordnung und ein gesundes Empfinden für Recht und Unrecht. Es gibt Leute, die unglücklich wären, wenn sie einen einzigen Penny besäßen, der nicht ehrlich erworben wäre; und dann gibt es wieder andere, die sind glücklich, solange sie nur Geld haben — wie, woher, ist Nebensache. Ich gehöre zu den ersteren, und Jean — ich weiß wirklich nicht, was Jean glücklich machen könnte.«

»Und was würde Sie glücklich machen? Jean?«

Jack beantwortete diese Frage erst, als sie auf der Veranda des ›National‹ saßen und auf ihren Lunch warteten.

»Jean?« sagte er, als ob diese Frage erst in diesem Augenblick gestellt worden wäre. »Nein, ich möchte Jean nicht haben. Sie ist wundervoll, Mrs. Meredith, wirklich ganz wundervoll. Ich ertappe mich selbst dabei, wie ich in unbeschäftigten Augenblicken an sie denke. Und je mehr ich an sie denke, um so größer wird mein Erstaunen. Lukrezia Borgia war, verglichen mit Jean, ein armes kleines Waisenkind.«

»Also Jean ist Ihrer Überzeugung nach eine Mörderin?«

Sie stellte diese Frage in übertriebenem Ernst, aber Jack lächelte nicht.

»Ganz sicher — auf jeden Fall in Gedanken. Ich weiß nicht, ob sie selbst schon jemand umgebracht hat, aber geplant hat sie schon mehr als einen Mord.«

Lydia seufzte und lehnte sich geduldig in ihren Stuhl zurück.

»Sie wollen also immer noch behaupten, daß sie schwarze Pläne gegen mein junges Leben hat?«

»Ich behaupte es nicht nur, sondern ich kann Ihnen beweisen, daß innerhalb der letzten vier Wochen vier Anschläge auf Ihr Leben verübt worden sind.«

»Also wollen wir die Sache doch einmal endgültig klarstellen«, rief sie. »Nummer eins?«

»Der Vorfall in der Berkeley Street.«

»Wollen Sie mir erklären, durch welches Wunder das Auto gerade im richtigen Moment erscheinen konnte?«

»Sehr einfach«, lächelte er. »Der alte Briggerland stand auf den Stufen vor dem Hause und zündete sich eine Zigarette an. Die Flamme war, wie Jaggs mir erzählte, auffallend hell. Das war das Signal für den Chauffeur des Autos! Der zweite Versuch wurde mit der Unterstützung des wahnsinnigen Arztes unternommen; Briggerland hatte ihn aus der Anstalt entführt und in Ihr Haus gebracht. Auf irgendeine Weise hat er einen Schlüssel von Ihnen in die Hände bekommen, wahrscheinlich mit Jeans Hilfe. Hat sie niemals mit Ihnen über Schlüssel gesprochen?«

»Nein«, antwortete das junge Mädchen, »sie —« Sie unterbrach sich. Ihre Unterhaltung mit Jean über die drei Schlüssel fiel ihr plötzlich ein.

»Sind Sie wirklich ganz sicher?« fragte Jack, der sie genau beobachtet hatte.

»Es ist möglich, daß wir gelegentlich davon gesprochen haben.« Lydia wurde ungeduldig. »Und Nummer drei?«

»Nummer drei war der Versuch«, Jack sprach sehr langsam, »Ihr Bett mit den Bazillen einer entsetzlichen Krankheit zu infizieren.«

»Und Jean sollte das getan haben?« rief Lydia ungläubig. »O nein, das ist doch unmöglich!«

»Das Kind war in Ihrem Bett. Jaggs hat es dort liegen sehen und dann zwei Eimer Wasser über das Bett gegossen, um es Ihnen unmöglich zu machen, darin zu schlafen.«

Eine Zeitlang schwieg sie.

»Und der vierte Versuch war — die Schießerei?«

Er nickte.

»Glauben Sie mir nun?« fragte er.

Aber Lydia schüttelte den Kopf.

»Nein, ich glaube es nicht. Ich sehe, Sie haben alles zusammengetragen, was die arme Jean belasten könnte, und ich bin auch überzeugt, daß Sie glauben, im Recht zu sein.«

»Und das stimmt auch.«

Er nahm einen Feldstecher, der vor ihm auf dem Tisch lag, und sah nach der Straße, die von der See heraufführte. »Mrs. Meredith, ich möchte Sie um etwas bitten. Und wenn Sie meinem Wunsch nachgekommen sind, wäre es mir lieb, wenn Sie mit Jean Briggerland darüber sprechen würden.«

»Und was wäre das?«

»Ich möchte, daß Sie Ihr Testament machen. Es ist mir gleichgültig, wem Sie Ihr Vermögen hinterlassen.«

Sie schnitt eine leichte Grimasse.

»Ein Testament machen? Der Gedanke ist mir nicht sehr angenehm.«

»Es wird noch viel unangenehmer für Sie werden, wenn Sie es nicht tun«, sagte er bedeutungsvoll. »Die Briggerlands sind Ihre gesetzlichen Erben, das wissen Sie doch.«

Sie blickte schnell zu ihm hinüber.

»Das meinen Sie also? Sie glauben, daß alle diese — Vorfälle nur den einen Zweck hatten, mich aus dem Wege zu räumen, damit sie in den Besitz meines Geldes gelangen könnten?«

Er nickte, und Lydia sah ihn verwundert an.

»Wenn Sie nicht ein so — dickköpfiger Anwalt wären, könnte man Sie für einen völlig weltfremden Schriftsteller halten. Aber wenn ich Ihnen damit einen Gefallen tun kann, will ich mein Testament machen. Ich habe nicht die geringste Idee, wem ich mein Geld vermachen könnte. Ich habe doch wohl eine ganze Menge?«

»Sie besitzen genau hundertsechzigtausend Pfund in bar, und darüber muß ich auch mit Ihnen sprechen. Die Summe ist der Ertrag einiger Grundstücksverkäufe, die gerade zur Abwicklung kamen, als Sie das Vermögen erbten. Das Geld liegt auf Ihrem Konto auf der Bank, und jeder, der Ihre Unterschrift beibringen kann, ist in der Lage, jeden Penny dieses Geldes abzuheben. Bei der Gelegenheit möchte ich Ihnen gleich sagen, daß wir auf so etwas vorbereitet sind und daß jeder größere Scheck erst meinem Teilhaber oder mir vorgelegt wird, ehe er zur Auszahlung kommt.«

Und wieder hielt er den Feldstecher vor die Augen und suchte die Krümmungen der Straße ab.

»Erwarten Sie jemand?«

»Ich warte auf Jean«, war seine grimmige Antwort.

»Aber wir haben sie doch —«

»Daß wir sie im eifrigen Gespräch mit dem Polizeibeamten zurückließen, bedingt noch lange nicht, daß sie nicht auch hierherkommen wird, um uns etwas im Auge zu behalten. Jean kann mich nicht besonders gut leiden, wie Sie wissen, und unser Tête-à-tête wird ihr höchst unangenehm sein.«

Man servierte die Suppe, und ihre Unterhaltung wurde für kurze Zeit unterbrochen. Als der Kellner wieder abgeräumt hatte, fragte das junge Mädchen: »Und was soll ich mit dem Geld anfangen? Es wieder anlegen?«

»Selbstverständlich«, erwiderte Jack, »aber das Wichtigste ist, erst einmal ein Testament zu machen.«

Er blickte sich auf der leeren Veranda um, auf der sie als einzige Gäste saßen. Von der Veranda aus führten zwei Türen in den Salon des Hotels, und es fiel ihm auf, daß die eine jetzt nur angelehnt war. Beide waren von dem Kellner geschlossen worden, das wußte er genau.

»Wenn nun jemand einen von mir unterzeichneten Scheck der Bank vorlegt«, fragte sie, »was geschieht dann?«

»Wenn er über eine große Summe lauten würde, ist der Bankier angewiesen, uns zu benachrichtigen, und wahrscheinlich würde einer von uns zur Bank fahren. Wenn dann Rennett oder ich den Scheck für einwandfrei erklären, wird er ausgezahlt. Sie können aber versichert sein, daß ich die Echtheit der Unterschrift mit größter Sorgfalt prüfen würde.«

Und dann sah sie, wie er sich starr aufrichtete und wie seine Augen an der Tür hafteten.

Jack wartete einen Augenblick, stand dann leise auf, ging schnell auf die Tür zu und stieß sie auf . . .

Ihm gegenüber stand lächelnd Jean Briggerland.

Kapitel

28

»Wie kommen Sie denn hierher?« fragte Lydia überrascht.

»Ich war in Nizza«, erwiderte das junge Mädchen gleichgültig. »Die Kriminalbeamten mußten dorthin, und ich habe sie hingefahren.«

»Ach so«, sagte Jack, »Sie sind also über die andere Straße hierhergekommen? Ich habe mich schon gewundert, daß ich Ihr Auto nicht gesehen hatte.«

»Sie erwarteten mich also, stimmt es nicht?« lächelte sie, setzte sich an den Tisch und suchte sich einen Pfirsich aus. »Ich bin erst in diesem Augenblick angekommen und war gerade im Begriff, die Tür zu öffnen, als Sie mir beinahe den Kopf eingeschlagen hätten. Was Sie für ein gewalttätiger Mensch sind, Jack! Ich muß Sie wirklich auch in meinen Romanen bringen.«

Glover hatte seine Selbstbeherrschung wiedergefunden.

»Zu all Ihren Verbrechen fügen Sie jetzt auch noch das hinzu, Romane zu schreiben?« sagte er gutgelaunt. »Was ist denn das für ein Buch, Miss Briggerland?«

»Der Titel ist ›Verdächtig‹«, war ihre kühle Antwort, »es wird die Geschichte einer verkannten Seele sein.«

»Ach so, also ein humoristischer Roman«, Jack war bewußt begriffsstutzig. »Ich wußte nicht, daß Sie eine Art Lebensgeschichte schreiben wollen.«

»Aber erzählen Sie mir doch davon, Jean, das ist ja furchtbar interessant«, rief Lydia. »Das erste Wort, das ich davon höre.«

Jean schälte bedächtig ihren Pfirsich und lächelte vergnügt vor sich hin.

Zwei Jahre habe ich gebraucht, bis ich mich endlich dazu entschließen konnte, und ich werde den Roman unserem Freunde Jack widmen. Vor drei oder vier Tagen habe ich begonnen. Sehen Sie sich mal mein Handgelenk an!«

Sie hielt ihre schöne Hand zu Lydia hinüber.

»Ein hübsches Handgelenk«, lachte Lydia, »aber warum soll ich es ansehen?«

»Wenn Sie ein geschultes Auge hätten«, versetzte das junge Mädchen, das sich wieder mit seinem Pfirsich beschäftigte, »würden Sie die kleine Anschwellung bemerken ... eine Folge vom Schreibkrampf.«

»Die Episode Ihres älteren Verehrers muß doch allein schon ein sehr gutes Kapitel ergeben«, warf Jack ein, »und dann noch ein anderes, daß Kapitel der Unglücksfälle — die müssen doch auch hinein?«

Sie blickte nicht auf.

»Entmutigen Sie mich doch nicht ganz und gar«, sagte sie etwas traurig. »Ich muß doch irgendwie Geld verdienen.«

Was hatte sie gehört? Diese Frage beschäftigte Jack die ganze Zeit über, und er war innerlich verzweifelt, als er sah, wie wenig Einfluß seine Warnung auf Lydia gehabt hatte. Frauen sind geborene Schauspielerinnen, aber in diesem Augenblick verstellte sich Lydia nicht. Sie hatte eine ehrliche Zuneigung zu Jean gefaßt, und Jack sah sehr gut, daß sie alle seine Warnungen als übertrieben und grundlos in den Wind schlug.

Eine Bestätigung dieser Meinung gab ihm Lydia noch selbst, als er sich vor der Villa Casa von ihr verabschiedete. Es gibt kleine Unterlassungssünden, die recht bedeutungsvoll sind, und als Lydia ihn seiner Wege gehen ließ, ohne ihn zum Essen einzuladen, wußte er, daß er in Ungnade gefallen war.

»Wann fahren Sie nach London zurück?« fragte sie.

»Morgen früh, und ich glaube kaum, daß es mir möglich sein wird, noch einmal vorzusprechen.«

Sie bereute ein wenig ihre Unfreundlichkeit, aber Jack hatte sie geärgert, und je überzeugender er gesprochen hatte, um so mehr wurde ihr Widerspruchsgeist gereizt. Noch eine Frage hatte er an sie zu richten, aber er zögerte.

»Und das Testament —«, begann er, brach aber sofort ab, als er den abwehrenden Ausdruck in ihrem Gesicht bemerkte.

Jack war ein sehr verdrießlicher junger Mann, als er zum ›Hôtel de Paris‹ zurückfuhr, und kaum war er gegangen, so bereute Lydia schon ihre Schroffheit. Jack Glover war ihr lieber, als sie sich selbst zugeben wollte, und obwohl er sich nur zwei Tage in Cap Martin aufgehalten hatte, fühlte sie sich etwas vereinsamt, als er gegangen war. Und seine merkwürdigen Ansichten über Jean! Sie schob sie energisch beiseite. Und doch —

Jean ließ Lydia allein, beobachtete sie, wie sie ziellos im Garten auf und ab schlenderte, ahnte etwas von dem, was im Innern des jungen Mädchens vor sich ging. An diesem Abend empfahl sich Lydia ziemlich frühzeitig, ein anderes bedeutungsvolles Zeichen, das Jean sehr gut bemerkte, aber sie hielt das junge Mädchen auch nicht zurück. Sie wollte mit ihrem Vater sprechen.

Verdrossen hörte Mr. Briggerland zu, während Jean ihm erzählte, was sie im Salon des Hotels erlauscht hatte. Sie war schon weit über eine Viertelstunde dort gewesen, bevor sie von Jack entdeckt worden war.

»Ich dachte mir schon lange, daß er ihr zureden würde, ein Testament zu machen«, sagte sie, »und wenn sie auch jetzt davon nichts wissen will, wird sie doch schließlich seinem Rat folgen. Ich glaube aber, wir haben kaum noch eine ganze Woche für uns.«

»Ich nehme an, dein Plan ist wie gewöhnlich fix und fertig«, brummte Mr. Briggerland. »Was hast du vor?«

»Ich habe eigentlich drei Pläne«, sagte Jean nachdenklich. »Zwei gefallen mir besonders gut, weil wir sie ohne Hilfe einer dritten Person verwirklichen können.«

»Ein Plan, bei dem noch ein anderer mithelfen sollte?« fragte Briggerland überrascht. »Ich dächte, ein so geschicktes Mädel wie du —«

»Verschwende deine Ironie nicht mir gegenüber«, erwiderte Jean ruhig. »Die dritte Person, an die ich gedacht hatte, war Marcus Stepney«, und sie berichtete ihrem Vater die Unterhaltung, die sie mit dem Spieler gehabt hatte. Mr. Briggerland zeigte wenig Enthusiasmus.

»Ein Dieb wie Marcus wird sich schon vorm Zahlen drücken, und wenn er dich lange genug hinhalten kann, kannst du hinter deinem Gelde herpfeifen. Und übrigens hat ein Mensch wie er nicht viel Sorge vor einer Anklage wegen Bigamie.«

Jean, die zusammengekauert in einem großen Sessel lag, blickte unter ihren Augenwimpern zu ihrem Vater empor und lachte.

»Er soll Lydia auch gar nicht heiraten, aber ich mußte ihn doch irgendwie ködern, weil er mir in anderer Weise vielleicht noch nützlich sein kann.«

»Woher hat er denn die beiden Wunden über dem Handrükken?« fragte Mr. Briggerland plötzlich.

»Frage ihn doch. Marcus fängt an, etwas ungebärdig zu werden; ich dachte, er habe sich endlich klargemacht, daß ich nicht für die Ehe geschaffen bin. Besonders nicht für die Ehe mit einem Mann, der seinen Lebensunterhalt mit Falschspiel erwirbt.«

»Aber ich bitte dich, Kleine«, rief ihr Vater.

»Tu doch nicht so entsetzt«, rief sie spottend. »Du weißt doch ebensogut wie ich, auf welche Weise Marcus lebt.«

»Der Junge hat dich mächtig gern.«

»Der Junge ist beinahe sechsunddreißig«, sagte sie kurz. »Und diese Art von Jungen sagt mir nicht sonderlich zu. Er kann nützlich sein, das ist alles.« Sie stand auf, reckte die Arme und gähnte.

»Ich gehe auf mein Zimmer und will noch ein wenig an meinem Roman arbeiten. Du paßt doch bestimmt gut auf Mr. Jaggs auf?«

»Woran willst du arbeiten?« wiederholte er.

»An dem Roman, den ich schreibe und der, wie ich annehme, Aufsehen erregen wird.«

»Was ist denn das nun wieder?« fragte Briggerland mißtrauisch. »Ein Roman? Ich wußte nicht, daß du dich mit solchem Unsinn beschäftigst.«

»Es gibt eine Unmenge sehr wichtiger Dinge, von denen du nichts weißt, mein lieber Vater«, sagte sie und ließ ihn verblüfft stehen.

Aber diesmal täuschte Jean ihn nicht. Ein Schreibtisch war in ihrem Zimmer aufgestellt worden, und ein dicker Stoß Schreibpapier wartete auf sie. Jean zog sich einen bequemen Kimono an, setzte sich mit einem leichten Seufzer an den Tisch und begann zu schreiben. Gegen halb drei suchte sie die beschriebenen Bogen zusammen und las sie noch einmal mit einem halb verächtlichen Lächeln durch. Sie war gerade im Begriff, zu Bett zu gehen, als ihr einfiel, daß ihr Vater noch auf seinem Beobachtungsposten war. Leise ging sie nach unten und klopfte an die Tür des Eßzimmers, die sich sofort öffnete. Das Zimmer lag im Dunkeln.

»Warum klopfst du denn?« flüsterte er grollend. »Du hast mir einen mächtigen Schreck eingejagt.«

»Ich zog es vor anzuklopfen, um nicht erschossen zu werden. Hast du etwas gesehen oder gehört?«

Die Glastüren des Speisesaals standen offen. Ihr Vater war im Mantel und hatte in seinem Arm ein Gewehr, wie sie bei dem ungewissen Licht bemerkte, das von außen hereinfiel.

»Nichts«, sagte er. »Der alte Mann ist heute nicht gekommen.«

»Eigentlich habe ich mir das gedacht«, nickte sie.

»Aber wie kann ich denn auf ihn schießen, ohne daß es nachher Unannehmlichkeiten gibt?«

»Sei doch nicht so töricht«, versetzte Jean. »Weiß denn die Polizei nicht ganz genau, daß ein älterer Mann mein Leben bedroht hat, und würde es dann so merkwürdig sein, wenn du auf jemand schießt, den du um das Haus herumschleichen siehst?«

Sie nagte vorwurfsvoll an ihren Lippen.

»Ja, ich glaube, du kannst ruhig zu Bett gehen. Heute nacht kommt er nicht. Dafür aber morgen.«

Sie ging in ihr Zimmer zurück und legte sich zu Bett.

Lydia hatte nicht mehr an Jeans Roman gedacht, bis sie sie am nächsten Vormittag an einem kleinen Tischchen auf dem Rasen eifrig schreiben sah. Es war erst Februar, aber Wind und Sonne waren warm, und Lydia glaubte, niemals ein so schönes Gemälde gesehen zu haben wie das junge Mädchen dort, das inmitten des blühenden Gartens saß.

»Störe ich Sie?«

»Ganz und gar nicht.« Jean legte die Feder nieder und rieb sich ihr Handgelenk. »Das kann mich wirklich ärgern, ich komme gerade zu einer so interessanten Stelle, und mein Handgelenk macht mir scheußliche Schmerzen.«

»Kann ich etwas für Sie tun?«

Jean schüttelte den Kopf.

»Ich sehe eigentlich nicht, wie Sie mir helfen könnten. Höchstens — aber nein, das kann ich nicht verlangen!«

»Worum handelt es sich denn?« fragte Lydia.

Jean zog nachdenklich die Brauen zusammen.

»Vielleicht könnten Sie es ja doch tun, aber ich möchte es eigentlich nicht von Ihnen verlangen. Sehen Sie, Liebste, ich muß ein Kapitel beenden, es soll heute noch nach London gehen. Es liegt mir viel daran, ein Urteil über meine Arbeit von einem Bekannten von mir — er ist Schriftsteller — zu erhalten, aber — nein, damit kann ich Sie doch nicht belästigen.«

»Was ist es denn nun?« lächelte Lydia. »Ich bin sicher, daß Sie nichts Unmögliches von mir verlangen werden.«

»Ich hatte den Gedanken, daß Sie vielleicht nach meinem Diktat schreiben könnten. Es handelt sich ja nur noch um zwei oder drei Seiten«, sagte das junge Mädchen halb zuredend. »Gerade jetzt hat mich mein Roman so sehr gepackt, daß es direkt eine

Schande wäre, wenn ich nicht weiterschreiben könnte.«

»Aber gern will ich das machen«, sagte Lydia. »Ich kann zwar nicht stenografieren, aber das macht doch wohl schließlich nichts?«

»Nein, im Gegenteil, es ist mir sogar ganz angenehm, so schnell kann ich nun doch nicht denken.«

»Wovon handelt es denn?«

»Von einem jungen Mädchen«, erzählte Jean, »das eine große Geldsumme gestohlen hat —«

»Das scheint ja sehr spannend zu sein!« lächelte Lydia.

». . . und nach Amerika geflohen ist. Sie genießt ihr Leben, aber immer wieder bedrückt sie der Gedanke an ihr Vergehen. Und endlich entschließt sie sich zu verschwinden, aber die Menschen sollen annehmen, sie habe sich das Leben genommen, sich ertränkt. In Wirklichkeit geht sie ins Kloster. Ich bin gerade bei der Stelle, wo sie ihrem Freund Lebewohl sagt. Wollen Sie sich wirklich von mir quälen lassen?«

»Ich habe mich noch niemals auf eine Arbeit so gefreut wie jetzt«, versetzte Lydia.

Sie setzte sich und nahm den Bleistift, der auf dem Tisch lag.

Jean schlenderte nachdenklich auf dem Rasen hin und her, kam dann zurück und begann langsam zu diktieren.

Wort für Wort schrieb Lydia die aufregende Beschreibung der Gewissensbisse des jungen Mädchens, und jetzt kam die Episode, wo die Heldin den Brief an ihren Freund schreibt.

»Nehmen Sie ein neues Blatt«, sagte Jean; Lydia befand sich auf der Mitte des Bogens. »Ich will da selbst noch etwas einfügen, wenn meine Hand besser ist. Nun schreiben Sie bitte:

›Mein lieber Freund!
Ich weiß nicht, wie es mir möglich ist, Ihnen einen solchen Brief zu schreiben. Ich hatte die Absicht, Ihnen schon neulich, als ich Sie das letztemal sah, zu erzählen, wie unglücklich ich bin. Ihr Verdacht schmerzt mich weniger als Ihre Kenntnis des einen, so bedeutenden Ereignisses in meinem Leben, das nun zu einer unerträglichen Bürde für mich geworden ist. Mein Geld hat mir keine Freude gemacht. Ich habe einen Mann kennengelernt, den ich liebe, aber mit dem eine Verbindung, wie ich sicher weiß, unmöglich ist. Wir sind entschlossen, zusammen zu sterben. — Leben Sie wohl!‹«

»Aber Sie sagten doch, sie wolle verschwinden«, unterbrach Lydia.

»Ich weiß«, nickte Jean. »Sie will ja doch nur den Anschein erwecken —«

»Ach so, ich verstehe schon«, sagte Lydia. »Diktieren Sie weiter.«

»›Vergeben Sie mir den Schritt, den ich vorhabe, den Sie sicherlich als Feigheit betrachten werden, und versuchen Sie, mir ein gutes Andenken zu bewahren. Ihre Freundin —‹

Ich weiß jetzt wirklich nicht«, Jean schürzte nachdenklich ihre Lippen, »ob sie ihren Namen darunter setzen soll oder vielleicht nur die Anfangsbuchstaben.«

»Wie heißt sie denn?«

»Laura Martin. Schreiben Sie nur ›L M.‹«

»Das sind ja auch meine Initialen«, bemerkte Lydia. »Noch etwas?«

»Ich glaube, das ist für jetzt genug. Ich kann nicht sehr gut diktieren, und Sie haben sehr viel Geduld mit mir gehabt.«

Sie suchte sorgfältig die Bogen zusammen und legte sie in eine kleine Mappe.

»Wissen Sie was, wir wollen heute nachmittag ins Kasino fahren und spielen«, rief Jean. »Ich möchte ein bißchen Abwechslung haben.«

»Aber Ihr Roman? Wollten Sie den nicht noch absenden?«

»Mit dem werde ich mich noch in meinen vier Wänden beschäftigen, und wenn mir das Handgelenk brechen sollte«, rief Jean vergnügt. Sie nahm die Mappe mit auf ihr Zimmer, verschloß die Tür und zog die beschriebenen Bogen hervor. Sorgfältig legte sie das Blatt beiseite, das den Abschiedsbrief enthielt. Die übrigen Bogen packte sie zusammen und brachte sie zu einem abgelegenen Teil des Grundstückes, wo sie einen nach dem anderen verbrannte.

Als Lydia in Begleitung Marcus Stepneys vom Bade zurückkam, trafen sie Jean vor der Tür der Villa.

»Übrigens, Lydia, möchte ich Sie um Jack Glovers Adresse in London bitten.«

Die drei gingen zusammen in das Haus. »Wollen Sie sie mir bitte aufschreiben, hier ist ein Bleistift.« Sie nahm vom Schreibtisch einen Briefumschlag, auf den Lydia in all ihrer Unschuld die gewünschte Adresse schrieb.

In ihrem Zimmer steckte Jean den mit ›L. M.‹ unterzeichneten Brief in den adressierten Umschlag und verschloß ihn sorgfältig. Und in diesem Augenblick war Lydia Meredith dem Tode näher als an jenem Nachmittag, als der Chauffeur Mordon mit seinem großen Fiat auf den Bürgersteig der Berkeley Street gefahren war.

Kapitel 29

Am Abend des folgenden Tages erhielt Lydia ein Telegramm von Jack Glover, das ihr seine Ankunft in London mitteilte.

»Das muß doch eigentlich ein angenehmes Gefühl für Sie sein, Lydia«, sagte Jean, als sie das Telegramm sah, »jemand in London zu haben, der Ihre Interessen wahrnimmt — so eine Art Schutzengel — und dann noch einen anderen Schutzengel, der um Ihre Wohnung in Cap Martin herumschleicht?«

»Sie meinen Jaggs? Haben Sie ihn gesehen?«

»Nein, leider nicht«, sagte das junge Mädchen sanft. »Aber ich möchte es sehr gern. Wissen Sie, wo er in Monte Carlo wohnt?«

Lydia schüttelte den Kopf.

»Hoffentlich bekomme ich ihn zu Gesicht, bevor ich abreise«, sagte Jean. »Er muß wirklich ein interessanter alter Herr sein.«

Mr. Briggerland war es, der als erster Lydias Wächter erspähte. Mr. Briggerland hatte den größten Teil des Tages geschlafen und war gegen ein Uhr morgens ungewöhnlich wach, als er mit dem Gewehr im Arm in seinem Pelzmantel auf der Veranda saß. Viele geheimnisvolle Schatten waren über den Rasenplatz geglitten, aber immer mußte er feststellen, daß es weiter nichts war als die Schatten der schwankenden Äste.

Aber um zwei Uhr sah er aus dem kleinen Gehölz eine Gestalt auftauchen, die sich im Schatten der Gebüsche langsam auf das Haus zu bewegte. Er feuerte nicht, weil es auch einer der Polizeibeamten sein konnte, die versprochen hatten, die Villa Casa im Auge zu behalten.

Leise erhob sich Mr. Briggerland und glitt unhörbar in seinen Gummischuhen bis an das dunklere Ende der Terrasse. Es war wirklich der alte Jaggs; er irrte sich nicht. Ein gebeugter Mann, der vorsichtig über den Rasen zu nach der Rückseite des Hauses hinkte. Mr. Briggerland legte an und zielte sorgfältig ...

Die beiden jungen Mädchen hörten den Schuß; Lydia sprang aus dem Bett und lief auf den Balkon.

»Alles in Ordnung, Mrs. Meredith«, ließ sich Briggerlands Stimme hören. »Ich glaube, es war ein Einbrecher.«

»Sie haben ihn doch nicht verletzt?« Lydia erinnerte sich mit Angst an die nächtlichen Wanderungen des alten Jaggs.

»Wenn ich ihn auch getroffen habe, entkommen ist er auf jeden Fall. Er muß sich auf die Erde geworfen haben.«

Jean flog im Morgenrock die Treppe hinunter.

»Hast du ihn erwischt?« fragte sie leise.

»Ich hätte darauf schwören können«, erwiderte er flüsternd, »aber der alte Teufel muß etwas gemerkt haben.«

Er hörte, wie Jean heftig atmete.

»Mach bloß keine Geschichten deswegen, Jean. Ich konnte es nicht ändern.«

»Du konntest es nicht ändern!« fauchte sie ihn an. »Du hattest ihn vor der Mündung deines Gewehrs und läßt ihn laufen! Denkst du vielleicht, er wird sich jemals wieder hier sehen lassen? Du — Narr!«

»Nun hör mal zu, meine liebe Jean, das geht mir ein bißchen zu weit —«, begann Mr. Briggerland, aber sie riß ihm das Gewehr aus der Hand, blickte schnell auf den Hahn und lief über den Rasen auf die Bäume zu.

Es hatte sich dort jemand versteckt. Sie fühlte das mit all ihren Sinnen. Plötzlich sah sie eine gebückte Gestalt, riß das Gewehr an die Schulter, aber bevor sie noch abdrücken konnte, wurde es ihr aus der Hand geschlagen.

Ihre Lippen öffneten sich zu einem Hilferuf, aber eine schwere Hand legte sich auf ihren Mund, riß sie herum, daß sie mit dem Rücken gegen den Angreifer fiel. Im nächsten Augenblick legte sich der andere Arm wie eine Klammer um ihren Hals.

»Sag schnell noch ein Gebet«, flüsterte eine Stimme in ihr Ohr, und der Druck auf ihren Hals verstärkte sich.

Verzweifelt wehrte sie sich, aber der Mann hielt sie fest — wie ein Kind — in seinen Armen.

»Du wirst sterben«, zischte es in ihr Ohr. »Wie gefällt dir der Gedanke?«

Und die Finger um ihren Hals krampften sich mehr und mehr zusammen. Vergeblich rang sie nach Luft. Ihre Pulse klopften, und in ihrem Herzen war eine wilde, wahnsinnige Sehnsucht nach dem Leben, gepaart mit unfaßbarem Entsetzen. Sie vernahm noch ganz schwach die Stimme ihres Vaters, der nach ihr rief, und dann verlor sie das Bewußtsein.

In Lydia Merediths Armen kam Jean wieder zu sich. Sie öffnete die Augen und sah das besorgte Gesicht ihres Vaters über sich gebeugt. Ihre Hand tastete nach der Kehle.

»Wie — wie komme ich denn hierher?« fragte sie und versuchte sich aufzurichten.

»Ich war auf der Suche nach dir und fand dich besinnungslos auf der Erde«, erklärte Mr. Briggerland mit schwankender Stimme.

»Hast du den Mann gesehen?«

»Nein, und du? Was ist denn eigentlich vorgefallen?«

»Nichts, gar nichts.« Jean nahm den Rest ihrer Selbstbeherrschung zusammen. »Ich muß ohnmächtig geworden sein. Daß ich mich so albern aufführen konnte!« Sie versuchte zu lächeln.

Unsicher stand sie auf und fühlte wieder an ihren Hals. Lydia beobachtete sie.

»Hat er Sie verletzt?« fragte sie besorgt. »Es ist sicherlich nicht Jaggs gewesen.«

»Aber nein«, lächelte Jean, »Jaggs kann es nicht gewesen sein. Ich glaube, ich lege mich lieber wieder hin.«

Aber sie konnte nicht wieder einschlafen. Zum erstenmal in ihrem so außergewöhnlichen Leben hatte sie Furcht kennengelernt, hatte mit Schaudern die eisige Hand des Todes gespürt. Und immer wieder fühlte sie diesen Schauder, den sie nicht unterdrücken konnte. Sie stand wieder auf, schaltete das Licht aus und trat ans Fenster. Sie wußte, dort unten in der Dunkelheit war ihr Feind.

»Ich fange an, meine Fassung zu verlieren«, murmelte sie.

Es erschien Lydia Meredith unbegreiflich, daß im Äußeren Jean Briggerlands nichts von den Abenteuern in der Nacht zu bemerken war, als sie am nächsten Morgen zum Frühstück herunterkam. Ihre Augen waren klar, ihr Gesicht rosig wie gewöhnlich und ihre feine Ironie genauso witzig wie sonst.

Lydia badete an diesem Morgen nicht, und Mr. Stepney hatte

seine Fahrt nach Cap Martin vergebens gemacht. Ebensowenig hatte sie Neigung, mit ihm zusammen am Nachmittag das Kasino zu besuchen, und Marcus Stepney fing an, sich langsam klarzumachen, daß er seine Zeit unnütz vergeudete.

Jean fand Lydia im Garten. Das junge Mädchen schrieb eifrig und machte auch kein Hehl aus der Art ihrer Arbeit.

»Sie setzen ein Testament auf? Was für ein schrecklicher Gedanke!« sagte Jean und stellte die Tasse Tee, die sie Lydia herausgebracht hatte, auf den Tisch.

»Nicht wahr?« Lydia verzog das Gesicht. »Und noch dazu eine so mühselige Arbeit, Jean. Mit Ausnahme von Ihnen und Mr. Glover kenne ich niemand, dem ich mein Geld hinterlassen möchte.«

»Um Himmels willen, nur mir nicht, sonst denkt vielleicht Jack, daß ich alles versuche, um Ihnen ein vorzeitiges Ende zu verschaffen«, lachte Jean. »Aber warum wollen Sie überhaupt ein Testament machen?«

Die Frage war unnötig, aber Jean war neugierig, welche Antwort sie erhalten würde. Zu ihrer Überraschung wich Lydia der Frage aus.

»Das macht man doch in allen guten Kreisen«, sagte Lydia gutgelaunt. »Aber das Schlimme ist, ich habe nicht das geringste Interesse für irgendeine wohltätige Stiftung. Ich kenne nicht einmal den Namen eines Hundeheimes und möchte übrigens, auch wenn ich ihn wüßte, mein Geld einem solchen Unternehmen nicht verschreiben.«

»Setzen Sie doch Jack Glover als Erben ein«, riet Jean, »oder vielleicht die Rettungsbootgesellschaft.«

Lydia warf mißmutig den Federhalter auf den Tisch.

»Was für ein Unsinn, an solch einem wunderbaren Tag ein Testament aufzusetzen und Anweisungen zu geben, wo man beerdigt zu werden wünscht. Brrr . . . Jean«, fragte sie plötzlich, »war es Mr. Jaggs, den Sie im Garten gesehen hatten?«

Jean schüttelte den Kopf.

»Ich habe niemand gesehen. Ich war auf der Suche nach dem Einbrecher; die Aufregung muß etwas zu groß für mich gewesen sein, und ich fiel dummerweise in Ohnmacht.«

Aber Lydia war noch nicht zufriedengestellt.

»Ich verstehe Mr. Jaggs selbst nicht«, begann sie, aber Jean unterbrach sie mit einem leichten Aufschrei.

Lydia blickte auf und sah, wie ihre Augen blitzten und ihre Lippen sich in einem leichten Lächeln kräuselten.

»Aber natürlich«, sagte Jean halblaut. »Er schlief doch regelmäßig in Ihrer Wohnung, stimmt das nicht?«

»Ja, warum?« fragte Lydia überrascht.

»Oh, was für eine Närrin ich bin, was für eine unglaubliche Närrin!« rief Jean, die einen Augenblick ihre gewohnte Ruhe verlor.

»Ich sehe zwar nicht ein, warum Sie eine Närrin sein wollen, aber vielleicht erzählen Sie es mir.«

Aber Jean lachte statt jeder Antwort.

»Lassen Sie sich nicht stören und machen Sie Ihr Testament fertig, und wenn Sie das hinter sich haben, fahren wir ins Kasino und wollen versuchen, die Glücksnummern zu erwischen. Die arme Mrs. Cole-Mortimer fühlt sich auch ein wenig vernachlässigt, wir sollten uns doch wirklich etwas mehr mit ihr beschäftigen.«

Der Tag und die Nacht verstrichen ohne irgendein unerwartetes Ereignis. Am Abend hatte Jean noch eine kurze Rücksprache mit ihrem französischen Chauffeur und verschwand dann in ihrem Zimmer.

Als Lydia an ihre Tür klopfte, um ihr ›gute Nacht‹ zu wünschen, erhielt sie keine Antwort.

Der Morgen graute, als der alte Jaggs verstohlen aus dem Gebüsch heraustrat, vorsichtig die Straße auf und ab blickte und dann langsam in der Richtung nach Monte Carlo davonschlurfte. Die einzigen Lebewesen, denen er begegnete, waren ein Esel, schwer mit Gemüse beladen, und ein barfüßiger Junge, der ihn führte.

Jaggs war ungefähr eine Meile gelaufen, als er scharf nach rechts einbog und dann einen engen und steilen Saumpfad hinaufkletterte, der zur Bergstraße nach La Turbie führte. Der Junge mit dem Esel ging die Hauptstraße nach der Grande Corniche weiter. Einige Häuser lagen an der Seite der Straße, oft direkt am Abhang, und ihre Fenster blickten Hunderte von Fuß hinunter. Der Eseltreiber blickte in das Tal hinab und bemerkte von Zeit zu Zeit den alten Mann, der unterdessen den Saumpfad verlassen hatte und einen Hügel hinaufkletterte. Sein Ziel war ein verfallenes Häuschen, das an einer der scharfen Kurven der

Straße lag, und der kleine Eseltreiber sah ihn in einer Kelleröffnung verschwinden. Langsam trieb er sein Grautier weiter, bis er endlich das gleiche Haus von der Straße aus erreichte. Er hielt an, knüpfte die Leine an einen Pfosten und klopfte zaghaft.

Eine gutmütige Bäuerin öffnete die Tür und schüttelte den Kopf, als sie die Waren sah, mit denen der Esel beladen war.

»Ich brauche nichts, mein Junge«, sagte sie. »Ich habe meinen eigenen Garten; du bist doch nicht von Monaco?«

»Nein, Signora«, erwiderte der Junge und zeigte mit einem freundlichen Grinsen seine Zähne. »Ich bin von San Remo, aber ich wohne jetzt in Monte Carlo, um Gemüse für meinen Onkel zu verkaufen, und der hat mir gesagt, daß ich hier vielleicht Unterkunft finden könnte.«

Sie blickte ihn unentschlossen an.

»Ich habe ein Zimmer, das ich dir geben könnte, mein Junge, obgleich ich Italiener eigentlich nicht gern habe. Du mußt mir einen Franken pro Nacht zahlen und kannst deinen Esel in der Scheune von meinem Schwager unterbringen — etwas weiter rauf.«

Sie führte ihn ein paar ausgetretene Stufen hinunter in einen winzigen Raum, dessen Fenster auf das Tal hinausging.

»Hier wohnt noch einer«, sagte die Bäuerin. »Ein alter Mann, der den Tag über schläft und nachts ausgeht. Aber er ist ein anständiger Mann«, fügte sie in Verteidigung ihres Mieters hinzu.

»Wo schläft er denn?« fragte der Junge.

»Da!« Die Frau wies auf eine Tür auf der anderen Seite des schmalen Treppenabsatzes. »Er ist gerade nach Hause gekommen, wie ich höre«, und sie lauschte an der Tür.

»Können Sie mir vielleicht das Geld wechseln?« Der Junge hielt ihr eine Fünfzigfrankennote hin, und die Frau zog überrascht die Augenbrauen in die Höhe.

»Solch ein Vermögen!« sagte sie gutgelaunt. »Ich hätte nicht gedacht, daß ein kleiner Junge wie du soviel Geld haben könnte.«

Sie lief nach oben in ihr eigenes Zimmer.

Der Junge wartete, bis ihre schweren Fußtritte auf der Treppe verklangen, und versuchte dann, vorsichtig die Tür des anderen Mieters zu öffnen. Mr. Jaggs hatte sich nicht eingeriegelt; der Lauscher stieß die Tür vorsichtig auf und blickte hinein. Was er sah, mußte ihn zufriedenstellen, denn er schloß sie schnell wieder. Als sich die Tritte des alten Jaggs der Tür näherten, sprang der Eseltreiber eiligst die Treppe empor.

»Ich komme später noch einmal«, sagte er, nachdem er das Wechselgeld erhalten hatte. »Ich muß erst mit meinem Esel nach Monte Carlo hinunter.«

Die Bäuerin blickte dem Jungen und dem Grautier nach und begann ihrem schlafenden Mieter das Frühstück zu bereiten.

Aber der kleine Gemüsehändler ging nicht nach Monte Carlo. Er schlug denselben Weg ein, den er gekommen war, und wenige hundert Meter vor dem Eingang der Villa Casa tauchte Mordon, der Chauffeur, auf und nahm ihm die Zügel aus der Hand.

»Haben Sie herausbekommen, was Sie wollten, Mademoiselle?«

Jean nickte. Unbemerkt betrat sie das Haus durch den Wirtschaftseingang. In ihrem Zimmer legte sie die schwarze Perücke ab und machte sich daran, die dunkle Farbe aus ihrem Gesicht zu entfernen. Sie war von ihrer Morgenarbeit befriedigt.

»Bitte beschäftige dich den ganzen Tag mit Mrs. Meredith«, war der Auftrag, den sie ihrem Vater auf der Treppe zuflüsterte. Sie hatte noch viel zu erledigen. Zuerst fuhr sie zum ›Hôtel de Paris‹ und verschaffte sich dort unter dem Vorwand, einen Brief zu schreiben, einige Bogen und Umschläge des Hotels. Dann mietete sie eine Schreibmaschine, die sie mit in die Villa Casa nahm. Beinahe eine Stunde lang arbeitete sie in ihrem Zimmer, bis der Brief beendigt war. Auch die Unterschrift nahm sehr viel Zeit in Anspruch. Jean hatte lange in Lydias kleinem Schreibtisch zu suchen, bis sie endlich einen Brief von Jack Glover fand — aber diese Unterschrift war bei weitem nicht so einfach wie die Lydias. Und aus Lydia Merediths Scheckbuch wurde vorsichtig aus der Mitte ein Blatt herausgetrennt. Am gleichen Nachmittag fuhr der Chauffeur Mordon nach Nizza; um neun Uhr abends verließ er das Flugzeug in Paris. Am folgenden Morgen wurde bei Mr. Rennett in London ein dringender Brief abgegeben — allerdings nicht von dem Chauffeur persönlich.

Mordon kannte viele Leute in London, und unter ihnen befand sich eine kleine Französin, die den Brief Mr. Charles Rennett überbrachte. Es war ein Brief, der den alten Herrn veranlaßte, sich wiederholt den Kopf zu kratzen, bis er schließlich einen Bogen nahm und an den Direktor von Lydias Bank schrieb: »Der Scheck ist in Ordnung. Bitte auszahlen.«

Kapitel 30

»Böse Krankheiten verlangen böse Mittel!« sagte Jean Briggerland.

Ihr Vater blickte von seinem Buch auf.

»Was hast du denn heute morgen wieder Lydia erzählt?« fragte er. »Daß Glover spielt? Er war doch nur einen Tag hier.«

»Er war lange genug hier, um eine Menge Geld verlieren zu können«, erwiderte Jean. »Natürlich hat er nicht gespielt, infolgedessen auch nicht verloren. Es war nur eine kleine harmlose Bermerkung von mir — man kann nie wissen, wozu das einmal gut sein kann.«

»Hast du denn Lydia aufgebunden, daß er schwer verloren hat?« fragte er schnell.

»Ich bin doch nicht närrisch. Selbstverständlich nicht! Ich habe nur davon gesprochen, daß beinahe alle jungen Leute die gleichen Dummheiten machen und daß eine Spielernatur ohne Rücksicht auf Beruf und gesellschaftliche Stellung ihrer Leidenschaft schließlich doch die Zügel schießen läßt.«

Mr. Briggerland rieb sich das Kinn. Es gab Zeiten, wo Jeans Pläne weit über sein Begriffsvermögen hinausgingen — und die geistige Anstrengung, die seine Tochter manchmal von ihm verlangte, war ihm verhaßt. Nur eines wußte er genau. Jede englische Post brachte Rechnungen und dringende Geldforderungen. Er scheute sich, die Möglichkeiten, die ihm die Zukunft bot, genauer zu betrachten. Mr. Briggerland war in der unglücklichen Lage eines Mannes, der zahlreiche Pensionäre zu unterhalten hat: Männer und Frauen, die ihm in verschiedenster Weise behilflich gewesen waren und deren Treue voll und ganz von der Regelmäßigkeit seiner Zahlungen abhing.

»Schließlich fange ich auch noch an zu spielen«, sagte er stirnrunzelnd. »Wenn du es nicht fertigbringst, irgendwoher zwanzigtausend Pfund in bar aufzutreiben, werden wir in Schwierigkeiten kommen, Jean.«

»Ja, glaubst du denn, das weiß ich nicht?« fragte sie verächtlich. »Gerade weil ich weiß, daß wir Geld so dringend nötig haben, mußte ich mich zu einem mir sehr unangenehmen Schritt entschließen.«

Erschrocken hörte er zu, während sie ihm erzählte, auf welche

Weise sie sich Geld verschaffen wollte.

»Wir geben uns immer mehr in Mordons Hand«, sagte er kopfschüttelnd. »Und das fängt an, mir Sorgen zu machen.«

»Über Mordon brauchst du dir keine Gedanken zu machen.« Ein grausames Lächeln umspielte ihren Mund. »Mordon und ich wollen heiraten.«

Während sie sprach, betrachtete sie aufmerksam die Spitzen ihrer kleinen Schuhe.

Mr. Briggerland sprang auf.

»Was!« kreischte er. »Einen Chauffeur heiraten? Einen Menschen, den ich in der Gosse aufgelesen habe? Du bist verrückt! Der Kerl ist ein Schuft, der schon mehr als einmal den Galgen verdient hat.«

»Na — und wer hat das nicht?« Sie blickte unschuldig zu ihm empor.

»Es ist unglaublich. Es ist Wahnsinn! Wenn ich je hätte denken können —« Es verschlug ihm die Stimme.

Mordon wurde gefährlich. Jean wußte das besser als ihr Vater.

»Nach dem kleinen ›Unfall‹ in der Berkeley Street fing er schon an, lästig zu fallen«, sagte Jean. »Was sagtest du . . . wir geben uns mehr und mehr in seine Hand? Das ist richtig; er hat schon einige Anspielungen gemacht und — das gefällt mir nicht. Als er anfing, etwas — zärtlich zu werden, mußte ich mich fügen. Das war immerhin noch angenehmer, als von ihm verraten zu werden. Ob er das getan hätte, weiß ich nicht, aber höchstwahrscheinlich doch.«

»Wann soll denn dieses interessante Ereignis stattfinden?« fragte Mr. Briggerland mit finsterem Gesicht.

»Meine Hochzeit? In zwei Monaten, glaube ich. Wann ist denn eigentlich Ostern? Weißt du, diese Art Leute verheiratet sich vorzugsweise zu Ostern. Ich habe ihn gebeten, unser Geheimnis zu bewahren und es vor allen Dingen nicht dir gegenüber zu erwähnen. Ich hätte auch nicht davon gesprochen, wenn du nicht die Abhängigkeit erwähnt hättest, in der wir uns Mordon gegenüber befinden.«

»In zwei Monaten?« nickte Mr. Briggerland. »Laß mich wissen, wann du die Sache beendigt sehen willst«, sagte er entschlossen.

»Es wird sehr bald zu Ende sein. Mach dir bitte keine Kopfschmerzen darüber! Und noch eins, Vater: Wenn du heute nacht wieder Mr. Jaggs im Garten sehen solltest, bitte, schieße nicht auf ihn. Der Mann ist außerordentlich nützlich.«

Ihr Vater ließ sich auf den Stuhl fallen.

»Jetzt verstehe ich dich überhaupt nicht mehr«, sagte er hilflos.

Mordon bewohnte zwei Zimmer über der Garage, die von Jeans Zimmer aus zu überblicken war. Spät in der Nacht traf er ein, und ein Licht in seinem Fenster erzählte dem jungen Mädchen alles, was sie zu wissen wünschte.

Mr. Mordon war ein schöner Mann — nach den Anschauungen seiner Kreise. Sein Haar war dunkel und glänzend pomadisiert. Sein Gesicht wies eine gewisse interessante Blässe auf, die ihm selbst am meisten gefiel, und seine Figur wurde von den weiblichen Angestellten vieler Haushaltungen bewundert, die sein Benehmen als kavaliermäßig bezeichneten.

Er hörte die Schritte des jungen Mädchens auf der Treppe und öffnete die Tür.

»Hast du es bekommen?« fragte sie ohne weitere Einleitung.

Jean hatte über ihr Gesellschaftskleid einen dunklen Umhang geworfen, und die Augen des Mannes hingen an ihr.

»Ja, ich habe es — Jean.«

Sie legte den Finger an die Lippen.

»Sei vorsichtig, François«, flüsterte sie.

Obgleich der Mann Englisch ebenso gut wie Französisch sprach, wurde die Unterhaltung französisch weitergeführt. Er nahm eine Handtasche, die auf dem Bett lag, öffnete sie und zog fünf dicke Pakete Tausendfrankenscheine heraus.

»Tausend Scheine in jedem Paket. Fünf Millionen Franken. Einen Teil habe ich in London gewechselt, den anderen in Paris.«

»Und die Frau in London? Ist von der auch ganz bestimmt nichts zu befürchten?«

»Aber nein!« Er lächelte selbstgefällig. »Die wird mich sicherlich nicht verraten, und außerdem kennt sie weder meinen Namen noch meine Adresse. Es ist ein junges Mädchen, das ich bei einem Tanzvergnügen im Schweizer Kellnerklub kennenlernte«, erklärte er. »Einen besonders guten Ruf hat sie auch nicht, und ich glaube, die französische Polizei würde sie gern ausfindig machen, aber — sie ist viel zu gerissen.«

»Was haben Sie ihr — was hast du ihr denn erzählt?« fragte Jean.

»Daß ich zusammen mit Vaud und Monteron ein Ding gedreht habe. Das sind zwei sehr berüchtigte Pariser Gauner, die sie sehr genau kennt. Ich habe ihr fünftausend Franken gegeben.«

»Und alles ging glatt?«

»Wie geschmiert. Ich beobachtete sie, wie sie mit dem Brief vom Anwalt in die Bank ging. Sobald ich das Geld gewechselt hatte, flog ich von Croydon nach Paris und dann weiter nach Marseille.«

»Das hast du sehr gut gemacht, François.« Sie streichelte seine Hand.

Er würde sie festgehalten haben, aber sie wich zurück.

»Vergiß nicht, was du versprochen hast, François«, sagte sie würdevoll, »und ein französischer Kavalier hält immer sein Wort.«

François verbeugte sich.

Er war kein französischer Kavalier, aber es lag ihm sehr viel daran, daß dies junge Mädchen ihn für einen solchen hielt, und so erzählte er ihr Einzelheiten von seinem Herkommen, die scheinbar großen Eindruck auf Jean machten.

»Und willst du mir jetzt noch einen großen Gefallen erweisen?«

»Verlange alles von mir, Jean«, rief er leidenschaftlich, und wieder legte sich eine kleine Hand beschwichtigend auf seine Schulter.

»Dann setz dich bitte hin und schreib; dein Französisch ist viel besser als das meine.«

»Was soll ich schreiben?« fragte er.

Sie hatte noch niemals irgendeinen Beweis seiner Bildung verlangt, und er hatte einen kindlichen Eifer, der Frau, die er liebte, zu beweisen, welche Fähigkeiten er besaß.

»Schreibe ›Mademoiselle‹.« Er gehorchte.

»›Ich bin soeben von London zurückgekommen und habe Madame Meredith eingestanden, daß ich ihre Unterschrift gefälscht und hunderttausend Pfund von der Bank abgehoben —‹«

»Warum soll ich das schreiben, Jean?« fragte er verblüfft.

»Das werde ich dir schon sagen — schreib erst mal weiter, François.«

Und sie diktierte weiter.

»›— und jetzt habe ich erfahren, es ist mir selbst noch unfaßbar, daß Madame Meredith mich liebt. Es gibt hier nur einen Ausweg, und der ist —‹«

»Du willst den Verdacht auf jemand anders lenken?« fragte er verständnislos. »Aber warum soll ich das sagen . . .?«

Sie verschloß seinen Mund mit der Hand.

»Du bist wundervoll, Jean«, sagte er entzückt, als er ihr den Bogen gab. »Wenn man also wirklich die Spuren bis hier verfolgen sollte, dann . . .«

»Dann wird jemand Unannehmlichkeiten haben, aber wir nicht«, und sie steckte den Brief in ihre Handtasche.

Plötzlich, bevor ihr zum Bewußtsein kam, was vorging, hatte er sie in seine Arme gerissen, und seine Lippen lagen auf den ihrigen.

»Jean, Jean!« stammelte er. »Du bist — ich sehne mich nach dir!«

Sie schob ihn sanft zurück, aber ihre Augen blickten hart.

»Sei vernünftig, François, habe doch Geduld!«

Sie schlüpfte durch die Tür, schloß sie hinter sich. Trotz ihrer Erregung warf sie die Tür nicht zu, eilte nicht die Treppe hinunter, sondern ging langsam und bedächtig in das Haus zurück, wo ihre Abwesenheit nicht bemerkt worden war. Das Gesicht, das ihr aus dem Spiegel entgegenblickte, war ruhig und schön wie immer, aber in ihrem Inneren waren alle Teufel losgelassen, begierig, Opfer zu finden. Keinem Mann war es bis jetzt gelungen, in Jean Briggerland Liebe zu erwecken, aber einer hatte es fertiggebracht, einen Haß in ihr zu entfachen, der sie zu verzehren drohte. Von dem Augenblick an, als sie mit einem feuchten Taschentuch über ihre Lippen fuhr, um das zierliche Spitzengewebe, als wäre es vergiftet, dann zum Fenster hinauszuwerfen, war Mordon ein toter Mann.

Kapitel 31

Am nächsten Morgen traf ein Brief von Jack Glover ein. Seine Reise war gut verlaufen, er hatte sich gefreut, Lydia wiederzusehen, und gab der Hoffnung Ausdruck, sie werde an das Testament denken. Lydia dachte nicht über Testamente nach, sondern über eine Entschuldigung, um nach London zurückkehren zu können. Es schien ihr, als ob die Lieblichkeit Monte Carlos mit einem Male verblichen sei, und sie hatte schon beinahe all die Umstände vergessen, die ihr die Reise hierher so willkommen gemacht hatten.

»Zurück nach London, Liebste?« rief Mrs. Cole-Mortimer überrascht. »Das ist aber ein — ein schneller Entschluß . . . In London friert es doch, und der gräßliche Nebel und . . . wirklich, ich kann Sie jetzt noch nicht weglassen!«

Allein der Gedanke an die Möglichkeit einer Abreise regte die ältere Dame auf. Ihre eigene gute Zeit an der Riviera hing völlig von Lydias Anwesenheit ab. Jean hatte ihr diesen Punkt sehr deutlich klargemacht. Sie selbst, so erklärte sie der bekümmerten Dame, war bereit, jeden Augenblick nach London zurückzufahren, und Mrs. Cole-Mortimers weiterer Aufenthalt in der Villa Casa richtete sich nach Lydias Plänen. Mrs. Cole-Mortimer hatte sehr gut verstanden, daß Jeans Kopf es war, nach dem sich die ganze Gesellschaft bewußt oder unbewußt richtete.

Wenn Lydia sich nicht selbst über die eigentlichen Gründe ihrer plötzlichen Sehnsucht nach London klargewesen wäre, hätte sie wohl doch ihre Absicht ausgeführt. Sie fand, daß die Reize Monte Carlos von der Gegenwart eines Mannes abhingen, der doch die größte Entrüstung in ihr entfacht und mit dem sie sich beinahe die ganze Zeit über gezankt hatte. Sie sprach über ihre Unruhe, aber ohne nähere Erklärungen, mit Jean, die sie wie gewöhnlich völlig zu verstehen schien.

»Die Riviera ist beinahe wie türkischer Honig — sehr süß, darf aber nicht im Übermaß genossen werden«, sagte sie. »Bleiben Sie noch eine Woche, und wenn es Ihnen dann nicht mehr gefällt, fahren wir alle zusammen zurück.«

»Aber da störe ich doch auch Ihre Reisepläne«, versetzte Lydia.

»Ganz und gar nicht«, war die Antwort. »Vielleicht denke ich in einer Woche genau wie Sie.«

Eine Woche! Wieviel konnte sich in einer Woche ereignen, dachte Jean. Und tatsächlich trieb von dieser Nacht an die Lage einer Krisis zu, aber nicht in der Weise, wie Jean es erwartet hatte.

Mr. Briggerland, der während ihrer Unterhaltung in die Zeitung geblickt hatte, sah auf.

»In Nizza machen sie jetzt sehr viel Aufhebens von dem Mauren«, sagte er, »aber soviel ich weiß, hat Nizza immer irgendeinen gesellschaftlichen Löwen.«

»Muley Hafiz«, rief Lydia, »ein sehr gut aussehender Mann. Als ich neulich mit Mr. Stepney zusammen speiste, war er in demselben Restaurant.«

»Ich habe kein großes Interesse für Farbige«, warf Jean ein. »Was ist er denn — ein Neger?«

»Aber nein, er ist heller als —« Lydia war im Begriff, ›Ihr Vater‹ zu sagen, hielt es aber für angebrachter, einen besseren Vergleich zu finden. »Er ist heller als die meisten Menschen im Süden Frankreichs, aber ich glaube, alle Mauren von guter Familie sind so. Stimmt das nicht?«

Jean schüttelte den Kopf.

»Für Völkerkunde habe ich nie etwas übriggehabt«, sagte sie gutgelaunt. »Meine Vorstellung von Mauren habe ich von dem alten Shakespeare, und ich habe sie immer für kohlrabenschwarz gehalten; was ist er denn eigentlich? Ich habe noch keine Zeitung gelesen.«

»Er ist der Kronprätendent der Mauren«, erklärte Lydia, »und der französische Senat hat schon eine Menge Unannehmlichkeiten seinetwegen gehabt. Frankreich unterstützt seine Ansprüche, aber Spanien hat für seine Ergreifung eine Belohnung ausgesetzt.«

Jean sah sie belustigt an.

»Merkwürdig, daß Sie soviel Interesse an der internationalen Politik haben. Das kommt wohl daher, daß Sie früher für die Zeitungen gearbeitet haben, Lydia?«

Jean fand aber bald heraus, daß Muley Hafiz von größerem Interesse für sie war, als sie jemals für möglich gehalten hätte. Sie war nach Monte Carlo gefahren, um Einkäufe zu machen. Mentone lag ja näher, aber Jean zog die Fahrt nach dem Fürstentum vor.

Die Spielsäle hatten keine besondere Anziehungskraft für sie, und während Mordon eine Garage aufsuchte, um einen schadhaften Zylinder nachsehen zu lassen, schlenderte sie über die breite Terrasse des Kasinos zum Meer hinunter. Die Badehütten waren zu dieser Jahreszeit noch geschlossen, aber der Weg am Strand entlang war schon immer einer ihrer liebsten Spaziergänge gewesen.

In der Nähe der Hütten ging sie an einer Gruppe dunkelhäutiger Männer in weißen Burnussen vorbei und fragte sich, welcher von ihnen wohl der berühmte Muley Hafiz sein könnte. Einer von ihnen, der ihr durch sein besonders ausgeprägtes Negergesicht auffiel, trug auf seinem wallenden Gewande das Scharlachband der Ehrenlegion. Trotzdem schien er ihr nicht interessant genug, um Muley Hafiz zu sein.

Entfernt von den anderen stand ein hoher Mann von Respekt gebietendem Äußeren am Ufer und blickte auf das sonnenbestrahlte Meer hinaus, als ob er in der Ferne etwas suchte. Ihre Schritte konnte er auf dem weichen Sande nicht gehört haben, und doch mußte er ihre Gegenwart fühlen, denn er drehte sich plötzlich herum. Beim Anblick seines Gesichtes stockte ihr Schritt. Sein Teint war hell, obwohl Augenbrauen und Augen tiefschwarz waren, ebenso sein kleiner Spitzbart. Unter dem Burnus trug er eine dunkelgrüne Jacke, und sie sah schimmernde Ordenszeichen, bevor er das Gewand auf der Brust zusammenzog. Aber seine Augen waren es, die sie im Bann hielten. Groß und schwarz wie die Nacht . . . in einem Gesicht von einer so kraftvollen Würde, daß Jean instinktiv fühlte, wer dieser Mann war.

So standen sie sich sekundenlang gegenüber und blickten einander an, dann trat der Maure zur Seite.

»Pardon«, sagte er auf französisch, »hoffentlich habe ich Sie nicht erschreckt.«

Jeans Atem ging schneller. Sie konnte sich nicht erinnern, jemals in ihrem Leben einen Mann getroffen zu haben, der einen so starken Eindruck auf sie gemacht hätte. Sie vergaß ihre Verachtung für farbige Menschen, vergaß alles, mit Ausnahme der beiden dunklen Augen, deren Ausdruck sie einen ihr verwandten Geist ahnen ließ.

»Sie sind Engländerin — natürlich«, sagte er auf englisch.

»Schottin«, lächelte Jean.

»Das ist doch beinahe das gleiche?« Er sprach ohne irgendwelchen Akzent, und seine Stimme kennzeichnete den gebildeten Mann. Er war zurückgetreten, um sie vorbeigehen zu lassen, aber sie blieb stehen.

»Sie sind doch Muley Hafiz?« fragte sie, und er nickte langsam. »Ich habe schon soviel von Ihnen gelesen«, fügte sie hinzu, obwohl sie in Wirklichkeit das erste Wort über ihn von Lydia gehört hatte.

Er lachte und ließ zwei Reihen blendendweißer Zähne sehen.

»Ich glaube, von internationalem Interesse zu sein«, sagte er leichthin und blickte nach seiner Begleitung.

Jean glaubte, er wolle dahin zurückgehen, und wäre weitergegangen, wenn er sie nicht aufgehalten hätte.

»Sie sind die erste englisch sprechende Person, mit der ich seit meinem Aufenthalt in Frankreich einige Worte wechsle — mit Ausnahme des amerikanischen Botschafters«, und er lächelte leise, wie in Erinnerung an eine heitere Episode.

»Sie sprechen beinahe wie ein Engländer.«

»Ich war in Oxford und mein Bruder in Harvard. Mein Vater, der Bruder des verstorbenen Sultans, war sehr fortschrittlich gesinnt und hielt darauf, daß seine Kinder eine europäische Erziehung erhielten. Wollen Sie sich nicht setzen?« fragte er und wies auf den weißen Sand.

Sie zögerte einen Augenblick und ließ sich dann nieder. Mit gekreuzten Beinen nahm er neben ihr Platz.

»Ich bin vier Jahre lang in Frankreich gewesen«, es schien ihm viel daran zu liegen, sie durch seine Unterhaltung festzuhalten, »und spreche beide Sprachen ziemlich gut. Verstehen Sie Arabisch?«

Seine Frage klang ernst, aber seine Augen lachten.

»Nicht sehr gut«, antwortete sie ebenso ernst.

»Bleiben Sie lange an der Riviera?« Es war eine sehr alltägliche Frage, aber die Antwort, die sie erhielt, hatte sie nicht erwartet.

»Ich reise noch heute nacht ab, obgleich das nur wenige Menschen wissen. Sie sind im Besitze eines Staatsgeheimnisses«, fügte er mit freundlichem Spott hinzu.

Und dann begann er ihr von Marokko und von sich selbst zu erzählen und gab ihr mit außergewöhnlichem Gleichmut eine kurze Beschreibung der Familien, die diesen unruhigen Staat beherrscht hatten. Nur beiläufig erwähnte er seinen eigenen Anteil an dem Aufruhr, der beinahe einen europäischen Krieg nach sich gezogen hätte.

»Mein Onkel bemächtigte sich der Herrschaft, müssen Sie wissen.« Er nahm eine Handvoll Sand auf und warf ihn in die Luft. »Er besiegte meinen Vater und tötete ihn, und dann nahmen wir seine beiden Söhne gefangen.«

»Und was geschah mit denen?« fragte Jean neugierig.

»Mit denen? Wir töteten sie«, sagte er leichthin. »Ich ließ sie vor meinem Zelt aufhängen. Sie sind natürlich entsetzt?«

Sie schüttelte den Kopf.

»Glauben Sie daran, daß man seine Feinde töten soll?«

Sie nickte. »Warum nicht? Das ist doch das einfachste Gebot der Logik.«

»Mein Bruder ist zu dem gegenwärtigen Sultan übergelaufen. Sollte ich ihn jemals fassen, werde ich ihn auch aufhängen lassen.«

»Und wenn er Sie fängt?« fragte sie.

»Dann — dann hängt er mich auf«, lächelte er. »Das ist die Spielregel.«

»Wie merkwürdig!« sagte sie halblaut.

»Sie halten es für merkwürdig? Natürlich, vom europäischen Standpunkt aus ...«

»Nein, nein«, unterbrach sie ihn. »Daran habe ich gar nicht gedacht. Sie sind logisch und handeln logisch. Genauso würde ich meine Feinde aufhängen.«

»Wenn Sie welche hätten!«

Sie nickte.

»Wenn ich welche hätte«, wiederholte sie mit einem harten Lächeln. »Wollen Sie mir bitte noch das eine sagen — wie soll ich Sie anreden: Mr. Muley oder Lord Muley?«

»Sie können mich ›Wesir‹ nennen, wenn Sie unbedingt einen Titel haben müssen«, antwortete er. Und der eigenartige Name klang merkwürdig in seinem Munde.

»Gut, Wesir, wollen Sie mir das eine beantworten: Gesetzt den Fall, jemand hätte etwas, was Sie sehr haben möchten, und gäbe es Ihnen nicht, und Sie hätten die Macht, den Betreffenden zu vernichten, was würden Sie tun?«

»Ihn selbstverständlich vernichten«, entgegnete Muley Hafiz. »Da gibt es doch gar keine Frage.«

Ihre Augen lagen auf seinem Gesicht, und sie runzelte die Stirn, obwohl ihr dies nicht zum Bewußtsein kam.

»Ich freue mich sehr, Sie heute nachmittag getroffen zu haben«, sagte sie. »Es muß ein wundervolles Leben sein in einer solchen Atmosphäre, wo Männer und Frauen nicht durch die lächerlichen Gesetze der westlichen Zivilisation beherrscht werden.«

Er lachte.

»Dann haben Sie also genug von Ihrer westlichen Zivilisation.« Er stand auf und half ihr auf die Füße — seine Hände waren schmal und fein, und ihre Berührung ließ sie schneller atmen. »Sie müssen einmal meine kleine Stadt in den Hügeln besuchen, wo das Schwert Muley Hafiz' das oberste Gesetz ist.«

»Ich wünschte beinahe, ich könnte es«, entgegnete sie und streckte ihre Hand aus.

Er beugte sich über sie in europäischer Manier. Das junge Mädchen an seiner Seite war ein so kleines, zartes Ding, ihr Kopf reichte nicht einmal an seine Schulter.

»Auf Wiedersehen«, stieß sie hastig hervor und ging schnell den Weg zurück, den sie gekommen war.

Muley Hafiz stand regungslos und sah ihr nach, bis sie seinen Blicken entschwand.

Kapitel 32

»Jean!«

Sie blickte sich um und begegnete dem vorwurfsvollen Blick Marcus Stepneys.

»Das übersteigt wirklich alles«, rief er heftig. »Daß Sie eine ganze Menge Dinge fertigbekommen, kann ich mir ja denken, aber sich am hellen Tag hierherzustellen und mit einem Neger zu schwatzen —«

»Wenn ich mich am hellen Tage hierherstelle, um mich mit einem Falschspieler zu unterhalten, mein lieber Marcus, glaube ich tief genug gesunken zu sein.«

»Ein verdammter maurischer Neger«, stieß er hervor. Jeans Augen schauten ihn kalt an.

»Begleiten Sie mich ein Stück und versuchen Sie, wenn es

möglich ist, in einem Ton mit mir zu sprechen, wie Herren ihn Damen gegenüber anzuschlagen haben.«

Marcus Stepney war im Gegensatz zu Jean außer Atem, als sie endlich im ›Café de Paris‹ ankamen, das zu dieser Stunde überfüllt war.

Er fand einen ruhigen Eckplatz, sein Ärger und auch ein Teil seines Mutes waren verflogen.

»Ich habe doch nur Ihr Interesse im Auge, Jean«, sagte er beinahe flehend. »Sie wollen doch nicht, daß man sich in unseren Kreisen erzählt, Sie seien gut Freund mit diesem verwünschten Mohren.«

»Wenn Sie von ›unseren Kreisen‹ sprechen, welche meinen Sie eigentlich?« fragte sie spitz. »Wenn Sie nämlich von Ihren Kreisen sprechen, so können die nicht schlecht genug über mich sprechen. Es würde eine Entwürdigung für mich sein, Marcus, von Ihren Kreisen bewundert zu werden.«

»Aber, ich bitte Sie«, begann er begütigend.

»Ich dachte eigentlich, ich hätte es Ihnen klargemacht —« Spott lag in ihrer Stimme, und er fuhr zusammen — »daß ich es Ihnen nicht gestatte, mein Leben zu leiten oder meine Handlungen zu beurteilen. Der ›Neger‹, den Sie eben erwähnten, war mehr Kavalier, als Sie, lieber Marcus, je sein können. Er stammt von einer edlen Rasse, und das hat Ihnen der Herrgott versagt.«

Der Kellner servierte den Tee, und die Unterhaltung wandte sich gleichgültigen Dingen zu, bis er wieder verschwunden war.

»Ich bin in einer verteufelten Lage«, sagte er entschuldigend. »Habe gestern abend sechstausend Louis verloren.«

»Dann hätten Sie sechstausend wichtige Gründe, um sich mit mir auf guten Fuß zu stellen«, war ihre sanfte Entgegnung.

»Fangen Sie wieder von Lydia an?« fragte er und schüttelte den Kopf.

Jean lachte innerlich, ließ aber von ihrer Heiterkeit nichts merken.

»Versuchen Sie es doch«, sagte sie. »Ich habe Ihnen doch schon einmal auseinandergesetzt, wie es gemacht werden kann.«

»Ich versuche es morgen«, entgegnete er entschlossen. »Abgemacht — ich versuche es morgen!«

›Nicht morgen‹ lag ihr auf der Zunge, aber sie hielt die Worte zurück.

Kurze Zeit später kam Mordon mit dem Auto, um sie abzuholen. Mordon! Sie streckte verärgert ihr kleines Kinn hoch. Und doch fühlte sie sich ungewöhnlich gut gestimmt. Das Zusammentreffen mit dem Mauren war zu einer Art Meilenstein in ihrem Leben geworden, und die Erinnerung daran bestärkte sie in ihren dunklen Plänen.

»Sie sind mit Muley zusammengetroffen?« sagte Lydia. »Wie interessant! Wie ist er denn, Jean? Ist er ein Neger?«

»Nein, ganz und gar nicht, und dazu noch ein auffallend geistreicher Mann.«

»Hm«, brummte ihr Vater. »Wie bist du denn mit ihm zusammengekommen?«

»Ich traf ihn am Strand«, entgegnete Jean kühl, »genauso wie irgendein Backfisch sich einen neuen Verehrer aufgabeln würde.«

Mr. Briggerland war empört.

»Ich kann es nicht vertragen, wenn du in dieser Weise sprichst, Jean. Wer hat dich ihm vorgestellt?«

»Ich habe es dir doch gesagt, ich stellte mich selbst vor. Ich sprach mit ihm, er antwortete, dann setzten wir uns in den Sand und erzählten uns unsere Lebensgeschichte.«

»Sie haben wirklich Unternehmungsgeist, Jean«, rief Lydia bewundernd. Mr. Briggerland wollte noch etwas sagen, hielt es aber für besser, den Mund zu halten.

Am Abend ging die kleine Gesellschaft zu einem großen Konzert ins Kasino, wo eine Loge für sie reserviert war. In der Pause beobachtete Lydia, wie auf der gegenüberliegenden Seite jemand mit so auffallender Ergebenheit in eine Loge begleitet wurde, daß sie auch ohne den roten Fez und den weißen Burnus gewußt hätte, wer dieser verspätete Besucher war.

»Muley Hafiz«, flüsterte sie Jean zu, die sich umwandte.

Muley Hafiz blickte zu ihrer Loge hinüber; seine Augen suchten sofort die des jungen Mädchens, und er verbeugte sich leicht.

»Was, zum Teufel, verbeugt er sich denn?« murrte Mr. Briggerland. »Hoffentlich hast du das nicht beachtet, Jean!«

»Selbstverständlich habe ich ihn gegrüßt«, erwiderte seine Tochter, ohne sich die Mühe zu geben, sich ihrem Vater zuzuwenden. »Sei doch nicht — närrisch, Vater; und wenn er auch kein so netter Mann wäre, hätte ich doch nicht anders handeln dürfen. Ich bin jetzt die beneidenswerteste Frau im Theater, denn ich kenne Muley Hafiz, und er hat sich vor mir verneigt! Ist dir denn nicht klar, welchen gesellschaftlichen Wert die Bekanntschaft eines solchen Mannes hat?«

Jean blickte sich suchend nach Marcus Stepney um und hoffte, er hätte diesen kleinen Zwischenfall bemerkt, aber Marcus war in diesem Augenblick damit beschäftigt, kleine Päckchen von zwölftausend Franken in den Händen des Bankhalters an einem der Spieltische verschwinden zu sehen.

Jean stieg als letzte aus dem Auto, das sie zur Villa zurückgebracht hatte. Mordon kam respektvoll auf sie zu.

»Verzeihen Sie bitte, Mademoiselle. Ich wäre Ihnen dankbar, wenn Sie sich in der Garage die neuen Reifen ansehen wollten. Mir gefallen sie nicht.«

Dies war ein zwischen ihnen verabredetes Zeichen, wenn er sie sprechen wollte.

»Es ist gut, Mordon. Ich komme gleich in die Garage.«

»Was will denn Mordon von dir?« fragte ihr Vater stirnrunzelnd.

»Du hast es doch gehört. Die neuen Reifen passen ihm nicht«, antwortete sie kühl. »Und frag mich bitte nicht soviel. Ich habe entsetzliche Kopfschmerzen und lechze nach einer Tasse Schokolade.«

»Wenn der Kerl unverschämt wird, soll's ihm leid tun«, knurrte Briggerland. »Und noch eins, Jean, diese Heiratsidee von euch —«

Sie blickte ihn nur an, und er hielt es für besser zu schweigen.

»Ich will mich ja nicht in deine Privatangelegenheiten mischen«, sagte er schließlich, »aber allein der Gedanke daran macht mich verrückt.«

Die Garage, ein Ziegelbau, lag an der Seite der Auffahrt, nicht weit von der Villa entfernt. Jean wartete eine Zeitlang, ehe sie hinüberging. Mordon erwartete sie hinter dem offenen Tor der Garage. Der Raum lag im Dunkeln, und sie bemerkte ihn erst, als sie dicht vor ihm stand.

»Komm mit auf mein Zimmer«, sagte er kurz.

»Was willst du denn?«

»Ich muß mit dir sprechen, aber nicht hier.«

»Aber hier ist der einzige Platz, wo ich zu dieser Zeit mit dir sprechen kann, François«, sagte sie vorwurfsvoll. »Denkst du denn nicht daran, daß mein Vater in Rufweite ist und daß jeden

Augenblick Madame Meredith kommen kann? Was sollte ich für einen Grund angeben, in deinem Zimmer zu sein?«

Er schwieg einige Augenblicke.

»Jean, ich mache mir Sorgen.« Seine Stimme klang unruhig. »Ich kann deine Pläne nicht begreifen — sie sind zu hoch für mich, und ich habe doch schon sehr schlaue Menschen kennengelernt. Der große Bersac zum Beispiel ...«

»Der große Bersac ist tot«, unterbrach sie ihn kühl. »Er war so außerordentlich schlau, daß er mit dem Henker Bekanntschaft machte. Und übrigens ist es wirklich nicht nötig, daß du jetzt schon alle meine Pläne verstehst, François.«

Jean wußte sehr gut, was ihm Sorgen machte, aber sie wartete.

»Ich verstehe den Brief nicht, den ich für dich schreiben mußte, den Brief, in dem ich schrieb, daß Madame Meredith mich liebt. Ich habe lange darüber nachgedacht, Jean, und ich glaube, der Inhalt kann sehr belastend für mich werden.«

Sie lachte sanft.

»Aber François«, sagte sie mit leichtem Spott. »Daß Madame Meredith dich liebt, könnte doch nur deiner zukünftigen Frau gegenüber belastend sein. Und ich habe dich doch gebeten, so zu schreiben.«

Er schwieg wieder.

»Hier kann ich nicht mit dir sprechen«, sagte er beinahe rauh. »Komm mit auf mein Zimmer.«

Sie zögerte. Es lag ein Klang in seiner Stimme, der ihr nicht gefiel.

»Also gut« — und sie folgte ihm die steile Treppe hinauf, die zu seinem Zimmer führte.

Kapitel 33

»Warum sollte ich so schreiben?« Worte und Ton klangen befehlend.

Jean, die die Männer kannte, war sich sofort klar, daß sie ihn nicht länger hinhalten konnte.

»Ich will dir alles erklären, François, aber die Weise, in der du mit mir sprichst, gefällt mir gar nicht. Ich will nicht dich kompromittieren, sondern Madame Meredith.«

»Bitte — in dem Brief gestand ich ein, einen Scheck über fünf Millionen Franken gefälscht zu haben, und erwähnte noch einen einzigen Ausweg, ohne aber zu sagen, worin dieser besteht. Das ist ein sehr gefährliches Schriftstück, Jean, wenn es in andere Hände kommt.« Er sah ihr gerade in die Augen, und Jean ertrug seinen Blick, ohne mit der Wimper zu zucken.

»Morgen wird dir alles klarwerden, François«, sagte sie sanft. »Es liegt wirklich kein Grund zur Sorge für dich vor. Ich möchte diesen unhaltbaren Zuständen ein Ende machen.«

»Mit mir?« fragte er schnell.

»Nein, mit Madame Meredith. Auch ich bin es müde, so lange auf die Hochzeit warten zu müssen, und ich habe die Absicht, meinen Vater zu bitten, daß wir nächste Woche heiraten dürfen. Und, François«, sie senkte verschämt die Augen, »ich habe schon an den englischen Konsul in Nizza geschrieben und ihn gebeten, alle Vorkehrungen zu treffen, daß die Zeremonie nächste Woche stattfinden kann.«

Das blasse Gesicht Mordons überzog sich mit einem dunklen Rot.

»Ist das dein Ernst? Jean, meinst du das wirklich?«

»Aber François«, sagte sie mit leise klagender Stimme. »Wie könnte ich dich in einer Angelegenheit täuschen, die für mich selbst so außerordentlich wichtig ist!«

Er blickte sie verzehrend an, sein Atem ging stoßweise.

»Du gibst mir den Brief zurück, den ich für dich geschrieben habe, Jean?«

»Morgen.«

»Nein, heute noch«, und er ergriff ihre beiden Hände. »Ich bin sicher, ich habe recht. Der Brief ist viel zu gefährlich, Jean; gefährlich für dich und mich — du gibst ihn mir heute noch?«

Sie zauderte.

»Ich habe ihn nicht bei mir«, sagte sie unbedacht. Seine Augen hefteten sich auf die Tasche in ihrer Hand.

»Der Brief ist da drin«, sagte er bestimmt. »Jean, mein Liebling, erfülle meine Bitte. Weißt du, jedesmal, wenn ich an den Brief denke, läuft mir ein Schauder über den Rücken. Ich muß verrückt gewesen sein, als ich ihn schrieb.«

»Ich habe ihn nicht bei mir«, beharrte sie und wich einen Schritt zurück. Aber es war schon zu spät. Er hatte ihr Handgelenk gepackt und riß ihr die Tasche aus der Hand.

»Entschuldige, aber ich weiß, ich bin im Recht«, begann er, aber da fuhr sie wie eine Furie auf ihn zu und entriß ihm die Tasche wieder.

Er starrte sie an, und langsam wich die Farbe aus seinem Gesicht — er war totenblaß.

»Was hast du vor?« sagte er heiser.

»Wir wollen morgen früh darüber sprechen, François.« Mit diesen Worten wandte sie sich der Tür zu.

Ehe sie die Treppe erreicht hatte, hatte er sie gepackt und zog sie wieder in das Zimmer zurück.

»Nein, mein Kind«, zischte er zwischen den Zähnen hervor, »dahinter steckt etwas, was für mich sehr unangenehm sein kann.«

»Laß mich los«, stieß sie atemlos hervor und schlug ihm mit der Faust ins Gesicht.

Beinahe eine Minute lang rangen sie so miteinander; dann öffnete sich die Tür, und Mr. Briggerland stand auf der Schwelle. Bei seinem Anblick gab Mordon das junge Mädchen frei.

»Schuft, verdammter!« knirschte der Alte. Seine Faust schoß vor, und Mordon fiel krachend zu Boden. Einen Augenblick lag er bewegungslos, dann warf er sich auf die Seite und riß einen Revolver aus der Tasche. Bevor er aber freuern konnte, hatte Jean ihm die Waffe entrissen.

»Stehen Sie auf«, befahl Briggerland. »Und jetzt erklären Sie mir mal, mein Freund, was dieser unerhörte Angriff auf Mademoiselle bedeuten soll.«

Mordon stand auf und klopfte sich mechanisch den Staub von seinem Anzug. In seinem Gesicht lag ein Ausdruck, der für Mr. Briggerland nichts Gutes bedeutete. Bevor er aber antworten konnte, begann Jean zu sprechen.

»Vater, du hast kein Recht, François zu schlagen.«

»François!« stieß Briggerland hervor, sein Gesicht war dunkelrot vor Wut.

»Ja — François«, wiederholte sie ruhig. »Damit du es weißt: François und ich heiraten in der nächsten Woche.«

Mr. Briggerland starrte sie entsetzt an.

»Was?« schrie er.

Sie nickte.

»Wir heiraten nächste Woche, und die kleine Szene, die du soeben gesehen hast, hat ganz und gar nichts mit dir zu tun.«

Die Wirkung dieser Worte auf Mordon war erstaunlich. Seine von Haß verzerrten Züge glätteten sich. Er blickte von Jean auf Briggerland, als ob er seinen Ohren nicht trauen könnte.

»François und ich lieben einander«, fuhr Jean leise fort. »Wir stritten uns über eine Kleinigkeit, die außer uns niemand etwas angeht.«

»Du — willst — ihn — nächste — Woche — heiraten?« Mr. Briggerland konnte kaum die Worte hervorbringen. »Niemals, und wenn —«

Jean hob abwehrend die Hand.

»Jedes Wort ist unnötig, Vater«, sagte sie ruhig. »François und ich gehen unseren eigenen Weg. Es tut mir leid, wenn du meinen Schritt mißbilligst, denn du bist mir stets ein gütiger Vater gewesen.«

Dies war der erste leise Hinweis für Mr. Briggerland, daß es vielleicht noch eine andere Erklärung für ihre Worte geben könnte, und er wurde ruhiger.

»Schon gut«, sagte er. »Ich möchte dir nur sagen, daß ich deine wahnwitzige Idee in keiner Weise unterstützen werde. Aber jetzt muß ich darauf bestehen, daß du sofort mit mir in die Villa gehst. Ich kann nicht dulden, daß meine Tochter ins Gerede kommt.«

Sie nickte.

»Ich sehe dich morgen früh, François. Vielleicht fahren wir noch vor dem Frühstück nach Nizza. Ich habe einige Einkäufe zu machen.«

Er verbeugte sich und griff nach dem Revolver, den sie ihm entrissen hatte. Jean sah sich die Verzierungen der Waffe an, den silbernen Beschlag, den geschnitzten Kolben aus Elfenbein.

»Das hier kann ich dir heute nicht mehr anvertrauen.«

Sie sah ihm lächelnd in die Augen. »Gute Nacht, François.«

Mordon beugte sich über ihre Hand und küßte sie.

»Gute Nacht, Jean«, sagte er mit zitternder Stimme. Einen Augenblick ruhten ihre Augen ineinander, dann wandte sie sich ab, als ob sie sich selbst nicht mehr beherrschen könnte, und folgte ihrem Vater.

Zwischen Garage und Villa blieb Jean einen Moment stehen.

»Nimm ihn in Verwahrung.« Es war François Revolver. »Wahrscheinlich ist er geladen. Ich glaube, ich habe auf dem Kolben in Silber eingelegte Initialen gesehen. Wie ich François

Mordon kenne, sind das die seinen.«

»Was soll ich damit anfangen?« fragte er und steckte die Waffe in die Tasche.

Sie lachte.

»Wenn du zu Bett gehst, komm bitte erst in mein Zimmer. Ich habe dir eine ganze Menge zu erzählen.« Dann ging sie in den Salon und unterbrach Mrs. Cole-Mortimer, die einer gelangweilten Lydia Unterricht in Bridge erteilte.

»Wo waren Sie denn, Jean?« Lydia legte die Karten auf den Tisch.

»Ich habe eine Überraschung für Sie vorbereitet, bin aber nicht ganz sicher, ob sie wirklich so interessant sein wird — das hängt nämlich ganz davon ab, ob Ihr junges Herz noch frei ist oder nicht.«

Jean setzte sich zu ihnen.

»Mein junges Herz«, lachte Lydia, »ist vor allen Dingen äußerst gesund. Was ist denn das für eine Überraschung?«

»Sind Sie verliebt?« fragte Jean sie herausfordernd und suchte in einem Handarbeitskörbchen nach einer kleinen Näherei.

»Verliebt — um Gottes willen, nein.«

»Um so besser«, nickte Jean, »dann wird die Überraschung um so reizvoller sein.« Es dauerte einige Augenblicke, bis sie den Faden eingefädelt hatte; dann fuhr sie fort: »Wenn Sie wirklich nicht verliebt sind und setzen sich auf die Liebesbank, werden Sie den Namen Ihres zukünftigen Mannes kennenlernen. Sind Sie aber verliebt, ist die Sache natürlich nicht mehr so einfach.«

»Aber wenn ich nun den Namen meines zukünftigen Mannes gar nicht kennenlernen will?«

»Dann sind Sie ein ungewöhnliches Menschenkind.«

»Wo ist denn diese wunderbare Liebesbank?«

»Jenseits der Grenze, auf dem Wege nach San Remo. Du bist doch schon einmal dort gewesen, Margaret?«

»O ja«, entgegnete Mrs. Cole-Mortimer, die zwar noch nie weit aus Cap Martin herausgekommen war, aber niemals zugegeben hätte, irgend etwas Sehenswertes nicht gesehen zu haben.

»Auf dem Wege nach San Remo«, fuhr Jean fort, »auf einem wilden, unheimlichen Fleck — meilenweit von jeder menschlichen Behausung entfernt.«

»Wollen Sie mich dorthin begleiten?«

Jean schüttelte den Kopf.

»Das würde den Zauber brechen«, erklärte sie feierlich. »Nein, Liebste, wenn Sie eine richtige Sensation erleben wollen, und es ist wirklich der Mühe wert — die Gegend ist eine der wunderbarsten der ganzen Küste —, dann müssen Sie allein fahren.«

Lydia nickte. »Ich will es wagen. Es ist wohl zu weit, um zu laufen?«

»Viel zu weit. Mordon wird Sie hinfahren. Er kennt den Weg sehr gut, und die Strecke verlangt auch einen tüchtigen Fahrer. Wahrscheinlich werden Sie übrigens Vater in San Remo treffen — wolltest du nicht einen Motorradausflug machen, Vater?«

Mr. Briggerland atmete tief auf und nickte. Er fing langsam an zu verstehen.

Kapitel 34

Im Hafen von Monaco lag ein langes, weißes Boot, das den Namen »Jungle Queen« trug. Das Boot gehörte einem verarmten Engländer, der es vermietete und dadurch ein ganz gutes Einkommen hatte.

Mrs. Cole-Mortimer war überrascht, daß der Mietpreis der »Jungle Queen« für zwei Monate verhältnismäßig gering war; als sie nach ihrer Ankunft in Cap Martin das Boot gesehen hatte, wunderte sie sich nicht mehr.

Sie hatte sich eine große und bequeme Jacht vorgestellt und fand ein mittelgroßes Motorboot mit kleiner Kabine. Die Beschreibung des Agenten besagte, daß die »Jungle Queen« vier bequeme Schlafplätze habe. Wie vier Personen, falls sie nicht betäubt oder betrunken waren, in dem Fahrzeug schlafen sollten, war jedoch schwer verständlich. Normalerweise würden es schon zwei Menschen schwierig gefunden haben, in der Kabine ohne allzu große Unbequemlichkeiten zu schlafen.

Auch für Jean war die »Jungle Queen« eine Enttäuschung gewesen. Ihr geschäftiges Gehirn hatte schon einen wunderbaren Weg gefunden, die größte vor ihr liegende Schwierigkeit zu lösen, aber ein Blick auf die »Jungle Queen« verriet ihr, daß das Geld hierfür weggeworfen war.

Mr. Marcus Stepney, der ein leises Interesse für Motorboote

und ein sehr großes für jede Art von Vergnügen hatte, das sich ihm auf Kosten anderer bot, war bis jetzt der einzige Benutzer der »Jungle Queen« gewesen. Beinahe jeden Morgen fuhr er einige Stunden spazieren, gewöhnlich allein, manchmal auch in Begleitung einer neuen Bekanntschaft, von der er sich allerhand Nutzen erhoffte.

Die Geschäfte gingen sehr schlecht; der Zufluß reicher und vertrauensvoller Jugend schien plötzlich eingetrocknet zu sein, und die kleinen Spielpartien in seinem Privatsalon wurden von Tag zu Tag seltener. Seinen Lebensunterhalt schafften sie ihm ja noch, aber das ständige Pech an den öffentlichen Spieltischen verschlang den größten Teil seiner privaten Gewinne. Hinzu kam, daß sein Selbstvertrauen durch Jeans rücksichtsloses Verhalten und Lydias Gleichgültigkeit etwas erschüttert war. Trotzdem hatte er noch nicht die Hoffnung aufgegeben, sich beide jungen Mädchen gefügig zu machen, wenn er nur den richtigen Weg einschlagen würde.

Jean? — Er war auf einen Gedanken gekommen, dessen Ausführung er sich für einen späteren Zeitpunkt vorbehielt.

Und Lydia? — Jeans Vorschlag erschien ihm ganz annehmbar.

Nach einer langen und sehr verlustreichen Nacht im Kasino faßte er Mut und fuhr zur Villa Casa. Er kam sehr früh an, aber Lydia hatte bereits ihr Frühstück beendet und war durch seinen Besuch nicht sehr angenehm überrascht.

»Heute bade ich nicht, Mr. Stepney«, sagte sie, »und Sie sehen auch nicht aus, als ob Ihnen viel daran läge.«

Mr. Stepney war in vollendeter Jachtkleidung: weiße Beinkleider, weiße Schuhe, dunkelblaues Jackett mit Messingknöpfen. Die Mütze des Jachtklubs saß in korrektem Winkel auf seinem schwarzen Haar.

»Sie haben recht, Mrs. Meredith. Ich hatte die Absicht, zum Fischen hinauszufahren, und würde mich sehr freuen, wenn Sie mitleidig genug wären, mir Ihre Gesellschaft zuteil werden zu lassen.«

Sie schüttelte den Kopf.

»Es tut mir sehr leid — ich habe heute vormittag etwas anderes vor.«

»Können Sie das nicht aufschieben?« bat er. »Ich habe schon alle Vorbereitungen getroffen — ein kleines, ausgezeichnetes

Frühstück ist an Bord — und Sie versprachen mir doch, mich gelegentlich beim Fischen zu begleiten.«

»Ich würde wirklich sehr gern mitkommen, aber heute geht es nicht. Ich habe etwas sehr Wichtiges vor.«

»Ich würde Sie zurückbringen, wann Sie wünschen«, bettelte er. »Bitte, kommen Sie doch mit, Mrs. Meredith. Sie verderben mir sonst den ganzen Tag.«

»Ich kann mir nicht denken, daß Lydia einer solchen — Unfreundlichkeit fähig sein sollte«, rief Jean, die gerade hereinkam. »Worum handelt es sich denn, Lydia?«

»Ich soll Mr. Stepney auf der Jacht begleiten.«

Jean lachte.

»Ich freue mich, daß Sie von einer ›Jacht‹ sprechen«, sagte sie trocken, »Sie sind jetzt der zweite Mensch, der dies hochtrabende Wort gebraucht. Der erste war natürlich der Vermieter. Holen Sie Lydia doch morgen ab, Marcus.«

Jeans Augen funkelten belustigt, und Marcus fühlte, daß Jean den eigentlichen Grund seiner Bitte erraten hatte.

»Also gut«, antwortete er in einem Ton, der deutlich verriet, daß er es nichts weniger als ›gut‹ fand.

»Ich habe Sie übrigens heute morgen mit Ihrem gelbgesichtigen Chauffeur durch Nizza fahren sehen, Jean.«

»Waren Sie denn schon so früh auf den Beinen?«

»Angezogen war ich noch nicht; ich sah gerade aus dem Fenster — mein Zimmer geht auf die ›Promenade des Anglais‹. Wissen Sie, ich kann den Menschen nicht ausstehen.«

»Lassen Sie ihn das nur nicht fühlen«, erwiderte Jean kühl. »Er ist sehr empfindlich. Es gibt übrigens eine Menge Menschen, die Sie auch nicht leiden können.«

»Meiner Ansicht nach lassen Sie ihm etwas zuviel Freiheit«, fuhr Mr. Marcus Stepney fort. Er war in schlechter Stimmung, und das Bewußtsein, das junge Mädchen zu reizen, gab ihm Mut. »Gibt man diesen französischen Chauffeuren nur den kleinen Finger, so nehmen sie gleich die ganze Hand.«

»Da haben Sie vielleicht nicht so unrecht«, versetzte Jean nachdenklich. »Was macht denn Ihre Hand, Marcus?«

Marcus brummte etwas vor sich hin und vergrub die Hand in der Tasche seines Jacketts.

»Danke, es wird besser«, sagte er bissig und fuhr wütend nach Monaco und zu der auf ihn wartenden »Jungle Queen« zurück.

»Noch ist nicht aller Tage Abend ...« brummt er, als er den Motor ankurbelte. Das kleine Boot schoß in voller Geschwindigkeit in die See hinaus.

Jeans Unterhaltung mit Mordon war wenig befriedigend verlaufen. Sie hatte seinen Verdacht zum Teil eingeschläfert, aber wieder und immer wieder war der Brief von ihm erwähnt worden, bis sie schließlich versprochen hatte, ihm das Schreiben noch am gleichen Abend zurückzugeben.

»Liebster«, sagte sie ihm, »du bist viel zu ungestüm — dein gallisches Temperament geht mit dir durch. Ich hatte gestern noch eine schreckliche Szene mit meinem Vater. Er will, daß ich unsere Verlobung aufhebe, hat mir erzählt, was meine Freunde in London dazu sagen würden, daß ich gesellschaftlich erledigt wäre.«

»Und du — was hast du ihm geantwortet, Jean?«

»Ich habe ihm ganz ruhig gesagt, daß alle Einwände zwecklos seien.« Ihre Mundwinkel senkten sich traurig. »Ich weiß, daß ich nur mit dir glücklich sein kann, François, und dir zuliebe bin ich bereit, mich zum Gespött von ganz London zu machen.«

Er würde ihre Hand ergriffen haben, obgleich sie auf offener Straße waren, aber Jean lehnte sich in ihre Ecke zurück.

»Sei doch vorsichtig, François«, warnte sie ihn. »Vergiß nicht — es sind ja nur noch wenige Tage.«

»Ich kann es immer noch nicht fassen, Jean«, stammelte er, als der Wagen langsam aus Monte Carlo herauskletterte. Er wich gerade noch einer um die Ecke biegenden Elektrischen aus, fuhr haarscharf an einem ahnungslosen Spaziergänger vorbei, der hinter ihr auftauchte, und bog in die Hauptstraße ein. »Ich kann es immer noch nicht so richtig glauben, Jean, und doch habe ich immer gefühlt, daß sich in meinem Leben noch Großes ereignen würde, und dann, Jean — ich habe soviel für dich aufs Spiel gesetzt. Damals in der Berkeley Street — Madame Meredith würde heute nicht mehr leben, hätte sie der alte Mann nicht im letzten Augenblick beiseite gerissen. Und wartete ich nicht auf dich, als Meredith selbst —«

»Ssssst«, sagte sie leise. »Wir wollen von etwas anderem sprechen.«

»Soll ich mit deinem Vater reden? Es tut mir wirklich leid — du weißt doch — gestern abend«, sagte er, als sie sich der Villa näherten.

»Vater ist mit dem Motorrad unterwegs — nach Italien hinein«, sagte Jean. »Nein, an deiner Stelle würde ich nicht mit ihm sprechen, auch wenn er hier wäre. Er wird schon nach und nach beigeben, François. Du mußt auch begreifen, wie enttäuscht Vater ist. Er hatte immer gehofft, ich würde mich sehr gut verheiraten. Darauf mußt du doch auch etwas Rücksicht nehmen.«

Er nickte zustimmend, fuhr aber nicht bis vor das Haus, sondern hielt vor der Garage an.

»Vergiß nicht — um halb elf mußt du mit Madame Meredith zur Liebesbank fahren — du weißt doch, wo das ist?«

»Ich kenne den Platz sehr gut, man kann dort schlecht wenden — ich werde beinahe bis San Remo weiterfahren müssen. Warum will sie eigentlich zu der Liebesbank? Ich habe immer gedacht, da gingen nur ganz gewöhnliche Leute hin —«

»Das darfst du ihr nicht erzählen«, sagte sie nachdrücklich. »Ich bin ja übrigens auch dort gewesen.«

»Und an wen hast du da gedacht, Jean?«

Sie senkte die Augen.

»Das erzähle ich dir nicht — wenigstens nicht jetzt«, und mit diesen Worten lief sie eilig der Villa zu.

François blickte ihr nach, bis sie im Eingang verschwunden war, und machte sich dann, wie ein Mann, der aus einem Traume auffährt, an die alltägliche Beschäftigung, Benzin aufzufüllen.

Kapitel 35

Lydia zog sich für ihre Fahrt um, als Mrs. Cole-Mortimer in den Salon kam, wo Jean am Schreibtisch saß.

»Von Monte Carlo wird angerufen«, sagte sie. »Jemand möchte Lydia sprechen.«

Jean sprang auf.

»Ich werde an den Apparat gehen.«

Die Stimme am anderen Ende des Drahtes war rauh und ihr unbekannt.

»Ich möchte Mrs. Meredith sprechen.«

»Wer ist denn dort?« fragte Jean.

»Ein Bekannter von Mrs. Meredith. Wollen Sie sie bitte an

den Apparat rufen? Die Angelegenheit ist ziemlich dringend.«

»Es tut mir leid; Madame Meredith ist nicht zu Hause.«

Jean hörte einen ärgerlichen Ausruf.

»Wissen Sie, wohin sie gegangen ist?« fragte die Stimme von neuem.

»Ich glaube, nach Monte Carlo«, war Jeans Antwort.

»Sagen Sie ihr doch bitte, für den Fall, daß ich sie nicht treffe, sie möchte nicht aus dem Hause gehen, bis ich dagewesen bin!«

»Sehr gern«, antwortete Jean höflich und legte den Hörer auf.

»Hat man nach mir telefoniert?«

Lydias Stimme klang vom oberen Stockwerk herunter.

»Ja. Ich glaube, es war Marcus Stepney, der Sie zu sprechen wünschte. Ich habe ihm gesagt, Sie seien schon ausgegangen, oder wollten Sie ihn vielleicht sprechen?«

»Um Gottes willen, nein!« rief Lydia. »Und Sie wollen wirklich nicht mit mir kommen?«

»Ich möchte lieber zu Hause bleiben«, sagte Jean wahrheitsgemäß.

Der Wagen stand vor der Tür, und Mordon, der in seinem hellen Staubmantel sehr gut aussah, öffnete den Schlag.

»Wie lange wird es wohl dauern?« fragte Lydia.

»Ungefähr zwei Stunden, Liebste, und Sie werden hungrig sein, wenn Sie zurückkommen«, rief Jean und küßte sie.

»Vergessen Sie nicht, an den richtigen Mann zu denken«, und sie drohte mit dem Finger.

»Jetzt fange ich selbst an, neugierig zu werden«, antwortete Lydia.

Jean blickte hinter dem Auto her, bis es um die Ecke gebogen war, und ging dann in den Salon. Kaum hatte sie Platz genommen, als das Telefon schon wieder läutete.

»Mrs. Meredith ist nicht nach Monte Carlo gefahren«, sagte dieselbe Stimme. »Ihr Wagen ist nicht auf der Straße gesehen worden.«

»Ist dort Mr. Jaggs?« fragte Jean freundlich.

»Ja, Miss.«

»Mrs. Meredith ist schon wieder zurück. Es tut mir wirklich leid, aber ich dachte, sie sei nach Monte Carlo gefahren. Mrs. Meredith ist auf ihrem Zimmer — sie hat sehr starke Kopfschmerzen. Wollen Sie nicht hierherkommen und mir ihr sprechen?«

Ein kurzes Schweigen und dann: »Ja, ich komme sofort.«

Zwanzig Minuten später stieg der alte Mann vor der Tür aus einem Taxi, und das Mädchen, das ihm die Tür geöffnet hatte, führte ihn in den Salon.

Jean stand auf und blickte auf die gebeugte Gestalt, die ihr gegenüberstand; sah sie prüfend an, von dem grauen Haar bis hinunter zu den staubigen Schuhen. Dann wies sie auf einen Stuhl.

»Nehmen Sie Platz«, forderte sie ihn auf, und der alte Jaggs gehorchte. »Sie haben, wie ich annehme, Mrs. Meredith etwas mitzuteilen.«

»Det möchte ick ihr lieber selber erzählen«, sagte der alte Mann grob.

»Gut, bevor Sie ihr aber überhaupt etwas erzählen, muß ich Ihnen ein Geständnis machen.« Sie lächelte den alten Jaggs an und ließ sich in aller Ruhe gemächlich auf einen Stuhl ihm gegenüber nieder.

Er saß mit dem Rücken gegen das Fenster und drehte seinen zerbeulten Hut in den Händen.

»Ich habe Sie nämlich unter falschen Vorspiegelungen hierhergebracht«, begann Jean, »Mrs. Meredith ist nicht hier.«

»Nicht hier?« fuhr er auf.

»Nein, sie ist mit unserem Chauffeur unterwegs. Aber ich hätte Sie gern gesprochen, Mr. Jaggs, weil —« sie stockte. »Ich weiß, daß Sie ein sehr guter Freund von Madame Meredith sind und nur ihr Interesse im Auge haben. Ich kenne Sie ja nicht weiter«, sie schüttelte den Kopf, »habe aber erfahren, daß Mr. Jack Glover Sie engagiert hat.«

»Wat soll det alles bedeuten?« fragte er rauh. »Wat ham Se mir zu erzählen?«

»Ich weiß wirklich nicht, wie ich beginnen soll.« Sie biß sich auf die Lippen. »Es ist eine so peinliche Angelegenheit, daß ich am liebsten überhaupt nicht darüber sprechen möchte. Aber das Verhalten Mrs. Merediths unserem Chauffeur Mordon gegenüber ist wirklich unpassend, und meiner Meinung nach müßte das Mr. Glover mitgeteilt werden.« Er antwortete nicht, und sie fuhr fort: »So etwas kommt ja vor, ich weiß das sehr gut, aber glücklicherweise habe ich das noch nie miterleben müssen, und dann — Mordon ist ja ein sehr gut aussehender Mensch — und sie ist so jung ...«

»Wovon reden Sie denn eigentlich?« Seine Stimme klang

scharf und befehlend.
»Ich befürchte, die arme Lydia hat sich in Mordon verliebt.«
Er sprang auf.
»Verdammter Schwindel!« rief er, und sie starrte ihn mit großen Augen an. »Jetzt erzählen Sie mir, wo Lydia Meredith steckt, und merken Sie sich das eine, Jean Briggerland: Ist auch nur ein Haar auf dem Kopfe des jungen Mädchens gekrümmt, dann werde ich beendigen, was ich da draußen begonnen habe«, er wies auf den Garten, »und erwürge Sie mit meinen eigenen Händen.«
Jean blickte ihn verstohlen an und begann an allen Gliedern zu zittern. Plötzlich wandte sie sich um, flog die Treppe hinauf in ihr Zimmer, verschloß die Tür und lehnte sich blaß und schwankend gegen sie. Zum zweitenmal in ihrem Leben lernte Jean Briggerland Furcht kennen.
Dann hörte sie die schnellen Schritte des Mannes auf dem Gang; er klopfte an die Tür.
»Machen Sie auf!«
Für einen Augenblick verlor Jean beinahe ihre Selbstbeherrschung. Wild blickte sie sich in ihrem Zimmer nach einem Weg zur Flucht um ... dann kam ihr ein Gedanke. Sie eilte in das Badezimmer. Ein großer Schwamm lag auf dem Fensterbrett zum Trocknen, und auf einem Regal neben der Badewanne stand eine Flasche Salmiakgeist. Mit abgewandtem Kopfe goß sie den Inhalt der Flasche auf den Schwamm, schlich dann leise an die Tür, schloß auf und öffnete.
Der alte Mann kam hereingestürzt, aber schon drückte sich der Schwamm gegen sein Gesicht. Die scharfe Flüssigkeit drang in seine Augen, blendete ihn, der betäubende Geruch zwang ihn auf die Knie. Er griff nach ihrer Hand, versuchte sie wegzureißen, aber jetzt legte sich ihr anderer Arm um seinen Hals, und er war machtlos.
Mit einem Schmerzensschrei brach er auf dem Boden zusammen. Im nächsten Augenblick lag sie wie eine Wildkatze auf ihm, ihr Knie zwischen seinen Schultern.
Halb bewußtlos fühlte er, wie seine Hände nach hinten gezogen und zusammengebunden wurden. Sie gebrauchte den seidenen Gürtel ihres Morgenrockes; ihre Arbeit war schnell und gründlich.
Dann legte sie ihn auf den Rücken. Er konnte die Augen nicht

öffnen — der Salmiakgeist war hineingedrungen, und die Schmerzen waren furchtbar, beinahe unerträglich. Langsam kam er auf die Füße. Er fühlte, wie sie ihn irgendwo hinführte; plötzlich wurde er auf einen Stuhl gestoßen. Dann ließ sie ihn kurze Zeit allein, kam aber bald wieder zurück und begann auch seine Füße zu fesseln. Es war eine ganz verblüffende Gefangennahme, ausgeführt von einem einzigen Menschen, und noch dazu von einer Frau. Selbst Jean hätte einen so leichten Sieg für unmöglich gehalten.

»Es tut mir wirklich leid, einem alten Mann weh zu tun.« Schneidender Hohn lag in ihrer Stimme. »Wenn Sie mir aber versprechen, nicht zu schreien, will ich Sie nicht knebeln.«

Jetzt hörte er das Geräusch von fließendem Wasser, und dann begann sie, mit einem feuchten Tuch vorsichtig seine Augen zu waschen.

»In ein paar Minuten werden Sie sehen können«, sagte Jeans kühle Stimme, »und in der Zwischenzeit werde ich nach der Polizei telefonieren.«

Trotz aller Schmerzen konnte er ein leises Lachen nicht unterdrücken.

»Sie wollen nach der Polizei schicken, Sie? Kennen Sie mich denn?«

»Ich weiß nur, daß Sie ein garstiger alter Mann sind, der hier eingebrochen ist, während ich ganz allein im Hause war.«

»Sie wissen doch, warum ich gekommen bin?« sagte er nachdrücklich. »Ich bin hierhergekommen, um Mrs. Meredith mitzuteilen, daß man mit einem gefälschten Scheck hunderttausend Pfund von ihrem Bankkonto abgehoben hat.«

»Das ist doch lächerlich«, entgegnete Jean. Sie saß auf dem Rande des Bettes und betrachtete die bedauernswerte Gestalt vor ihr. »Wie könnte denn irgend jemand an Mrs. Merediths Konto herankommen, während ihr guter Freund und Schutzengel, Mr. Jack Glover, in London ist und aufpaßt, daß die Ärmste nicht beraubt wird.«

Der ›alte Jaggs‹ starrte sie mit seinen entzündeten Augen an.

»Sie wissen sehr genau«, sagte er bestimmt, »daß ich Jack Glover bin und seit Lydia Merediths Ankunft Monte Carlo nicht verlassen habe.«

Kapitel

36

Mr. Briggerland hatte für Sport im allgemeinen nicht viel übrig, nur sein hübsches Motorrad machte eine Ausnahme. Es gab ihm nicht nur die Möglichkeit, angenehme Ausflüge zu machen, sondern war ihm auch bei der Ausführung von Jeans Plänen manchmal von großem Nutzen.

Er frühstückte in Mentone und fuhr dann langsam die Steigung nach Grimaldi hinauf, nachdem er die Grenze in Pont St. Louis überschritten hatte. Er hatte den ganzen Vormittag vor sich, Eile war nicht nötig. In Ventimiglia frühstückte er ein zweites Mal . . . der Morgen war frisch und sein Appetit ausgezeichnet. Eine Zigarre zwischen den Zähnen, schlenderte er gemächlich durch die kleine Stadt, kaufte ein paar Andenken und fuhr dann langsam weiter.

Sein Ziel war San Remo. Von dort ging um ein Uhr ein Zug ab, der ihn und seine Maschine nach Monte Carlo bringen würde, wo er die Absicht hatte, den Nachmittag zu verleben. In Pont St. Louis hatte er sich mit einem der Grenzbeamten unterhalten.

»Nein, Monsieur, am Vormittag kommen eigentlich wenig Autos durch. Erst am späten Nachmittag beginnt der Hauptverkehr. Die Zeiten haben sich auch an der Riviera geändert, die meisten Leute gehen jetzt nach Cannes. Die alte Straße ist fast ganz verlassen.«

Gegen elf Uhr erreichte Mr. Briggerland einen bestimmten Platz an der Landstraße und fand auch die Möglichkeit, sein Motorrad unter Olivenbäumen auf dem Hügelabhang zu verstecken. Es war dies ein wunderbar gelegenes Fleckchen zum Ausruhen, und er konnte von hier aus die Straße weithin überblicken.

Auch Lydias Fahrt war angenehm verlaufen. Sie hatte sich kurze Zeit in Mentone aufgehalten und dann in Pont St. Louis, eine Stunde nach Briggerland, die Grenze überschritten.

Die Straße nach San Remo läuft im Schatten steiler Hügel durch ödes Land, dem nicht einmal der arbeitsame Bauer Norditaliens einen Lebensunterhalt abzuringen vermag. Mit Ausnahme vereinzelter Strecken bebauten Landes blicken die Hügel kahl und drohend zur See hinunter.

Die Straße lief dicht an der steinbedeckten Küste entlang; manchmal so dicht, daß der Gischt der Wogen bis an die Fenster des Wagens sprühte.

Dann kletterte das Auto wieder einen dieser zerklüfteten wilden Hügel empor, und Lydia sah Hunderte von Fuß unter sich die Wogen schäumen.

Auf dem Gipfel eines Vorsprungs, der weit in die See hinausreichte, hielt der Wagen.

Hier lief die Straße in einem Halbkreis, so daß Lydia von ihrem Platz aus nicht sehen konnte, woher sie kam und wohin sie führte. Gerade vor ihr wand sie sich um den Fuß eines hohen, überhängenden Felsens, durch den die Straße hindurchzugehen schien. Hinter ihr schien sie zu einer Bucht hinabzutauchen, die aber dem Auge verborgen war.

»Das ist die Liebesbank, Mademoiselle«, sagte Mordon.

Einige Meter unterhalb der Straße lag eine breite Felsenplatte, zu der einige Steinstufen führten. Die Liebesbank war aus dem Felsen herausgehauen, und Lydia setzte sich und ließ die Schönheit der Gegend auf sich wirken. Die Einsamkeit, die Ruhe, die nur durch das sanfte Rauschen der Wogen unter ihr unterbrochen wurde, die Großartigkeit der ganzen Umgebung hielten Lydia in ihrem Bann. Wenige Schritte vor ihr fiel der Felsen steil ab, und das junge Mädchen schauderte zurück, als es einen Blick hinuntergeworfen hatte.

Mordon konnte sie nicht sehen. Er saß auf dem Trittbrett des Wagens und hatte seinen Kopf in die Hände gestützt — im Kampf mit trüben Gedanken. Irgend etwas stimmt nicht, sagte er sich. Er begann unruhig zu werden und zweifelte zum erstenmal an der Aufrichtigkeit der Frau, die für ihn eine Göttin gewesen war.

Er hörte nichts, als Mr. Briggerland geräuschlos hinter dem großen Felsen hervorkam. Mordon drehte ihm den Rücken zu. Plötzlich blickte er sich um.

»Monsieur«, stammelte er und wäre aufgesprungen, wenn ihm Briggerland nicht die Hand auf die Schulter gelegt hätte.

»Bleiben Sie sitzen, François«, sagte er freundlich. »Ich glaube, ich bin gestern abend etwas heftig gewesen.«

»Nein, ich, Monsieur«, entgegnete Mordon heiser. »Es war wirklich unverzeihlich von mir —«

»Ach, Unsinn!« Briggerland klopfte ihm auf die Schulter.

»Was ist denn das für ein Schiff da draußen — ein Kriegsschiff, François?«

François Mordon blickte auf die See, und Briggerland hielt die Mündung des Revolvers mit dem Elfenbeinkolben — er hatte ihn hinter seinem Rücken verborgen gehalten — an François' Schläfe und schoß ihn nieder.

Der Knall des Revolverschusses, der von den Felsen widerhallte, kam zu Lydia wie ein Donnerschlag. Zuerst glaubte sie, ein Reifen sei geplatzt. Sie eilte die Steinstufen hinauf, um zu sehen, was vorgefallen war.

Mr. Briggerland stand mit dem Rücken zum Wagen. Zu seinen Füßen lag der Leichnam des unglücklichen Mordon.

»Mr. . . . Brigg . . .!« stammelte sie und sah dann den Revolver in seiner Hand. Mit einem Aufschrei warf sie sich beinahe die Stufen hinunter. Briggerland hatte geschossen. Die Kugel riß ihr den Hut vom Kopf. Sie fuhr mit den Händen nach der Stirn, glaubte getroffen zu sein.

Dann schob sich sein dunkles Gesicht über die oberste Stufe; der Revolver war wieder auf sie gerichtet. Einen Augenblick starrte sie in die gutmütigen Augen des Mannes über ihr, dann fühlte sie einen heftigen Stoß, stolperte rückwärts und stürzte über den Abhang in die Tiefe.

Kapitel 37

Wohl niemals hatte Jean Briggerland ein so vollkommenes Bild entsetzter Überraschung gegeben wie in dem Augenblick, in dem der alte Jaggs ihr mitteilte, er sei Jack Glover.

»Sie — Mr. Glover?« rief sie ungläubig.

»Vielleicht sind Sie so freundlich und geben mir die Hände frei«, sagte Jack wütend. »Dann kann ich es Ihnen beweisen.«

Jean, ganz und gar Sanftmut, gehorchte, und endlich stand er stöhnend auf.

»Sie haben mich beinahe geblendet.« Er versuchte in den Spiegel zu blicken.

»Wenn ich gewußt hätte, daß Sie es sind . . .«

»Daß ich nicht lache!« fuhr er sie an. »Selbstverständlich wußten Sie sehr gut, wer hinter dem alten Jaggs steckt!« Er nahm die

Perücke ab und riß sich den Bart vom Gesicht.

»War es sehr schmerzhaft?« fragte sie mitleidig.

Statt aller Antwort knurrte Jack vor sich hin.

»Woher sollte ich denn wissen, daß Sie es waren?« fragte sie mit tugendhafter Entrüstung. »Ich hielt Sie für einen gefährlichen alten Mann . . .«

»Ich glaube Ihnen kein Wort, Miss Briggerland«, versetzte Jack. »Sie wußten genau, wer ich war, und ahnten auch, warum ich diese Verkleidung angenommen hatte. Ich stand wenige Meter von Ihnen entfernt, als Ihnen plötzlich klarwurde, daß ich nur in der Maske eines alten Mannes in Lydia Merediths Wohnung schlafen konnte.«

»Aber warum mußten Sie denn überhaupt in ihrer Wohnung schlafen?« fragte sie. »Das macht einen sehr eigenartigen Eindruck.«

»Eine ganz unnötige Frage! Ich verlöre nur meine Zeit, wenn ich sie Ihnen beantworten wollte«, antwortete Jack ernst. »Ich hielt mich in ihrer Wohnung auf, um Lydia Meredith vor Ihren mörderischen Plänen zu schützen!«

»Meinen — mörderischen — Plänen?« wiederholte sie verblüfft. »Sie wissen wohl selbst nicht, was Sie sagen.«

»Das weiß ich sehr genau.« Sein Gesicht war nicht sehr freundlich. »Ich habe genügend Beweise in den Händen, um Ihren Vater und vielleicht auch Sie verhaften zu lassen. Monatelang habe ich mich mit dem ersten Unfall beschäftigt, der Ihnen so gelegen kam — Sie wissen doch, der reiche Australier, der so auffallend plötzlich starb! In dem Meredith-Fall kann ich Ihnen vielleicht nichts nachweisen, kann Sie vielleicht auch nicht wegen Ihrer Angriffe auf Mrs. Meredith hinter Schloß und Riegel bringen, aber ich habe genug Beweise, um Ihren Vater für sein früheres Verbrechen hängen zu lassen.«

Ihr Gesicht war ausdruckslos — wie eine Maske. Niemals zuvor hatte sie sich in solcher Gefahr befunden. Und die ganze Zeit hindurch, während sie ihm mit regungslosem Gesicht in die Augen starrte, waren ihre Gedanken beschäftigt. Die Gedanken glitten in die Vergangenheit zurück, untersuchten jede Einzelheit des Verbrechens, von dem er gesprochen hatte, suchten nach irgendeinem Fehler in dem sorgsam vorbereiteten Plan, der einem braven Menschen ein gewalttätiges Ende bereitet hatte.

»Diese Art Bluff macht keinen Eindruck auf mich«, sagte sie

schließlich. »Ihre Sache muß wirklich recht schwach stehen, wenn Sie sogar Verbrechen erfinden müssen, die ich begangen haben soll.«

»Darüber später. Wo ist Lydia?« sagte er kurz.

»Ich habe Ihnen ja schon gesagt, ich weiß es nicht. Sie ist mit dem Chauffeur unterwegs. Ich erwarte sie bald zurück.«

»Begleitet Ihr Vater Mrs. Meredith?«

Sie schüttelte den Kopf.

»Nein, mein Vater ist schon sehr früh weggefahren. Ich weiß überhaupt nicht, wer Ihnen das Recht gibt, mich zu verhören. Wirklich, Jack Glover, Sie tun beinahe so wichtig wie ein französischer Untersuchungsbeamter«, fügte sie lächelnd hinzu.

»Wie wichtig diese Herren tun, werden Sie vielleicht sehr bald erfahren«, sagte er bedeutungsvoll. »Wo ist Ihr Fahrer Mordon?«

»Er ist nicht hier — ich habe Ihnen doch gesagt, daß er mit Lydia weggefahren ist. Warum fragen Sie?« erkundigte sie sich mit innerer Unruhe. Sie hatte gerade noch im richtigen Augenblick gehandelt. Mordon war also mit der Fälschung in Verbindung gebracht worden!

Seine ersten Worte bestätigten ihre Vermutung.

»Es liegt ein Haftbefehl gegen Mordon vor, der sofort ausgeführt wird, wenn er zurückkommt. Es ist uns gelungen, seine Spur in London aufzufinden und auch die Frau, die den Scheck einkassiert hat. Wir kennen jede seiner Bewegungen von dem Augenblick an, als er Nizza im Flugzeug verließ, bis zu dem Zeitpunkt, als er wieder nach Nizza zurückkam. Die Firmen, bei denen er das Geld wechselte, können beschwören, daß er es gewesen ist.«

Wenn Jack glaubte, Jean Briggerland einzuschüchtern, so irrte er sich. Sie zog die Augenbrauen in die Höhe.

»Ich kann es nicht für möglich halten. Mordon war ein so ehrlicher Mann. Wir vertrauten ihm unbedingt, und niemals hat er unser Vertrauen enttäuscht. Und jetzt, Mr. Glover«, fügte sie kühl hinzu, »möchte ich Sie darauf aufmerksam machen, daß eine Unterredung mit einem Mann in meinem Schlafzimmer nicht dazu dient, dem Dienstpersonal Respekt vor mir einzuflößen. Wollen Sie bitte hinuntergehen und im Salon auf mich warten?«

»Sie werden nicht versuchen, das Haus zu verlassen?«

Jean lachte. »Wirklich, Sie benehmen sich wie einer dieser unfehlbaren Detektive, von denen man in den Magazinen soviel liest«, sagte sie etwas verächtlich. »Sie haben nicht das geringste Recht, mich am Verlassen des Hauses zu hindern, und kein Mensch weiß das besser als Sie. Aber seien Sie unbesorgt, setzen Sie sich auf die Treppe und warten Sie, bis ich herunterkomme.«

Als er verschwunden war, klingelte sie ihrem Mädchen und gab ihm einen Briefumschlag.

»Ich bin im Salon mit Mr. Glover«, sagte sie leise. »Bringen Sie mir den Brief etwas später, und sagen Sie, sie hätten ihn in der Halle gefunden.«

»Ja, Miss.«

Jean kleidete sich gemächlich um; in dem Kampf mit Jack Glover war ihr Kleid zerrissen worden. Jack, der in der Diele auf und ab ging, war schon im Begriff, wieder nach oben zu gehen, als sie ruhig die Treppe herabkam.

»Eines möchte ich gern wissen, Mr. Glover«, sie ging ihm voran in den Salon, »was haben Sie nun vor? — Was wollen Sie unternehmen? Haben Sie die Absicht, Lydia aus — unseren Armen zu reißen? Ich weiß natürlich, daß Sie schrecklich in sie verliebt sind, na ... und so weiter.«

Er wurde rot. »Ich bin nicht verliebt in Mrs. Meredith.«

»Seien Sie nicht albern«, sagte sie kalt. »Selbstverständlich sind Sie es; das kann doch jeder sehen.«

»Meine erste Aufgabe ist es, wieder in den Besitz des Geldes zu kommen, und Sie werden mir dabei helfen.«

»Natürlich werden wir Ihnen helfen«, stimmte sie ihm bei. »Wenn Mordon wirklich so ein Übeltäter war, muß er die Folgen tragen. Eigentlich halte ich Sie für viel zu geschickt, um sich hierin zu irren. Armer Mordon! Ich möchte wissen, warum er das getan hat; er ist doch so gut Freund mit Lydia, und ernsthaft gesprochen, Mr. Glover, glaube ich wirklich, daß Lydia sich recht unvorsichtig benommen hat.«

»Etwas Ähnliches haben Sie schon einmal gesagt«, antwortete er ruhig. »Vielleicht werden Sie mir jetzt erklären, was Sie damit sagen wollen.«

Sie zuckte die Achseln.

»Die beiden sind ständig zusammen. Erst gestern abend sind sie bis spät in die Nacht hinein im Garten auf und ab gegangen, und ich hatte wirklich Sorge, daß Mrs. Cole-Mortimer es auch bemerken würde . . .«

»Das bedeutet, daß Mrs. Cole-Mortimer nichts bemerkt hat. Sie sind wirklich gerissen! Ich glaube Ihnen kein Wort.«

Es wurde an die Tür geklopft, und das Mädchen trat herein.

»Ein Brief für Sie, Miss«, sagte sie. »Er lag auf dem Tisch in der Halle. Haben Sie ihn nicht gesehen?«

»Nein«, entgegnete Jean überrascht, nahm den Brief und öffnete ihn.

Jack sah Schrecken und Erstaunen in ihrem Gesicht.

»Allmächtiger Gott!« stammelte Jean.

»Was ist denn?« sprang er auf.

Sie starrte in den Brief und von dem Brief zu ihm.

»Lesen Sie«, sagte sie mit ersterbender Stimme.

Mademoiselle!
Ich bin soeben von London zurückgekommen und habe Madame Meredith eingestanden, daß ich ihre Unterschrift gefälscht und hunderttausend Pfund von der Bank abgehoben habe. Und jetzt habe ich erfahren, es ist mir selbst noch unfaßbar, daß Madame Meredith micht liebt. Es gibt hier keinen anderen Ausweg, und der ist . . .

Jack las den Brief zweimal aufmerksam durch.

»Mordons Handschrift«, sagte er vor sich hin. »Es ist unmöglich, unglaublich! Ich habe doch Mrs. Meredith beinahe die ganze Zeit über beobachtet. Haben Sie auch von ihr einen Brief erhalten?« fragte er plötzlich. »Aber nein, das ist ja unmöglich, ganz unmöglich!«

»Ich bin noch nicht in Lydias Zimmer gewesen. Wollen Sie mit hinaufkommen?«

Er folgte ihr in Lydias Schlafzimmer, und das erste, was sein Auge entdeckte, war ein versiegelter Brief auf dem Tisch in der Nähe des Fensters. Er nahm ihn auf. Der Umschlag, in Lydias Handschrift, trug seine eigene Adresse. Mit zitternder Hand riß er ihn auf.

Sein Gesicht war totenblaß, als er ihn durchflogen hatte.

»Wo sind sie hingefahren?« fragte er.

»Nach San Remo.«

»Im Auto?«

»Natürlich.«

Ohne ein weiteres Wort wandte er sich ab, eilte die Treppe hinab und zum Hause hinaus.

Der Wagen, den er sich nach seiner Ankunft in Monte Carlo gemietet hatte und der dem ›alten Jaggs‹ nachgefahren war, stand in der Nähe des Hauses. Er warf dem Chauffeur einige Worte zu und sprang hinein. Das Auto fuhr durch Mentone und hielt nur einen Augenblick an der Grenze, während Jack mit dem Beamten sprach.

»Ja, eine Dame ist durchgefahren, aber noch nicht zurückgekommen.«

»Wie lange ist das her?«

»Vielleicht eine Stunde; vielleicht auch weniger.«

Mit voller Geschwindigkeit brauste der große Wagen an der Küste entlang, wandte und drehte sich mit den scharfen Krümmungen der Straße, tauchte in die Täler und erstieg die steilen Felsen. Und dann, hinter einer Kurve, sah Jack den Wagen und die Menschen um ihn. Sein Herzschlag drohte zu stocken, als er aus seinem Wagen heraussprang. Er sah zwei italienische Gendarmen, drängte die Umstehenden zur Seite und war in der Mitte der Gruppe. Mordon lag mit dem Gesicht auf der Erde in einer Blutlache — einer der Beamten hielt einen Revolver mit Elfenbeinkolben in der Hand.

»Das ist die Waffe, mit der das Verbrechen begangen wurde«, sagte er auf italienisch. »Drei Schüsse sind abgefeuert. Wem mögen die beiden anderen gegolten haben?«

Jack schwankte und hielt sich am Kotflügel des Autos fest. Seine Augen wanderten zur Öffnung im Steinwall, von der aus die Stufen zu der Liebesbank hinunterführten. Er ging bis an die Brüstung, blickte hinunter, und das erste, was er sah, war ein zerfetzter Hut, der Hut Lydias!

Kapitel 38

Mr. Briggerland, der sich die Zeit im Hafen von Monaco vertrieb, sah die »Jungle Queen« hereinkommen und beobachtete, wie Marcus mit seinen Angelleinen an Land ging.

Er rief ihn an. Mr. Stepney wandte sich um und fuhr bei seinem Anblick zusammen.

»Hallo, Mr. Briggerland«, sagte er mit gepreßter Stimme.
»Nun, waren Sie fischen?« fragte der ältere Mann väterlich.
»Ja.«
»Etwas gefangen?«
Stepney nickte.
»Nur einen.«
»Pech«, lächelte Mr. Briggerland, »aber wo steckt denn Mrs. Meredith — ich dachte, Sie wollten heute zusammen hinausfahren.«
»Mrs. Meredith ist in San Remo«, erwiderte Stepney kurz, und der andere nickte.
»Stimmt ja — das hatte ich ganz vergessen.«
Etwas später kaufte er die Nachmittagsausgabe der ›Niçois‹ und las die ersten Berichte über die Tragödie auf der San-Remo-Straße. Das brachte ihn sofort auf den Nachhauseweg, und er traf in der Villa Casa ein — ein über alle Maßen aufgeregter Mann.
»Das sind ja furchtbare Neuigkeiten, Kleine«, stürzte er in den Salon. Beim Anblick Jack Glovers blieb er regungslos stehen.
»Kommen Sie herein, Briggerland«, sagte Jack kurz. Neben ihm stand ein großer, schlanker Herr, in dem Briggerland einen Inspektor des Präsidiums erkannte. »Wir wünschen Aufschluß von Ihnen, wie und wo Sie den heutigen Tag verbracht haben.«
»Aufschluß von mir?« wiederholte Briggerland entrüstet. »Wollen Sie mich vielleicht mit der furchtbaren Tragödie zusammenbringen?«
»Schon gut, Monsieur«, sagte der Franzose ruhig. »Trotzdem müssen Sie uns mitteilen, wo Sie heute gewesen sind.«
»Das ist sehr einfach. Ich war in San Remo.«
»Per Bahn oder —«
»Nein, auf meinem Motorrad.«
»Wann kamen Sie in San Remo an?«
»Gegen zwölf, vielleicht auch schon einige Minuten früher, so genau kann ich das nicht sagen.«
»Es ist Ihnen bekannt, daß der Mord gegen halb zwölf begangen wurde?« sagte Jack.
»So habe ich es wenigstens in der Zeitung gelesen.«
»Wo haben Sie sich in San Remo aufgehalten?« fragte der Detektiv.
»Erst habe ich in einem Café ein Glas Wein getrunken, danach

bummelte ich durch die Stadt, um schließlich im ›Victoria‹ zu speisen. Dann fuhr ich mit dem Ein-Uhr-Zug nach Monte Carlo zurück.«

»Hatten Sie nichts von dem Mord gehört?«

»Kein Wort — nicht ein einziges Wort.«

»Haben Sie das Auto bemerkt?«

Mr. Briggerland schüttelte den Kopf.

»Ich bin lange vor der — armen Lydia abgefahren.«

»War Ihnen etwas von einer Zuneigung zwischen Mordon und Ihrem Gast bekannt?«

»Ich kam überhaupt nicht auf den Gedanken, daß so etwas möglich sein könnte. Hätte ich auch nur den geringsten Verdacht gehabt«, fügte Mr. Briggerland hinzu, »würde ich sofort geeignete Schritte ergriffen und Lydia zur Vernunft gebracht haben.«

»Ihre Tochter behauptet, die beiden seien sehr häufig zusammengewesen. Ist Ihnen das nicht aufgefallen?«

»Bemerkt hatte ich das schon, aber es fiel mir nicht weiter auf. Wissen Sie, meine Tochter und ich sind sehr sozial in unseren Anschauungen. Mordon war beinahe ein Freund von uns; was Ihnen vielleicht übertrieben familiär erscheinen würde, fällt uns, glaube ich, nicht auf. Ich erinnere mich allerdings, Mrs. Meredith und Mordon verschiedene Male im Garten gesehen zu haben.«

»Ist das Ihr Eigentum?« Der Inspektor griff hinter einen Vorhang und brachte ein altes englisches Gewehr zum Vorschein.

»Ja, das gehört mir«, gab Mr. Briggerland ohne jedes Zögern zu. »Ich habe die Waffe in Amiens als eine Erinnerung an unsere tapferen Soldaten —«

»Ich weiß schon und begreife Ihr patriotisches Gefühl, das Sie zu diesem Kauf veranlaßte«, versetzte der Inspektor trocken, »aber wollen Sie mir bitte mitteilen, wo und wann Sie das Gewehr verloren haben?«

»Ich habe nicht die geringste Ahnung«, erwiderte Mr. Briggerland überrascht. »Ich wußte nicht einmal, daß es verloren war — ich hatte das Gewehr wochenlang nicht mehr zu Gesicht bekommen. Sollte vielleicht Mordon — aber nein, ich darf nicht zu schelcht von ihm denken.«

»Was wollten Sie sagen?« frage Jack. »Vielleicht, daß Mordon auf Mrs. Meredith schoß, als sie auf dem Floß stand? Die Mühe kann ich Ihnen ersparen, Briggerland. Sie haben auf Mrs. Meredith geschossen, und ich habe Sie zu Boden geschlagen.«

Mr. Briggerlands Gesicht war eine wirkliche Studie.

»Es ist mir unfaßbar, wie Sie eine so unglaubliche und grundlose Beschuldigung gegen mich erheben können«, erklärte er würdig. »Vielleicht kannst du, mein liebes Kind, mir dies etwas verständlicher machen.«

Seit der Ankunft ihres Vaters hatte Jean noch kein einziges Wort gesprochen. Sie saß kerzengerade mit gefalteten Händen auf einem Stuhl, und ihre traurigen Augen wanderten von dem Inspektor zu Jack und wieder zurück. Sie schüttelte langsam den Kopf.

»Ich kenne das Gewehr nicht, wußte überhaupt nicht, daß du eins besitzt. Aber bitte, Vater, bleib ruhig und beantworte doch alle Fragen, die man an dich richtet. Es liegt mir genausoviel daran wie dir, eine Erklärung dieses furchtbaren Vorfalls zu erhalten. Haben Sie meinem Vater von den Briefen erzählt, die gefunden wurden?«

Der Inspektor schüttelte den Kopf.

»Ich habe Ihren Vater vor seinem Eintreffen hier nicht gesehen.«

»Briefe?« Mr. Briggerland blickte seine Tochter fragend an. »Hat die arme Lydia einen Brief zurückgelassen?«

Sie nickte.

»Mr. Glover wird es dir schon erzählen, Vater. Lydia hat Mordon geliebt. Und was dann vorging, liegt ja ziemlich klar auf der Hand. Sie fuhren heute morgen weg und hatten nicht die Absicht, jemals wiederzukommen —«

»Mrs. Meredith kannte die Liebesbank überhaupt nicht und ist nur auf Zureden von Miss Briggerland dort hingefahren«, sagte Jack ruhig. »Mrs. Cole-Mortimer ist sich über diesen Punkt ganz sicher.«

»Ist ihre Leiche denn gefunden worden?« fragte Mr. Briggerland.

»Bis jetzt nur der Chauffeur«, war die Antwort des Inspektors.

Nach einigen weiteren Fragen zog der Beamte Jack Glover vor die Tür.

»Es hat ganz den Anschein, als ob es sich hier um eines jener Verbrechen aus Leidenschaft handelt, wie sie bei uns leider so häufig vorkommen. Mordon war Franzose. Mit der Polizei hat er schon oft genug zu tun gehabt, wie wir nach seiner Personalbeschreibung in Paris feststellen konnten.«

»Und Sie glauben, es ist keine Hoffnung, Mrs. Meredith —«

»Wir lassen die sehr tiefe Stelle unterhalb des Abhangs mit Grundnetzen absuchen, aber es ist sehr leicht möglich, daß der Körper ins offene Meer getrieben ist. Gegen die Leute hier liegt außer Ihrer Beschuldigung nichts weiter vor. Die Briefe könnten natürlich gefälscht sein, aber Sie sagen doch selbst, daß Sie Mrs. Merediths Handschrift mit Sicherheit erkennen.«

Jack nickte zustimmend.

Sie gingen auf das Auto zu, in dem der Beamte gekommen war, als Jack fragte: »Darf ich den Brief noch einmal sehen?«

Der Inspektor zog ihn aus der Brusttasche, und Jack las ihn von neuem durch.

»Ja, es ist ihre Handschrift.« Plötzlich rief er überrascht aus: »Haben Sie das hier bemerkt?« Er wies auf das kleine Anführungszeichen vor den Worten ›Mein lieber Freund‹.

»Anführungszeichen?« sagte der Beamte verblüfft. »Warum? — Das verstehe ich nicht.«

»Ich hab's!« rief Jack. »Der Roman! Mademoiselle Briggerland erzählte mir, daß sie an einem Roman arbeite, und ich erinnere mich auch, daß sie ihren Schreibkrampf erwähnte. Angenommen, sie hätte einen Teil des Romans Mrs. Meredith diktiert, und weiter angenommen, in diesem Teil käme ein Brief vor — was dann? Mrs. Meredith hätte ganz mechanisch bei Beginn eines Briefes Anführungszeichen gesetzt.«

Der Inspektor nahm ihm den Brief aus der Hand.

»Das ist möglich. Die Handschrift ist ruhig und gleichmäßig — zeigt nicht die geringste Aufregung oder Unsicherheit. Und die Initialen der Heldin der Erzählung können sehr gut ›L. M.‹ gewesen sein. Eine sehr geistreiche Hypothese und nicht ganz unwahrscheinlich. Wenn das Blatt hier aber der Teil eines Manuskriptes sein soll, müssen doch auch andere Bogen vorhanden sein. Soll ich das Haus durchsuchen?«

Jack schüttelte den Kopf.

»Sie ist viel zu gerissen, um so etwas im Hause zu behalten. Sehr wahrscheinlich hat sie alles andere verbrannt.«

»Wo denn?« fragte der Detektiv trocken. »In diesen Häusern gibt es keine Kamine — überall ist Zentralheizung — sie hätte höchstens in die Küche gehen können.«

»Das würde sie niemals tun«, sagte der junge Anwalt nachdenklich. »Nein, sie hat die Papiere im Garten verbrannt.«

Der Inspektor pflichtete ihm bei, und die beiden gingen in den Garten zurück.

Jean war in eifriger Unterhaltung mit ihrem Vater, als sie die beiden Männer zurückkommen sah und beobachtete, wie sie langsam über den Rasen dem Gehölz zuschritten. Sie schienen etwas auf dem Boden zu suchen.

»Jetzt möchte ich wissen, was die vorhaben«, fragte sie stirnrunzelnd.

»Ich werde mal hinausgehen und nachsehen.« Mr. Briggerland stand auf, aber sie hielt ihn fest.

»Glaubst du denn, sie werden es dir erzählen?« fragte sie sarkastisch.

Sie lief auf ihr Zimmer und beobachtete die beiden hinter der Gardine. Jetzt verschwanden sie aus ihrem Gesichtskreis. Jean ging eilig in Lydias Zimmer, von dessen Fenster aus sie ihnen nachblicken konnte. Sie sah, wie sich der Detektiv bückte und etwas vom Boden aufnahm. Jean biß die Zähne zusammen.

Man hatte nur ein Stückchen Papier gefunden, aber es war mit Lydias Handschrift bedeckt, und auch auf den verkohlten Stükken waren die Bleistiftzeichen noch deutlich zu sehen.

»›Laura Martin‹«, entzifferte der Inspektor, »und dann noch ›L. M.‹ — hier sind die Worte ›tragisch‹ und ›Gewissensbisse‹ —«

Die weitere Untersuchung der Asche förderte nichts Wichtiges zutage. Jean sah noch, wie sie die Auffahrt hinuntergingen, und suchte dann ihren Vater wieder auf.

»Ich war furchtbar erschrocken«, sagte sie.

»So siehst du aus!« Mr. Briggerland sah sie scharf an.

»Vater, du mußt dich darauf gefaßt machen, daß die Angelegenheit vielleicht sehr ungünstig für uns endet. Neunundneunzig Chancen, daß man nicht hinter die Wahrheit kommt — aber die hundertste macht mir Sorgen. Wir hätten Lydia ruhiger, in nicht so auffallender Weise, erledigen sollen. Hier war viel zuviel Melodrama und Schießerei, aber ich weiß wirklich nicht, wie wir es sonst hätten machen sollen — Mordon wurde zu gefährlich.«

»Wo ist denn Glover so schnell hergekommen?« fragte ihr Vater.

»Er war ja die ganze Zeit über hier.«

»Was sagst du da?«

Sie nickte.

»Er war der alte Jaggs. Daß ich nicht früher darauf gekommen bin!«

Er setzte die Teetasse nieder und fuhr sich mit seinem seidenen Taschentuch über die Lippen.

»Ich wünschte, die Sache wäre schon erledigt«, sagte er ängstlich. »Es sieht sehr schwarz für uns aus; wir werden noch viele Unannehmlichkeiten haben.«

»Zweifellos«, versetzte sie kühl. »Du kannst doch nicht erwarten, ein Vermögen von über sechshunderttausend Pfund ohne irgendwelche Unbequemlichkeiten in die Hände zu bekommen? Selbstverständlich wird man Verdacht auf uns haben. Aber der Verdacht muß schon sehr begründet sein, um mir Sorgen zu machen. Es wird nicht mehr lange dauern, dann sind wir in ruhigem Fahrwasser — für den ganzen Rest unseres Lebens.«

»Ich will es hoffen«, sagte er, aber ohne große Überzeugung.

Mrs. Cole-Mortimer war durch die ganzen Vorfälle so mitgenommen, daß sie das Bett aufsuchen mußte, aber Jean hatte keine Geduld, sich um sie zu kümmern.

Jean saß mit ihrem Vater bei Tisch, als ein Besucher erschien. Mr. Marcus Stepney.

Es fiel Jean auf, daß Marcus, sonst so korrekt, nicht im Abendanzug war.

»Kann ich Sie einige Augenblicke sprechen, Jean?«

»Was ist denn los? Um was handelt es sich denn?« rief Mr. Briggerland gereizt. »Haben wir denn noch nicht genug Geheimnisse?«

Marcus blickte ihn finster an.

»Darüber können wir später sprechen, wenn es Ihnen recht ist«, sagte er kurz, und Jean, die ihn gespannt beobachtet hatte, stand ohne ein weiteres Wort auf, warf sich ein Tuch über die Schultern und folgte Marcus in den Garten.

Zehn Minuten vergingen, zwanzig, und sie kamen nicht zurück. Mr. Briggerland wurde unruhig. Er stand auf, legte sein Buch beiseite und war schon halb durch das Zimmer, als sich die Tür öffnete. Jack Glover, gefolgt von dem Inspektor, trat zur Tür herein.

Der Franzose ergriff das Wort.

»Monsieur Briggerland, im Namen des Präfekten der Seealpen verhafte ich Sie!«

»Mich verhaften?« rief er mit klappernden Zähnen. »Warum denn — wessen beschuldigt man mich denn?«

»Des Mordes an François Mordon!«

»Unerhört — verdammte Lüge«, schrie Briggerland. »Ich weiß nichts von —« Seine Worte erstarben in einem Röcheln, er starrte an dem Detektiv vorbei.

Lydia Meredith stand auf der Türschwelle.

Kapitel 39

Der Morgen war voller Enttäuschungen für Mr. Stepney; wieder und wieder zog er die Angelleinen leer heraus, bis er sie schließlich mißmutig in das Boot warf.

»Nicht einmal die verdammten Fische wollen anbeißen«, brummte er, und der Doppelsinn seiner Bemerkung heiterte ihn etwas auf. Er war über zehn Meilen von der Küste entfernt, die sich in leichten, verschwommenen Linien vom Horizont abhob. Marcus holte den großen Frühstückskorb aus der Kabine und sah ihn mürrisch an. Zweihundert Franken hatte er bezahlen müssen und wofür? Er schlug den Deckel zurück und war beim Anblick des verlockenden Inhalts geneigt, seine erste Meinung zu ändern. Das Geld war doch nicht so ganz fortgeworfen; der umsichtige Oberkellner seines Hotels hatte sogar zwei halbe Flaschen Champagner einpacken lassen?

Mr. Marcus Stepney aß gemächlich, und als er die erste leere Flasche in die See geworfen hatte, waren seine Stimmung und seine Ansicht über das Leben im allgemeinen bedeutend besser geworden. Er packte die Reste ein, schob den Korb unter einen der Sitze, zog den Anker auf und kurbelte den Motor an.

Der Himmel erschien ihm blauer und die See noch schöner als am Morgen, und sogar seine Meinung über Jean Briggerland besserte sich etwas.

»Kleine Hexe«, sagte er lächelnd vor sich hin.

Dann öffnete er die zweite Flasche Champagner und trank feierlich auf das Wohl von Jean Briggerland. Die Sonne stieg höher, und er wurde schläfrig, war aber vernünftig genug, um sich zu sagen, daß ein Nachmittagsschläfchen mitten im Meer gefährlich sein könnte; er steuerte die »Jungle Queen« auf die nächste Bucht zu, in der Hoffnung, einen guten Landungsplatz zu finden.

In der Nähe der Küste fand er aber etwas viel Besseres. See und Stürme hatten im Lauf der Jahrhunderte eine tiefe Höhlung in eine steile Klippe gefressen, groß genug, um dort die »Jungle Queen« unterbringen, und tief und still genug, um sie dort sicher verankern zu können. Eine Kette kleiner Felsenriffe brach den Ansturm der Wogen, und so lag dieser kleine Hafen ruhig und ungestört. Als er den Anker fallen ließ, sah er in dem kristallklaren Wasser einen Schwarm Fische auffahren. Seine Anglerinstinkte erwachten Er ließ seine Leine hinunter, setzte sich behaglich in einen der beiden großen Korbstühle und schlummerte ein ...

Der Knall eines Schusses weckte ihn auf. Ein zweiter, ein dritter folgten kurz hintereinander. Beinahe im gleichen Augenblick fiel etwas von der Klippe herab — das Wasser spritzte hoch auf — und verschwand in der Tiefe.

Marcus war sofort wach und munter und sah die Gestalt einer Frau, die langsam wieder auftauchte. Ihr Gesicht wandte sich ihm zu. Es war Lydia! Ohne einen Augenblick zu zögern, sprang er ins Wasser.

Er hätte besser getan, zu warten, bis sie wieder an die Oberfläche kam, denn er hatte jetzt große Schwierigkeiten, mit seiner Last das Boot zu erreichen. Er ergriff eines der Taue an Bord, schlang es um die Hüfte Lydias und band sie fest. Dann kletterte er selbst ins Boot und zog sie herein. Zuerst glaubte er, sie sei tot; da aber vernahm er ihren leisen Herzschlag. In dem Frühstückskorb fand sich eine Flasche Brandy. Er flößte ihr etwas ein; sie sträubte sich, hustete krampfhaft und öffnete schließlich die Augen.

»Sie sind unter Freunden«, sagte Marcus unnötigerweise.

Langsam richtete sie sich auf und verbarg ihr Gesicht in den Händen. All der Schrecken, das Entsetzen der letzten Minuten waren ihr wieder zu Bewußtsein gekommen.

»Und nun erzählen Sie«, sagte Marcus freundlich. »Was ist denn passiert?«

»Ich weiß es selbst nicht genau«, antwortete sie schwach.

»Aber es war schrecklich, furchtbar!«

Marcus Stepney bot ihr noch etwas Brandy an. Als sie den Kopf schüttelte, trank er selbst.

Lydia fühlte Schmerzen in der linken Schulter. Der Ärmel war zerrissen, und über den Oberarm lief eine häßliche Wunde.

»Das sieht ja wie ein Streifschuß aus«, sagte Marcus Stepney sehr ernst. »Und ich habe auch einen Schuß gehört — ist denn auf Sie geschossen worden?«

Sie nickte.

»Wer?«

»Lydia versuchte, ein Wort herauszubringen. Es war unmöglich. Sie verfiel in einen Weinkrampf.

»Doch nicht Jean?« fragte er gepreßt. Sie schüttelte den Kopf.

»Briggerland?«

Sie nickte.

»Briggerland!« Mr. Stepney pfiff vor sich hin, und Lydia schauerte zusammen. »Wollen machen, daß wir hier herauskommen, sonst ziehen wir uns beide die schönste Erkältung zu. Die Sonne da draußen wird uns schon warm machen.«

Marcus warf den Motor an und fuhr vorsichtig durch die Klippen in die offene See hinaus. Er mußte sehr weit fahren, bevor er die Straße auf der Höhe erkennen konnte. Dann sah er das Auto und einen Gendarmen, der vom Rad stieg und sich über etwas zu beugen schien. Marcus legte das Fernrohr weg und wandte sich dem jungen Mädchen zu.

»Eine faule Geschichte, Mrs. Meredith. Gott sei Dank, daß ich damit nichts zu tun habe.«

»Wo fahren Sie jetzt hin?«

»Erst mal weiter hinaus.« Marcus lächelte etwas. »Aber machen Sie sich keine Sorgen, Mrs. Meredith. Ich möchte hören, was Ihnen zugestoßen ist. Ist es so, wie ich befürchte, so halte ich es in Ihrem Interesse für besser, daß Briggerland Sie vorläufig für tot hält.«

Sie erzählte ihm alles, soweit sie es wußte, und er hörte zu, ohne sie auch nur einmal zu unterbrechen.

»Mordon tot! Sehr faul. Aber wie wollen Briggerlands das alles erklären? Sagen Sie mal«, fügte er lächelnd hinzu, »Sie haben doch wohl nicht einen Brief geschrieben, daß Sie mit Mordon durchgehen wollten?«

Bei diesen Worten fuhr sie hoch.

»Ja, ich habe einen Brief geschrieben«, antwortete sie langsam. »Es war aber kein wirklicher Brief; er kam in einem Roman vor, den Jean mir diktierte.« Sie schloß die Augen. »Wie furchtbar — ich kann es auch jetzt noch nicht glauben.«

»Was war das für ein Roman?« fragte Marcus schnell.

»Eine Geschichte, die sie für ein Londoner Magazin schrieb; sie hatte Schreibkrampf, und ich schrieb für sie nach ihrem Diktat Es waren ja nur drei oder vier Seiten, aber eine von diesen enthielt einen Brief der Heldin, in dem sie sagte, daß sie verschwinden müsse, weil sie jemand unter ihrem Stande liebe.«

»Allmächtiger!« Marcus war ehrlich entsetzt. »Das hat Jean fertigbekommen?«

Er schien so bestürzt über das Gehörte, daß er lange Zeit kein Wort sagte.

»Ich bin froh, daß ich das weiß.«

»Glauben Sie wirklich, daß Jean die ganze Zeit hindurch versucht hat, mich — umzubringen?« fragte Lydia.

Er nickte.

»Sie hat jeden dazu gebrauchen wollen, sogar mich«, antwortete er bitter. »Ich möchte nicht, daß Sie zu schlecht von mir denken, Mrs. Meredith, aber ich werde Ihnen die Wahrheit erzählen. Der ›kleine gemeinsame Ausflug‹, den ich vorhatte, war als Zwölfhundert-Meilen-Fahrt geplant, und Sie sollten meine Begleiterin sein.«

»Ich?« fragte sie ungläubig

»Es war ursprünglich Jeans Gedanke, obwohl ich glaube, daß sie zuletzt ihre Meinung geändert hatte oder dachte, ich hätte ihre Vorschläge vergessen. Ich wollte mit Ihnen auf das Meer hinausfahren und Sie dort so lange festhalten, bis Sie einstimmten —« Er schüttelte den Kopf. »Ich glaube doch nicht, daß ich es fertigbekommen hätte.« Er sprach halb zu sich selbst. »Für so einen richtigen Verschwörer fehlt mir noch die Hauptsache. Gott sei Dank habe ich nicht einmal den Versuch gemacht.«

»Nein, Mr. Stepney«, antwortete sie ruhig, »und ich glaube auch nicht, daß Sie Erfolg gehabt hätten.«

Marcus wurde offenherzig und überraschte sie wieder und wieder, als er ihr von seiner Lebensweise erzählte und dabei auch nicht den geringsten Versuch machte, sich zu entschuldigen oder seine Handlungen zu beschönigen.

»Das Wasser ging mir bis an den Hals, und ich glaubte, ich

könnte auf diese Weise leicht zu Geld kommen; das reizte mich. Ich weiß, Sie halten mich für einen ehrlosen Menschen, aber wirklich, Mrs. Meredith, Sie können gar nicht zu schlecht von mir denken.«

Er blickte nach der Küste. Vor ihnen lief die grüne Zunge von Cap Martin in die See hinein.

»Ich glaube, es ist besser, ich bringe Sie nach Nizza. Dort verursachen wir weniger Aufsehen als hier, und vielleicht ist es mir möglich, Ihren alten Mr. Jaggs aufzutreiben. Haben Sie keine Ahnung, wo er zu finden ist? Auf jeden Fall kann ich von dort zur Villa Casa fahren und herausbekommen, was für ein Märchen in der Villa erzählt wird.«

»Und hoffentlich trocknen in der Zwischenzeit auch meine Sachen.« Sie verzog das Gesicht. »Ich glaube, Sie wissen gar nicht, wie unbehaglich ich mich fühle.«

»Sehr genau sogar. Bei jeder Bewegung, die ich mache, läuft mir ein neuer Strom kalten Wassers den Rücken hinunter.«

Gegen halb vier trafen Sie in Nizza ein.

Marcus brachte das junge Mädchen in einem Hotel unter, wechselte selbst seine Kleidung und fuhr mit der »Jungle Queen« nach Monaco zurück, wo er mit Briggerland zusammentraf.

Zwei lange Stunden hindurch kämpfte Marcus Stepney mit seiner Liebe zu einem Mädchen, das eine Mörderin war — und die Liebe gewann.

Als es dunkel wurde, schaffte er Proviant an Bord der »Jungle Queen«, kaufte Benzin und machte sich auf den Weg zum Badeplatz unterhalb der Villa Casa.

»Was wird mit meinem Vater?« fragte Jean, als sie an Bord der kleinen Jacht stieg.

»Ich glaube, er ist verhaftet.«

»Er kann das Gefängnis nicht ausstehen«, versetzte das junge Mädchen gleichmütig. »Und ich auch nicht, Marcus — beeilen Sie sich doch!«

Kapitel

40

Lydia zog in ein ruhiges Hotel in Nizza, wohin Mrs. Cole-Mortimer sie als Gesellschafterin begleitete.

Obgleich Lydia am ersten Tage keine Folgen der schrecklichen Ereignisse verspürte, war sie am nächsten so abgespannt, daß sie sich entschloß, im Bett zu bleiben.

Jack, der dies erwartet hatte, ließ einen Arzt rufen, doch wurde der von Lydia wieder weggeschickt. Bisher hatte sie nur kurz erwähnt, welche Rolle Marcus Stepney bei ihrer Rettung gespielt hatte, aber es genügte doch, um Jack zu veranlassen, in Stepneys Hotel vorzusprechen. Er wollte ihm persönlich danken. Mr. Stepney war jedoch nicht anwesend — er war auch die Nacht über nicht im Hotel gewesen, aber dies behielt der Portier diskret für sich. Auch in den darauffolgenden beiden Tagen wurde das Verschwinden der »Jungle Queen« nicht bemerkt; erst als Mrs. Cole-Mortimer ihre Abrechnung mit Hilfe Jacks in Ordnung brachte, wurde die Jacht erwähnt.

»Die ›Jungle Queen‹ ist doch das Motorboot? Ich habe es im Hafen liegen sehen und dachte, es gehöre Stepney.«

Sein Verdacht war erregt, er sprach noch einmal in Stepneys Hotel vor, diesmal aber in Begleitung eines Beamten. Jetzt erfuhr er, daß Mr. Stepney seit dem Abend von Briggerlands Verhaftung nicht mehr gesehen worden war.

»Auf diese Weise sind sie entwischt«, sagte Jack. »Stepney hatte das Mädel sehr gern, glaube ich.«

Der Kriminalbeamte war verärgert.

»Wenn ich das früher erfahren hätte, würden wir sie schon gefaßt haben. Im Hafen von Villefranche liegen Torpedoboote. Jetzt ist es wohl zu spät.«

»Wo sind sie Ihrer Meinung nach hingefahren?« fragte Jack.

Der Beamte zuckte die Schultern.

»Der Himmel weiß es. Nach Italien oder Spanien, möglicherweise Barcelona. Ich werde an den dortigen Polizeichef telegrafieren.«

Aber die Polizei in Barcelona konnte keine Auskunft geben. Die »Jungle Queen« war dort nicht gesichtet worden. Das Wetter war gut, die See ruhig — alles begünstigte die Flucht.

Die Nachforschungen ergaben, daß Mr. Stepney einige Tage

vor seiner Abreise große Mengen Benzin gekauft und noch am letzten Abend weiteren Betriebsstoff an Bord geschafft hatte. Auch ein großer Vorrat Proviant war auf die Jacht gebracht worden.

Seit dem Mord war schon eine Woche vergangen, als von der spanischen Polizeidirektion in Malaga ein Telegramm einlief. Ein Motorboot, das mit der Beschreibung der »Jungle Queen« übereinstimmte, war dort eingelaufen, hatte Proviant und Betriebsstoff an Bord genommen und war wieder abgefahren, bevor die Hafenpolizei eine nähere Untersuchung vornehmen konnte.

»Sie werden mich für närrisch halten«, sagte Lydia, »aber ich hoffe wirklich, sie entkommt.«

Jack lachte.

»Wenn Sie noch längere Zeit mit Jean Briggerland zusammengeblieben wären, würden Sie zweifellos eine erstklassige Verbrecherin geworden sein. Hoffentlich vergessen Sie nicht, daß sie genau hunderttausend Pfund mitgenommen hat — mit anderen Worten, den sechsten Teil Ihres Vermögens. Übrigens ist Briggerland an die italienischen Behörden ausgeliefert worden. Das Verbrechen wurde auf italienischem Boden begangen, und das rettet seinen Kopf vor der Guillotine.«

Sie schauderte.

»Und war wird aus ihm werden?«

»Lebenslänglich«, war die Antwort, »und ich halte das für noch etwas schlimmer als die Guillotine. Sie sagen, Jean tue Ihnen leid — mir geht es so mit dem alten Briggerland. Wenn er nicht versucht hätte, nach den Wünschen seiner Tochter zu leben, wäre er vielleicht ein sehr angesehenes Mitglied der menschlichen Gesellschaft geworden.«

Sie schlenderten durch die eigenartigen, engen Straßen von Grasse. Jack, der die alte Stadt kannte und liebte, zeigte ihr die Sehenswürdigkeiten.

»Ich glaube, ich muß mich jetzt irgendwo häuslich niederlassen«, sagte Lydia und schnitt eine Grimasse.

»Das glaube ich auch«, erwiderte Jack, »und dann müssen auch noch Ihre Abrechnungen fertiggemacht werden; das Honorar für Ihre Anwälte wird nicht so niedrig sein.«

»Warum sagen Sie das?« Sie blieb stehen und blickte ihn ernst an.

»Ich spreche als Ihr gewinnsüchtiger Anwalt.«

»Sie versuchen, all die Dienste, die Sie mir erwiesen haben, auf eine solche Basis zu stellen? Ich danke Ihnen alles, was ich habe, und mein Vermögen ist das wenigste dabei. Ich verdanke Ihnen dreimal mein Leben.«

»Viermal«, verbesserte er, »und einmal Marcus Stepney.«

»Warum haben Sie das alles für mich getan? Hatten Sie soviel — Interesse für mich?« fragte sie nach kurzer Pause.

»Sehr viel«, erwiderte er. »Vom ersten Augenblick an, als ich Sie aus Mr. Mordons Taxi steigen sah, ganz besonders aber —«

»Nun?« fragte sie.

»Als ich Nacht für Nacht vor Ihrer Zimmertür saß und entdeckte, daß Sie nicht einmal schnarchen«, sagte er schamlos.

Lydia wurde über und über rot.

»Ich hoffe, Sie werden mir gegenüber niemals wieder den alten Jaggs erwähnen. Es war —«

»Was denn?«

»Ich wollte sagen, es war abscheulich, aber das wäre auch nicht wahr«, gab sie freimütig zu. »Es war mir angenehm, Sie in der Nähe zu wissen. Die arme Mrs. Morgan wird untröstlich sein, wenn sie erfährt, daß wir unseren — Hausgenossen verloren haben.«

Sie traten in die Kühle der alten Kathedrale und setzten sich auf eine der Bänke.

»Wie beruhigend doch das Innere einer Kirche auf den Menschen wirkt«, flüsterte er. »Sehen Sie dort das wunderbare Fenster! Wenn ich jemals reich genug wäre, die Frau zu heiraten, die ich liebe, möchte ich in einer Kathedrale wie dieser hier getraut werden — kühl und hoch, voll alter Statuen und mit riesenhohen farbigen Fenstern.«

»Wie reich müßten Sie da sein?« fragte sie.

»So reich, wie sie ist.«

Sie beugte sich zu ihm, ihre Lippen lagen an seinem Ohr.

»Sagen Sie mir, wieviel Geld Sie haben«, flüsterte sie. »Und ich will verschenken, was ich mehr habe als Sie.«

Er ergriff ihre Hand, und so saßen sie still vor dem Altar von Ste. Cathérine, bis die Sonne unterging und eine mißbilligende alte Frau, die das Amt des Kirchenschließers hatte, ihnen vorwurfsvoll auf die Schultern klopfte.

Kapitel 41

»Dort liegt Gibraltar«, Marcus Stepney wies auf eine graue Silhouette, die am Horizont auftauchte. Er war unrasiert und litt unter der Kälte. Der Kragen seines Mantels war hochgeschlagen, und doch zitterte er an allen Gliedern.

Jean schien den plötzlichen Wechsel der Temperatur nicht zu empfinden. Sie saß auf dem Dach der Kabine, das Kinn in die Hand gestützt.

»Sie fahren nicht nach Gibraltar hinein?«

Er schüttelte den Kopf.

»Besser nicht, auch nicht nach Algeciras. Haben Sie den Kerl in Malaga gesehen, der uns vom Hafenkai aus nachbrüllte? Das war ein schlechtes Zeichen. Alle Hafenbehörden werden aufgefordert sein, das Boot festzuhalten.«

»Wie lange können wir noch fahren?«

»Wir haben Betriebsstoff und Vorräte genug, um bis nach Dacca zu kommen. Ungefähr noch acht Tage.«

»An der afrikanischen Küste?«

Er nickte, obgleich sie ihn nicht sehen konnte, da sie ihm den Rücken zuwandte.

»Wo können wir ein Schiff finden, das uns nach Südamerika bringt?« Sie dreht sich ihm zu.

»In Lissabon«, antwortete er überlegend. »Ja, wir könnten Lissabon erreichen, aber der Dampferverkehr ist dort zu groß, und es ist sicher, daß wir bemerkt werden. Dann könnten wir auch nach Las Palmas fahren. Die meisten Südamerika-Schiffe legen dort an, aber an Ihrer Stelle würde ich in Europa bleiben. Nehmen Sie doch mal das Steuer, Jean.«

Sie gehorchte ohne weitere Frage, und er setzte eine Arbeit fort, die durch eine kurze Mahlzeit unterbrochen war: das Übermalen des Schiffskörpers. Eine schwierige Arbeit, die sogar akrobatische Künste verlangte, da er sich weit über die Bordseiten hinaushängen mußte. Er hatte die graue Farbe in Malaga kaufen können, und glücklicherweise waren auch die Flächen nicht so groß, die er zu streichen hatte. Der stumpfe Mast der »Jungle Queen« war schon über Bord gegangen — am Tage nach ihrer Abreise von Cap Martin hatte er ihn mit unsäglicher Mühe abgesägt.

Jean beobachtete ihn kritisch, als er arbeitete. Er war ihr nie so abstoßend vorgekommen wie jetzt, mit seinem acht Tage alten Bart, seinem beschmutzten und zerrissenen Hemd. In dieser Vogelscheuche mit den rauhen und schmutzigen Händen würde niemand den eleganten Lebemann von früher erkannt haben.

Und doch hatte sie Grund, ihm dankbar zu sein. Sein Verhalten ihr gegenüber war in jeder Beziehung einwandfrei. Nicht ein Wort von Liebe war gesprochen worden. Nicht ein einziges Mal waren ihre zukünftigen Pläne erwähnt worden.

»Gesetzt den Fall, wir erreichen unbehelligt Südamerika, was dann, Marcus?« Er blickte überrascht von seiner Arbeit auf.

»Wir heiraten«, antwortete er ruhig, und Jean lachte.

»Und die jetzige Madame Stepney?«

»Sie hat sich von mir scheiden lassen«, war Stepneys unerwartete Antwort. »Ich erhielt die Papiere am Tage unserer Abreise.«

»So, so«, sagte Jean sanft. »Wir heiraten —«

Er blickte wieder zu ihr hinüber und runzelte die Brauen.

»Ist denn das nicht auch Ihre Absicht?«

»Heiraten? Ja, das ist auch meine Meinung. Es scheint mir zwar ein etwas uninteressanter Abschluß zu sein, und doch wird nichts anderes übrigbleiben.«

Marcus hatte sich wieder seiner Arbeit zugewandt und lehnte sich weit über den Bug hinaus. Plötzlich riß sie das Steuer ganz herum, und das Boot legte sich scharf auf die Seite. Einen Augenblick schien es, als ob Marcus Stepney sein Gleichgewicht nicht wiederfinden könnte, aber mit übermenschlicher Anstrengung gelang es ihm, sich in Sicherheit zu bringen, und er starrte sie mit leichenblassem Gesicht an.

»Warum haben Sie das gemacht?« fragte er heiser. »Es fehlte nicht viel, und ich war über Bord.«

»Ein großer Tümmler trieb auf der Oberfläche, schlafend, wie ich glaube«, antwortete sie ruhig. »Es tut mir wirklich sehr leid, Marcus, aber ich habe nicht daran gedacht, daß Sie Ihr Gleichgewicht verlieren könnten.«

Er blickte sich nach dem schlafenden Fisch um, der aber verschwunden war.

»Sie haben mir doch gesagt, ich sollte ihnen möglichst aus dem Wege gehen«, rief sie bedauernd. »Habe ich Sie wirklich in Gefahr gebracht?«

Er fuhr sich mit der Zunge über die trockenen Lippen, nahm

Farbtopf und Pinsel auf und warf sie in die See.

»Wir wollen das lieber lassen, bis wir irgendwo an der Küste sind. Sie haben mir einen heilsamen Schreck eingejagt, Jean.«

»Wenn Sie wüßten, wie leid mir das tut! Kommen Sie her und setzen Sie sich zu mir.«

Sie rückte etwas, um ihm Platz zu machen, und er nahm ihr das Steuerruder aus der Hand.

Am Horizont tauchten jetzt die Gipfel Nordafrikas mit ihren zerrissenen Linien auf.

»Marokko.« Er zeigte auf die Küste. »Ich halte es für besser, Gibraltar links liegen zu lassen und längs der Küste bis nach Tanger zu fahren.«

»Tanger wäre gar nicht so schlecht, wenn wir nicht zwei wären«, fuhr er fort; »wir beide zusammen auf dieser Jacht — das erregt natürlich Verdacht. Man könnte sonst leicht vorgeben, von Gibraltar herübergekommen zu sein. Die Hafenbehörden sind sehr nachlässig.«

»Vielleicht können wir an der Küste landen«, schlug er vor. »Die Landung ist nicht schwierig, wir würden am Strand entlanglaufen und morgens in Tanger eintreffen — alle Sorten Menschen tauchen in Tanger auf, ohne aufzufallen.«

Jean blickte über die See. Ein eigenartiger Ausdruck lag auf ihrem Gesicht.

»Marokko«, sagte sie leise. »Marokko — daran habe ich gar nicht gedacht!«

Kurze Zeit später hatten sie einige sehr unangenehme Minuten durchzumachen. Ein niedriges graues Etwas brauste aus der Dunkelheit heran. Stepney riß das Ruder herum, als das Torpedoboot auf seinem Weg nach Gibraltar an ihnen vorbeischoß.

Er sah die Lichter verschwinden, plötzlich aber drehte das Kriegsschiff bei.

»Sie suchen uns«, sagte Marcus.

Die Dunkelheit war hereingebrochen, und er steuerte direkt auf die Küste zu.

Es konnte kein Zweifel bestehen, daß das Torpedoboot sie suchte. Ein weißer Lichtstrahl schoß von seinem Deck hervor und glitt langsam über die See. Schon glaubten sie, entkommen zu sein, als der Strahl auf das Boot fiel und es festhielt. Eine Sekunde später hatte er sie wieder verloren und begann sein Suchen von neuem. Jetzt hatte er sie wieder, aber — die Luft verdichtete sich, ein Nebel stieg auf. Das blendende Licht des Scheinwerfers war getrübt.

Ein Kanonenschuß dröhnte.

»Zeichen für uns, beizudrehen«, stieß Marcus zwischen den Zähnen hervor.

Er steuerte nach Süden — ein unvorsichtiges Unternehmen, denn er kam in klares Wasser und erreichte den Schutz der Nebelbank gerade, als der Lichtkegel an ihr entlangglitt.

»Sie sind auf der Suche nach uns«, sagte Marcus wieder von neuem.

»Das haben Sie schon einmal gesagt«, war Jeans ruhige Antwort.

»Wahrscheinlich hat das Torpedoboot Nachricht nach Tanger gegeben. Wir dürfen es nicht wagen, mit dem Boot dort einzulaufen«, sagte Stepney, dessen Nerven zu versagen drohten. »Das da links muß Cutra sein, die spanische Sträflingskolonie.«

Er ließ das Boot langsamer laufen und steuerte vorsichtig parallel der Küste entlang, bis das Blinkfeuer eines Leuchtturms ihnen ihre Position klarer machte.

»Cap Martel! Wir können bald an Land gehen. Ich habe mich drei Monate in Marokko aufgehalten und glaube, man kann ganz bequem am Strand bis nach Tanger laufen.«

Jean ging in die Kabine, brachte, soweit sie konnte, ihre Kleidung in Ordnung, und als der Bug der »Jungle Queen« sacht auf der Sandküste auflief, war sie bereit.

Marcus trug sie ans Land, dann drehte er das Boot nach der See hinaus; das Heck lag noch fest im Ufersand, in vielleicht drei Fuß Wasser. Er sprang an Bord, band das Ruder fest, kurbelte den Motor an und schaltete den Gang ein. Als das Boot sich in Bewegung setzte, sprang er ins Wasser und watete zum Strand zurück. Dort stand er und starrte der »Jungle Queen« nach, die mit immer größer werdender Geschwindigkeit in der Dunkelheit verschwand.

»So, das wäre erledigt«, sagte er erleichtert. »Und jetzt haben wir einen Marsch von ungefähr zehn Meilen vor uns.« Aber er hatte sich verrechnet. Die Entfernung zwischen ihnen und Tanger betrug mehr als fünfundzwanzig Meilen und schloß verschiedene große Umwege in das Land ein. Die Gegend war völlig unbewohnt, mit der einzigen Ausnahme, daß dort zu diesem

Zeitpunkt Muley Hafiz sein Lager aufgeschlagen hatte. Er stand in Verhandlungen mit der spanischen Regierung über einen jener ›ewigen Frieden‹, die, wenn es gutgeht, manchmal sogar Jahre hindurch anhalten.

Muley Hafiz trank seinen Mitternachtskaffee und lauschte den Klängen eines reichverzierten Grammophons, das in der Ecke seines geräumigen Zeltes stand.

Eine Stimme vor dem seidenen Zeltvorhang rief ihn an, und er stellte das Grammophon ab.

»Was gibt es?«

»O Herr, wir haben einen Mann und eine Frau gefangen, die die Küste entlangkamen.«

»Es sind Rifleute — laß sie laufen«, sagte Muley auf arabisch. »Wir wollen Frieden machen, mein Sohn, und keinen Krieg.«

»Herr, es sind Ungläubige — Engländer, glaube ich.«

Muley Hafiz strich seinen kleinen Bart.

»Bringe sie her!«

Und so wurden sie vor Muley Hafiz gebracht — ein Mann in Lumpen und ein junges Mädchen, bei dessen Anblick Muley leicht zusammenfuhr.

»Meine junge Freundin von der Riviera!« rief er erstaunt aus, und das Lächeln, das ihn grüßte, erschien seinem Herzen wie ein Sonnenstrahl.

Er erhob sich. Eine prachtvolle Mannesfigur; Jean blickte ihn bewundernd an.

»Es tut mir leid, wenn meine Leute Sie erschreckt haben sollten. Sie haben nichts zu befürchten, Madame, ich werde Ihnen Soldaten mitgeben, um Sie sicher nach Tanger geleiten zu lassen.« Dann zog er nachdenklich die Brauen zusammen. »Wo kommen Sie her?«

Dem ruhigen Blick dieser klaren Augen gegenüber konnte sie nicht lügen.

»Wir sind mit unserem Boot an der Küste gelandet und haben dann den Weg verloren.«

Er nickte bedächtig.

»Sie müssen die sein, die man sucht«, sagte er. »Einer meiner Spione kam heute nacht von Tanger und erzählte mir, daß die spanische und französische Polizei nach einer Frau suchten, die in Frankreich ein Verbrechen begangen haben soll. Ich kann nicht glauben, daß Sie diese Frau sind — wenn es aber wirklich der Fall ist, würde ich sagen, das Verbrechen ist verzeihlich.«

Er blickte auf Marcus.

»Oder vielleicht«, sagte er langsam, »ist es Ihr Begleiter, nach dem sie fahnden.«

Jean schüttelte den Kopf.

»Nein, mit ihm haben sie nichts zu tun — mich suchen sie.«

Er wies auf ein Kissen.

»Nehmen Sie Platz, bitte«, und setzte sich selbst.

Marcus allein blieb stehen und fragte sich, welches Ende diese eigenartige Situation haben werde.

»Was wollen Sie nun tun, Madame? Wenn Sie nach Tanger gehen, befürchte ich, Sie nicht mehr schützen zu können, aber — dort draußen in den Bergen liegt eine Stadt«, er hob leicht die Hand, »viele Meilen von hier, eine Stadt, umgeben von grünen Hügeln, eine Stadt, wo schöne, kühle Quellen aus dem Boden hervorsprudeln — eine Stadt, in der ich Herr bin.«

Sie atmete tief auf.

»Ich will in die Stadt in den Bergen«, sagte sie leise, »und der Mann hier —« Sie zuckte die Schultern. »Was mit ihm geschieht, kümmert mich nicht.« Mit einem belustigten Lächeln sah sie auf Marcus, der sie fassungslos anstarrte.

»Dann soll man ihn auf den Weg nach Tanger bringen.«

Marcus Stepney ging, aber nicht allein. Er hatte die fünf Millionen Franken bei sich, die das junge Mädchen mit an Bord gebracht hatte. Jean dachte erst an das Geld, als sie schon weit auf dem Weg zur Stadt in den Hügeln war. Doch in diesem Augenblick war Geld ohne Interesse für sie.

EDGAR
WALLACE

BEI DEN 3 EICHEN

Roman

Aus dem Englischen
von Mercedes Hilgenfeld

1

»Mord ist weder eine Kunst noch eine Wissenschaft; Mord ist Zufall!« behauptete Socrates Smith. Lex Smith, der für seinen berühmten Bruder große Bewunderung empfand, mußte grinsen.

Ein größerer Gegensatz zwischen zwei Männern war kaum vorstellbar. ›Soc‹ Smith, nahe den Fünfzigern, war von langer, hagerer Gestalt und hielt sich ein wenig gebeugt. Sein zerfurchtes Gesicht schien aus einem Stück Teakholz geschnitzt zu sein; über den schmalen Lippen des energischen Mundes saß ein eisgraues Bärtchen.

Lex war fünfundzwanzig Jahre jünger und fünf Zentimeter kleiner, aber seine Haltung war so aufrecht, daß die meisten Menschen die beiden Brüder für gleich groß hielten; und hätte jemand aus dem Stegreif sagen sollen, wer von beiden der größere sei, würde er ohne Zögern den gutaussehenden Lex genannt haben.

»Oh, Onkel Soc«, sagte Lex ehrerbietig, »was für ein Aphorismus!«

Der Ältere warf ihm einen scharfen Blick zu: »Wenn du das als einen Aphorismus bezeichnest, bist du dumm! Reich mir die Marmelade.«

Sie saßen beim Frühstück in ihrem geräumigen Eßzimmer, dessen Fenster auf den Regent's Park hinausgingen.

Die Brüder bewohnten zwei Stockwerke eines Hauses, das Socrates in jungen Jahren gekauft hatte. Damals trug er sich noch mit dem Gedanken, eines Tages zu heiraten. Aber er hatte einfach keine Zeit gehabt, sich eine Frau zu suchen, und so verausgabte er das, was Lex seinen »mütterlichen Instinkt« nannte, in der Betreuung seines jungen Bruders.

Das Leben von Socrates war immer so mit rastloser Arbeit ausgefüllt gewesen, daß ihm keine Zeit für romantische Gefühle blieb; und den listigen Bemühungen seiner Tante, ihn in eine Ehe zu hetzen, widerstand er durch den glücklichen Zufall, daß damals der Tollemarsh-Mord jeden seiner Gedanken in Anspruch nahm. Er war heute noch dankbar dafür, denn die damals in Aussicht genommene Dame war inzwischen bereits dreimal als

Hauptfigur in Scheidungsprozessen hervorgetreten, und man konnte, ohne sich einer Übertreibung schuldig zu machen, sagen, sie war stadtbekannt!

Soc, dessen Ruf als Kriminalist weit über die Grenzen Englands bekannt war, hatte seine Laufbahn als einfacher Polizist begonnen. Wahrscheinlich gab es weder vorher noch nachher einen Polizeiwachtmeister, der Tag und Nacht seine Runden ging, aber seine Mußestunden in einem der exklusivsten Klubs von London verbringen konnte.

Sein Privatvermögen sicherte ihm ein beträchtliches Einkommen; dennoch machte er willig die harte Lehrzeit als einfacher Polizist durch, da zu jener Zeit einzig und allein der Dienst in der uniformierten Abteilung den Zutritt zu den Archiven der Kriminalpolizei ermöglichte.

Den Ursachen und Erscheinungsformen des Verbrechens, den Maßnahmen zu seiner Verhütung und Bekämpfung, kurz, dem Studium der Kriminalistik nachzugehen, war Socrates Smiths große Passion, für die er mit Freuden jede Unbequemlichkeit auf sich genommen hatte.

Vier Jahre lang hatte er abwechselnd Büro- und Außendienst getan, wurde erstaunlich schnell zum Sergeanten befördert und kam dann um seine Entlassung ein, um sich dem Studium der ausländischen Polizeimethoden und dem noch fesselnderen der Anthropologie zu widmen.

Scotland Yard ist eine sehr argwöhnische Behörde, die jedem Außenstehenden mißtraut und zu begeisterten Amateuren eine eisige Distanz wahrt. Soc indessen hatte, dank seiner hervorragenden Fähigkeiten, den Yard mit den besten Wünschen der Direktion verlassen. Auch nach seinem Ausscheiden wurde er stets bei besonders schwierigen Fällen zur Mitarbeit herangezogen, denn Soc war nicht nur eine anerkannte Autorität auf dem Gebiet der Spurenermittlung und der Fingerabdrücke, sondern er war auch der erste, der die Spektral- und Guajakanalysen bei der Entdeckung von Blut auf Kleidungsstücken weiter entwikkelt hatte.

»Welchen Zug wollen wir nehmen?« erkundigte sich Lex.

»Zwei Uhr vom Waterloo-Bahnhof«, antwortete der Ältere.

»Werde ich mich sehr langweilen müssen?«

»Ja«, versetzte Soc, ein lustiges Zwinkern um die Augen, »aber das wird dir gut tun. Langeweile ist die einzige Zucht, der die Jugend nicht entwischen kann.«

Lex lachte. »Du strömst heute morgen förmlich über von weisen Worten. Prophetische Gabe erleuchtete jene, die dich Socrates tauften«, deklamierte er feierlich.

Socrates Smith hatte schon lange seinen Eltern den ungewöhnlichen Vornamen verziehen. Sein Vater war ein reicher Eisenfabrikant gewesen, der für die Antike schwärmte, und nur dem heftigen Widerstand der Mutter verdankte es der zweite Sohn, daß er nicht als Aristophanes durchs Leben ging.

»Wenn der Familienname eines Kindes Smith ist, meine Liebe«, hatte Smith senior sehr richtig erklärt, »so sollte etwas Auffallendes, etwas Außergewöhnliches davor stehen!«

Schließlich hatten sich die Eltern darauf geeinigt, ihren jüngeren Sohn Lexington zu nennen, da der Junge in Lexington Lodge geboren war.

»Ich ströme über von weisen Worten?« wiederholte Soc Smith schmunzelnd. »Hier hast du noch eins: Vertrauliche Nähe ist gefährlicher als Schönheit!«

Lex starrte ihn verständnislos an. »Was meinst du damit?«

»Nun, Mandles Tochter ist ein reizendes Mädchen, und du wirst drei Tage mit ihr im gleichen Haus leben!«

»Blödsinn!« entgegnete der junge Mann etwas formlos. »Ich verliebe mich nicht in jedes Mädchen, das mir begegnet.«

»Viele sind dir ja auch noch nicht begegnet.«

Später am Vormittag unterbrach Lex sein Packen, um in das Schlafzimmer seines Bruders zu schlendern. Socrates hatte Schwierigkeiten, alle seine Sachen in einem einzigen, reichlich schäbigen Handkoffer unterzubringen, und fluchte ausgiebig.

»Warum willst du denn dein Mikroskop mitschleppen?« nörgelte Lex mit einem unzufriedenen Blick auf den braunen Holzkasten. »Es ist doch sehr unwahrscheinlich, daß du in Hindhead auf einen Mörder stößt.«

»Man kann nie wissen.« Socrates' Stimme klang hoffnungsvoll. »Packe ich es nicht ein, so wird sich sicherlich etwas ereignen. Nehme ich es aber mit, haben wir vermutlich ein friedliches Wochenende.«

Lex fiel wieder ein, warum er seinen Bruder aufgesucht hatte. »Was für eine Art Mensch ist Mandle eigentlich?«

»Er war ein ausgezeichneter Kriminalbeamter. Es ist zwar nicht leicht, mit ihm umzugehen, aber als er den Dienst auf der Höhe seiner Laufbahn quittierte, verlor die Polizei einen tüchtigen Mann. Er nahm damals gemeinsam mit Stein den Abschied, der ganz in seiner Nähe wohnt – äh, sozusagen in Steinwurfweite.«

»Schwacher Witz!« bemerkte sein kritisch veranlagter Bruder. »War Stein gleichfalls Inspektor bei der Kriminalpolizei?«

»Nur Sergeant«, antwortete Socrates. »Die beiden waren unzertrennlich. Als Mandle seinerzeit an der Börse zu spekulieren begann, tat Stein dasselbe, und sie heimsten eine Menge Geld ein. Mandle machte übrigens gar kein Geheimnis daraus. Er erklärte dem Chef, daß er nicht zwei Tätigkeiten gleichzeitig nachgehen könne, und daß er daher den Entschluß gefaßt habe, den Dienst an den Nagel zu hängen.«

Prüfend hielt Socrates Umschau, ob noch etwas einzupacken sei, und fuhr dann fort: »Es ist möglich, daß auch Enttäuschung und Unzufriedenheit zu diesem Entschluß beigetragen haben. Mandle brannte damals darauf, Deveroux zu fassen, der den Raub in der Lyoner Bank ausgeführt hatte. Der entwischte ihm aber und entkam nach Südamerika. Außerdem gab es noch einen oder zwei Fälle, die ihm daneben gingen und ihm einen inoffiziellen Verweis vom Chef einbrachten. Nichtsdestoweniger ging es dem Alten sehr gegen den Strich, als Mandle ausschied ... Auch Stein war ein ganz gescheiter Bursche, und so verlor der Yard zu einer Zeit, als er keinen Mann entbehren konnte, zwei wirklich tüchtige Leute auf einmal.«

»Drei, alter Knabe!« verbesserte Lex und versetzte seinem Bruder einen freundschaftlichen Rippenstoß. »Du bist doch auch etwa zur gleichen Zeit ausgetreten!«

»Das schon!« meinte Socrates obenhin. »Aber ich zähle nicht mit.«

2

›Waldfrieden‹, Mandles Haus, lag sehr schön am Abhang eines Hügels. Vier Morgen mit Kiefern und Stechginster bewachsenes Land umgaben das Gebäude so dicht, daß es vom Weg aus unsichtbar blieb. Die nächste Ortschaft Hindhead befand sich eine Meile entfernt, und von den sanft abfallenden Rasenflächen seines Besitzes konnte John Mandle weite Strecken einer anmutigen Landschaft überblicken.

Er saß, ein warmes Fell über den Knien, im Wohnzimmer und starrte verdrossen durch die Terrassentür ins Grüne. Mandle war ein grimmiger grauhaariger Mann mit energischem Gesicht und kantigen Kinnbacken, dessen düsteres Wesen seine Umgebung zu überschatten schien.

Ein junges Mädchen, das mit der Post hereinkam, blieb schüchtern neben ihm stehen, während er die Briefe las.

»Kein Telegramm von Smith?« knurrte er.

»Nein, Vater.«

Socrates Smith hatte nicht übertrieben, als er Molly Templeton reizend genannt hatte. In Gegenwart ihres Stiefvaters zeigte sie sich allerdings so zurückhaltend wie nur möglich. Offensichtlich fürchtete sie den Mann, haßte ihn wahrscheinlich sogar in der Erinnerung an ihre unglückliche verstorbene Mutter.

Mandle besaß keine eigenen Kinder und schien auch nie welche entbehrt zu haben. Er verhielt sich dem jungen Mädchen gegenüber wie der Hausherr zu einem besseren Dienstboten; in der ganzen Zeit ihres Zusammenlebens hatte er nie die geringste Zärtlichkeit oder auch nur Rücksichtnahme gezeigt. Vor Jahren hatte er, einer Laune folgend, das Kind aus einem guten Internat weggeholt, mitten heraus aus einem netten Kreis gleichaltriger Mädchen. Er hatte die Kleine in die gespannte Atmosphäre von ›Waldfrieden‹ verpflanzt, in die Gesellschaft einer nervenkranken Frau und eines finsteren, unzugänglichen Mannes, der oft tagelang kein Wort sprach. Molly fühlte, daß er sie um das Glück, das die Schule ihr bedeutete, betrogen hatte; betrogen auch um die Ausbildung, durch die sie unabhängig hätte werden können, und betrogen um ihren Glauben an die Menschen.

»Sind die Zimmer fertig«?« fuhr Mandle sie an.

»Ja, Vater.«

»Tu dein Bestes, um es unseren Gästen behaglich zu machen. Socrates Smith ist ein alter Freund von mir.«

Ein kleines Lächeln spielte um Mollys Mund.

»Socrates! Was für ein lustiger Name!«

»Wenn er ihm selbst gut genug ist, hat er es auch für dich zu sein!« fauchte John Mandle. Sie schwieg.

»Zehn Jahre habe ich ihn nicht mehr gesehen«, fuhr er fort, und seine Stieftochter wußte, daß er laut dachte; denn nie und nimmer würde er sich die Mühe genommen haben, mit ihr vertraulich zu reden. »Zehn Jahre ...! Ein heller Kopf ... Ein großartiger Mensch!«

Molly versuchte noch einmal ein Gespräch anzuknüpfen.

»Er ist ein großer Detektiv, nicht wahr?« fragte sie und erwartete, wieder angefahren zu werden. Doch zu ihrer Überraschung nickte er.

»Der größte und geschickteste in der Welt – bestimmt jedenfalls in England. Und nach allem, was ich hörte, tritt sein Bruder in seine Fußstapfen.«

»Ist der Bruder noch jung?«

Ein kalter Blick schoß unter John Mandles zottigen Augenbrauen auf das junge Mädchen hervor.

»Fünfundzwanzig«, sagte er. »Und merk dir ein für allemal, daß ich keine Liebeleien dulde.«

Mollys hübsches Gesicht wurde rot; ihr rundes Kinn hob sich mit einem Ruck.

»Ich habe nicht die Gewohnheit, mit deinen Gästen Liebeleien anzufangen«, wehrte sie sich empört. »Warum sagst du mir so etwas?«

»Das genügt!« Er kniff die Lippen zusammen.

»Für dich, aber nicht für mich«, rief sie zornig. »Seit Mutters Tod habe ich deine Tyrannei ertragen – aber jetzt ist meine Geduld zu Ende. Ich halte es hier nicht länger aus!«

»Wenn es dir nicht mehr gefällt, kannst du ja gehen!«

»Das habe ich auch vor. Sobald deine Gäste abgereist sind, gehe ich nach London, um zu arbeiten.«

»Da wird was Gutes draus werden!« spottete er, ohne den Kopf nach ihr zu wenden. »Was kannst du denn?«

»Durch deine Schuld kann ich gar nichts. Hättest du mich auf der Schule gelassen, hätte ich wenigstens soviel gelernt, um selbst mein Brot verdienen zu können.«

Ein höhnisches Lachen antwortete ihr.

»Du redest Blech, Molly. Vergiß nicht, daß du keinen Pfennig erbst, wenn du mich vor meinem Tode verläßt.«

»Ich will dein Geld gar nicht – ich habe es nie gewollt!« rief sie erregt aus. »Meine Mutter vermachte mir ein paar Schmucksachen . . .«

»Die ich ihr gekauft habe«, unterbrach er sie. »Sie hatte nicht das Recht, sie dir zu vermachen.«

»Bis heute habe ich ja noch nichts davon gesehen.«

Molly wandte sich um und ging zur Tür, als er sie zurückrief.

Noch nie hatte seine Stimme so gutmütig geklungen, und bei dieser unerwarteten und ungewohnten Sanftmut zögerte sie unwillkürlich.

»Molly, du mußt Nachsicht mit mir haben – ich bin ein sehr kranker Mann!«

Sie wurde weich.

»Es tut mir leid, Vater. Schmerzen deine Knie sehr?«

»So sehr, daß ich nicht stehen kann«, ächzte er. »Gerade jetzt, wo ich einen alten Freund erwarte, meldet sich der verdammte Rheumatismus wieder und wird mich wohl eine Woche ans Bett fesseln . . . Schick mir gleich die Leute mit dem Rollstuhl; ich will in mein Arbeitszimmer.«

Mit Hilfe von Kammerdiener und Gärtner wurde John Mandle in den großen luftigen Raum gebracht, den er an das Haus angebaut hatte und in dem er arbeitete und zuweilen schlief, wenn rheumatische Anfälle ihm das Treppensteigen unmöglich machten.

Als am Nachmittag der Wagen Socrates Smith und seinen Bruder Lexington brachte, stand John Mandles Rollstuhl vor dem Haus.

»Hallo!« rief Soc überrascht. »Was ist mit Ihnen los, John?«

»Dieses elende Rheuma!« knurrte der andere. »Freut mich,

daß Sie gekommen sind, Socrates. Sie haben sich nicht im geringsten verändert!«

»Dies ist mein Bruder«, stellte Socrates vor.

Molly bekam die Gäste erst zu sehen, als Lexington den Rollstuhl zum Tee ins Wohnzimmer schob; ihr Anblick ließ den jungen Mann den Atem anhalten.

»Sie ist entzückend, Socrates«, schwärmte er, sobald die Brüder allein waren. »Zauberhaft. Hast du jemals solche Augen gesehen? Und dieses Haar! Sind dir die schönen Beine nicht aufgefallen?«

»Hör auf, Lex«, wehrte Socrates ab. »Wenn ich daran denke, daß ich selbst dich hierher gebracht habe, und damit vielleicht die Mühe langer Jahre umsonst war ...«

Der Jüngere ließ ihn nicht ausreden.

»Red keinen Unsinn! Als ob du nicht sehr genau wüßtest, was für eine blendende Erscheinung sie ist!«

»Sie ist nicht übel«, gab Socrates vorsichtig zu, »aber für mich ist sie eben nichts weiter als ein Mädchen.«

»Du bist ein Unmensch und ein Spießer!«

»Beides zusammen kann ich nicht sein«, philosophierte der Ältere.

»Was mir übrigens auffiel ...«

Er stockte aus Loyalität gegenüber seinem Gastgeber.

»Aha«, entfuhr es Lex erwartungsvoll. »Du meinst sicher die ruppige Art, in der er sie behandelt!«

Socrates nickte nachdenklich.

»Er ist brutal«, erklärte Lex nachdrücklich. »Und ein Mann, der so schlechte Manieren hat, daß er mit einer jungen Dame umspringt als wäre sie ein Hund, ist für mich unbegreiflich. Hast du gehört, wie er sie wegen des Zuckers angeschrien hat?«

»Ich habe das Gefühl, daß er sie haßt – und auch sie wird ihm keine liebevollen Gefühle entgegenbringen ... Ein interessanter Haushalt, Lex; ich habe das Gefühl, daß John Mandle sich vor irgend etwas entsetzlich fürchtet.«

»Er fürchtet sich?«

Socrates nickte wieder, denn er hatte in den Augen seines einstigen Kollegen eine schlecht verhohlene Todesangst bemerkt.

3

»Aber wovor fürchtet er sich denn?«

Lexington zog die Augenbrauen hoch.

»Das möchte ich auch gern wissen«, entgegnete Socrates gedehnt.

»Hast du den Alarmdraht am Tor und das elektrische Türschloß am Arbeitszimmer gesehen? Natürlich ist dir nichts aufgefallen, denn du bist ja noch ein Lehrling. Und hast du die in Reichweite liegenden Revolver bemerkt, sowohl im Arbeitszimmer als auch in seinem Schlafzimmer? Und den dreifachen Spiegel über seinem Schreibtisch, so daß er alles beobachten kann, was sich hinter seinem Rücken und zu beiden Seiten abspielt ...? Ich sage dir, er hat eine Heidenangst!«

Lexington starrte seinen Bruder an.

»Das erklärt vielleicht auch seine schlechte Laune und – sieh da, Bob Stein!« unterbrach Soc sich plötzlich und ging quer über den Rasen auf einen massiven, breitschultrigen Mann mit gutmütigem Gesicht zu, der seine Begrüßung so laut herausbrüllte, daß sie meilenweit gehört werden konnte.

»Soc, Sie sind ja noch magerer als früher! Verflixt, ein Knochengerüst, das durch Pergament zusammengehalten wird. Essen Sie denn überhaupt manchmal?«

»Und Sie sind noch geradeso ohrenbetäubend wie früher«, entgegnete Socrates Smith lachend, während er die mächtige Pranke des anderen schüttelte, der sich nach dem Hausherrn umschaute.

»Er stöhnt gerade unter den Händen des Masseurs«, gab Lexington Auskunft.

»Das ist wohl Ihr Bruder, Socrates? Sieht gut aus, wirklich gut! Finden Sie nicht auch, Miss Templeton?«

Mollys Augen sprühten lustig angesichts Lexingtons Verlegenheit.

»Ich kann kein Urteil über männliche Schönheit abgeben, Mr. Stein«, meinte sie sittsam, »da ich niemanden außer Vater und Ihnen sehe.«

Bob Stein schüttelte sich vor Lachen über diesen boshaften

Pfeil und schlug sich schallend auf die Schenkel, wodurch ihm das Leiden seines Freundes wieder ins Gedächtnis zurückgerufen wurde.

»Der arme John hat böse Zeiten mit seinem Rheumatismus durchzumachen, scheußliche Zeiten! Was ihm nottut, ist ein wenig Zuversicht und etwas mehr Religion.«

Socrates musterte ihn scharf.

»Das ist ja eine ganz neue Tonlage bei Ihnen, Bob.«

»Was? Religion ...? Sie mögen recht haben; neuerdings jedenfalls beschäftigt sie mich sehr. Schade, daß Sie nicht bis zu unserem großen Erweckungsmeeting in Goldaming hierbleiben. Evans kommt, der walisische Evangelist – es wird sehr interessant werden. Ich werde übrigens auch eine Ansprache halten.«

»Sie?«

Bob Stein nickte, und sein breites Gesicht wurde ungemein feierlich. »Jawohl, ich werde sprechen. Weiß Gott, was ich sagen werde! Doch zur rechten Zeit werden schon die rechten Worte aus meinem Mund strömen ... Hallo, John!«

John Mandle steuerte den Rollstuhl selbst auf den Rasen und nickte dem Freund mürrisch zu.

»Ein Erweckungsmeeting, hörte ich Sie sagen ... ? Ihre Stimme ist leise wie Engelsgeflüster, Bob.«

»Ja, nächste Woche in Goldaming. Kommen Sie mit, John, werden Sie bei uns Ihren Rheumatismus los.«

Mandle knurrte etwas Häßliches über Gesundbeten im allgemeinen und über den walisischen Evangelisten im besonderen.

Der herrliche Frühsommertag hielt alle bis zum letzten Augenblick im Freien. Ein wenig scheu hatte sich auch Molly in den Kreis geschoben und sogar einige Bemerkungen gewagt, ohne dafür von ihrem groben Stiefvater gerügt zu werden. Wahrscheinlich verdankte sie diese Nachsicht der Gegenwart von Lexington Smith; doch fürchtete sie schon jetzt die sarkastischen Bemerkungen, die unbedingt folgen würden, sobald sie mit dem Tyrannen wieder allein war.

»Denkt man nicht unwillkürlich an die ›Drei Musketiere‹, Miss Templeton?« fragte Lex. »Wie sie über ihre schmutzige Arbeit in verflossenen Tagen sprechen, wie sie schwelgen bei dem

Gedanken an all die armen Teufel, die sie ins Zuchthaus oder an den Galgen gebracht haben . . .«

»Bei den meisten hatten wir Pech«, unterbrach ihn Socrates. »Aber Fehler sind in der Erinnerung interessanter als Erfolge, Lex. In reiferen Jahren wirst du mehr als genug davon zu erzählen haben!«

»Vielen Dank für das Kompliment«, erwiderte Lexington höflich und wandte sich wieder Molly zu.

»Ihr Bruder muß ein genialer Mensch sein«, flüsterte sie. »Was für ungewöhnliche Augen!«

»Eigentlich findet man meine Augen ungewöhnlich«, tuschelte er übermütig zurück und fuhr dann ernster fort: »Soc ist wirklich ein ganz besonderer Mann. Ich bin immer wieder erstaunt über sein überragendes Können. Er hat mir übrigens erzählt, daß Ihr Vater . . .«

»Stiefvater«, verbesserte sie ruhig.

»Verzeihung, daß Ihr Stiefvater und Mr. Stein die größten Strategen waren, die je in Scotland Yard gearbeitet haben. Soc sagte, daß sie so große Erfolge hatten, weil sie jeden Feldzugsplan bis in die letzten Einzelheiten vorbereitet hätten.«

Die Gesellschaft blieb im Garten, bis der Gong zum Dinner rief, das einen recht angeregten Verlauf nahm. Bob Stein gehörte zu jenem Menschentyp, der jede Unterhaltung an sich reißt. Er verfügte über einen unerschöpflichen Reichtum an Geschichtchen, und sogar Mandle lächelte, wenn auch etwas säuerlich, ein- oder zweimal.

Hernach rollte Lexington den Krankenstuhl ins Wohnzimmer an den Bridgetisch, doch zur Freude des jungen Mannes weigerte sich Stein zu spielen, mit der Begründung, daß Kartenspiel eine der leichtfertigen Zerstreuungen sei, die er künftig zu meiden gedenke.

»Bob«, höhnte Mandle, »Sie werden scheinheilig auf Ihre alten Tage!«

Aber der Hüne beharrte auf seinem Vorsatz.

Als er sich eine Stunde später verabschiedet hatte, erörterte John Mandle diese neue Entwicklung seines Freundes mit großer Schärfe.

»Sensationslust, das ist Bobs schwache Seite!« nörgelte er, an einer kalten Zigarre kauend. »Seine einzige schlechte Charaktereigenschaft, die ich ihm oft genug auszutreiben versucht habe. Sensation um jeden Preis! Sogar ruinieren würde er sich, wenn man ihm nur Beifall klatschte!«

»Vielleicht ist er aber aus Überzeugung religiös geworden«, meinte Socrates. »So etwas kommt vor.«

Mandle lächelte verächtlich.

»Nicht bei ihm!«

»Hat er inzwischen geheiratet?«

»Nein.« Mandle blickte zu dem Tisch, wo das junge Mädchen mit Lexington plauderte. »Allerdings hat er gewisse Pläne.«

»Ich verstehe«, entgegnete Socrates ruhig.

Doch auch Lexington hatte die letzten Sätze aufgefangen. Verdutzt fragte er das Mädchen leise: »Gilt das Ihnen?«

Molly nickte.

»Und . . .?«

»Ich habe ihn ganz gern, aber« – sie zuckte die Achseln – »natürlich nicht in dieser Art. Seine Absicht ist hoffnungslos lächerlich. Das habe ich ihm auch gesagt.«

»Und wie denkt Ihr Stiefvater darüber?«

Es dauerte eine Weile, ehe ihre Antwort kam.

»Ich glaube, er hat alles Interesse daran verloren, als ihm klar wurde, daß ich von dem Plan nichts halte.« Ihre Stimme wurde bitter. »Wäre er aber der Meinung, daß ich diese Heirat als Glück betrachte, hätte es schon genug Kämpfe und Aufregungen gegeben.«

Lex schwieg. Er war bereits dem Zauber des Mädchens an seiner Seite erlegen.

Die beiden nächsten Stunden verrannen den jungen Leuten wie Minuten, und Lexington blickte überrascht und ein wenig unmutig auf, als sein Bruder gute Nacht wünschte.

»Die Landluft hat mich schläfrig gemacht, ich gehe zu Bett. Du auch, Lex?«

Lex zögerte. Doch dann erhob auch er sich.

»Komm mit in mein Zimmer«, forderte ihn Soc auf, als sie den oberen Korridor erreicht hatten; drinnen fuhr er fort: »Du bist dir wohl darüber im klaren, daß du John Mandle so wütend wie eine verbrühte Katze gemacht hast?«

»Ich?« versetzte Lex in grenzenlosem Erstaunen.

»Horch!«

Der Raum lag über dem Wohnzimmer, und von unten drang der Klang ärgerlicher Stimmen herauf.

»Das hatte ich befürchtet«, murmelte Socrates. »Er tobt mit ihr.«

»Aber warum denn?«

»Anscheinend haßt er jede seiner Stieftochter erwiesene Aufmerksamkeit. Und du – ich will nicht die Romanphrase gebrauchen, daß du sie mit den Augen verschlungen hast –, du warst wirklich wie festgeleimt an ihrer Seite.«

»Ist das etwa eine Beleidigung?« fragte Lexington sarkastisch. »Ist das unnatürlich?«

Sein Bruder lächelte.

»Im Gegenteil, sehr natürlich. Mir gefällt Johns Betragen durchaus nicht. Ein anderer wäre stolz auf so eine Tochter – oder auch Stieftochter. Aber die Angst hat den Mann ganz aus dem Gleichgewicht geworfen!«

»Bist du immer noch davon überzeugt?«

»Mehr denn je! John Mandle hat das ganze Haus innen und außen durch Alarmanlagen und alle möglichen Sicherheitsmaßnahmen geschützt.«

»Konntest du nicht den Grund hierfür erfahren?«

Socrates schüttelte den Kopf.

»Es ist nicht klug, einen Mann nach den Gründen seiner Furcht zu fragen.«

Jetzt hörten sie auf dem Korridor den leichten Schritt des jungen Mädchens, das sein Zimmer aufsuchte, und bald darauf das schwere Stapfen der beiden Diener, die den Hausherrn ins Bett trugen.

»Schlaf gut, John!« rief Socrates.

Ein mürrisches »Gute Nacht« drang durch die Tür.

»Gute Nacht, Mr. Mandle!« rief auch Lexington. Aber er erhielt keine Antwort.

Es war eine schöne, klare Nacht und lange, nachdem der letzte

Laut in John Mandles Heim erstorben war, saßen die Brüder noch plaudernd und rauchend am offenen Fenster.

»Was mag das für ein Haus sein?« warf Socrates plötzlich hin und wies mit der Hand über das Tal hinweg nach einem im Mondlicht deutlich sichtbaren weißen Gebäude.

»Wie seltsam, daß du nach dem einzigen Haus im ganzen Umkreis fragst, von dem ich zufällig etwas gehört habe. Mir fiel es heute nachmittag auf, als ich durch den Garten schlenderte, und ich erkundigte mich beim Gärtner. Es gehört einem Mr. Jetheroe, einem Philanthropen und Einsiedler; er ist mit Miss Templeton befreundet, aber ihr Vater hat anscheinend keine Ahnung davon. Sie ...«

Lex vollendete den Satz nicht.

Aus einem der großen Fenster des weißen Gebäudes blitzte ein Licht; oder besser gesagt, das Fenster wurde von einem unnatürlichen Schein erleuchtet, der sofort wieder erlosch.

Lexington sprang auf. »Was war das?«

Wieder erglühte das Fenster und wurde wiederum dunkel. Und dann zuckte es auf in einer raschen Folge von Blitzen.

»Jemand signalisiert im Morse-Code«, antwortete sein Bruder und buchstabierte: »K-O-M-M«. Den nächsten Buchstaben bekam er nicht mit, und es dauerte eine Weile, bis Soc den Rest der Botschaft aufgefangen hatte.

»REIEICHEN«, berichtete er. »Also ›DREIEICHEN‹. Wer, zum Teufel, mag sich so verständigen?«

»Ich kann dir drei verschiedene Tips geben«, sagte Lexington. »Aber wenn wir annehmen, daß es ein früherer Soldat ist, der sein Mädchen diese Art des Signalisierens gelehrt hat, haben wir wahrscheinlich das Richtige getroffen.«

»Schau dort!« flüsterte Socrates erregt.

Eine schlanke, beinahe geisterhafte Gestalt glitt am Haus entlang in den Schatten einer Hecke.

Lexingtons Augen weiteten sich: Es war Molly Templeton, die eine kleine Tasche in der Hand trug.

Nun verschwand sie, und die beiden Männer blickten sich an.

»Warum soll sie nicht einen Mondscheinbummel machen?« meinte Socrates endlich.

Lex nickte.

»Gute Nacht, Alter. Schlaf gut. Weck mich rechtzeitig, oder hast du geschwindelt, als du etwas von einem frühen Morgenspaziergang gesagt hast?«

Socrates' Antwort klang etwas grimmig.

»Das wirst du ja erleben!«

4

Und Lexington erlebte es.

Ein nasser Schwamm, der sein Gesicht bearbeitete, ließ ihn blinzelnd und japsend aus einem Traum hochfahren, in dem John Mandle und Mollys über den Rasen schleichende Gestalt ein unentwirrbares Durcheinander gebildet hatten.

»Auf, mein Junge«, mahnte Socrates, der schon vollständig angekleidet war.

Das Fenster stand weit offen, und das Land lag eingehüllt in Morgennebel, den die ersten Sonnenstrahlen durchbrachen.

»Wie spät ist es?« erkundigte sich Lexington, verschlafen nach seinen Pantoffeln tastend.

»Halb sieben. Und du hast sieben Meilen zurückzulegen, ehe du an Frühstück denken darfst.«

Eine halbe Stunde später verließen sie das Haus, in dem sich noch nichts regte. Man stand spät auf bei John Mandle. Er selbst kam immer erst um die Mittagsstunde zum Vorschein und würde heute, wie er am Abend zuvor angedeutet hatte, höchstwahrscheinlich den ganzen Tag im Bett zubringen.

Vorsichtig turnten die Brüder über fast unsichtbar angebrachte Drähte von Alarmschüssen hinweg, bis sie den Weg erreichten.

»Ich zerbreche mir noch immer den Kopf über das nächtliche Signal«, begann Socrates, als sie endlich in Ruhe nebeneinander den Hügel hinabsteigen konnten. »Wie du dich wohl erinnerst, sahen wir das Haus nur zur Hälfte; die andere Hälfte wurde von dem vorspringenden Winkel der Mauer verdeckt. Aha, da ist es!«

Der Nebel hatte sich zerteilt, und in der Morgensonne strahlte das Gebäude wie ein glitzernder Edelstein. Hinter ihm, ein wenig zur Rechten, tauchten die roten Giebel vom ›Prinzenhof‹, Bob Steins Wohnsitz, auf.

»Warum sich damit den Kopf heiß machen, Soc? Du bist doch ein gräßlicher Detektiv. Sogar an diesem friedlichen Fleck mußt du nach Geheimnissen schnüffeln!«

In Wirklichkeit aber beschäftigte auch Lexington das rätselhafte Benehmen des jungen Mädchens.

»Dieser Mr. Jetheroe liebt viel Licht«, fuhr Socrates fort und wies mit dem Stock auf das weiße Haus. »Sieh mal, alle diese Fenstertüren im Erdgeschoß und die ungewöhnlich großen Fenster im oberen Stockwerk.«

»Und was folgerst du daraus, weiser Mann? Ich will dein Doktor Watson sein.«

»Sei kein Narr«, grollte Socrates, der in diesem Punkt ziemlich empfindlich war. »Wir wollen lieber hier ins Tal hinabgehen, damit wir das Haus aus der Nähe ansehen können.«

Sie waren dem schmalen Pfad noch nicht fünf Minuten gefolgt, als Socrates plötzlich stehenblieb.

»Drei Eichen!«

Gerade vor ihnen reckten sich drei riesige Eichenstämme, unter deren breitem Blätterdach sich der schmale Fußweg hinschlängelte. Auch Lexington war stehengeblieben.

»In solcher Umgebung gibt es immer so ideale Plätze für ein Stelldichein, wie hier ›Drei Eichen‹ oder ›Drei Brücken‹. Aber ich bin wirklich nicht romantisch genug, um mich für den Treffpunkt irgendeines verliebten Pärchens zu interessieren. Eher möchte ich wissen, ob der brummige Mandle manchmal auf diesem malerischen Pfad spazierengeht.«

»Der arme John wäre glücklich, wenn er nur zwei Meter weit gehen könnte. Seit Monaten hat er sein Haus nicht mehr auf seinen eigenen Füßen verlassen.«

Die Brüder mußten ein dichtes Gebüsch durchschreiten, das ihnen zeitweilig die Aussicht auf die Eichen versperrte. Dann bog der Pfad scharf nach links ab und gab in einer Entfernung von einem Dutzend Schritten den ersten Baum frei.

Jäh fühlte Lexington seinen Arm umklammert.

»Großer Gott!«

Sein Bruder wies nach vorn, dorthin, wo ein dicker Ast sich quer über den Weg streckte. Auf diesem Ast lag flach ein Mann, festgebunden mit einem Strick. Seine Arme hingen leblos herunter, das Gesicht war den beiden zugewandt; und zwischen den Augen sah man ein rotes Mal – den Einschlag eines Projektils.

Socrates raste zu dem Baum . . . schaute hinauf.

Es war kein Zweifel möglich: Da oben lag John Mandle, tot, ermordet!

5

Wie versteinert standen die Brüder vor diesem grausigen Anblick.

Lexington bewegte sich zuerst. Er tat einen ungestümen Schritt vorwärts, doch Soc riß ihn zurück.

»Bleib, wo du bist!«

»Mandle, nicht wahr?«

»Er ist's«, bestätigte Soc und richtete seine Blicke vom Ast auf den Boden. »Schade, die Erde ist hier zu hart, um Abdrücke zu bewahren. Geh vorsichtig weiter, aber paß auf mögliche Spuren auf, daß du sie nicht berührst! Ich klettere inzwischen auf den Baum.«

Mit erstaunlicher Gewandtheit arbeitete er sich an dem knorrigen Stamm empor, wobei ihm der schräge Wuchs des Baumes zustatten kam. Jemand anders war vor ihm hochgeklettert . . . erst kürzlich; an mehreren Stellen war die Rinde abgeschürft und die Kratzer einer genagelten Sohle erkennbar. Ohne Mühe erreichte Soc den Ast, auf dem der Ermordete lag. Lexington, der den Bruder beobachtete, sah, daß er der Leiche jedoch wenig oder gar keine Aufmerksamkeit schenkte mit Ausnahme der Füße, die er länger prüfend betrachtete. Mehr hingegen schienen ihn die oberen Äste zu interessieren, zu denen er nach Art der Kurzsichtigen hinaufspähte – eine reine Angewohnheit von ihm, denn Socrates Smith besaß vorzügliche Augen.

Kurz darauf kletterte er wieder abwärts und sprang mit einem Satz auf den Boden.

»Ja!« stieß er befriedigt hervor.

»Was heißt ›ja‹?« wollte sein Bruder wissen, da Socrates offenbar etwas, was er zu sehen erwartete, auch gesehen hatte. Doch statt eine Erklärung zu geben, stellte Soc eine Gegenfrage: »Hast du etwas entdeckt?«

Lex händigte ihm stumm eine Patronenhülse aus.

»Kaliber 35. Ich sah bereits an der Wunde, daß es ein Nickelmantelgeschoß gewesen ist. Noch etwas?«

»Nein«, murmelte der Jüngere, während sein Blick scheu das weiße Gesicht streifte, das mit glasigen Augen auf sie herabstarrte. »Ist es nicht entsetzlich?«

»Es ist entsetzlich«, meinte Socrates ruhig, »trotzdem aber im höchsten Grade interessant.«

Lexington Smith war noch nicht abgehärtet genug, um das Verbrechen auch als mehr oder minder kunstvolle Leistung betrachten zu können. Für ihn war die stille, reglose Gestalt die seines Gastgebers, eines Mannes, mit dem er sich noch am Abend zuvor unterhalten hatte. Plötzlich kam ihm Molly in den Sinn. Welch ein schrecklicher Schlag für sie ...!

»Soc, nach meiner Meinung waren es mehrere Täter, die ins Haus eingedrungen sind, während wir schliefen.«

»Wie viele glaubst du?«

»Wenigstens drei. Sie müssen ihn aus seinem Bett fortgeschleppt haben – und dennoch hörten wir gar nichts ... Denkst du, daß sie ihn betäubt haben?«

»Ich denke allerlei«, wich Socrates aus. »Erzähle mir erst einmal, wie du dir die Sache vorstellst.«

Lexington überlegte ein Weilchen.

»Er muß erbitterte Feinde gehabt haben. Wie du selbst gesagt hast, lebte er in ständiger Angst und erwartete offenbar einen Überfall dieser Art. Nachdem die Mörder sich Zutritt zu seinem Schlafzimmer verschafft hatten, betäubten sie ihn entweder oder sie brachten ihn durch Drohungen zum Schweigen, um ihn dann an diesen Fleck zu schleppen und zu erschießen.«

Socrates schüttelte den Kopf.

»Und warum haben sie ihn nicht schon im Haus ermordet? Wenn sie ihn betäuben konnten, warum vergifteten sie ihn dann nicht gleich? Warum sollten sie sich der Mühe unterziehen, ihn fast eine Meile fortzuschleppen? Etwa des Vergnügens halber, ihn hier in Muße erschießen zu können? Nein, mein Junge, mit deiner Theorie hapert's!«

»Aber sie müssen ihn doch hergetragen haben«, beharrte der Jüngere. »Der arme Mandle konnte ja seine Beine nicht gebrauchen ... Denkst du auch an die Morsebotschaft?«

»Die habe ich nicht vergessen. Und jetzt, Lex, geh nach Haus und ruf die Polizei an. Ich werde hierbleiben.«

Der Zufall wollte es, daß Lexington den Weg nicht zu machen brauchte. Als er vom Pfad auf den Hauptweg einbog, war der erste Mensch, den er erblickte, ein Polizeibeamter, der gemächlich auf seinem Fahrrad bergab fuhr. Lexington hielt ihn an und berichtete von dem grausigen Fund.

»Ermordet?« wiederholte der Mann ungläubig, während er sein Rad an einen Baum lehnte. »Mein Inspektor muß jeden Augenblick hier durchkommen. Das erspart mir die Meldung.«

Fünf Minuten später kletterte sein Vorgesetzter aus einem winzigen Auto, und zu dritt wanderten sie zum Schauplatz der Tragödie zurück.

Socrates Smith war verschwunden, doch hörten sie ihn in dem dichten Buschwerk, das den Pfad auf der linken Seite begrenzte, herumkriechen. Nach einer Weile erschien er mit einem Paar Gummischuhen, die er behutsam niederlegte.

»Eine schlimme Sache, Mr. Smith«, begann respektvoll der Beamte, dem Lexington unterwegs mitgeteilt hatte, wen er an der Mordstelle treffen werde. »Warum hat man Mr. Mandle wohl angebunden?«

»Er ist gar nicht angebunden, wie Sie sich überzeugen können. Der Strick wurde über den Körper geworfen und legte sich dann durch den eigenen Schwung um ihn herum. Von unten sieht es allerdings so aus, als sei er festgeschnürt, aber beim Hinaufklettern entdeckte ich als erstes, daß beide Enden des Stricks lose sind. Der Körper hält sich durch sein natürliches Gleichgewicht auf dem Ast ... Fußspuren sind nicht vorhanden.«

»Dafür ist wohl die Erde hier zu hart«, bemerkte der Inspektor enttäuscht. Doch dann erhellte sich sein Gesicht. »Wenn die Verbrecher vom Tal kamen oder sich durchs Tal davonstahlen, müssen sie eine Stelle mit weichem Boden passiert haben – etwas weiter vorn ist eine Quelle, die den Pfad sumpfig hält.«

»Wirklich? Dann erklärt sich ...« Socrates nahm die Gummischuhe und wies auf die dünne Kruste von getrocknetem Schlamm, mit dem die Sohlen überzogen waren. »Ich wunderte mich schon, woher das stammt!«

»Sie sind neu«, äußerte der Inspektor, der nach den Schuhen gegriffen hatte, höchst überflüssigerweise. »Die übliche Ware, von der man Hunderte verkauft. Es dürfte schwierig sein, den Käufer aufzuspüren, falls er sie nicht in der Nachbarschaft erstanden hat.«

Socrates Smith nickte.

»Damit wäre das erste Rätsel gelöst. Ich verstand nämlich nicht, wozu man Überschuhe benötigte.«

»Fanden Sie nur ein Paar, Mr. Smith?«

»Ja. Weil nur eine einzige Person an diesem Mord beteiligt ist.«

»Eine einzige ...?« Lex starrte seinen Bruder ungläubig an. »Willst du damit sagen, daß ein Mensch allein ihn eine Meile weit getragen hat?«

»Ich will damit sagen, daß es sich bei diesem Mord um einen einzigen Täter handelt.«

»Es müssen aber mehr gewesen sein, Mr. Smith«, widersprach auch der Inspektor. »Wahrscheinlich wissen Sie nicht, daß Mr. Mandle durch sein schweres Rheuma am Gehen verhindert war. Erst vor zwei oder drei Tagen sprach ich mit ihm ...«

»Doch, doch, ich weiß es«, unterbrach ihn Socrates. »Mein Bruder und ich sind nämlich bei ihm zu Gast.«

»Oh, Sie wohnen im Waldfrieden?«

»Ja. Doch ungeachtet Mr. Mandles Gebrechen bleibe ich dabei, daß ein einziger Täter den Mord begangen hat.«

»Dann muß er ein außergewöhnliches Individuum sein«, sagte der Inspektor mit einem tiefen Atemzug.

»Wir wollen jetzt einen Blick auf die sumpfige Stelle werfen«, forderte ihn Socrates auf. »Ich nehme an, daß wir Abdrücke der Gummischuhe finden werden, die nebenbei bemerkt, Nummer zwölf sind und von jemand getragen wurden, der größere Füße hat als Nummer zwölf, denn der linke Schuh ist ein wenig geplatzt.«

Nach etwa hundert Metern erreichten sie die Stelle, wo der Pfad sich senkte und einen Streifen Morast durchquerte. Hier zeigte die weiche und feuchte Erde eine dunkelgraue Farbe.

»Vorsichtig!« warnte Socrates. »Ich sehe ein halbes Dutzend Fußspuren, allerdings meist alte. Aha, hier haben wir sie!«

Er hockte sich nieder und deutete auf einen offensichtlich durch Überschuhe verursachten Abdruck. Die Profilsohle hatte sich ganz klar abgezeichnet, aber nur einmal. Auf der anderen Seite des nassen Pfades – gute anderthalb Meter weiter – fanden sie den anderen Abdruck.

»Donnerwetter, hat dieser Mann einen Schritt!« ließ sich der Inspektor vernehmen.

»Er ist hinübergesprungen«, erklärte Socrates. »Beachten Sie, wie tief sich die Fußspitze beim Absprung eingegraben hat und wie schwer der Fuß drüben aufsetzte. Übrigens muß dem Betreffenden die Gegend vertraut sein, da er die Entfernung genau abzuschätzen wußte.«

»Was ist das hier?« rief Lexington und zeigte nach einer sumpfigen Stelle rechts vom Pfad.

Socrates tappte durch den Schlamm und zog einen Schuh heraus. Ein Damenschuh, tief eingebettet in den Lehm! Dicht neben ihm war die natürliche Form eines Fußes abgedrückt.

Der Inspektor zog die Stirn in Falten.

»Das kann von Wichtigkeit sein. Augenscheinlich geriet eine Frau in den Morast und verlor einen Schuh.«

»Und es sieht auch so aus, als hätte sie vermeiden wollen, auf dem Pfad eine Spur zu hinterlassen«, sagte Socrates, den fast neuen Schuh betrachtend. »Ein amerikanisches Fabrikat, und auf der Unterseite der Lasche stehen die Initialen M. T.

»M. T.«, wiederholte Lex. »Molly Templeton ... Allmächtiger Himmel, Soc, sie kann doch nicht ...«

Wie ein Blitz durchzuckte ihn die Erinnerung an die über den

Rasen huschende Gestalt. Molly Templeton, das harmlose Mädchen! Was sollte sie hierhergeführt und warum sollte sie versucht haben, Fußspuren im Schlamm zu vermeiden?

Verstört blickte er seinen Bruder an und glaubte in den Augen des Älteren, der doch im allgemeinen bei derartigen Ereignissen sehr ernst zu sein pflegte, den Schimmer eines Lächelns wahrzunehmen.

»Wohin führt dieser Pfad, Inspektor?«

»Zur weißen Villa, Mr. Smith.«

»Und wer ist Mr. Jetheroe?«

»Was er von Beruf ist, weiß ich nicht, nur daß er wissenschaftliche Artikel schreibt. Ein sehr ruhiger, netter Herr und ein Freund von Miss Mandle.« Anscheinend war es dem Inspektor unbekannt, daß das junge Mädchen die Stieftochter des Ermordeten war und nicht seinen Namen trug, denn er schloß seiner Auskunft die Frage an: »Wer ist Molly Templeton?«

»Eine Dame meiner Bekanntschaft. Mir fiel beim Lesen der Initialen unwillkürlich der Name ein. Lebt Jetheroe schon lange hier?«

»Etwa vier Jahre. Zwei Monate nach dem Tod von Mrs. Mandle siedelte er sich bei uns an ... Wenn ich nicht irre, war er bis dahin im Ausland.«

»So, so ... im Ausland«, meinte Socrates nachdenklich und schlug mit Lexington die Richtung nach der Weißen Villa ein, es den beiden Beamten überlassend, den Leichnam zu bewachen.

»Natürlich hatte Mandle viele Feinde«, erklärte er seinem Bruder. »Eine ganze Reihe vielversprechender junger Herren wanderte durch ihn ins Gefängnis oder ins Zuchthaus. Natürlich nimmt man von den Drohungen, die Verbrecher während der Urteilsverkündung ausstoßen, im allgemeinen wenig Notiz, aber hin und wieder trifft man doch einen Verurteilten, der während seiner langen Haftzeit einen Racheplan ausarbeitete.«

»Könnte dies ein solcher Fall sein?«

»Nicht ausgeschlossen. Ich bin immer mißtrauisch gegen Leute, die sich plötzlich in der Nachbarschaft niederlassen, nachdem sie lange ›im Ausland‹ gewesen sind.«

Aus den Schornsteinen von Mr. Jetheroes Haus kräuselten

sich leichte Rauchwölkchen, als sie die kiesbedeckte Auffahrt hinanschritten. Ein Hausmädchen, das über das Erscheinen von Fremden zu dieser frühen Stunde etwas verwirrt schien, öffnete ihnen die Tür.

»Wen darf ich melden?«

»Mein Name ist Smith«, sagte Socrates, »bestellen Sie Mr. Jetheroe, daß ich in einer dringenden Angelegenheit komme.«

Gleich darauf geleitete sie das Mädchen in ein geräumiges, ziemlich unordentliches Arbeitszimmer. Hinter einem mit Papieren bedeckten Schreibtisch erhob sich ein Mann, dessen Augen durch buschige, weiße Brauen halb verborgen waren. Er war sehr groß, und die Magerkeit seines Körpers ließ ihn noch höhergewachsen erscheinen. Das schmale, durchgeistigte Gesicht und die langen weißen Haare, die ihm im Nacken über den Kragen hingen, erinnerten Lexington an einen Musiker.

»Guten Morgen, meine Herren, womit kann ich dienen?«

Mr. Jetheroes Art war nicht gerade freundlich zu nennen, eher lag in seinem Ton etwas Abweisendes.

»Mein Besuch steht in Verbindung mit Mr. Mandle«, antwortete Socrates, und es schien ihm, als ob der andere stutzte.

»Ich kenne Mr. Mandle nur vom Sehen – aber bitte, nehmen Sie Platz –, hat er Sie zu mir geschickt?«

»Mandle ist tot.«

»Tot . . .?«

Ein Aufblitzen in den Augen und eine kaum merkliche Veränderung der Miene verrieten seine Erregung.

»Er wurde in der vergangenen Nacht ein paar hundert Meter von Ihrem Haus entfernt ermordet.«

Ein tiefes Schweigen, das Jetheroe endlich mit den Worten unterbrach: »Eine schreckliche Nachricht!« Seine Stimme war kalt und hart. »Haben Sie den Mörder schon entdeckt?«

»Wir sind auf der Suche.«

»Ah, Sie sind Kriminalbeamter?«

Socrates lächelte.

»So halb und halb. Ich bin allerdings nicht mehr im Dienst. Vielleicht kennen Sie aber meinen Namen: Socrates Smith.«

Zu Socs Überraschung nickte Jetheroe.

»O ja. Ich las Ihr Buch über Blutproben ... Kann ich Ihnen irgendwie behilflich sein? Zu Ihrer Orientierung möchte ich vorausschicken, daß ich mit Mr. Mandle nie zusammengetroffen bin, seine Stieftochter dagegen sehr gut kenne.«

»Kam Miss Templeton vergangene Nacht hierher?«

Diesmal hatte der Mann sich völlig in der Gewalt.

»Ich sah sie zuletzt vor zwei oder drei Tagen.«

»Miss Templeton kam also vergangene Nacht nicht hierher?«

»Was bringt Sie auf diese Vermutung ...? Ich nehme an, daß sie sich in Mr. Mandles Haus befindet. Ist sie von dem Vorfall schon unterrichtet?«

Socrates Smith hatte keine Veranlassung anzunehmen, daß Jetheroe ihn zu täuschen versuchte. Seine Stimme und seine Haltung waren absolut ungezwungen, und er antwortete ohne Zögern. Und dennoch hatte Soc das instinktive Gefühl, daß der weißhaarige Mann ihn belog.

»John Mandles Tod scheint Sie – wenn ich mich so ausdrükken darf, Mr. Jetheroe – nicht gerade zu erschüttern.«

Jetheroe lehnte sich in seinen Stuhl zurück und legte die Fingerspitzen aneinander.

»Ich bin nicht so leicht zu erschüttern, zumal es mich nicht überrascht, daß Mr. Mandle ermordet worden ist.«

»Und warum überrascht es Sie nicht?« fragte Socrates mit dem Anflug eines Lächelns um seine dünnen Lippen.

»Tja ... Mandle gehörte wohl kaum zu den liebenswerten Menschen. Molly zum Beispiel behandelte er geradezu schändlich, was allerdings nicht zur Sache gehört ... Als ehemaliger Kriminalinspektor muß er eine Menge Feinde gehabt haben, um so mehr, als er ein harter, skrupelloser Bursche war, dem genau wie seinem Freund Stein jedes Mittel recht und billig war, um irgendeinen armen Teufel, der ihm in die Fänge geriet, zu überführen.«

»Sie scheinen sehr viel über Mr. Mandle zu wissen, Mr. Jetheroe?«

Der alte Herr zuckte die Schultern.

»Man hört allerlei ... Er erfreute sich seinerzeit ja eines großen Rufes – wie Sie auch, Mr. Smith.«

»Hat er Ihnen jemals ein Unrecht zugefügt?« Wieder spielte das feine Lächeln um Socs Mund.

»Wie hätte er das fertigbringen sollen ...! Ich habe lange Jahre im Ausland verbracht, und so tauchte er erst vor kurzer Zeit in meinem Gesichtskreis auf.«

Trotz seiner gleichgültigen Miene arbeitete Socrates' Verstand mit rasender Geschwindigkeit. Gemächlich steckte er die Hand in die Tasche, holte ein Buch hervor und begann darin zu schreiben.

»Ich möchte mir ein paar Notizen machen. Obwohl ich nicht mehr offiziell zu Scotland Yard gehöre, dürfte meine Anwesenheit an Ort und Stelle doch dazu führen, daß man mich mit dem Fall betraut.«

»Wo wurde Mandle erschossen?« brach Jetheroe diese Erklärung ab.

»Woher wissen Sie, daß er erschossen wurde?« kam blitzschnell Smiths Gegenfrage. Für einen Augenblick war Jetheroe verlegen.

»Ich weiß gar nichts, ich vermute nur – und zwar aus folgendem Grund. Als ich letzte Nacht gegen drei Uhr bei meinen Korrekturen saß – ich habe einen Artikel für den ›Scientific Englishman‹ geschrieben, hier liegen die Druckfahnen –, hörte ich plötzlich einen Schuß, und zwar vom Tal her. Wir nennen diese kleine Senke in etwa dreihundert Metern Entfernung vom Haus nämlich Tal, obschon sie den Namen kaum verdient. Wahrscheinlich erhielt sie ihn wegen der Quelle, die sich in der Regenperiode zu einem Flüßchen entwickelt.

»Hörten Sie nur einen einzigen Schuß?«

»Nur einen«, versetzte Jetheroe. »Ich kümmerte mich weder darum, noch maß ich ihm irgendeine Bedeutung bei, weil ich glaubte, daß es ein Wilddieb war. Erst als Sie mir von John Mandles Ermordung erzählt haben, fiel mir der Schuß wieder ein.«

»Hm ...« Socs Augen glitten über ein Tischchen, auf dem Teegeschirr und eine Platte mit Buttertoast standen, von dem noch eine Scheibe übriggeblieben war. Er legte sein Notizbuch auf seine Knie und schrieb drei Worte.

»Kennen Sie diese Person?« fragte er und reichte dem Hausherrn das Buch.

Jetheroe runzelte die Stirn, schüttelte den Kopf und gab Soc das Büchlein zurück.

»Nein, wie kommen Sie darauf?«

»Es fuhr mir nur so durch den Kopf«, meinte Socrates und stand auf. »Sie sind also ganz sicher, daß Sie Miss Templeton in der vergangenen Nacht nicht gesehen haben?«

»Ganz sicher. Das letzte Mal . . .«

Er kam nicht dazu, den Satz zu vollenden. Socrates Smith hatte sich zu dem großen Papierkorb, der unter dem Schreibtisch stand, hinabgebeugt und holte etwas daraus hervor.

»Wollen Sie mir bitte erklären, Mr. Jetheroe, auf welche Weise dies in den Korb geriet?«

In dem Damenschuh, den sein Bruder hochhielt, erkannte Lexington verblüfft das Gegenstück zu jenem, den sie im Morast entdeckt hatten.

6

Nur eine Sekunde zuckte es in Jetheroes unbeweglichem Gesicht.

»Der Schuh gehört Miss Templeton, und ich will Ihnen auch erklären, wie er hierher gelangte. An einem regnerischen Abend kam sie hier mit einem einzigen Schuh an; den anderen hatte sie unterwegs im Morast verloren und im Dunkeln nicht wiedergefunden. So gab ich ihr für den Heimweg ein altes Paar meiner Haushälterin. Dieser Schuh hier stand tagelang in meinem Arbeitszimmer herum, bis ich ihn endlich gestern abend in den Papierkorb warf, da ich nicht glaube, daß der andere noch einmal zum Vorschein kommt.«

Lexington atmete erleichtert auf. Die Erzählung klang glaubwürdig. Leider aber beging Jetheroe den Fehler, sie noch auszuschmücken und weitere Einzelheiten hinzuzufügen.

»Miss Templeton brachte die geborgten Schuhe übrigens am nächsten Tag zurück, so daß ich meiner Haushälterin von dem ganzen Vorfall nichts zu erzählen brauchte.«

»Ich verstehe«, meinte Socrates. »Ihre Haushälterin würde also, falls ich sie befragte, von alledem nichts wissen. Klug überlegt . . .! Guten Morgen, Mr. Jetheroe!«

Der alte Herr erwiderte nichts. Eine stumme, wachsame Gestalt, stand er hinter seinem Schreibtisch und machte keinerlei Anstalten, seine Besucher zur Tür zu geleiten.

»Nun, was denkst du, Soc?« erkundigte sich sein Bruder, als sie zum Tal zurückgingen.

»Ich denke, daß Jetheroe ein kaltblütiger Lügner ist«, lautete die vergnügte Antwort.

»Und welchen Namen schriebst du in dein Notizbuch?«

Socrates grinste: »Ich wette, daß du es nie errätst!«

»Was?« rief Lexington erstaunt, als ihm Socrates das Büchlein reichte.

»So heißt ein amerikanischer Filmstar. Was hat sie denn mit der Sache zu tun?«

»Nichts! Aber hast du bemerkt, mein Lieber, daß Jetheroe Buttertoast gegessen hatte?«

»Und welcher Zusammenhang besteht zwischen Buttertoast und dem Filmstar?«

»Lex, ein Mensch kann noch so sauber sein und seine Hände noch so sorgfältig an der Serviette abreiben – wenn er Buttertoast ißt, bleibt immer eine ganz dünne Fettschicht auf seinen Fingerspitzen zurück. Schau genau hin, und du wirst in der Ecke einen Daumenabdruck bemerken. Dreh das Buch so, daß die Sonne im richtigen Winkel drauffällt. Und sei vorsichtig, verwische ihn nicht!«

»Brauchst du denn seinen Daumenabdruck?«

»Gerade den brauche ich, und nun habe ich ihn ja auch.« Soc klappte das Buch sorgfältig zu und umschlang es mit einem Gummiband.

»Ich sagte dir schon, daß ich gegen Herrschaften, die lange im Ausland lebten, sehr mißtrauisch bin, solange niemand weiß, in welchem Land sie sich aufgehalten haben. Leute, die wirklich draußen gewesen sind, erzählen fast immer von diesen Ländern, wie schön es dort war oder was sie durchmachen mußten. Jedenfalls reden sie darüber. Wenn jedoch ein Mensch nach langer Abwesenheit zurückkehrt und schweigt, oder sich nur unbestimmt über das Land äußert, in dem er angeblich lebte, so kommt er entweder aus dem Gefängnis oder aus der Irrenanstalt. Oder er hat drüben etwas ausgefressen und ist geflüchtet.«

»Du bist ein mißtrauischer Mensch, Soc. Du hältst es also für möglich, daß Jetheroe etwas über den Mord weiß?«

»Wir wollen erst einmal sehen, was der Inspektor inzwischen entdeckt hat«, wich sein Bruder aus.

Der Inspektor hatte nichts entdeckt. Mit Hilfe von zwei herbeigerufenen Arbeitern war John Mandles Körper vom Ast heruntergeholt worden, wobei es sich bestätigte, daß der Strick nur lose herumgeschlungen war.

»Jetzt müssen wir dem jungen Mädchen Mitteilung machen. Wenn es Ihnen recht ist, Inspektor, übernehme ich diese Mission.«

»Das wäre das beste, Sir«, stimmte Inspektor Mallet zu. »Jemand müßte auch Mr. Stein informieren.«

»Den hatte ich ganz vergessen«, sagte Soc nachdenklich.

»Die Nachricht wird ihn sehr erschüttern. Die beiden waren zusammen bei der Polizei und eng befreundet. Ich vermute, daß Sie das wissen, Mr. Smith?«

Soc nickte.

Auf dem Heimweg blieb er einsilbig, und Lexington erhielt auf seine Fragen nur kurze Antworten.

In John Mandles Haus, wo das Personal inzwischen seinen Pflichten nachging, hatte man die Abwesenheit des Herrn noch nicht bemerkt. Sein Kammerdiener Timms bürstete die Anzüge aus, als Soc ihn über das Vorgefallene unterrichtete.

»Ermordet?« flüsterte der Mann verstört. »Wo? In seinem Schlafzimmer, Sir?«

»Nein, bei den Drei Eichen.«

»Aber wie kam er dahin? Der arme Herr konnte doch nicht gehen!«

»In seinem Schlafzimmer sind Sie noch nicht gewesen?«

»Nein, Sir. Ich gehe nie hinein, bevor er läutet. Er liebt es nicht, geweckt zu werden.«

»Ist Miss Templeton schon aufgestanden?«

»Ich werde das Hausmädchen fragen«, erbot sich Timms und

eilte fort, um gleich darauf mit dem Bescheid zurückzukommen: »Nein, Sir. Miss Templeton erscheint meistens erst um halb zehn im Eßzimmer.«

»Dann soll das Mädchen Miss Templeton wecken und ihr ausrichten, daß ich ihr eine wichtige Mitteilung zu machen habe. Inzwischen will ich Mr. Mandles Schlafzimmer besichtigen.«

Der Kammerdiener wies ihm den Weg. Es war ein schöner, luftiger Raum, der größte des Hauses, und gut, aber nicht besonders geschmackvoll möbliert. In einer Ecke stand das Bett, natürlich leer, aber auch – wie man auf den ersten Blick sehen konnte – vollkommen unberührt.

»Timms, brachten Sie Ihren Herrn denn vergangene Nacht nicht zu Bett?«

»Nein, Sir. Mr. Mandle war darin sehr eigen. Er zog sich stets allein aus; nur beim Ankleiden durfte ich ihm helfen.«

»Und wo verließen Sie ihn gestern abend?«

Timms deutete auf eine Stelle am Fußende des Bettes, wo die Decke etwas zerdrückt war.

»Dort saß er, als ich aus dem Zimmer ging.«

Die Decke war zurückgeschlagen. Der sauber zusammengefaltete Pyjama lag auf dem Kissen.

»Wohin führt diese Tür?«

»Zu einer Treppe, die Mr. Mandle einbauen ließ, um eine direkte Verbindung zu seinem Arbeitszimmer im Erdgeschoß zu haben; er benutzte sie aber selten.«

Soc drückte die Klinke herunter – die Tür öffnete sich. Er trat auf einen engen, dunklen Treppenabsatz und bemerkte, als er sich nach dem Lichtschalter umsah, auf einer Kommode eine große, elektrische Handlampe, die sicher einen starken Schein gab. Durch die gleichfalls unverschlossene untere Tür gelangten sie in das Arbeitszimmer. Neben dem Schreibtisch stand John Mandles Rollstuhl. Soc ging zu der in den Garten führenden Tür – auch diese war weder verriegelt noch verschlossen.

»Sonderbar!« grübelte er. »Sehr sonderbar! Die Tür kann durch diesen Schalter hier am Schreibtisch automatisch geöffnet und versperrt werden ... Kaum anzunehmen, daß er zu Bett ging, ohne die Tür irgendwie zu sichern!«

Er machte noch eine andere Beobachtung. Oben im Schlafzimmer fand er neben dem Bett einen zweiten elektrischen Hebel, der genau wie der Schalter im Arbeitszimmer auf »Offen« zeigte.

»Was wünschen Sie?« wandte Soc sich an das verschreckte Hausmädchen, das auf ihn zugeeilt kam.

»Ich kann von Miss Templeton keine Antwort bekommen, obwohl ich wiederholt angeklopft habe. Die Tür ist verschlossen.«

Socrates Smith lief schon den langen Korridor entlang.

»Dies hier ist ihr Schlafzimmer, Sir.«

Er bückte sich und sah durch das Schlüsselloch.

»Der Schlüssel ist herausgezogen.« Soc klopfte von neuem. »Miss Templeton . . .!«

Keine Antwort!

Jetzt stemmte er die Schulter gegen die Türfüllung. Ein Krachen, und die Tür gab nach.

Socrates Smith blickte in ein leeres Zimmer, sah auch hier ein unberührtes Bett . . .

»Timms, wo verwahrt Mr. Mandle seine Wertsachen?«

»Im Safe, Sir.«

»Führen Sie mich hin.«

In einem schmalen Hinterzimmer, in das sich John Mandle, wenn ihn seine düstere Stimmung überkam, manchmal tagelang zurückzog, befand sich der feuerfeste Geldschrank. Bei seinem Anblick erübrigte sich die Frage, was sich ereignet hatte: der Safe stand sperrangelweit offen und enthielt nichts, was man als Wertsache hätte bezeichnen können.

7

»Timms, hat außer Mr. Mandle noch jemand einen Schlüssel zum Safe?« fragte Socrates, als die erste Überraschung vorbei war.

»Jawohl, Sir, Miss Molly hat einen. Ich glaube aber nicht, daß der Safe größere Werte enthalten hat. Miss Molly verwahrte ihre Haushaltsbücher und das Wirtschaftsgeld darin.«

»Weiter nichts?«

Der Kammerdiener zögerte.

»Vielleicht auch noch einige Schmucksachen. Mir hatte einmal eines der Hausmädchen erzählt, daß Miss Molly ein Kästchen aufgemacht und deshalb großen Ärger mit dem Herrn bekommen hat. Mr. Mandle hatte niemals größere Summen im Haus; er schickte mich einmal in jeder Woche, meistens am Freitag, zur Bank nach Goldaming, um Bargeld zu holen.«

Zehn Minuten lang schritt Socrates gemessen, mit verschränkten Armen, auf dem Rasen hin und her, während Lexington völlig betäubt durch diese neue Wendung der Dinge, ihn so angestrengt beobachtete, daß er darüber vergaß, die Pfeife in seiner Hand anzuzünden.

»Was nun, Soc?« fragte er nach einer Weile.

»Frühstücken, mein Junge. Mein nüchterner Magen kann weitere Geheimnisse nicht mehr vertragen.« Im Gegensatz zu Lexington, der nur ab und zu einen Bissen in den Mund steckte, langte der Ältere ordentlich zu. »Der Gedanke an das Mädchen macht dir den Kopf schwer, wie?« forschte er, seinen Kaffee schlürfend, und betrachtete über den Tassenrand hinweg seinen Bruder. »Laß die Sentimentalitäten besser beiseite, Kleiner.«

»Sie ist nicht in die Sache verwickelt, Soc. Kannst du dir vorstellen, daß ein Mädchen mit dem Gesicht . . .«

»Oh, ich habe seinerzeit ganz ungewöhnlich reizende Verbrecherinnen gekannt!«

»Molly ist keine Verbrecherin!«

»Da ich das ja auch gar nicht behauptet habe, darfst du diese mörderischen Blicke ruhig unterlassen und dich daran erinnern, daß mir jede Gewalttätigkeit außerordentlich verhaßt ist. Du siehst aus, als ob du mich gleich verprügeln wolltest!«

»Soc, alter Junge, es ist doch absolut unmöglich! Sie hätte doch niemals den schweren Mann forttragen können! Ein absurder Gedanke!«

»Was das betrifft, so frage ich mich, wie das überhaupt jemand hätte fertigbringen können, wenn Mandle sich gewehrt hat . . . Jedenfalls ist aber das rätselhafte Signalisieren jetzt eindeutig aufgeklärt!«

»Aufgeklärt?«

»Natürlich. Es war Jetheroes Botschaft an Miss Molly. Daß er sie seit mehreren Tagen nicht gesehen haben will, ist gelogen. Ich bin im Gegenteil fest davon überzeugt, daß sie erst gestern zusammen waren, denn die beiden aufgefundenen Schuhe sind dieselben, die sie bei unserer Ankunft getragen hat.«

»Bist du sicher?« Lexingtons Frage klang etwas ungläubig.

»Absolut sicher. Ich erinnere mich besonders an die originellen Schnallen. Ohne Zweifel war sie in der letzten Nacht in Jetheroes Haus. Ich maße mir nicht an, den Grund ihres Besuches zu kennen; aber jedenfalls ist sie seiner Botschaft gefolgt.«

In Lexingtons Augen trat ein erleichtertes Lächeln.

»Soc, du bist doch eine Eule! Wie konnte Molly das Lichtsignal sehen, wenn ihr Schlafzimmer auf der anderen Seite des Hauses liegt?«

Das war ein Schlag für Socs Theorie.

»Da hast du recht«, gab er zu. »Aber wissen wir denn, ob sie sich zu dieser Zeit in ihrem Schlafzimmer aufgehalten hat? Vielleicht hat sie im Garten auf das Zeichen gewartet!«

»Von dort hätte sie den Lichtschein nicht bemerken können. Du kannst die Weiße Villa nur vom äußersten Ende des Rasens oder von den Fenstern der oberen Stockwerke aus erblicken.«

»Das wirft meine Annahme allerdings um«, gestand der Ältere. »Lex, ich glaube doch, daß etwas von einem Kriminalisten in dir steckt, wenn du auch eben nur eine sehr einfache Tatsache festgestellt hast! Aber wem, zum Donnerwetter, hat dann Jetheroes Botschaft gegolten?«

»Vielleicht Mandle?«

»Wohl kaum ... Ah, da kommt unser Inspektor, dem wir nun Miss Templetons Abwesenheit erklären müssen.«

Sein Bruder runzelte die Stirn.

»Können wir ihm denn nicht sagen, daß sie gestern Abend nach London gefahren ist?«

»Und wenn Miss Templeton ebenfalls einem Anschlag zum Opfer fiel?«

»Großer Gott!« Lexington wurde blaß. »Ist das dein Ernst?«

»Die Möglichkeit dürfen wir jedenfalls nicht von der Hand weisen, und daher rate ich, ihm nichts zu verheimlichen.«

Siebenundzwanzig Jahre Dienst hatten Inspektor Mallet gegen Überraschungen abgestumpft, und er hörte den Bericht von Mollys Verschwinden ruhig bis zu Ende an.

»Unglaublich ...! Ich habe bereits die Polizei in Hindhead und Haslemere telefonisch informieren lassen, so daß uns für das Absuchen des Geländes alle nur irgend abkömmlichen Beamten zur Verfügung stehen. Der von Ihnen gefundene Schuh gehört also ...«

»Miss Templeton – Mr. Mandles Stieftochter!«

Offensichtlich verübelte der Inspektor das kleine Täuschungsmanöver nicht, denn ohne ein Wort darüber zu verlieren, brach er auf, um Mr. Jetheroe zu verhören.

»Jetzt erst den Fingerabdruck«, sagte Socrates und schrieb eiligst einen Brief an Scotland Yard, dem er das Blatt aus seinem Notizbuch beilegte. »Natürlich kann die Nachforschung fruchtlos verlaufen, aber das müssen wir in Kauf nehmen.«

»Also, meinst du, daß Jetheroe der Polizei bekannt sein könnte?«

»Möglich ist es schon!«

Socrates warf einen Blick auf die Uhr, die zu seiner Überraschung noch nicht ganz neun zeigte. Wieviel war doch in der kurzen Zeitspanne von zweieinhalb Stunden geschehen ...!

Sie hatten nicht lange zu warten, bis das kleine Wägelchen des Inspektors wieder in die Einfahrt ratterte.

»Jetheroe weiß nichts, Mr. Smith«, berichtete Mallet. »Seine Aussage ist nur insofern wichtig, als sie den Zeitpunkt des Verbrechens ziemlich genau festlegt.«

»Sie meinen den Schuß, den er gehört hat?«

Der Inspektor nickte. »Jetzt möchte ich zu Mr. Stein fahren. Wollen Sie mich begleiten?«

»Ist denn genügend Platz für uns alle?« fragte Socrates, worauf Mallet, der nicht wenig stolz auf sein winziges Fahrzeug war, prahlerisch erzählte, wie er vor einigen Monaten, anläßlich eines Einbruchs in der Nachbarschaft, glatt sieben Beamte in ihm untergebracht habe.

»Bob Stein, der sein ganzes Leben lang mit Mandle befreundet war, wird außer sich sein und wie ein Bluthund die Spur aufnehmen«, ergriff Smith senior unterwegs das Wort.

»Merkwürdig, daß Mr. Stein so religiös geworden ist!«

»Hat es ihn arg gepackt?«

»Ja, man kennt sich niemals richtig mit ihm aus!« versetzte der Inspektor, während er geschickt um einen im Wege liegenden großen Feldstein herumsteuerte. »Er befaßt sich mit allerlei Sachen und läßt sie dann plötzlich wieder fallen. Wahrscheinlich Langeweile – Sie wissen wohl, daß er Junggeselle ist.«

Socrates erinnerte sich an John Mandles hämische Bemerkung über die Sensationsgelüste seines Freundes. Aber er sagte nichts, sondern ließ Mallet weiterplaudern.

»Stein wird demnächst in einer Erweckungsversammlung reden; sein Name ist auf allen Plakaten fett gedruckt, mit denen ganz Goldaming überschwemmt wurde. Eigentlich ist er ein viel zu fröhlicher Mensch, um sich mit Religion abzugeben.«

»Man kann fröhlich und doch fromm sein«, erklärte Socrates.

Der Wagen flitzte durch eine lange Fichtenallee, an deren Ende der ›Prinzenhof‹ auftauchte, ein weit anspruchsvolleres Gebäude als John Mandles bescheidenes Landhaus.

»Er ist Junggeselle«, wiederholte der Inspektor und beabsichtigte mit dieser Formel offenbar nicht allein die Eigentümlichkeiten der Hagestolze seiner Bekanntschaft, sondern auch ihren Reichtum zu erklären.

»Ich bin neugierig, ob er zu den Frühaufstehern gehört«, meinte Soc, als er auf den Klingelknopf drückte.

Doch Mr. Bob Stein erhob sich ebenso spät wie seine Freunde in der Nachbarvilla, denn der würdevolle Diener bekundete, daß sein Herr noch nicht nach dem Rasierwasser geklingelt habe.

»Zeigen Sie mir den Weg zu seinem Schlafzimmer; mich führt eine dringende Angelegenheit hierher.«

Der Diener zögerte unschlüssig.

»Mr. Stein ist sehr ungehalten, wenn er gestört wird. Aber ich darf wohl annehmen, daß Sie mit ihm befreundet sind ... Ah, guten Morgen, Mr. Mallet«, begrüßte er den Inspektor, den er erst jetzt erblickte. »Sie wissen ja auch, wie Mr. Stein es haßt, wenn ein Fremder sein Haus betritt.«

»All right, Jackson. Mr. Smith ist seit Jahren mit Ihrem Herrn befreundet.«

Also auch Stein verbringt sein Leben in steter Furcht! grübelte Socrates, als der Diener sie die breite Treppe hinauf in das erste Stockwerk führte und an der letzten Tür des geräumigen Korridors anklopfte.

Da keine Antwort erfolgte, wiederholte er sein Klopfen und drückte dann die Klinke herunter. Aber die Tür gab nicht nach.

»Gibt es noch einen anderen Zugang in dieses Zimmer?« erkundigte sich Socrates.

Der Diener wies auf eine kleine Tür zur Rechten.

»Hier, durch das Bad.«

Diese Tür war nicht abgeschlossen und ebensowenig die Verbindungstür zum Schlafzimmer. Voll böser Ahnungen trat Socrates über die Schwelle: da lag Bob Stein auf seinem Bett, ein festverknotetes Tuch über dem Mund, an Händen und Füßen gefesselt und in seiner Hilflosigkeit wild um sich blickend.

8

Eine Minute später hatten sie Stein von seinen Fesseln befreit und ihn aufgerichtet. Mit purpurrotem Gesicht und geschwollenen Gelenken saß er wie betäubt auf seinem Bett und versuchte, die steifen, halb abgestorbenen Arme zu bewegen.

»Reden Sie schon, was ist passiert, Bob?« drängte Socrates.

»Was passiert ist ...? Ein paar Kerle sind vergangene Nacht in mein Schlafzimmer eingebrochen und haben mich gefesselt. Ich habe wie der Teufel gekämpft, konnte aber gegen die Übermacht nichts ausrichten.«

»Wie viele waren es?«

»Es müssen drei oder vier gewesen sein. Ganz sicher bin ich aber nicht, denn alles spielte sich im Finstern ab. Was dann geschah, nachdem sie mich überwältigt hatten, weiß ich nicht. Ich glaube, daß sie sich über ihre weiteren Maßnahmen beraten haben und dabei durch irgend etwas gestört worden sind, weil sie plötzlich verschwanden.«

»Haben Sie einen erkannt?«

»Nein, ich sagte ja, daß es dunkel war.«

»Und wann geschah es?«

Stöhnend rieb Stein seine geschwollenen Gelenke.

»Zur Hölle mit den Kerlen! Hätte ich doch nur nach meinem Schießeisen greifen können . . . Wann? Es muß so um Mitternacht herum gewesen sein; vielleicht war es auch etwas später – ich hatte fest geschlafen.«

Es dauerte eine ganze Weile, bis Stein sich einigermaßen erholt hatte, und erst als er, flüchtig angekleidet, unten im komfortablen Eßzimmer saß, erzählte Socrates von John Mandles furchtbarem Geschick. Wortlos hörte Stein zu und verbarg dann das Gesicht in den Händen.

»Entsetzlich!« murmelte er schließlich. »Grauenhaft!«

»Wissen Sie, ob John Feinde hatte?«

»Die hatten wir beide – und beide wurden wir mit Drohungen verfolgt.«

»Brieflich?«

Stein nickte.

»Sie wissen selbst, Socrates, daß das nichts Besonderes ist. Ich habe erst vor einer Woche eine Postkarte bekommen, die mir Unannehmlichkeiten ankündigte. Ich habe sie leider nicht aufbewahrt. Und ich habe das Gefühl, daß John zur selben Zeit ähnliche Schmierereien bekommen hat. Gesagt hat er zwar nichts darüber, der alte Geheimniskrämer. Aber die ganze Art seines Gebarens brachte mich auf diese Vermutung.«

Als der Inspektor sich etwas später wieder seinem Wägelchen anvertraut hatte, hielt Socrates mit seiner Meinung nicht mehr hinter dem Berg. »Warum wollen Sie aus der Geschichte so ein Geheimnis machen, Bob? Nicht nur John, sondern auch Sie hatten vor irgend etwas eine tödliche Angst.«

»Woraus schließen Sie das?«

»Aus den Vorsichtsmaßregeln, die Sie beide getroffen haben. John Mandle hat sein Haus mit Fallen und Alarmvorrichtungen umgeben. Und auch Ihre Fenster haben unauffällige Alarmanlagen, die Sie bei einem gewöhnlichen Einbruch geweckt haben müßten.«

Bob Steins Gesicht verzog sich zu einem schuldbewußten Lächeln.

»Sie sind noch immer derselbe alte Socrates! Also das ist Ihnen nicht entgangen? Ja, ich habe versucht, mich einigermaßen zu schützen.«

»Gegen wen?«

»Gegen den großen Unbekannten.« Sein ironischer Tonfall verriet Socrates, daß Stein keine Lust hatte, mehr darüber zu sagen.

»Ist Ihnen eigentlich klar, daß Ihr großer Unbekannter unseren Freund John Mandle ermordet hat?« fragte Smith barsch.

Stein schwieg ein paar Minuten, um dann leise zu antworten: »Ich will den Täter auf meine eigene Art finden.«

»Soll das heißen, daß Sie auf meine Hilfe verzichten?«

»Das will ich damit nicht gesagt haben, nur will ich meine eigene Methode anwenden.«

»Kennen Sie Jetheroe?«

»Jetheroe?« Bob Stein blickte lebhaft auf. »Den Besitzer der Weißen Villa . . .? Ich weiß nur, daß er mit Molly Templeton befreundet ist – vermutlich, weil sich beide für Botanik interessieren. Jedenfalls dürfte das junge Mädchen bei ihm mehr Sympathie und Freundlichkeit gefunden haben, als bei John, der Molly immer brutal behandelt hat.«

»Sie haben Molly sehr gern, nicht wahr?«

Bob Stein warf ihm einen Blick zu.

»Allerdings. Obwohl es für einen Mann von vierundfünfzig vielleicht lächerlich ist, sich für ein Mädchen von zweiundzwanzig zu interessieren.«

»Und billigen Sie ihre Freundschaft mit Jetheroe?«

»Warum nicht? Haben Sie etwas gegen ihn?«

»Nichts. Ausgenommen nur, daß Molly vergangene Nacht in seinem Haus war und seitdem verschwunden ist.«

»Verschwunden?« Stein sprang auf. »Das kann nicht sein!«

Socrates berichtete ihm von seiner Suche nach Molly, dem offenen Safe, dem Auffinden ihrer Schuhe und als letztes von der vermummten Gestalt, die sich über den Rasen geschlichen hatte.

»Der Safe ist bedeutungslos – Sie nehmen doch wohl nicht an, daß Molly ihren Stiefvater beraubt hat?« stieß Stein mit rauher Stimme hervor.

»Soviel ich weiß, lagen im Safe einige Schmucksachen ihrer Mutter, von denen sie sich wahrscheinlich nicht trennen mochte. Oft genug hat sie Mandle gesagt, daß sie eines Tages sein Haus verlassen werde! Was ist natürlicher, als daß sie zuerst ihren Freund Jetheroe aufgesucht hat? Wollte der Himmel, sie wäre ...« Er stockte.

»Zu Ihnen gekommen«, vollendete Socrates den Satz.

»Ja, das wollte ich sagen.«

»Ich möchte mich nun noch einmal in Ihrem Schlafzimmer umsehen«, lenkte Smith ab. »Ich kann einfach nicht verstehen, warum die Bande, die John Mandle umgebracht hat, sich damit begnügte, Sie nur zu fesseln.«

»Wahrscheinlich hätte mir dasselbe geblüht, wenn die Burschen nicht gestört worden wären. Immerhin auch so schon ein unheimliches Erlebnis ...! Gehen Sie hinauf und sehen Sie zu, ob Sie etwas entdecken.«

Socrates hatte seine äußerst gründliche Durchsuchung fast beendet, als Stein sich zu ihm gesellte. »Nun, etwas gefunden?«

»Nein.«

»Und wenn Sie etwas entdeckt hätten, würden Sie es auch nicht verraten«, vermutete Bob schmunzelnd und traf mit dieser Annahme genau ins Schwarze.

Denn Soc verschwieg das winzige Fädchen Werg, das auf dem Kopfkissen gelegen hatte, und das jetzt, sorgfältig in Papier gewickelt, in seiner Tasche steckte.

Eine Stunde später saß Socrates im Arbeitszimmer des Ermordeten vor seinem kleinen, aber starken Mikroskop.

»Was untersuchst du da so eifrig?« forschte Lexington.

Als Antwort nahm sein Bruder das Präparat heraus und hielt es ihm hin: ein Haar oder so etwas Ähnliches zwischen zwei kleinen Glasscheiben.

»Ein Fusselchen!« Lexingtons Enttäuschung war deutlich zu hören. »Weiter nichts?«

»Weiter nichts. Ich habe es auf Steins Kopfkissen entdeckt.«

»Von einem Einbrecher zurückgelassen?«

»Von dem Mann zurückgelassen, der Stein so hübsch verschnürt hat. Lex, bist du dir klar darüber, daß dies einer der interessantesten Fälle ist, denen ich je gegenüber gestanden habe? Ich habe den Chef von Scotland Yard bereits telegrafisch gebeten, mir die Leitung der Untersuchung hier zu übertragen. Vermutlich wird aber im Lauf des Tages ein Bürschlein aus der neuen Schule anschwirren!«

Hierin sollte Soc jedoch nicht recht behalten; beinahe umgehend erhielt er die Ermächtigung aus London, den Fall weiter zu bearbeiten. »Merk dir übrigens« – sie aßen in einem Gasthaus in Hindhead zu Mittag, als Socrates das betreffende Telegramm ausgehändigt wurde –, »daß Stein von diesem Fusselchen, wie du es nennst, nichts weiß und auch nichts wissen soll, da er ihm dieselbe Bedeutung zuschreiben würde wie ich. Und das würde ihn vielleicht nervös machen.«

»Gehört er zu den Männern, die in der Gefahr ihre Nerven verlieren?«

»Das kann man nie vorher sagen«, wich sein Bruder aus.

Die Polizei hatte inzwischen den Ermordeten in die Leichenhalle von Haslemere geschafft, und die ganze Gegend wimmelte von Neugierigen, die geschäftig jede etwa vom Täter hinterlassene Spur vernichteten. Auch ein kleiner Schwarm von Reportern war angerückt, und um diesen zu entgehen, nahm Socrates das Mittagessen außer Haus ein.

Mit heimlichem Vergnügen beobachtete er seinen jüngeren Bruder, der zerstreut und trübsinnig die Bissen hinunterwürgte.

»Lex, dir wird niemals wieder ein derartig interessanter Fall unter die Nase kommen. Reizt er dich gar nicht?«

»Ich denke an etwas anderes.«

»Beruhige dich – sie ist höchstwahrscheinlich in Sicherheit, und wenn mich nicht alles täuscht, in London. Ich will dir auch etwas versprechen, etwas, was deinen Augen den Glanz und deinem Herzen die Hoffnung wiedergeben wird.«

Lexington blickte ihn beschwörend an.

»Mach dich nicht über mich lustig, Soc – dies rätselhafte Verschwinden bedrückt mich sehr. Was willst du mir denn versprechen?«

»Daß du Molly Templeton heute abend sehen kannst«, lautete die überraschende Antwort

»Du weißt, wo sie ist?« stieß Lexington hervor. »Willst du sie etwa verhaften?«

»Es ist weder ein Verbrechen, dem Stiefvater davonzulaufen, noch ist es strafbar, den Schuh im Morast zu verlieren. Soviel ich weiß, hat bisher niemand Miss Templeton der Ermordung ihres Stiefvaters beschuldigt. Und wenn es jemand gewagt haben sollte ...«

»So hätte ich ihm seinen verfluchten Hals umgedreht!« unterbrach ihn Lexington wild.

»Soweit wäre ich ja nun nicht gegangen.« Socrates schüttelte sich innerlich vor Lachen. »Dagegen würde mich so ein Verdacht außerordentlich amüsiert haben.«

»Soc, du bist ein wahrer Teufel! Zum erstenmal bin ich dabei, wie du einen derartigen Fall untersuchst, und er scheint dir großen Spaß zu machen.«

»Weil ich noch ein junges Herz habe, mein Lieber! Anscheinend bin ich der jüngere von uns beiden, und wenn ich ans Heiraten dächte ... Das Mädel besitzt Charakter, ist ungewöhnlich reizend – das hübscheste Gesicht, das ich seit Jahren sah.«

Lexington schoß das Blut in die Wangen.

»Mach dich nicht lächerlich!« Sein Ton war ein wenig steif. »Ich kenne Miss Templeton erst vierundzwanzig Stunden. Gewiß ist sie eine charmante junge Dame ...«

»Ich weiß, ich weiß«, wehrte sein Bruder ab. »Aber wenn ihre Schönheit und ihr Charme bei einem älteren Herrn wie mir einen solchen Eindruck hinterlassen haben, wie muß da erst die Wirkung auf einen Fünfundzwanzigjährigen sein!« Seine Hand legte sich liebevoll auf des anderen Schulter. »Nimm meinen Segen, Junge!«

Und Bob Stein, der sie draußen erwartete, wunderte sich, wie man an einem so freudlosen Tag so herzlich lachen konnte.

»Ich war bei den Drei Eichen«, berichtete er, als die Brüder das Gasthaus verließen, »und ich bin zu dem Schluß gekommen, daß sie Mandle ebenso wie mich geknebelt und gefesselt haben und ihn dann aus seinem Haus forttrugen.«

»Aber warum legten sie ihn auf den Ast?« fragte Socrates.

Stein zuckte die Achseln.

»Ich habe alle mir bekannten Verbrecher, die eine Neigung zum Absonderlichen haben, in meinem Geist Revue passieren lassen, kann aber keinen Anhaltspunkt finden.«

»Glauben Sie, daß er erschossen wurde, bevor man ihn auf den Ast gehoben hat?«

»Zweifellos«, entgegnete Stein, ohne zu zögern.

»Dann gehen unsere Meinungen auseinander.«

»Oh . . .« Mehr vermochte Stein nicht herauszubringen.

»Die Kugel, die Mandle getötet hat«, begann Socrates seine Erklärung, »wurde von unten nach oben abgefeuert. Wenn Sie auf den Baum kletterten, würden Sie bemerken, daß das Geschoß verschiedene kleine Zweige weggerissen hat.«

Lexington war über diese Feststellung nicht minder betroffen als Stein, und minutenlang fiel kein Wort.

»Nebenbei bemerkt, Bob«, sagte Soc, als sie die Straße entlangschritten, »hat der Chef mir den Fall übertragen.«

»Sieh da! Gewöhnlich ziehen sie keinen Outsider heran.«

»Ein Outsider bin ich ja auch nicht!« kam es ärgerlich zurück.

Aber Bob Stein schien sich der Taktlosigkeit, die er begangen hatte, nicht bewußt zu werden. Von dem Mord kam er jetzt auf Molly Templeton zu sprechen.

»Wenn Sie doch nur nicht gerade in diesem Moment fortgelaufen wäre! Irgendein Verdacht wird sich sicher gegen sie richten, und sobald die verflixten Reporter Wind bekommen, gibt es Artikel über Artikel! Ich sehe schon in den Zeitungen die fetten Überschriften: ›Die Tochter des Ermordeten spurlos verschwunden‹.« Und sprunghaft das Thema wechselnd, berichtete Stein mit einem Lächeln: »Ich habe Jetheroe gesprochen.«

»Aus Ihrer Heiterkeit entnehme ich, daß Sie nicht sehr gnädig aufgenommen worden sind.«

»Stimmt! Inspektor Mallet muß ihn mit seiner Ausfragerei sehr belästigt haben. Natürlich war Miss Templeton vergangene Nacht bei ihm, aber er wollte es nicht eingestehen. Ein sonderbarer Heiliger! Ich wollte, ich hätte ihn schon früher gekannt.«

»Haben Sie ihn denn vorher niemals gesprochen?«

»Nein«, erwiderte Stein kopfschüttelnd, »er ist mir vollkommen fremd. Dennoch ist da irgendein Zug um seine Augen, der mich an jemand erinnert; ich vergesse niemals die Augen eines Menschen. Aber sosehr ich auch nachdenke und mir den Kopf zerbreche, ich komme auf keine Spur.«

Am Kreuzweg angelangt, verabschiedete Stein sich.

»Ich glaube, daß das junge Mädchen ihn mehr beschäftigt als das traurige Ende seines Freundes John«, meinte Socrates, als er mit Lexington dem Haus des Ermordeten zuschritt. Verblüfft sah er, daß sich die Augenbrauen seines Bruders finster zusammenzogen.

»Es ist unerhört«, brach Lex los, »daß ein solcher Mann sich einbildet, eine Dame wie Miss Templeton heiraten zu können!«

»Unter uns kannst du sie ruhig Molly nennen«, beschwichtigte ihn Socrates.

»Begreifst du denn nicht diese Geschmacklosigkeit, Soc? So ein alter Mann . . .«

»Zum Heiraten ist niemand zu alt! Und vielleicht darf ich dir die unglückselige Tatsache ins Gedächtnis rufen, daß ich zwei Jahre älter bin als Stein!«

»Ja, du! Das ist doch etwas ganz anderes! Du bleibst immer jung, Soc. Dagegen dieser Bursche! Findest du seine Idee nicht auch ungeheuerlich?«

Sein Bruder lachte in sich hinein.

»Nicht so sehr wie du. Im übrigen scheint ihr an dieser Heirat nichts zu liegen, wie?«

»Woher soll ich das wissen?« versuchte Lex auszuweichen. Als Socrates aber schwieg, machte er das Eingeständnis: »Nun ja, wir haben uns über dies und das unterhalten . . . Und dabei deutete sie auch an, daß sie von Steins Plänen nichts hält.«

»Lex«, sagte Soc ernsthaft, während sie die Stufen zum Haus emporstiegen, »verscheuche die Idee aus deinem Kopf, daß Bobs Werbung für Molly eine sträfliche Beleidigung bedeutet! Und wenn du je ernsthaft daran denkst, meinen Beruf zu ergreifen, so gewöhne dir an, dich von Vorurteilen freizuhalten.«

Im Haus fanden sie ein halbes Dutzend neuigkeitshungriger Reporter, denen Socrates die wesentlichsten Tatsachen berichtete – gewisse bedeutsame Details überging er allerdings. Aber das ist eine Gewohnheit, in die jeder Kriminalist leicht verfällt.

»Warum hast du ihnen nichts über Jetheroe mitgeteilt?« fragte Lex, nachdem sich die Journalisten, nur halb zufriedengestellt, entfernt hatten.

»Das wäre nicht klug gewesen. Jetheroe ist für mich ein Fall, den ich allein bearbeiten will, und außerdem hätte jede Andeutung hinsichtlich Jetheroes auch Fragen nach Molly Templeton hervorgerufen. Und gerade das wollte ich unbedingt vermeiden ... Übrigens sagten die Presseleute, daß die ersten Abendausgaben der Londoner Zeitung schon Berichte über den Mord bringen – das paßt mir ausgezeichnet.«

»Und warum?«

»Frag mich das heute abend noch einmal.«

Den Nachmittag verbrachte Socrates damit, sämtliche Papiere Mandles, soweit er ihrer habhaft werden konnte, sorgfältig durchzusehen. In dieser Arbeit wurde er um vier Uhr durch seinen Bruder unterbrochen, der ihm ein Telegramm übergab.

Soc riß es auf, las bedächtig die Nachricht, die zwei Seiten umfaßte, und nickte zustimmend.

»Ich dachte es mir ja. Hör zu, Lex, was mir die Registerabteilung von Scotland Yard meldet:

> Betrifft Ihre Anfrage. Der beigelegte Fingerabdruck ist von Theodore Kenneth Ward, der in Old Bailey wegen Fälschung und Betrug zu zehn Jahren Zuchthaus verurteilt worden ist. Festnahme erfolgte durch Inspektor Mandle und Sergeant Stein. Teilweiser Straferlaß. Nach seiner Entlassung aus dem Zuchthaus sofortige Wiederfestnahme durch Mandle aufgrund einer weiteren Anklage wegen Betruges. Nochmals drei Jahre Zuchthausstrafe verbüßt.

»Also das ist unser Jetheroe«, knirschte Socrates mit grimmiger Befriedigung.

9

Die Sonne war hinter Devil's Punch gesunken, und blaue Schatten füllten das Tal, als Stein wieder in John Mandles Landhaus erschien und sich verstört und müde in einen Sessel fallen ließ.

»Keine Spur von Molly. Weder in Haslemere noch in Goldaming ist sie gesehen worden. Keiner der Eisenbahnbeamten kann sich erinnern, daß er sie abfahren sah, obwohl man sie an beiden Bahnhöfen genau kennt.«

»Ich habe auch nie vermutet, daß sie einen Zug benutzte«, erwiderte Soc. »Sie fuhr etwa um fünf Uhr früh auf einem Fahrrad fort.«

Bob Stein starrte ihn verblüfft an.

»Wie kommen Sie denn darauf? Sie besaß ja überhaupt kein Rad! John Mandle hätte ihr niemals das Geld dafür gegeben.«

»Vielleicht hat sie es von jemand anders geschenkt bekommen. Jedenfalls konnte sie radfahren. Ich habe mir die Freiheit genommen, heute nachmittag ihre Kommode zu durchsuchen, und fand darin eine unbrauchbare Luftpumpe, die sie wahrscheinlich reparieren wollte. Und das Fahrrad? Sie wird es vermutlich woanders untergestellt haben.«

»Und wo?« fragte Stein kurz.

»Bei ihrem Freund Jetheroe, der es ihr vielleicht auch geschenkt hat. Ich überprüfte heute morgen den Weg bei der Weißen Villa nach frischen Fahrradspuren, aber leider liefen zu viele durcheinander. Übrigens«, Soc lächelte, »ist ihr Radfahren gar kein Geheimnis. Auch Inspektor Mallet hat sie häufig fahren sehen. Ich nehme an, daß die einzigen Personen, die davon keine Ahnung hatten, ihr Stiefvater und Sie gewesen sind.«

Stein ließ den Kopf hängen und starrte auf den Teppich.

»Offenbar hat sie Jetheroe sehr viel Vertrauen entgegengebracht«, murrte er schließlich.

»Sagen Sie, Bob, wissen Sie noch immer nicht, an wen Jetheroe Sie erinnert?«

Stein blickte auf.

»Können Sie sich noch an einen gewissen Ward erinnern? Theodore Kenneth Ward ...?«

»Mein Gott!« rief der andere und sprang auf. »Jetzt steht er mir wieder vor Augen. Natürlich, es ist Ward, der Mann, den Mandle so abgrundtief gehaßt hat . . . Er hat unbarmherzig das Beweismaterial gegen ihn zusammengetragen, ganz besonders auch beim zweiten Fall. John war zwar damals schon aus dem Dienst des Yard ausgeschieden, aber er war so wild darauf, Ward zur Strecke zu bringen, daß er die Ermittlungen sogar aus eigener Tasche bezahlt hat. Als Ward dann nur zu drei Jahren verurteilt wurde, war Mandle vor Wut außer sich . . . So, so, also Jetheroe ist Ward!« Steins Augen wurden schmal. »Ich möchte wissen, weshalb er sich hier niedergelassen hat!«

»Aus welchem Grund hat Mandle ihn denn so gehaßt?« erkundigte sich Socrates.

»Genau weiß ich es auch nicht. Ich habe immer vermutet und glaube es auch noch heute, daß eine Frau dahintersteckte. Ward war zweifellos ein glänzender Schwindler, der sicher auch noch unter anderen Namen gearbeitet hat. Ich habe mich schon manchmal gefragt, ob Mandle bei seinen Ermittlungen womöglich auf Wards Familie gestoßen ist . . . Wie war das doch . . .?« Er überlegte angestrengt. »Ach ja, jetzt fällt es mir wieder ein. Mandle selbst erzählte mir damals, daß Ward eine sehr hübsche Frau habe und daß diese von den Verbrechen ihres Mannes nicht einmal etwas ahnte. Und drei Jahre später, nachdem Mandle Ward ins Zuchthaus gebracht hatte, überraschte er uns alle durch seine Heirat mit einer Witwe, die eine Tochter mit in die Ehe brachte. Eine sehr schöne Frau, diese Mrs. Mandle! Sind Sie ihr nie begegnet, Soc?«

Socrates schüttelte den Kopf.

»Und wenn nun Mandle« – unwillkürlich dämpfte Stein seine Stimme – »die Frau von Ward geheiratet hätte...? So unwahrscheinlich ist das gar nicht, denn wenn Wards Frau nichts von dem Doppelleben ihres Mannes gewußt hat, mußte ihr auch sein weiteres Schicksal unbekannt bleiben. Mandle, der ja keine Hemmungen hatte, wenn er seinen Willen durchsetzen wollte, wird ihr vermutlich eingeredet haben, daß ihr seit langen Jahren verschollener Ehemann tot sei. Und so wird sie schließlich eingewilligt haben, Mandles Frau zu werden.«

»Aber wieso nannte sie sich Templeton?«

»Das wird einer der vielen Namen gewesen sein, die Ward angenommen hatte.«

»Gesetzt den Fall also, daß Ihre Überlegungen zutreffen«, faßte Socrates zusammen, »so ist Molly Templeton niemand anders als Wards Tochter. Und alles zusammen ergäbe ein starkes und genügendes Motiv für die Ermordung John Mandles ...«

Stein, der erregt auf und ab gelaufen war, griff nach seinem Hut.

»Ich muß einen kleinen Spaziergang machen, um mir alles durch den Kopf gehen zu lassen. Sie werden mich unterrichten, sobald Sie etwas über Molly erfahren, nicht wahr?«

Ein düsteres Schweigen lastete im Zimmer, als er gegangen war.

»Soc«, begann Lexington endlich fast zaghaft, »ich sollte dich noch einmal fragen, warum du so zufrieden warst, daß die Londoner Abendzeitungen bereits die Nachricht über den Mord veröffentlicht hatten.«

In der Halle gab es einige Unruhe, und gleich darauf stürzte Timms strahlend ins Zimmer.

»Miss Templeton ist zurück!«

»Das war der Grund«, sagte Socrates. Aber sein Bruder war schon draußen und stand vor dem blassen jungen Mädchen.

10

»Ist es wahr, wirklich wahr? Ist ...« Sie stockte vor dem Wort Vater.

Socrates nickte ernst.

»Leider ist es wahr, Miss Templeton.«

»Auch die Geschichte mit ... mit dem Baum?«

Wiederum nickte er.

»Entsetzlich ...! Ich kann es nicht fassen!«

Sie reichte Stein, der in diesem Augenblick wieder hereinkam, die Hand, die dieser, wie Lexington eifersüchtig feststellte, nicht losließ.

»Ich vermute, daß Sie den Bericht in einer Zeitung gelesen haben und sich daraufhin zur Rückkehr entschlossen?« fragte Socrates.

»Ich bin durch einen reinen Zufall darauf gestoßen, Mr. Smith. Nur ein einziges der frühen Abendblätter brachte die Nachricht, und gerade dieses geriet mir in die Hände.«

Socrates schob seinen Arm unter den ihren und geleitete sie ins Wohnzimmer.

»Ich denke, daß Sie uns manches erklären können, Miss Templeton.«

»Wohl nicht viel! Aber ... ich mache mir jetzt Gedanken ...«

»Worüber?«

»Warten Sie. Ich erzähle Ihnen wohl besser alles von Anfang an«, entgegnete sie und setzte ihren Hut ab. Es war Lexington – ein störrischer Lexington, wie sein Bruder sah –, der den Hut in Empfang nahm und ihr beim Ablegen des Mantels half.

»Nachdem Sie vergangene Nacht Ihr Zimmer aufgesucht hatten, Mr. Smith«, begann sie, »befahl mir Vater zu bleiben, weil er mit mir zu reden habe. Ich nannte ihn zwar Vater, aber ich hatte niemals das Gefühl einer Tochter für ihn, und ich konnte es auch nicht haben, weil er mir gegenüber immer fremd und kalt war und sehr hart mit mir umging. Weiß Gott, ich will nichts Schlechtes über ihn sagen, aber er machte mir manchmal das Leben zur Hölle. Vor etwa zwei Jahren lernte ich dann einen alten Herrn kennen, der hier in der Nachbarschaft seinen Besitz hat und der so gütig zu mir war, daß ich mich bei ihm mehr zu Hause fühlte als hier.«

»Mr. Jetheroe natürlich«, schaltete Socrates ein.

»Ja, Mr. Jetheroe. Er schenkte mir ein Fahrrad – aber das wissen Sie bereits.« Der Schimmer eines Lächelns, der sich in ihre Augen stahl, war eine Anerkennung für Socrates und die Gründlichkeit seiner Nachforschungen. »Natürlich mußte ich mein Radeln vor Mr. Mandle geheimhalten, da es sonst einen furchtbaren Auftritt gegeben hätte. Als er mir gestern abend zu bleiben befahl, gab es wieder eine Szene, diesmal, weil ... wegen ...«

Sie wurde purpurrot, und Socrates wußte, daß Lexington der Gegenstand der Auseinandersetzung gewesen war.

»... wegen etwas, das ihn nichts anging«, vollendete sie endlich ihren Satz »Ich erklärte ihm, daß ich sein Haus verlassen würde, und er antwortete, daß ich sofort gehen könne. Ich habe mich dann umgezogen und bin heimlich aus dem Haus geschlüpft.«

»Ich habe Sie gesehen«, warf Socrates ein.

»Oh, haben Sie aus dem Fenster geschaut?«

»Wir beide, mein Bruder und ich. Aber ich will Sie nicht unterbrechen, bitte, berichten Sie weiter.«

»Der einzige Mensch, zu dem ich vorläufig flüchten konnte, war Mr. Jetheroe. Er hatte mir oft versprochen, daß er mir behilflich sein werde, einen Lebensunterhalt zu finden, falls ich einmal von hier fortgehen wollte.«

»Einen Augenblick«, unterbrach Socrates von neuem. »Verständigten Sie sich mit ihm durch Signale?«

»Signale?« Sie schaute ihn ganz bestürzt an. »Ich verstehe nicht, was Sie meinen.«

»Ich meine, ob Sie Erfahrung haben in der Anwendung des Morse-Codes durch Lichtsignale?«

»Nein, von Telegrafie habe ich keine Ahnung«, lächelte das Mädchen.

»Also haben Sie ihm nie Signale gegeben?«

»Niemals.«

»Und ebensowenig er Ihnen?«

»Nicht, daß ich wüßte. Und wenn, dann wäre es für mich bedeutungslos gewesen, weil ich ja nichts davon verstanden hätte.«

»Gut. Was ereignete sich dann?«

»Ich schlug den nächsten Weg zur Weißen Villa ein, den Pfad durchs Tal. Hunderte von Malen bin ich dort entlanggegangen, ohne je Angst gehabt zu haben. Aber gestern nacht bin ich das Gefühl nicht losgeworden, daß mich jemand beobachtete.«

»Wieviel Zeit lag zwischen dem Ende Ihrer Unterredung mit Mandle und Ihrem Aufbruch?«

»Etwa eine halbe Stunde.«

»Und Sie glaubten, beobachtet zu werden?«

»Ich könnte darauf schwören, daß ich einen Mann durchs Buschwerk schleichen sah. Als ich dann auch noch Schritte hinter mir hörte, begann ich zu rennen. Dabei bin ich beim Quell vom

Weg abgekommen, geriet in den Morast und verlor dabei einen Schuh.«

»Mr. Jetheroe war wohl noch nicht schlafen gegangen?«

»Nein. Er hat mir selbst die Tür aufgemacht und ...« Sie stockte plötzlich. »Ich weiß nicht, ob ich Ihnen das alles erzählen soll. Haben Sie Mr. Jetheroe inzwischen gesprochen?«

Socrates bejahte. »Er hat sich die größte Mühe gegeben, Sie zu schützen und nicht zu verraten, wohin Sie gegangen waren.«

»Ich habe die Nacht auf dem Sofa seines Arbeitszimmers verbracht«, nahm Molly ihren Bericht wieder auf. »Um vier Uhr weckte er mich, und um fünf Uhr bin ich auf meinem Fahrrad nach London abgefahren. Er hatte mich gut versorgt mit Geld und Empfehlungen an seine Geschäftsfreunde, die mir helfen sollten, eine Beschäftigung zu finden ... Sie können sich nicht vorstellen, wie gütig Mr. Jetheroe zu mir war. Er wollte mir sogar eine monatliche Geldzuwendung anweisen, damit ich überhaupt nicht zu arbeiten brauchte, und er war sehr ungehalten, als ich dies nicht annehmen wollte. Das ist alles, Mr. Smith. Jetzt möchte ich hinaufgehen, um mich umzukleiden. Ist ... ist ...?«

Socrates erriet, was sie wissen wollte.

»Nein, Miss Templeton, er ist nicht mehr da. Man hat ihn nach Haslemere überführt.«

»Nun, was sagen Sie dazu?« fragte Stein, sobald sich die Tür hinter Molly geschlossen hatte.

»Sie hat natürlich die Wahrheit gesagt.«

»Was denken Sie denn sonst?« rief Bob Stein empört, und zum erstenmal empfand Lexington für den Exsergeant etwas wie Sympathie. »Glauben Sie, daß sie überhaupt eine Lüge über ihre Lippen bringen könnte?«

»Jeder Mensch kann lügen, Stein – das ist ein Talent, mit dem die gesamte Menschheit versehen ist ... Und das Mädchen glaubt, daß es seinen Stiefvater nach der Szene im Wohnzimmer nicht mehr gesehen hat!« fügte er grübelnd hinzu.

»Das stimmt doch auch«, bemerkte Lexington.

»Sie hat ihn aber wiedergesehen, Lex. Sie hat ihn wiedergesehen, aber sie wußte nicht, daß er es war. Der Mann, der im Gebüsch lauerte, als sie vorbeikam, war John Mandle!«

Diese Behauptung verschlug seinen Zuhörern die Sprache.

»Es war John Mandle!« wiederholte Soc hartnäckig.

»Sie sind ja verrückt, Soc«, brach Stein endlich los. »Wie konnte es Mandle sein ... Mandle, der nicht imstande war, auch nur einen Schritt zu gehen.«

»Er war es dennoch«, beharrte Smith.

»Wollen Sie behaupten, daß sich gestern nacht ein Wunder vollzogen hat?«

Socrates steckte sich gelassen eine schwarze, nicht gerade lieblich duftende Zigarre an.

»Es waren sogar zwei Wunder! Und beide sind sehr leicht zu erklären, nur bin ich im Augenblick nicht vorbereitet, diese Erklärung zu geben, weil ...«

»Nun?« fragten seine Gefährten einstimmig.

»Weil ich sie noch nicht weiß«, schloß Socrates mit einem breiten Lächeln.

Er vermied Lexingtons Augen, bot den stummen Flüchen, die dieser über sein Haupt ergießen würde, Trotz und lud Stein zum Abendessen ein.

»Danke, ich bleibe gern. Werden Sie sich hier so lange aufhalten, bis der Fall gelöst ist?«

Socrates Smith nickte und ging in den Garten, um ungestört seine Gedanken ordnen zu können. Ein wenig später gesellte sich sein Bruder zu ihm.

»Soc, warum hast du diesen Burschen eingeladen?«

Wohl zum ersten Male in seinem Leben gewahrte Lexington in den Augen des Älteren einen kalten, abweisenden Ausdruck.

»Betrachtest du Bob Stein als einen derart begünstigten Rivalen, daß du es nicht wagst, mit ihm zu konkurrieren? Kommt es dir nicht in den Sinn, daß ich Bob brauche, weil er mir helfen kann? Und glaubst du etwa nicht, daß die Aufklärung des Mordes bei den Drei Eichen für mich und für die Allgemeinheit wichtiger ist als dein ungestörtes Zusammensein mit Molly Templeton?«

Lex ließ den Kopf hängen.

»Es tut mir leid, Soc«, murmelte er und fühlte, wie sich der Arm des Bruders um seine Schultern legte.

»Liebe ist wie eine Krankheit, Lex. Laß mich jetzt allein. Ich muß mit sieben verschiedenen Problemen fertig werden, bevor ich einen weiteren Schritt tun kann.«

Soc kam verspätet zu Tisch, wo er ungeduldig von Miss Templeton erwartet wurde, die eine neue Nachricht für ihn hatte. An der Unterhaltung beteiligte er sich überhaupt nicht, beantwortete Fragen nur kurz und einsilbig und war so ernst, daß Molly erst gegen Ende der Mahlzeit den Mut fand, das Wort an ihn zu richten.

»Haben Sie Mr. Mandles Tagebuch an sich genommen?«

Wie ein Blitz verschwand Socrates' grüblerische Miene.

»Ich wußte gar nicht, daß er ein Tagebuch geführt hat.«

»Auch ich habe erst vorhin davon gehört, und ich bin mir auch nicht klar, ob die Bezeichnung ›Tagebuch‹ zutrifft. Timms, der das Aufräumen des Arbeitszimmers besorgte, hält es jedenfalls dafür. Nach seiner Aussage existieren zwei vollgeschriebene Bücher, die beide Aufzeichnungen über das Leben Mr. Mandles enthalten müssen. Timms fand nämlich einmal eine angefangene Seite im Papierkorb, auf der nur eine einzige Zeile stand; er kann sich genau an den Wortlaut erinnern: ›Um diese Zeit begannen wir zu ahnen, daß Deveroux . . .‹.

»Deveroux?« stieß Socrates hervor. »Das war ja der Mann, der den großen Coup auf die Lyoner Bank ausführte und der Mandle entwischt ist.«

»Mandle und mir«, ergänzte Stein lakonisch. »Aber es bedrückte Mandle mehr als mich . . . Doch zu welchem Zweck mag er seine Lebensgeschichte geschrieben haben? Ein interessantes Leben war es ja tatsächlich, nicht wahr, Soc?«

»Ich habe den Schreibtisch sorgfältig durchsucht«, bemerkte Socrates, »diese Tagebücher habe ich nicht gefunden. Demnach muß es ein Geheimfach geben wie bei den meisten antiken . . .«

Jäh wandte er sich zur Tür.

Sie war nur angelehnt, und sein scharfes Ohr hatte einen leisen Schritt vernommen. Eine Sekunde später stieß er die Tür auf – ein Mann stand draußen, ein weißhaariger Mann.

»Guten Abend, Mr. Jetheroe«, grüßte Socrates höflich. »Wie sind Sie denn hereingekommen?«

11

Aber Jetheroe blickte ihn weder an, noch schenkte er seiner Frage die geringste Beachtung. Seine Augen hingen an Molly Templeton, und ein freundliches Lächeln verlieh seinen verwitterten Zügen eine gewisse Weichheit.

»Ich dachte mir, daß Sie zurückkommen würden, Molly. Den ganzen Tag hat mich die Sorge um Sie gequält, und obendrein mußte ich diesen Herren allerlei Flausen erzählen.«

Molly Templeton, die ihm mit ausgestreckten Händen entgegengegangen war, blickte dankbar zu ihm auf.

»Wie gut, daß Sie da sind! Ich habe schon überlegt, wie ich Ihnen mitteilen könnte, daß ich wieder zurückgekehrt bin, denn heute abend« – sie schauderte – »hätte ich mich nicht durchs Tal getraut.«

»Das habe ich mir gedacht. Im übrigen bitte ich um Entschuldigung, daß ich die Mahlzeit störe – und um auf Ihre Frage zurückzukommen, Mr. Smith: die Vordertür stand offen, und ich gelangte also auf dem üblichen Wege ins Haus. Sind Sie jetzt zufrieden?«

Es lag eine gewisse Herausforderung in seinen letzten Worten.

Da Molly, die Hausherrin, anwesend war, hatte Socrates auch wirklich kein Recht, einen Besucher zu fragen, warum und wie er ins Haus gekommen war. Das sah er wohl selbst ein und gab es auch freimütig zu.

»Ich habe mich seit heute morgen daran gewöhnt, hier zu gebieten«, lächelte er gutmütig, »und ich will in dieser Rolle nur noch einen Augenblick fortfahren, um Sie zu bitten, Platz zu nehmen. Sie kennen Mr. Stein wohl schon?«

»Wir sind uns vor etwa sechzehn oder achtzehn Jahren in London begegnet. Erinnern Sie sich daran, Mr. Stein?«

Bob Stein verbeugte sich leicht, und Socrates gestand sich ein, daß seine Kenntnis von Jetheroes Vergangenheit durch das stumme Eingeständnis des Mannes erheblich an Wert verloren hatte.

»Ich bin gekommen, um Sie zu mir einzuladen, Molly, da es Ihnen sicher davor graut, die Nacht hier zu verbringen.«

»Ja, ich möchte keinesfalls hierbleiben. Aber ich habe mir schon ein Zimmer im Dorfgasthaus bestellt.«

»Das war sehr klug von Ihnen gehandelt«, lobte Stein.

Langsam wanderten Jetheroes Augen von einem zum anderen, und wieder erhellte das warme Lächeln seine Miene, als er aufstand und sagte: »Ich fürchte, ich kam in einem ungeeigneten Moment und habe eine interessante Unterhaltung unterbrochen. Gute Nacht, Molly!«

»Gute Nacht, Mr. Jetheroe.« Ihre beiden Hände griffen zärtlich nach der seinen.

Auch Bob Stein verabschiedete sich. Doch bevor er ging, nahm er Socrates beiseite.

»Ich komme morgen früh wieder und werde Ihnen bei der Suche nach Johns Tagebüchern helfen. Die können möglicherweise manches klären, was uns jetzt so geheimnisvoll vorkommt. Wenn Sie wollten, würde ich Ihnen auch heute nacht helfen, aber ich glaube, daß Sie das Tageslicht für diese Arbeit vorziehen.«

»Wir werden den Schreibtisch, wenn nötig, in Stücke schlagen.«

»Glauben Sie nicht, daß die Tagebücher auch woanders versteckt sein könnten?«

»Ich glaube eher an ein Geheimfach. Dieses altmodische, ungefüge Möbelstück könnte innen wie eine Honigwabe mit Höhlungen ausgestattet sein.«

»Nun gut, ich bin um neun Uhr hier.« Stein blickte über die Schulter zu dem Mädchen hin. »Ob Molly schon ins Gasthaus gehen möchte?«

»Wahrscheinlich nicht – jedenfalls werde ich selbst sie hinbringen«, versicherte Socrates heuchlerisch; er wußte ganz genau, daß nur ein einziger Begleiter für Molly Templeton in Frage kommen würde.

Dann ließ er die jungen Leute allein und widmete sich von neuem John Mandles Papieren, ohne aber auf irgend etwas Wichtiges zu stoßen. Erfolglos tastete und klopfte er den alten Schreibtisch nach Geheimfächern ab. Wo waren nur diese Tagebücher . . .? Ein zufälliger Blick auf die Uhr zeigte ihm zu seinem Erstaunen, daß es schon elf war.

»Hallo, ihr jungen Leutchen, wißt ihr, wie spät es ist...?« rief er und trat ins Wohnzimmer. »Das Gasthaus wird inzwischen geschlossen haben.«

»Ich habe es mir überlegt, ich bleibe doch hier«, verkündete Molly ein wenig hastig.

Verwundert blickte Socrates die beiden an. Jugend...! Jugend, völlig gleichgültig gegen alles außer ihrer Herzensaffäre – ein neues Erlebnis für Socrates Smith. Er schmunzelte.

»Was amüsiert dich denn, Soc?«

»Na... so gewisse Gedanken! Und nun, Miss Templeton, schicke ich Sie als guter Onkel zu Bett!«

»Ich habe wirklich nicht geahnt, daß es schon spät ist«, meinte sie etwas verwirrt. »Gute Nacht, Mr. Smith. Gute Nacht, Lexington.«

Oho, ›Lexington‹! dachte der Ältere.

Anscheinend war es für Molly Templetons Seelenfrieden erforderlich, daß Lex sie bis zur Treppe geleitete, um dort noch Dinge von äußerster Wichtigkeit zu besprechen.

»Nun«, erkundigte sich Socrates, als sein Bruder wieder erschien, »habt ihr die Angelegenheiten der Welt geordnet?«

»Meiner Welt!« erwiderte Lexington kühn.

»Du baust also eine neue Welt auf?« kam es spöttelnd zurück. »Eine Welt nur für zwei, wie? Die übrige Menschheit dient nur zur Staffage in der Landschaft...! Sie ist wirklich ein sehr liebes Mädchen, Lex.«

»Sie ist das beste Mädchen der ganzen Welt!«

»Das würde ich nicht sagen, wohl aber, daß sie für einen bestimmten Jemand das beste Mädchen der Welt ist. Na, nun kannst du dich ja ruhig zu Bett begeben.«

»Bist du mit deiner Arbeit fertiggeworden?« fragte Lex, der froh war, von dem Thema Molly Templeton loszukommen.

»Für heute, ja. Morgen werden wir den alten Schreibtisch auseinandernehmen und ihn um und um drehen. Ich möchte wissen, ob Jetheroe etwas gehört hat!«

»Als er vor der Tür stand?«

Socrates nickte. »Wir hatten gerade über Geheimfächer und dergleichen gesprochen.«

»Glaubst du denn, daß ihn das interessiert?«

»Keine Ahnung ... Aber nun ins Bett, mein Junge. Und morgen beizeiten wieder heraus!«

Lexington ging zur Tür, wo er sich noch einmal umwandte.

»Du räusperst dich so energisch, mein Sohn«, kam ihm Socrates zuvor.

»Vermutlich willst du mir mitteilen, daß du dich schon mit einem anderen Partner für den Morgenspaziergang verabredet hast. Mir ist das sehr lieb, da ein großer Berg Arbeit auf mich wartet.«

Der jüngere Bruder war gerade im Begriff, zu Bett zu gehen, als es an seine Tür klopfte.

»Herein!«

Es war Socrates.

»Ich habe eine Idee, mir ist da etwas durch den Kopf gefahren. Zieh deinen Morgenrock an, Lex, und komm mit in Mandles Arbeitszimmer. Oder graulst du dich ...?«

»Nicht ein bißchen!« versicherte Lexington forsch, aber ganz geheuer war ihm doch nicht zumute.

Im Arbeitszimmer drehte sein Bruder kein Licht an, sondern tastete sich im Dunkeln voran, bis er die große Stablampe gefunden hatte, mit der er die Wendeltreppe hinabgegangen war. Er legte sie auf einen kleinen Tisch am offenen Fenster, schaltete sie ein, und ein blendender Lichtstrahl schoß nach draußen.

»Geh jetzt in mein Zimmer und beobachtete von dort aus!«

Lexington gehorchte.

»Großer Gott!« entfuhr es ihm. Denn die Fenster der Weißen Villa blitzten genauso auf wie in der vergangenen Nacht.

Er rannte aufgeregt hinunter ins Arbeitszimmer und berichtete seinem Bruder.

»Aha«, erwiderte dieser gleichgültig, »was wir für eine Botschaft von der Weißen Villa hielten, war nur der Reflex dieser Lampe in den großen Fenstern dort drüben.«

»Dann hat also Mandle signalisiert?«

»Ja.«

»Aber an wen denn?«

»Das weiß ich nicht.«

Und mit einem kurzen Gute Nacht kehrte Socrates in sein Schlafzimmer zurück.

Lexington saß noch lange Zeit am Fenster, ehe er ins Bett ging und die Augen schloß.

Und dann umfing ihn ein Traum. Er träumte, daß er im Krieg sei und daß der Feind sich zu einem Nachtangriff anschickte. Maschinengewehre tackten, Bomben explodierten und erstickende Gaswolken rollten von der feindlichen Stellung herüber. Ein langer Offizier mit einem Gesicht wie Jetheroe drang auf ihn ein, und Lex schlug wild um sich.

»Wach auf, wach auf!« rief der Offizier und rüttelte ihn an der Schulter, bis Lex endlich seine bleischweren Augenlider ein wenig hob.

»Steh auf, Lex! Das Haus brennt ...!«

»Was?«

»Das Haus brennt«, wiederholte Socrates rasch. »Hol Miss Templeton aus ihrem Zimmer ... schlag notfalls die Tür ein! Ich werde das Personal wecken!«

»Feuer ...«, murmelte der Jüngere noch schlaftrunken.

Dann vernahm er das scharfe Knistern von brennendem Holz und sah, wie schwere, gelbe Rauchschwaden die Zimmer und Korridore füllten. Lex tastete sich an der Wand entlang bis zu Mollys Tür und hämmerte mit der Faust dagegen. Drinnen regte sich nichts. Da trat er die Türfüllung ein, griff durch das Loch, um den Schlüssel umzudrehen, und stolperte, nach Luft ringend, über die Schwelle.

Verschwommen sah er, daß Molly halb aus dem Bett geglitten war. Und sie hielt ein Buch in der Hand – aber das sah er nicht –, ein dickes, ledergebundenes Buch mit einem Schloß. Im Erdgeschoß raste und wütete das Feuer, und hier im Schlafzimmer war es sengend heiß. Das junge Mädchen mußte durch den Rauch das Bewußtsein verloren haben, denn es gab kein Lebenszeichen von sich, als Lex es aufhob und den Korridor entlang trug, der jetzt im roten Schein der von unten hochzüngelnden Flammen stand.

Glücklicherweise hatte das Feuer die Treppe noch nicht erfaßt, so daß Lex mit seiner Bürde unverletzt die Halle erreichte und durch erstickenden Rauch und knisternde Glut zum Portal rannte. Hier hielt Socrates angstvoll nach ihm Ausschau, die verstörte Dienerschaft hinter sich.

»Dem Himmel sei Dank, daß ihr da seid, Lex!« Er atmete auf. »Timms, könnten Sie wohl schnell noch ein paar Mäntel aus der Halle holen?«

»Ich will es versuchen, Sir.«

Sekunden später tauchte der Diener mit einem Packen Mäntel wieder auf, gerade noch rechtzeitig, denn sie hatten sich nur einige Schritte von dem Gebäude entfernt, als die Decken einstürzten und eine Feuergarbe durch das Schindeldach hochschoß, als wäre es aus Papier.

Es dauerte noch volle fünf Minuten, bis es gelungen war, Molly Templeton wieder zum Bewußtsein zu bringen.

»Was ist geschehen ...?« Sie blickte verwirrt auf den alten Mantel, in den sie eingehüllt war, und sah verstört auf die Gesichter der Umstehenden. »Oh, ich weiß wieder ... das Feuer! Ich wollte aus dem Bett springen, mußte aber ohnmächtig geworden sein.«

»Ein gründlicher Brand!« kommentierte Socrates, dem das Glück seinen eigenen Mantel mit dem Zigarrenetui beschert hatte. »Die nächste Feuerwehr ist in Haslemere und wird wohl gerade rechtzeitig eintreffen, um den Grundstein zum Neubau legen zu können. Puh, ist das hier eine Glut!«

»Wo ist das Feuer ausgebrochen?« fragte Molly, die, von Lexington gestützt, jetzt wieder fähig war, auf den Füßen zu stehen und um sich zu schauen.

Socrates zog nachdenklich an seiner Zigarre.

»Überall, möchte ich fast sagen ...«

»Vielleicht Kurzschluß?«

»Wenn ich nicht der größte Tor der Welt gewesen wäre, würde das Feuer nicht ausgebrochen sein«, sagte Soc bitter, ohne zu erklären, warum seine Torheit die Schuld trug.

Viel eher als erwartet, rückte die Feuerwehr an, es war aber trotzdem zu spät, noch irgend etwas retten. So bezog Molly Templeton nun doch noch das bestellte Zimmer im Gasthaus, und mit ihr quartierten sich auch die Brüder dort ein.

Socrates Smith ging nicht zu Bett. Mit einer Hose bekleidet, die viel zu weit, und einem Jagdrock, dessen Ärmel viel zu kurz waren, verbrachte er eine arbeitsreiche Nacht am Telefon.

Als Lex am nächsten Morgen aus seinem Zimmer kam, entdeckte er nach längerem Suchen seinen Bruder unter den Händen des Dorfbarbiers.

»Ich habe zu Hause angerufen, unser tüchtiger Septimus wird uns Kleider und Wäsche schicken. Außerdem habe ich mit dem Londoner Feuerwehrkommando telefoniert, damit es seinen besten Sachverständigen herbeordert«, berichtete Socrates.

»Und weshalb?«

»Weil ich ein neugieriger Mensch bin, der genau darüber informiert sein möchte, wo das Feuer ausgebrochen ist. Hast du eine Ahnung, wo das gewesen sein kann, Lex?«

»Nein. Und ich dachte, du wüßtest es auch nicht.«

»Ist auch nur eine Spekulation! Aber ich gehe jede Wette mit dir ein, daß es an Mandles Schreibtisch – dem Schreibtisch mit den Geheimfächern –, ausgebrochen ist, und weiter, daß der Sachverständige nicht nur dort, sondern in allen Räumen im Erdgeschoß Petroleum nachweisen wird.«

»Mein Gott!« rief Lexington, »also Brandstiftung!«

»Das ist der richtige Ausdruck!« belehrte ihn Socrates.

Als die Brüder später den Sachverständigen bei seinen Nachforschungen, die er in den rauchenden Trümmern anstellte, begleiteten, wurde dieser Verdacht zur Gewißheit.

»Hier ist das Feuer ausgebrochen«, erklärte der Londoner Experte und wies auf die Trümmer von John Mandles Arbeitszimmer. »Das hier ist wohl ein Schreibtisch gewesen?«

»Ja.«

Der Sachverständige beugte sich nieder und schnupperte.

»Petroleum! Es ist eigenartig, daß sich Petroleumgeruch nicht vertreiben läßt – ich habe ihn auch in dem anderen Teil des Gebäudes festgestellt. Hat etwas leicht Brennbares im Schreibtisch gelegen?«

»Allerdings!« grollte Socrates.

Er hatte im Dorf eine Axt gekauft und begann nun behutsam

damit, an den verkohlten Resten des Schreibtisches zu arbeiten. Es war keine Spur von unverbranntem Papier zu finden! Dagegen stieß er auf das Geheimfach, das mit der Asche eines Manuskriptes angefüllt war. Es hatte sich zu Pulver verwandelt.

Eine Entdeckung gönnte das Schicksal Socrates Smith aber doch. Ein Hieb seiner Axt legte ein nicht völlig verbranntes Fach bloß, das zwei Schlüssel enthielt, einen langen, altmodischen und einen kleineren.

An dem langen Schlüssel baumelte ein Messingschildchen mit der Aufschrift ›Gartentor‹, an dem anderen ein halbverkohltes Pappschild. Es war so geschwärzt, daß Socrates lange Zeit brauchte, um die Buchstaben zu entziffern: ›Pfuhl im . . .‹

»›Pfuhl im . . .‹ Worin denn wohl?«

»Zu einem Pfuhl benötigt man im allgemeinen keinen Schlüssel«, meinte der Sachverständige schmunzelnd und vervollständigte dann seine Ausführungen über die Brandursache.

»Ich bin zwar an sechs verschiedenen Stellen auf Petroleum gestoßen, glaube aber trotzdem, daß der Brand von hier ausgegangen ist. Hier ist alles förmlich mit Petroleum getränkt, jedes Holzteilchen des Schreibtisches, der Fußboden und diese Trümmer, die offenbar einmal eine Holztreppe gewesen sind.«

Socrates hatte die Schlüssel in die Tasche gesteckt und folgte den Darlegungen des Sachverständigen nur noch mit rein akademischem Interesse. Alles in allem lieferten sie ihm nur die Bestätigung seines eigenen Verdachtes, der jetzt zur Gewißheit geworden war.

»Pfuhl im . . .?« murmelte er vor sich hin, als er mit seinem Bruder zum Dorfgasthaus zurückging. »Lex, wir wollen über diese Schlüssel zu keinem Menschen, nicht einmal zu Miss Templeton sprechen.«

»In Ordnung!« willigte der Jüngere ein, der mit Molly Templeton anderes zu besprechen hatte, Fragen, die für ihn unendlich wichtiger waren und – wie er hoffte – auch für sie.

12

Im Gasthaus trafen sie auch Bob Stein, der mit dem jungen Mädchen in dem Zimmer saß, das Socrates gemietet hatte.

»Mich schaudert es, wenn ich daran denke, Molly ...!« Man merkte Stein an, wie sehr er sein seelisches Gleichgewicht verloren hatte. »Bei Gott, ich wünschte, dieses Erlebnis wäre Ihnen erspart geblieben!«

Mehr und mehr maßt er sich eine Art Besitzerrecht über sie an, dachte Lexington wütend.

Das junge Mädchen aber lachte.

»Es war ein ungewöhnliches Erlebnis. Aber obwohl es wirklich grauenhaft war, möchte ich es nicht missen.«

»Ist irgend etwas noch gerettet worden?«

»Nichts!« mischte sich Socrates ein. »Das Feuer hat gründliche Arbeit geleistet, und nur das Sommerhäuschen am Ende des Gartens ist verschont geblieben.«

»Aber wie konnte es zu dieser Feuersbrunst kommen?«

»Petroleum hat sich entzündet«, erwiderte Socrates kurz.

»In der Garage?«

»Die Garage ist mit verbrannt. Aber das Feuer ist in einem Zimmer im Erdgeschoß ausgebrochen. Um genau zu sein, im Arbeitszimmer – und um noch genauer zu sein, in dem Schreibtisch mit dem Geheimfach, das John Mandles Lebensgeschichte enthielt.«

Stein fixierte ihn scharf.

»Wollen Sie damit sagen, daß es Brandstiftung war?«

»Allerdings.«

»Aber wer?«

»Wer tötete John Mandle?« lautete die Gegenfrage. »Ein Mann, der einen anderen mit Vorbedacht ermordet, wird mit dem gleichen Vorbedacht Belastungsmaterial vernichten, das ihn verraten könnte – egal, ob dabei zufällig ein Mensch ums Leben kommt, der sein Bestes tut, um Mandles Tod aufzuklären.«

Bob Stein versank in Schweigen, bis das junge Mädchen aus dem Zimmer gegangen war.

»Werden Sie jetzt Jetheroe verhaften?« erkundigte er sich.

»Warum nehmen Sie an, daß Jetheroe der Täter ist?«

»Weil Jetheroe vor der Eßzimmertür stand, als wir über das Geheimfach sprachen; weil er einer der wenigen Männer in England ist, die allen Grund haben, John Mandle zu hassen; und schließlich, weil er mehr Gelegenheit hatte, ihn zu töten, als irgend jemand anders.«

Socrates rieb sich nachdenklich das Kinn.

»Hat Mandle eigentlich jemals über ihn gesprochen? Wußte er, wer unter dem Namen Jetheroe in seiner Nachbarschaft lebte?«

»John wußte ebensowenig wie ich, wer der Mann wirklich ist. Mollys Freundschaft mit Jetheroe hat ihm bestimmt nicht gefallen, trotzdem ist er nicht dagegen eingeschritten, wie ich es eigentlich erwartet hatte. Ich vermute, weil er Jetheroe für bedeutend älter hielt.«

»Eine verwickelte Angelegenheit«, meinte Socrates kopfschüttelnd. »Aber trotzdem werde ich keinen Haftbefehl gegen ihn beantragen.«

Stein saß grübelnd auf seinem Stuhl.

»Ist es Ihnen gestern abend auch aufgefallen, wie sehr er darauf bestand, daß Molly bei ihm übernachtete, und wie zufrieden er war, als Molly sagte, sie wolle im Gasthaus wohnen?«

»Dasselbe trifft auch auf Sie zu.« Smith senior lächelte. »Aber welche Schlußfolgerung ziehen Sie daraus?«

»Daß Jetheroe schon von dem Feuer wußte, dem in der Nacht ›Haus Waldfrieden‹ zum Opfer fallen sollte, und daß er deshalb das Mädchen in Sicherheit bringen wollte. Vergessen Sie nicht, wenn unsere Theorie richtig ist, ist Molly seine Tochter ... Hat er sich heute hier schon blicken lassen?«

»Im Gasthaus war er nicht. Aber er hat Molly bei Einkäufen im Wäscheladen getroffen.«

»Und warum war er in der vergangenen Nacht nicht da? Er muß das Feuer von seinem Wohnhaus aus gesehen haben.«

Wieder lächelte Socrates.

»Alle Ihre Verdachtsgründe weisen eine gewisse Aggressivität auf, Bob. Mit dem gleichen Recht könnte man fragen, warum Sie nicht gekommen sind, da ›Waldfrieden‹ ja auch von Ihrer Villa aus sichtbar ist.«

»Ich bin ja dagewesen!« trumpfte Bob Stein auf. »Ich bin gekommen, nachdem Sie sich gerade auf den Weg zum Gasthaus gemacht hatten. Die Feuerwehrleute hatten es mir erzählt, aber sie sagten nicht, daß auch Molly mit Ihnen gegangen ist. Nein, nach meiner Meinung ist Ihnen Jetheroe ins Netz gegangen, und wenn ich Sie wäre, Soc, würde ich es zuziehen.«

Wieder rieb sich Soc das Kinn, obwohl es gar nicht seiner Art entsprach, sich unschlüssig zu zeigen.

»Die ganze Sache bedarf noch einer gründlichen Überlegung«, meinte er ausweichend. »Werden Sie morgen zur Leichenschau kommen?«

Bob nickte stumm.

»Das Begräbnis ist nachmittags ... Armer, alter John! Ein seltsames Ende eines seltsamen Lebens! Sagen Sie, Bob, hat er außer ›Waldfrieden‹ noch ein anderes Haus besessen? Sie kennen seine Verhältnisse doch besser als ich.«

»Wie kommen Sie darauf?«

»Nun, vielleicht hatte er ein Grundstück in London oder sonst irgendwo?«

»Ich habe nie etwas davon gehört. John hat zwar nicht viel über seine geschäftlichen Angelegenheiten geredet, aber das würde er mir gegenüber vielleicht doch mal erwähnt haben. Warum fragen Sie?«

»Weil ich wissen möchte, wo ich Molly jetzt unterbringen kann.«

»Ah, ich verstehe. Ich bin auch Ihrer Meinung, daß sie von hier fortgehen sollte. Und da ihr Stiefvater wohl keinen weiteren Besitz hatte, bin ich gern bereit, nach London zu fahren und ihr den ›Prinzenhof‹ einzuräumen. Ich habe es ihr schon vorgeschlagen, aber leider wollte sie nicht darauf eingehen.«

»Das konnte Sie wohl auch nicht«, urteilte Socrates.

»Aber wie wäre es, wenn Sie alle bei mir wohnen würden? Wenn Sie mitkommen, wird Molly auch damit einverstanden sein. Und sollte sich ihr Besuch ausdehnen, so würde ich noch eine ältere Dame einladen.«

»Ja, so ließe es sich arrangieren«, stimmte Socrates zu. »Ich werde mit Molly reden ... Liegt Ihnen sehr viel an ihr?«

Die unerwartete Frage raubte Stein die Sprache.

»Was . . . was meinen Sie damit?« stotterte er.

»Möchten Sie sie heiraten?«

»Ja.« Und nach einer Pause: »Ich liebe Molly.«

»Und wie denkt sie darüber?«

»Sie mag mich nicht«, gestand Stein und wechselte unvermittelt das Thema.

Ein Weilchen später setzte sich auch Molly Templeton wieder zu ihnen und erzählte, was Mr. Jetheroe zum Wäscheladen, der gleichzeitig auch ein Stellenvermittlungsbüro war, geführt hatte. Er suchte einen Ersatz für seinen Gärtner, den er am selben Morgen wegen wiederholter Trunkenheit entlassen hatte.

»Ich kenne den Mann«, warf Stein dazwischen. »Ein unzuverlässiger Bursche, der auch vorübergehend für Mandle gearbeitet hat. Heißt er nicht Gritt, Molly?«

»Kann sein; ich habe aber nicht auf den Namen geachtet.«

»War Mr. Jetheroe nicht sehr aufgeregt, als er hörte, daß Sie mit knapper Not dem Feuer entkommen sind?« fragte Socrates.

»Natürlich. Er machte ein ganz verstörtes Gesicht, denn er hatte mich doch im Gasthof vermutet.«

»So, so.«

Gleich darauf fuhr Socrates nach der Station Haslemere, um zwei Kriminalbeamte abzuholen, die Scotland Yard ihm zur Verfügung gestellt hatte. Als er bei Nieselregen gegen fünf Uhr zum Krug zurückkehrte, traf er weder seinen Bruder noch Molly Templeton an. Sie war zum Tee in die Weiße Villa gegangen, und der getreue Lexington hatte sie begleitet.

Socrates schmunzelte stillvergnügt; es war jedoch ein innerliches Schmunzeln, weil Bob Stein, von dem er diese Nachricht erhalten hatte, äußerst schlechter Laune war. »Ihr Brüderchen ist wohl so'ne Art Nachtfalter, Soc?« knurrte er.

»Tag- und Nachtfalter«, versetzte Socrates ruhig. »Und wo immer er fliegt, fliegt er stracks geradeaus!«

»Na ja, ich will damit nichts gegen ihn gesagt haben, ich bin nur in bezug auf Molly etwas empfindlich!«

»Bob, Sie sind ein Narr, sich in Ihrem Alter wegen eines Mädchens so viel Mühe zu machen. Wenn sich ein Fünfundfünfzigjähriger mit einer Zweiundzwanzigjährigen verheiratet, so liegt ein ganzes Jahrhundert zwischen den beiden, sobald sie zehn Jahre älter sind.«

Bob Stein netzte seine trockenen Lippen mit der Zunge.

»Wahrscheinlich haben Sie recht, Soc.« Falls er noch mehr hatte sagen wollen, so wurde dies durch das Anklopfen des Zimmermädchens vereitelt. Das Mädchen meldete, der Gärtner Gritt wünsche Mr. Smith zu sprechen, um ihm etwas Wichtiges mitzuteilen.

»Lassen Sie ihn herein!«

»Aber er ist nicht ganz in Ordnung, Sir«, fuhr das Mädchen zögernd fort.

»Das soll wohl heißen, daß er betrunken ist? Macht nichts, bringen Sie ihn her!«

Der Mann trat ein, eine dürre Gestalt mit hängenden Schultern und einem unangenehmen, verschlagenen Ausdruck in den Augen. Er blieb, an seiner Mütze fingernd, bei der Tür stehen, bis Socrates ihn zum Sitzen aufforderte. »Nun, Gritt, was haben Sie auf dem Herzen?«

»Wie hoch ist die Belohnung in der Mordsache?« Seine heisere Stimme verriet, daß er weit über den Durst getrunken hatte.

»Es ist keine Belohnung ausgesetzt, sofern die Ergreifung des Mörders in Betracht kommt; jedoch erhält gewöhnlich jeder eine Belohnung, der eine wertvolle Information liefert.«

»All right!« krächzte Gritt. »Die Belohnung will ich haben, denn ich weiß, wer es getan hat.«

»Was, Sie wissen, wer es getan hat?« stieß Stein hervor und lehnte sich im Eifer weit über den Tisch.

»Jawohl . . . Warum auch nicht?«

»Und wer war es?« fragte Socrates mit unerschütterlicher Gelassenheit.

»Es war mein Oller, Mr. Jetheroe. Ich kann es beweisen!«

Wenn Gritt erwartet hatte, mit dieser Eröffnung Sensation zu machen, so wurde er nicht enttäuscht. Stein sank mit offenem Mund in seinen Stuhl zurück, und sogar Socrates' Augen funkelten.

»Sie können das also beweisen?« wiederholte er sanft.

»Natürlich kann ich's«, brüstete sich Gritt. »Ich weiß jedenfalls, was vorgegangen ist, und auch, was er gesagt hat. Es ist passiert, nachdem die junge Dame gekommen war. Ich putzte in dem kleinen Werkzeugschuppen gerade Schuhe ...«

»Ein bißchen spät für eine solche Betätigung«, kritisierte Socrates.

»Ich hätte es ja eigentlich auch früher besorgen sollen«, gestand der Gärtner. »Aber ich habe nachmittags ein paar Freunde im Roten Löwen getroffen ...«

»Schon gut! Ich bin im Bilde. Sie sprechen doch von der vorletzten Nacht?«

Gritt nickte.

»Ganz recht. Wie ich nun eben die Schuhe zum Haus trage, geht das Fräulein so'n bißchen hinkend – warum, weiß ich nicht – hinein.«

Offenbar war ihm nichts über den fehlenden Schuh zu Ohren gekommen, und weder Socrates noch Stein füllten diese Lücke in seinem Wissen aus.

»Aber mit meinen geputzten Stiefeln hatte ich Pech! Die Köchin hatte die Hintertür abgeschlossen, und so blieb mir nichts anderes übrig, als mit den Stiefeln zum Schuppen zurückzukehren. Und wie ich das tue, kommt der Olle daher und spaziert so dicht an mir vorbei, daß ich ihm hätte auf die Schulter klopfen können. Ich schenkte mir das aber«, witzelte er und grinste über seine Worte.

»Weiter!« drängte Socrates.

»Im Schuppen hatte ich ein paar Pullen Bier verwahrt, und wie ich die so verputzte, schoß es mir durch den Kopf, daß es besser sei, ins Haus zu klettern, ehe der Alte wiederkam. Sie müssen nämlich wissen, Sir, daß das Fenster des Studierzimmers meistens auf ist und daß ich diesen Weg schon öfter benutzt habe. Wie ich nun hineinblicke, liegt die junge Dame, Miss Mandle, in eine Decke gepackt, auf dem Sofa und liest in einem Buch. Oho, denke ich, dann ist dieser Weg heute nacht versperrt. Mußt du eben im Schuppen pennen!«

Ein gewaltiges Rülpsen unterbrach den Strom seiner Rede.

»Und während ich so überlege, fällt ein Schuß. Die junge

Dame hat ihn wohl überhört, denn sie blickte von ihrem Buch nicht auf. Mir aber kam die Sache nicht geheuer vor. Wilddiebe um diese Zeit ...? Gibt's nicht! Wollen mal die Augen aufhalten! Schwups, krieche ich in das Lorbeergebüsch bei der Haustür und warte.

'Ne Viertelstunde später knirscht der Kies der Auffahrt. Dann taucht der Olle auf, und wie ich ihn so richtig sehe, bin ich so perplex, daß man mich mit einer Feder hätte umhauen können. Ganz weiß war er im Gesicht, weiß wie ein Laken, und brummte vor sich hin.«

»Wieso konnten Sie denn im Dunkeln sein Gesicht so deutlich erkennen?« unterbrach ihn Socrates.

»Über der Tür ist ein großes, halbmondförmiges Fenster, und drinnen in der Halle brannte der Kronleuchter. Also konnte ich es erkennen!«

»Und konnten Sie auch hören, was er sagte?«

»Na klar! Ich habe deutlich gehört: ›Endlich, endlich hat es dich erwischt‹ und etwas über ›hängen‹. Als er an das Haustür stand, holte er einen Revolver aus der Tasche und starrte das Ding lange an, bevor er es wieder einsteckte. Dann hat er es nochmal hervorgeholt und klappte es in der Mitte auf – Sie wissen doch, Sir, genauso, wie man einen Flintenlauf aufklappt. Was er dabei gemurmelt hat, konnte ich nicht verstehen. Schließlich hat er den Revolver wieder in die Tasche gesteckt und ist ins Haus gegangen.«

»All right, Gritt!« sagte Socrates. »Sie werden in den nächsten Tagen noch von mir hören.«

Der Gärtner stolperte hinaus, und seine ungleichen, tapsenden Schritte hallten auf dem Korridor, dann auf dem Pflaster ...

»Sie haben ihn, Soc! Jetzt haben Sie ihn!« triumphierte Stein.

»Haben ihn?« ahmte Smith ihn lächelnd nach. »Wieso in aller Welt habe ich ihn?«

»Es ist doch ganz klar, daß Jetheroe der Mörder ist!«

»Nein. Klar ist nur, daß er den Mord gesehen hat!«

»Und der Revolver?«

»Ist ein sehr gebräuchliches Modell. Gritt beschrieb doch, wie Jetheroe ihn aufgeklappt hat und ...«

»Als ob er damit einen Mann nicht hätte erschießen können!« sagte Stein ungeduldig.

»Das schon!« räumte Socrates ein. »Nur ist Mandle mit einer automatischen Pistole Kaliber 35 erschossen worden, und die ist nicht in der Mitte aufklappbar ... Aber bei der nächsten sich bietenden Gelegenheit, vielleicht schon heute abend, werde ich Jetheroe auf den Zahn fühlen, um aus ihm herauszubringen, was er in jener Mordnacht gesehen und gehört hat.«

13

In Scotland Yard gibt es einen Mann, der völlig in der Vergangenheit lebt. Er haust zwischen muffigen Zeitungsbergen und findet seine Freude daran, längst vergessene Fälle wieder ins Gedächtnis zurückzurufen – jedes kleinste Detail, jedes Fetzchen Beweismaterial aus Verhören, die vor Jahrzehnten stattfanden, ist ihm gegenwärtig. An diesen Mann schrieb Socrates an jenem Nachmittag einen langen, vertraulichen Eilbrief, den er fast beendet hatte, als Molly und sein Bruder vom Tee bei Mr. Jetheroe zurückkehrten. Beide waren so angelegentlich miteinander beschäftigt, daß Bob Stein verärgert heimging.

Ein aufregender Besuch fand sich am späten Nachmittag noch ein; es war Mandles Notar, der der sprachlosen Molly eröffnete, daß das gesamte Vermögen ihres Stiefvaters nunmehr ihr gehörte. Das Testament war sehr alt, es war im Jahr von Mandles Eheschließung mit Mollys Mutter abgefaßt worden und bestimmte sie zur Universalerbin. Mandle mußte wohl übersehen haben, daß nach dem Tode seiner Frau der ganze Besitz auf seine Stieftochter übergehen würde, denn er hatte keinen Nachtrag gemacht.

Das war eine schwerwiegende Neuigkeit, da John Mandle diese Welt als ein reicher Mann verlassen hatte. Unter vier Augen verhehlte der Notar Socrates auch durchaus nicht, wie wenig die Sachlage nach John Mandles Geschmack gewesen wäre, denn dieser habe niemals beabsichtigt, Molly etwas zu hinterlassen.

»Was er wirklich mit seinem Hab und Gut anfangen wollte, weiß ich nicht; wie die meisten Menschen verschob er es immer wieder, endgültige Entscheidungen zu treffen. Miss Templeton ist gerührt durch die vermeintliche Großmut ihres Stiefvaters, warum soll man sie nicht in dem Glauben lassen . . .?«

Socrates pflichtete ihm bei. Molly wußte nicht, daß John Mandle ein herzloser Betrüger war, der Todesurkunden gefälscht hatte, um das mysteriöse Verschwinden von Mollys Vater zu begründen, und der ihre Mutter ohne ihr Wissen zur Bigamie verleitet hatte.

Das Abendessen zog sich durch die Anwesenheit des Notars in die Länge. Als dieser sich verabschiedete, um den letzten Zug nach London zu erreichen, schlug es neun Uhr. Bedauernd äußerte Socrates zu seinem Bruder: »Schade, nun ist es für meinen Besuch bei Mr. Jetheroe zu spät geworden!«

»Oh!« rief Lexington überrascht. »Du wolltest ihn aufsuchen?«

»Ja. Was hältst du von ihm?«

»Mir scheint er ein sehr anständiger Mensch zu sein.«

Sie gingen, ihre Zigaretten rauchend, langsam vor dem Gasthaus auf und ab.

»Ach, ich habe vergessen«, sagte Lexington plötzlich, »oben liegt ein Paket für dich, das mit der Abendpost gekommen ist.«

»Wo?«

»Ich habe es ins Wohnzimmer legen lassen.«

Schon rannte Socrates die Treppe hinauf. Er fand das Paket auf dem Tisch.

»Was für ein unförmiger Band!« sagte Molly verwundert und blickte von ihrem Buch auf, als Soc das Packpapier aufwickelte.

»Es ist das beste geographische Lexikon von England«, erklärte Soc und blätterte hastig die Seiten um.

Molly erhob sich und klappte mit einem unterdrückten Gähnen ihr Buch zu.

»Suchen Sie einen bestimmten Ort?«

»Ja, das Traumland, zu dem alle braven Kinder zeitig aufbrechen sollten! Ich denke, mein junges Fräulein, daß Sie jetzt ins Bett gehören.«

»Dieses Mal stimme ich ganz mit Ihnen überein, Mr. Smith.«

»Eines schönen Tages werden Sie mich noch Soc nennen«, murmelte er, doch nicht leise genug, als daß sie es nicht gehört hätte.

»Warum?«

»Weißt du warum, Lex?«

Lexington starrte mißbilligend auf das so harmlos erscheinende Gesicht seines Bruders.

»Beachten Sie ihn einfach nicht, Molly!« sagte er. »Ich werde Sie bis zu Ihrer Tür begleiten.«

»Es könnte ihr auch etwas zustoßen, wenn du nicht an ihrer Seite bist«, rief Socrates ihnen nach, aber die Tür schnappte sehr vernehmlich ins Schloß, bevor er den Satz zu Ende gesprochen hatte.

Eine Viertelstunde später tauchte Lexington wieder auf.

»Wir sind noch ein Weilchen draußen auf und ab gegangen.«

»Das habe ich mir gedacht«, entgegnete sein Bruder, der die beiden Schlüssel aus dem verbrannten Schreibtisch vor sich liegen hatte. »Pfuhl im ... Pfuhl im ...« Er schnipste mit dem Finger gegen das halbverkohlte Pappschild.

»Ist es der Name eines Dorfes, Soc?«

»Das hatte ich gehofft. Es gibt eine ganze Menge ausgefallener Ortsnamen in Verbindung mit Wald, Heide, Moor; aber keiner fängt mit Pfuhl an. So muß es eine Farm sein, und die einzige Gegend, wo Farmer solche malerischen Namen tragen, ist Devonshire. Ich tippe auf ›Pfuhl im Moor‹.«

»Warum bist du eigentlich so begierig darauf, es herauszukriegen?«

»Warum war John Mandle so darauf bedacht, den Namen geheimzuhalten, so sehr, daß er die Schlüssel im Geheimfach seines Schreibtisches aufbewahrte?«

»Und was willst du nun tun?«

»Ich werde morgen telegrafisch bei dem größten Grundstücksmakler von Devonshire anfragen, ob es einen ›Pfuhl im Moor‹ gibt. Wenn ich bei ihm kein Glück habe, werde ich es mit dem Wald von Sussex versuchen und schließlich mit dem Fennland. Weiß der Kuckuck, warum die Leute ihre Farmen nicht mit christlichen Namen bezeichnen ...! Schluß für heute! Kommst du noch ein bißchen mit mir ins Freie? Ich gebe allerdings zu, daß ich nicht schön bin und daß meine Hand, die du ja selten hältst, rauh und hart ist.«

»Ich halte niemandes Hand, Soc«, brauste der Jüngere auf. »Du fällst mir allmählich lästig mit deinen Anspielungen.«

»Na, komm schon. Gehen wir zur Brandstätte – vielleicht kommt uns dort eine Erleuchtung.«

Sie gingen mit raschen Schritten. Der Regen hatte aufgehört, und im Mondlicht schlängelten sich noch immer dünne, weiße Rauchfäden von den Ruinen empor. Nur der Pavillon stand unversehrt inmitten der Verwüstung.

»Glaubst du ernstlich, daß Jetheroe etwas über den Mord weiß, Soc?«

»Ich bin sogar ganz sicher«, lautete die Antwort, die Lexington verblüffte, da er nichts von Gritts Anschuldigung wußte.

Socrates gab dem Bruder eine kurze Zusammenfassung der Aussagen des Gärtners und schloß: »Für mich besteht kein Zweifel, daß Jetheroe Zeuge des Mordes wurde. Und was ich vor dem Abendessen aus Molly herausgefragt habe, bestätigt Gritts Angaben in jedem Punkt. Sie hatte erzählt, daß Jetheroe aus dem Haus gegangen war, um den Mann zu suchen, der sie auf ihrem Weg durchs Tal so erschreckt hatte. Inzwischen habe sie auf dem Sofa gelegen und gelesen; sie hat sogar Gritts Schritte auf dem Kiesweg gehört.«

»Aber nicht den Schuß?«

»Nein, den nicht. Aber das läßt sich dadurch erklären, daß das Fenster nach Norden geht, während der Knall von Süden oder richtiger von Südosten kam. Außerdem ...«

Die Brüder blieben wie angewurzelt stehen.

Ein Knall, erschreckend deutlich in der stillen Nacht, ließ ihren Fuß stocken.

»Ein Revolverschuß!« flüsterte Lexington, dessen Herz ein wenig schneller schlug.

»Nein, es war ein Schuß aus einer automatischen Pistole, wie dir die Art des Knalls hätte sagen können«, erklärte Socrates. »Und zwar kam er aus Richtung der Drei Eichen.«

Er nahm seine kleine Taschenlampe und ließ den Strahl die Hecke entlangstreifen.

»Hier ist der Pfad. Jetzt ruhig Blut, Lex! Und was du sonst auch immer tust – halte dich aus meiner Schußrichtung!«

Wie durch Zauber war in seiner rechten Hand eine großkalibrige Waffe mit kurzem Lauf aufgetaucht. Er rannte den gewundenen Pfad entlang, mäßigte aber bald seine Eile und schaltete die Lampe aus, als der Weg in das Buschwerk einzudringen begann; in Sicht des gegen den blauschwarzen Nachthimmel klar erkennbaren großen Astes blieb er eine Sekunde stehen. Kein Laut außer ihrem eigenen Atem war vernehmbar. Vorsichtig schritt er weiter und suchte den Boden mit seiner Taschenlampe ab.

»Großer Gott!« flüsterte er plötzlich.

Es war derselbe Ausruf, den er an dieser Stelle schon einmal hervorgestoßen hatte, und es war der gleiche Anlaß. Unter dem Ast lag, die Arme bewegungslos ausgestreckt, ein Mann auf seinem Gesicht. Ein Blutfaden rieselte von seinem Kopf herab . . .

»Jetheroe!« rief Socrates, während er sich bückte, um den Körper umzudrehen.

Und dann gellte in nächster Nähe ein irrsinniges Gelächter, ein schrilles Huh . . . Huh . . ., das Lexington Schauer über den Rücken jagte. Socs Taschenlampe leuchtete das Gebüsch ab, doch niemand war zu sehen.

»Kommen Sie heraus oder ich schieße!« befahl Socrates.

Päng!

Die Kugel verfehlte ihn um ein Haar, aber er hatte das Mündungsfeuer bemerkt, und zweimal krachte seine schwere Pistole. Ein Knacken von Zweigen . . . dann Stille.

Die beiden Männer stürzten in das Dickicht, durchjagten es kurz und quer – umsonst, ihr Gegner war geflüchtet.

Erst nach einer Viertelstunde gaben sie die fruchtlose Hetze auf und kehrten nach den Drei Eichen zurück. Und hier stand ihnen die größte Überraschung des Abends bevor.

Die Leiche Theodore Kenneth Wards, alias Jetheroe, war verschwunden.

»Gott sei Dank weiß sie nicht, daß er ihr Vater ist«, meinte Socrates nach einer schmerzlichen Unterhaltung mit Molly Templeton.

»Stein wird sie doch nicht etwa darüber aufklären?« fragte Lexington besorgt.

»Und damit ihren Kummer noch vergrößern? O nein!«

»Können Jetheroes Leute nicht irgend etwas aussagen, was einigermaßen Licht in diese Sache bringt?«

Socrates schüttelte den Kopf.

»Er saß in seinem Arbeitszimmer, bis er ohne Erklärung das Haus verließ. Das ist alles, was sie wissen, und seitdem haben sie ihn nicht mehr gesehen.«

»Hat das Fenster wieder aufgestanden?«

»Ja.«

»Dann wäre es doch möglich, daß ihn jemand von draußen angesprochen und ihn zu diesem späten Gang veranlaßt hat.«

»Das ist nicht nur möglich, sondern es war ganz gewiß so«, erklärte Socrates. »Jetheroe ist fortgelockt worden und ahnte nichts Gutes – wir fanden seinen Revolver mit gespanntem Hahn, alle sechs Kammern geladen. Daraus geht unzweideutig hervor, daß er ihn bei dieser Begegnung, die ihm wahrscheinlich den Tod gebracht hat, schußbereit in der Hand hielt.«

»Aber wo ist die Leiche?« grübelte Lexington. »Das ganze Tal ist durchsucht worden, und man hat keine Spur gefunden.«

Socrates Smith hatte sich diese Frage schon selbst wieder und wieder vorgelegt.

»Er muß Komplicen haben – der Mörder, meine ich«, antwortete er. »Und das wirft alle meine Theorien über den Haufen ...! Er erschoß Mandle, er traf sorgfältige Vorbereitungen, um Bob Stein aus dem Weg zu räumen, er hat auch vermutlich Jetheroe umgebracht – wen wird er jetzt töten?«

Lexington rutschte unruhig auf seinem Stuhl hin und her.

»Scheußlicher Gedanke, Soc – nur ein paar Millimeter mehr, und es wäre deine letzte Nacht gewesen!«

»Das stimmt!« sagte der andere nachdenklich. »Und nun fragt

es sich nur, ob auch Mollys Leben bedroht ist . . . Aber ich halte es nicht für wahrscheinlich.«

»Allmächtiger!« Lexington war aufgesprungen und rüttelte seinen Bruder an der Schulter. »Willst du etwa in dieser kaltblütigen Weise andeuten, daß der Mörder auch sie verfolgt?«

»Ich kann nicht behaupten, daß ich es für völlig ausgeschlossen halte. Es hängt eben davon ab, ob . . .«

»Eine infame Manier, die Sätze immer in der Mitte abzubrechen!« rief Lexington erbost. »Wovon hängt es denn ab?«

»Ach, nichts! Es ist nur eine Vermutung von mir«, beschwichtigte ihn Socrates. Aber er sprach nicht die Wahrheit, denn in seinen Überlegungen hatte sich diese Vermutung zur Gewißheit kristallisiert. Einzig und allein ›Pfuhl im Moor‹ bedurfte noch der Aufklärung – und daß der Name wirklich ›Pfuhl im Moor‹ lautete, erfuhr er im Laufe des Tages.

> Eine unbewohnte Farm am Newton Abbot Weg, drei Meilen von Ashburton entfernt. Besitzer ist ein Franzose, der sie nie besucht und der sie vor zwanzig Jahren für sechshundertunddreißig Pfund von Haggit & George in Torquay gekauft hat.

So lautete das Telegramm, das Soc aus Exeter erhielt.

»Das nenne ich eine sachliche, erschöpfende Auskunft«, lobte Socrates, und zu seinem eintretenden Bruder gewandt, fragte er: »Was ist los, Lex? Ich hörte unten aufgeregte Stimmen.«

»Gritt ist festgenommen worden, weil er gestern gedroht hat, sich an Jetheroe rächen zu wollen.«

»Das ist leicht zu erklären. Er dachte natürlich, daß er durch seine Aussage Jetheroe ins Gefängnis bringen würde. Armer Jetheroe! Ich wollte, er säße fest! Wenn ich Bob Steins Rat befolgt hätte, wäre der arme Teufel heute heil und gesund!«

Den jungen Mann bedrückten andere Sorgen als Gritts Pech oder sogar das tragische Schicksal, das Mr. Jetheroe betroffen hatte.

»Glaubst du wirklich, daß Molly in Gefahr schwebt?«

»Darüber kann ich dir beim besten Willen noch nichts Genaues sagen. Willst du mir übrigens eine Frage ganz ehrlich beantworten, Lex?«

»Gewiß.«

»Liebst du Molly Templeton?«

»Ja ... von ganzem Herzen.«

»Und hast du dich ihr schon erklärt?«

»Nein, noch nicht. Aber ich werde es bei der ersten Gelegenheit tun. Jetzt wäre es rücksichtslos, da sie sich noch zu sehr über das Verschwinden ihres besten Freundes grämt.«

»Und was empfindet sie für dich?«

»Ich glaube, sie hat mich gern.«

»Gern, gern! Liebt sie dich?«

»Ich müßte ziemlich überheblich sein, wenn ich das annehmen wollte. Aber ich glaube, daß sie ahnt, wie es um mich steht«, gab Lexington zu.

»Mehr ist nicht notwendig! Wenn eine Frau weiß, daß ein Mann sie liebt, und wenn sie ihn weiter nett behandelt, kannst du überzeugt sein, daß sie seine Gefühle erwidert.«

»Ist das wirklich wahr?«

Socrates lächelte ein wenig, obwohl ihm ernst zumute war.

»Ich will hier nicht analysieren, wie sich eine Dame, die liebt, verhält; darüber sammelst du besser eigene Erfahrungen, Lex« – er nickte ihm zu –, »aber du bist Anfang und Ende meiner Familie, und daher interessiert mich eine Angelegenheit nicht wenig, die vielleicht ...«

»Die vielleicht«, ermutigte Lex, als wieder die übliche Unterbrechung kam.

»Die vielleicht eine Umwälzung in meinem Haushalt mit sich bringt«, vollendete Soc. Doch sein Bruder fühlte, daß er eigentlich etwas anderes hatte sagen wollen. Und dann keimte plötzlich ein Argwohn in ihm auf.

»Du denkst doch nicht etwa, daß Molly irgend etwas über dieses schreckliche Verbrechen weiß?«

»Das nicht«, versetzte Soc; aber er hatte ein wenig zu lange mit der Antwort gezögert, und Lex mißdeutete diese Pause.

»Also weiß sie nach deiner Meinung ...«

»Geh, mein Junge, und sei nett zu ihr!« schnitt ihm der Ältere das Wort ab. »Kommst du heute nachmittag mit zur Leichenschau?«

»Du wirst wohl allein gehen müssen, Soc, oder rechnest du mit der Möglichkeit, daß man unterwegs wieder auf dich schießt?«

»Kaum. Außerdem nehme ich Bob Stein als Geleit mit. Du kannst dich also mit ruhigem Gewissen Molly widmen ...«

Die gerichtliche Leichenschau war eine reine Formalität, und die Verkündigung des Spruches wurde, wie Socrates erwartet hatte, vertagt.

»Wir können nichts Besseres tun, Mr. Smith«, sagte einer der höchsten Beamten von Scotland Yard, der als Vertreter hergesandt worden war, »als Sie weiterhin mit der Führung des Falles zu betrauen. Um der Form zu genügen, müssen wir allerdings einen unserer Leute herbeordern, der offiziell die Leitung hat und der hinterher alle Lorbeeren einheimsen wird.«

»Nun, vielleicht kann er dann auch die Kugeln mit einheimsen, die um meinen Kopf herumfliegen«, erwiderte Smith trokken und berichtete von dem Schuß im Dunkeln.

»Halten Sie es für die Tat eines Irren?«

»Es liegt im Bereich der Möglichkeit. Andererseits kann dieses wahnsinnige Gelächter auch ein wohlberechnetes Täuschungsmanöver gewesen sein. Bedenken Sie, daß sich der Kampf zwischen den Nerven des Mörders und denen seines Verfolgers abspielt, und daß die Nerven, die zuerst versagen, den Kampf verlieren. Ein wildes, teuflisches, boshaftes Gelächter kann auch die Nerven des kaltblütigsten Mannes erschüttern und seinem Schuß die sonstige Sicherheit rauben. Unglücklicherweise für den Mörder schlug aber mein Puls um nichts schneller.«

»Sie sind ein großer Könner, Mr. Smith! Zu schade, daß Sie nicht bei uns geblieben sind!«

»Wenn ich's getan hätte, wäre ich heute ein vollkommen nutzloser Direktor in Scotland Yard«, bemerkte Socrates Smith, um sich dann eiligst zu entschuldigen, denn sein Gesprächspartner bekleidete diesen hohen Rang.

»Es gibt so manche Begleitumstände bei Mandles Tod, die ich nicht verstehen kann«, fuhr der Beamte fort. »Warum hatte er Handschellen in seiner Tasche? Wen wollte er fesseln?«

»Das weiß der liebe Himmel!«

»Haben Sie übrigens bei dem Brand größere Verluste erlitten, Mr. Smith?«

»Nein. Mein ganzes Gepäck bestand aus einem Handkoffer. Dagegen hat Miss Templeton ihre ganze Habe verloren, mit Ausnahme ihres Tagebuches, das sie anscheinend unter dem Kopfkissen verwahrte. Nach Art junger Mädchen vertraute sie ihm vermutlich die geheimsten und heiligsten Gedanken an, die sie bewegten.«

Der Direktor von Scotland Yard lachte und reichte Smith zum Abschied die Hand.

Als Socrates nach dem Aufbruch Bob Steins, der seit dem Brand keinen Abend mehr in ihrer Gesellschaft verbracht hatte, diese Unterhaltung wiedergab, begann er das junge Mädchen ein wenig zu necken.

»Ich habe in jener Nacht nichts von einem Tagebuch bemerkt«, gestand Lexington überrascht, während Molly, feuerrot im Gesicht, Soc mit vorwurfsvollem Blick strafte.

»Mr. Smith, Sie waren ein Scheusal, dem Direktor so etwas zu erzählen. Weder heiligste noch geheimste Gedanken habe ich meinem Tagebuch anvertraut – schon deshalb nicht, weil ich keine habe.«

Er zwinkerte ihr zu.

»Wenn ich eine junge Dame sehe, die ein kleines, dickes, verschließbares Buch an ihre Brust preßt, so wittere ich immer Beichten und Seelenergüsse.«

Ein wenig verschämt gab Molly nach und nach zu, daß sie seit vielen Jahren Tagebücher geführt habe, die aber sämtlich durch das Feuer vernichtet worden waren, mit Ausnahme des einen, das sie ergriffen hatte, als sie vom Rauch und dem Knakken des brennenden Gebäudes geweckt worden war.

»Warum hast du sie mit ihrem Tagebuch gehänselt?« fragte Lexington, sobald sie allein waren.

»Und warum sollte ich nicht irgend jemand mit irgend etwas hänseln?« gab Socrates zurück.

»Vermutest du, daß das Buch etwas . . .«

»Nun?« ermutigte ihn der Ältere.

»... über Mandle oder Jetheroe enthält? Vielleicht Notizen, die für Molly gefährlich werden könnten?«

»Das kann leicht zutreffen.«

»Aber was sie über die beiden weiß, hat sie uns doch mitgeteilt.«

»Ich sagte ja auch nur, daß es zutreffen könnte«, versetzte Socrates, wobei er nach seiner Zeitung griff.

Lexington holte das junge Mädchen zu einem Spaziergang ab. Dieses langsame Schlendern in Sicht des Wirtshauses war ihnen allmählich zur Gewohnheit geworden und dehnte sich jedesmal länger aus.

»Sie sind meinem Bruder doch nicht böse wegen der Neckerei?« begann Lex.

»Aber nein, er ist ein sehr lieber Mensch!«

»Oh! Ich befürchtete schon, Sie könnten ihn nicht leiden!«

Sie lachte leise.

»Ist das so schwer festzustellen, ob ich jemand gern habe?«

Er nahm einen kühnen Anlauf.

»Haben Sie mich denn ein wenig gern?«

»Sie ...?« Wenn sie nicht überrascht war, so war sie eine Meisterin der Verstellung. »Aber natürlich – das wissen Sie doch, Lexington.«

Und plötzlich hielt er sie in seinen Armen.

Für Lexington Smith war es ein überwältigender Moment.

»Meinen Segen habt ihr!« murmelte Socrates, der ein sehr gefesselter, wenngleich unfreiwilliger Zuschauer war, da sich die beiden für diese Gelegenheit die Spitze einer kleinen Anhöhe ausgesucht hatten und sich deutlich von dem Abendrot des westlichen Horizontes abhoben.

Mehr als eine Stunde verging, ehe Soc ihre Stimmen vor der Tür des Wohnzimmers hörte. Und dann betrat Lexington allein das Zimmer – strahlend, glücklich, wie auf Wolken gehend.

Er setzte sich seinem Bruder gegenüber und blickte ihn mit glänzenden Augen an.

»Soc, altes Haus, ich habe dir etwas zu sagen.«

»Du hast dich mit Molly Templeton verlobt«, kam ihm der andere zuvor.

»Woher ... woher weißt du das?« rief Lex verblüfft.

»Ich habe euch gesehen! Ein schönes Bild, das mir meine verpaßten Gelegenheiten ins Gedächtnis zurückrief.«

»Du hast uns gesehen?«

»Allerdings. Ihr habt für eure Zärtlichkeiten ausgerechnet den Gipfel eines Hügels gewählt, so daß ich dachte, das geschähe absichtlich.«

Lexingtons Gesicht wurde lang und länger.

»O Gott, wenn Molly das wüßte ...!«

»Molly wird es eben nicht erfahren, und außerdem ist das ja auch nichts Ungehöriges!« unterbrach ihn der Ältere. Dann wurde er nachdenklich. »Werdet ihr eure Verlobung geheimhalten?«

»Ja. Molly findet eine Veröffentlichung so bald nach dem schrecklichen Ende ihres Stiefvaters nicht richtig.«

Langsam an seiner Zigarre ziehend, nickte Socrates zum Zeichen seines Einverständnisses.

»Auch aus einem anderen Grunde. Morgen werden wir nach dem ›Prinzenhof‹ übersiedeln, und ein klein wenig Rücksicht müßt ihr wohl auch auf Bob Steins Gefühle nehmen.«

»Können wir nicht hier im Gasthaus bleiben?« fragte Lexington, und man merkte den Unmut in seiner Stimme.

»Damit würden wir Bob Stein vor den Kopf stoßen, nachdem er uns schon so oft eingeladen hat – um so mehr, da wir gezwungen sind, bis zur Aufklärung des Falles in seiner Nachbarschaft zu bleiben. Du mußt dich für diese beschränkte Zeit dareinfügen, Lex. Sobald wir nach London zurückgekehrt sind, sehe ich keinen Hinderungsgrund für eure baldige Trauung.«

»Weiß Molly von unserem morgigen Umzug?«

Socrates bejahte.

»Komisch, daß sie nichts darüber gesagt hat!«

»Wahrscheinlich legt sie der Sache weniger Bedeutung bei als du«, vermutete Socrates. »Sei vernünftig, Lex. Wir machen einen ganz annehmbaren Tausch, denn der ›Prinzenhof‹ ist ein herrlicher Besitz und bekannt wegen seiner Gärten.«

Als Lexington später auf dem Weg zu seinem Schlafzimmer an Mollys Tür vorbeikam, schob er einen dicken Brief darunter.

Eigentlich gab es keinen Grund, dem jungen Mädchen auf vielen Seiten seine Liebe zu beteuern, die in der kurzen Spanne Zeit kaum hätte erkalten können. Aber in der Zeitrechnung Liebender zählen Minuten des Getrenntseins wie Jahre . . .

Die junge Dame, die gerade Aufzeichnungen in ihr Tagebuch machte, unterbrach diese Tätigkeit, hob den Brief auf und las ihn hingerissen, um ihn schließlich unter ihrem Kopfkissen zu verwahren. Sodann fügte sie dem Bericht über die großen Ereignisse des Tages noch einen enggeschriebenen Passus hinzu.

Molly ging zu Bett, aber der Schlaf wollte sich nicht einstellen. Zwischen Wachen und Träumen hörte sie die Kirchturmuhr eins schlagen. Dann riß sie jählings die Augen auf . . . fuhr herum . . . sah eine dunkle Gestalt am Schreibtisch stehen und einen gelben Lichtschein über seine Platte gleiten.

»Wer ist da?« rief sie erschrocken.

»Keinen Laut, wenn Ihnen Ihr Leben lieb ist!«

Eine hohe Fistelstimme, und in dem Lichtschein der Schimmer von blauem Stahl!

Trotzdem wagte sie zu flüstern: »Was wollen Sie?« Aber der Eindringling würdigte sie keiner Antwort.

Molly konnte sein Gesicht nicht sehen, da die untere Hälfte durch ein blauseidenes Taschentuch und die obere durch eine tief in die Stirn gezogene Mütze verhüllt wurde.

Ein gedämpftes Aha verriet, daß der Fremde gefunden hatte, wonach er suchte. Er schob mit der linken Hand etwas in seine Tasche, während die rechte die Pistole vom Schreibtisch wieder aufnahm. Plötzlich verlöschte seine Lampe . . . und Molly hörte, wie der Eindringling sich zur Tür zurücktastete.

»Ich werde draußen zehn Minuten stehenbleiben. Wenn Sie schreien . . .«

Er sprach den Satz nicht zu Ende, aber die Drohung prägte sich auch so ein.

Leise fiel hinter ihm die Tür ins Schloß.

Wie war er nur hereingekommen? Molly erinnerte sich bestimmt, daß sie abgeschlossen hatte . . . Knarrten da nicht die Treppenstufen . . .? Minuten, die endlos schienen, lauschte sie. Schließlich konnte sie diese unheimliche Spannung nicht mehr ertragen, sie sprang aus dem Bett, griff nach ihrem Morgenmantel und hetzte über den Korridor zum gegenüberliegenden Schlafzimmer von Smith senior.

»Wer ist da?« antwortete unmittelbar auf ihr Klopfen seine Stimme.

»Molly.«

Im Nu brannte drinnen das Licht, im Nu stand Socrates im Hausrock in der offenen Tür.

»Was ist passiert?«

Unter Schluchzen berichtete sie.

Soc nahm hastig seine Pistole vom Nachttisch und jagte die Treppe hinunter. Als er ein paar Minuten später zurückkehrte, erfuhr sie, daß die Haustür offengestanden habe, aber niemand mehr zu sehen gewesen sei.

»Nun will ich einen Blick in Ihr Zimmer werfen«, sagte er und beleuchtete mit seiner Taschenlampe die Außenseite ihrer Tür.

Das Ende des Schlüssels ragte hervor.

»Da haben wir's ja, wie der Kerl hineinkam! Diese altmodischen Schlüssel lassen sich ganz leicht von außen herumdrehen, wenn man eine genügend starke Kneifzange anwendet! Fehlt etwas?«

»Ich habe noch nicht nachgesehen«, erwiderte Molly und ging zum Schreibtisch. Dann wurde sie abwechselnd blaß und rot.

»O Gott! Mein Tagebuch ist fort ...«

15

»Dieses Dorfwirtshaus ist alles andere als eine sichere Festung – es gibt hier wenigstens sechs Stellen, wo man bequem einsteigen kann«, berichtete Socrates am nächsten Morgen beim Frühstück. »Insofern bin ich heilfroh, daß wir heute in den ›Prinzenhof‹ übersiedeln.«

»Warum hast du mich diese Nacht denn nicht gerufen?« fragte sein Bruder in vorwurfsvollem Ton.

»Es ist mir gelungen, Miss Templeton auch ohne deinen Beistand zu beruhigen. Und ich wußte wirklich nicht, welch anderen Dienst du hättest leisten können, nicht wahr, Molly?«

Miss Templeton blickte stumm auf ihren Teller.

»Wozu braucht der Schurke dein Tagebuch?« rief Lexington erregt. »Stand etwas sehr Wichtiges drin?«

»Für mich schon!« gestand Molly. »Ach, Mr. Smith, wenn ich denke, daß irgend jemand es liest!«

Sie war so bekümmert und niedergeschlagen, daß Socrates nicht versuchte, mit einem launigen Einfall ihre Stimmung zu verbessern, um so weniger, als auch ihm der Humor jetzt völlig fehlte.

»Enthält es Eintragungen über Mandle?« erkundigte er sich ernst.

»Ja; sogar viele. Vor meiner ... vor ... ich meine, bis vor kurzem habe ich viel über ihn geschrieben, noch mehr aber über den guten Mr. Jetheroe.«

»Und was haben Sie über Mr. Mandle geschrieben?«

»Nun, allerlei über seine Gewohnheiten, über sein Verhalten, darüber, wie er den Tag verbrachte. Das Leben war hier so unausgefüllt und monoton, daß ich aus lauter Langeweile meine Beobachtungen über andere zu Papier gebracht habe; zum Beispiel über die Unzugänglichkeit meines Stiefvaters, wenn er sich an warmen Sommertagen mit seinem Schreibzeug in den Pavillon zurückgezogen hatte und dort bis Sonnenuntergang arbeitete, wobei ihn niemand stören durfte. Timms servierte ihm dort auch die Mahlzeiten, aber selbst er durfte erst kommen, wenn Mr. Mandle ihn durch die zur Küche führende elektrische Klingel rief.«

»Ich habe die Klingel gesehen«, bestätigte Socrates.

»Sie werden dann im Pavillon auch den Marmortisch gesehen haben, Mr. Smith, und den Sessel, der eher schon ein Thron ist und eine sehr kostbare Antiquität aus Italien sein soll. Mr. Mandle schätzte ihn ganz besonders ... Im übrigen steht in dem Tagebuch nichts über ihn, was nicht auch jeder vom Personal dem Dieb hätte erzählen können.«

»Seltsam, seltsam!« murmelte Socrates.

Ohne ein weiteres Wort ließ er die beiden allein und wanderte zum ›Waldfrieden‹, der jetzt nur noch aus ein paar rauchgeschwärzten Mauerüberresten und einem Wirrwarr von verbrannten Balken bestand.

Der Pavillon lag auf dem höchsten Punkt des Gartens. Er war aus weißem Stein erbaut und machte mit seinem säulengetragenen Portal und dem reichverzierten Giebel einen beinahe klassischen Eindruck. Große Schiebefenster gewährten nach allen Seiten eine schöne Aussicht. Was Molly einen Thron genannt hatte, verdiente tatsächlich diese Bezeichnung. Es war ein Marmorsitz mit hoher Rückenlehne, der auf einem anscheinend massiven Block aus reinem Marmor ruhte.

Dem ganzen Raum haftete etwas Würdevolles an, und es war zu verstehen, daß ein Mann, der viele Mußestunden hatte, ihn als Aufenthaltsort bevorzugte. Als Socrates zum Gasthof zurückkehrte, saß das junge Paar noch immer am Frühstückstisch.

»Vergeßt nicht zu packen«, mahnte er. »Um elf Uhr schickt Stein den Wagen.«

Über das Gesicht des jungen Mädchens huschte eine Wolke.

»Gefällt Ihnen der Plan nicht, im Prinzenhof zu wohnen?«

»Sehr lieb ist er mir nicht!« gab sie zu. »Mr. Stein hat sich zwar stets nett und gefällig gezeigt, aber gerade jetzt« – ein bedeutsamer Blick streifte Lexington – »möchte ich nicht gern unter seinem Dach wohnen.«

Socrates fehlte nicht das Verständnis für ihr Widerstreben, aber aus mancherlei Gründen erschien ihm der Wohnungswechsel förderlich für seine Arbeit. Er benötigte ein Privathaus, wo sein Kommen und Gehen nicht beobachtet wurde und wo er ungestört telefonieren konnte. Außerdem besaß Stein zwei Wagen – vielleicht würde man sie eines Tages brauchen!

Pünktlich auf die Minute erschien der Besitzer des Prinzenhofes und war nicht wenig betroffen, als er von dem nächtlichen Abenteuer des Mädchens hörte.

»Je eher Sie von hier fortkommen, desto besser!« ereiferte er sich. »Los, Timms, das Gepäck aufladen!«

Molly hatte das gesamte Personal ihres Stiefvaters behalten, und die Tatsache, daß Bob Stein seine Einladung auch auf diese Leute ausdehnte, beeinflußte wohl mit ihren Entschluß, seine Gastfreundschaft anzunehmen.

Während Timms noch die Koffer zur Limousine schleppte, machte sich das junge Paar schon zu Fuß auf den Weg.

»Wollen wir nicht auch gehen, Soc?« schlug Stein vor und blickte dem jungen Paar trübselig nach. »Gibt's was Neues über Jetheroe?«

»Gar nichts, und ich glaube auch nicht, daß wir von ihm hören werden. Rätselhaft, wie sie ihn fortgeschafft haben!«

»Vielleicht hat er sich auf eigenen Beinen entfernt«, warf Bob hin.

»Möglich, aber ich hatte den Eindruck, daß er, wenn nicht tot, so doch zum mindesten schwer verwundet war.«

»Und trotzdem fanden wir keine Blutspuren, obwohl wir den Pfad mit größter Sorgfalt abgesucht haben. Falls die Kugel ihn nur betäubt und er danach das Bewußtsein wieder erlangt hat, kann er sich sehr wohl allein nach Haus geschleppt haben.«

»Sehr schwer, das zu beurteilen«, versetzte Socrates. »In mancher Hinsicht ist Jetheroes Verschwinden viel mysteriöser als Mandles Ermordung oder die Feuersbrunst oder der merkwürdige Einbruch bei Molly!«

Sie hatten den Drei-Eichen-Pfad eingeschlagen, und wie verabredet hemmten sie ihre Schritte unter dem fatalen Ast.

»Haben Sie jemals versucht, das Verbrechen zu rekonstruieren?« fragte Stein.

»Nicht mehr seit der ersten Nacht. Ich weiß natürlich, daß Mandle selbst auf den Baum geklettert ist.«

»Was ...? Mit seinen rheumatischen Knien?«

»Über seine Knie weiß ich nichts Sicheres«, erwiderte Smith ruhig. »Als ich auf den Baum stieg, besah ich mir zuerst seine Schuhe. Es waren schwere genagelte Stiefel, und zwischen den Nägeln der Sohle hafteten winzige Stückchen Borke, die ich durch eine mikroskopische Untersuchung einwandfrei als Eichenrinde identifizieren konnte.«

»Und wie kam das Seil um seinen Körper?«

»Mit gleicher Berechtigung können Sie mich fragen, wie Jetheroe in den Besitz von John Mandles Revolver gelangt ist!«

Steins Augen hefteten sich in maßlosem Erstaunen auf Smiths Gesicht.

»Mandles Revolver?«

»Gewiß. Sie erinnern sich doch, daß Jetheroes Revolver neben dem Pfad gefunden wurde, und zwar mit gespanntem Hahn, was deutlich das Mißtrauen und den Argwohn beweist, mit dem Jetheroe zu diesem Rendezvous ging. Nach Timms' Aussage hat dieser gleiche Revolver früher in Mandles Arbeitszimmer gelegen, und überdies gelang es uns, den Waffenhändler aufzuspüren, der ihn an Mandle verkauft hat. Meine Theorie geht nun dahin, daß Jetheroe in der Mordnacht den Revolver gefunden hat – vielleicht war er aus Mandles Tasche gefallen. Wie Gritt uns berichtete, blieb Jetheroe an seiner Haustür stehen, um zweimal einen Revolver, den er aus seiner Tasche gezogen hatte, zu betrachten. Zweimal!«

»Hm, hm ...!« versetzte Stein nachdenklich. »Vielleicht hat er ihn zweimal betrachtet, weil er ihm neu war, weil er erst ganz kürzlich in seinen Besitz geraten ist.«

»Sehr richtig! Übrigens habe ich auch entdeckt, wie der Mann, der so verrückt lachte, entkommen ist. Bei Tageslicht ist der schmale Pfad ganz leicht zu sehen – er führt zurück zum Weg. Wenn ich nicht wie ein Wilder hinter ihm her durchs Gebüsch gejagt wäre, sondern meinen Bruder wegaufwärts geschickt hätte, so würde er den Kerl beim Heraustreten aus dem Gehölz gesehen haben!«

»Eine verdammt komplizierte Affäre!« seufzte Stein.

Langsam weiterschlendernd waren sie zu dem weitgeöffneten Tor der Weißen Villa gekommen, als Socrates seinen Begleiter auf eine stämmige Frau aufmerksam machte, die ihnen zuwinkte.

»Das scheint Jetheroes Haushälterin zu sein«, meinte er und wartete, bis die atemlose Frau sie erreicht hatte.

»Ich habe die Herren vom Fenster aus kommen sehen«, keuchte sie.

»Und? Was gibt's? Ist Mr. Jetheroe gefunden worden?«

»Nein, Sir. Aber beim Aufräumen habe ich ein paar sonderbare Dinge entdeckt, die ich Ihnen zeigen möchte. Sie sind doch der Herr von der Kriminalpolizei?«

Socrates nickte und folgte der umfangreichen Dame ins Haus,

wo sie mit einer dramatischen Geste die Tür zum Badezimmer öffnete.

»Da!« Sie wies mit dem Zeigefinger auf zwei Taschentücher, die auf einem Stuhl lagen. Allerdings waren sie schwer als solche zu erkennen, da sie steif und zusammengeklebt waren.

»Wo haben Sie sie gefunden?«

»Unter der Wanne. Und ich weiß bestimmt, daß sie vorgestern dort nicht gelegen haben, weil ich da persönlich die Reinigung des Badezimmers beaufsichtigt hatte.«

»Blutflecke«, sagte Socrates und überreichte Stein eines der dunkelbraun gefärbten Tücher.

»Und das ist noch nicht alles«, berichtete die Frau triumphierend. »Ich habe mir alles durch den Kopf gehen lassen, und dabei fiel mir Mr. Jetheroes Arzneischränkchen ein, das hier im Badezimmer hängt.«

Sie öffnete die Türen eines weißlackierten Wandschränkchens, und eine Reihe von Flaschen sowie ein Durcheinander von Binden und Bandagen wurde sichtbar.

»Jemand ist an dem Schränkchen gewesen. Und« – sie wies auf einen blutigen Fingerabdruck – »was sagen Sie hierzu?«

Socrates nahm das Bandageknäuel vorsichtig heraus und fand hinter ihm ein offenes Fläschchen Jod stehen, das offensichtlich sehr in Eile benutzt worden war, wie ein brauner Fleck auf dem Brett verriet.

»Nach dieser Entdeckung habe ich jedes Eckchen genau abgesucht«, fuhr die Haushälterin eifrig fort, »und ich glaube, daß jemand unter dem Hahn der Badewanne eine Wunde ausgewaschen hat.«

Ein kleiner Fleck auf dem makellosen Weiß der Badewanne schien ihre Vermutung zu bestätigen.

»Sie hätten Detektiv werden sollen«, scherzte Socrates und sagte zu Stein: »Demnach dürfen wir es wohl als Tatsache ansehen, daß Jetheroe hierher zurückgekommen ist und seine Wunde behandelt hat. Aber warum ist er nicht hiergeblieben? Aus welchem Grund ist er wohl wieder verschwunden?«

»Wann war Mr. Jetheroe wohl hier?« forschte Stein.

»Ich könnte darüber auch nicht die kleinste Angabe machen.

Wir sind ja alle zur gewohnten Zeit zu Bett gegangen und hatten überhaupt keine Ahnung, daß Mr. Jetheroe etwas zugestoßen war, bis uns um drei Uhr morgens die Polizei herausgetrommelt hat.«

»Wollen Sie mir jetzt bitte auch das Schlafzimmer zeigen«, verlangte Smith, nachdem er noch einmal im Bad gründlich Umschau gehalten hatte.

Mr. Jetheroe war – wie die Haushälterin erzählte – ein sehr ordentlicher, beinahe schon pedantischer Mann, der seine Wäsche und Garderobe stets eigenhändig fortlegte.

»Wir wollen uns erst mal seine Anzüge ansehen«, schlug Socrates vor und öffnete einen Kleiderschrank.

Schon der zweite Anzug, den er vom Bügel nahm, beseitigte jeden noch etwa vorhandenen Zweifel über das Schicksal Jetheroes. Es war ein dunkler Jagdrock, dessen linke Seite sich merkwürdig steif anfühlte. Socrates trat mit ihm ans Fenster.

»Diesen Rock hat er getragen, als er angegriffen wurde – die eine Schulter ist ganz hart von getrocknetem Blut. Also ist Jetheroe am Leben!«

»Aber wo ist er?«

Smith zuckte die Schultern. »Ich glaube, daß wir in ein oder zwei Tagen den Grund seines Verschwindens erfahren werden. Vielen Dank!« verabschiedete er sich von der Haushälterin. »Und machen Sie sich keine Sorgen mehr um Ihren Herrn.«

Eine Viertelstunde später stand Socrates auf der schönen Freitreppe des ›Prinzenhofes‹, und erst jetzt brach er das Schweigen, das er auf dem ganzen Weg von der Weißen Villa bis zu Bob Steins Landsitz eingehalten hatte.

»Diese Entdeckung befreit mich von einer großen persönlichen Sorge«, bemerkte er in seiner ruhigen Art.

»Was wollen Sie damit sagen?« fragte der andere überrascht. »Ging Ihnen Jetheroes Verschwinden denn so sehr zu Herzen?«

»Zu Herzen gehen? Das ist wohl nicht der richtige Ausdruck. Aber dadurch, daß sich Jetheroe noch unter den Lebenden befindet erhalte ich noch eine Atempause; denn der unbekannte Mörder John Mandles wird erst Jetheroe beseitigen wollen, bevor er sich an mich heranmacht.«

»An Sie . . .?« sagte Stein langsam. »Also fühlen Sie sich bedroht?«

»Ich bin vollkommen davon überzeugt, daß er auch mich umbringen will, und ich male mir aus, daß die Methode meiner Vernichtung eine sehr interessante sein wird – sowohl für mich als auch für den anderen«, setzte er grimmig hinzu.

Kurz nach ihnen trafen auch Molly Templeton und Lex ein. Bob Stein hatte für Molly das schönste Zimmer des Hauses bestimmt, einen großen Raum, der auf die Parkanlage hinausging.

Molly freute sich aufrichtig über Steins Fürsorge, weit mehr indes über die guten Nachrichten Jetheroe betreffend.

»Ob er wohl hier in der Nähe geblieben ist . . .?« grübelte sie, als sie nach Tisch in Socrates' Begleitung im Garten spazierenging.

»Das glaube ich nicht.«

»Aber warum versteckt er sich . . .? Er hat doch nichts Böses getan.«

»Nein, Molly, Mr. Jetheroe hat in der letzten Zeit nichts Böses getan.«

»In . . . in der letzten Zeit?« stammelte sie.

»Mr. Jetheroe hat ein hartes Leben hinter sich«, begann Socrates vorsichtig. Vielleicht war jetzt der Moment gekommen, um Molly ihre nahe Verwandschaft mit Jetheroe zu erklären. »Aber Sie müssen bedenken, mein Kind, daß dem jetzigen Mr. Jetheroe die Dummheiten seiner Jugend kaum angelastet werden können. Ich sagte bereits: Er hat ein hartes Leben hinter sich und er hat viel Schweres erdulden müssen.«

Das junge Mädchen war blaß geworden.

»Glauben Sie, daß er an der Ermordung Mr. Mandles beteiligt war?«

»Durchaus nicht, er ist daran vollkommen unschuldig!« beruhigte er sie.

»Es umgibt ihn nur ein kleines Geheimnis, das aufgeklärt werden muß.«

»Aber warum versteckt er sich? Was hat er zu befürchten?«

»Die Wiederholung seines unangenehmen Abenteuers von

vorgestern nacht«, erklärte Socrates ernst. »Und nun zerbrechen Sie sich nicht länger den Kopf! Da kommt Lexington, der wird Sie auf andere Gedanken bringen.«

»Ein Bote aus London erwartet dich in der Halle«, meldete sein Bruder, und Socrates eilte dem Hause zu.

Der Bote entpuppte sich als ein Angestellter der London & Surrey Bank.

»Unsere Direktion hat mich auf Veranlassung von Scotland Yard zu Ihnen geschickt. Ich gehöre nämlich zur Lothbury Filiale, die Mr. Jetheroes Konto führt.«

»Einen Augenblick«, bat Socrates, der den Besucher ins Eßzimmer geführt hatte. »Wenn es Ihnen recht ist, gehen wir in den Garten, am besten unter die Kohlköpfe des Gemüsegartens, die haben bestimmt keine Ohren.«

Im Garten nahm der junge Herr seinen Bericht wieder auf.

»Wir haben die Nachricht von Mr. Jetheroes Verschwinden leider zu spät gelesen, denn eine Stunde vorher haben wir noch einen Scheck von ihm über fünfhundert Pfund ausbezahlt. Dies ist er.«

»Wer hat ihn vorgelegt?«

»Unser Kassier sagt, es war Mr. Jetheroe selbst.«

»Ist ihm irgend etwas an Mr. Jetheroe aufgefallen?«

»Gewiß. Jetheroe hat einen dicken Verband um den Kopf gehabt und erzählte, daß er mit seinem Motorrad gestürzt sei.«

»Hat er Andeutungen gemacht, daß er verreisen wolle?«

»Keine Silbe.«

Socrates Smith zupfte sich nachdenklich am Ohrläppchen.

»Darf ich fragen, wie hoch Mr. Jetheroes Kontostand ist?«

»Unser Direktor hat vermutet, daß Sie diese Frage an mich richten würden, und hat mir erlaubt, sie zu beantworten. Mr. Jetheroe hat viertausend Pfund in bar und einen erheblichen Bestand an Obligationen. Er hat vor sechs Jahren eine sehr vermögende Tante beerbt, die auch unsere Kundin gewesen ist; auf diese Weise ist auch er unser Bankkunde geworden. Als unser Direktor gestern die Nachricht von seinem Verschwinden las, hielt er es für das beste, sich mit Scotland Yard in Verbindung zu setzen.«

»Vielen Dank für Ihre Mühe«, erwiderte Socrates nach einer Weile. »Daß Mr. Jetheroe lebt, habe ich heute morgen auch hier festgestellt. Wann wurde übrigens der Scheck vorgelegt?«

»Gestern mittag um halb zwölf, und in Anbetracht der Nachricht ...«

Socrates blickte ihn verwundert an.

»Was für eine Nachricht? Was meinen Sie damit?«

»Verflixt!« entfuhr es dem jungen Mann. »Das hätte ich fast vergessen. Schauen Sie her!«

Er drehte den Scheck um. Dicht neben der perforierten Kante standen in dünner Bleistiftschrift die Worte: »S. S. Verlassen Sie Molly nicht. J.«

16

Es gab keinen Zweifel, diese Nachricht war für ihn bestimmt. Jetheroe hatte ganz richtig überlegt, daß die Bank sich sofort an Scotland Yard wenden werde und daß damit der Scheck an Socrates Smith gelangte. »S.S. Verlassen Sie Molly nicht. J.«

Also drohte auch dem jungen Mädchen Gefahr; nur schien selbst Jetheroe nicht zu wissen, in welcher Form sie nahen würde.

»Verzeihen Sie mir, Sir«, stotterte der junge Angestellte, »diese Nachricht ist ja die eigentliche Ursache meines Hierseins. Diese Zeile wurde übrigens erst im Büro des Direktors entdeckt. Wir verfolgen nämlich die Praxis, einen Scheck, auch wenn der Kunde ihn auf sich selbst ausstellt, von ihm indossieren zu lassen, was durch ein Versehen des Kassiers in diesem Falle unterblieben war. Und als man Mr. Jetheroes Scheck dann im Büro des Direktors umdrehte, entdeckte man die Notiz.«

Demzufolge – sinnierte Socrates – beabsichtigt Jetheroe, noch weiterhin in seinem Versteck zu bleiben; und das macht es ihm unmöglich, Molly selbst zu schützen, obwohl sie seiner Meinung nach des Schutzes bedarf ...

Er fuhr den Bankbeamten in einem von Steins Wagen zum Bahnhof und kehrte rechtzeitig zum Abendessen zurück.

Weder Stein noch seinem Bruder gegenüber äußerte er sich über den Besucher. Es wurde mit Recht behauptet, daß Socrates

Smith ein sehr verschlossener Mensch sei, und es gab kaum jemand, der so wenig Ermunterung und Hilfe von außen brauchte wie er. In solchen Zeiten konzentrierten Überlegens zeigte er sich noch weniger umgänglich als sonst, und Bob Stein, der dieses Symptom kannte, war der Meinung, daß die Entdeckung in Mr. Jetheroes Badezimmer ihn so schweigsam gemacht hatte.

Trotz seiner Versunkenheit gewahrte Soc aber mit stiller Freude die einwandfreie Haltung Steins gegenüber Lex und dem jungen Mädchen. Anscheinend haderte er nicht mehr mit dem Schicksal, das diese beiden jungen Leute füreinander bestimmt hatte, sondern fügte sich philosophisch in die Situation.

»Na, alter Junge«, polterte er, als Socrates ihm gute Nacht wünschte, »das waren drei höchst aufregende Tage für Sie!«

»Wirklich nur drei Tage? Mir kommen sie wie drei Jahre vor!«

»Ich habe heute mit Molly über den ›Waldfrieden‹ gesprochen«, fuhr Stein fort. »Sie will ein neues Haus bauen lassen und das Besitztum dann verkaufen. Es hängen zu viele häßliche Erinnerungen daran, sagte sie, als daß sie dort leben möchte – und ich kann ihr nur zustimmen.«

»Hoffentlich verschiebt sie den Beginn des Neubaus aber so lange, bis ich mit meiner Suche fertig bin.«

»Erwarten Sie denn noch immer, irgendwelches Beweismaterial in dem Ruinenschutt zu finden?«

Socrates nickte lächelnd.

»Seit dem Morgen nach der Brandnacht arbeiten dort drei Mann für mich unter Leitung eines der fähigsten Beamten der Londoner Bergungsgesellschaft.«

»Ach so! Ich bemerkte gestern, daß einige Leute dort herumwühlten, und wunderte mich schon, was sie trieben. Aber ich glaube nicht, daß da etwas zu holen ist!«

»Das ist auch meine Ansicht«, gab Socrates zu. »Doch Sie wissen ja auch, daß einem manchmal bei ganz aussichtslos erscheinenden Bemühungen das schönste Material in die Hände fallen kann.«

*

Am nächsten Morgen ging Socrates wie gewöhnlich hinüber zum ›Waldfrieden‹. Aber die Auskunft, die er dort erhielt, war alles andere als ermutigend.

»In meinem ganzen Leben ist mir eine so vollständige Zerstörung noch nicht begegnet!« lautete das Urteil des Londoner Fachmannes. »Bis auf unscheinbare Reste ist sämtliches Holzwerk verbrannt.«

»Und wie steht es mit den Resten des Schreibtisches?«

»Ich habe sie förmlich gesiebt – aber mit gänzlich negativem Erfolg! Nicht wahr, Mr. Smith, Sie haben gestern nacht hier die Runde gemacht?«

»Ich? Wieso?«

»Einer von meinen Leuten sah jemand mit einer Taschenlampe herumwandern.«

»Um wieviel Uhr war das?«

»So kurz nach zehn, denn der Arbeiter – er bewohnt das Häuschen dort drüben – kam vom Dorfkrug zurück, der um halb zehn schließt. Da er glaubte, daß Sie dort herumstreiften, achtete er nicht weiter darauf.«

Socrates hielt den Kopf gesenkt. Was hatte dieser Unbekannte nächtlicherweise auf dem Trümmerfeld zu suchen?

»Stellen Sie von heute an einen Mann zur Nachtwache ab. Und dabei fällt mir ein: Die Arbeiter dürfen auf keinen Fall den Pavillon benutzen. Ich habe gestern beobachtet, daß zwei dort ihre Mittagspause verbrachten.«

»Ich habe sie bereits verwarnt«, erwiderte der Beamte. »Aber es ist schon zu verstehen, daß sie sich das schönste Plätzchen für ihre Freizeit gewählt haben.«

Sie stiegen langsam den steilen Weg hinauf, der zu der Höhe führte.

»Es ist sehr kostbarer Marmor«, erläuterte Socrates, als er die Tür des Pavillons öffnete.

»Verdammt . . .!«

In zwei Stücke zerbrochen lag die Marmorplatte des Tisches am Boden. Und auch der Sitz, der Thron aus Marmor, wie ihn Molly genannt hatte, war umgestürzt worden.

»Eine solche Verwüstung würden meine Leute nie anrichten«,

erklärte der Beamte, über die Bruchstücke der Tischplatte hinwegsteigend. »Hallo, Sir, was halten Sie hiervon?«

Der Sockel des Thrones, den Socrates für massiv gehalten hatte, war in Wirklichkeit ein Hohlraum, auf dessen Boden ein flacher Kasten stand. Eine Zinnkassette mit aufgebrochenem Schloß, leer – mit Ausnahme eines Blattes, das der Verbrecher in der Eile wahrscheinlich übersehen hatte. Es war eine Titelseite und trug in Mandles energischen Schriftzügen, die Socrates so gut kannte, die Überschrift:

Bericht von John Mandle, früher Inspektor der Kriminalabteilung von Scotland Yard, über die Ereignisse im Pfuhl im Moor am 27. Februar 1902.

Mehr als dies eine Blatt fand Socrates Smith trotz emsigen Suchens nicht – der nächtliche Unbekannte mit der Taschenlampe hatte sich alles andere angeeignet! John Mandles Aufzeichnungen existierten also doch noch ... aber wer hatte sie jetzt in Händen?

Zwei Arbeiter wurden herbeigerufen, die den unversehrt gebliebenen Sitz wieder auf den Sockel hoben.

»Das Herunterwerfen hätte sich der Dieb ersparen können«, erklärte der Londoner Beamte. »Sehen Sie, Mr. Smith, die Rückseite des Stuhles sitzt auf einem Zapfen, und das Gewicht ist so genau ausbalanciert, daß der kleinste Druck der Hand genügt, damit der Stuhl die Öffnung freigibt.«

Als Socrates wieder auf dem ›Prinzenhof‹ anlangte, erfuhr er, daß Bob Stein zur Entlohnung der Landarbeiter auf seine etwa zehn Meilen entfernte Farm gefahren war; seinen Bruder entdeckte er erst nach längerem Suchen an einem schattigen Fleckchen, wo er mit Molly in ein offensichtlich höchst interessantes Gespräch vertieft war.

»Es tut mir leid, dich zu stören, Lex«, begann Socrates, als er den jungen Verlobten auf sein Zimmer gelotst hatte, »aber du wirst gleich sehen, daß meine Neuigkeit das rechtfertigt: Ich habe jetzt das Versteck von John Mandles Manuskript gefunden.«

»Und auch das Manuskript?«

»Leider nur diese eine Seite.«

Hastig überflog Lexington die wenigen Zeilen.

»Also das Titelblatt. Glaubst du, daß sich auch der Rest noch dort befunden hat?«

»Jemand war an der Zerstörung des Manuskriptes soviel gelegen, daß er selbst vor einer Brandstiftung nicht zurückgeschreckt ist, um sein Ziel zu erreichen. John Mandle hat irgendeine Gewissenslast mit sich herumgeschleppt, die ihn offenbar mehr quälte und mehr an seinen zerrütteten Nerven schuld war als das Verbrechen, Mollys Mutter zur Bigamie verleitet zu haben. Er hat sich vor einer ganz bestimmten Person gefürchtet, und er wußte genau, daß diese Person alles versuchen würde, seine Beichte – denn eine solche ist es – in die Hand zu bekommen; deshalb bewahrte er sie im Pavillon auf, weil er sie hier am sichersten glaubte.«

Lexington dachte ein Weilchen nach.

»Sollte es Jetheroe gewesen sein?« murmelte er vor sich hin.

»Wenn er es aber war, der unbedingt das Manuskript vernichten wollte, so war auch er es, der Mandle ermordet hat.«

»Wer weiß!« lautete die vage Antwort Socrates', obwohl er nicht im mindesten Lexingtons Meinung teilte. Dann wich er von dem Thema gänzlich ab.

»Du, Lex, ich habe einen neuen Kammerdiener engagiert.«

»Was? Du willst dem braven Septimus den Laufpaß geben ...?«

»Nein, natürlich nicht; aber ich kann ihn nicht hierherkommen lassen. Du weißt, was er für eine Abneigung gegen fremde Häuser und fremde Menschen hat, und daß er stolz darauf ist, sich in seinem ganzen Leben nie weiter als zwei Meilen von Regent's Park entfernt zu haben. Statt seiner kommt Frank.«

»Und wer, zum Kuckuck, ist dieser Frank?«

»Eine Perle von einem Diener. Hat in Oxford studiert, war Sekretär zweier Polizeidirektoren und sieht so aus, als werde er eines Tages selbst Polizeidirektor sein.«

Lexington pfiff leise durch die Zähne. »Also mit anderen Worten: ein Kriminalbeamter!«

»Ganz recht. Und ich brauche ihn dringend.«

»Aber wie wird sich Stein dazu stellen?«

»Er wird gar nichts davon erfahren. Gewiß, es ist nicht ganz korrekt, einen Kriminalbeamten in sein Haus einzuschmuggeln; ich erhielt aber Instruktionen« – er lächelte verschmitzt im Gedanken an die Botschaft auf dem Scheck – »die befolgt werden müssen. Übrigens bin ich der Ansicht, daß Bob Stein nicht als Beschützer für Molly genügt. Auch du nicht!« wehrte er den Protest seines Bruders ab. »Du bist zu verliebt, und das lähmt dein Denken. Frank dagegen wird fabelhaft auf dem Posten sein.«

»So! Ich soll Molly also nicht beschützen können!«

»Nein«, antwortete Socrates kurz, »und um so weniger, als du gar nicht hier sein wirst. Ich habe mich nämlich entschlossen, diesem ›Pfuhl im Moor‹ einen Besuch abzustatten, und du wirst mich begleiten. Ich habe so eine Ahnung, daß sich die Reise nach Devonshire lohnt!«

»Ach, deshalb läßt du Frank kommen«, sagte Lexington.

»Allerdings. Und da Frank, soviel ich weiß, mit einer sehr hübschen jungen Dame, der Tochter eines Oxforder Professors, verlobt ist, kannst du völlig beruhigt sein!«

Noch am selben Nachmittag traf Frank ein, ein ruhiger, gutaussehender junger Mann, der sofort an seine Arbeit ging, Mr. Socrates Smiths Kleider ausbürstete, die Hosen bügelte, und der im Dienstzimmer freundschaftliche Aufnahme fand.

»Ist es Ihnen sehr unangenehm, daß ich Ihnen noch einen Menschen aufhalse?« fragte Socrates Bob Stein nach seiner Rückkehr.

»Nicht im geringsten. Aber was ist aus dem wackligen alten Herrn geworden, der Sie in Regent's Park betreute?«

»Septimus verabscheut Reisen, und außerdem läßt seine Arbeitskraft auch schon ein bißchen nach«, sagte Socrates munter die halbe Wahrheit. »Ich habe ihm den Neuen damit mundgerecht gemacht, daß ich behauptete, er solle Lexington bedienen ... Und nun möchte ich Ihnen etwas Wichtiges mitteilen.«

In Steins behaglichem Arbeitszimmer erzählte er von der großen Entdeckung im Pavillon.

»So ein Querkopf!« sagte Stein langsam. »Sein kleines Geheimnis unter dem Marmorsitz aufzubewahren! Was mag wohl in dem Manuskript stehen?«

»Höchstwahrscheinlich eine gruselige Geschichte. Ich werde nachspüren müssen, was Mandle am 27. Februar 1902 getan hat.«

»Da kann ich Ihnen eine Menge Arbeit ersparen«, versetzte Stein und ging zu einem verschlossenen Bücherschrank. »Im Jahre 1902 arbeiteten wir beide viel zusammen, und ich hatte die Gewohnheit, mir über unsere Tätigkeit Aufzeichnungen zu machen. Hier ist das richtige Heft schon – 1902, der siebenundzwanzigste Februar . . .? Aha: ›Mandle und ich durchsuchten den nach Bilbao bestimmten Dampfer Antrim. Keine Spur von Deveroux. Sonntags Rückkehr nach London‹.«

»Dann kann Mandle an jenem Tag ja gar nicht im ›Pfuhl im Moor‹ gewesen sein, sondern hat von den Ereignissen dort offenbar erst später erfahren«, überlegte Socrates.

»Es scheint so. Wo liegt übrigens dieser ›Pfuhl im Moor‹? Der Name klingt nach Devonshire.«

»Stimmt. Es ist eine Farm am Ashburton-Weg, ein verfallenes Anwesen, das anscheinend einem Franzosen gehört.«

»Warum sehen Sie es sich nicht mal an?«

»Das will ich tun. Ich werde morgen mit Lexington hinfahren. Hat Mandle Ihnen gegenüber diesen Namen einmal erwähnt?«

»Niemals. Wissen Sie, Soc, ich bin mehr und mehr davon überzeugt, daß Mandle verrückt war.«

»Sie meinen geisteskrank?«

»Ja, ich glaube, er litt an Verfolgungswahn. Er hatte allerlei wunderliche Halluzinationen. Ich bin sicher, daß sein Leben niemals ernsthaft bedroht war und daß man alle diese Selbstschüsse und Fallen, die er aufgestellt hat, als Symptome seiner Krankheit auffassen muß.«

»Nun, eigentlich beweist die Art, wie er starb, die Berechtigung seiner Angst«, entgegnete Socrates trocken.

»Weil er ermordet worden ist? Besteht nicht dennoch die Möglichkeit, daß die Person, die ihn erschoß, eine ganz andere war als die . . . ich möchte sagen, eingebildete, die er erwartete? Mandle war unglaublich mißtrauisch. Bei jedem düsteren, unbewohnten Haus witterte er Geheimnisse; bei jedem verfallenen Gebäude malte er sich allerhand mysteriöse Verbrechen aus.

Vergessen Sie nicht, daß er jedes Jahr ausgedehnte Autoreisen durch Devonshire machte, das war sein bevorzugtes Ferienrevier. Vielleicht hat ihn eine dieser Fahrten am ›Pfuhl im Moor‹ vorbeigeführt, und dieser verschrobene Name hat seine Fantasie so beeindruckt, daß er sich irgendeinen romantischen Spuk erdacht hat.«

»Nun, auf alle Fälle will ich mir ›Pfuhl im Moor‹ mit eigenen Augen ansehen.«

»Und wahrscheinlich eine große Enttäuschung erleben«, ergänzte Stein und lächelte ein wenig spöttisch. »Armer Mandle! Nach seinem Tod macht er uns mehr zu schaffen als zu seinen Lebzeiten!«

Im Begriff, das Zimmer zu verlassen, drehte sich Socrates auf der Schwelle noch einmal um.

»Sie haben doch nichts dagegen, wenn Frank in meinem Ankleideraum schläft? Ich verwahre dort eine ganze Menge Kleinigkeiten, die für das Verfahren von Wichtigkeit sein könnten.«

»Durchaus nicht. Falls Sie es nicht doch vorziehen sollten, alles in meinen Safe zu packen. Scheint ein ganz brauchbarer Bursche zu sein, Ihr Frank, nur« – ein kritischer Blick streifte Socrates Smiths Füße – »Ihren Schuhen dürfte er schon etwas mehr Sorgfalt zuwenden!«

Ein wenig später nahm sich Socrates seinen neuen Diener vor.

»Weldon, Sie sind ein verdammt schlechter Schuhputzer. Mr. Stein machte mich darauf aufmerksam.«

»Tut mir aufrichtig leid, Mr. Smith«, entschuldigte sich Frank, »Schuhputzen ist tatsächlich meine schwache Seite. Ich werde mich darin gründlich unterweisen lassen, sobald wir nach London zurückkehren.«

Die Tür zu seinem Ankleidezimmer öffnend, erklärte Socrates: »Sie schlafen hier, Frank; das Bett wird noch hereingestellt. Nebenan befindet sich das Zimmer von Miss Templeton. Während meiner Abwesenheit müssen Sie die Nächte durchwachen; Sie können ja tagsüber schlafen. Am liebsten wäre es mir, Sie säßen nachts hier im Dunkeln bei angelehnter Tür.«

»Erwarten Sie denn einen Anschlag auf die junge Dame?«

»Mit absoluter Gewißheit!« erklärte Socrates.

17

Am nächsten Tag fuhren die Brüder in aller Frühe zum Bahnhof, begleitet von Molly Templeton, die dem Zug noch lange nachwinkte. Es folgte eine ermüdende Reise, und die Nacht senkte sich schon hernieder, als sie endlich Exeter erreichten. Vor dem nächsten Morgen konnte nichts mehr unternommen werden; beide waren auch zu abgespannt, um noch für etwas anderes Interesse aufbringen zu können als für die komfortablen Betten des Hotels ›Zur Krone‹. Doch bevor Socrates schlafen ging, führte er noch ein Telefongespräch mit Molly – zu Lexingtons lebhaftem Ärger, denn er erfuhr davon erst hinterher.

Nach einem zeitigen Frühstück bestiegen Soc und Lexington das gemietete Auto. Meile um Meile einer öden Landschaft glitt an ihnen vorüber, bis der Wagen die steilen Gassen von Ashburton hinuntersauste und auf der anderen Hügelseite zu einem einsamen Moor emporkletterte.

»Das muß es sein«, sagte Socrates und wies auf ein Gebäude, daß sich als einziges am Horizont abhob. »Merkwürdig, Dartmoor ist dafür bekannt, daß es keine Bäume dort gibt, und trotzdem scheint diese Farm von einem Wall von Bäumen umgeben zu sein.«

»Nein, Sir, das sind keine Bäume«, mischte sich der Fahrer ein, der die Bemerkung gehört hatte, »es ist eine Mauer«.

»Dann muß sie aber eine stattliche Höhe haben«, erwiderte Socrates erstaunt.

»Sie hat ja auch doppelt soviel gekostet wie der ganze Besitz wert ist«, erklärte der Mann. »In der ganzen Gegend heißt die Farm deshalb auch ›Franzmanns Spleen‹.«

In der Tat wies die Mauer eine derartige Höhe auf, daß sogar das Dach des Gebäudes nicht mehr sichtbar war, als der Wagen in ihrem Schatten anhielt.

»Sehr groß ist die Farm ja gerade nicht!« meinte Socrates etwas enttäuscht.

»Es ist überhaupt keine Farm«, erwiderte grinsend der Fahrer. »Ein Häuschen, weiter nichts! Seinen Namen hat es von einem fünfzehn Minuten entfernten Pfuhl, durch den ein kleiner

Bach fließt. Manchmal kann man dort recht fette Forellen fischen.«

Die beiden Brüder gingen um das ganze Besitztum herum, das ein regelmäßiges Viereck bildete – jede Seite fünfundzwanzig Meter lang. Große Glasscherben krönten wie Zinnen die fünf Meter hohe Mauer, und der einzige Eingang in diesen Festungswall war ein starkes Tor aus dicken Eichenbohlen.

»Nun werden wir uns mal das Innere ansehen, Lex«, sagte Socrates.

Er versuchte den großen Schlüssel mit dem Metallschild, der sich aber anfänglich widerspenstig zeigte. Da Smith jedoch in weiser Voraussicht ein Ölkännchen mitgenommen hatte, dessen Inhalt er in das Schlüsselloch träufelte, hatte sein zweiter Versuch mehr Erfolg. Mit grellem Kreischen drehte sich der Schlüssel, und knarrend öffnete sich das Tor ein paar Zentimeter weit. Ein neues Hindernis mußte überwunden werden, denn auf der Innenseite wuchs ein großer Strauch und preßte sich mit seinen Zweigen gegen den Torflügel.

»Das Tor ist mindestens zwanzig Jahre nicht mehr geöffnet worden. Lex, laß dir vom Fahrer die Axt geben, die ich heute morgen gekauft habe.«

Es dauerte aber noch eine ganze Weile, bis sie sich durchzwängen konnten und in dem einstigen Garten standen, der jetzt eine wahre Wildnis von schulterhohem Gestrüpp und Unkraut war. Die Fenster des kleinen Hauses waren von Läden versperrt, und über dem Ganzen hing eine Atmosphäre von Verfall und Trostlosigkeit, die selbst durch den strahlenden Sommermorgen nicht verscheucht wurde.

»Es hat keinen Zweck, den Garten abzusuchen. Wir wollen uns lieber auf das Haus beschränken. Komm!« forderte Socrates nach einem kurzen Rundblick seinen Bruder auf.

Auch das Haustürschloß gehorchte erst nach einer ausgiebigen Ölung; mir markerschütterndem Quietschen drehte sich die Tür in den Angeln. Vor den Brüdern lag eine geräumige, fliesenbelegte Diele. Dicker Staub lagerte auf dem Eichentisch und dem Stuhl, die nebst einer von Spinnweben verschleierten Hängelampe die einzigen Einrichtungsgegenstände waren. Von den beiden vorhandenen Türen öffnete Socrates die linke, was ein eiliges Trippeln winziger Pfoten zur Folge hatte.

»Mäuse!« konstatierte er. »Denn Ratten lieben das Moor nicht.«

Dann tappte er zum Fenster und stieß die Läden auf.

Das Zimmer war ebenfalls nur mit wenigen Möbeln ausgestattet, deren Qualität man nicht mehr beurteilen konnte. Der Teppich war fast ganz von Generationen von Mäusen zernagt worden, die seine Wolle zu warmen Nestern benutzt hatten, und die Staubschicht auf den Bildern war so dick, daß man nicht einmal ahnen konnte, was sie darstellten.

Im anderen Raum, der etwas größer und mit zwei Fenstern versehen war, strömte ihnen ein eigenartiger Modergeruch entgegen, der dem ersten Zimmer nicht anhaftete. Der Tisch in der Mitte war wie zu einer Mahlzeit gedeckt; an einer seiner Schmalseiten stand ein halb zur Seite geschobener Stuhl. Zur Linken des Tellers hob sich von der Staubschicht ein kleiner, schwarzer, zylinderförmiger Gegenstand ab.

Socrates blies den umhüllenden Staub fort, der in dicken Wolken aufwirbelte.

»Eine Zigarre! Siehst du, wie sie das Tischtuch verbrannt hat? Diesen dünnen, ungeschickt gerollten Stengeln begegnet man bei englischen Rauchern wohl nicht.«

Er ging hinaus und kehrte mit einem Besen zurück.

»Mach die Fenster auf, Lex. Ich werde mal ein bißchen den Fußboden kehren.«

Er hatte noch kaum damit begonnen, als er innehielt und sich niederbeugte. In seinen Nerven begann es zu prickeln beim Erscheinen eines unregelmäßigen, schwarzen Flecks auf den ungestrichenen Dielen, eines Flecks, wie er ihn ähnlich bei mancher früheren Gelegenheit gesehen hatte.

»Lex, weißt du, was das ist . . .? Blut!«

»Bist du ganz sicher?«

»In zwei Minuten werde ich noch sicherer sein«, antwortete Socrates, indem er die Stelle mit seinem Taschenmesser abschabte, die Krümel zum Fenster trug und durch ein Vergrößerungsglas betrachtete.

»Die Kristalle sind ganz klar erkennbar ... Wenn wir wieder im Hotel sind, werde ich eine Analyse machen. Aber es besteht gar kein Zweifel, es ist Blut! Aber wessen Blut?«

Seine scharfen Augen tasteten den ganzen Raum ab, schienen aber nichts zu entdecken; dann arbeitete er von neuem mit dem Besen, bis der ganze Fußboden gekehrt war. »Aha«, er nickte, »hier gehen die Spuren weiter zur Tür. Wahrscheinlich können wir sie auch in der Diele verfolgen.«

Soc hatte richtig vermutet. Es existierten Flecken, die wahrscheinlich bis in den Garten führten. Vor der Türschwelle hatten jedoch Wind und Wetter alle weiteren Spuren zerstört.

Ernst und nachdenklich kehrten die Brüder in den Raum zurück, der offenbar einmal das Speisezimmer gewesen war.

»Was ist denn das?« stieß Socrates plötzlich hervor und wies auf ein rundes Loch in der Decke.

Sofort kletterte er auf den Tisch und brach mit seinem Messer den Verputz los, so daß seine Finger den darunterliegenden Deckenbalken befühlen konnten.

»Habe ich es mir doch gedacht!«

Er bohrte geschickt mit der Messerspitze weiter, und ein Metallklümpchen von dunkler Farbe fiel in seine Handfläche.

»Nun sag doch, was du gefunden hast!« drängte Lexington.

»Eine Kugel, mein Junge, die schon durch einen Körper gegangen ist, denn sie büßte bereits ihre Form ein, ehe sie ins Holz einschlug.«

»Also ein Mord?« flüsterte sein Bruder.

»Entweder ein Mord – oder ein Mordversuch.«

Im oberen Stockwerk befanden sich zwei Schlafzimmer, die beide möbliert waren. Aber nur ein einziges der Betten enthielt Kissen und Decken – verschlissen und zerfressen. Neben dem Bett gähnte ein geöffneter leerer Lederkoffer, aus dessen Deckelfutter man das Firmen- oder Namensschild herausgeschnitten hatte. Leer war auch ein unter dem Bett liegender Koffer.

»Eine merkwürdige Geschichte«, brummte Socrates. »Reisende pflegen ihre Kleidung doch nicht als Bündel unter dem Arm mitzunehmen und die Koffer zurückzulassen. Vielleicht finden wir in der Küche eine Erklärung.«

Die Küche lag auf der Rückseite des Hauses, ein großer Raum mit niedriger Decke. Die beiden Fenster waren nicht nur vergittert, sondern überdies noch durch schwere Läden und Eisenstangen gesichert; es kostete mehr als eine halbe Stunde Arbeit, um das Tageslicht hereinzulassen.

Socrates' erster Blick galt dem ungefügen, altmodischen Herd. Sein Inneres war von wahren Aschenbergen angefüllt, die zum Teil sogar herausgequollen waren und sich auf dem Fußboden mit dem Staub von Jahrzehnten vermischt hatten.

»Wenn das nicht der Rest eines Kragens ist, will ich Brown heißen«, ließ sich Socrates, der in dem grauen Pulver wühlte, nach einer Weile vernehmen. »Aber mehr kann ich auch nicht entdecken. Komm, Lex, zurück ins Eßzimmer!«

Auch auf dem Rost des Kamins häufte sich die Asche. Mit unendlicher Sorgfalt, Schicht um Schicht, Flocke um Flocke, durchsuchte sie Socrates – und seine Mühe wurde belohnt. Denn eingeklemmt zwischen zwei Ziegelsteinen lag ein dreieckiges, stark versengtes Stück Papier.

Socrates holte es mit einer Pinzette heraus und hielt es unter die Lupe. »Nanu . . .?«

Neugierig schaute ihm Lexington über die Schulter und versuchte vergebens zu begreifen, wieso dies Gewirr violetter Linien auf gelbem Papier den gelassenen Socrates zu diesem Ausruf des Erstaunens veranlassen konnte.

»Was hältst du davon?« forschte der Ältere.

»Ein Stückchen von irgendeinem Etikett?«

»Falsch, mein Junge. Vollkommen falsch! Es ist der Rest einer Banknote – ob einer Hundert- oder Tausendfrancnote, muß ein Sachverständiger bestimmen. Wenn du den Schnitzel gegen das Licht hältst, kannst du gerade noch die Spur eines Wasserzeichens sehen.«

»Aber Soc! Wer verbrennt schon eine Banknote?« widersprach Lex ungläubig.

»Jemand, der es sich leisten kann, Geld zu verbrennen!« lautete die unbefriedigende Antwort. »Mit den Hilfsmitteln, die wir bei uns haben, ist hier nichts weiter zu machen. Also zurück ins Hotel und in die Badewanne – wir haben es nötig!«

Sie mußten wohl einen sehr merkwürdigen Anblick bieten, denn der Fahrer des Autos brach bei ihrem Anblick in lautes Gelächter aus.

»Wohl 'ne Masse Dreck da drin, Sir?«

»Etwas davon bringen wir mit«, scherzte Socrates.

Auf der Rückfahrt erkundigte sich der Fahrer, ob sie die Farm kaufen wollten, denn in Exeter hatten sie sich als Interessenten für das Anwesen ausgegeben.

»Höchstwahrscheinlich«, erwiderte Socrates. »Können Sie mir vielleicht einen Gärtner empfehlen? Einen zuverlässigen Mann, der das Gras schneidet und das Buschwerk stutzt?«

»Das werde ich selbst übernehmen, Sir. Ich wohne in Ashburton und habe in vierzehn Tagen Urlaub.«

Dieser Vorschlag kam Socrates sehr gelegen; der Mann machte einen vertrauenswürdigen Eindruck.

»Gut! Ich werde für Sie einen Torschlüssel anfertigen lassen. Das Haus selbst aber dürfen Sie nicht betreten. Und sollten Sie beim Instandsetzen des Gartens irgendwelche Gegenstände finden, so bewahren Sie sie sorgfältig für mich auf.«

Als Socrates eine Stunde später das Badezimmer wieder in menschenwürdigerem Zustand verließ, meinte er zu seinem Bruder: »Es war ein guter Einfall, diesen Einheimischen zu nehmen. Hätte ich Leute aus der Stadt hinausgeschickt, so würde es Getuschel und Gerede gegeben haben.«

»Was erwartest du denn eigentlich zu finden?« fragte Lex.

»Erwarten? Man kann nie wissen, was man findet!«

»Und wie reimst du dir das Verbrechen zusammen?«

»Nach meiner Meinung war der Mann, den die Kugel im Speisezimmer traf, der Bankräuber Deveroux; und sehr vieles spricht dafür, daß John Mandle ihn getötet hat.«

»Ihn getötet hat?« wiederholte Lexington, als er sich von seinem Erstaunen wieder einigermaßen erholt hatte. »Aber Deveroux ist doch nach Südamerika entkommen!«

»Wenn er wirklich flüchten konnte, fällt meine Theorie natürlich in nichts zusammen.«

»Bob Stein hat doch in seinen Aufzeichnungen notiert, daß er mit Mandle an jenem Tag in Cardiff gewesen sei . . .«

»Das mag ja stimmen, wenn du mit ›jenem Tag‹ etwa den siebenundzwanzigsten Februar meinst, den Mandle auf dem Titelblatt seines ›Berichtes‹ erwähnte. Daraus ist aber noch lange nicht zu schließen, daß Deveroux auch an diesem Tage gestorben ist. Bob Stein kann nur etwas über die Tage, an denen er mit Mandle zusammenarbeitete, aussagen, das heißt, bis zu dem Sonntag, an dem sie nach London zurückkehrten. Denn gleich darauf trat Bob Stein eine vierwöchige Ferienreise an, die in die Schweiz führte. Der Chef von Scotland Yard hatte den beiden sehr übelgenommen, daß sie Deveroux entwischen ließen; wahrscheinlich kam es Stein daher sehr gelegen, eine Zeitlang aus seiner Reichweite zu sein.«

»Aber was ist denn nun an diesem bewußten 27. Februar passiert?« beharrte Lexington.

»Das müssen wir eben herauskriegen.«

Am Nachmittag traten die Brüder die Rückreise an, die sie in London unterbrachen, um dort zu übernachten. Die Weiterreise am nächsten Morgen erfolgte sehr zeitig, weil der ungeduldige Lexington abends vergeblich eine telefonische Verbindung mit dem ›Prinzenhof‹ verlangt hatte. Entweder sei die Leitung gestört oder der Hörer im ›Prinzenhof‹ läge nicht auf, erklärte das Postfräulein von Haslemere.

»Wirst du Stein erzählen, was du entdeckt hast?« erkundigte sich Lexington unterwegs.

»Nein. In Fällen wie diesem können zu viele Auskünfte einen leicht behindern.«

»Das verstehe ich nicht.«

»Dann will ich es dir durch ein Beispiel erklären, du Unschuldsengel«, sagte Socrates lächelnd. »Nehmen wir einmal an, ich setze Bob von meinem Argwohn in Kenntnis, daß Deveroux durch Mandle ermordet wurde. Was geschieht dann ...? Bob wird mir durch Notizbücher und sonstige Dokumente zu beweisen versuchen, daß Mandle an jenem oder einem anderen beliebigen Tag unmöglich im ›Pfuhl im Moor‹ gewesen sein kann. Nach nichts aber steht einem Kriminalbeamten weniger der Sinn als nach einem Alibi für eine Beschuldigung, die noch gar nicht formuliert ist ...! Ich werde Bob Stein nur von der Entdeckung eines sehr verwahrlosten Hauses inmitten eines unglaublich verwilderten Gartens erzählen. Erst wenn ich Mandles Täterschaft lückenlos beweisen kann, werde ich Stein aufklären. Und dann bin ich auch in der Lage, meine Hand auf den Mann zu legen, der John Mandle in der Nacht des 3. Juni erschossen hat.«

Bob Stein saß mit seiner Morgenzigarre auf den Stufen der Terrasse, als ihr Auto vorfuhr.

»Hallo, glücklich zurück?« rief er fröhlich. »Erfolg gehabt?«

»Nicht allzuviel«, flunkerte Socrates.

»Warum bringen Sie Molly nicht wieder mit?« fragte Stein.

»Molly ...? Was soll das heißen?«

»Sie ist gestern nachmittag nach London gefahren«, erklärte Stein, und wenn er eine Bombe geworfen hätte, so würde dies kaum eine verheerendere Wirkung gehabt haben. »Ich war der Meinung, sie habe eine Verabredung mit Ihnen. Und damit sie den Zug 3.15 Uhr noch erreichte, brachte ich selbst sie mit der Limousine nach Guildford.«

»Hat sie Gepäck mitgenommen?« fragte Socrates.

»Nur eine Handtasche. Warum? Stimmt etwas nicht?«

»Sie hat mir doch fest versprochen, sich bis zu meiner Rückkehr nicht von hier fortzurühren!« Socrates' Stimme klang sonderbar belegt. »Sagte sie Ihnen, was sie in London vorhat?«

Stein schüttelte den Kopf.

»Da ich glaubte, daß sie sich mit Ihnen treffen wollte, habe ich keine Fragen gestellt.«

Von bösen Ahnungen gequält, stieg Socrates zu seinem Zimmer hinauf.

»Frank, was ist mit Miss Templeton los?« fragte er gedämpft, sobald er die Tür hinter sich zugezogen hatte.

»Dieselbe Frage beschäftigt mich schon den ganzen Morgen«, erwiderte der Mann von Scotland Yard. »Genau nach Ihren Anweisungen habe ich gestern nachmittag geschlafen und die ganze Nacht auf der Lauer gesessen. So erfuhr ich erst heute morgen gegen halb sechs, als mir eines der Hausmädchen den Tee brachte, von Miss Templetons Abreise.«

»Wann haben Sie sie zuletzt gesehen?«

»Kurz bevor ich mich schlafen legte, traf ich sie in der Bibliothek, wo sie in einem Sessel saß und ein Buch las. Ich wollte mir auch etwas zum Lesen holen, und wir wechselten ein paar Worte miteinander. Als ich die Bibliothek verließ, läutete gerade das Telefon ... mehr weiß ich nicht!«

Lexington war blaß und verstört, er schien plötzlich um Jahre gealtert zu sein. Socrates faßte ihn beruhigend um die Schulter.

»Kaltes Blut, Lex! Wahrscheinlich hat sie ihr Notar nach London gerufen.«

Aber eine telefonische Rückfrage bei diesem wie auch bei allen anderen in Frage kommenden Personen ergab, daß keine von ihnen am vergangenen Nachmittag eine Verbindung mit dem Prinzenhof gehabt hatte.

»Ich will kein Risiko eingehen«, erklärte Socrates. »Lex, melde der Polizei Miss Templeton als vermißt und benachrichtige Scotland Yard.«

»Daß mir so etwas passieren mußte!« klagte Frank. »Ich mache mir die schrecklichsten Vorwürfe!«

»Aber Sie trifft doch gar keine Schuld. Sie haben genau nach meinen Anweisungen gehandelt. Ich hätte mir allerdings niemals träumen lassen, daß wir auch am hellen Tage ein Auge auf sie haben müßten ...«

»Halten Sie den Fall ...«

»Für sehr ernst«, beantwortete Socrates die begonnene Frage. »Ihr erstes Verschwinden war eine Bagatelle und leicht zu verstehen. Dieses aber? Nein, das gefällt mir ganz und gar nicht.«

Auch Bob Stein konnte keine Anhaltspunkte geben.

»Haben Sie Molly bis auf den Bahnsteig begleitet?« wollte

Socrates wissen. »Oder haben Sie sich draußen am Eingang von ihr verabschiedet?«

»Am Fahrkartenschalter. Und ich Esel fragte nicht einmal ...«

»Warum sollten Sie denn überhaupt etwas fragen?« fuhr ihn Socrates an, dessen Nerven etwas nachzulassen begannen. »Guildford ist eine sehr lebhafte Stadt, auf deren Bahnhof tagsüber rund fünftausend Personen abgefertigt werden dürften. Und somit erscheint es mir zwecklos, sich bei den dortigen Beamten zu erkundigen.«

»Auf alle Fälle werde ich hinfahren und nachforschen«, entgegnete Bob Stein. »Ebenso kann ich mir die umliegenden Ortschaften vornehmen, falls ...«

»Falls was?«

»Falls sie zurückgekommen ist«, schloß Stein. »Ich bin nämlich jetzt nicht unbedingt davon überzeugt, daß sie nach London fuhr. Vielleicht war das nur eine List.«

»Was meinen Sie damit?« Socrates drehte sich auf seinem Stuhl herum, so daß er dem anderen ins Gesicht sehen konnte.

»Daß vielleicht Jetheroe die Triebfeder des Ganzen ist. Bedenken Sie, daß er lebt, daß er Einfluß auf das Mädchen hat und daß er aus Gründen, die sehr undurchsichtig sind, sich versteckt hält.«

»Jetheroe ...!« wiederholte Socrates gedehnt. »Den hatte ich ganz vergessen.«

Erst am Nachmittag kehrte Stein von seinen Nachforschungen zurück, und gleichzeitig mit ihm kam ein Telegrafenbote auf einem Motorrad an.

»Von Molly!« rief Socrates erstaunt, sobald er den an ihn gerichteten Umschlag aufgerissen hatte. Er las laut vor: »Kommen Sie unverzüglich nach Quaker Street 479. Ich habe eine wichtige Entdeckung gemacht. Lex bitte mitbringen und Frank bestellen, daß Janet ihn sprechen will.«

Socrates furchte die Stirn. »Wer ist denn Janet?«

»Ganz egal! Sie ist jedenfalls in Sicherheit!« rief Lex erleichtert aus, während sich Steins Gesicht zu einem breiten Lächeln verzog. Socrates ging nach oben und händigte Frank das Telegramm aus: »Wer ist Janet?«

»Meine Verlobte, Mr. Smith«, erklärte Frank. »Aber wie ist sie mit Miss Templeton zusammengetroffen und was kann sie von mir wollen?«

»Wohnt sie in der Quaker Street?«

»Ganz in der Nähe, am Portman Place.«

»Gut, wir haben gerade noch Zeit, den Schnellzug zu erwischen. Hoffentlich enthüllt sich uns auch das andere Geheimnis, denn es gibt zwei.«

»Zwei ...?« knurrte Frank. »Eher zweiundzwanzig!«

Der Zug fuhr in Waterloo Station ein, als Socrates ganz unvermittelt mit der Faust auf sein Knie schlug.

»Hol's der Teufel!«

Das war für Socrates, der selten fluchte, eine solch ungewöhnliche Ausdrucksweise, daß der ihm gegenübersitzende Frank von seiner Zeitung aufblickte.

»Was ist denn, Mr. Smith?«

»Nichts! Ausgenommen, daß ich ein Idiot bin! Ist Ihre Verlobung bekannt?«

»Gewiß«, lächelte Frank. »Wir haben sie im vergangenen Monat angezeigt.«

»Und ich wette, daß die ›Elegante Welt‹ das Bild Ihrer Verlobten und das Ihrige mit dem Zusatz ›ein vielversprechender junger Beamter von Scotland Yard‹ oder so ähnlich brachte.«

»So ungefähr lautete die Unterschrift«, gab Frank zu. »Warum aber fragen Sie?«

»Das erzähle ich Ihnen später.« Verbissen starrte Socrates Smith vor sich hin.

Als ein Taxi sie vor der Nummer 479 der Quaker Street absetzte, zeigte Lexington verblüfft auf das blankgeputzte Messingschild ›Privatschule für Knaben und Mädchen‹.

Das saubere Hausmädchen, das auf ihr Klingeln erschien, verbarg nicht sein Erstaunen über den Besuch und eilte fort, um den Direktor zu holen. Nachdem sie den Zweck ihres Kommens erklärt hatten, sagte der Direktor kopfschüttelnd: »Da muß ein Irrtum vorliegen. Außer meiner Frau und mir wohnt niemand hier im Haus. Haben Sie auch die Adresse nicht verwechselt?«

Als Antwort übergab ihm Socrates das Telegramm.

»Vielleicht ist der Post ein Versehen unterlaufen«, vermutete der Direktor.

»Einen Augenblick«, mischte sich Frank ein. »Gehen wir doch zu meiner Verlobten; ihr Haus liegt gleich um die Ecke.«

Und dort erfuhren sie das Schlimmste: Die junge Dame hatte weder Molly Templeton gesehen, noch wußte sie überhaupt etwas von deren Existenz. Das Telegramm war eine Irreführung.

»Ich bin mir bereits im Zug darüber klargeworden!« sagte Socrates bitter. »Das Ganze war ein Manöver, um uns alle drei vom ›Prinzenhof‹ zu entfernen. Jetzt gibt's nur eins: So rasch wie möglich wieder zurück!«

Aber der letzte Schnellzug war schon fort. Und die Uhr in der Halle schlug halb elf, als sie die Schwelle des Prinzenhofes wieder überschritten.

Zwei Briefe warteten dort auf Socrates. Der erste, hastig mit Bleistift gekritzelt, lautete:

Lieber Soc,
soeben hat mich Molly aus Weston-super-Mare angerufen. Ich fahre sofort los, um sie zu holen. Bob.

Langsam faltete Socrates den Zettel zusammen und minutenlang blickte er zu Boden. Dann riß er den zweiten Umschlag auf, der den Stempel des Postamtes Haslemere trug.

»Der Telefonanruf von Weston ist natürlich auch Schwindel«, grollte Frank. »Was hat die Bande aber nur im Sinn?«

Ohne auf diese Frage zu achten, wandte sich Socrates mit einem kleinen Lächeln an den Butler.

»Williams, ich gehe jede Wette mit Ihnen ein, daß heute abend im Dorf eine Kinovorstellung stattfindet.«

Der Mann blickte ihn verwundert an.

»Das stimmt, Sir.«

»Und weiter wette ich, daß Sie heute Wein abgefüllt haben.«

»Auch das ist richtig, Sir!«

»Nun, die zweite Wette wäre unfair gewesen, denn ich hatte gehört, wie Mr. Stein Ihnen heute morgen die Anweisung dazu erteilte.«

Ganz unvermittelt ließ er den Mann stehen und ging die Treppe hinauf.

»Was ist denn nur in Soc gefahren ...?« murmelte Lexington.

Als er eine Weile später in das Schlafzimmer des Bruders schaute, lag dieser auf dem Bett, völlig angekleidet, aber im tiefsten Schlaf. Socrates wußte, daß ihm eine schlaflose Zeit bevorstand ...

Außerdem hatte er in Erfahrung gebracht, woher der Anruf am Nachmittag von Mollys Verschwinden gekommen war. Denn der Brief des Postamtes von Haslemere teilte mit: ›Anruf um 3.40 Uhr kam vom Jevington Institut, London, Marylebone 7979.‹

Deshalb schlief Socrates Smith so ruhig und fest.

Lexington und Frank aber saßen die ganze Nacht auf und sahen fahl und müde aus, als sich Socrates am nächsten Morgen, frisch wie ein eben gepflückter Apfel und in fast heiterer Stimmung, zu ihnen gesellte.

»Na, so etwas! Marsch ins Bett, Lex! Du hast doch nicht etwa angenommen, daß Bob von Weston-super-Mare schon nachts zurückkommen würde?« fragte er sarkastisch. »Er wird so gegen halb zehn eintreffen, und du hast also noch Zeit, dich ein wenig hinzulegen.«

Und seine Schätzung war merkwürdig genau! Um dreiviertel zehn brauste die schwere, über und über mit Staub bedeckte Limousine die Auffahrt herauf, und schwerfällig kletterte Stein mit roten Augenlidern hinter dem Lenkrad hervor.

»Ich hatte die Limousine genommen, weil ich Molly mit zurückbringen wollte«, erklärte er, und seine Stimme klang heiser vor Schläfrigkeit.

»Haben Sie sie gesehen?« fragte Lex gespannt.

»Man hat mich getäuscht ... Donnerwetter, war das eine Nacht! Haben Sie eine Vorstellung von dem Weg zwischen hier und Weston? Probieren Sie ihn mal in einer stockdunklen Nacht aus! Gibt es irgend etwas Neues?«

»Nichts!«

Bob wankte vor Müdigkeit.

»Dann bis nachher! Ich sehne mich nach einem Bad und meinem Bett«, sagte Bob und verschwand.

»Und euch, Jungens, fehlt dasselbe«, behauptete Socrates. »Ich werde jetzt einen kleinen Bummel durch den Garten machen.«

»Ich möchte lieber mitkommen, Soc.«

»Ich bin auch nicht eine Spur müde«, versicherte Frank, »und sogar ein Spaziergang von zehn Meilen würde mir nichts ausmachen.«

»So?« Socrates schmunzelte, »mir scheint, der Garten ist gerade groß genug für euch!«

Sie folgten dem parallel zum Haus laufenden Weg und waren gerade im Begriff, in die breite, schattige Rotdornallee einzubiegen, als Frank wie angewurzelt stehen blieb und die Augen aufriß.

»Was gibt's?« forschte Socrates und blickte in dieselbe Richtung wie der junge Mann.

In der Mitte des schmalen Weges, der an der Hausecke im rechten Winkel abbog, lag ein Schuh. Der Schuh einer Frau!

Wie ein Geier stürzte Socrates sich darauf. »Mollys Schuh! Und gestern hat er noch nicht hiergelegen, denn ich bin morgens an dieser Stelle vorbeigekommen!«

Frank schien etwas entgegnen zu wollen, aber ein Wink Socrates' ließ ihn schweigen.

»Ich möchte allein sein«, herrschte er die beiden jungen Leute ungeduldig an. »Tut mir den Gefallen und geht schlafen. Vor ein Uhr will ich euch nicht wiedersehen. Und bei Gott, wenn ihr wüßtet, was euch bevorsteht, so würdet ihr im Bett bleiben!«

19

Drei Männer lagen in schwerem Schlaf, während Socrates seine Theorie zusammenfügte, hier eine rauhe Kante glättend, dort Fäden knüpfend, bis das Gewebe vollkommen war. Die Nacht zuvor hatte er das Rätsel von Mollys Verschwinden gelöst, aber geglaubt, daß sie freiwillig gegangen war. Der Schuh erzählte eine andere Geschichte. Sie hatte ihn abgestreift und ihn dort fallen lassen – ein eindeutiges Notsignal, und bei seinem Anblick war der Zorn in Socrates Smith erwacht, jene kalte Wut, die sich nur zweimal in seinem Leben bisher an die Oberfläche gewagt hatte. Doch wenn Molly auch in Lebensgefahr schwebte, wenn sie auch starb – er durfte nichts überstürzen.

Der Teig muß gar werden, lautete das Rezept, aber er überwachte den Prozeß des Garwerdens mit nervöser Ungeduld.

Gewisse Umstände bedurften noch der Aufklärung, und kurz entschlossen telefonierte er nach einem Taxi, ließ sich nach Haslemere zum Bahnhof fahren, hatte in London mit dem Archivleiter von Scotland Yard eine eingehende Rücksprache und befand sich schon wieder auf der Rückreise, ehe Lexington aus seinem Erschöpfungsschlaf erwachte.

Jetzt! frohlockte Socrates, jetzt! Er hatte die letzten Fäden des Geheimnisses in seinen Händen.

Kurz vor Clapham verlangsamte der Schnellzug sein Tempo und ließ einen elektrischen Vorortzug vorbeifahren. Zerstreut in die Fenster des vorübergleitenden Zuges blickend, trafen Socrates' Augen auf ein Gesicht . . . und er sprang auf.

Jetheroe! Noch immer war seine Schläfe mit Pflasterstreifen bedeckt. Jetzt wandte er den Kopf, und für den Bruchteil einer Sekunde begegneten sich die Augen der beiden Männer.

Socrates ließ das Fenster herunter, doch schon entfernten sich die Züge voneinander, der eine nach einem der vielen Bahnsteige von Clapham, der andere, um durch die Station zu rasseln.

Jethero . . .! Einen Augenblick dachte Socrates daran, die Notbremse zu ziehen, war sich aber gleich darauf über die Nutzlosigkeit einer solchen Maßnahme im klaren. Bevor der Zug hielt und bevor er dem Zugführer sein Anliegen erklären konnte, würde der elektrische Zug schon den Bahnhof von Clapham wieder verlassen haben oder Jetheroe in der Menge der Reisenden untergetaucht sein, die aus den Vorortzügen hier ausstiegen.

Wieder zurück, wehrte Socrates etwas ungeduldig den fragenden Blick Lexingtons ab, der vor dem ›Prinzenhof‹ nach ihm Ausschau hielt. »Nein, nein, ich bin nicht gleichfalls vom Erdboden verschwunden!« Er blickte an den Fenstern hoch. »Ist Frank auch schon aufgestanden?«

»Schon seit einer Stunde.«

»Dann schick ihn mir in den Garten. Was macht Bob?«

»Der schläft noch.«

Gleich darauf meldete sich Frank, frisch und mit klaren Augen.

»Sie wollten mich sprechen, Mr. Smith?«

»Ja, Frank. Erinnern Sie sich an den Prozeß gegen das Jevington Institut vor etwa sieben Monaten?«

»Sehr genau, ich war ja an der Untersuchung beteiligt. Das Jevington Institut war eine nicht konzessionierte Privatirrenanstalt. Die Leitung hatte eine gewisse Mrs. Barn. Dort sind ziemlich üble Dinge passiert!«

»Wie hatte das Urteil gelautet?«

»Sechs Monate Zwangsarbeit.«

»Und da bei guter Führung oft ein Teil der Strafe erlassen wird, könnte sie sich jetzt wieder auf freiem Fuß befinden«, grübelte Socrates.

»Ich habe heute morgen dort angerufen, Frank, und der Mann, der diese vielversprechende Anstalt führt, teilte mir mit, daß Mrs. Barn sich auf einer Geschäftsreise befinde. Kann sein, daß das eine Ausrede ist . . . falls sie noch sitzt! Jedenfalls fahren Sie jetzt unverzüglich nach London, kundschaften bei diesem Mann, der wahrscheinlich ihr Ehemann ist, aus, wo sich Mrs. Barn zur Zeit aufhält, und weichen nicht von ihrer Seite, bis ich Ihnen weitere Befehle erteile.«

»Glauben Sie, daß die Barn ihre unsauberen Finger auch in unserer Affäre hat?« fragte Frank höchst überrascht.

»Es ist nichts als eine abenteuerliche Vermutung«, erklärte Socrates. »Aber ich habe mir heute vormittag den ganzen Fall noch einmal gründlich durch den Kopf gehen lassen und habe herausgefunden, daß man unter gewissen Umständen nur die Dienste einer einzigen Person in Anspruch nehmen kann, nämlich die der Barn. Also ab mit Ihnen! Geben Sie mir heute abend telefonisch Bescheid, und zwar über das Polizeibüro in Haslemere, von wo ich mir Ihre Nachrichten abholen werde!«

Stein ließ sich erst abends wieder blicken und hatte sich von den Strapazen seiner nächtlichen Fahrt noch immer nicht ganz erholt – die Hand, die einen Whisky-Soda mischte, zitterte ein wenig.

»Bob, Sie werden alt!« spöttelte Socrates, worauf der andere ihn beinahe feindselig anstarrte.

»Wohl kaum!« grollte er. »Und keinesfalls wünsche ich, an meine Jahre erinnert zu werden!«

Als Lexington seinen Bruder später zum Abendessen abholte, berichtete ihm dieser den kleinen Zwischenfall.

»Jetzt mault er in seinem Arbeitszimmer; er ließ mir bestellen, daß er nicht zu Tisch kommen würde. So müssen wir beide eben allein essen, Lex.« Den trostlosen Ausdruck im Gesicht des Jüngeren bemerkend, fügte er hinzu: »Du darfst dich nicht unterkriegen lassen! Hab' ein wenig Geduld!«

Lexington errötete.

»Geduld! Geduld! Wenn Molly Gott weiß wo ist!«

»Junge, Junge! Nach Tisch werden wir Pikett spielen. Nichts ist beruhigender für die Nerven als Pikett.«

Und obwohl dem armen Lexington der Sinn durchaus nicht nach Karten stand, schleppte Socrates ihn in das Wohnzimmer, und der diensteifrige Butler brachte einen Spieltisch.

»Mr. Stein kommt wohl heute nicht mehr, Williams?«

»Nein, Sir. Mr. Stein fühlt sich nicht recht wohl. Er hat sich nur einen Kaffee servieren lassen.«

Sie waren in der Mitte des zweiten Spiels, als Socrates seine Karten niederlegte und lauschend den Kopf abwandte.

»Was ist?« fragte Lexington; doch der andere legte den Finger auf die Lippen, ging zur Tür und öffnete sie.

Da gellte aus Steins Arbeitszimmer, das am Ende des Korridors lag, ein Schrei, der in einem Gurgeln erstickte.

Socrates raste den Gang hinunter, Lexington ihm nach. Sie trafen auf eine verschlossene Tür.

Socrates trat einen Meter zurück und warf sich mit seinem ganzen Gewicht dagegen – mit einem Krach flog die Tür auf. Bob Stein saß an seinem Schreibtisch, dunkelblau im Gesicht, mit vorquellenden Augen und scheußlich heraushängender Zunge. Mit kraftlosen Fingern versuchte er, ein weißseidenes Tuch wegzuzerren, das seinen Hals straff umspannte.

Socrates betrat das Zimmer gerade rechtzeitig genug, um eine Gestalt blitzartig über das Fensterbrett verschwinden zu sehen. Seine erste Bemühung galt indes Bob Stein, denn ein Lineal war zwischen Tuch und Hals geklemmt und so gedreht worden, daß der Mann am Ersticken war.

Socrates drehte das Lineal in entgegengesetzter Richtung, und mit dumpfem Ächzen sank Stein nach vorn, quer über den Schreibtisch.

»Kümmere dich um ihn, Lex«, schrie Socrates und drehte das Licht aus.

Er kauerte sich beim Fenster nieder, starrte angestrengt in die Finsternis hinaus ... und feuerte zweimal. Sofort danach sprang er hinaus, ohne erst die Höhe abzuschätzen. Wieder auf den Beinen, setzte er über zwei Blumenbeete zum Zaun: Von dem Eindringling keine Spur!

Fahrer und Gärtner, die die Schüsse gehört hatten, kamen aus der Garage angelaufen.

»Ein Einbrecher!« erklärte Socrates kurz. »Suchen Sie weiter.«

Er selbst kehrte ins Haus zurück. Bob Stein war ein wenig zu sich gekommen und bewegte, bemüht, ein vor ihm liegendes Blatt zu verdecken, nervös seinen Arm. Aber Socrates' scharfer Blick hatte die Schriftzüge schon entdeckt ... fünf Buchstaben nur: ›Pfuhl‹. Und jetzt gewahrte er auch, daß Steins linker Arm am Stuhlbein festgebunden war – er mußte völlig hilflos in der Hand seines Angreifers gewesen sein!

Es dauerte sehr lange, ehe Stein einen zusammenhängenden Bericht geben konnte.

»Ich saß nichts ahnend am Schreibtisch und grübelte nach über diesen verdammten ›Pfuhl im Moor‹; ich war so sehr damit beschäftigt, daß ich in Gedanken den Namen auf das Papier zu kritzeln begann, wie Sie wohl bemerkt haben, Soc. Da befahl eine Stimme vom offenen Fenster her: ›Hände hoch!‹ Ich fuhr herum, und trotz der Halbmaske, die der Mann über dem Gesicht hatte, erkannte ich sofort Jetheroe. Er kletterte unglaublich gewandt herein, hielt mich mit dem Revolver in Schach und verschloß die Tür. Dann fesselte er mich. Bevor ich noch ahnen konnte, was er vorhatte, hatte er dieses Tuch um meinen Hals geschlungen ... und da wagte ich es schließlich doch, mich verzweifelt zur Wehr zu setzen.«

»Dadurch bin ich aufmerksam geworden«, warf Socrates ein.

»Als er dann das Tuch immer enger zog, schrie ich auf.«

»Und ist das alles?« erkundigte sich Socrates sehr sanft.

»Alles ...? Natürlich war das alles! Was denn sonst noch?«

»Warum hat er Sie denn nicht sofort erwürgt?«

»Fragen Sie ihn doch selbst!« zischte Stein, lenkte aber gleich wieder ein. »Pardon, alter Junge, meine Nerven sind zum Teufel! Erst Mandles Tod, dann Mollys Verschwinden ..« Den Kopf in den Armen vergraben, atmete er schwer.

»Ich will Sie ein wenig allein lassen, Bob«, sagte Smith.

In der Halle nahm er seinen Bruder beiseite.

»Geh nach Haslemere zum Polizeibüro, Lex. Frank sollte mir seinen Bericht dorthin durchgeben.«

Dann schlenderte er in den Garten, wo ihm der Fahrer berichtete, daß weder er noch der Gärtner jemanden gesehen hatten. Als Soc schließlich wieder zum Arbeitszimmer zurückkehrte, war Bob Stein so ziemlich wieder der alte.

»Soc, Sie sind doppelt so stark, wie man vermutet«, meinte er mit einem anerkennenden Blick auf die aufgebrochene Tür.

»Aber nicht doppelt so gewandt, sonst hätte ich Jetheroe erwischt und ihn gelehrt, daß es von sehr schlechten Manieren zeugt, wenn man einen hervorragenden Ex-Sergeant von Scotland Yard zu erdrosseln versucht.«

Bob Stein lachte kurz auf.

»Ich bin mit knapper Not davongekommen! Aber zu guter Letzt werden sie mich womöglich doch noch fassen!«

»Wer sind ›sie‹?«

»Jetheroe und seine Komplicen – die Burschen, die John Mandle ermordet und Molly entführt haben ... Dies ist wirklich der seltsamste Fall, den wir zusammen erlebt haben.«

»Das ist auch meine Meinung«, erwiderte Socrates. »Und wenn ich sicher wäre, daß es sich nur um einen Fall und nicht um zwei Fälle handelt, um einen einzigen Anschlag und nicht um einen innerhalb eines anderen, so würde ich aufatmen!«

»Das ist mir zu dunkel! Drücken Sie sich klarer aus!«

»Eines Tages werde ich es Ihnen erklären«, versprach Socrates mit einem listigen Blinzeln. »Vorläufig fehlt mir noch das Verbindungsglied zwischen dem Drei-Eichen-Geheimnis und Mollys Verschwinden.«

»Daß sie verschleppt wurde, steht ja noch nicht fest.«

»Für mich schon«, betonte Socrates sehr nachdrücklich. »Molly ist gestern aus diesem Haus entführt worden.«

»Großer Gott! Was sagen Sie da!« Bobs Stimme war rauh vor Erregung. »Gestern? Das kann doch nicht sein. Sie hat das Haus doch vorgestern verlassen.«

»Ich wiederhole: Bis gestern befand sich Molly noch hier im Haus. Die ganze Zeit über, während wir auf der Suche nach ihr umherfuhren, wurde sie hier gefangengehalten. Das Telegramm, das mich und Frank – Sie wissen ja wohl, daß er zu Scotland Yard gehört – nach London rief, war ein Schwindel, um uns vom ›Prinzenhof‹ fortzulocken.«

»Dann hat der Telefonanruf von Weston-super-Mare denselben Zweck verfolgt«, erklärte Bob. »Aber wo könnte sie hier versteckt gewesen sein?«

»Wir wollen sofort das ganze Haus gründlich durchsuchen«, schlug Socrates vor. »Vielleicht hat sie eine Spur zurückgelassen. Fangen wir gleich hier an! Wohin führt diese Tür?«

»In die Bibliothek; und die andere in meinen Swimmingpool. Nicht gerade eine großartige Anlage, ich kann nur gerade ein paar Stöße darin machen.«

Er ging voraus, drehte das Licht an und zeigte Socrates einen großen, luftigen Raum, dessen Wände ausgekachelt waren. In der Mitte war ein Bassin, vier Meter lang und drei Meter breit.

»Was enthält der Kasten?« Socrates' langer Finger deutete auf einen eingebauten, zweitürigen Schrank am anderen Ende.

»Nur mein Badezeug, weiter nichts.«

Trotzdem öffnete Socrates die weißlackierten Türen.

»Und was soll das bedeuten? Warum steht hier ein Stuhl?«

Bob schüttelte den Kopf.

»Ich lasse mich hängen, wenn ich das weiß. Das erstemal, daß ich einen Stuhl in dem Schrank stehen sehe.«

Socrates warf einen Blick auf die in Mannshöhe angebrachten Fenster und fragte weiter: »Wann sind Sie zum letztenmal hiergewesen?«

»Ich bin seit einer Woche nicht mehr geschwommen.«

»Und Sie haben diesen Raum inzwischen auch nicht betreten?«

Stein schüttelte stumm den Kopf.

»Führt diese kleine Tür dort in der Ecke ins Freie?«

»Ja, in den Garten.«

»Darf außer Ihnen noch jemand das Schwimmbad benutzen?«

»O nein«, versetzte Bob lächelnd, »es ist ausschließlich für mich da. Meine Leute brauchen es übrigens nicht einmal zu bedienen, da die Füllung und Leerung des Bassins automatisch ist.«

Die Hände auf dem Rücken verschränkt, starrte Socrates Smith in tiefem Nachdenken auf den Schrank.

»Nun«, ließ Bob sich vernehmen und riß ihn schließlich aus seinem Grübeln, »zu welchem Schluß sind Sie gekommen?«

»Zu welchem?« Smith hob den Blick und ließ ihn auf dem Gesicht seines Gastgebers ruhen. »Bob, es gibt zwei Rätsel, von denen ich eines gelöst habe. Ich weiß jetzt, warum Jetheroe heute abend zu Ihnen kam, weiß genau, was er von Ihnen verlangt hat, weiß auch Bescheid über diese Mrs. Barn vom Jevington Institut – und ich weiß ziemlich genau, was Molly zugestoßen ist . . .

Und jetzt will ich Ihnen, Bob Stein, eine kleine Geschichte erzählen, die Sie beinahe ebenso interessieren wird wie mich. Sie handelt von einem Fünfundfünfzigjährigen, der sich in ein Mädchen von zweiundzwanzig verliebte und lieber jedes Verbrechen begehen würde, als das Mädchen mit einem jüngeren Mann glücklich werden zu sehen.«

Bob war totenbleich geworden.

»Ich will damit beginnen, Bob, was ich am Tag nach Mandles Ermordung entdeckt habe. Im Augenblick lege ich Ihnen dieses Verbrechen noch nicht zu Last, weil es, von Ihrem Gesichtspunkt aus, eine völlig sinnlose und unmotivierte Handlung gewesen wäre.«

»Ach, Sie legen mir den Mord nicht zur Last . . .?« Bob Stein verzog zynisch lächelnd sein Gesicht. »Nun, das ist doch immerhin etwas! Vielleicht werden Sie mich auch noch in einem anderen Punkt freisprechen, bevor wir zu Ende sind!«

»Am Tag nach dem Mord«, fuhr Socrates ungerührt fort, als hätte die Unterbrechung gar nicht stattgefunden, »machte ich Ihnen einen Besuch und kam gerade herein, als Sie in der Bibliothek telefonierten. Und zwar telefonierten Sie mit jemandem namens Barn, zu dem Sie folgendes sagten: ›Fünfhundert Pfund springen für Sie dabei heraus.‹ Später vernahm ich noch den Namen ›Jevington‹. Sie sehen, daß ich ein absolut schamloser Horcher bin. Nun gibt es einen Mann in Scotland Yard, der niemals etwas vergißt. Sie kennen ihn genauso gut wie ich, unseren alten Freund mit dem weißen Bart, der mit Bienenfleiß alle Daten für den Tag des Gerichts sammelt. Nachdem ich von ihm Einzelheiten über die Barn und das Jevington Institut erfahren hatte, brauchte ich nur noch zwei und zwei zusammenzuzählen.«

»Und das machte bei Ihnen fünf!« höhnte Stein.

»Nein, die gute alte Vier! Molly wollte von Ihnen nichts wissen, sondern schenkte ihr Herz meinem Bruder – meiner Meinung nach eine ausgezeichnete Wahl. Sie waren sich jedoch über Mollys Gefühle noch nicht ganz im klaren. Da erfuhren Sie am Tag der Leichenschau durch mein Gespräch mit dem Polizeidirektor, daß Molly ein Tagebuch schrieb, dem sie nach Mädchenart ihre geheimsten Gedanken anvertraut haben mußte – sonst hätte sie es gewiß nicht so besorgt aus dem Brand gerettet. Kaum wußten Sie also von dem Tagebuch, faßten Sie auch schon den Entschluß, diese Aufzeichnungen zu lesen. Sie brachen in das Gasthaus ein und stahlen sich mit dem Tagebuch davon. Ich vermute, daß recht liebevolle Worte über Lex darin verzeichnet sind!«

Steins Augen funkelten in maßlosem Haß.

»Verflucht soll der grüne Bengel sein! Wenn er nicht hierhergekommen wäre . . .«

»Halt, alter Freund«, sagte Socrates sanft. »Wenn Lex nicht gekommen wäre, dann hätte sich ein anderer Lex oder ein Tom oder ein Jim oder ein Steve eingestellt, der im Alter besser zu ihr gepaßt hätte als Sie. Molly war Ihnen vom Schicksal nicht bestimmt ... Nachdem Sie das Tagebuch gelesen hatten, verloren Sie durch Ihre Leidenschaft für das junge Mädchen und durch Ihren Haß gegen Lex den letzten Rest von Vernunft und Überlegung, und Sie faßten den Plan, Molly zu entführen. Und hierfür erschien Ihnen die Barn, die ja für Geld zu allem fähig ist, als die gegebene Helferin. Ich hatte etwas Derartiges befürchtet« – Socrates' Stimme bekam einen neuen, einen harten Klang – »und hatte deshalb einen Beamten von Scotland Yard aufgefordert, der das junge Mädchen während meiner Abwesenheit beschützen sollte. Gerissen, wie Sie sind, machten Sie leider ausfindig, daß er tagsüber schlief und nachts wachte ... Frank hat Molly zum letztenmal nachmittags in der Bibliothek gesehen – und auch kein anderes Mitglied Ihres Haushaltes hat sie seitdem zu Gesicht bekommen.«

»Sie häufen ja die Indizien, Socrates Smith.« Der andere lächelte, aber es war kein frohes Lächeln.

»Nicht wahr? Und es kommt noch mehr. Als Frank die Bibliothek verließ, klingelte das Telefon, und ich habe den Beweis in Händen, daß Mrs. Barn anrief. Von diesem Moment an blieb Molly verschwunden. Es stimmt, daß Sie in Ihrem Wagen fortfuhren – ob nach Guildford oder nach einem anderen Ziel, lasse ich vorerst dahingestellt –, jedenfalls haben Sie Molly nicht mitgenommen; sie befand sich um diese Zeit bereits in Ihrem Schwimmbad, oder, um ganz genau zu sein, im Schrank Ihres Schwimmbades. Ich bin nicht sicher, ob Sie sie betäubt haben, ich vermute es jedoch. Es ist auch nicht sehr wesentlich, auf welche Weise Sie das Mädchen dazu gebracht haben, ruhig zu sein, bis Sie uns alle aus dem Hause hatten.

Als ich Dummkopf auf das Telegramm aus London hereinfiel und hinfuhr, schafften Sie Molly fort. Ihr Wagen legte genau dreihundertundzehn Meilen zurück – das ist ungefähr die Entfernung von hier nach ›Pfuhl im Moor‹ und zurück.«

Bob Stein netzte sich seine trockenen Lippen.

»Es ist ebenfalls die Entfernung von hier nach Weston-super-Mare und zurück ... wenigstens bei der von mir gewählten Strecke.«

Der andere beachtete den Einwand nicht.

»Miss Templeton befindet sich jetzt im ›Pfuhl im Moor‹«, fuhr er fort, »bewacht von Mrs. Barn. Was Ihre weiteren Pläne sind, kann ich mir nicht vorstellen.«

»So! Und was werden Sie nun unternehmen?«

»Ich werde zu allererst Molly befreien und dann mit Scotland Yard Ihretwegen Fühlung nehmen.«

»Hm ... hm ...« brummte Stein. »Unter diesen Umständen wird es besser sein, daß Sie den wahren Sachverhalt erfahren, damit Ihre wilde Phantasie nicht ganz und gar mit Ihnen durchgeht, alter Kamerad. Sie haben nämlich etwas sehr Wichtiges übersehen, hier ...«

Er durchquerte mit schnellen Schritten den Raum, bis er vor dem Wandschrank stand.

»Sie wollen also die Wahrheit wissen?« sagte er zu Socrates, der ihm gefolgt war. »Gut, Sie sollen Sie hören. Ich habe Molly hierhergebracht, genauso wie ich Sie jetzt herbringe, und ich drohte ihr: Wenn Sie sich bewegen, wenn Sie auch nur einen Laut von sich geben, werde ich Sie erschießen!«

Bob Stein war um den Bruchteil einer Sekunde schneller gewesen als Soc, der daher mit einem unergründlichen Lächeln langsam seine Hände hochhob.

»Jetzt weiß ich, Bob, daß es nur noch ein Rätsel gibt.« Er blickte prüfend auf die automatische Pistole in Steins Hand. »Sie haben Mandle getötet?«

Steins Augen glitzerten wie Stahl.

»Ich habe ihn gegen meinen Willen getötet«, erklärte er kühl. »Hüten Sie sich, daß Sie nicht das gleiche Schicksal trifft. Los! In den Schrank!«

»Mein Verstand rät mir, zu gehorchen«, gab Socrates zurück.

Die dicken Türen knallten zu, dann knirschten zwei Schlüssel.

»Ich brauche eine Viertelstunde zum Packen«, rief Mr. Stein, »und ich bleibe die ganze Zeit nebenan im Arbeitszimmer. Wenn Sie Alarm schlagen, feure ich durch die Tür. Und – verdammt – ich werde treffen!«

Socrates Smith erwiderte nichts. Erst als er das Brummen der schweren Limousine hörte, trommelte er mit den Fäusten gegen die Tür.

Mr. Stein hatte Sinn für das Dramatische, und der Hang zu theatralischer Wirkung läßt einen Menschen gelegentlich von dem schnurgeraden und tugendhaften Pfad der Wahrheit abweichen. Die Unterredung mit Molly Templeton hatte sich nämlich etwas anders abgespielt, als er es Socrates beschrieben hatte.

Molly hatte über einem spannenden Roman gesessen. Allerdings war sie mit ihren Gedanken ganz woanders: sie begleitete die beiden Männer, die jetzt ihre Nachforschungen im fernen Devonshire anstellten, und ganz besonders dachte sie an den einen der beiden.

Dann klingelte das Telefon, und Bob Stein kam aus seinem Arbeitszimmer, um den Anruf entgegenzunehmen – ein kurzes Gespräch, auf dessen Inhalt sie nicht achtete.

»Ich habe etwas Hübsches für Sie, Molly«, wandte er sich dann mit seinem gewöhnlichen, wohlwollenden Schmunzeln an das junge Mädchen. »Raten Sie, womit ich beschäftigt bin.«

»Das kann ich unmöglich erraten«, erwiderte sie lachend.

»Mit Ihrem Hochzeitsgeschenk.«

Molly fühlte, wie sie errötete.

»Wie aufregend! Sie wollen mir doch nicht sagen, was es ist?«

»Doch! Ich lasse es anfertigen.«

»Was ist es denn?« forschte sie neugierig.

»Eine ganz neue Art von Necessairekoffer. Nur ...« – er zögerte – »jetzt bin ich in Schwierigkeiten, weil ich nicht weiß, was Sie alles hineintun möchten. Helfen Sie mir, Molly, und holen Sie aus Ihrem Zimmer eine Handtasche mit allem, was Sie gewöhnlich auf eine kleine Reise mitnehmen würden – zum Beispiel, wenn Sie bei einer Freundin übernachten wollen.«

»Aber warum das alles?«

»Ich muß die Maße nehmen, damit ich weiß, ob es mit meiner Idee klappt.«

»Ich verstehe«, sagte sie und sprang auf, »in zwei Minuten bin ich wieder hier.«

»Vergessen Sie bitte nicht einen Pyjama. Ich warte in meinem Arbeitszimmer auf Sie.«

Als sie die Tasche vor ihn auf den Tisch stellte, betrachtete er diese kritisch von allen Seiten.

»Und Hut und Schirm?«

»Aber Mr. Stein, ich stecke doch keinen Hut in einen Necessairekoffer!«

»Das ist eben das Praktische an meinem Entwurf.«

Molly starrte ihn an und brach in ein helles Gelächter aus.

»Gut! Auch den Gefallen werde ich Ihnen tun.«

Einige Minuten später kehrte sie mit Hut und Schirm zurück und sah Stein in einer offenen Tür stehen.

»Hier ist mein Schwimmbad«, erklärte er, und da Molly es noch nicht gesehen hatte, ja noch nicht einmal von seiner Existenz wußte, trat sie interessiert näher.

»Wie schön!« rief sie aus.

Da schloß er plötzlich die Tür und stellte sich mit dem Rücken dagegen. Das freundliche Lächeln war wie weggewischt aus seinem Gesicht.

»Molly«, begann er, »Sie wissen, daß ich Sie liebe.«

Obgleich ihr Herz wie rasend klopfte, zwang sie sich zu einem ruhigen Ton.

»Mr. Stein, ich dachte, die Sache wäre zwischen uns erledigt. Und ich finde es wenig ritterlich, noch einmal mit mir darüber zu sprechen, obwohl ich Gast in Ihrem Hause bin.«

»Sie wissen, daß ich Sie liebe«, beharrte er.

»Ich weiß, daß Sie sich in diesem Glauben befinden.«

»Ich liebe Sie«, erklärte er. »Ich habe alles, was ich brauche, außer Ihnen, Molly. Und ich sehe keinen Grund, warum ich Sie nicht auch bekommen sollte.«

»Ich sehe viele Gründe, Mr. Stein. Öffnen Sie bitte die Tür.«

»Ich denke nicht daran. Sie werden diesen Raum nicht verlassen, bis ...«

Sie fühlte, wie ihre Knie nachgaben.

»Ich will sagen«, verbesserte er sich, »daß Sie diesen Raum nur mit meiner Erlaubnis und zu einer Zeit, die ich bestimme, verlassen werden.«

»Wenn Mr. Smith ...«

»Socrates wird nichts davon erfahren«, schnitt er ihr brüsk

das Wort ab. »Wenn er zurückkehrt, werde ich ihm sagen, daß Sie nach London gefahren sind.«

»Aber das ist doch irrsinnig! Sie können mich hier doch nicht einsperren, Mr. Stein«, begehrte sie auf.

»Das werden Sie gleich sehen. Der Schrank dort hat gute, feste Türen – ich habe zu Ihrer Bequemlichkeit einen Stuhl hineingestellt. Sollten Sie Schwierigkeiten machen, bin ich gezwungen, Sie an Händen und Füßen zu fesseln, eventuell auch zu knebeln – das dürfte Ihnen wenig gefallen. Wenn Sie mir aber Ihr Wort geben, daß Sie sich ruhig verhalten werden, können Sie sich hier frei bewegen. Leider muß ich Sie bitten, Ihre Schuhe auszuziehen, damit man Sie nicht hört. Und nun noch eine letzte Warnung, Molly: Falls Sie es sich einfallen ließen, gegen die Tür des Arbeitszimmers zu hämmern, so ...«

Er hielt inne.

»Nun?« drängte sie heftig.

»So würde ich Sie erschießen. Ja, trotz meiner Liebe würde ich Sie ebenso erschießen, wie ich John Mandle erschossen habe.«

Sie wich vor ihm zurück, die Fäuste auf dem Mund gepreßt.

»Sie ... Sie haben ihn erschossen?« flüsterte sie.

»Jawohl. Es würde zu lange dauern, Ihnen alles zu erklären. Aber glauben Sie mir, daß ich meine guten Gründe hatte.« Er sprach so ruhig, als erzählte er eine ganz belanglose, nebensächliche Begebenheit.

»Ganz kurz gefaßt, könnte man es so formulieren: Ich habe ihn erschossen, weil er Angst vor mir hatte.«

»Sie sind wahnsinnig ... wahnsinnig«, keuchte Molly. »Sonst würden Sie den Mord nicht zugeben ...«

»Ich sage es Ihnen, weil ich Sie liebe und weil Sie mich heiraten werden. Ich bringe Sie von hier fort, Molly, und wenn dann auch Smith als gründlich Genarrter endlich nach London zurückkehren wird, bleiben wir beide zusammen, bis« – er streifte sie mit einem merkwürdigen Blick – »Sie einsehen, daß eine Ehe mit mir doch das Bessere ist.«

Molly strich sich mit der Hand über die Stirn. Ein Traum, redete sie sich ein. Und wußte dennoch, daß es furchtbare Wirklichkeit war!

Bob Stein, dieser allgemein beliebte Mann, der für jeden ein freundliches Wort hatte, Bob Stein, der lebenslustige Mensch, ein Mörder! Der Mörder seines besten Freundes!

»Wofür haben Sie sich nun entschieden? Gefesselt im Schrank oder vernünftig sein? Bedenken Sie auch, daß nicht unbedingt Sie es sein müssen, die stirbt, wenn Sie um Hilfe schreien – ganz sicher aber die Person, die zu diesem Zeitpunkt zufällig bei mir im Arbeitszimmer ist. Und das könnte immerhin« – seine Lippen kräuselten sich höhnisch – »Ihr lieber Lexington sein!«

»Waren Sie es vielleicht auch, der auf Mr. Jetheroe den Schuß abgegeben hat?«

Er nickte.

»Dann sind Sie also tatsächlich wahnsinnig«, flüsterte sie. »Mr. Smith erzählte mir von einem Lachen, das kein Mensch ...«

»Mr. Smith ist viel schlauer, als Sie denken, Molly. Socrates ist ein wirklicher Socrates! Er wußte, daß dieses Gelächter ihn nervös machen und die Sicherheit seines Schusses beeinträchtigen sollte. Aber bei ihm verfing das Mittel nicht. Beinahe traf ich mein Ziel, aber er seins – bei Gott – noch besser! Schauen Sie!«

Er lüftete mit einer Hand sein buschiges Haar und legte eine Wunde bloß.

»Das war Socs Kugel«, grinste er. »Sie heilte mich von der Angewohnheit, zu früh zu lachen ... Was ist nun? In den Schrank?«

»Nein, ich werde mich ruhig verhalten. Ich kann nur hoffen, daß Sie allmählich zur Besinnung kommen und einsehen werden, was Sie angerichtet haben.«

»Los, die Schuhe her!«

Sie zitterte vor Zorn, aber sie gehorchte.

»Das Essen wird Ihnen hereingebracht – ich selbst werde es Ihnen bringen«, ergänzte er, als er einen Hoffnungsschimmer in ihren Augen gewahrte.

»Aber Sie können mich doch nicht ewig hier festhalten!«

»Das habe ich auch nicht vor. Es wartet bereits ein kleines Heim und eine nette Haushälterin auf Sie.«

Einen Augenblick später drehte sich schnappend der Türschlüssel von außen.

Sofort trug sie den Stuhl zu einem der Fenster und kletterte hinauf. Aber sie konnte mit den Fingerspitzen gerade nur die unterste Kante erreichen. Dann suchte sie nach einem Wurfgeschoß. Nichts! Nicht einmal eine Nagelbürste hatte der umsichtige Kerkermeister ihr gelassen. Verzweifelt setzte sie sich auf den Stuhl und grübelte, den Kopf in den Händen vergraben, über die Möglichkeit einer Rettung. Was war mit der anderen Tür? Sie mußte in den Garten führen ... Doch bevor sie noch die Klinke probierte, wußte sie schon, daß auch dieser Ausgang versperrt war.

Einmal hörte sie das Surren eines Motors, und ihr Herz begann wild zu klopfen. Mr. Smith ... Lexington? Aber nein, sie konnten noch nicht zurück sein! Und mutlos sank sie wieder in sich zusammen.

Abends erschien Stein mit einem Tablett voller Speisen, die das junge Mädchen kaum anrührte.

»Sie essen zu wenig«, mahnte er. »Ich werde Ihnen Milch und Biskuits hierlassen. Später bekommen Sie noch ein Bett.«

Er hielt Wort. Gegen zehn Uhr brachte er ihr ein Feldbett und entfernte sich stumm.

Es war eine entsetzliche Nacht! Molly konnte nicht eine Sekunde schlafen und begrüßte das graue Dämmerlicht, das die Fenster erhellte, wie eine Erlösung. Aber war schon die Nacht lang gewesen, so zog sich der Tag noch endloser dahin.

Aus purer Erschöpfung fiel sie spät nachmittags in einen unruhigen Schlummer, aus dem Stein sie aufrüttelte.

»Aufstehen!« kommandierte er und warf einen schweren Mantel aufs Bett. »Hier ist Kaffee und Butterbrot. Stärken Sie sich!«

»Was haben Sie vor?«

»Eine kleine Reise mit Ihnen.«

»Ich gehe nicht mit!« Sie stampfte mit dem Fuß auf die Fliesen.

»Seien Sie kein Narr!« fuhr er sie an.

»Sie können mich töten!« schrie sie ihm ins Gesicht. »Ich rufe um Hilfe, wenn Sie mich anrühren, und irgend jemand wird mich schon hören.«

Bob Stein grinste ironisch.

»Dann müßten Sie allerdings sehr laut rufen. Ich habe mein ganzes Personal ins Kino geschickt; nur Williams ist zurückgeblieben, aber der füllt im Keller Wein ab. Seien Sie also vernünftig!«

Um sich bei Kräften zu erhalten, aß sie die Sandwiches und schluckte gierig den Kaffee. Dann übermannte sie eine ungeheure Müdigkeit, und sie sank auf das Bett zurück.

Ein frischer Windhauch, der über ihr Gesicht blies, weckte sie auf. Jemand trug sie – sie war im Freien.

Im Kaffee ... muß ein Betäubungsmittel gewesen sein, dachte sie schwerfällig. Schreien? Sie konnte nicht. Ob er mir wohl auch die Schuhe wieder angezogen hat? flog es ihr durch den Kopf. Ein Schuh! Plötzlich erinnerte sie sich wieder: Schon einmal hatte Socrates Smith ihre Spur durch einen Schuh entdeckt ... Sie fühlte mit einem Fuß den anderen und jubelte innerlich auf. Behutsam setzte sie die Spitze des einen gegen den Hacken des anderen Schuhs. Ein Druck – der linke Pumps fiel herunter. In der nächsten Minute wurde sie in ein Auto gehoben, wo langsam die Bewußtlosigkeit wieder über ihr zusammenschlug.

Ein starker Ruck weckte sie noch einmal vorübergehend, und halb im Schlaf gewahrte sie, daß Stein fluchend ein Rad auswechselte. In der grauen Morgendämmerung hielt der Wagen vor einer hohen Mauer ... Ein wüster Garten ... ein verkommenes Haus. Ganz vage hatte sie ein Gefühl der Erleichterung beim Anblick einer Frau, die ihr ins Bett half.

21

Mit schmerzendem Kopf erwachte Molly Templeton aus einem zwölfstündigen Schlaf. Im Zimmer herrschte rabenschwarze Finsternis – besaß es kein Fenster? Später entdeckte sie, daß es, da im ersten Stockwerk die Läden fehlten, mit dicken Wolldecken verhängt war.

Sie tastete auf dem Nachttischchen nach Streichhölzern und Kerze, fand aber nichts; die kleine Anstrengung verursachte jedoch ein solches Stechen in ihrem Kopf, daß sie mit einem Stöhnen auf das Kissen zurücksank. Der Schmerzenslaut mußte gehört worden sein, denn unmittelbar darauf knackten die Treppenstufen unter einem schweren Gewicht, und eine Frau, eine Petroleumlampe in der Hand, trat über die Schwelle. Sie war groß und knochig und hatte einen harten Mund, der nichts Gutes verhieß.

»Haben Sie gerufen? Sind Sie hungrig?«

»Ich habe rasende Kopfschmerzen«, klagte Molly.

»Dem wollen wir gleich abhelfen.«

Die Frau setzte die Lampe auf das Tischchen und stapfte nach unten, um wenig später mit einer Tasse Tee und zwei Schmerztabletten zurückzukehren.

»Los! Die tun Ihnen keinen Schaden«, sagte sie grob, als sie den mißtrauischen Blick des jungen Mädchens gewahrte. »Das ist das Schlimmste bei euch Verrückten, daß ihr immer denkt, man will euch vergiften.«

»Verrückt?« Molly glaubte, nicht richtig gehört zu haben. »Halten Sie mich für verrückt?«

»Für was denn sonst? Wenn man sich fünfunddreißig Jahre mit Geisteskranken abgegeben hat, weiß man auf den ersten Blick Bescheid.«

Trotz all ihres Elends überkam Molly die Lust zu lachen.

»Also ich bin verrückt«, wiederholte sie in ruhigem Ton, während sie die Tabletten mit einem Schluck Tee hinunterspülte.

»Natürlich! Und sobald Sie das selbst einsehen, wird es besser mit Ihnen werden.«

»Wo bin ich hier?«

»In frischer Luft auf dem Lande. Ein wenig einsam ist die Lage ja, aber wie geschaffen für eine kleine Anstalt!«

Das junge Mädchen blickte auf ihre Armbanduhr.

»Wie? Sechs Uhr nachmittags? Da muß es doch ganz hell sein.«

Dann sah sie das verhängte Fenster und bat: »Können wir nicht das Tageslicht hereinlassen? Ich verspreche, daß ich mich ganz still verhalten werde.«

»Sie können schreien, bis Sie blau im Gesicht sind, und dennoch würde Sie niemand hören«, erklärte Mrs. Barn und nahm die Wolldecken von den Scheiben. »Aber wenn Sie etwa eine schöne Aussicht erwarten, so werden Sie eine Enttäuschung erleben.«

Und so war es auch. Jenseits der hohen Mauer, die einen dunklen Schatten auf den Garten warf, zeigte sich dem Auge nichts als eine einsame Heidelandschaft, aus der sich ein merkwürdig geformter Hügel erhob.

»Aber das ist ja Dartmoor«, rief Molly erregt. »An diesem Hügel bin ich mit meinem Stiefvater früher mal vorbeigefahren.«

»Ganz recht. Und das Haus heißt ›Pfuhl im Moor‹. Wenn ich einen so guten Onkel hätte wie Sie, dann würde ich nicht hierbleiben wollen. ›Pfuhl im Moor‹! Ein wunderbarer Name für eine Anstalt!« redete sie, mehr zu sich selbst, weiter. »Natürlich muß ich das Anwesen erst instandsetzen lassen.«

»Gehört es denn Ihnen?« fragte Molly überrascht.

»Noch nicht. Aber demnächst!«

Und Molly verstand. ›Pfuhl im Moor‹ war der Preis, mit dem Bob Stein die Dienste dieses schrecklichen Weibes bezahlen wollte.

»Wann darf ich von hier wieder fort?«

Mrs. Barn schaute sie mit stechendem Blick an.

»Wenn Ihr Gatte Sie abholt.«

»Was?« Voller Empörung sprang Molly auf. »Wen meinen Sie denn jetzt? Eben haben Sie noch von meinem Onkel gesprochen, und ich kann es sehr gut verstehen, daß Mr. Stein sich als mein Onkel ausgibt . . .!« schloß sie entrüstet.

»Ihr Onkel war es, der Ihre Übersiedlung nach hier veranlaßt hat, und Ihr Gatte hat Sie hergebracht. Einen netteren Mann könnte man sich kaum wünschen!«

»Aber ich bin doch gar nicht verheiratet!« schrie das Mädchen auf.

»Das ist ja gerade Ihre Wahnvorstellung«, erwiderte ruhig die Frau mit dem kantigen Gesicht. »Natürlich haben Sie einen Gatten!«

Molly zwang sich gewaltsam zur Selbstbeherrschung.

»Wollen Sie mir einen Gefallen tun, Mrs. . . . Mrs. . .?«

»Barn heiße ich. Und ich will Ihnen gern jeden vernünftigen Wunsch erfüllen.«

»Dann rufen Sie Scotland Yard an und sagen Sie, daß ich verschleppt worden bin.«

»Ausgerechnet Scotland Yard! Das fehlte mir gerade noch!«

»Aber glauben Sie mir doch: Ich bin gegen meinen Willen hierhergebracht worden!«

»Das ist gleichfalls eine fixe Idee! Sie scheinen mir doch länger hierbleiben zu müssen«, erklärte sie und schüttelte bedenklich den Kopf. »Wie können Sie nur so schlecht von Ihrem Gatten reden!«

Molly preßte die Hand auf den Mund, um das Zittern ihrer Lippen zu verbergen, denn sie ahnte, daß sie dieser Frau gegenüber bei dem geringsten Zeichen von Schwäche, bei dem geringsten Eingeständnis von Furcht, sofort im Nachteil sein würde.

»Und wann erwarten Sie ihn?« erkundigte sie sich in möglichst gleichgültigem Ton.

»In zwei oder drei Tagen. Jetzt sagen Sie mir aber gefälligst, was Sie essen möchten.«

Am liebsten hätte Molly jede Nahrung verweigert. Aber der Gedanke, daß sie Kraft gebrauchen würde, um vielleicht im geeigneten Moment über die Mauer klettern zu können, ließ sie antworten: »Irgend etwas! Darf ich aufstehen?«

Die Frau zögerte.

»Na ja, meinetwegen«, entschied sie endlich. »Aber Sie müssen sich in meiner Gegenwart ankleiden.«

Molly erhob sich. Ihr Kopf schwindelte; das Stechen hatte jedoch nachgelassen.

»Sie wissen wohl, daß Sie nur mit einem Schuh hier angekommen sind?« bemerkte Mrs. Barn. »Ich werde Ihnen ein Paar von mir leihen.«

Sie holte ein Paar scheußliche Stiefel, die bei jedem Schritt, den das junge Mädchen tat, laut knarrten – ein weiteres Hemmnis bei einem Fluchtversuch!

Zu Mollys Überraschung hatte Mrs. Barn gegen einen Spaziergang im Garten nichts einzuwenden – sie kannte sich in der

Pflege Gemütskranker aus und wußte genau, wieviel Freiheit sie gewähren durfte. Außerdem hatte sie mit geschultem Auge die Örtlichkeit überflogen und die Unmöglichkeit erkannt, ohne fremde Hilfe über die Mauer zu gelangen. Leitern gab es nicht, und das Tor konnte sie von der Küche aus beobachten, außerdem war es abgeschlossen.

Langsam schritt Molly durch das hohe Gras, hin und wieder einige der wilden Blumen pflückend und immer nach einem Weg in die Freiheit ausspähend. Nicht ein Baum wuchs auf dem Grundstück, dagegen Strauch- und Buschwerk in wilder Fülle. Zweimal machte sie die Runde um das Haus, und mehr und mehr erlosch jeder Hoffnungsschimmer. Vielleicht konnte sie einen Zettel über die hohe Mauer werfen . . .? Sie ging zurück in ihr Zimmer und suchte nach einem Stück Papier. In wahnsinniger Hast stülpte sie ihre große Handtasche um – wie nichtsahnend hatte sie sie im Prinzenhof gepackt! –, aber weder Papier noch Bleistift kamen zum Vorschein.

Das einfache Abendessen nahm sie gemeinsam mit Mrs. Barn im Speisezimmer ein, dem die Petroleumlampe nur eine spärliche Helligkeit verlieh. Ein trostloser Raum, trotz des kleinen Feuers, das im Kamin flackerte. Und obwohl Mrs. Barn, wie sie mürrisch erzählte, das Zimmer stundenlang gesäubert und gescheuert hatte, sah es immer noch verwahrlost aus.

»Ich bin grobe Hausarbeit nicht gewohnt«, beschwerte sich die Frau, »und wenn Ihr Gatte kommt . . .«

»Er ist nicht mein Gatte«, versicherte Molly erregt. Aber die Nutzlosigkeit ihres Protestes erkennend, fuhr sie fort: »Also was ist, wenn er kommt?«

»Dann sagen Sie ihm bitte, daß das Dienstmädchenarbeit ist. Sie können sich keine Vorstellung davon machen, wie es hier ausgesehen hat, als ich vor zwei Tagen ankam. Am liebsten wäre ich sofort wieder umgekehrt. Schauen Sie sich das mal an!« Sie deutete auf das Loch in der Decke, das Socrates Smith mit dem Taschenmesser gebohrt hatte. »Ratten . . . scheint mir! Und alle diese Tintenkleckse auf dem Fußboden. Entsetzlich! In den Keller habe ich mich noch gar nicht hineingetraut!«

»Es gibt auch einen Keller?« fragte das junge Mädchen.

»Ja. Später kann er mir vielleicht mal nützlich sein.« Sie dachte wohl schon an widerspenstige Patienten, für die er eine geeignete Schlafstelle abgeben könnte.

Bis drei Uhr morgens lag Molly wach, und der Tag graute bereits, als der Schlaf sich endlich einstellte.

Zum Frühstück ging sie hinunter – ein dürftiges Mahl aus dünnem Tee, Brot und Butter. Das Brot war in dicke Scheiben geschnitten und nur ein wenig Butter sparsam darüber gekratzt.

Molly atmete erleichtert auf, als sie im Garten stand. Wieder und wieder umkreiste sie das Haus, bis sie jeden verwitterten Ziegelstein kannte.

Nachmittags führte sie ein Gespräch mit Mrs. Barn, bei dem ihr eine Idee kam. Ihre Aufpasserin erzählte, daß diese einsamen Häuser auf dem Moor ursprünglich das Eigentum von Schmugglern gewesen seien, und sie sprach dabei von Höhlen und unterirdischen Gängen, die sich meilenweit hinzögen. Eine offensichtliche Übertreibung, aber vor Mollys innerem Auge zeichnete sich ein Plan ab.

»Kann ich Ihnen irgendwie helfen?« erkundigte sie sich, um die Frau bei guter Laune zu erhalten.

»Natürlich! Nehmen Sie einen Besen und fegen Sie hier aus«, lautete die wenig freundliche Antwort.

Nach beendeter Arbeit wagte das junge Mädchen eine Bitte: »Darf ich mir den Keller ansehen?«

»Wenn's Ihnen Spaß macht! Der Schlüssel hängt am Nagel.«

Der Keller erwies sich als höchst uninteressant. Der Schein der Lampe offenbarte als einziges Schrecknis eine Maus, die sofort davonhuschte. Nein, hier bot sich keine Fluchtmöglichkeit! Der zweite Kellerraum schien eine Kopie des ersten zu sein, bis sie etwas entdeckte, was ihren fast erloschenen Hoffnungen neue Nahrung gab. Das Mauerwerk der einen Schmalwand war offenbar neueren Datums, und überdies bildeten die Ziegelsteine dort einen roh gezogenen Halbkreis.

Vielleicht ein zugemauerter Ausgang? Aber selbst wenn es so wäre, wie sollte sie die Steine herausbrechen ...? Molly blickte umher – und ihr Herz tat einen Sprung.

In einer Ecke lagen zwischen zwei alten Säcken, die beim Befühlen eine Wolke stechenden weißen Pulvers aussprühten, eine Schaufel und eine Spitzhacke.

Bebend vor Aufregung lief Molly die Treppe hinauf. Mrs. Barn hatte sich in den Garten verfügt, einen Liegestuhl direkt gegen das Tor gestellt und hielt, gesichert gegen jede Überraschung, ein Schläfchen.

Im Nu stand Molly Templeton wieder im Keller. Die ersten, blindlings geführten Schläge mit der schweren Spitzhacke waren für sie selbst gefährlicher als für das Mauerwerk. Aber je ruhiger sie wurde, desto stetiger und bedachtsamer wurden auch die Schläge. Ein halber Ziegelstein bröckelte heraus, und sie stellte fest, daß noch ein anderer dahintersaß.

Von neuem schlich sie nach oben: Mrs. Barn schnarchte.

Nach einer weiteren halbstündigen Arbeit hatte Molly das Gemäuer durchbrochen, und – herrlichste aller Entdeckungen! – dahinter gähnte eine schwarze Höhle. Um ganz sicher zu sein, hielt sie die Lampe an das Loch. Tatsächlich, jenseits der Steine gab es weder Erdreich noch Mauerwerk.

Ein Husten von Mrs. Barn traf ihr Ohr. Hastig ließ sie ihr Werkzeug fallen, wischte sich den schlimmsten Staub von den Händen und hetzte treppaufwärts, um auf halbem Weg zwischen Haus und Gartentor mit Ihrer Bewacherin zusammenzutreffen.

»Nun, womit haben Sie sich die Zeit vertrieben?« erkundigte sich Mrs. Barn argwöhnisch.

»Mit Nichtstun.«

Vor sich hinbrummend ging die Frau zur Küche, während Molly sich in den Liegestuhl legte.

Wann sollte sie ihren Fluchtversuch ausführen? Sie hatte nicht viel Zeit zur Verfügung!

An ihrer Stelle entschied Mrs. Barn ganz unbewußt diese Frage. Sie war beim Abendessen ungewöhnlich wohlwollend, erzählte von sich und ihren Gepflogenheiten und erwähnte dabei: »Ich verriegele nachts stets meine Tür. Was glauben Sie, mit was für Leuten ich mich schon habe plagen müssen! Und bei meinem festen Schlaf könnte mir leicht etwas passieren. Gerade so eine junge Dame wie Sie hätte mich beinahe umgebracht!«

»Schlafen Sie denn so fest?« fragte Molly in gleichgültigem Ton.

»Wie ein Murmeltier! Aber Sie werden mir doch keine Scherereien machen?«

»Besser, Sie verriegeln Ihre Tür«, versetzte Molly bedeutsam. »Man kann nie wissen.«

Eine weitere Unterstützung erfuhr ihr Plan dadurch, daß Mrs. Barn irgendwo eine Lampe aufgestöbert hatte.

Die nächsten Stunden vergingen zwischen Furcht und Hoffnung; war es doch keineswegs sicher, daß der unterirdische Gang – falls es einer sein sollte – sie retten würde. Sie lief ebensogut Gefahr, sich dort unten zu verirren und elend umzukommen. Mollys Lippen zitterten. Sie war so jung und das Leben so vielversprechend; sie war zu jung, um schon zu sterben!

Gegen zehn Uhr stapfte ein schwerer Schritt an ihrer Tür vorbei. Eine Stimme grunzte »Gute Nacht« und stieß eine unverständliche Warnung aus. Molly wartete zwei weitere Stunden, dann stahl sie sich hinaus . . . lauschte an Mrs. Barns Tür. Regelmäßige Schnarchtöne! Weiter, die Treppe hinunter, die knarrenden Stiefel ihrer Aufpasserin unter den Arm geklemmt.

Es kostete Mühe, die Streichhölzer zu finden. Aber endlich brannte die Lampe, endlich fiel ihr Schein auf das kleine Loch in der Kellerwand. Der erste Hieb! Molly zuckte zusammen vor Angst – das ganze Haus dröhnte von dem Lärm! Aber die Not machte sie erfinderisch. Anstatt wie bisher zu arbeiten, setzte sie ein Ende der Spitzhacke in das vorhandene Loch und zerrte und riß so lange am Griff, bis sich der Stein löste. Auf diese Weise hatte sie bereits drei Ziegel herausgeholt, als plötzlich bei einem besonders kräftigen Ruck die ganze Mauer zusammenprasselte. Barmherziger Gott! Wenn Mrs. Barn diesen Krach nicht gehört hatte, mußte sie wirklich wie eine Tote schlafen . . .

Molly flog die Kellertreppe hinauf, blies die Lampe aus, jagte, zwei Stufen auf einmal nehmend, hinauf in ihr Zimmer und schlüpfte gerade ins Bett, als der schwere Schritt der Frau am Ende des Korridors zu hören war.

Sekunden später stand Mrs. Barn auf der Schwelle.

»Was war das für ein Lärm?«

Molly, die Decke bis zum Hals gezogen, stieß ein paar unartikulierte Laute aus, als sei sie aus tiefem Schlaf gerissen worden.

»Haben Sie denn nichts gehört?« forschte die andere.

»Nein.«

Offensichtlich genügte der Frau diese Antwort nicht, denn sie stieg hinunter ins Erdgeschoß, von wo sie indessen sehr bald zurückkehrte. Molly hörte ihr Gebrumm, hörte, wie sich der Schlüssel ihrer Schlafzimmertür wieder umdrehte, und wartete wiederum eine Stunde. Dann begab sie sich zum zweitenmal in den Keller, ohne beim Knacken der Stufen ängstlich zu lauschen, da das rasselnde Schnarchen jetzt sogar bis in die Diele drang.

Die Lampe war diesmal schnell entzündet, und gleich darauf stand Molly von neuem am Ort ihrer Tätigkeit. Dort hinten schimmerte zwischen Staub und hineingestürztem Schutt etwas Weißliches, Langes. Behutsam räumte sie die Trümmer beiseite, bis die Öffnung groß genug war zum Durchschlüpfen. Sie hob die Lampe . . .

»Nicht ohnmächtig werden! Nicht ohnmächtig werden!« befahl sie sich gleich darauf mit leiser Stimme. Und dennoch wollte ihr Körper in wildem Schreck versagen, denn was der Lichtschein ihr gezeigt hatte, war ein Skelett! Ein menschliches Skelett, dessen hohle Augen sie höhnisch anstierten und dessen gelbe Zähne böse grinsten!

22

Molly wich zurück – die Lampe schwankte und zitterte in ihrer Hand –, wich weiter zurück bis zur Tür, und die ganze Zeit schien es ihr, daß tief in dem bleichen Schädel Augen saßen, die sie beobachteten. Sie warf die Kellertür zu und taumelte verstört die Stufen hinauf . . . da . . . da, was war das droben für ein Geräusch? Sie raffte den letzten Mut zusammen, um die Lampe auszublasen und in dieser grauenvollen Finsternis stehenzubleiben, von der sich nur der Gang zur Diele etwas weniger dunkel abhob.

Sollte Mrs. Barn . . .? Aber nein! Die Schnarchtöne erklangen in unverminderter Lautstärke. Also jemand anders? Jemand befand sich in der Diele! Ihr Ohr fing leise Schritte auf, ein Schatten huschte vor dem Ende des Ganges vorbei, wurde aufgeschluckt von der Schwärze. Sollte Bob Stein gekommen sein ...? Dieser Gedanke ließ sie für einen Augenblick das entsetzliche Gespenst in ihrem Rücken vergessen und trieb sie die Treppe hinauf in ihr Zimmer. Von Schauern geschüttelt, sank sie auf das Bett.

Welch fürchterliches Geheimnis barg dieses Haus? Was für dunkle Geister hausten in diesen verfallenen, düsteren Räumen ...?

Am nächsten Morgen rüttelte Mrs. Barn sie wach.

»Auf! Auf! Hier ist eine Tasse Tee. Aber glauben Sie nur nicht, daß ich Ihnen jeden Morgen eine servieren werde! Umgekehrt wäre die Sache richtig!«

Das junge Mädchen verspürte beinahe etwas wie Erleichterung beim Anblick des groben Gesichts der Frau – sie war wenigstens lebendig, wirklich, greifbar!

»Es tut mir leid, Mrs. Barn. Ich ... ich habe so schlecht geschlafen.«

»Was ist los mit Ihnen? Ihre Hand zittert ja. Ein liebliches Bild für Ihren Gatten, falls er heute kommen sollte!«

Ihr Gatte! Folglich war der vorbeigleitende Schatten heute nacht nicht Bob Stein gewesen ... Aber wer war es dann? Wer?

»Könnte ich vielleicht baden?«

»Gern, wenn ein Bad im Hause existiert!« Mrs. Barn lachte spöttisch. »Übrigens brauchen Sie kein Bad, Sie sind sauber genug. Waschen Sie sich Ihr Gesicht und kommen Sie nach unten.«

Das Wasser in der kleinen Kanne war kalt und erfrischend. Und obwohl es die Schlaftrunkenheit nicht ganz vertrieb und obwohl obendrein eine ungewohnte Schwere in ihren Gliedern lastete, setzte sich Molly gehorsam an den Frühstückstisch. Das Brot war härter als am Tage zuvor, und auch die Vorräte – Eier, Konserven und Büchsenmilch – ließen darauf schließen, daß man im ›Pfuhl im Moor‹ sich ohne Lieferanten behelfen wollte. In dieser Hinsicht erwiesen sich ihre Schlüsse allerdings als falsch, denn gegen elf Uhr klopfte es am Tor.

Mrs. Barn ging hinaus und schloß die Haustür hinter sich ab. Doch beobachtete Molly durch das Fenster des Eßzimmers, daß sie einen Korb in Empfang nahm; von dem Boten selbst konnte sie nur den Arm sehen. Mit sichtlicher Befriedigung schleppte die Frau den Korb herein und zeigte beim Auspacken zum erstenmal so etwas wie gute Laune.

»Verhungern werden wir jedenfalls nicht! Was haben Sie heute vor? Wieder im Keller herumstöbern?«

»Nein, nein«, wehrte Molly ab. »Da unten ist es zu . . . kalt.«

»Können Sie kochen?«

»Leider nicht.«

»Höchste Zeit, daß Sie es lernen«, brummte die Alte.

Sie trug den Liegestuhl ans Tor, um sich ein wenig zu sonnen, wie sie sagte, während Molly mit müden Schritten ihre gewohnten Runden ums Haus machte.

Als sie zum fünftenmal an der Tür vorbeikam, hörte sie Mrs. Barn, die inzwischen ins Haus zurückgegangen war, rufen: »Kommen Sie schnell mal herein!«

Molly gehorchte und fand Mrs. Barn, die Hände in die Seiten gestützt und in den Korb starren.

»Wieviel Brote habe ich hereingebracht?«

»Zwei«, erwiderte das junge Mädchen, über die sonderbare Frage erstaunt.

»Warum?«

»Ja, und wo ist das andere?« Sie wies auf den einzigen Laib Brot, den der Korb noch enthielt. »Sind Sie sicher, daß ich zwei gebracht habe?«

»Vollkommen sicher!« beteuerte Molly.

Die Frau warf einen mißtrauischen Blick in die Runde. »Es gibt doch keine Ratten hier, ganz abgesehen davon, daß die nicht so schnell mit einem Brot fertig würden!«

Mollys Herz setzte einen Moment aus. Der Schatten der vergangenen Nacht . . .! Sie wollte lachen, wollte weinen – ihre Nerven gaben nach, und ein hysterischer Zusammenbruch schien unvermeidlich. Mit letzter Energie riß sie sich zusammen.

»Vielleicht irre ich mich auch, Mrs. Barn. Ich bin heute so müde, daß ich Dinge sehe, die gar nicht vorhanden sind.«

»Ich bin aber nicht müde«, schnauzte ihre Kerkermeisterin. »Haben Sie etwa das Brot genommen?«

»Warum sollte ich es nehmen? Ich bin nicht hungrig, und außerdem könnte ich ja so viel haben, wie ich möchte.«

»Das haut mich um!« Die Alte begann unwirsch die Vorräte in den Schrank zu räumen.

Und jetzt machte Molly keine Runde mehr ums Haus. Ihr saß die Angst im Nacken. Sie beschränkte sich darauf, im Sichtbereich der Frau vor der Haustür auf und ab zu gehen ...

Sie hätte beschwören können, daß zwei Brote vorhanden waren. Ein helles und eins mit einer dunkelbraunen Kruste – und dieses eine war jetzt verschwunden.

»Man könnte das Gruseln lernen in diesem Haus!« meinte Mrs. Barn beim Mittagessen. »Ich bin froh, wenn Ihr Gatte da ist.«

Molly seufzte. Über ihren verzweifelten Versuchen zu entkommen und der grausigen Entdeckung im Keller hatte sie Bob Stein beinahe vergessen. O Gott, es war ein fürchterliches Haus, mit diesem Skelett und den lauernden Schatten! Und sie schauderte bei dem Gedanken an die bevorstehende Nacht ...

Während ihre Wärterin es sich im Liegestuhl bequem machte, schritt Molly wieder vor dem Haus auf und ab und schaute dabei zufällig zu dem Giebelfenster empor. Ein Dreieck von verstaubtem, erblindeten Glas, das sie schon früher bemerkt hatte, und das, wie Mrs. Barn erwähnt hatte, zu einer leeren Bodenkammer gehörte. Doch als ihr Blick jetzt das Fenster streifte, schrie sie auf. Dort oben hatte sich ein weißes, verzerrtes Gesicht an die Scheiben gepreßt – nur einen Atemzug lang, aber es genügte. Molly brach ohnmächtig zusammen.

Durch den Schrei ermuntert, kam Mrs. Barn quer durch das Gestrüpp gestapft. Sie schleppte das Mädchen den gleichen Weg zurück und warf es roh in den Liegestuhl.

»Was ist denn los mit Ihnen? He, wachen Sie auf!«

Aber umsonst schüttelte sie das arme Mädchen; Molly erlangte die Besinnung erst wieder, als die Klauen der Alten ihren Nacken umklammerten und ihren Kopf bis auf die Knie preßten.

Noch ganz benommen, taumelte sie hoch und wäre von neuem umgefallen, wenn Mrs. Barn sie nicht aufgefangen hätte.

»Nun werden Sie wohl ganz und gar verrückt?« keifte sie.

»Scheint so, nicht wahr?« Mit fast übermenschlicher Anstrengung zwang sich Molly ein Lächeln ab.

»Warum Sind Sie ohnmächtig geworden? Hat Sie etwas erschreckt?«

»Nein«, erwiderte Molly. Vielleicht hatten ihre überreizten Nerven ihr einen Streich gespielt, und sie hatte hinter dem blinden Glas etwas gesehen, was gar nicht vorhanden war. »Sie haben mir doch schon ein paarmal gesagt, Mrs. Barn, daß ich verrückt sei, und Verrückte können alles tun, was sie wollen.«

An diesem Abend wagte das junge Mädchen eine Bitte.

»Darf ich heute nacht in Ihrem Zimmer schlafen, Mrs. Barn?«

»Was? Habe ich Ihnen nicht erst gestern erzählt, daß ich mir Verrückte so weit wie möglich vom Halse halte, wenn ich schlafe?«

»Sie glauben doch nicht wirklich, daß ich verrückt bin, Mrs. Barn!«

»Ganz egal! Sie schlafen nicht in meinem Zimmer, wo alle Schlüssel hängen.«

»Haben Sie für mein Zimmer auch einen Schlüssel?«

»Und wenn ich einen hätte, bekämen Sie ihn doch nicht! Außerdem« – sie grinste anzüglich – »kommt möglicherweise Ihr Gatte heute nacht.«

»Was hat das damit zu tun?« fragte Molly, und dann wurde sie weiß wie Kalk. »Sie lassen ihn doch nicht in mein Zimmer?« preßte sie atemlos heraus. »Ich schwöre Ihnen, Mrs. Barn, er ist nicht mein Gatte!«

»Das bilden Sie sich ja nur ein«, war die ganze Antwort.

Kein Hirn ist imstande, zwei Sorgen, zwei Ängste voll zu erfassen – die kleinere muß der größeren weichen; und über dem neuen Schrecken, dem wirklichen und greifbaren, wurden der mysteriöse Schatten, das bleiche Gesicht am Giebelfenster, das Knochengerüst vergessen.

In dieser Nacht legte sich Molly völlig angekleidet aufs Bett. Ihre Versuche, die Tür zu verbarrikadieren, waren kläglich gescheitert, da die ganze Einrichtung außer dem Bett nur aus einem Nachttischchen und einem kümmerlichen Waschständer bestand; und das Bett war eines jener alten, schweren Mahagoni-Ungetüme, das sie auch nicht einen Zentimeter abzurücken vermocht hatte.

»Du mußt wach bleiben, du darfst nicht einschlafen!« ermahnte sie sich wieder und wieder. Jedoch die letzte schlaflose Nacht machte sich geltend, und ungeachtet aller Mittel, die sie anwandte, um ihre müden Augen offenzuhalten, siegte schließlich ihr Schlafbedürfnis über ihren Willen.

»Wachen Sie auf!«

Eine Hand streichelte ihre Wange, doch halb im Traum drehte sie sich nur auf die andere Seite.

»Wachen Sie auf, Molly!«

Dieses Mal erkannte sie die Stimme. Bob Stein, in einen langen Mantel gehüllt, beugte sich über ihr Bett, und an der Tür stand Mrs. Barn in ihrem roten Morgenrock.

»Stehen Sie auf!« befahl Stein. »Ah, Sie sind ja fix und fertig angekleidet . . . das ist gut.«

Mit einem Ruck fuhr sie hoch.

»Was wollen Sie von mir?«

»Das wissen Sie ja, Molly.« Er drehte den Kopf zur Tür. »Sie können gehen, Mrs. Barn.«

»Bleiben Sie, Mrs. Barn, bleiben Sie!« flehte das junge Mädchen.

Molly versuchte, an Stein vorbeizugelangen, aber er ergriff sie am Handgelenk, und während die Tür hinter Mrs. Barn ins Schloß fiel, zog er sie an sich. Immer enger preßten sich seine Arme um ihren Körper.

»Soc Smith ist mir auf den Fersen, Molly, und wird in zwei oder drei Stunden hier sein.« Sein Gesicht, grau vom Staub des Weges, war dicht über dem ihrigen. »Er weiß alles!«

»So weiß er auch, wo ich bin?«

»O ja, Soc weiß es . . . Ich könnte Sie jetzt küssen, Molly; aber ich ziehe es vor, in Ruhe Ihren albernen Widerstand zu brechen. Mit der Zeit werden Sie mich schon liebgewinnen, kleine Molly, in einem schönen Land, in Brasilien.«

»Und wenn ich nichts von Ihrer Liebe wissen will«, sagte sie angstbebend, aber standhaft, »was geschieht dann mit mir? Muß ich dann das Schicksal jenes Mannes im Keller teilen?«

Unter dem Staub wurde Steins Gesicht blaß.

»Großer Gott! Haben Sie das entdeckt?«

Molly blieb stumm. Welch maßlose Torheit hatte sie begangen, ihn das wissen zu lassen . . .!

»Antworten Sie!« donnerte er, während seine Finger mit eisernem Griff ihre Schulter umklammerten. »Wie haben Sie es gefunden? Weiß auch die Frau davon?«

Widerwillig berichtete Molly von ihren Fluchtplänen, von ihrer mitternächtlichen Arbeit im Keller und von der grausigen Entdeckung. Und je mehr sie erzählte, desto ruhiger wurde sie.

»Armes, kleines Ding!« Seine Stimme klang fast weich. »Das hätte Ihnen erspart bleiben können! Ich hatte der Alten eingeschärft, Sie nicht aus den Augen zu lassen!«

Er überlegte einen Moment, auf seine Knöchel beißend.

»Können wir gehen?«

»Nein . . .!«

Beide fuhren herum. Ein Mann, den Molly trotz seines schmutzigen, unrasierten Gesichtes sofort erkannte, stand in der Tür, den Revolver auf Stein gerichtet.

»Ich bin Inspektor Frank Weldon von Scotland Yard und verhafte Sie wegen dringenden . . .«

Ein Schuß erdröhnte. Bob Stein hatte von der Hüfte aus gefeuert, und Weldon stürzte vornüber auf das Gesicht.

Das junge Mädchen schrie entsetzt auf. Im Korridor trampelten schwere Füße, und gleich darauf erschien das kantige Gesicht von Mrs. Barn in der Türöffnung.

»Oh, was haben Sie getan!« zeterte sie.

Stein würdigte sie keiner Antwort. Er steckte die rauchende Pistole in die Manteltasche zurück, bückte sich, um den regungslosen Körper aufzuheben, und ging mit seiner Last hinaus.

Ein Fußtritt schmetterte die Tür zu. Und Molly war allein mit dem feuchten roten Fleck auf dem Fußboden.

Sie riß die Decken vom Fenster und spähte hinaus. Stein – sie erkannte ihn an seinem hellen Staubmantel – schleppte seine

Bürde quer durch den Garten zum Tor, das Mrs. Barn hinter ihm schloß, um dann Hals über Kopf ins Haus zurückzujagen.

»Allmächtiger«, keuchte sie, in Mollys Zimmer stürzend, »das ist Mord! Hätte ich doch nur sein Geld nicht angenommen! Aber ich dachte, es wäre ihm nur um Sie zu tun. Gott verdamm ihn und Sie dazu! Wo ist dieser Kerl nur plötzlich hergekommen?«

»Er ist die ganze Zeit über im Haus gewesen«, versetzte Molly mit zitternder Stimme.

»O Gott, sicher weiß man in Scotland Yard, daß er sich hier aufhielt! Was soll ich nur machen . . .? Was soll ich nur machen? Miss« – sie griff nach den Händen des jungen Mädchens – »Sie können doch bezeugen, daß ich nichts damit zu schaffen hatte, mit diesem Mord? Ich habe doch bloß auf Sie aufgepaßt. Dafür hat er mir fünfhundert Pfund gegeben, und er hat mir auch noch dieses Haus versprochen. Sie werden für mich eintreten, nicht wahr? Sie werden aussagen, daß ich nicht dabei war, als er den Mann erschoß?«

»Lassen Sie mich allein, Mrs. Barn«, wehrte Molly ab. »Ich muß jetzt nachdenken.«

»Aber Sie treten für mich ein, ja . . .? Jetzt trägt er den anderen fort, und Gott geb's, daß er nicht wiederkommt! Soll ich Ihnen einen Tee machen?«

Je mehr Molly erkannte, daß dieses entsetzliche Weib, das jetzt vor ihr kroch, ein erbärmlicher Feigling war, desto mehr wuchs ihr eigener Mut.

»Vielleicht geben Sie mir erst eine Erklärung für das Skelett im Keller«, sagte sie kühl.

Die Frau torkelte rückwärts bis zur Wand. »Ein Skelett?«

»Allerdings. Jemand ist in diesem Haus ermordet worden.«

Das war zuviel für Mrs. Barn. Sie rannte in ihr Zimmer und warf sich heulend auf das Bett.

Im Osten begann der Himmel sich grau zu färben, während Molly, unschlüssig über ihre weiteren Schritte, rastlos im Zimmer auf und ab wanderte, und weder das Öffnen des Tores noch das Geräusch von Steins Schlüssel im Schloß der Haustür vernahm.

Ein Weilchen blieb er lauschend am Fuß der Treppe stehen, ehe er seine Taschenlampe anknipste und lautlos – die Schuhe hatte er an der Haustür abgestreift – in den Keller stieg. Hier zog er, ohne dem zusammengebrochenen Mauerwerk oder dem gräßlichen Mahner, der dahinter lag, Beachtung zu schenken, zwei automatische Pistolen hervor, die er sorgfältig prüfte.

Bob Stein war nicht geistesgestört. Sein Verstand arbeitete mit ungetrübter Schärfe. Um den Folgen seines ersten Fehltritts zu entgehen, hatte er Verbrechen an Verbrechen gereiht. Eines entstand folgerichtig aus dem anderen, und jetzt galt es den großen Schlag, der alle Spuren verwischen würde.

Frank Weldon lag im Pfuhl, nach dem das Haus seinen Namen trug. Es blieben noch Socrates Smith samt seinem Bruder, das gedungene Weibsbild und – Jetheroe.

Jetheroe würde kommen. Jetheroe, der ihn gewürgt hatte, bis die kraftlosen Finger den Aufenthaltsort Mollys auf das Papier zu kritzeln begannen – bestimmt würde er kommen!

Stein knipste die Taschenlampe aus und setzte sich nieder, um geduldig zu warten.

Auch Socrates würde nach seiner Befreiung aus dem Schrank die Verfolgung aufnehmen und dabei wahrscheinlich danach trachten, mit der Polizei von Ashburton in Verbindung zu treten. Aber alle Telefon- und Telegrafenleitungen nach Ashburton liefen über Exeter ...

Bob Stein, seinerzeit einer der größten Strategen von Scotland Yard, verstand zu disponieren ... Drei Tage lang hatte er das Telegrafennetz, das den Westen Englands mit London verbindet, studiert, und auf der Fahrt vom ›Pfuhl im Moor‹, zehn Meilen vor Exeter, hatte er seinen Wagen angehalten; er hatte sich Steigeisen angeschnallt, war einen Telegrafenmast hochgeklettert und hatte in der luftigen Höhe gute Arbeit geleistet. Doch es bestand noch eine weitere Verbindung zwischen Exeter und der Welt in Form einer vierfachen Leitung nach Salisbury – ein Umweg hatte ihn auch von dieser Gefahr befreit. Sechs Stunden, hatte er ausgerechnet, würden die Reparaturen dauern, und er stellte mit Befriedigung fest, daß diese Zeit für seine Pläne ausreichte.

Die drohende Möglichkeit, daß Socrates Smith seine Fahrt in Exeter oder Ashburton unterbrechen würde, um einige Polizeibeamte mitzunehmen, würde wahrscheinlich Lexington aus dem Weg räumen, der keine Minute Verzögerung hinnehmen würde, um Molly zu befreien.

Inzwischen saß Molly am offenen Fenster und hörte anfänglich ungläubig, dann in panischer Furcht das Surren eines Motors. Auch Mrs. Barn hatte es vernommen.

»Er kommt zurück! Er kommt zurück!« Mit diesem Ausruf stürzte sie in das Zimmer des jungen Mädchens.

Und dann öffnete sich das Tor in der Mauer, und Socrates Smith eilte durch die Gartenwildnis. Molly jagte treppab, in seine Arme, aus denen sie sich erst löste, als Lexington erschien.

»Was? Er hat Weldon erschossen?« rief Socrates, ihren gestammelten, unzusammenhängenden Bericht unterbrechend.

»Ich fürchte, ja; Frank fiel sofort zu Boden«, sagte sie und schauderte. »Oh, Soc, es ist ein schreckliches Haus!«

Lexington legte den Arm schützend um ihre Schultern.

»Jetzt ist es vorbei mit aller Angst, Liebste. Wir nehmen dich gleich mit zu uns nach London.«

»Hat Stein gesagt, daß er zurückkommen würde?« wandte sich sein Bruder an Mrs. Barn.

Die zitterte wie Espenlaub, da sie vor jemandem stand, der zu Scotland Yard gehörte, und brachte wimmernd hervor: »So hat er gesagt ... aber ich glaube es nicht. Oh, dieser arme junge Mann ...!«

»Sparen Sie sich Ihr Mitleid!« fuhr Socrates sie an. »Sie werden sich wegen der Rolle, die Sie bei diesem Schurkenstreich gespielt haben, vor Gericht verantworten müssen.«

»Ich bin unschuldig wie ein Lamm«, kreischte das Weib. »Ich weiß von nichts. Er hat mir versichert, daß die junge Dame geistesgestört sei.«

»Und Sie wollen mir einreden, daß Sie das geglaubt haben? Es ist ja übrigens nicht das erstemal, daß Sie in einen derartigen Fall verwickelt sind. Für diesen wird es wohl Zuchthaus geben!«

Schon lag sie vor ihm auf den Knien – ein widerwärtiger Anblick!

»Ich weiß wirklich nichts, nichts, nichts! Von dem Skelett habe ich erst . . .«

»Was für ein Skelett?« herrschte Socrates sie an.

»Die junge Dame hat es im Keller gefunden. Ich hatte keine Ahnung davon.«

Socrates' Augen suchten Molly.

»Bitte, sprechen wir nicht darüber, jetzt nicht«, flehte sie mit unsicherer Stimme. »Mir ist ganz übel vor Hunger und Schlaflosigkeit.«

»Gut, lassen wir es bis später«, sagte Socrates beruhigend.

Er befahl der Frau, ein kräftiges Frühstück zu bereiten, und ging dann zum Tor hinaus, auf der Suche nach Spuren von Steins Wagen.

Kein Zweifel! Stein war entschlüpft! Seine Äußerung, daß er zurückkehren werde, hielt Socrates für eine Finte.

Auf dem feuchten Boden fand er ohne Schwierigkeit die ihm vertrauten Reifeneindrücke der schweren Limousine und folgte der Spur bereits eine Viertelstunde, als sie plötzlich scharf nach links auf das offene Moor abbog. Deutlich zeigte geknicktes Strauchwerk die Stelle an. Socrates Smith blieb verblüfft stehen. Was hatte Stein veranlaßt, quer über das Moor zu steuern, wo er jeden Augenblick riskierte, auf unbefahrbares Gelände zu geraten?

Mit schnelleren Schritten ging Socrates der Spur nach – hier hatte der Wagen einen Busch niedergebrochen, dort einen tiefen Abdruck hinterlassen. Geradeaus glitzerte jetzt Wasser auf, doch die Spuren wandten sich seitlich zu einem kleinen Dickicht verkrüppelter Bäume. Als Soc sich durch das Unterholz gezwängt hatte, erblickte er unversehens den Wagen. Kein Zeichen von Frank Weldon, kein Zeichen von Stein! Blutflecken auf der Polsterung – weiter nichts!

Der Pfuhl war nur ein Dutzend Meter entfernt, und an seinem Ufer stieß Smith unerwartet auf einen Mann, an dem das Wasser herunterlief und der sich bemühte, seine Schulter mit einem hierzu ungeeigneten Taschentuch zu verbinden.

»Weldon!« schrie Socrates, worauf der junge Inspektor von Scotland Yard mit einem Schmunzeln zu ihm aufblickte.

»Hallo, Mr. Smith! Ich hörte Sie kommen. Haben Sie ihn?«

»Nein. Aber beinahe hatte er Sie, mein Junge!«

»Es ist nicht so schlimm! Die Kugel ging durchs Schlüsselbein und hat mich glatt umgeworfen.«

Socrates kniete schon neben ihm und begann, die böse aussehende Wunde behutsam zu verbinden. »Ja, Weldon, Ihr Schlüsselbein ist kaputt. Hat er Sie ins Wasser geworfen?«

»Und wie! Ich hatte nur Glück, daß er nicht gewartet hat, um mich ertrinken zu sehen«, berichtete Frank Weldon mit unerschütterlichem Gleichmut. »Hat ein bißchen Arbeit gekostet, durch den Schlamm ans Ufer zu kommen. Reizende Kreatur, dieser Robert Stein ... muß eine Zierde unserer makellosen Polizei gewesen sein ...! Als ich stürzte und der Gebrauch meines guten Revolvers nicht mehr möglich war, habe ich den Toten gespielt. Und diesen Toten lud er schleunigst auf seinen Wagen – der Mann hat Bärenkräfte! – und fuhr mit ihm aufs Moor. Ich dachte, daß er mich unterwegs irgendwo ins Gestrüpp schmeißen würde, aber in den Pfuhl ... das hätte ich mir nicht träumen lassen! ›Pfuhl im Moor!‹ – den Namen werde ich so leicht nicht vergessen! Ist er entkommen?«

»Sein Wagen steht dort drüben«, entgegnete Socrates nachdenklich. »Er kann doch nicht zu Fuß auf und davon sein.«

»Vielleicht hatte er noch ein anderes Auto hier in Reserve stehen. Ein gerissener Kunde! Hat er etwa Miss Templeton mitgenommen?«

»Gott sei Dank nicht!«

Langsam wanderten sie zum Weg zurück.

»Mr. Smith, die Sache gefällt mir nicht«, nahm Weldon das Gespräch wieder auf. »Ich kann mir nicht denken, daß er freiwillig auf sie verzichtet hat.«

Socrates dachte dasselbe.

Und dennoch hätte es eine unerhörte Waghalsigkeit bedeutet, wenn Stein noch in der Umgebung geblieben wäre. Auf dem Dartmoor befand sich ein großes Zuchthaus, und die Polizei des ganzen Bezirks war so organisiert, daß sie innerhalb kürzester Frist einen Ring um das gesamte Moor schließen konnte, der jedes Durchschlüpfen eines Verbrechers unmöglich machte.

»Haben Sie Jetheroe gesehen?« fragte Socrates plötzlich.

»Nein. Weiß er denn, daß Miss Templeton hier ist?«

»Ganz bestimmt. Das kleine Erdrosselungsmanöver – ach, richtig, Sie waren ja nicht mehr im ›Prinzenhof‹, als es passierte«, erinnerte sich Socrates und erzählte seinem Gefährten die Ereignisse jener Nacht. »Ich wußte, daß es Jetheroe war, und ich wußte auch, was er wollte«, schloß er.

»Und trotzdem haben Sie auf den armen Teufel geschossen?«

Socrates' ernstes Gesicht verzog sich zu einem Lächeln.

»Ich wollte ihm nur Beine machen! Zweimal hätte ich ihn treffen können und mußte meine ganze Schießkunst schmählich verleugnen!«

Im Haus fanden sie den Frühstückstisch gedeckt, und Molly war überglücklich, als sie Socs Begleiter erblickte.

»Ich habe Ihnen wohl einen tüchtigen Schrecken eingejagt, Miss Templeton, da oben am Giebelfenster? Ich habe allerdings angenommen, daß Sie mich erkennen würden.«

»Sie haben schauerlich ausgesehen«, lächelte das junge Mädchen. »Einfach scheußlich! Ich hielt Sie für irgendein Gespenst, das seit Jahren hier haust. Denn als ich Sie das erstemal zu Gesicht bekam . . .«

»Wann war denn das?« unterbrach Weldon sie überrascht.

»Die Nacht vorher, als Sie über die Diele schlichen.«

»Aber . . . das war ja nach Mitternacht! Was haben Sie denn da getrieben?«

Molly zog eine kleine Grimasse.

»Nach dem Frühstück will ich alles erzählen. Jetzt mag ich mich nicht mehr daran erinnern.«

Eine sehr niedergeschlagene Mrs. Barn bediente sie, und trotz des Grauens, das in der Luft des verwahrlosten Hauses zu hängen schien, wurde es für Molly das fröhlichste Mahl ihres bisherigen Lebens. Als die Alte sich dann in die Küche zurückgezogen hatte, erzählte Socrates die Geschichte von Mandles Ermordung.

23

»Ich habe das Ganze rekonstruiert«, begann er, »und ich glaube, daß kein Baustein fehlt, ausgenommen die allerletzte Triebfeder, der Grund zu der Furcht, die die einstigen Freunde John Mandle und Robert Stein entzweit hat. Manche Informationen verdanke ich dem Archiv von Scotland Yard, aber die meisten Fingerzeige lieferten mir das Personal, Molly . . .«

»Ich?« rief das junge Mädchen erstaunt.

Socrates nickte.

». . . und einige Beobachtungen. Als ich vor einer Woche eine Einladung John Mandles erhielt, ein paar Tage draußen auf seinem Landsitz zu verleben und meinen Bruder mitzubringen, war ich, offen gesagt, reichlich überrascht. Nach seiner Verabschiedung aus dem Dienst hatte ich ihn bisweilen flüchtig gesehen, aber wir waren durchaus nicht das, was man als gute Freunde bezeichnet.

Während unserer gemeinsamen Dienstzeit konnte ich nicht umhin, seine dienstlichen Methoden des öfteren zu verurteilen. Er war absolut skrupellos und hat, um eine Verurteilung herbeizuführen, Mittel angewandt, die weder korrekt noch anständig waren. Ein Beispiel dafür ist der Fall Kenneth Ward oder – wie Sie ihn kennen, Molly – Jetheroe.«

»War er denn ein Verbrecher?« fragte sie erschrocken.

»Er ist als junger Mann in schlechte Gesellschaft geraten«, drückte Socrates sich diplomatisch und doch wahrheitsgemäß aus, »und er wurde in eine Reihe fragwürdiger Affären verstrickt. Bevor er sich daraus lösen konnte, wurde er vor Gericht gestellt und erhielt eine mehrmonatige Gefängnisstrafe. Leider geriet er nach ihrer Verbüßung wieder in die Netze derselben Bande, die ihn verführte, bei verschiedenen Schwindeleien mitzumachen. Diesmal wurde er durch Mandle gefaßt, der ihm zu einer Strafe von vielen Jahren verhalf.

Mandles Eifer hatte einen besonderen Grund. Im Verlauf seiner Nachforschungen hatte er nämlich entdeckt, daß Ward mit einer auffallend schönen, liebenswürdigen Frau verheiratet war, die vom Treiben ihres Gatten nicht das geringste ahnte. Sie trug einen der falschen Namen, die sich Ward zugelegt hatte, nämlich den Namen Templeton – und sie wußte nicht, daß er sie unter falschem Namen geheiratet hatte.«

»Templeton!« flüsterte Molly. »War es meine Mutter?«

Socrates nickte ernst.

»Dann ist Mr. Jetheroe ...«

»Ja, er ist Ihr Vater. Aber vergessen Sie nicht, Molly, daß das alles Jugendsünden waren. Er hat dafür gebüßt, und was er heute besitzt, ist ehrliches Eigentum. Ich hatte zuerst vermutet, daß er bei seinen Schwindeleien genug beiseite gebracht habe und jetzt davon lebe. Das ist aber nicht der Fall. Er hat vor Jahren von einer Tante, die von seinen Verfehlungen nichts wußte, ein beträchtliches Vermögen geerbt.«

Molly atmete heftig, und ihre auf Socrates gerichteten leuchtenden Augen verrieten, daß sie der Vergangenheit ihres Vaters und seinen Missetaten sehr viel weniger Wichtigkeit beimaß als der Tatsache, daß ihr Vater noch lebte.

»Ihr Vater«, fuhr Socrates fort, »der unter einem anderen Namen verurteilt worden war, wagte es nicht, seiner Gattin zu schreiben. Und nun begann Mandle, der sich in die schöne Frau verliebt hatte, ihr klarzumachen, daß ihr verschollener Gatte tot sei. Er legte ihr eine gefälschte Sterbeurkunde vor und überredete sie nach und nach, ihn zu heiraten.«

»Also darum hat er mich gehaßt!« warf Molly ein. »Weil ich die Tochter des von ihm Betrogenen bin.«

»Das glaube ich auch. Jedenfalls arbeitete Mandle Tag und Nacht daran, noch irgend etwas in der Vergangenheit Ihres Vaters aufzudecken. Er fand auch ein Delikt, das eigentlich durch die inzwischen erfolgte Strafe als verbüßt hätte gelten müssen; aber Mandle gab keine Ruhe, bis Ihr Vater noch eine weitere Strafe zudiktiert bekam.

Und nun zu Stein! Vor etwa zwanzig Jahren hatten Mandle und er den Entschluß gefaßt, ihren Abschied zu nehmen. Sie galten als vermögende Männer, denn es war bekannt, daß sie erfolgreich an der Börse spekuliert hatten. Allerdings hatte ihnen ihre Beziehungen zu ein paar anrüchigen Maklern auch einen Verweis eingetragen.

Beide kauften sich nach ihrem Abschied in Hindhead an, besuchten einander und pflegten gute Freundschaft. Doch ganz allmählich begann einer dem anderen zu mißtrauen und ihn zu fürchten. Vor ungefähr sieben Jahren stellte Mandle als erster Fallen auf, brachte Alarmklingeln an und baute elektrisch funktionierende Türverschlüsse ein. Stein folgte bald seinem Beispiel und sicherte sich mit ähnlichen Maßnahmen. Zur Krise kam es, als Stein religiös wurde. Vielleicht ist es euch bedeutungslos erschienen, daß Stein in der Erweckungsversammlung in Goldaming eine Ansprache halten wollte; aber gerade diese Absicht war es, die Mandle in derartige Furcht versetzte, daß er beschloß, Stein noch vorher zu töten.«

»Das mußt du uns erklären, Soc«, bat Lexington.

»Bei diesen Erweckungsversammlungen ist es üblich, daß die Teilnehmer öffentlich ihre Sünden bekennen. Es ist eine Form religiöser Exaltiertheit, sich selbst zu erniedrigen und zu beschuldigen. Mandle war entsetzt bei dem Gedanken, daß auch Stein vortreten und ihr gemeinsames Geheimnis preisgeben würde. Ich persönlich bin allerdings überzeugt, daß Stein nichts dergleichen beabsichtigte; wahrscheinlich hat er seine religiösen Neigungen nur betont, um Mandle Angst einzujagen.«

Lexington fragte erstaunt: »Aber warum dann seine Einladung an uns?«

»Diese Einladung hat mich gleich außerordentlich überrascht«, fuhr Socrates fort, »um so mehr, als Mandle nie ein gastfreundlicher Mensch gewesen ist, schon gar nicht einem relativ Fernstehenden gegenüber. Jetzt allerdings ist mir das Motiv vollkommen klar. Ich sollte ihm ein einwandfreies Alibi verschaffen! Wenn ich vor Gericht aussagte, daß ich Augenzeuge gewesen sei, wie Mandle wegen seines Rheumas ins Bett getragen werden mußte – wer hätte ihn da wohl verdächtigen können, Bob Stein gehängt zu haben?«

»Gehängt ...? Hatte er das geplant?« fragte Weldon ganz verblüfft.

Socrates nickte.

»Beide Männer hatten sich für Notfälle ein Verständigungssystem ausgedacht, das sie vom Telefon unabhängig machte, weil das möglicherweise abgehört werden konnte. Als ehemalige Polizeibeamte beherrschten sie natürlich den Morse-Kode, und so gaben sie sich zu einer vereinbarten Nachtstunde Lichtsignale; sie benutzten hierzu die Fenster der Weißen Villa, die sowohl vom ›Waldfrieden‹ als auch vom ›Prinzenhof‹ aus sichtbar sind. Mandle hatte die Nacht vom dritten Juni für den Mord geplant, und so legte er natürlich großen Wert auf meine Anwesenheit in seinem Hause. Er bat mich, zu telegrafieren, falls ich in letzter Stunde noch verhindert sein sollte, und war ungewöhnlich aufgeregt – wie Molly mir erzählte –, als ich mit dem Mittagszug nicht eingetroffen war. Er fragte sie auch, ob kein Telegramm gekommen sei … Mandle hatte schon geraume Zeit vor unserer Ankunft über starken Rheumatismus geklagt, der es ihm unmöglich machte, ohne fremde Hilfe zu gehen, und die Krankheit erreichte offenbar ihren Höhepunkt am Tage unseres Eintreffens.

Abends signalisierte er Stein die dringende Aufforderung, zu den Drei Eichen zu kommen. Mandle muß übrigens sein Haus vor Molly verlassen haben, denn sie sah jemand im Gebüsch lauern. Er ließ sie vorbei, kletterte auf den Baum und legte sich der Länge nach auf den mächtigen Ast, der quer über den Pfad reicht. Von oben wollte er Stein eine Schlinge um den Hals werfen und ihn hochziehen. Wie die in seiner Tasche gefundenen Handschellen beweisen, wollte er dem Aufgehängten die Hände fesseln und dann in Ruhe das Ende abwarten. Ein listiger Plan! Wenn er nachher dem Toten die Handschellen abnahm, mußte alle Welt an einen Selbstmord glauben. Um diese Ansicht noch zu untermauern, hatte Mandle bereits zu verschiedenen Leuten, darunter auch zu Inspektor Mallet, von Steins religiöser Manie gesprochen.

Aber Stein traute ihm nicht; er kam, die Pistole schußbereit in der Hand. Die Schlinge muß ihn gestreift haben, und als er nach oben blickte, gewahrte er das Gesicht über dem Ast und feuerte blitzschnell. Mandle war sofort tot, ohne Zucken, ohne Todeskampf, so daß er das Gleichgewicht nicht verlor.

Stein nahm den Strick ab, warf ihn über den Körper und eilte heim, wo er, um jeden Schatten eines Verdachtes von sich abzuwälzen, einen Überfall auf sich selbst vortäuschte. Er fesselte sich, wie ein Mann mit guten Zähnen es sehr wohl fertigbringt. Zu seinem Pech geriet bei dieser Prozedur aber ein Stückchen Werg vom Strick in seinen Mund, das er ausspuckte, und . . .«

»Du hast es auf seinem Kissen gefunden«, rief Lexington.

»Ganz recht. Aber was noch unheilvoller für ihn war: Jetheroe, der auf der Suche nach dem Mann war, der Molly erschreckt hatte, hatte ihn gesehen. Und sobald Stein durch die Aussage des Gärtners Gritt erkannt hatte, daß es einen Augenzeugen gab, stand es für ihn fest, daß er Jetheroe aus dem Weg räumen mußte. Auf welche Weise er ihn zu den Drei Eichen gelockt hat, weiß ich nicht, aber auch dafür wird es eine Erklärung geben. Alles übrige wissen Sie!«

Molly schüttelte sich vor Grauen.

»Ob er wahnsinnig ist . . .?«

»Das glaube ich nicht!« antwortete Socrates. »Stein ist ein sehr gescheiter Mensch, der mir in mancher Hinsicht fast leid tut. Zweifellos hat er Mandle aus Notwehr erschossen, obwohl er Schwierigkeiten gehabt haben würde, das zu beweisen.«

»Aber das irre Gelächter!« wandte Molly ein.

»Das war klug ersonnen. O nein, Stein ist nicht verrückt, im Gegenteil, er war so umsichtig, daß er eigens nach Nordengland reiste, um die Gummischuhe zu kaufen, die er in der Mordnacht getragen hat.«

»Und die er vermutlich als hinderlich zurückließ, als er sich durch das Gebüsch davonmachte«, ließ Weldon vernehmen.

»So, das ist alles. Und nun, Molly, berichten Sie uns jetzt die Sache mit dem Skelett«, schloß Socrates.

In möglichst knappen Sätzen erzählte sie von ihren Fluchtplänen und dem grausigen Fund.

»Also im Keller!« sagte Socrates nachdenklich. »Ich hatte es draußen vermutet und hatte deswegen bereits einem Mann den Auftrag erteilt, den Garten in den nächsten Tagen zu roden. Komm, Lex, ich muß mir das ansehen.«

Mit der Petroleumlampe ausgerüstet, stiegen sie hinunter und gingen, ohne sich im ersten Keller umzusehen, zu dem von Molly beschriebenen Loch in der Wand des zweiten Raumes. Socrates stellte die Lampe auf den Boden und kniete vor der Öffnung nieder.

»Weiß Gott, ein scheußlicher Anblick!« sagte er.

Er griff in das Dunkel, drehte den Schädel um und wies auf einen Riß.

»Hier ist die Kugel eingeschlagen, und dies hier« – er befühlte den Staub – »ist ein Rest von ungelöschtem Kalk. Schauen wir uns mal ein bißchen um ... die Mauer macht den Eindruck, als habe sie jemand gebaut, der davon nicht viel verstanden hat!«

Er hob langsam die Lampe, um sie im selben Moment auf den Boden zu schmettern.

Am Eingang flammte es auf. Ein dröhnender Knall ... Ein neuer Schuß, den Socrates, flach auf dem Boden liegend und nur den Arm ausgestreckt, erwiderte. Er feuerte zweimal, hörte ein Stöhnen und dann stolpernde Schritte.

»Was ist los?« ertönte Mollys Stimme oben auf der Kellertreppe.

»Fort mit Ihnen«!« schrie Socrates. »In Ihr Zimmer und abschließen! Los!«

Vorsichtig kroch er bis zur Verbindungstür zwischen den beiden Kellern – eine weise Maßnahme, denn eine Kugel zischte von der Treppe her so dicht an seinem Gesicht vorbei, daß er den Luftzug spürte.

Erst als Steins Schritte im Gang widerhallten, hetzte Socrates die Stufen hinauf, zog seinen Rock aus und schob ihn um die Ecke.

Päng, pfiff eine Kugel hindurch. Stein, auf der halben Treppe zum oberen Stockwerk, beherrschte den Eingang zum Keller.

Doch nun trat eine Ablenkung ein.

Die Haustür wurde geöffnet, und gleich darauf krachten neue Schüsse. Wer auch immer der neue Ankömmling sein mochte – er war dem Kugelregen entgangen, denn Socrates vernahm das Zuknallen der Tür zum Eßzimmer, wohin sich der Unbekannte gerettet hatte.

Nichts war jetzt mehr zu hören als Steins schweres Atemholen, doch das so deutlich, daß Socrates zweimal auf gut Glück feuerte. Die Treppe knarrte ... Stein mußte den oberen Korridor erreicht haben. Endlich! Socrates rannte zur Diele, die er gleichzeitig mit dem neuen Ankömmling betrat – es war Jetheroe!

Hinaufzustürmen hätte den sicheren Tod bedeutet, da Stein vom Geländer aus jede Stufe beherrschte. Jetzt hörten sie ihn gegen die Tür von Mollys Zimmer hämmern.

»Kommen Sie heraus!« brüllte er.

»Gehen Sie dort fort, Sir! Haben Sie denn noch nicht genug Unheil angerichtet ...?« Das war die Stimme von Mrs. Barn, die sich aus ihrem Zimmer hervorgewagt hatte.

Ein Knall, ein schwerer Plumps ... Mrs. Barn war als Zeugin in einem Verfahren gegen Stein für immer ausgeschieden.

»Kommen Sie heraus!« brüllte der Verbrecher von neuem.

Die Zimmertür oben brach – ein angstvoller Schrei ... Und da flog Lexington, drei Stufen auf einmal nehmend, die Treppe hinauf. Zweimal knallte Steins automatische Pistole, dann war Lex bei ihm ... Ineinander verschlungen rollten sie die Stufen hinunter, doch ganz plötzlich lösten sich Steins Hände ...

Socrates riß seinen Bruder auf die Füße und beugte sich über den Sterbenden. Mühsam hob dieser die Lider, sah Socs Gesicht und lächelte. Die Lippen bewegten sich ...

Und dann vernahm Socrates die letzten Worte des Mannes, der sich in seinem Dämmerzustand vor Gericht glaubte und die Eidesformel wiederholte: »Ich schwöre bei Gott dem Allmächtigen ...«

Das Murmeln erstarb. Erschöpft drehte Bob Stein den Kopf zur Seite und verschied.

Es war spät nachmittags, als Socrates das Haus verließ, in dessen Diele zwei mit Decken verhüllte Leichen lagen. Das junge Mädchen hatte er unmittelbar nach dem verhängnisvollen Geschehen in Begleitung seines Bruders und Jetheroes nach London geschickt; Frank Weldon lag, da seine Verwundung sich doch als sehr ernst herausgestellt hatte, schon seit Stunden im Krankenhaus.

›Pfuhl im Moor‹ mit seinem Skelett dem Chef der Polizei

von Devonshire überlassend, nahm Socrates in Exeter den Schnellzug nach London und sah sich am späten Abend daheim von frohen Gesichtern empfangen.

»Nein, danke, ich habe im Speisewagen gegessen«, wehrte Socrates Smith den alten Septimus freundlich ab, der seinem Herrn unbedingt etwas vorsetzen wollte; dann wandte er sich an Jetheroe: »Sie sind spät gekommen.«

Es war die erste Andeutung, die er über sein Erscheinen im ›Pfuhl in Moor‹ machte.

»Ich mußte mit der Bahn reisen, und die Zugverbindung ist äußerst mangelhaft. Ein Glück, daß die Haustür offenstand!«

»Aber wie in aller Welt sind Sie in den Garten gelangt?« erkundigte sich Socrates.

»Ich bin auf die Mauer geklettert. Der Sprung hinunter war in meinem Alter allerdings ein großes Risiko!«

Socrates seufzte. »Nun ist es vorbei ...!«

»Tut dir das leid?« fragte Lexington, sein Bruder nickte.

»Ein so interessanter Fall und ging so schnell zu Ende ...! Heute ist der zehnte Juni, also ist erst eine Woche seit unserer Abreise nach Hindhead vergangen ... Jetzt aber, Mr. Jetheroe«, er lächelte dem glücklichen Vater zu, der Mollys Hand nicht losließ, »jetzt müssen Sie damit herausrücken!«

»Womit, Mr. Smith?«

»Mit John Mandles Bericht, den Sie aus dem Marmorsitz des Pavillons fortgenommen haben.«

Jetheroes Miene erhellte sich. »Ach, den meinen Sie!«

Er zog einen Stoß zusammengefalteter Papiere aus der Brusttasche und reichte sie herüber.

»Ist er interessant?« forschte Socrates. »Wirft er ein Licht auf den Mord in ›Pfuhl im Moor‹?«

»Es war gar kein Mord, und das ist das Ungewöhnliche dabei. Mandle und Stein könnten einem beinahe leid tun.«

»So ... so! Kennen Molly und Lex den Bericht schon?«

»Nein.«

»Dann möchte ich ihn vorlesen.«

Socrates blätterte die Seiten flüchtig durch und hob bei der letzten überrascht die Augenbrauen.

»Mr. Smith – Verzeihung, Socrates«, rief Molly, »man darf niemals den Schluß vorwegnehmen.«

Er schmunzelte. »Das tun Romanleser immer!« Und seine Brille aufsetzend, begann er, sie mit dem Inhalt des bemerkenswerten Dokumentes bekanntzumachen.

24

»Ich, John Mandle, setzte diesen Bericht auf im Hinblick auf etwaige Belastungen, die mein früherer Kollege Robert Stein im Falle meines Todes gegen mich vorbringen könnte.

Robert Stein und ich sind zusammen in den Polizeidienst eingetreten, wir taten an derselben Stelle Dienst und wurden beide nach unserer Beförderung der Kriminalabteilung überwiesen. Da wir beide ehrgeizig waren, schreckten wir vor keinem Mittel zurück, um eines Verbrechers habhaft zu werden oder ihn zu überführen. Diesen Punkt muß ich betonen, weil Stein mir später vorgeworfen hat, ich sei der skrupelloseste Beamte von Scotland Yard gewesen. Tatsache ist aber, daß dies von ihm mit derselben Berechtigung gesagt werden kann.

Einige Jahre nach unserer Versetzung in die Kriminalabteilung gerieten wir in enge geschäftliche Verbindung mit verschiedenen Spekulanten und Börsenmaklern, die keine einwandfreien Geschäfte machten. Allerdings hatten wir anfangs hiervon keine Ahnung, da wir glaubten, daß wir in unserer Eigenschaft als Polizeibeamte vor Schwindlern sicher seien. Dennoch sind wir in der unverschämtesten Weise übers Ohr gehauen worden. Durch diese Geschäfte, die sich über einen Zeitraum von zwölf Monaten erstreckten, gerieten wir mehr und mehr in Schulden und sahen uns schließlich Verpflichtungen in einer Höhe von mehr als fünftausend Pfund gegenüber. Die Situation war für uns mehr als bedenklich, da Zahlungsunfähigkeit unweigerlich zu unserer Entlassung aus dem Polizeidienst geführt haben würde. Wenn der Chef der Kriminalabteilung gewußt hätte, daß wir mit Börsenjobbern, noch dazu mit anrüchigen, Geschäfte gemacht hatten, so wäre er schon längst eingeschritten.

Unsere Gläubiger drängten, und die Lage erschien hoffnungslos; da erhielten wir den Befehl, nach Emile Deveroux, dem Kassier der Bank von Lyon, der mit dreißig Millionen Francs durchgegangen war, zu fahnden und ihn zu verhaften. Man wußte, daß er sich in England befand. Da wir außer einer Fotografie, die uns von einer Frau aus seinem Bekanntenkreis überlassen worden war, über keinerlei Anhaltspunkte verfügten, war die Aufgabe nicht leicht und der Erfolg sehr zweifelhaft.

Eines Abends, als wir in einem Restaurant von Soho aßen, wobei sich unser Gespräch um unsere verfahrene finanzielle Lage drehte, stutzte Stein plötzlich und blickte gespannt einem Mann nach, der das Restaurant verließ.

»Das muß Deveroux sein«, flüsterte er mir zu.

Wir zahlten in aller Hast, eilten hinaus und sahen, wie der Fremde wegfuhr. In einer Taxe jagten wir ihm nach, verloren aber im Verkehrsgedränge seine Spur. Die von ihm eingeschlagene Richtung ließ die Möglichkeit offen, daß er sich zur Paddington Station begeben hatte, und so schwach diese Chance auch war, wollten wir sie doch ausnutzen. Als wir zum Bahnhof kamen, fuhr gerade der Westexpreß aus der Halle, und in einem der vorbeigleitenden Wagen entdeckte ich den Mann, von dem wir glaubten, daß er Deveroux sei. Wären wir unserer Sache sicher gewesen, so hätten wir den Zug noch innerhalb Londons anhalten lassen. So aber begnügten wir uns mit einer Nachforschung in der Gepäckaufgabe, wo wir den Dienstmann ausfindig machten, der seine Koffer befördert hatte. Das Gepäck, ein großer Lederkoffer und eine Reisetasche, waren nach Ashburton expediert worden.

Am nächsten Morgen fuhren Stein und ich nach Devonshire – Unkosten spielten keine Rolle, da die Bank von Lyon für alles aufkam. Es war bitterkalt. Stein war wütend über diese Reise ins Ungewisse, die besonders in den zugigen Wagen der Nebenstrecke nach Ashburton äußerst unbequem war. In Ashburton stellten wir fest, daß ein Herr, auf den unsere Beschreibung paßte, tags zuvor in einem Einspänner zu einem Haus am Newton-Abbot-Weg gefahren war. Weitere Nachforschungen ergaben, daß es sich um unseren Mann handelte. Es sei ein Franzose, lautete die Auskunft, der das Grundstück vor drei Jahren gekauft und eine Menge Geld ausgegeben hatte, um eine hohe Mauer rings um das Haus aufführen zu lassen. Natürlich war seine Absicht, vor der Außenwelt abgeschirmt zu sein, er hatte aber nicht bedacht, welches Aufsehen das ungewöhnliche Bauwerk erregen mußte.

Allerdings war die Mauer für Ashburton nur ein Neun-Tage-Wunder gewesen, und das Städtchen dachte längst nicht mehr an den Franzosen und seine exzentrische Mauer. Uns aber bot sie ein unbequemes Hindernis.

Ein kalter Nordwest blies uns den mit Graupeln vermischten Regen ins Gesicht, als wir uns an diesem 27. Februar zum ›Pfuhl im Moor‹ aufmachten – zu Fuß, um möglichst unaufällig zu bleiben. Es war ein mühevoller Marsch, bis das düstere Gebäude, abgeschnitten von der übrigen Welt, vor uns auftauchte.

Die Mauer war in der Tat außerordentlich hoch und das Tor so dick und schwer, daß es jeder Gewaltanwendung getrotzt haben würde. Also mußten wir es überklettern! Auf Steins Schultern stehend, vermochte ich gerade noch den oberen Rand der Mauer zu fassen. Bob schob seine Hände unter meine Füße und hob mich hoch, so daß ich endlich mit Mühe und Not auf die Brüstung gelangte. Mein Versuch, auch ihn heraufzuziehen, scheiterte, da meine Arme nicht weit genug herunterreichten.

Wir hatten uns die Mauer gegenüber dem Tor ausgewählt, und augenscheinlich befand ich mich jetzt gegenüber der Rückseite des Hauses, aus dessen Schornstein leichte Rauchwölkchen aufstiegen. Mein Sprung von der Mauer gelang ohne Unfall. Vorsichtig schlich ich mich zum Tor, in dem glücklicherweise der Schlüssel steckte, und ließ Stein herein.

Zu unserer Überraschung war die Haustür nur angelehnt. Als wir leise die unbeleuchtete Diele betraten, drang aus dem Zimmer zur Rechten Tellerklirren. Ich riß die Tür auf und trat über die Schwelle.

Vor der Schmalseite des Tisches saß ein Mann. Er rauchte eine lange, dünne Zigarre, die er bei unserem Eintritt langsam auf die Tischkante legte, und richtete sich halb auf.

›Ich verhafte Sie, Deveroux‹, sagte ich auf Französisch, ›wegen Unterschlagung und Diebstahls‹.

Kaum waren die Worte ausgesprochen, als es krachte: Deveroux fiel mit blutüberströmtem Gesicht vornüber auf den Tisch und, bevor wir ihn erreichen konnten, weiter seitwärts auf den Fußboden. Und nun erst bemerkte ich, daß der ganze Tisch von Päckchen mit französischen Banknoten bedeckt war ...

Stein hatte früher als ich den Revolver gesehen und war mit einem Fluch auf den Franzosen zugesprungen, um ihm die Waffe aus der Hand zu reißen. Jetzt fluchte er noch grimmiger, denn es ist nicht rühmlich für einen Beamten, wenn der Mann, den er verhaftet, Zeit findet, sich vor seinen Augen zu erschießen.

›Eine verdammte Geschichte!‹ hatte Stein geknurrt. ›Der arme Teufel ist hinüber!‹

Dann gewahrte auch er die Banknoten, nahm eines der Päckchen auf, über welches das Blut des Sterbenden geflossen war, und legte es auf den Tisch zurück.

Lange Zeit starrte er das Geld an ... hob endlich den Blick, und unsere Augen begegneten sich.

›John‹, begann er langsam, ›John, dort liegt beinahe eine Million Pfund. Niemand weiß, daß wir zum ›Pfuhl im Moor‹ gegangen sind, und was Deveroux anbelangt, so wird sich niemand um ihn kümmern!‹

Wir setzten uns an den Tisch, um die Sache genau zu überlegen. Dann durchsuchten wir das Haus, und der Anblick zweier von den Arbeitern zurückgelassener Säcke mit Kalk brachte mich auf einen Gedanken. Wir beschlossen, Deveroux' Leichnam beiseite zu schaffen und nichts über ihn oder seinen Selbstmord verlauten zu lassen. Zuerst hatten wir an den Garten gedacht, aber vergrabene Dinge spielen einem oft den Streich, gelegentlich wieder zum Vorschein zu kommen.

Dann schlug Stein den Keller vor. Ein glücklicher Zufall half uns – als wir die Wände prüften, klang eine Stelle hohl, so daß wir anfangs einen Gang dahinter vermuteten; beim Einreißen des Mauerwerks kam dann eine Aushöhlung zum Vorschein, die die Arbeiter vergessen hatten auszufüllen.

Es war eine scheußliche Arbeit, Deveroux zu entkleiden und

hineinzulegen ... Nachdem wir die Leiche mit Kalk und Wasser bedeckt hatten, kostete es uns noch einen ganzen Tag Arbeit, das Loch wieder zuzumauern.

Gegen Abend war das Werk beendet. Deveroux, in seinem Bett von brodelndem Kalk, würde verschwinden. Nun mußten wir noch seine Kleidungsstücke, seine Wäsche und dergleichen verbrennen, was wir die Nacht über in dem Küchenherd und im Eßzimmerkamin besorgten. Stein bestand darauf, daß wir auch diejenigen Banknotenbündel, die Blutflecken aufwiesen, den Flammen überlieferten – es fiel mir schwer, ein kleines Vermögen in Rauch aufgehen zu sehen, aber es mußte sein, wenn uns das Geld nicht verraten sollte.

Am nächsten Morgen wanderte Stein nach Newton Abbot, wo er einen Wagen und ein Pferd mietete. Auf Umwegen fuhr er bis in die Nähe des Tores. Sobald ich seinen Pfiff hörte, der mir anzeigte, daß die Luft rein war, schloß ich alles ab und ließ mich von ihm zum Bahnhof Newton Abbot bringen. Stein selbst kehrte nach Ashburton zurück. Tags darauf trafen wir uns in Cardiff und verfertigten einen Bericht, aus dem hervorging, daß wir am 27. Februar die Häfen der walisischen Küste abgesucht hatten. Wieder in London, meldeten wir, daß Deveroux nach Südamerika entkommen war.

Ein Jahr später nahmen wir unter dem Vorwand, uns ausschließlich nur noch Börsengeschäften widmen zu wollen, unseren Abschied und gaben damit gleichzeitig die Erklärung für unseren offensichtlichen Wohlstand.«

»Aus!« sagte Socrates und nahm seine Brille ab. »Kein Wort über die Furcht, die ihm Stein einflößte. Und dennoch steht fest, daß sie beide jahrelang davor gezittert haben, der eine könnte den anderen verraten!«

Molly atmete tief auf.

»Ich weiß, was ich zu tun habe. Selbstverständlich werde ich keinen Penny von Mr. Mandles Geld anrühren!«

»Recht so«, lobte Socrates. »Mandles wie auch Steins Vermögen muß der Bank von Lyon zurückgegeben werden. Aber was macht das schon! Lex hat genug!«

»Und ebenso Lexingtons zukünftiger Schwiegervater«, ergänzte Mr. Jetheroe.

Lexingtons Augen suchten die des Mädchens.

»Wozu brauchen wir Geld«, sagte er erhaben, und Molly nickte.